KB148769

물에
빠진
소녀들

THE DROWNED GIRLS

Copyright ©2017 by Loreth Beswetherick
All rights reserved.

Korean translation copyright ©2021 by SEOUL CULTURAL PUBLISHERS, INC
This edition is made possible under a license arrangement originating with Amazon Publishing,
www.apub.com, in collaboration with Eric Yang Agency.

- 이 책의 한국어판 저작권은 EYA(Eric Yang Agency)를 통한 Amazon Publishing 사와의 독점계약으로
  (주)서울문화사가 소유합니다.
- 저작권법에 의하여 한국 내에서 보호를 받는 저작물이므로 무단전재 및 복제를 금합니다.

물에
빠진
소녀들

로레스 앤 화이트 지음 · 김민성 옮김

서울문화사

제인 도

거울아 거울아, 넌 대체 누구니?
난 네가 누군지 전혀 모르겠는데?

첫날

우리는 모두 거짓말을 한다.

우리는 모두 비밀을, 가끔은 참 끔찍한 비밀을 품고 있다. 옆으로 치워둔 그 비밀들은 어찌나 어둡고 수치스러운지, 거울에 그림자라도 비치노라면 황급히 눈을 돌려버리게 된다.

이렇게 어두운 우리의 면모는 영혼의 깊숙한 밑바닥에 가라앉혀놓는다. 그리고 삶의 표면으로 드러난 부분만큼은 모두에게 보여줄 수 있을 만한 모습으로 자랑스럽게 꾸미고자 최선을 다한다. 마치 "이것 봐, 세상아. 이게 바로 내 모습이야"라고 하듯, SNS에 온갖 포스팅을 올려놓듯. '#트렌디 #맛집 #베프들과 #점심, 새로 맞춘 섹시한 #힐, 우리 귀여운 #강쥐, #남자친구, #비키니랑 어울리는 #힙업. #완벽한 내 #인생…… 어제 #파티에서 완전 #꽐라됨. #블링블링 #탱크톱에 #가슴 완전 이쁘게 찍힘, #훈남 #번따, #완전 #질투안남?'……

그런 다음 철저한 재단을 거쳐 만들어낸 스스로의 모습에 '좋아요'가 얼마나 많이 박히는지 기다리고만 있는 것이다. 그저 조회 수에, 답글 내용에, 답글을 단 사람에 따라 감정이 좌우되는 것이다.

하지만 어둠은 어떻게든 균열을 찾아 흘러나온다. 빛을 갈망하면서…….

바로 그때 삶의 전개는 신음하며 천천히 멈춘다. 아니면 갑작스러운 결말이 격렬하게 찾아오던가……. 그러고는 진실이 드러난다. 가혹하게도 새하얀 형광등 아래서, 온통 온몸에 휘갈겨진 추악한 진실이 드러난다. 곧 찾아올 형사들에게 그 비밀을 숨길 방법은 없다.

나는 병원 침대에 누워 있다…….

기계 돌아가는 소리가 들린다.

모두가 내 숨을 붙이고자, 내 목숨을 살려놓고자 도와주었다. 간호사들이 속삭이는 소리, 경찰 두 명이 대화하는 소리가 들린다. 하지만 대답을 하지 못한다. 움직일 수도, 아무것도 느낄 수 없다. 무슨 일이 있었는지 말할 수도 없다. 난 죽지 않았다. 아직은. 하지만 지금 이 순간에도 은빛 물결 위로 둥둥 뜬 채 떠내려가는 느낌이다.

의사가 들어와 경찰들과 조용히 말다툼한다. 문장의 파편이 귀로 흘러들어온다. '성폭행'…… '법의학 검사'…… '병원 정책'…… '윤리'…… '친인척 부재 상황의 사전 동의'…….

저들은 내가 누군지 몰라. 나는 깨닫는다. 우리 엄마를 찾아내지 못한 것이다.

'미안해 엄마, 정말, 정말 미안해. 엄마가 알게 하고 싶지는 않았는데…….' 그리고 모두가 알게 될 것이다. 엄마를 지켜주고 싶었다. 엄마를 이 일로부터 지켜주고 싶었지만, 앞으로 엄마가 슬퍼하고 가슴 아파할 수치로부터 지켜주고 싶었지만, 그만큼 무슨 일이 있었는지도 저 사람들에게 알리고 싶었다. 무슨 일이 있었는지 전부 알려주어야 했다. 누가 이런 짓을 저질렀는지 찾아낼 수 있도록. 다른 아이들도 구할 수 있도록. 특히 라라를.

그놈이 말했다. 다음은 라라 차례라고. 우리 모두를 원한다고. 라라한테 경고해야 하는데…….

나는 잠시 정신을 잃지만, 다시 기계 돌아가는 소리가 들린다. 뭔가를 빨아들였다가 내뱉는 소리, 삐삐거리는 경고음이 들린다. 문득 내가 크리스마스까지 살지는 못하겠구나, 라는 생각이 든다. 우리 아파트 거실에 마련한 작은 크리스마스트리를 생각한다. 내가 미리 사둔 선물을 엄마가 찾아낼까, 궁금해진다. 내 방, 내 침대 밑에 있는데. 선물을 뜯는 엄마의 눈빛을 정말로 보고 싶었는데.

처음에는 다들 내가 그냥 일터로 나갔다고 하겠지. 여느 토요일 저녁처럼. 서쪽 물가 근처에 있는 블루뱃저 베이커리에 출근했다고 할 거다. 일요일 브런치 대목을 준비해야 하거든. 날씨가 궂든 맑든 항상 길게 줄을 서는 시간이다. 뱃저는 우리 시에서 얼마나 인기가 있었는지 금세 브런치 맛집으로 거듭났으며, 항상 빵과 페이스트리를 직접 구워낸다. 심지어 베이컨도 직접 만든다.

나는 습관의 동물인 인간답게 매주 토요일 오후 6시 7분이 되면 페어필드에서 버스를 탄다. 버스 노선을 따라 도시를 지나 파란색 철교를 건너면, 지금은 다 낡아빠진 조선소와 산뜻한 고급 주택 단지가 뒤섞인 구역이 나타난다. 최근에나 지어진 작고, 앙증맞고, 화사하고, 반려동물 친화적인 로프트스타일의 콘도들이 협곡과 내항을 내려다본다. 조깅 코스, 자전거 코스와 판자 산책로가 펼쳐진 가운데 카약과 아웃리거 카누가 보관된 창고와 잘 기대어 세워둔 서핑보드들이 늘어서 있다.

하지만 난 일터에 가지 못했다. 지난 몇 주 동안 누군가 따라오는 것 같은, 누군가 지켜보는 것 같은 느낌이 들기는 했었다. 지난주에 버스에서 봤던 낯선 남자가 희한하게 낯익기는 했지만, 여기는 빅토리아다. 애초에 큰 도시도 아니다. 솔직히 여섯 다리만 건너면 서로 다 아는 사람들이다. 아마 동네 어디서 봤겠지, 싶었다. 어두운 모직 모자를 쓰고 12월의 추위를 쫓듯 코트의 칼라를 세운 모습이었다.

하지만 그놈이었다. 그놈이 나를 미행하고, 사냥감의 습관을 연구하며, 같은 버스에 타고 있었던 거다. 속으로는 함정을 팔 궁리를 하면서. 그렇게 놈은 나를 기습할 지점까지 포착했다. 내가 지름길로 이용하는 작고 어두운 골목길이었다.

다시 정신이 돌아온다. 무슨 일이 있었는지 반추하려, 그래서 어떻게든 시간 순서대로 정리해보려 한다. 기억은 깨진 거울의 날카로운 파편처럼 내 마음속을 도려낸다……. 바람이 심한 밤이었다. 귀 떨어지게 춥고 두터운 안개가 낀 밤이었다.

그리고 눈이 오기 시작했었다…….

1장

의로운 이가 없다. 하나도 없다.
- 로마 신자들에게 보낸 서간 3장 10절

12월 9일 토요일

앤지 팔로리노는 본가 거실 벽의 전면창 밖을 내다보았다. 깔끔하게 관리된 잔디밭이 자갈 깔린 해변까지 펼쳐져 있었다. 바닷가에는 아버지가 보트를 보관해둔 작은 선창과 하로 해협으로 뻗어 나온 부두가 있었다. 하지만 밖은 깜깜했다. 앤지의 눈에 해변은 보이지 않았다. 그저 창문에 비치는 자신의 일그러진 모습과, 바람에 넘실거리는 검은 바닷물의 새하얀 포말만 눈에 들어올 뿐이었다.

낮에는 미국-캐나다 국경이 중간을 가로지르는 저 해협의 바다 너머로 산후안섬의 흐릿한 하늘빛 산자락이 펼쳐져 있는 모습을 볼 수 있었다. 날씨가 맑을 때는 그 뒤쪽으로 새하얀 화산재를 뒤집어 쓴 것 같은 베이커산이 고고하게 솟아 있는 모습까지도 보였다.

날씨는 추웠다. 12월의 섬 날씨치고는 꽤나 혹독했다. 지난 9일 동안은 북극 기단이 차가운 북풍을 몰아치면서 눈 시리게 맑은 하늘과 함께 영하로 곤두박질치는 기온을 선사했다. 하지만 이제 눅눅한 태평양 기단까지 들어오면서 묵직한 습기와 차가운 공기가 만나는 바람에 눈이 오기 시작했다.

흩날리는 눈송이들이 창문으로 날아와 붙었다.

앤지는 눈을 싫어했다. 그 냄새가 싫었다. 그 미묘한 금속질의 냄새를 맡노라면 마음 한구석 깊숙한 곳이 불안해지곤 했다. 구체적으로 형언할 수는 없는 느낌, 바로 그런 느낌이 있었다. 눈이 올 때마다 항상 그랬다. 특히 크리스마스쯤이 되면 더 최악이었다. 앤지는 양팔을 문지르며 상념에 잠겨들었다. 지난 7월의 무더웠던 저녁에 겪었던 실패. 세 살짜리 아이의 생명조차 구하지 못했던 자신의 무능함. 그 소녀를 어떻게든 살려내려고 집착하는 바람에 동료의 생명까지 잃고 말았던 참극.

티피 베넷이 앤지의 품속에서 죽어가는 동안, 앤지의 사수이자 동료였던 '해시' 해쇼스키는 목에 총을 맞고 피를 흘리다, 결국 의료팀이 올 때까지 버티지 못했다. 그리고 티피의 아버지는 티피의 엄마였던 시신 옆에 서서 자기 머리에 총을 대고 방아쇠를 당겼다. 뇌수가 사방으로 튀었다. 그자는 딸아이의 세 살 평생 동안 학대를 일삼은 자다. 법원의 접근금지 명령도 티피와 엄마를 보호하지 못했다.

앤지는 가끔씩 생각했다. 천국과 지옥의 차이는 바로 사람이라고. 가끔씩은 얼마나 피나는 노력을 하든 아무런 변화도 만들지 못한다고.

"피곤해 보이는구나." 앤지의 아버지가 뒤쪽에서 나타났다.

앤지는 허리를 꼿꼿이 펴고 아버지를 마주했다.

"눈에 잔주름이 늘었네." 아버지의 말이었다. "일 때문에 폭삭 늙는 모양이다, 안 그러니?"

"아빠도 그렇게 멋져 보이지는 않는걸. 오늘 일과가 좀 힘드셨나 봐요. 그거 이리 주세요." 앤지는 아버지가 들고 있던 상자를 받아 정문 근처에 두었다. 아버지가 앤지에게 필요할 것 같은 엄마의 물건들을 모아 담은 상자였다. 두 사람은 아침 온종일 미리엄 팔로리노 여사를 정신과에 장기 입원시키느라 바빴고, 자택의 사무실과 벽장을 비우느라 점심시간을 다 보냈다. 이제 집은 공허하고 황량하게 느껴졌다.

"왜 그만두지 않는 거니, 앤지? 그런 일이……."

"그런 일이요? 애랑 동료까지 죽어버린 일?"

"다른 부서로 옮길 수도 있지 않냐. 성범죄 수사반에서……, 온갖 변태들이나 상대하면서 인간의 추악한 면만 보니까 영향이 없을 수가 있겠니. 넌 변했어."

가슴이 분노로 울컥했다. 순간 한 대 치고 싶다는 충동도 뒤따랐다. 아무런 정당화도 필요 없이, 단지 자신의 성질을 돋우었다는 이유만으로 손이 나갈 것 같은 폭력성이었다. 앤지는 무심한 표정을 지은 채 성깔머리를 누르려 안간힘을 써야 했다. 눈길이 아버지를 향했다. 품이 넉넉하고 양 팔꿈치를 가죽으로 덧댄 스웨터 차림으로 서 있는 아버지. 한때 흑단처럼 검고 숱 많던 머리는 이제 하얗게 세어 있었다. 뒤쪽의 벽난로에서는 불이 타닥거리며 타고 있었고, 벽은 온통 책장과 예술품들로 채워져 있었다. 배부른 삶이었다. 조셉 팔로리노 박사, 빅토리아 대학의 인류학 교수. 광산업으로 자수성가한 이탈리아 이민자 집안에서 태어난 아들. 은수저를 물고 태어났으니 아무 걱정 없이 학구열을 불태울 수 있었던 인생이었다. 부모님이 살아온 고상한 삶에, 앤지는 결코 소속감을 느끼지 못했다.

"난 피해자들을 상대하는 거예요." 앤지가 조용히 말했다. "생존자들이요. 무고하고 취약한 여성과 아이들, 자신이 절대 바라지 않았던 상처를 입은 사람들 말이에요. 난 나쁜 놈들은 싹 다 잡아넣어요." 앤지는 눈에 힘을 주었다. "그리고 유능하기도 하고요, 아빠. 완전 유능해. 난 분명 변화를 만들고 있어."

"그러냐?"

"응, 그래요." 앤지는 눈길을 돌렸다. 구석에 세워둔, 불 꺼진 크리스마스트리 꼭대기에 황금 천사가 장식되어 있었다. 등골에 오한이 흘렀다. "가끔은 그래요."

"네 엄마는 네가 철이 들면 관둘 줄 알았단다. 네가 경찰이 된 것도 일종의 치기 어린 반항이 아닌가 여겼어."

앤지는 이글거리는 눈으로 아버지와 시선을 맞췄다. "아빠도 그렇게 생각했어요? 내가 충동을 못 이겨서 하고 싶은 거 이것저것 해 보다가, 나중에 철들면 수선화랑 울타리로 장식된 멋진 빅토리아풍 저택으로 돌아와서 가정 꾸리고 오순도순 살 줄 알았나 봐?"

"앤지, 넌 심리학 석사학위 보유자야. 학급 수석이었고. 그냥 연구 분야로 빠져서 학계에서 경력을 쌓을 수도 있었잖니…… . *지금도 가능하긴 하지만.*" 앤지의 강렬한 시선 앞에 아버지의 눈빛이 흔들렸다. 아버지는 목을 크흠 하고 가다듬더니 양손을 주머니에 찔러 넣고 마치 졌다는 듯이 양 어깨를 으쓱였다. "난…… 우리는 그냥 네가 행복하길 바란다."

"내버려 둬요, 좀. 지금은 이런 얘기를 할 때도 *아녜요.* 피자 시킬게요, 같이 밥이나 먹고 가게." 앤지는 자기 말대로 피자를 시키러 부엌 벽에 붙어 있는 전화기로 다가갔다. 어차피 주말을 통째로 연차를 낸지라 아버지와 일요일 내내 같이 이사를 마무리해야 했다. 또, 엄마의 상태가 괜찮은지도 확인해봐야 했다. 앤지는 수화기를 들었다. "앤초비 토핑 올려요?"

+

저녁으로 피자를 먹으면서 여기 더 있기로 했던 건 실수 같았다. 미리엄 팔로리노 여사의 요란스러운 존재감마저 없어지고 나니 앤지와 아버지는 어색한 분위기 속에서 피자 조각을 씹으며 각자의 세계에 빠져드는 수밖에 없었다. 바깥에서는 바람이 미친 듯이 불어와 나뭇가지가 처마에 딱딱거리고 부딪쳤다. 앤지는 문득 오늘 아침에 어머니를 두고 나왔던 작은 방이 생각났다. 병동의 잠긴 문들. 사방이 하얗게 칠해진 평온함. 엄마의 눈 속에서 보았던 혼란. 그리고 공포.

앤지는 주스로 손을 뻗어 한 모금 마시고는 목을 가다듬었다. "어, 언제부터 엄마 상태가 안 좋다는 걸 알았어요?"

아버지는 눈길도 들지 않고 말했다. "꽤 됐지."

"아니 그러니까…… 증상이 시작된 걸 처음으로 안 지는 얼마나 된 거예요?"

아버지는 어깨를 한번 으쓱하더니 자기 피자에서 올리브를 떼어 냈다.

"이런 증상은 되게 유전성이 심하다는 거 아세요?" 앤지가 말했다. "일반인들 사이에서는 발병률이 1퍼센트 정도밖에 안 되지만, 부모 자식 같은 직계 가족 중에 증상자가 있다면 발병률이 10퍼센트로 확 뛴단 말이에요." 앤지는 기다렸다. 하지만 아버지는 아무 말도 하지 않았다. 앤지는 몸을 앞으로 기울였다. "그래서 아빠가 처음으로 눈치를 챈 게 언제인지 알고 싶은 거예요. 엄마 상태가…… 안 좋아진 걸 언제 알아차렸는지 말이에요."

아버지는 올리브를 접시 끝에 대고 눌렀다.

"아빠?"

하얀 리넨 냅킨으로 입을 닦아낸 아버지는 누런 치즈와 토마토소스로 얼룩진 가장자리를 조심스럽게 접었다. 그러고는 정갈하게 접은 냅킨을 접시 가장자리 밑으로 끼워 넣었다. "엄마는 지금껏 꽤 오랫동안 약물 치료를 받았다, 앤지. 모든 걸 통제하에 두었지. 네 엄마가 환각이나 망상 증세를 겪고 있다고 처음 눈치챘던 건 아마 엄마가 30대 중반쯤이었을 거다." 아버지가 시선을 들었다. "이탈리아에서 있었던 자동차 사고 때문에 생긴 PTSD인가 싶었지." 그러고는 아버지는 오랫동안 침묵을 지켰다. 벽난로의 장작이 타닥거리는 소리가 들렸다. "시각, 청각, 후각…… 전부 정신병적 망상처럼 보이는 과거사의 재귀를 불러일으킬 수 있어. 너도 알잖느냐? 감정 마비, 무관심, 사회성 위축, 무기력……. 의사 말로는 전부 외상 후 스트레스 장애의 증상인 것 같다고 하더구나." 슬픔에 빠진 아버지는 나약해 보였다. 꼭 몸속의 뼈대가 한순간에 쪼그라들어버린 것처럼. 아버지는 깊게 숨을 들이쉬었다. "네 엄마는 42세 되던 해에 조현병 진단을 받았어. 경증이라서 약물 치료로 충분히 관리할 수 있었지. 실제로도 그랬고." 말이 잠시 끊겼다. 아버지의 두 눈에는 저 멀리, 낯선 것을 보는 듯한 시선이 깃들었다. "하지만 이제 치매 초기 증상까지 겹치니까……." 아버지의 목소리가 잦아들었다. 앤지의 어머니는 갑작스럽게 현실 감각을 잃기 시작했다. 그래서 두 사람은 어머니를 입원시킬 수밖에 없었다. 이제는 자기 스스로에게 조차도 위험이 되고 있었으니까.

앤지는 아버지가 다시 시선을 맞춰주기를 기다렸다. "엄마가 초기에 겪었던 환각이 뭔지 알려줄 수 있어요?"

"환청과 환상이었지." 아버지가 말했다.

"그러니까 목소리가 들렸다는 거죠? 있지도 않은 게 막 보이고?"

"처음에는…… 그냥 가벼운 증상이었어. 엄마 말로는 그게 환상인지도 몰랐고 신경도 거의 쓰지 않았다고 한다."

앤지의 심장이 빠르게 뛰기 시작했다. "그런데도 나한테는 한마디도 안 했어요? 지금껏 엄마가 그렇게 고통받고 있었는데?"

아버지는 자기 앞의 접시를 옆으로 밀었다. "뭐, 너도 눈치채지 못했잖니. 최근에는 우리랑 많이 붙어 있지도 않았고."

앤지는 이를 앙다물었다. "그래도 말은 *해줄 수 있었잖아요.*"

"그래봤자 네가 뭘 어쨌겠니?"

"나야 모르죠! 누가 알아, 엄마 머릿속에서 뭐가 어떻게 돌아가는지 이해할 수 있었을지도 모르지. 엄마랑 아빠한테 성질도 좀 작작 부렸을 테고. 본가에도 좀 자주 들르고. 어쩌면 나 사춘기 때 엄마가 나랑 감정적으로 거리를 두는 게 나 때문이라고 생각하지 않았을 수도 있었겠지. 최소한 내가 어렸을 때 그렇게 겉도는 느낌을 받았던 이유가 뭔지 눈치는 챘을 거 아냐."

"겉돌다니?"

"엄마랑 아빠한테서."

"그건 말도 안 된다, 원래 애들은⋯⋯."

"또 나한테 *거짓말한 게 뭐 있어요?*"

"이건 *거짓말이 아니야,* 앤지⋯⋯."

"일부러 말 안 하는 것도 분명 거짓말 맞거든요."

아버지는 자리에서 벌떡 일어났다. 이탈리아인 특유의 급한 성미가 가슴에서 솟구쳐 양 뺨을 붉게 물들였고, 두 눈도 번뜩이고 있었다. "네가 왜 그렇게 화가 났는지 모르겠다. 항상 눈에 보이는 것마다 성질을 부리질 못해 안달이지!" 그러더니 팔을 뻗어 앤지에게 삿대질을 하기 시작했다. "다 네 직업 때문이야. 성범죄나 다루고 앉았으니. 그러니까 사람이고 사물이고 죄다 의심하고 있는 것 아니냐."

앤지는 쌀쌀맞게 자리에서 일어나 접시와 식기를 치우기 시작했다. "이제 가야겠네요. 설거지는 제가 할게요."

접시를 부엌까지 들고 간 앤지는 손에 든 걸 싱크대에 싹 다 쏟아 부었다. 그러고는 양손으로 싱크대를 짚고 서서 잠시 고개를 숙이고 있었다. 불안감이 양 관자놀이를 짓누르는 것 같았다. 아버지는 어쩌려는 것일까, 이제는 공허한 허물밖에 남지 않은 해안가의 저택에서? 크리스마스는 또 어쩌고? 앤지는 매년마다 이즈음이 정말로 싫었다. 어떻게든 어울려봐야 한다는 생각 자체가 싫었다. 다 부질없는 짓 같은데.

죄책감이 양 어깨를 무겁게 짓눌렀다. 본인의 이기심에 대한 죄책감이었다. 이제는 아버지를 좀 더 자주 찾아뵈어야 할 텐데 그럴 시간이 없었다. 자신의 성깔머리도 마찬가지였다. 앤지는 애초에 아버지가 자기 직업, 경찰 일을 갖고 참견하는 걸 듣기조차 싫어했다. 하지만 어쨌든 아버지에게는 자신이 필요했다.

1월에 찾아올 부모님의 결혼기념일은 또 어떻고?

원래 점점 나이를 먹어가는 부모 노릇, 가족 노릇을 하기란 결코 쉽지 않다. 온갖 사랑과 상처 그리고 후회가 켜켜이 쌓여 있게 마련이니까. 그런 게 죄다 섞여 뒤죽박죽되어버린다. 갑자기 흘러가버린 시간이 확 체감되었다. 지금껏 저런 감정들을 알아차리지도, 제대로 직시하지도 못한 채 보내버렸던 과거의 시간이. 전부 다 끝나버렸다. 이제 엄마는 없다. 아직 있지만, 없어져버렸다.

앤지는 숨을 깊게 들이마시고는 접시를 헹구면서 가장자리의 파란 꽃무늬를 엄지로 가만히 훑었다. 불현듯 화사한 햇빛 같은 기억이 떠올랐다. 어느 가을 정오, 엄마와 같이 시내에 있는 백화점으로 가서 이 접시 세트를 사 왔던 추억. 허드슨 베이 컴퍼니 백화점이었지, 아마? 엄마가 아주 좋아하던 단골 가게였다. 어쩌면, 지금도 또렷한 정신이 돌아올 때면 여전히 그 가게를 좋아하실지도 모를 일이었다. 하지만 이제 그날의 추억을 떠올릴 수 있을까, 수레국화 무늬가 아름다운 접시를 같이 사 왔던 기억이 아직도 남아 있을까?

8년 전 일이었다. 엄마의 차가 수리점에 들어가는 바람에 앤지는 엄마를 태우고 시내까지 모셔다드리기로 약속했었다. 하지만 하필이면 그때 막 형사가 되었던지라 사건 하나를 맡아서 바빠지고 말았다. 그래서 엄마는 혹시나 나중에 백화점에 갔을 때 저녁 식기 32종 세트 할인 행사가 다 끝나지는 않았을지 안절부절못하셨다. 바로 그 점이 앤지에게 거슬리는 부분이었다. 별거 아닌 일에 집착하는 엄마의 모습이.

그러다 눈 깜짝할 새 세월이 흘러가버렸다. 어느 날 아침 눈을 떠 보니 엄마는 사라져버렸다. 완전히 정신이 나간 채. 인생의 소중한 기억들이 머릿속에서 전부 지워져버린 것이다. 그러면 자아는 또 어떻고? 애초에 사람의 인격은 기억이라는 반석 위에 형성된다. 자신에 대한 기억이 없다면 거울 속에 비친 자기 모습조차 알아볼 수 없게 된다. 스스로에게도 완전한 이방인이 되어 가차 없이 몰아치는 현재 속에서 표류하며, 미래로 나아갈 표지를 찾기는커녕 과거에서 헤어 나오는 것조차 불가능해지는 것이다.

앤지는 머릿속에 떠오르는 잡념을 흩어버리면서 두 번째 접시를 마저 헹구고 선반 위에 올려놓았다. 그러고는 양손을 잘 말린 뒤 거실로 돌아가 코트를 집어 들었다.

그때 불가 가까이에 앉아 있는 아버지가 눈에 들어왔다. 아버지의 커다란 체구는 오래된 레이지보이 가죽 소파에 묻혀 있었다. 엄마가 제발 좀 갖다 버리자고 아버지한테 잔소리하던 그 소파였다. 하지만 소파는 그런 고난을 전부 견뎌냈다. 그러고는 엄마의 안락한 크림빛 소파와 의자 옆에 꼭 과거의 화석, 한물간 시대의 유물인 양 낀 채 모닥불을 쬐며 버티고 서 있었다. 크리스마스트리의 조명이 켜진 가운데, 아버지 옆의 테이블에는 위스키 한 잔이 놓여 있었다. 난로 속에서는 불씨가 깜빡이며 죽어가고 있었다. 아버지는 고개를 숙인 채 오래된 사진 앨범을 넘겨 보는 중이었다.

앤지는 그 옆으로 가서 아버지의 어깨에 손을 얹고 가볍게 쥐었다. "괜찮으시겠어?"

아버지는 끄덕였다. 그 시선은 세 사람이 찍힌 오래된 사진에 붙박여 있었다. 자동차 사고가 있은 뒤 처음으로 맞이했던 크리스마스 때 찍었던 사진이었다. 앤지가 네 살이던 시절, 아버지가 이탈리아에서 안식년을 보내던 해였다. 사진 속 앤지의 입술 왼쪽에서는 아직 뚜렷이 남아 있는 교통사고의 흔적, 선명한 분홍빛 흉터를 알아볼 수 있었다. 앤지가 입술 복구 수술을 추가로 받기 전에 찍은 사진인 모양인데, 그 수술 덕분에 완벽하지는 않지만 예전의 입 모양을 어느 정도 되찾을 수는 있었다.

아버지가 앨범 책장을 넘겼다. 앤지와 엄마가 찍은 사진이 나왔다. 대강 여섯 살 시절에 찍은 사진이었다. 싱그럽고 푸르른 잔디. 벚꽃. 황금빛 햇살이 낮게 내리쬐는 배경. 햇빛은 엄마의 붉은 기 도는 금발에 구릿빛 후광을 만들어주었다. 앤지의 어두운 머리도 빨간 윤기가 도는 체다 치즈 색깔로 물들여졌다. 엄마가 타고난 전형적인 아일랜드 혈통의 흔적이었다.

앤지의 가슴이 먹먹해져왔다.

아버지가 앤지를 올려다보았다. 그 얼굴에는 속내를 읽을 수 없는, 뭔가 낯선 표정이 떠올라 있었다. "네가 가져가거라." 아버지는 앨범을 덮으면서 눈길을 돌렸다.

"어, 잘 모르겠는데요, 아빠." 앤지에게는 자리에 가만히 앉아서 두꺼운 앨범 책장의 비닐 밑에 보존된 각종 기억들, 인생 속 편린들이나 느긋하게 되새겨보고 있을 시간이 없었다. 당장 법무 연수원 시험도 하나 더 쳐야 했다. 시경 통합 형사과의 엘리트 자리를 따내려고 최대한 많은 강의를 신청해둔 상황이었다.

"부탁이다." 아버지는 굵은 목소리로 말했다. "다른 상자들이랑 같이 가져가다오. 잠깐이라도 좋다. 그래야 내가 여기서 눈을 좀 뗄 수 있겠다, 야옹아." 아버지가 옛날 별명까지 꺼내는 걸 듣자 앤지의 심장이 좀 더 빠르게 뛰기 시작했다. 얼추 열 살 이후로는 아버지한테 들어본 적이 없는 별명이었다. 앤지는 아버지 옆에 있던 오토만 의자에 앉아 가죽 장정의 앨범을 건네받았다. 일단 첫 장부터 펼쳐보았다. 임신한 엄마의 모습. 점점 만삭이 되어가는 배. 앤지가 태어난 날.

"네 엄마가 너를 위해 만든 거다. 널 임신했다는 사실을 알자마자 곧장 네 인생을 기록하기 시작했지. 하지만 지금은…… 좀…… 보고 있기만 해도 너무 고통스럽구나."

앤지는 엄마가 파란 가운 차림으로 병원 침대에 누워서 새로 태어난 아기를 안고 있는 모습을 보았다. 아기 앤지의 머리는 이미 암적색 머리카락으로 덮여 있었다.

"너 조그만 것 좀 봐라." 아버지가 다 죽어가는 장작 쪽으로 얼굴을 돌리면서 속삭였다. 그 말 속에 깃든 감정들이 느껴졌다. 아무래도 아버지의 눈가에 눈물이 고인 것 같아 보였다. 앤지의 가슴이 한층 더 먹먹해졌다.

다음 페이지를 넘겼다. 앤지가 세례를 받던 날, 엄마와 아버지가 하얗고 기다란 레이스 가운을 입힌 아기 앤지를 들고 있었다. 예복을 입은 신부님이 옆에 서 있었다. 또 다른 사진은 해변에 있는 가족들의 모습을 담고 있었다. 앤지는 몇 장을 대충 넘겼다. 갑자기 가슴속이 울컥했다. 호흡을 가다듬은 앤지는 사진을 부드럽게 어루만졌다. 그날 엄마가 했던 말소리가 들려오고, 뺨에는 따뜻한 여름 바람이 와서 부딪히고, 씨알이 굵은 오카나간 버찌의 달콤하고 풍성한 맛이 입속에 퍼져 나가는 것만 같았다. 앤지는 천천히 페이지를 넘겼다. 또 다른 가족 휴가 사진들, 앤지가 처음으로 학교에 가던 날, 앤지의 첫 번째 영성체, 캠프에서 요트 항해 요령을 배우던 앤지, 앤지의 졸업식, 졸업 무도회.

그리고 새 경찰 제복을 입은 앤지의 사진. 그 옆에는 엄마가 자랑스럽게 서 있었다. 긴 머리카락이 바람에 나부꼈다.

앤지는 손가락 끝으로 엄마의 얼굴선을 부드럽게 쓰다듬었다.

"엄마가 보고 싶을 거예요."

"난 벌써 보고 싶다." 아버지의 말이었다.

앤지는 책을 덮었다. "그냥 빌려 가는 거예요. 크리스마스에 다시 돌려드릴게요, 어때요? 크리스마스는 어떻게 보내실 거예요? 내가 칠면조라도 사 올까?" 이런 망할. 그래도 이미 뱉어버린 말은 주워 담을 수 없었다. 하필이면 경찰서에서 1년 중 가장 바쁜 시기에 이런 약속을 하다니. 이 세상의 변태들과 악인들에게는 성탄절이고 뭐고 없었다. 아니, 오히려 그때가 더 대목이었다.

아버지는 이마를 문질렀다. "생각해보마."

삐딱하게 놓인 땔감에 불이 붙으면서 불티가 탁탁 튀었다. 음산한 바람 소리가 났다.

앤지는 고개를 끄덕였다. "나도 사정 한번 살펴보지 뭐." 그러고는 자리에서 일어섰지만, 잠시 망설였다. "그리고 위스키 좀 작작 마셔요, 네? 일찍 들어가 주무시고."

아버지는 고개를 끄덕였다. 그 얼굴은 여전히 앤지의 시선을 피하고 있었다.

"주무세요, 아빠."

앤지는 상자와 앨범을 차에 실었다. 바깥에서 부는 바람이 머리카락을 잔뜩 흩뜨려놓았고, 바다에는 해무가 짙게 끼기 시작했다. 저 아래 바위에 파도가 밀려와 부서지는 소리가 들렸다.

눈이 점점 많이 쏟아지면서 길가에 쌓이기 시작했다.

2장

앤지가 모퉁이를 돌자 로스만을 따라 쭉 뻗은 댈러스 도로가 나타났다. 바람과 함께 눈보라가 몰아쳤다. 파도가 밀려와 도로변의 콘크리트 바리케이드에 부딪히는 가운데, 항만은 점점 자욱한 안개에 휩싸이고 있었다. 앤지는 더 깔끔한 시야를 확보하려고 고개를 앞쪽으로 뻗으면서 잠복 수사용으로 받은 차량, 크라운 빅토리아의 속도를 천천히 줄였다. 앞 유리창에서는 와이퍼가 힘겹게 작동하면서 진득하게 들러붙은 눈을 걷어내는 중이었다.

도로에서 움푹 팬 구간으로 들어가자, 방벽을 넘어온 바닷물에 타이어가 잠겨버렸다. 싸락눈과 거품이 온통 앞 유리창에 튀었다. 헤드라이트 불빛은 안개와 은빛 눈보라를 뚫지 못하고 그대로 앤지 자신에게 반사되어왔다. 그렇게 모퉁이를 돈 순간, 갑자기 뭔가가 안개와 거품으로 가득한 도로로 뛰어 들어왔다. 헤드라이트 불빛에 언뜻 분홍빛의 물체가 비쳤다. 앤지가 냅다 브레이크를 밟자, 크라운 빅토리아는 바닷물이 고인 갓길로 미끄러져버렸다.

분홍색 드레스를 입은 소녀가 차 바로 앞에 와 서더니, 이내 몸을 돌려 도로 옆에 빽빽하게 늘어서 있는 앙상한 뿌리와 나뭇잎 하나 없는 나뭇가지들 사이로 사라져버렸다.

앤지는 그렇게 앞만 쳐다보았다. 심장이 쿵쾅거렸고 피부가 달아올랐다. 안개가 잠시나마 걷혔지만 아이는 이미 사라지고 없었다. 주변에 차량은 고사하고 사람 하나 없는 상황이었다. '뭐야……'

옆으로 손을 뻗은 앤지는 경광등을 켜고 손전등을 집은 다음, 콘솔 박스 속 잠금 상자에 보관해둔 스미스 앤 웨슨 5906 권총을 꺼내 장전했다. 파란색과 빨간색 불빛이 안개 속에서 번쩍이는 가운데, 앤지는 문을 열고 밖으로 나왔다. 그러고는 맹렬히 흩날리는 바람과 눈송이를 막아보려 재킷의 후드를 뒤집어썼다.

"이봐요!" 앤지는 자욱한 안개 속에다 대고 소리쳤다. "거기 누구 있어요?" 그 목소리는 바람이 죄다 앗아간 다음, 저 위쪽으로 보이는 옛 공동묘지의 구불구불한 나무줄기와 나뭇가지들 사이로 흘러가버렸다. 괴상하게 으스스한 기분이 앤지를 감쌌다.

앤지는 길을 따라 몇 미터쯤 걸으면서 제방 위로 솟은 구불구불한 나무줄기로 손전등을 훑었다. "이봐요!"

부드럽게 속삭이는 목소리가 귓가에 들렸다……. "숲으로 와서 놀자……. 이리 내려와……."

앤지는 얼어붙었다.

그리고 뒤를 돌아보았다.

"어서 와서 놀자…… 어서……."

가슴속의 으스스한 느낌은 이제 얼음장처럼 차가워지고 있었다. 앤지는 침을 꿀꺽 삼키고 상체를 숙인 채 몰아치는 싸락눈을 피하면서 도로를 따라 내려갔다. 소녀의 흔적은 어디에서도 보이지 않았다.

다시 차로 돌아온 앤지는 양 손바닥으로 얼굴을 문질렀다. 그렇게 잠시간 자리에 앉아 안개 속을 뚫어져라 바라보았다. 경광등은 여전히 눈보라 속에서 번쩍이고 있었다. 하지만 소녀는 다시 나타나지 않았다.

분홍빛 드레스? 나이는 대략 4세, 아니면 5세? 웃기는 소리다. 이런 날씨에 대체 어떤 정신 나간 애들이 혼자 싸돌아다니겠나. 특히나 그런 옷차림을 하고. 게다가 파도와 바람이 이렇게 몰아치는 가운데, 그런 귓속말을 똑똑히 들을 수 있을 리도 없지 않나? 앤지는 두 손이 덜덜 떨리고 있다는 걸 알아차렸다.

아버지의 말씀이 떠올랐다.

"네 엄마가 환각이나 망상 증세를 겪고 있다고 처음 눈치챘던 건 아마 엄마가 30대 중반쯤이었을 거다……. 이탈리아에서 있었던 자동차 사고 때문에 생긴 PTSD인가 싶었지……."

추워서 그런 거다. 앤지는 속으로 되뇌었다. 그냥 푹 젖고 추워서 그런 거다. 거기다 피곤하잖나. 7월 이후로 내내 불면증에 시달렸는데 이럴 만도 하다. 지금껏 4시간 이상 푹 자본 적이 없었으니까. 그래서 지금 떨고 있는 거다. 앤지는 경광등을 끄고 장비를 정리한 다음, 천천히 차를 뺐다. 와이퍼가 딸깍거렸다.

술 한 잔. 그것도 왕창 센 놈으로 한 잔이 필요했다.

지금 이 상황을 머릿속에서 몰아내야 했다. 대시보드의 시계로 눈길이 갔다. 상황을 좀 정리하겠다고 스스로에게 약속했지 않나. 그래서 연차까지 쓴 거고. 그래서 이번 주말에 부모님을 도와드리겠답시고 이 고생을 했던 거고. 가족들을 다시 본다면 어지러운 마음을 다잡는 데 도움이 될 거라고 생각했다. 하지만 그 생각이 들자마자 앤지는 자신이 어디로 가야 할지, 무엇을 해야 할지 알아차렸다. 자신도 모르는 사이에 모두 깨닫고 말았다.

자신이 큰 난관에 부닥쳤을 때, 해결책이 필요할 때면 으레 하던 짓이 필요했다. 머리의 열을 좀 식히려고 하던 짓. 생각만으로도 벌써 기분이 나아지고 있었다.

3장

우리는 모두 거짓말을 한다…….
솔직히 여섯 다리만 건너면
서로 다 아는 사람들이다.

그 남자가 술집에 들어오는 걸 보자마자 감이 왔다.

앤지는 천천히 술을 들이켜면서 남자가 술집에 옹기종기 모여 있는 사람들을 살피는 모습을 지켜보았다. 꼭 휘황찬란한 조명 아래서 모세가 홍해를 가르는 듯한 모습이었다. 당당하게 걸어 들어오는 그 모습에선 마치 우두머리 수컷과 같은 존재감이 느껴졌다. 테크노 음악의 비트가 스툴을 울려대는 가운데, 남자를 바라보는 앤지의 심장도 그 박자에 맞춰 쿵쿵 뛰는 것 같았다.

잠시 멈춰 선 남자는 마치 일행을 찾는 것처럼 술집 손님들을 하나하나 찬찬히 뜯어보았다. 여느 손님들보다 머리 하나는 더 컸고, 어깨도 떡 벌어졌다. 위에서 내리쬐는 조명이 까마귀 깃털을 떠올리게 만드는 암청색 곱슬머리를 간질였다. 피부는 창백할 정도로 하얗다. 그리고 두 눈은…… 여기서는 그 색깔까지 알아볼 수는 없었지만, 일단 짙은 눈썹 아래서 번득이고 있는 것만은 확실했다. 인상이 꽤 강한데, 앤지는 생각했다. 미남과 훈남 사이 어딘가를 맴도는 느낌이었다. 뭔가 이국적인 분위기와 함께 어딘가 모르게 닮고

닳은 듯한, 그러면서도 굉장히 눈에 확 띄는 외모였다.

고개를 돌린 남자와 앤지의 시선이 마주쳤다.

일순간 두려움이 앤지의 온몸을 훑고 지나갔다. 이 남자는 여기에 어울리지 않았다. 이런 클럽 같은 술집에 어울리는 자가 아니었다. 그 존재감은 뭔가 어긋나 있었다. 하지만 그런 우려조차도 앤지의 관심과 흥분에 기름을 부을 뿐이었다. 남자는 그렇게 시선을 마주하고 있다가 앤지가 시선을 돌리지 않자 이쪽으로 다가오기 시작했다. 가까워지는 남자를 보며 앤지의 머릿속에서는 경고음이 울렸다. 몸속에서는 열기가 차오르기 시작했다. 앤지는 침을 꿀꺽 삼켰다.

'생각하지 마. 그냥 느껴. 주도권을 잡아. 제 1규칙, 항상 주도권을 잡아라.'

폭시 클럽은 앤지의 사냥터였다. 1번 고속도로 근처에 위치해 있어서 도시 외곽은 물론, 산속으로 들어가는 도로와 섬으로의 진입로까지 전부 연결되는 지리적 요충지였다. 클럽 바깥의, 바닥이 쩍쩍 갈라진 주차장에는 삼각지게 각진 건물 하나가 자리 잡고 있었다. 눈부신 조명으로 장식한 대형 광고판은 근처를 지나는 운전자들에게 온갖 어른의 재미를 보장해드리겠다고 떠벌리고 있었다. 오늘은 휘황찬란한 디스코 볼 조명 아래서 '빅 배드 존'의 중후한 베이스와 함께하는 '70년대 디스코 나이트'의 밤이었다. 바 뒤쪽의 기다랗고 좁은 무대 위에서는 무릎까지 올라오는 흰색 에나멜가죽 부츠와 가느다란 T백 팬티, 그리고 은빛 가발 차림의 스트리퍼들이

봉을 쥔 채 유혹적인 구애의 춤을 추고 있었다. 오늘은 근육질의 몸에 꽉 끼는 하얀색 디스코 슈트를 입은 남성 댄서들도 하나씩 올라가 서로 짝을 짓고 공연 중이었다. 남자 댄서가 스트리퍼들과 봉 사이를 오가면서 박자에 맞춰 엉덩이를 흔들고 하늘을 향해 삿대질을 하는 모습은 꼭 고전 영화 〈토요일 밤의 열기〉 속의 한 장면과 닮아 있었다……. '*살아간다…… 아 하 하…… 살아간다…….*'

그래, 딱 우리네 인생이었다. 그냥 살아가면서 가끔씩 떡이나 치는 인생.

솔직히 앤지는 결국 모든 삶과 죽음의 중심에 섹스가 존재한다는 점을 너무도 잘 알았다. 고작 성적 성향 때문에 얼마나 많은 '일반인'들이 일상으로부터 일탈로, 다시 죽음으로 치닫는지 절실하게 체감했다. 그리고 폭시 클럽은 정말 다양한 형태의 섹스를 선보이는 곳이었다. 남성들이 와서 섹스를 사는 곳이니까. 그리고 자신은 공짜로 섹스를 할 수 있는 곳이니까. 마치 자신만의 러시안 룰렛 게임이랄까. 앤지가 죽음을 엿 먹이는 비법이자, 이따금 즐기는 백해무익한 일탈인 셈이다.

앤지 나름대로 *살아가는 방법이었다.*

주차장 반대편에 위치한 클럽의 모텔은 시간 단위로 대실이 가능했다. 앤지는 이미 클럽에 도착하자마자 방을 하나 빌려두었다. 흐릿한 조명은 노래가 바뀔 때마다 빨간색과 파란색을 오갔다. 앤지는 나머지 술을 죄다 털어 넣은 다음, 오늘의 끈적끈적한 유희가 마침내 시작된다는 생각에 한껏 기분이 좋아졌다. 목표물로 점찍은 남자가 자기 자리로 슬슬 다가오자 앤지는 바텐더에게 한 잔 더 달라는 손짓을 보냈다.

남자가 미소를 짓자 앤지는 아랫배에 울리는 전율을 느끼며 깊은 숨을 들이마셨다. 가까이서 보니까 인물이 훨씬 나았다. 새하얗고 가지런한 치열, 약간 길게 돋아난 앞니 덕분인지 아주 먹음직스러운 야성미가 감돌았다. 살짝 주름이 잡히는 눈은 어쩌나 깊은 암청색인지, 지금 이 조명 아래에서는 거의 보랏빛으로 보일 정도였다. '와 씨, 좆나 잘생겼네.' 하지만 여전히 어딘가 닮은 듯한 느낌 하나는 옥에 티였다.

간단히 말해 완전 숨 막히는 외모였다.

덕분에 머릿속 어딘가에서 들리던 경고음이 더욱더 요란하게 울려 퍼지기 시작했다. 별 다섯 개짜리 경고였다. 앤지의 이성 한구석에서도 외쳐댔다. '건드리지 마.'

'이 남자는 아니야. 너랑 어울리기에는 너무 매력적이야. 솔직히 네가 생각하는 네 수준에도 어울리지 않아. 네게 위축감을 주는 상대는 누구든 건드리면 안 돼……'

"안녕." 남자가 말했다.

앤지는 고개를 끄덕이고는 바텐더가 방금 새로 서빙한 보드카 토닉을 한 모금 깊게 머금었다. '주도권만 잡으면 돼. 먼저 나가. 일찍 떠나. 이름은 알려주지 말고.'

"한 잔 사도 될까요?" 남자가 오른손을 바에 기대면서 상체를 앞쪽으로 숙였다. 그러면서 귓가로 입을 가까이 가져온 덕분에 앤지는 시끄러운 음악 속에서도 무슨 말을 하는지 똑똑히 들을 수 있었다.

앤지는 자기 잔을 들어 보였다. "괜찮아요."

"그럼 같이 춤이라도?" 남자는 시선을 맞춰왔다. 앤지는 눈 하나 깜빡하지 않았다. 그러고는 천천히 술잔을 카운터에 내려놓고 자리에서 일어나, 둘 사이의 공간을 좁혔다. 남자도 앞으로 숙였던 자세를 곧바로 폈지만, 뒤로 물러나지는 않았다. 덕분에 앤지가 남자를 올려다보는 자세가 되었다. 생각보다 키가 더 컸다. 떡대도 더 벌어졌고.

"그냥 방이나 잡죠?" 앤지가 말했다.

이제는 남자가 눈을 껌뻑였다. 앤지는 순간 그 눈 속에 불안감이 스쳐지나가는 걸 놓치지 않았다. 다 큰 남성에게 경계심을 심어줄 수 있다는 우월감으로 또 다른 흥분을 느끼자 절로 미소가 지어졌다. 실로 고전적인 밀당이었다. 앤지가 직업상 만나게 되는 피해자들은 거의 항상 여성이었다. 아니면 아이들, 무고한 아이들이었다. 그리고 용의자는 거의 언제나 남성이었다. 앤지는 남자의 시선을 피하지 않고 의자 뒤에 걸어둔 가죽 재킷을 집어 든 뒤, 여전히 몸을 비틀고 있는 댄서들을 지나 빨간색으로 '비상구'라 쓰여 있는 뒷문으로 향했다.

남자도 거의 지체 않고 앤지의 뒤를 따랐다. 금세 뒤를 따라잡은 남자는 앤지의 팔을 붙잡고 그 자리에 멈춰 세우려 했다. 그런데 악력이 좀 과했다. 손도 큼지막한데 악력까지 상당했다. 순간 가벼운 공포가 온몸을 훑고 지나갔다. 그게 또 흥분되면서 온몸의 감각이 깨어나는 느낌이었다. 앤지는 천천히 숨을 들이마시면서 마음을 다잡은 다음, 몸을 돌려 남자를 마주 보았다. 굳어버린 남자의 표정, 안 그래도 짙고 푸른 눈동자에 더욱 짙게 내려앉은 성적 긴장감을 보자 심장이 멎는 것 같았다.

"무슨 뜻이죠?" 남자가 말했다.

"무슨 뜻인 것 같아요?"

남자는 여전히 앤지의 상완을 손아귀로 굳게 붙잡은 채, 시선을 찬찬히 내려 앤지의 전신을 훑어보았다. 앤지의 가슴, 앤지의 엉덩이, 앤지의 길쭉한 다리, 검은색 바이커 부츠까지. 남자의 핏줄 위로 맥박이 뛰는 게 뻔히 보일 정도였다. 남자는 앤지의 팔을 쥐지 않은 손으로 앤지의 머리카락을, 오늘 밤을 대비해 길고 풍성하게 풀어둔 머리카락을 쓸었다. 그렇게 머릿결의 감촉을 느끼다가 머리카락을 뒤로 넘겨 앤지의 목선을 드러낸 다음, 옆 목을 가만히 쥔 채 엄지로 턱선을 조용히 훑었다. 앤지는 시야가 흐려지면서 다리가 풀리는 것 같은 느낌이 들었다. 고개를 숙인 남성은 앤지의 입가 가까이로 입술을 가져왔다. "발랑 까지셨네." 남자가 속삭였다. "왜죠?"

앤지의 눈이 반짝였다. "내가…… 공짜라서 못 믿는 거예요?"

"난 아무도 못 믿어요."

"그렇게 돈을 꼬라박고 싶으면 저기 무대 위의 숙녀분들이나 꼬셔보시죠." 앤지는 몸을 돌려 떠나려 했다.

하지만 팔을 움켜쥔 남자의 악력은 더 세지기만 했다. "좋아요." 남자는 앤지의 귓가에 대고 속삭였다. "가죠."

+

바깥 주차장의 붉은 네온사인 조명이 모텔 방 안으로 흘러들어와 얇은 장막을 드리웠다. 마치 맥동하는 심장처럼, 마치 지옥의 도가니처럼, '쿵, 쿵, 쿵.' 클럽에서 연주하는 음악의 베이스가 얇은 벽을 뚫고 들려왔다. 마룻바닥에서도 그 울림이 그대로 느껴졌다. 네온사인의 빛이 진동하는 박자와 정확히 일치했다. 저 멀리 어딘가에서 사이렌 소리가 울렸다. 구급차일까, 경찰차일까, 아니면 소방차일까. 사회가 시민들의 삶을 구하고, 또 통제하는 소리였다.

앤지가 남자 위에 올라탄 채 벽을 울리는 베이스 박자에 따라 몸을 흔들 때마다 침대 머리판도 쿵쿵거리며 들썩거렸다. 온몸의 피가 뜨겁게 달아올랐고 피부도 번들거렸다. 남자는 나신이 되어 아래에 깔려 있었고, 양 손목은 이미 앤지가 케이블 타이로 옭아매 머리맡의 침대 머리판에 묶어둔 상태였다. 두 사람의 옷가지는 오래된 카펫 위에 쌓여 있었고 신발도 방 곳곳에 대충 널브러져 있었다. 앤지는 온 힘을 다해 상대를 범하면서 남자의 피부에 손톱을 깊숙이 박았다. 헐떡이는 신음소리와 땀, 그리고 흔들리는 가슴속에서 지난 몇 개월 동안의 잡념은 모두 사라져버렸다……. 자신이 구하지 못했던 아이들……. 자기 자신의 한계와 약점. 경찰 업무로 인해 느꼈던 부담. 지난 몇 년간 직접 눈으로 보아야 했던 타락상. 최악을 보았다고 생각할 때면 으레 더 나쁜 상황이 발생하는 직업적 악순환까지도.

남자는 굉장한 대물이어서 앤지의 마음에 쏙 들었다. 기꺼이 받아들일 만했다. 거칠고 어두운 빛의 가슴털, 탄탄한 몸매, 석고상이나 대리석 조각처럼 새하얀 피부까지. 가히 미켈란젤로가 조각했을 법한 걸작이었다. 마음속의 목소리가 다시 한 번 앤지의 야성을 누르며 떠올랐다. '이건 뭔가 잘못됐어. 이 남자는 누구지? 대체 왜 나랑 놀아나고 싶은 거지? 어떤 여자든 곧장 자빠뜨릴 수 있을 텐데, 굳이 왜 이런 술집까지 온 거지? 약지에 반지는 없지만 희미한 반지 자국이 남아 있는 게 또렷하게 보여. 사귀던 사람하고 최근에 헤어진 건가? 아니면 지금 사귀는 관계를 숨기고 있는 건가? 어쨌든 과거가 없는 남자는 아니야. 사귀던 사람이 없었던 것도 아니고. 대체 뭐가 잘못되어서 이런 일탈을…?'

앤지는 머릿속의 목소리를 치워버린 다음 허벅지를 더 넓게 벌리고 남자의 성기를 깊숙이 받아들였다. 그리고 엉덩이를 더 빠르게 흔들면서 자신의 내부를 채우고 스스로를 학대했다. 거의 다 왔다, 거의 다 됐다. 남자도 그걸 똑똑히 느꼈다. 당장 앤지의 아래서 물건을 꿰뚫어 올리는 남자의 움직임이 점점 더 거세졌다. 앤지는 어떻게든 참아보려고, 남자가 느낄 절정을 늦춰보려 했다. 하지만 갑자기 온몸이 굳어버린 것처럼 빳빳이 경직되었다. 가슴팍에서 숨이 턱 막혀왔다. 그렇게 붉은 전등이 명멸하고 베이스가 울려 퍼지는 가운데, 앤지는 그 순간을 만끽했다. 절정이 찾아왔다. 눈앞이 뿌옇게 변하고 신음이 목구멍에서 턱 막혔다. 온몸의 근육이 수축한 탓이다. 이내 전신이 뜨겁고 완만하게 풀리기 시작했다. 앤지는 남자의 가슴팍 위로 털썩, 쓰러졌다. 유방을 남자의 가슴털에 비볐다. 성기를 통해 절정의 여운이 전달되었기 때문인지, 남자는 아직도 앤지의 안에서 발기하고 있는 상태였다.

바닥에 널브러진 앤지의 재킷에서 시끄러운 소리가 흘러나왔다. 전화였다. 홀거슨의 번호로 설정해둔 익숙한 벨소리였다. '망할.'

앤지는 정신을 집중하려 애썼다. 어차피 오늘은 근무가 없다. 오늘 밤에 출동할 일은 없다. 주말 내내 부모님을 도우려고 연차를 내지 않았나.

전화가 다시 한 번 울렸다. 앤지는 침대 아래로 손을 뻗어 바닥의 재킷을 집으려고 더듬거렸다.

"내버려둬." 남자가 허스키하게 명령했다. 목소리에 힘이 실려 있었다. 놀라울 정도의 권위였다. "풀어줘." 남자가 말했다. "이젠 내 차례야."

앤지는 잠시 두 눈을 감았다. 전화는 이제 음성 사서함으로 넘어갔다.

"이제 풀어줘, 좀."

앤지는 남자의 얼굴을 올려다보았다. 남자의 눈빛 속엔 뭔가 '위험해' 보이는 게 있었다. 전화가 다시 한 번 울리기 시작했다. 진짜 긴급한 전화인 게 분명했다. 새로 배정받은 파트너인 홀거슨은 별일도 아닌데 이런 야밤에 연락하는 성격이 아니었다. 앤지는 남자의 성기를 빼낸 다음 재킷 쪽으로 걸어가 전화기를 집었다. 그러고는 땀으로 인해 온통 얼굴에 들러붙은 머리카락을 걷어내고 전화를 받았다.

"왜." 앤지는 이름도 말하지 않고 전화를 받았다. 침대에 누워 있는 대물 양반에게 아직 자기 이름을 알려주지 않았고, 앞으로도 알려줄 생각이 없었으니까. 그러니 전화를 받으면서도 굳이 이름을 언급할 필요는 없었다.

"파티 끝나쓰, 팔로리노." 홀거슨 특유의 괴상한 말투가 들렸다. "세인트 주드에서 발견된 신원 미상의 여성이 우리한테 배정됐그등. 나이는 어려, 대강 10대 중후반쯤? 성폭행 흔적이 있어야. 의료진이 로스만 공동묘지에서 후송해왔나베. 상태는 심각해. 의식불명이야."

앤지는 대물 양반을 흘끗 쳐다보았다. 남자는 두 사람의 대화에 귀를 기울이며 이쪽으로 강렬한 시선을 보내고 있었다. 두 손은 여전히 머리 위로 꽁꽁 묶인 상태였다. 앤지는 남자에게 등을 돌리며 벌거벗은 몸으로 창가 쪽으로 다가갔다. "다른 애들은 어쩌고?" 앤지는 조용히 속삭였다. "던던이랑 스미스는? 걔네 오늘 근무잖아."

"던던은 넘기고 싶댜. 안 그래도 걔랑 스미스는 자기네 팀에 감기가 도는 바람에 벌써 72시간 연속 근무 중이었그등. 그런데 다른 신고까지 들어온 상태구." 잠시 침묵. "걔 말로는 아마 네가 이 사건을 맡고 싶어 할 거라던디. 퍼니허랑 리터 사건의 용의자일 수도 있대나. 이번에는 표식을 이마에 아예 새겨놓았다는 점만 달라야."

순간 앤지의 온몸이 얼어붙었다. 앤지와 해시가 맡았던 오래된 사건이 다시 돌아왔다. 해시가 끝끝내 풀지 못했던 눈엣가시 같은 사건. 16세의 샐리 리터부터 시작해, 1년 뒤에 14세의 앨리슨 퍼니허까지 덮쳤던 연쇄 성폭행 사건이었다. 두 사람은 끝내 범인을 잡지 못했다. "20분 내로 가지."

"뭔 소리여, 미국이라도 갔어? 아니면 자전거라도 타고 오셔?"

"내가 갈 동안 대충 정리할 거 정리해 둬. 20분 있다 봐."

앤지는 전화를 끊고 청바지를 집어 양발을 거칠게 쑤셔 넣은 뒤 엉덩이까지 끌어 올렸다. 그리고 재빠른 손길로 셔츠를 집어 들고 뒷머리를 그러모아 목 뒤쪽에서 꽁지머리로 단단히 묶었다. 부츠까지 낚아챈 앤지는 가죽 재킷으로 손을 뻗다가 잠시 멈칫하고는, 아직도 모텔 방 침대에 묶여 있는 남자를 바라보았다. 번들거리는 성기가 아직도 전혀 죽지 않은 기세로 까딱거리고 있었다. 멋졌다. 열기가 다시금 앤지의 몸속을 훑고 지나갔다. 그 뜨거운 시선으로 남자의 몸을 살펴보았다. 남자 역시 앤지를 바라보고, 또 분석하고 있었다. 벌거벗은 채 침대에 묶인 남자치고는 희한할 정도로 침착하고 절제된 모습이었다. 앤지는 남자와 시선을 마주했다.

남자는 다리 사이로 턱을 까딱였다. "우리 아직 안 끝났는데." 남자가 말했다.

앤지는 입술을 핥았다. 그러고는 청바지 뒷주머니에서 탄소섬유제 세븐자 25 나이프를 꺼내 들었다. 앤지가 어디든 들고 다니는 든든한 휴대품이자 지금껏 본 칼 중에 가장 날카로운 녀석이었다. 그렇게 칼을 빼 들고 침대 쪽으로 몸을 숙여, 남자의 양 손목을 묶고 있던 플라스틱 케이블 타이를 끊었다. 남자는 손목을 아래로 내리면서도 여전히 앤지의 눈에서 시선을 돌리지 않았다. 손목의 피부가 시뻘겋게 쓸려 있었는데도.

"번호나 주고 가지 그래." 남자가 말했다. "그럼 다음에 또 볼 수 있잖아."

앤지의 머릿속에서 다시 한 번 불안한 속삭임이 들렸다. 이번만큼은 소화하기 힘든, 감당하기 힘든 먹잇감을 문 것이라고 희미하게 경고하는 육감의 소리였다. 왜냐하면 앤지도 이 남자랑 다시 한 번 만나고 싶었으니까. 마치 처음 하는 마약처럼 강렬하고 중독적인 남자였다. 그리고 앤지도 그 느낌이 싫지 않았다……. 하지만 이 남자가 '필요해지는' 상황을 원치는 않았다. 그런 실수는 이미 한번 저지른 바 있었다.

'질러. 질러버려. 보약 같은 남자야. 세상 모든 걱정을 다 씻어준

다니까…….'

앤지는 잠시 망설이면서 머릿속으로 열심히 계산해보았다. 한 번 더 만나는 정도야 뭐…… 별일 있겠어? 그러고는 침대 옆에 있는 작은 협탁으로 빠르게 걸어가 호텔 메모지에 자신의 전화번호를 휘갈겨 적었다. 어차피 선불 폰 번호였다. 원한다면 언제든지 버릴 수 있으니까. 앤지는 문 쪽으로 걸어가면서 재킷 밑으로 어깨를 으쓱했다.

등 뒤에서 남자가 불렀다. "그래도 이름은 있을 거 아냐, 용감한 공주님?"

앤지는 문고리를 잡은 채 잠시 멈칫했다. 어깨에 앉은 악마가 귓가에 속삭이는 것 같았다. '그래, 넌 다 통제할 수 있어. 원한다면 언제든지 다 멈출 수 있다고…….' 어쨌든 앤지도 일개 인간이 아니던가. 자신의 삶 정도는 가질 수 있지 않을까. 인간관계까지 쳐내면서 살 필요는 없는 것이었다. 자신이 통제권을 완전히 장악하고만 있다면.

"앤지야." 앤지가 말했다.

침묵.

"당신은?" 앤지가 물었다.

남자는 천천히 미소를 지었다. 한쪽 입가가 희한하게 더 높이 말려 올라갔다. "번호 받았어." 잠시간의 침묵. "앤지."

4장

범인이 밟은 곳마다, 만진 것마다, 남긴 것마다, 그게 의식적이든
무의식적이든, 전부 범인에게 불리한 증거가 잠들어 있다.
– 로카르의 교환 법칙

12월 10일 일요일

도시의 건물들 사이에 휘날리던 눈송이가 슬슬 굵어지면서 밤거리
에 소복이 쌓이기 시작했다. 현재 시간은 일요일 새벽 3시, 앤지는
더글러스를 끄고 차를 몰고 있었다. 와이퍼가 지나간 앞 유리창에
는 원호 모양의 눈 자국이 남았다. 모호한 불안감에 사로잡힌 앤지
는 온갖 크리스마스 상품들을 가득 들여놓고 밝은 조명까지 켜놓은
가게의 앞을 바라보았다. 길거리에 매달린 채 반짝이는 조명이 구
시가의 관광지를 밝히고 있었다. 내항의 시커먼 물가 너머로 우뚝
선 의사당 건물은 마치 요정의 불빛을 밝힌 디즈니랜드의 성처럼
밝게 빛났다. 빙 크로스비의 고전 명곡 〈실버 벨〉이 라디오에서 흘
러나왔다……. '성탄절 옷을 입고 길가를 걸어요…….'

　짜증이 난 앤지는 라디오 버튼을 쿡 찔러 뉴스에 주파수를 맞췄
다. '새로이 당선된 잭 킬리언 시장과 시의회는 오는 화요일에 취임
선서를 할 예정이며…….'

앤지는 아예 라디오를 콱 꺼버렸다.

족히 2주 전부터 나붙었던, **'킬리언에게 한 표를'**이라고 홍보하는 선거 포스터는 아직도 발길에 채이고 있었다. 킬리언은 전직 시장이었던 패티 마컴을 단 84표 차이로 누르고 시장에 당선되었다. 딱 봐도 '범죄 척결 및 경찰 부패 청산'이라는 공약이 제대로 먹힌 모양이었다. 민주주의 만만세. 그리고 킬리언이 정말로 공약에 충실한 사람이라면 이번 화요일에 의회의 측근들과 함께 취임식을 끝내자마자 곧장 개혁에 팔 걷고 나설 것이었다.

'이 도시를 다시 위대하게.'

새 시장이 뭐라고 하든 무슨 상관이냐고 할 수도 있지만, 정말 무슨 상관인지 따져보자면 앤지와 동료들이 근무하는 빅토리아 시경의 다혈질 서장님께서 킬리언이 예고한 급진적 개혁에 신경질적인 반응을 보이고 있다는 게 문제였다. 덕분에 조직 내부의 분위기는 불편할 정도로 바닥을 쳤으며 범죄율, 예산, 잔업 수당, 직원들의 봉급, 그리고 사건 종결 사례 등 온갖 수치들에 손가락질이 가해지는 상황이었다. 여기에 거너 서장은 이제 모가지 신세가 되고 킬리언의 측근 중 하나가 낙하산으로 내려올 것이라는 추측이 이미 기정사실화되어 있기까지 했다.

세인트 어번 대성당 바깥에 주차할 만한 자리가 보였다. 음울한 고딕풍의 이 성당은 근처의 가톨릭 재단 병원들과 아주 비슷한 모습을 하고 있었다. 앤지는 잠금 상자에서 권총을 꺼내 가죽 재킷 아래 찬 다음, 까만색 모직 스컬캡을 쓰고 차 밖으로 나왔다. 눈 속을 뚫고 빨간색 조명이 켜진 응급실로 달려가는 앤지의 뒷모습을, 대성당의 가고일 석상이 돌멩이 눈으로 내려다보았다.

홀거슨은 간호사들이 근무하는 수납처 근처에 주황색 플라스틱 의자를 갖다놓고 구부정하게 앉아 있었다. 강력반 형사님보다는 당장이라도 병원에 실려 가야 할 것 같은, 길거리 마약 중독자 같은 모습이었다. 하지만 앤지가 다가오는 모습을 본 홀거슨은 흐느적거리며 185센티미터짜리 거구를 일으켜 세웠다.

"뭐 이리 오래 걸렸댜, 팔로리노?"

"피해자는 어디 있어?"

홀거슨은 앤지를 잠시 바라보더니 자기 눈 쪽을 손가락질했다. "니 마스카라 다 번졌다야."

"피해자 어디 있냐니까, 홀거슨? 어디서 실려 왔어? 아직 신원은 몰라?"

"내가 도착했을 때도 아직 수술 중이었어. 지금은 중환자실에 들어갔구. 위층에 있는 순경이 설명해줄 거여. 갸랑 같이 순찰 돌던 아가 신고도 하고 초동대응도 했나배. 갸들이 로스만 공동묘지에 도착할랑께 벌써 의료팀 두 명이 와가꼬 응급처치 중이었다야."

"의식은 아예 없대?"

"전혀." 홀거슨은 엘리베이터 쪽으로 가면서 지나가던 간호사들에게 두 손가락으로 경례하는 시늉을 했다. 앤지도 발을 맞춰 걸었다. 병원의 소독약 냄새를 맡으면 항상 희한하게 불안한 느낌이 들었다. 특히나 오늘 밤은 더더욱.

홀거슨은 엘리베이터 버튼을 눌렀다. "의사 말로는 우리 피해자가 몇 분 전에 응급실에서 심정지를 맞았대."

"심정지?"

"죽었다구. 의사들이 다시 살려내기는 했어야. 두 번이나."

엘리베이터를 타고 올라가던 앤지는 금속 벽면에 비치는 자신의 왜곡된 얼굴을 바라보며 두 눈을 비벼서 잔뜩 번진 마스카라를 지우려 했다. 홀거슨은 그 모습을 조용히 바라보았다.

"왜?" 앤지가 말했다. "밖에 눈 오잖아. 그래서 다 젖었어. 그러니까 화장이 번지지."

"내가 뭐랬습까, 앤지 형사님."

그래, 할 말이 있으면 했을 거다. '우리가 파트너 된 지 3주째인데 너 화장한 얼굴은 오늘 처음 본다.' 겉보기에는 개막장 마약 중독자처럼 생겼어도 홀거슨은 뭐 하나 놓치는 적이 없었다. 그 지성은 면도날처럼 날카로웠으며, 두 사람이 처음 만났던 날부터 앤지를 재어보고 퍼즐 조각을 모으면서 자기 생각 속의 이미지를 짜맞춰나가고 있었다.

홀거슨은 고향인 북부부터 여기 빅토리아까지 수년 동안 마약반에 근무하면서 위장 잠입 수사에도 여러 번 투입된 실력자였다. 특유의 느릿하고 괴상한 말투는 대부분의 사람들에게 웃음을 주었고,

앤지의 추측에는 홀거슨도 그걸 즐기는 것 같았다. 어쨌든 홀거슨은 상부에서 파트너랍시고 짝지어주었던 지난번의 개자식보다는 훨씬 견디기 쉬운 인물상이었다. 게다가 거의 항상 앤지를 존중해주기도 했다. 그 점은 마음에 들었다. 사실 그 외에는 홀거슨에 대해 아는 게 거의 없었다. 꽉 덮인 책이랄까. 그리고 딱히 뒤를 캐볼 생각도 없었다. 앤지 자신도 서로 개인적인 일은 사생활로 남겨두는 편을 선호했으니까.

두 사람이 엘리베이터에서 나오자 복도 끝 의자에 앉아 기다리고 있던 순경이 자리에서 벌떡 일어났다. 가끔씩은 앤지도 자신이 신참 경찰이던 시절이 어제처럼 느껴졌다. 물론 또 가끔은 수십 년 전처럼 까마득하게 느껴지기도 했고.

"팔로리노 형사입니다. 성범죄 전담이죠." 앤지가 자기소개를 했다. "그리고 이쪽은 홀거슨 형사고요."

"토너 순경입니다." 신참이 수첩을 열면서 말했다. "제 파트너인 히키랑 제가 초동대응 했습니다. 피해자와 함께 구급차 뒤에 타고 와서 지금까지 병원에 있었습니다. 히키는 범죄 현장을 확보하고 목격자들과 면담하려고 뒤에 남았습니다."

그나마 다행이었다. "우리의 생존자는 어디 있죠?"

"방금 중환자실로 옮겼다고 합니다."

"첫 신고는 누가 했어요?" 앤지가 말했다.

"유령 투어 가이드가 했답니다." 토너는 수첩을 확인했다. "신고자 이름은 에드윈 리스트입니다. 신고자와 관광객 네 명이 무덤에 쓰러져 있던 피해자를 발견하고 곧장 911에 신고했다고 합니다."

"유령 투어? 이런 날씨에?" 홀거슨이 말했다.

앤지는 홀거슨을 바라보면서 공동묘지 아래쪽 도로에서 맞닥뜨렸던 상황을 다시 떠올렸다.

"이런 날씨쯤 되어야 그 악명 높은 여자 유령도 자정 딱 맞춰 슬슬 기어 나오지 않겠습니까." 토너가 말했다. "저희가 도착했을 때는 이미 응급치료팀이 도착해 처치를 진행하고 있었습니다. 피해자는 흠뻑 젖은 상태로 저체온증을 보이고 있었고, 의식은 전혀 없었으며, 안면과 질에 입은 부상에서 출혈이 일어나고 있었습니다. 치마는 위로 끌어 올려졌고, 스타킹은 하복부에서 찢어졌거나 잘려나갔으며, 사타구니가 활짝 벌려져 있었습니다. 부츠는 그대로 신겨진 상태였습니다."

잠시 침묵이 흘렀다.

앤지가 목을 흠흠 가다듬었다. "응급치료팀과 리스트 씨, 그리고 발견 당시 관광객들의 상세 정황 조사가 필요하겠는데요."

"이미 조사했습니다. 히키가 목격자들의 신분을 전부 공식 식별한 다음 초기 진술을 받아둔 상태입니다."

"피해자의 옷은요?" 앤지가 말했다.

"전부 잘 챙겨두었습니다." 토너 순경은 뒤쪽의 의자 위에 올려둔 증거물 종이 가방을 턱짓으로 가리켰다. "프란체스코 밀라노 부츠

한 켤레입니다. 스커트에도 명품 라벨이 붙어 있었습니다."

"신분증이나 지갑, 전화기는요?"

"없었습니다."

"성폭력 키트는?" 앤지가 말했다.

일행의 뒤쪽에서 여성의 단호한 목소리가 들렸다. "우리의 최우선 목표는 환자의 생존입니다." 세 사람은 모두 뒤를 돌아보았다. 녹색 수술복을 입은 의사가 다가오고 있었다. 키가 훤칠하고, 깔끔하면서 강인한 얼굴의 여성이었다. 눈빛도 밝았지만, 앤지는 그 눈에 드리운 피로와 스트레스를 읽어낼 수 있었다.

"의사 루스 핀레이슨입니다." 의사 선생이 손을 내밀었다. 앤지도 그 손을 맞잡고 악수했다. 악력이 꽤 탄탄했다.

"앤지 팔로리노입니다. 이쪽은 키엘 홀거슨이고요."

"성폭행 흔적이 있는 무의식의 환자를 다룰 때는 항상 윤리 문제가 생기죠." 핀레이슨 선생이 말했다. "환자의 동의 없이 법의학 검사를 실행하면 나중에 환자가 의식을 되찾았을 때 2차 가해가 발생할 수 있습니다. 하지만 저는 법의학 검사 실행 훈련을 받았고, 저희 병원의 정책상 필수적인 응급처치 도중 증거물이 발견될 경우 해당 증거물을 수집할 수 있는 재량권을 부여받았습니다. 따라서 일단 수집할 수 있는 증거는 전부 모아두었습니다. 보통 이런 증거품은 환자 본인이나 환자의 가족, 보호자, 또는 법원 등의 관련 결정권자들의 양도 허가가 떨어질 때까지 병원 측에서 보관해둡니다."

"저도 그 정책에 대해서는 숙지하고 있습니다." 앤지가 말했다. "희생자는 어떻습니까? 지금 만나봐도 될까요?"

의사는 잠시 앤지와 시선을 맞추고 있다가 숨을 들이쉬었다. "따라오세요." 세 사람을 이끌고 복도를 따라 걷던 루스는 어깨 너머로 곁눈질을 던졌다. "웬만하면 폰은 전부 꺼주시길 바랍니다. 병동에서 사용하는 장비의 작동에 악영향을 끼칠 수 있으니까요." 앤지와 홀거슨이 중환자실에 들어서면서 폰을 전부 끄자, 의사는 방 한쪽으로 일행을 데려갔다. 그러고는 유리문을 옆으로 밀어 열었다.

그렇게 모두 안으로 들어갔다. 삑삑거리고 쉭쉭거리는 기계음이 들렸다. 앤지의 관심은 침대 위에 누워 있는 소녀에게 쏠렸다. 입에는 산소 호흡기의 튜브가 꽂혔고, 혈관으로는 약물이 방울방울 흘러 들어가고 있었다. 팔은 의료용 진단장치가 부착된 채 가슴팍 위에 놓여 있었으며, 멍든 상처에는 붕대가 헐겁게 감긴 상태였다. 피해자는 흑갈색 머리카락의 백인 소녀였지만, 피부에 희한한 기미가 올라와 있었다.

"피부가…… 시퍼렇네." 홀거슨이 입을 열었다. "색깔이 왜 저런 검까? 추워서요?"

"청색증이에요." 핀레이슨 선생이 조용히 말했다. 그 눈길은 환자에게 향해 있었다. "혈중 산소 농도가 지나치게 낮을 때 발생할 수 있죠. 이미 병원에 도착했을 때는 심정지 상태였어요. 지금 목숨이 붙어 있는 게 기적이에요. 앞으로 24시간이 고비가 될 거고요. 하지만 고비를 버틴다 한들 분명 영구적인 신경 손상이 남을 겁니다. 거의 익사할 뻔한 환자가 심정지 상태에 빠질 경우 35퍼센트에서 60퍼센트는 응급실에서 사망 선고를 받습니다. 나머지 생존자들도 결국 영구적 장애를 갖게 되고요."

앤지와 홀거슨의 시선이 의사 쪽으로 쏠렸다.

"거의 '익사'할 뻔했다뇨?" 앤지가 물었다. "무슨 말씀이시죠?"

"물에 빠져 죽을 뻔했다는 거죠. 보통 익사가 시작되면 후두가 강제로 막히면서 산소와 물이 폐로 들어오지 못하도록 합니다. 이처럼 후두가 경련하면서 계속 닫힌 사례 중에 10퍼센트에서 20퍼센트는 저산소혈증, 즉 혈중 산소 농도가 감소하는 증상이 발생합니다. 이걸 건성 익사라고 합니다. 하지만 우리 희생자의 경우에는 건성도 아니었습니다. 후두가 개방된 채로 소량의 물이 폐로 들어갔어요."

앤지는 의사를 쳐다보다가 홀거슨을 돌아보았다. "피해자가 물 근처에서 발견되었나?"

"내가 알기로 로스만 공동묘지 근처에는 물가가 전혀 없는데. 도로 끝자락에 있는 바다가 전부야."

"바닷물도 아니었습니다. 습성 익사로 인한 저산소혈증에서도 그 원인이 담수냐 염수냐에 따라 서로 다른 생리학적 과정을 보입니다. 담수, 즉 민물이 폐로 들어갈 경우, 삼투압으로 인해 폐순환 과정에 물이 흘러 들어갑니다. 이 경우 혈액의 농도가 희석되면서 적혈구 파열이 일어나죠. 그러면 포타슘 수치가 급증하고 소듐 수치는 급락하면서 심장의 전기 활동이 변하고 심실세동이 나타나, 2~3분 내로 심장마비가 발생하죠. 반면 염수, 즉 소금물의 경우 혈액보다 삼투압이 높습니다. 그래서 담수와는 정반대의 현상이 나타나죠. 폐의 혈류로부터 수분이 빨려나가면서 혈액의 농도가 높아지는 겁니다. 그러면 심장에 무리가 가면서 8~10분 사이에 심장마비가 발생합니다. 그러니까 물에 소금기가 섞였든, 섞이지 않았든 원리상 익사가 가능하다는 겁니다." 핀레이슨 선생의 말이었다.

앤지는 침대 가까이 다가갔다. 가슴이 먹먹해졌다. 겨우 아이인데. 이제 막 열다섯 살이나 되었을 법한 소녀인데. 앨리슨 퍼니허처럼, 또, 샐리 리터처럼. 단 이번 희생자는 살짝 통통한 편이라는 차이점은 있었다. 피해자의 머리카락은 이마 위로 전부 젖혀진 채 마른 핏자국이 남아 있었다. 이마에는 붕대가 헐겁게 감겨 있었다. 입가의 피부는 온통 새빨갰다.

앤지의 시선이 천천히 소녀의 몸 쪽으로 내려갔다. 목과 손목에는 뭔가로 묶였던 듯한 보랏빛 자국이 선명했다. 손톱도 온통 깨졌고 몇 개는 아예 뽑히기까지 했다. 손가락 중 하나에는 금속 고정기가 덧대어져 있었다. 팔뚝도 온통 자상과 타박상투성이였다. 범인에게 맞서 싸운 것이다. 자신의 목숨을 지키려고.

"이마의 상처를 봐도 될까요?" 앤지가 조용히 말했다.

의사는 잠시 망설이다가, 이내 입을 앙다물었다. 그러고는 조심스럽게 붕대를 걷어냈다.

상처는 이미 소독과 봉합이 끝난 상태였다. 완벽한 십자가 모양이었다. 십자가 아래쪽은 정확히 미간에서 끝나 있었다.

"예리한 칼날로 살갗을 가른 겁니다." 핀레이슨 선생이 말했다. "면도날이나 메스, 아니면 커터 칼이겠죠. 아주 깊게, 눈썹 뼈까지 닿게 눌러서 그었어요."

앤지는 상처를 바라보았다. 속이 끓어오르는 느낌이었다. 퍼니허와 리터 역시 이마에 십자가가 새겨져 있었다. 똑같은 크기, 똑같은 모양이었다. 십자가 아래쪽이 미간에서 끝나는 것까지. 하지만 두 희생자의 십자가는 빨간색 매직펜으로 그린 것이었다. 살갗을 칼로 가른 게 아니라.

앤지는 고개를 좀 더 숙여 소녀의 이마와 앞머리를 살펴보고는, 자신이 찾던 흔적을 발견하자 맥박이 더욱 빨라졌다. "가운데 이마의 앞머리가 한 움큼 잘려 있어."

"던던이 옳았군." 홀거슨이 속삭였다. "놈이 돌아온 거야. 게다가 수법은 더 나빠졌어."

"아직은 몰라." 앤지가 들릴락 말락 하게 딱 잘라 말했다. "확실한 물증이 생기기 전까지는 단정 짓지 말자고."

"그래두 나는 이 섣부른 판단을 믿어볼란다." 홀거슨이 웅얼거렸다.

"성행위 흔적은요?" 앤지가 의사에게 물었다. "이 자가 남긴 흔적이 있나요?"

"정액이 즉시 검출되지는 않았습니다만, 출혈 때문에 관찰이 힘들었습니다." 의사는 앤지의 눈을 똑바로 쳐다보았다. "성기가 흉기로 훼손되어 있었어요." 의사는 잠시 망설였다. 하지만 그 눈은 더 밝게 타올랐다. "할례를 당했더군요."

앤지는 얼굴에서 핏기가 사라지는 것을 느꼈다. "그럼?"

"음핵 포피, 음핵 귀두 그리고 소음순이 제거되었습니다."

앤지의 심장이 쿵쿵 뛰기 시작했다. "자세한 법의학적 검사가 필요하겠습니다." 앤지의 입에서 빠르게 말이 흘러나왔다. "사진도……."

"이미 수술을 진행하면서 환부 사진을 촬영해두었습니다, 형사님. 체액도 수집했고, 혈액 샘플과 질에서 채취한 표본, 타액, 그리고 피해자의 손톱 밑의 피부찰과표본까지 전부 수집해두었습니다. 이제는 형사님께서 본인 할 일 하시면서 가까운 친인척을 찾아보시면 됩니다, 피해자가 사망하기 전에 말이죠." 그렇게 말하는 의사 선생님의 얼굴은 딱딱하게 굳어 있었고, 앤지는 그 얼굴 아래 숨어 있는 감정을 읽어낼 수 있었다. 조용하게, 그리고 간신히 억누른 분노. 그것은 분노조절장애를 가진 앤지의 입장에서 너무나 잘 알고 있는 감정이었다. 바로 앤지 자신을 몰아붙이는 공격적인 에너지였다. 또, 자신을 성범죄 전담반으로 이끈 힘이자, 강력반으로 진급하려 무진 애를 쓰도록 만드는 원동력이기도 했다. "약속해주시죠." 의사가 거의 들리지도 않을 정도로 부드러운 목소리로 말했다. "이 개자식을 잡아 처넣겠다고 약속해주세요."

앤지의 입이 말라붙었다. 간밤에 퍼 마신 보드카 탓에 입맛도 더럽게 썼다.

갑자기 일행 뒤에 있던 문이 스르르 열리더니, 간호사 하나가 중환자실 안으로 고개를 빼꼼 내밀었다. "핀레이슨 선생님, 나심 선생님께서 급히 할 말이 있으시다는데요."

"그럼 저는 이만." 의사가 말했다.

앤지와 홀거슨은 고개를 끄덕였고, 핀레이슨 선생은 방에서 빠져나갔다.

앤지는 다시 신원 불명의 피해자에게 주의를 돌렸다. 그러고는 부드럽게 소녀의 손을 잡았다. 얼음장같이 차가웠다. 앤지는 그 손을 찬찬히 돌려보았다. 손바닥과 손등에 저항흔이 뚜렷했다. 꼭 날카로운 칼날이 파고든 것처럼 보였다. 깊이 파고든 상처는 이미 봉합되어 있었다.

'대체 누가 이런 거니? 어쩌다 이런 꼴을 당한 거니? 이렇게 폭풍우 치는 날, 대체 공동묘지에서 뭘 하고 있었던 거니?'

"피해자의 남은 손톱에는 젤네일이 발라져 있군." 옆에 서 있던 홀거슨이 말했다. "머리카락의 하이라이트 염색도 최근에 들였구. 자신을 꾸미는 스타일이야, 자존감이 있다는 거지. 그리구 이 애가 신고 있던 부츠……, 프란체스코 밀라노 브랜드면 한 짝에 1,000달러는 넘어야."

앤지가 홀거슨에게 시선을 돌렸다. "그런 건 어떻게 알아?"

"내가 좀 아는 게 많그등, 팔로리노."

앤지는 동료를 찬찬히 뜯어보았다. 염소수염. 광대뼈 밑으로 움푹 팬 창백한 골. 심란해 보이는 눈. '우리가 타인에 대해 얼마나 안다고? 애초에 얼마나 알 수 있다고?'

"내가 말할 수 있는 건," 홀거슨이 말했다. "우리 피해자가 굉장히 값비싼 취향을 가졌다는 거야. 게다가 그 취향을 만족시킬 수 있는 수단두. 이건 약쟁이 노숙자가 저지른 짓이 아녀. 최소한 누구 하나는 얘가 죽은 게 되게 아쉬워질 거야."

앤지는 고개를 끄덕이고 문 쪽으로 몸을 돌렸다.

"다음은 어디로 가, 팔로리노?" 홀거슨도 복도까지 따라 나왔다.

앤지는 주머니에서 전화기를 꺼내 들었다. 그리고 중환자 병동을 나오자마자 곧바로 서로 연락을 넣었다. 토너는 여전히 복도 끝 의자에서 대기하고 있었다. 앤지는 폰을 귀에 댄 채 여성 순경 쪽으로 걸어갔다.

"팔로리노!" 홀거슨이 뒤에서 앤지를 불렀다. "대체 무슨…… 지금 어디 가냐니까?"

"공동묘지." 앤지가 어깨 너머로 딱 잘라 말했다. "거기로 법의학 팀 불러야 돼."

"이 야밤에?" 홀거슨이 앤지의 종종걸음을 따라잡으며 물었다.

"일출까지 준비시키려고. 지금 이 날씨에는 시간을 끌수록 물증을 날려먹기 십상이야." 앤지는 통화가 연결되기를 기다리면서 토너에게 말했다. "그 증거물 가방, 서의 연구실로 가져가요." 앤지가 말했다. "제대로 기록해놓고. 관리 연속성(사건에서 발생한 증거의 보관자들이 그 증거를 주고받은 관계 및 정황-옮긴이) 꼭 신경 써서⋯⋯." 드디어 전화가 걸렸다.

앤지는 로스만 공동묘지에서 최대한 빨리 만나자고 법의학 감식팀에 명령했다. 그다음에는 시경 실종자 전담 부서로 연락해, 이 신원 미상 희생자의 인상착의를 설명하면서 혹시 비슷한 실종자 신고가 들어오지 않았느냐는 질문을 메시지로 남겼다. 그다음에는 또 시경의 고위험 범죄자 전담 부서의 담당 경사에게 연락해 혹시 이 동네에 새로 유입된 성범죄자가 없는지 확인했다. 이번 사건의 가해자가 해시의 십자가 성폭행 사건의 범인과 동일 인물이라면 지난 3년 동안 몸을 숨기고 있었거나, 어쩌면 지금껏 저질렀던 성범죄가 보고되지 않았을 수도 있을 것이다. 앤지가 서로 복귀했을 즈음에는 ViCLAS, 국내 폭력 범죄 연계 분석 시스템으로 동종 범죄의 전과자들을 분석해 다른 곳에서도 비슷한 범죄가 일어났는지 조사한 결과가 나올 터였다. 앤지는 전화에 대고 말하면서도 엘리베이터로 성큼성큼 걸어갔고, 뚜벅뚜벅 바이커 부츠 부딪는 소리가 병원의 멸균된 복도에 울려 퍼졌다. 이미 앤지는 몸속 가득한 아드레날린과 억눌린 분노에 이끌려 움직이고 있었다.

이번에는 반드시 잡고 말 테다. 이번에야말로 이 개자식을 감방에 잡아 처넣을 작정이었다. 해시를 위해서, 의사 선생을 위해서, 그리고 이 세상 모든 신원 미상 피해자들을 위해서라도. 앤지는 엘리베이터 버튼을 쿡 찔렀다.

"그래, 그럼 우리 아직 파트너 맞지 팔로리노?" 홀거슨이 따라붙으며 말했다.

"뭐라는 거야?" 엘리베이터 문이 열렸다.

앤지는 안쪽으로 발을 들였지만, 홀거슨은 문을 손으로 붙잡은 채 닫히지 않게 버텼다. "우리 아직 파트너 맞냐구?"

"따라올 거야, 말 거야?"

홀거슨은 앤지의 복장을 한번 눈빛으로 훑고는, 엘리베이터 안으로 스르륵 들어왔다. 등 뒤로 문이 닫혔다.

두 사람이 아래로 내려가는 동안, 홀거슨은 차례로 명멸하는 층수 버튼을 보고 있었다. 그러다 한마디 툭 던졌다. "니 마스카라…… 왕창 번졌어야." 그 입가에 희미한 미소가 걸렸다. "엘리스 쿠퍼(어둡고 기괴한 복장이 특징인 미국 록 가수 – 옮긴이) 스타일 패션인가 봬? 잘 어울리네. 특히 공동묘지를 방문할 때는 그 정도로 음침해야 하지 않겠어?" 그러고는 고개를 돌려 앤지를 내려다보았다. "누구나 과거의 망령 하나쯤은 있쟈, 팔로리노?"

앤지는 상대의 시선을 똑바로 받아냈다. 그 눈빛에서는 은근한 도전이 느껴졌다.

"우리 생존자가 익사했다 살아났지, 그런 담에는?" 홀거슨이 말했다. "이 사건을 강력 범죄팀으로 넘겨야 하잖어?"

앤지는 아무 말도 하지 않았다.

"내가 알기로 피해자가 사망에 임박한 상황은 살인 미수가 되그 등. 그러면 강력 범죄가……."

"이 건은 우리 거야." 앤지가 딱 잘라 말했다. "의사는 피해자가 사망에 임박했다고 하지 않았어. 다음 24시간이 고비라고만 했지. 그게 전부야."

엘리베이터가 낮은 신호음을 내더니 덜커덩, 멈춰 섰다.

"이 건은 우리 거라고." 앤지가 다시 말했다.

홀거슨은 잠시 앤지를 바라보았다. "왜 니랑 일하면 뭐가 잘 풀릴 것 같다는 생각이 안 드는 걸까?"

+

눈송이를 은빛으로 물들이는 밝은 빛이 병원에서 나오던 앤지와 홀 거슨의 눈을 부시게 했다. 곧 또 다른 불빛이 비쳐왔다.

"망할." 눈에 손그늘을 드리우던 홀거슨은 웬 기다란 레인코트 차 림의 왜소한 여성이 커다란 카메라를 들고 어둠 속에서 나타나자 욕설을 내뱉었다. "또, 타블로이드 지라시에서 쪼끄만 기레기분이 오셨네."

"안녕하세요, 형사님들." 여성이 헥헥대며 말했다. 양 뺨은 분홍 빛으로 발그레했고, 검은색 야구 모자챙 밑의 얼굴은 온통 눈이 묻어 젖어 있었다. "메리 윈스턴 기자입니다, 〈시티 선〉 범죄 전문지……."

"용건이 뭐요?" 홀거슨이 말했다.

기자는 카메라 렌즈를 들더니 또 한 방 찍었다.

"원 세상에." 홀거슨은 자신의 얼굴에 들이댄 카메라를 손으로 치우며 말했다. "당신 같은 작자들은 대체 어디서 기어 나오는 거야?"

"세인트 주드에 미성년 여성 피해자가 입원했고, 폭력과 성폭행 피해를 입었다는 것까지 다 알고 있습니다. 오늘 밤 로스만 공동묘지에서 의식불명 상태로 발견되었다죠? 더 자세한 정보 주실 수 있나요?"

앤지와 홀거슨은 서로 빠르게 눈빛을 교환했다.

"그래서 뭐? 일요일 새벽 3시에 경찰 무전이나 도청하고 앉으셨다?" 홀거슨이 말했다. "인생도 사생활도 다 포기하셨나?"

"로스만으로 차를 몰고 가다가 구급차를 봤죠. 의료팀이 여자 한 명을 응급처치 하더라고요. 그러더니 시경 순찰차가 와서 경찰 두 명이 유령 투어 관계자 하나와 이야기하는 걸 봤어요. 사진도 몇 장 찍었고요. 피해자가 여기로 실려 온 거 다 알아요. 그런데 이제는 여러분, 성범죄 전담반분들이 오셨잖아요. 신원은 파악했나요? 피해자 나이는요? 무슨 일이 있었죠? 용의자는 아직도 잡히지 않았나요? 아직 위험한 사람들이 있나요?"

앤지는 기자를 가만히 바라보다가 이내 몸을 돌려 자기 자동차

쪽으로 걷기 시작했다.

"현재 상태는 어떻죠?" 메리가 등 뒤에서 계속 물었다. "의료팀이 응급처치를 할 때만 해도 피해자는 살아 있었잖아요! 대체 피해자는 공동묘지에서 뭘 하고 있었던 거죠? 용의자는 있나요? 새 시장님이 부임하자마자 또 성폭행 사건이 터졌는데, 우리 도시와 범죄 척결 공약에는 어떤 영향을 미칠지 한 말씀 해주시겠어요?"

앤지는 크라운 빅토리아의 문을 열었다.

메리 윈스턴은 두 사람의 뒤를 종종거리며 쫓아왔다. "보세요, 그럼 일단 제가 가진 정보로 보도할 건데……."

앤지는 세차게 몸을 돌려 여기자 쪽으로 빠르게 걸어갔다. 기자는 아무 말도 못한 채 뒷걸음질 쳤다.

"사진 공개하지 말아요." 앤지는 기자에게 바싹 얼굴을 들이댄 채 조용히 말했다. "정보도 아직 공개하지 말아요, 알겠죠? 그러면……특종을 줄게요."

"언제까지요?"

"일단 피해자의 친인척을 찾을 때까지."

"그럼 신원은 *파악하신 거예요?*"

"네." 앤지는 거짓말을 했다.

"그럼 혹시 지지난주부터 실종된 상태인 여학생 애널리즈 잔센인가요?"

"홀거슨, 올 거야, 말 거야?" 앤지는 자동차에 올라타 문을 쾅, 닫고는 축축한 스컬캡을 감싸 쥐었다. 홀거슨도 조수석으로 미끄러져 들어오더니 욕설을 내뱉으며 문을 닫았다.

"구급차나 쫓아다니는 레커 같으니. 정말 쟤가 정보를 붙들고 있을 거라 생각해?"

"아니." 앤지는 차 시동을 걸고는 아무렇게나 기어를 넣었다. 그런 다음 주차장을 빠져나갔다.

"뭐, 일단 우리의 제인 도는 애널리즈 잔센 사진의 인상착의하고는 전혀 다르긴 허지. 그 정도는 말해줄 수 있었잖여?"

"난 기자랑 말 안 섞어."

"신원도 파악했고 특종도 준담서."

"그래야 아가리를 여물 거 아녀."

앤지가 와이퍼를 켜고 차를 모는 동안, 홀거슨은 욕설을 내뱉고는 머리를 뒤로 괴었다. 그러다 다시 입을 열었다. "그래도 좀 귀엽기는 허던디. 새까만 머리는 삐죽삐죽하지, 피부는 하얗지. 치아 상태는 좀 안 좋았지만."

앤지가 파트너를 쏘아보았다. "걔 머리가 삐죽삐죽한지는 어떻게 알았어? 야구 모자 쓰고 있더만."

"좀 훑어봤어야."

"이상형이 따로 있는지는 몰랐네, 홀거슨."

"오오, 우리 팔로리노 양이 이런 데 관심을 갖구?"

짜증 때문인지 핸들을 쥔 손에 절로 힘이 들어갔다. "누군가 그 여자한테 떡밥을 던져주고 있어. 내부자가 없었다면 벌써부터 그런 정보를 받을 방법이 없잖아."

"뭐? 난 그런 떡밥 던져주는 내부자 아녀. 니도 들었잖어. 다 무전 엿들은 거라니까."

"내가 들은 건 *네*가 걔 보고 무전이나 주워듣는다고 욕한 거뿐인데."

5장

천주의 성모 마리아님, 이제와 저희 죽을 때에
저희 죄인을 위하여 빌어주소서. 아멘.

제복 입은 경찰 하나가 길 건너 세븐일레븐에서 뽑아온 커피를 앤지에게 건넸다.

"크림만 넣고 설탕은 뺐습니다." 경찰이 말했다.

앤지는 커피를 받아 멍하니 한 모금 들이켜며 간밤에 벌어졌던 일을 머릿속으로 반추해보았다. 슬슬 동이 틀 무렵이었지만 하늘은 여전히 어둡고 살 떨리게 추웠다. 구름이 낮게 떠가는 가운데 바다에서는 해무가 불어오고 있었고, 구불구불하게 자라난 공동묘지의 나무가 바람에 스산하게 흔들렸다. 묘지의 입구를 차단한 노란색 범죄 현장 보존 테이프가 차가운 바람에 팔락거렸다.

로스만 공동묘지는 1800년대 후반에 세워진 이래 이 지역에서 가장 오랫동안 자리를 지켜온 터줏대감이었다. 앤지의 아버지가 알려준 사실이었다. 아버지는 구불구불한 도로와 희귀한 식물들, 그리고 흥미롭게 생긴 대리석, 사암, 화강암 비석들이 땅속의 시체를 굳건히 지키고 있는 이 장소를 전형적인 빅토리아 양식의 공동묘지라고 평가했다.

그리고 앤지는 그 전형적인 공동묘지의 경계 벽 바로 바깥에 수

— 물에 빠진 소녀들

사대기 지역을 꾸리라고 명령했다. 덕분에 범죄 현장 인력과 기술진, 그리고 각종 장비들을 모아놓을 집결지를 확보했다.

또, 근처에 임시 보관소로 쓸 만한 영역도 확보하고 현장에서 찾은 모든 증거들을 보존하면서 관리 연속성까지 철저하게 준수하고 있었다. 앤지는 이번 사건의 주요 수사관으로서 모든 걸 최대한 자기 식대로 진행하려 애쓰고 있었다. 홀거슨도 지나가는 식으로 짚어주기는 했지만, 이 사건은 까딱하면 강력 범죄로 승격되어 본격적인 수사에 들어갈 판이었다. 그렇다 한들 앤지는 사건을 인계하지 않으려 버텨볼 터였지만.

앤지는 성범죄 전담반의 상관인 매슈 베더 경사를 집으로부터 소환했다. 베더는 상관이 된 입장에서도 필요하다면 앤지의 호출에 선선히 응하며 잔업까지도 불사하는 스타일이었다. 덕분에 앤지는 앞으로 필요할지도 모를 경찰 인력을 최대한 많이 동원할 수 있었다. 몇 시간 뒤, 베더는 서로 복귀한 앤지를 만나 현재 상황에 대한 완전한 브리핑을 요청했다. 그때쯤 앤지는 이미 순경들에게 질문지를 들려서 공동묘지 근처에서 살고 있는 주민들 대상으로 설문조사를 시켜놓은 상태였다. 길 건너 쇼핑센터의 상점들 대부분은 아직 문이 닫혀 있었지만, 개점되자마자 곧장 경관들을 보낼 테니 상관없었다. 영업시간을 생각한다면 누군가는 지난밤에 뭔가를 봤을 수도 있겠지. 수상하게 행동하는 사람이라던가. 묵직한 화물을 옮기는 차량, 혹은 남자라던가. 어쩌면 누군가는 여성의 비명 같은 걸 들었을지도 모르는 일이다. 또, 경찰 하나에게 세븐일레븐의 CCTV 영상도 확보하라고 시켜둔 상태였다. 편의점 바깥에 카메라가 설치되어 있어서 잘하면 이쪽 도로에서 뭔가 단서를 잡아낼지도 모를 일이었다.

홀거슨은 병원과 통화하면서 신원 미상 피해자의 상태에 대해 확인하고 있었다. 그러다 곧 전화를 끊고는 이쪽으로 걸어왔다.

"상황이 안 좋은가벼." 홀거슨이 말했다. "의식은 여전히 없구 바이탈은 계속 떨어지고 있댜."

망할. 피해자가 아직 죽게 놔둘 수는 없었다. 이번 사건을 확실하게 확보하지 못한 한은.

"신원은 아직도 못 알아냈고?"

"잉. 실종자 신고랑 일치하는 바도 없구, 새로 들어온 신고도 없는 것 같어. 지문이랑 DNA도 등록되어 있지 않는 한 별 쓸모가 없을 거여. 치과 기록도 마찬가지구…… 애초에 비교 대조할 자료가 없다면 아무짝에두 쓸모가 없잖여."

"시간이 얼마 안 지났잖아." 앤지가 말했다. "부모든 친구든, 아직 피해자가 사라졌는지 알아차리지도 못했을 수 있어. 등교 시간이 되어서 슬슬 일상이 시작될 타이밍일 때 본격적으로 신고가 들어오기 시작할 거야."

"아니면 '신원 미상의 소녀, 공동묘지에서 난도질당한 채 발견'이라는 헤드라인이 《시티 선》지에 대문짝만 하게 찍힐 타이밍에 말여."

앤지는 홀거슨에게 날카로운 눈빛을 한번 쏘아주고는 손목시계를 쳐다보았다. 슬슬 마음이 조급해지기 시작했다. 법의학자 한 명이 두 사람에게 다가왔다. "현장 진입로를 파악했습니다. 한번 살펴보시겠습니까?"

"바로 가죠." 앤지는 다 마시지도 않은 커피를 부하 경관에게 건네고 현장 보존용 덧신을 신은 다음, 추위를 막으려 칼라를 한껏 세웠다. 그렇게 세 사람은 간이 지휘소에서 나왔고, 앤지는 홀거슨과 함께 걸으며 소금기 머금은 차가운 바람을 맞았다. 시내의 자기 아파트에 잠깐 들러서 옷을 갈아입고 나오길 백번 잘했다는 생각이 들었다. 겸사겸사 화장도 다 지웠고.

히키 순경, 그러니까 토너와 함께 사건에 초동대응을 했던 경찰이 묘지의 석조 입구에서 세 사람을 맞이했다. 펄럭거리는 판초 우의 차림으로 덜덜 떨면서 계속 기다리고 있었던 모양이었다. 모자 위로도 비닐 커버를 씌워두고 있었다. 살짝 앳되어 보이는 남경은 이 추운 밤에 종일 바깥에서 대기 중이었다고 했다. 앤지와는 이미 대화가 끝난 상황이었다. 물론 앤지는 응급기술 의료진과도 진즉에 대화를 다 마쳤다. 유령 투어 관광객들과 가이드인 에드윈 리스트는 곧 서에 출두할 예정이었다.

앤지 일행은 경찰이 내민 범죄 현장 관련 서류에 서명한 다음 공동묘지에 발을 들였다. 히키와 기술자가 두 사람을 이끌고 오솔길을 따라 걸었다. 소복이 쌓인 눈이 덧신을 씌운 발아래에서 뽀드득 밟혔다. 그렇게 네 사람은 하얀 대리석 천사상들을 지나쳤다. 받침대 위에 올린 석상들의 하얀색 눈은 마치 묘비 사이를 걷는 네 명의 뒤를 쫓는 것 같았다.

"최소한 눈발은 좀 약해지네요." 히키는 바람을 타고 날아온 솔방울을 피해 고개를 수그리며 말했다.

"다 지구 온난화 때문이죠." 기술자가 말했다. "이 꼴이 더 심해질 겁니다. 날씨가 점점 극단적으로 변할 거예요."

"저는 지구 온난화래서 기온이 따뜻해지는 줄만 알았지, 이렇게 추워지고 바람도 쌩쌩 불고 할 줄은 몰랐는데요."

기술자는 어깨를 으쓱했다.

"용의자가 이런 날씨 때문에 어젯밤을 골랐다고 생각해?" 홀거슨이 말했다. "몸을 숨기기에 유리할 테니까? 다들 따뜻한 실내에만 처박혀 있을 테니까?"

앤지는 대답하지 않았다. 대신 잠시 가만히 멈춰 서서 모든 것을 흡수하려고 했다. 어둠 속에 축축하게 젖어 있는 묘비. 오른쪽에 자리 잡은 영묘. 죽은 꽃들, 그중 몇 송이는 비닐에 싸인 채 매장지에 쌓인 눈 위로 삐죽 고개를 내밀고 있었다. 위쪽에서 앤지를 굽어보는 검은 천사상의 양 날개가 꼭 독수리 날개처럼 펼쳐져 있었다. 일행을 둘러싼 나무들은 온통 구불구불하게 자라난 거목들이었는데, 침엽수와 활엽수가 모두 섞여 있었다. 앙상하게 드러난 나뭇가지는 온통 녹색 이끼투성이였다. 이 공동묘지에는 진입로가 많은 만큼 피해자를 공격한 용의자도 어떤 방향에서든 들어올 수 있었을 것이다.

"나 같으면 이딴 날씨에 유령 투어 같은 거 절대 안 혀." 앤지 옆에서 천천히 원을 그리며 돌던 홀거슨이 눈을 마주쳐오며 말했다. "이 도시에 이런 눈보라가 몰아친 지도 얼마나 됐드라?"

"지난 11월부터 이 동네를 덮고 있던 북극 기단 찬 바람이랑 습기 찬 기류가 만나서 이 꼴이 난 거래나." 앤지가 조용히 말했다. "슬슬 따뜻한 기류가 들어올 거니까 눈도 계속 오지는 않을 거래."

히키 순경과 기술자는 오던 길을 다시 돌아, 댈러스 도로와 저 아래 바다까지 뻗어 있는 구불구불하고 앙상한 나무들의 산울타리를 향해 걸어갔다. 여기서는 더 차갑고 사나운 바람이 몰아치는 데다 로스만에서 파도 부딪히는 소리까지 요란하게 들려왔다. 앤지의 코트 밑자락이 정강이를 날카롭게 후렸다. 살을 에는 듯한 찬 바람 때문에 두 눈에는 눈물까지 고이기 시작했다. 순간 앤지는 어젯밤 저 도로에서 보았던 분홍빛 옷차림의 소녀를 다시 떠올렸다. 자신도 모르게 소름이 돋았다.

"저와 토너 순경은 바로 여기서 의료팀이 피해자에게 응급처치 하는 광경을 보았습니다." 히키가 한 묘지 앞에 멈춰 서서 말했다. 그러더니 먼 곳을 손가락으로 가리켰다. "유령 투어 그룹은 저쪽 입구에서 들어왔다고 합니다. 그러다 여기 누워 있던 우리 피해자와 맞닥뜨렸죠."

땅바닥은 피까지 뒤섞여 분홍빛 진창이 된 채 온통 발자국이 찍혀 있었다. 타이벡 재질의 점프슈트를 입은 법의학 감식 기술자들은 매장지 부근부터 눈을 싹 걷어내면서 미세 증거를 찾고 현장 촬영 및 스케치 작업을 진행한 모양이었다.

기술자가 말했다. "현장은 이미 의료팀과 유령 투어 그룹, 초동대응에 나섰던 순경들, 그리고 나중에 도착한 〈시티 선〉지의 사진 기자까지 들어오는 바람에 온통 손상된 상태입니다. 오염되지 않은 증거를 찾는다면 오히려 행운일 겁니다."

앤지의 시선은 피범벅이 된 진창을 따라가다가 땅에 우뚝 선 화강암 받침대와 그 위의 커다란 석상으로 옮겨졌다. 석상이 딛고 선 받침대에 새겨진 글귀에 절로 눈이 갔다.

'메리 브라운, 1889~1940

죽음의 그늘 드리운 협곡을 통과해 걸어가지만

나는 그 어떤 악도 두렵지 않네.

그대가 함께 있으니'

앤지의 관심은 묘비명에서 다시 석상으로 옮겨졌다. 돌로 조각한 성모의 공허한 눈은 피해자가 누워 있었을 땅에 보이지도 않을 시선을 던지고 있었다. 정교하게 조각한 예복을 몸에 두른 성모상은 손바닥을 위로 한 채 두 팔을 양쪽으로 살짝 들어 올린 모습을 취하고 있었다. 하늘로 무언의 질문을 던지듯. 그 상징을 생각한 앤지는 피가 싸늘하게 식는 것 같았다.

"우리의 피해자는 할례를 당한 채 동정녀 마리아의 발밑에 쓰러져 있었군요." 앤지는 조용히 말했다. 그러고는 히키 쪽으로 몸을 돌렸다. "피해자는 정확히 어떻게 누워 있었죠?"

"등을 땅에 대고 얼굴은 하늘을 향한 상태였습니다." 히키가 말했다. "머리는 저 석상의 받침대 바로 밑을 향하고 있었고, 양팔은 가슴을 덮은 자세였습니다. 이렇게, 한쪽 손이 다른 손을 덮은 모습이었습니다." 히키는 양손을 심장 위로 덮어 보였다.

'꼭 기도하는 것처럼…….'

"그리고 양 다리는 활짝 벌린 채 출혈 중인 사타구니를 드러낸 상태였습니다." 히키는 목을 흠흠, 가다듬었다. "전신이 푹 젖어 있었고, 눈까지 쌓이던 상태였습니다. 피해자가 어떻게 살아남았는지는 저도…… 전혀 모르겠습니다." 순경은 기침을 하고는 다시 목을 가다듬었다.

"피해자의 자세는 연출된 거야." 홀거슨이 피로 물든 눈을 쳐다보며 속삭였다.

뒤쪽에서 총소리 같은 굉음이 터져 나왔다. 일행은 전부 깜짝 놀라 몸을 홱 돌렸다. 바람을 이기지 못한 나뭇가지 하나가 뚝 떨어지면서 묘비에 부딪친 모양이었다. 나무껍질과 이끼가 폭발하듯 비산하더니 눈 덮인 땅 위로 천천히 내려앉고 있었다.

"염병할." 홀거슨이 부르르 떨며 말했다.

히키는 핏기가 완전히 빠져나간 얼굴이었다. 아까보다 더 맹렬히 떨기 시작했다.

"근처에 연못 같은 건 없고?" 앤지는 이미 부러진 나뭇가지 따위에 관심을 두지 않고 있었다.

"없습니다." 히키가 말했다.

"그러니까 우리 피해자는 어딘가 다른 곳의 담수에 담겨 있다가 여기까지 왔고, 범인은 피해자가 예수님의 동정녀 어머니 석상 발밑에서 기도하는 자세를 꼼꼼하게 연출해두었다는 말이로군." 앤지의 생각이 리터와 퍼니허의 사건에 미쳤다. 두 사람은 얼굴을 가린 폭행범에게 성폭행을 당한 뒤 이마에 십자가가 그려졌다. 두 소녀 모두 술에 취한 채 취약해진 상태였다. 두 사람 모두 친목 모임에서 혼자 일어났고, 두 사람 모두 뒤쪽에서 공격을 받아 땅에 쓰러진 채, 얼굴을 아래로 향하고 목에 칼이 들어온 상황에서 강간당한 뒤 머리를 얻어맞았다고 했다. 두 사람 모두 범인이 자신들의 기다란 머리카락을 한 움큼 쥐고, 목에는 칼을 들이댄 채 똑같은 말을 계속 중얼거렸다고 기억했다.

그대는 원죄의 아버지이자 흑암의 왕 사탄을 거부하는가?
그대는 사탄과 그 모든 역사를 거부하는가…….

범인은 피해자들에게 모두 '그렇습니다'라고 대답하기를 강요한 다음…… 뒤쪽에서 피해자들을 범했다고 한다.

앤지와 해시는 그 문장이 정확히 가톨릭 성당의 세례식에서 쓰인다는 걸 파악했다. 의식을 되찾은 소녀들은 이마에 매직으로 십자가가 그려져 있었으며, 머리카락도 한 움큼씩 잘려 있었다고 했다.

그 문장과 이마의 십자가, 그리고 사라진 머리카락…… 전부 다 외부에 공개되지 않은 증거였다. 그래서 두 성폭행 건과 이번에 벌어진 사건의 유사성을 비교해본다면 모방범의 행각일 가능성은 굉장히 낮았다.

놈이 돌아왔다. 앤지의 범인이었다. 앤지와 해시가 쫓아다니던 그놈이었다. 뼛속까지 느낄 수 있었다.

앤지는 손가락 두 개를 펼쳐 이마를 짚었다. "성부와," 그리고 손가락을 아래로 내려 명치를 짚었다. "성자와," 그다음은 왼쪽 어깨, 그리고 오른쪽 어깨였다. "성령의 이름으로." 그렇게 조용히 읊조린 앤지는 홀거슨 쪽으로 돌아섰다. "놈은 피해자를 물속에 처박았었지, 그런 다음 십자가 표식을 남겼어. 성폭행 뒤에는 할례를 한 뒤, 성모 마리아가 보는 앞에서 죽으라고 눕혀뒀어. 이건 단순한 강간이 아니야. 의식이지. 놈은 피해자에게 세례를 내린 거야."

다른 일행은 앤지를 멍하니 바라보았다.

갑자기 바람이 불길한 소리를 내며 방향을 바꾸어 불었다. 하늘에서 진눈깨비가 쏟아지기 시작했다.

"미친 새끼." 홀거슨이 속삭였다. "아주 세례자 요한 납셨어. 그리고 이 짓거리는…… 분명 초범의 짓일 리가 없어야. 전에도 해봤구, 앞으로도 저지를 놈이야."

6장

"우리 희생자의 상태는 아직도 변함이 없다." 홀거슨이 병원으로 건 두 번째 전화를 끊으며 말했다. "신원도 아직 불명이고."

핸들을 쥔 앤지의 두 손에 절로 힘이 들어갔다. 두 사람을 태운 차가 페어몬트 모퉁이를 막 돌았다. 서를 향해 운전하는 앤지의 핏줄에 아드레날린이 들끓고 있었다. 당장이라도 퍼니허와 리터의 사건철을 다시 꺼내보고 싶어 손이 근질거렸다. 신원 미상의 새로운 희생자는 앤지가 사건을 완전히 물 수 있을 때까지 훌륭하게 버텨주었다. 그리고 그 신원을 빠르게 파악할수록 상황은 더 나아질 터였다. 애초에 피해자가 누군지도 모르는 상황에서는 수사에 큰 제약이 걸릴 수밖에 없으니까.

이런 부류의 범죄에서 중요한 요인 중 하나는 바로 피해자의 정보였다. 희생자의 성격은 어떤지, 어떤 학교에 다니는지, 직업이나 취미는 있는지, 또 어디에 사는지 등등. 개중에서도 제일 마지막, 가장 중요한 정보는 '범죄가 일어난 시점에 뭘 하고 있었는지'였다. 대체 어쩌다가 범인의 근처까지 오게 된 것일까?

"이번 사건이 강력계로 넘어가기 전까지 을마나 버틸지 내기할려?" 홀거슨이 말했다. "성적인 동기는 맞지, 하지만 우리 범인은 희생자를 저 꼴로 만들어놨어…… 분명 의도된 살인이야. 어쩌면 놈은 희생자가 벌써 죽었을 거라 생각했을지도 모르지. 운이 좋아서 목숨이 붙은 거구."

"운이 좋기는 개뿔." 앤지는 홀거슨을 쏘아보았다. "이 사건은 내 거야. 그러니까 날 생각해서라도 제발 조지지 말라고."

"염병할, 팔로리노. 이 사건은 우리 거야, 알겠어? 난 그저……."

"해시를 위해 이 사건을 맡겠다는 거야. 이 연쇄 성폭행 사건을 결국 해결하지 못했다는 걸 두고두고 가슴 아파했던 사람이라고. 지난번 사건들과 용의자가 동일하다면……."

"아아, 이제 알겠구만……. 감정이 섞인 거였어." 홀거슨은 창문 밖으로 시선을 돌렸다. "위험해, 팔로리노." 그의 입이 조용히 읊조렸다. "아아주 위험하다고. 일에 감정이 섞이면 객관성을 잃기 마련이야."

앤지는 이를 앙다물고 액셀을 힘주어 밟았다.

"차 세워." 갑자기 홀거슨이 말했다. "저기 쇼핑몰 앞에 대줘."

"*뭐? 왜?*"

"커피가 필요해. 괜찮은 놈으루다."

"*지금 장난치냐?*"

"난 어젯밤부터 내내 깨어 있었어, 그러니 카페인이 필요해."

"항상 이런 식이야?"

"니는 어때?"

앤지는 욕설을 내뱉고는 작은 쇼핑몰의 주차장에 차를 댔다. 저 앞의 쇼핑몰 모퉁이에 스타벅스가 튀어나와 있는 게 보였다. "후딱 사 와." 앤지가 말했다. "베더가 기다릴 거야."

홀거슨이 카페로 휘적휘적 걸어 들어가는 모습을 보며 앤지는 핸들을 꽉 쥐었다. 그러다 전신이 조금씩 경련하고 있다는 것을 느끼고는 놀랐다. 그래서 목받이에 뒷목을 기대고는 잠시 눈을 감고 호흡을 가라앉히려 애썼다. 그 대신 머릿속에 떠오르는 것은 붉게 맥동하는 심상뿐이었다. 어젯밤에 낚았던 대물 위에서 나신으로 전율하는 자신의 모습. 클럽에서 규칙적으로 울려 퍼지는 베이스. 커튼 뒤쪽으로 명멸하던 붉은 빛……. 그러다 갑자기 안개 속에서 튀어나와 질주하는 차 앞쪽으로 뛰어든 분홍색 옷의 여자아이. 앤지의 눈이 번쩍 뜨였다. 호흡이 짧고 가빠져 있었다.

'안 좋아, 안 좋아. 집중해야 돼…….' 앤지는 바깥의 카페 문을 바라보며 홀거슨이 다시 나오기만 안절부절못하며 기다렸다. 바람이 불었다. 진눈깨비가 다시 앞 유리를 때리기 시작했다. 그러다 카페의 뿌연 유리창 너머로, 홀거슨이 안쪽에서 서성거리는 모습이 보였다. 자기 폰에 대고 이야기를 하고 있는 것 같았다. 정작 홀거슨의 폰은 지금 앤지 옆의 조수석에 놓여 있는데.

앤지는 미간을 찌푸렸다. 혹시 여기 차를 대라고 한 게 급한 전화 때문이었을까? 그것도 자기 개인 폰으로?

스타벅스에서 나온 홀거슨은 컵 두 개와 갈색 봉지를 들고 다시 차로 돌아왔다. 그리고는 차 안으로 들어와 컵홀더에 커피 잔을 올려두고 봉지를 뒤적거렸다. 음식과 커피의 냄새가 차 안을 메웠다. "받어." 홀거슨이 뭔가를 내밀며 말했다.

"뭔데?" 앤지가 말했다.

"잉글리시 머핀에 계란이랑 베이컨 올린 거. 니도 출출할 것 같아서."

사실 시장하기는 했다. 앤지는 자기 쪽으로 내밀어진 간식을 받았고, 홀거슨은 아침으로 사 온 샌드위치의 포장지를 뜯곤 한입 베어 물었다.

"이제 출발하지. 갈 길 가자구." 홀거슨이 커피 잔 쪽으로 손을 뻗치면서 우물거리는 목소리로 말했다.

앤지는 그 얼굴을 찬찬히 뜯어보며 무슨 생각인지 읽어보려 했다.

샌드위치를 씹던 홀거슨의 턱이 잠시 멈췄다. "뭐야? 니 채식주의자야? 비건? 아니면 글루텐만 안 먹어?"

"안에서 누구한테 전화했어?"

홀거슨은 여전히 음식을 씹던 턱을 멈춘 채 눈을 가늘게 떴다. 그러고는 입안에 있던 걸 꿀꺽 삼키고는 목을 가다듬고 말했다. "전화 안 했어야. 폰도 차에 두고 갔는디."

앤지는 계속 그 눈빛을 마주 보았다.

"그리고 팔로리노, 내가 안에서 전화를 했든 안 했든 니가 신경 쏠 일은 아니라구 봐. 나도 사생활이라는 게 있다구. 니는 있는지 모르겠지만."

앤지는 가볍게 욕설을 읊조리고는 포장된 샌드위치를 계기판에 올려놓고 시동을 걸었다. 그런 뒤, 주차장을 거칠게 빠져나가 도로로 진입했다. 덕분에 홀거슨은 커피를 쏟고 말았다.

"그 작자한테도 이렇게 굴었냐?" 홀거슨은 휴지로 청바지에 쏟은 커피를 수습하며 쏘아붙였다.

"그 작자라니?"

"니 전임 파트너 말여……. 얼마나 오래 있었다고? 석 달 버텼나?"

"애초에 이 일에 안 맞는 사람이었어. 그게 내 잘못인가."

"그러니까 해쇼스키 같은 사람은 아니었단 말이로군. 알겠어, 앤지."

"팔로리노라고 불러."

"알겠어, 알겠다고. 팔.로.리.노." 홀거슨은 창문 밖으로 눈길을 돌려 커피를 한 모금 마시고는, 굉장히 조용히 말했다. "난 이 일을 오랫동안 하고 싶어, 팔로리노. 언젠가는 경사까지 해먹을 거라고……, 알겠어? 전임자와 달리 진득하게 붙어먹는 데는 도가 텄고. 그러니까 너도 알아두라고."

7장

제임스 매덕스는 우산을 탁탁 털고는 블루뱃저 베이커리 문 옆에 걸린 우산꽂이에 두었다. 이미 젖은 우산들이 한가득 들어차 있었다. 드디어 자리를 꿰찬 사람들의 것이었다. 여기는 워낙 맛집이라 사람들로 북적거렸고, 이런 악천후에도 가게 바깥으로 선 줄은 점점 길어지고 있었다.

멋진 미니스커트에 빨간 롱부츠를 신은 웨이트리스가 와서 자리로 안내했다. 테이블은 물론, 의자까지도 매덕스 같은 체구에는 부적절하게 자그마한 크기였다. 창문 밖으로 보이는 나무데크의 테이블과 의자들은 텅 빈 채 젖어가고 있었다. 데크 너머에는 청회색의 수면이 바람에 쓸려 잔물결을 일으키고 있었다.

지니는 블루뱃저에서의 브런치에 묘한 집착을 보였다. "*이 빅토리아에서만 찾을 수 있는 멋진 맛집이라고, 아빠…… 얼마나 굉장한 에그 베네딕트를 만드는 곳인데.*" 매덕스는 지니가 할 수 있었을 더 멋진 일들을 얼마든지 떠올릴 수 있었다. 굳이 바람과 진눈깨비 흩날리는 악천후 속에서 장장 반시간 동안이나 서서 기다릴 필요

없이, 아니면 자기 요트에서도 해먹을 수 있을 계란프라이 하나 먹자고 바가지에 가까운 돈을 낼 필요도 없이. 심지어 여기는 예약도 안 받았다. 에그 베네딕트 하나가 뭐 그리 대단하다고? 하지만 애초에 여기로 이사 온 이유도 전적으로 지니 때문이었다. 자신이 가족을 등졌던 걸 어떻게든 수습하기 위해서였다. 매덕스는 딸이 완전히 독립하기 전에 함께 시간을 보낼 두 번째 기회가 필요했다. 그래서 지니가 빅토리아 대학에 합격하자 자신도 근처에다 일을 잡았던 것이다.

지니는 코트를 한번 털더니 의자 등받이에 걸고는 앉았다. 매덕스도 어깨를 탁탁 털어내면서 혹시 잭 오가 오줌이 마렵지는 않을지 생각했다. 그 늙은 개는 벌써 한 시간 동안이나 차 안에서 기다리고 있었다. 그렇게 의자에 코트를 걸고 자리에 앉은 매덕스는 딸아이의 티셔츠 밖으로 삐죽 튀어나온 잉크 자국을 발견했다.

"그거 문신이냐?" 매덕스가 말했다.

딸이 성질 돋친 눈빛으로 아빠를 마주 보았다. "그러면 어쩔 건데?"

"그런 건 또 언제 한 거야?"

"엄마는 신경 안 썼어. 아빠도 신경 쓸 이유 없는 것 같은데. 요새는 다 하고 다녀."

매덕스는 보수적인 사람이 아니었다. 딱히 문신에도 별달리 유감은 없었다. 내 새끼 살갗에 새겨진 영구 문신만 아니라면.

"지금은 그게 멋져 보일지 모르겠지만," 매덕스가 입을 열었다.

"앞으로 몇 년 만 더 지나봐라……."

"아빠."

매덕스는 한숨을 쉬었다. 그렇게 두 사람은 도란도란 이야기를 나누는 주변 테이블의 분위기 속에서도 조용히 메뉴판만 읽었다. 그러다 매덕스는 하마터면 옆에 앉아 있던 남자를 팔꿈치로 찌를 뻔하면서 베이컨과 소시지를 곁들인 랜치 베네딕트를 주문했다. 지니는 저탄수화물 옵션으로 베이글을 뺀 메뉴를 시켰다. 굳이 안 물어봐도 뻔한 선택이었다. 매덕스의 딸아이는 이미 오랫동안 체중에 신경을 쓰고 있었다. 그래도 아빠 눈에는 여전히 예쁘게만 보였지만. 웨이트리스가 커피를 가져왔다.

"요새 학교는 좀 어떠냐?" 웨이트리스가 떠나자 매덕스가 물었다.

"좋아."

매덕스는 머그 잔에 크림을 붓고 저었다. 지니는 아무것도 섞지 않고 커피를 마셨다. 문득 지니가 얼마나 오랫동안 커피에 아무것도 안 넣고 블랙으로 마셨는지, 그 취향도 다이어트의 일환인 것인지 궁금증이 들었다. 동시에 죄책감도 함께 찾아왔다. 매덕스는 여기로 이사 온 이후로 자신이 얼마나 딸아이에 대해 아는 게 없는지, 그 유년 시절과 성장기까지 모두 놓쳐버리고 말았는지 절절히 체감하고 있었다.

"새로 듣는 강의 얘기 좀 해줄래?"

지니가 한숨을 푹, 쉬었다.

"아빠 노력 중이잖냐, 지니. 기회 좀 주라."

지니는 얼굴로 흘러내린 흑발을 쓸어 올렸다. "그냥…… 너무 뻔해 보여서 그래, 아빠. 너무 억지 같다고."

"딸, 아빠 여기 있잖아?" 매덕스는 미소를 지었다. "저렇게 진눈깨비 날리는 바깥에서 딸이랑 같이 줄 서서 기다려주는 꼰대 아빠가 또 몇 명이나 있든?"

지니의 입술은 주인의 심정을 배신하고 미소를 그렸다. "그래, 아빠가 이겼어."

다 첫걸음부터다. 이런 첫걸음부터 시작해서 어떻게든 해낼 것이다. 물론 쉽지는 않을 일이다. 딸이 지금껏 품었을 서운한 감정이 얼마고, 또 자기 엄마한테 들었을 험담이 또 얼마겠는가. 하지만 어쨌든 지금은 자신이 이 자리에 있었다. 자신의 모습을 보여주고 있었다. 물론 잠시간은 삶에 부침이 있을 것이다. 이곳에 다시 자리를 잡고, 여기서 사들인 낡은 요트를 수선하면서 웨스트 베이 마리나에서 살아보려면. 또, 어지간히 눈썰미가 좋은 사람이 아니더라도 매덕스가 아내의 변호사 측에서 보낸 이혼 서류에 서명은커녕, 제대로 읽어보지도 않았다는 사실을 알면 매덕스 자신이 어떤 심정일지 짐작할 수 있을 것이다. 하지만 지금 당장은 여기서 안정적인 일자리를 잡았다. 그것도 다들 탐내는 일자리인 것을 보면 상당한 성과를 올렸다고 볼 수 있는 셈이다. 당장 내일부터 출근이었다.

다 잘될 터였다. 모든 것을 다시 제대로 돌려놓을 것이었다. 어느 정도는.

두 사람이 음식을 기다리는 동안(요리에 시간이 꽤 걸리는 것 같았다), 지니는 새로 시작한 학기와 법학 전공을 선택하게 된 계기에 대해 재잘재잘 이야기를 늘어놓았다. 매덕스는 그런 딸아이가 자랑스럽다고 진심으로 칭찬해주었다. 덕분에 기분이 더 좋아진 지니는 최근에 대학교 합창단에도 들어갔다고, 그래서 목요일 저녁마다 시내에 있는 가톨릭 성당에 가서 합창을 한다고도 이야기해주었다. 또, 성당에 음향이 얼마나 잘 울리는지, 스테인드글라스가 얼마나 멋진지, 그리고 지난 목요일에는 연습을 끝내고 노래방에 가서 뒤풀이를 했다는 이야기까지 전부 늘어놓았다. "그런데 알고 보니까 거기 게이 바더라." 지니가 말했다. "사장이 게이 커플이야."

매덕스는 고개를 끄덕이고는 커피를 마저 마셨다. 지니는 아빠와 마음을 터놓고 이야기하고는 있었지만, 그 대화에는 아빠를 도발하고픈 은근한 욕구가 곳곳에 깔려 있었다. 그런 떡밥을 굳이 물 필요는 없었다.

"우리 노래방에서 완전 반응 좋았어." 지니가 말했다. "기립박수까지 나왔다니까. 그리고 합창단 다 집에 간 다음에는 나 혼자 남았어. 솔로 한 곡 뽑고 싶었거든. 레미제라블에 나왔던 그 노래 불렀어, 그 왜 알지……."

"아빠가 뮤지컬에 대해 뭘 안다고." 매덕스가 웃었다.

지니가 조용해졌다. 엄마가 새로 끌어들였다는 그 애인 놈을 생각하는 게 분명했다. 오페라를 좋아한다고 했었나. 그렇게 지니는 시선을 깐 채 휴지를 집어 들었다. 매덕스는 테이블 밑으로 결혼반지를 만지작거렸다. 솔직히 이것도 태반은 지니를 위해서 끼는 거나 다름없었다. 아빠가 반쯤 떨어져나간 가족들을 어떻게든 붙들어보려고, 옛날에 했던 약속들을 지켜보려고 노력 중이라는 희망을 주기 위해서.

"그러면 노래방에서 집까지는 어떻게 왔어? 혼자 남았을 거 아냐?"

지니는 어깨를 으쓱였다. "걸어왔지. 한 다섯 블록밖에 안 되는데."

"그때가 몇 시였는데?"

지니의 눈빛이 뾰족해지면서 반항심이 스멀스멀 비치기 시작했다. 매덕스와 꼭 닮은 두 눈이었다. 하얀 피부와 대비되는 암청색의 눈. 웨일스 혈통이 진하게 남긴 흔적이었다. 매덕스의 마음속에서 보호 본능이 치솟았다. 순수한 부성애의 발현이랄까.

"여기는 완전 안전한 도시야, 아빠."

"아니거든. '완전' 안전한 도시는 없어, 지니."

"서리랑 비교해보시지, 아니면 밴쿠버 동쪽 시내를 생각해보든가."

"아빠는 이 도시에서 정확히 무슨 일이 벌어지는지 잘 안다. 그래서 직장을 잡을 수 있었던 거야."

"아빠 그거 직업병이야, 알아? 맨날 나쁜 구석만 본다니까. 맨날 인간의 나쁜 면만 보면서 사람들한테 좋은 면, 착한 면도 있다는 걸

까먹잖아."

"지니······."

"아빠가 뭐라고 하든 상관 안 해. 아빠는 세상에 나쁜 사람만 있다고 생각하는 사람이야. 집에서 절대 웃지도 않고, 나랑 엄마와 주말에 같이 놀아주지도 않았어. 하이킹도 같이 안 가고 캠핑도 같이 안 가고 이웃들이랑 바비큐 파티도 안 했어. 엄마가 원했던 건 그런 거였는데. 내가 아빠한테 원했던 건 그런 거였는데. 집에 온 다음에는 나한테 거의 웃어주지도 않았······."

주머니에서 매덕스의 폰이 울렸다. 지니도 입을 다물고 조용히 아빠를 쳐다보았다. 폰이 다시 한 번 울렸다. 매덕스는 그냥 무시했다. 웨이트리스가 음식을 서빙해왔다. 전화는 이제 음성 사서함으로 넘어갔다. 그러자마자 다시 폰이 울렸다.

매덕스는 주머니에서 폰을 꺼내 발신자를 확인했다. 새로 모실 상관이었다. 매덕스는 눈살을 찌푸렸다. 분명 출근은 월요일 아침부터 시작할 터였는데.

"이 전화만 좀 받자." 매덕스는 부드럽게 말했다.

지니가 아빠를 노려보았다.

"매덕스입니다." 그는 조용한 목소리로 전화를 받았다.

"잭 버지악입니다." 상대가 대답했다. "일요일 여가를 방해해서 미안하긴 하지만, 방금 강력 사건이 터졌어요. 게다가 새 시장 당선자의 공약을 생각해보면 정치적으로도 타격이 꽤 클 것 같군요. 이 사건을 당장 좀 맡아줬으면 좋겠어요."

매덕스는 딸을 슬쩍 바라보았다. 여전히 자신을 쏘아보고 있었다. "뭐 건진 거 있습니까?" 매덕스가 말했다.

"익사체요. 존슨로 다리 아래 협곡에서 발견됐지. 여성처럼 보이고. 지금 막 인양 중이오. 검시관, 병리학자 등등 관련자들이 전부 하비 레오 형사와 같이 현장에 나가 있어요. 경찰 몇 명 보내서 현장을 확보해놓기는 했는데……." 버지악은 잠시 누군가와 대화를 하는 듯 말을 끊었다가, 다시 전화로 돌아왔다. "아무래도 시신은 바닷물 속에 꽤 오랫동안 잠겨 있었던 모양이오. 실종되었다던 빅토리아 대학교 학생 애널리즈 잔센일 거란 심증이 있지. 현장으로 좀 가주겠습니까? 레오한테 갈 거라고 얘기해둬도 되겠어요? 이미 그쪽을 최상급자로 배정하겠다고 말은 해뒀소만."

음식이 나왔다. "랜치 베네딕트 시키신 분?" 웨이트리스가 커다란 흰 접시를 들고 말했다. 매덕스는 웨이트리스로부터 등을 살짝 돌린 다음, 목소리를 더욱 낮췄다. "현장 위치는 어떻게 됩니까?"

"존슨로 부두요. 부두 바로 아래 있어요."

"10분 내로 가겠습니다."

"지금 가겠다고요?" 지니가 통화에 끼어들었다.

"지니, 미안하다. 여기는 나중에 다시 오자."

웨이트리스는 여전히 옆에서 기다리고 있었다. "랜치 베네딕트 시키신 분이요." 웨이트리스 목소리도 덩달아 커졌다.

"넌 그냥 여기서 아침 먹고…….."

"됐어." 지니가 웨이트리스를 돌아보았다. "가져가세요. 안 먹어
요."

"그럼…… 포장해드릴까요?" 웨이트리스가 물었다.

"아뇨." 지니는 쏘아붙이면서 의자를 뒤로 확 밀다가 뒤에 앉아
있던 여성과 부딪치고 말았다. 그렇게 지니는 코트를 집어 들었다.
"이것 봐, 알아? 이러니까 엄마가 견디지를 못한 거야. 언제든 가족
들과의 시간을 만들어보려고 하면 어디서 누가 죽어나가잖아. 피터
란 작자가 엄마 인생에 끼어든 것도 다 아빠 잘못이야, 엄마가 애인
을 끌어들인 것도 아빠 잘못이라고. 가족들보다 시체를 더 신경 쓰
면서 살잖아!"

주변의 분위기가 삽시간에 조용해졌다.

지니는 재킷에 팔을 거칠게 꿰고 슬링 백을 어깨에 들쳐 메더니,
사람들을 대충 밀어젖히면서 문으로 향했다. 매덕스는 재빨리 음식
값을 테이블에 올려놓고, 코트를 집어 들고 지니를 뒤따라나갔다.

"지니!" 매덕스가 외쳤다. "아빠가 차 태워줄게……."

"차 필요 없어. 친구 만나러 갈 거야.

매덕스는 딸이 낙엽으로 뒤덮인 인도를 따라 걸어 내려가는 뒷모
습을 바라보았다. 딸의 코트가 바람에 휘날리고 있었다. 그렇게 지
니는 오래된 선거 포스터가 붙은 가로등 아래 모퉁이를 돌아 사라
져버렸다. 매덕스는 한숨을 쉬며 코트 주머니에 양손을 집어넣고는

자신의 자동차로 향했다.

그렇게 운전석 문을 열자마자 개 오줌 지린내가 확 올라왔다.

"아이고, 잭 오. 이 녀석아."

뒷좌석에서 자고 있던 늙은 잭 러셀 테리어가 고개를 들어 주인을 온순하게 바라보았다. 최근 두 번째 수술로 뒷다리를 절단하면서 생긴 흉터가 아직도 분홍색으로 남아 있었다. 그런 녀석이 앞자리 조수석 바닥에 깔려 있는 신문지 위에 오줌을 갈긴 것이었다. 매덕스는 욕설을 내뱉고는 자동차에 올라타 창문을 확 내렸다. 당장 진눈깨비와 한기가 차 안으로 들이닥쳤지만 상관없었다. 오줌 범벅이 된 신문지를 어디에 버릴지 찾아볼 시간도 없었다. 매덕스는 후진 기어를 넣었다. "딱 1초, 2초만 더 참아볼 생각은 안 들었냐, 잭 오?"

개는 작게 한숨을 짓더니, 눈을 감고 담요 위에서 다시 잠에 들었다.

그리고 매덕스는 살인 현장으로 차를 몰았다.

8장

시경 성범죄 수사반의 커다란 사무실은 업무 부서별로 칸막이가 나뉘어 있었다. 이처럼 작은 공간을 하나씩 배정받은 부서별 공간 네 곳은 강철 책상이 배치된 채, 온통 사건 바인더와 파일이 빼곡히 꽂힌 이동식 책꽂이들로 둘러싸여 있었다. 앤지는 성범죄 수사반 소속 형사 열여섯 명 중 하나였고, 이 형사들은 다시 네 개 팀으로 나뉘었다. 이 형사들과 훈련 담당자, ViCLAS 담당자, 분석가, 그리고 두 명의 프로젝트 관리자는 매슈 베더 경사의 지휘 아래 움직였다. 매슈 베더 경사는 사무실 여럿을 잇는 복도 끝의 유리벽 사무실을 따로 배정받았다.

앤지가 출근했을 즈음, 사무실에는 아무도 없었다. 던던과 스미스, 그러니까 앤지와 홀거슨의 나머지 팀원들은 야간 근무를 끝내고 뻗어 있을 터였다. 앤지는 코트를 벗어서 걸고 젖어버린 모자도 책상으로 던진 뒤, 책장으로 가서 퍼니허와 리터의 사건 파일을 꺼내 들었다. 원하는 파일 박스를 찾아낸 앤지는 자기 책상으로 들고 가 상자를 열었다.

"팔로리노!"

앤지는 힐끗 올려다보았다. 자기 상관인 베더 경사가 사무실 문간에 서 있었다. 손에는 신문 한 부를 들고서.

"홀거슨은 어딨나?"

"화장실이 아니면 흡연 중일 겁니다. 정확히는 모르겠네요."

"들어와." 베더는 고개를 까딱이며 말했다. "잠시 얘기 좀 하지."

앤지는 파일을 내버려 두고 베더를 따라 유리벽 사무실로 들어갔다. 앤지가 들어오자 경사는 사무실 문을 닫고는, 책상 위로 〈시티 선〉지를 집어 던졌다.

"자네는 이 사건을 어젯밤에 맡았지. 지금 오전 9시 30분이 채 안 됐는데 벌써 신문 1면에는 자네 얘기밖에 없어. 피츠의 행적은 내가 알고, 싱은 지휘 체계상의 상관인 거너 서장님한테 직접 행적을 확인받았지. 자네가 〈시티 선〉지에 정보를 흘렸나?"

앤지의 시선이 베더의 책상 위에 놓인 신문에 쏠렸다. 신문지 1면 상단에는 굵직굵직한 헤드라인이 검정색 글씨로 큼지막하게 쓰여 있었다.

'로스만 공동묘지에서 벌어진 충격적인 성폭행
미성년 여성 피해자는 아직 혼수상태'

헤드라인 아래는 두 명의 의료팀이 신원미상의 피해자를 들것에 신고 앰뷸런스 뒤로 옮기는 사진이 실려 있었다. 그 옆으로는 세인트 주드 병원을 나오는 앤지와 홀거슨의 사진이 찍혀 있었다. 사진 속의 앤지는 검정색 울 모자를 쓰고 머리를 뒤로 넘긴 채 딱딱한 표정을 짓고 있었다. 그런데다 플래시까지 제대로 받는 바람에 무슨 유령처럼 창백한 표정이 되어버렸다. 홀거슨도 딱히 다를 바 없었다. 푹 팬 양 뺨과 날카로운 인상의 골격, 그리고 거친 눈빛 때문에 무슨 마약 중독자처럼 보였다. 앤지는 지라시를 확 낚아채 기사를 쭉 훑었다.

'시경 성범죄 전담반 형사들은 희생자를 확인하고 친인척들에게 사건을 통보하고 있는 중이다. 하지만 피해자 여성이 애널리즈 잔센, 빅토리아 대학교 학생이자 빅토리아의 저명한 기업가 스티브 잔센의 딸인지는 아직 확인되지 않았다. 애널리즈는 2주 전 캠퍼스에서 실종되었으며⋯⋯ 새롭게 취임한 잭 킬리언 시장의 공약인 범죄 무관용 척결과 정반대로 치솟고 있는 범죄율은⋯⋯.'

"장난칩니까?" 앤지는 신문으로부터 시선을 들었다. "여기에 킬리언을 끌어들여요?"

"나머지 언론들도 냄새를 맡고 한 시간 내로 미쳐 날뛰기 시작할 거야. 대체 이 기자한테 성폭행 사건이라고 말한 게 누구야?"

"이 기자라는 애, 아무래도 무전 도청기를 갖고 있는 것 같습니다. 공동묘지로 가서 현장을 직접 봤답니다. 또 모르죠, 의료팀이나 병원 직원하고 이야기라도 나눴을지. 전 짐작도 안 갑니다."

베더는 한숨을 푹 쉬고는 지난 반년 동안 점점 듬성듬성해지고 있던 머리카락을 손으로 쓸어 올렸다. "좋아, 그럼 자네는 뭘 물어 왔나? 필요한 거 있나? 피해자는 누구야?"

"아직 신원 파악 못했습니다."

"그럼 이 기자는 대체 뭔 소리를 하는 거야? 이 사람한테 신원 파악했다고 했어?"

"부인만 안 했죠." 앤지는 경사의 책상에 신문을 집어 던졌다.

베더는 욕설을 내뱉었다. "가족들한테 잘하는 짓이다, 팔로리노. 이따위로 통보나 하고. 피해자도 누군가의 자식이야. 누군가의 혈육이라고……."

"제가 그걸 모르는 것 같습니까?" 앤지도 지지 않았다.

"내 한마디만 하지." 경사는 손가락으로 신문에 난 앤지와 홀거슨의 사진을 가리켰다. "자네 사진이 또 신문 1면에 난다면 거너 서장님이 대단히 달가워하시지 않을 거야……. 내 다 걸고 보장할 수 있어. 자네는 이 시경이, 특히 내 부서가 잘못 돌아가고 있다고 꼬투리를 잡힌 얼굴 마담처럼 되고 있잖아."

곧장 분노가 울컥 치솟았다. 앤지는 이를 앙다물었다. "한마디만 더 해보십쇼, 경사님. 해시한테 일어났던 일은 내 실수가 아닙니다. 저는 완전히……."

"알았어, 알았다고." 베더는 양손을 들어 보이며 한 발 빼겠다는 제스처를 취했다. "자네 말이 맞아. 이건 내가 잘못했어." 그러고는 다시 한 번 머리를 쓸어 올리고 욕설을 중얼거리면서 창문을 바라보았다. 그렇게 앤지를 등지고 잠시 말없이 선 채 유리창에 부딪히는 진눈깨비만 바라보고 서 있었다. 두 사람 사이에 긴장감이 감돌았다. 앤지의 심장이 쿵쿵 뛰었고 목도 팽팽하게 굳었다.

"송구스러운 이야기지만," 앤지가 분위기를 풀어보고자 빠르게 입을 열었다. "제가 좋아서 이런 구설수를 만든 것도 아닙니다. 그 기자라는 사람이 병원 밖에서 우릴 덮쳤죠. 어쨌든 그게 그렇게 큰일인 줄도 몰랐습니다. 어차피 이런 쓰레기 지라시는 날조가 되거나, 편파적이거나, 아예 가짜뉴스 아닙니까. 사람들도 다 알고요."

베더는 천천히 고개를 끄덕이면서 이쪽을 돌아보았다. 두 사람의 시선이 마주쳤다. "안타까운 일이야, 앤지." 베더는 부드러운 목소리로 말했다. "우리 모두 해시가 떠난 사실이 안타깝지. 지금 긴장감이…… 너무 높아. 다들 거너 서장님의 모가지가 날아갈 거라고 생각하고 있고. 그다음은 대체 누구겠어…… 나일지도 모르지." 베더는 잠시 입을 다물었다. "자네는 어때? 홀거슨하고는 잘 맞아?"

"아직 얼마 되지도 않았습니다."

"실력 좋은 친구야. 잘 맞춰보라고."

앤지는 숨을 들이마시며 대답했다. "네."

"그럼 지금까지 알아낸 건 뭔가? 브리핑 좀 해봐."

"이번 공동묘지에서 일어난 성폭행은 예전 퍼니허 및 리터 사건과 연관되었다는 가능성이 있습니다." 앤지는 두 사건 간의 공통점을 짚어나가면서 빠르게 브리핑을 진행했지만, 채 마무리하기도 전에 누군가 문을 두드렸다.

"들어와." 베더가 말했다.

문이 열렸다. 제복 경찰 하나가 서 있었다. "피해자의 어머니를 찾았습니다." 경찰이 들뜬 눈빛으로 말했다. "지금 세인트 주드 병원에 있습니다. 이름은 로나 드루먼드, 오늘 아침 신문 1면을 보고 히스테릭한 상태로 병원으로 달려왔다고 합니다. 자기 딸이 토요일 밤의 빵집 야간 근무를 나갔다가 돌아오지 않았답니다."

'가족들한테 잘하는 짓이다, 메리 윈스턴······.'

"무슨 빵집?" 앤지가 딱 부러지는 목소리로 물었다.

"블루뱃저입니다. 존슨로 다리 반대편에 위치해 있습니다. 직원 말로는 피해자가 일터에 나타나지도 않았고, 확인차 전화했을 때도 받지 않았다고 합니다."

앤지는 재빨리 경찰을 제치고 베더의 사무실에서 뛰쳐나갔다. "홀거슨!" 앤지는 사무실 칸막이 너머로 냅다 소리를 지르면서 책상 옆 옷걸이에서 코트를 빼 들었다. "누구 홀거슨 본 사람 있나?" 앤지는 양 소매에 팔을 거칠게 꿰고 슬링 백을 집어 들면서 큰 소리로 외쳤다.

"밖에서 담배를 피우고 있던데." 칸막이 건너편에서 남자 목소리가 들렸다.

'망할.' 앤지는 손목시계를 쓱 보고는 제복 경찰 쪽으로 돌아섰다.

"홀거슨 보거든 나랑 세인트 주드 병원에서 만나자고 전해줘."

그렇게 앤지는 파트너도 없이 건물에서 나왔다. 하지만 차에 타자마자 폰이 울렸다. 앤지는 시동을 걸면서 핸즈프리로 전화를 받았다.

"팔로리노입니다." 앤지는 후진을 넣으며 딱 부러지게 말했다.

"앤지?"

아버지였다. '망할.' 잊고 있었다……. 오늘 엄마의 마지막 짐을 같이 빼기로 약속했었는데. 이미 한 시간 전에 본가에서 만나기로 약속되어 있었지 않나.

"아빠, 저……. 오늘 못 갈 것 같아요. 오늘은 진짜 안 돼. 진짜 중요한 사건을 맡아서……."

"그래, 알았다." 아버지가 말했다. "어차피 올 거라고 생각도 안 했다. 넌 항상 도망만 치잖니, 앤지."

전화가 끊겼다.

앤지는 이글거리는 눈으로 도로를 향해 차를 몰았다.

9장

매덕스는 경찰이 쳐놓은 분리대에 차를 대고 창문을 내렸다.

시경의 순찰차들이 부둣가를 따라 주차된 채 경광등을 깜빡이고 있었다. 눈에 확 띄는 밝은 노란빛 재킷 차림의 경찰들이 부둣가를 드나드는 교통을 통제 중이었다. 그 머리 위로 진눈깨비가 펑펑 쏟아지고 있었다. 이미 분리대 가까이에는 구경꾼들이 몰려들고 있었다.

매덕스는 새로 받은 시경 신분증을 내보였다. 지난주에 공식 이력서를 제출하면서 새로 발급받은 따끈따끈한 물건이었다. 잭 오가 짖었다. 경찰은 차 안의 개를 바라보았다.

"새로 투입되는 군견입니까?"

"그냥 마스코트지. 지린내는 좀 양해해주게."

경찰은 애매한 미소를 짓고는 옆으로 물러서서 분리대를 옆으로 치웠다. "쭉 내려가십쇼, 경사님." 경찰이 앞쪽을 가리키며 말했다. "존슨로로 꺾이기 직전에 작은 주차장이 하나 있을 겁니다……. 지금은 범죄 현장 팀이 차단시켜놓았습니다. 부두 입구는 둑 바로 아래의 벽돌 건물들 뒤쪽에 있습니다."

주차장 앞 분리대에서 매덕스는 다시 한 번 배지를 꺼내 들었고, 이번에 만난 경찰은 매덕스의 이름을 범죄 현장 일지에 적어 넣었다. 법의학팀의 밴 뒤쪽에 차를 댄 매덕스는 잭 오를 바라보았다.

"얌전히 있어. 금세 와서 차 밖으로 내보내줄 테니까, 알았지? 내일은 돌보미를 불러줄게."

대답은 없었다.

창문을 살짝 열어 개가 숨 쉴 틈을 만들어둔 매덕스는 앞좌석의 사물함을 뒤져 야구 모자를 하나 꺼냈다. 하필 우산을 블루뱃저에 두고 온 것이다. 모자를 눌러쓴 매덕스는 차 바깥으로 나왔다. 그러자마자 바람에 코트가 나부끼기 시작했다. 차가운 눈송이가 뺨에 들러붙었다. 매덕스는 대시보드에 **검시관 차량**이라고 써 붙여놓은 검정색 세단 앞을 지났다. 옆에는 반쯤 먹은 팀 비츠 도넛의 먼치킨 상자가 열려 있었다. 바쁜 현대인들의 아침식사였다. 이 모습을 보니 문득 자신이 지금까지 아무것도 안 먹었다는 사실이 떠올랐다. 랜치 베네딕트도, 딸아이와의 데이트도 전부 날렸다는 사실까지.

그렇게 매덕스는 벽돌 건물을 향해 다가갔다. 이미 버려진 건물이었다. 판자로 틀어막은 창문, 온통 이끼투성이인 벽, 지저분한 그래피티 낙서에다 건물 앞에 세워진 **세 놓음** 입간판까지. 움푹 들어간 입구 앞에는 깨진 유리, 빈 보드카 병, 맥주 캔, 담배꽁초, 골판지, 알아볼 수 없는 옷 쪼가리 등등 노숙자들이 버린 쓰레기가 가득 쌓여 있었다.

매덕스는 건물 앞에 잠시 멈춰 서서, 발아래 협곡에서 물이 일렁이는 풍경을 눈에 담았다. 맞은편 기슭에서 물가 쪽으로 뻗은 L자형 잔교에는 검정색 선체에 밝은 노란색이 칠해진 시경 구조선 두 척이 정박해 있었다. 뱃전에서는 경찰관들이 전천후 장비와 야구 모자 차림을 한 채 갈고리로 뭔가를 끌어 올리는 중이었다. 또 다른 경찰관은 물속으로 들어가는 줄을 감독하고 있었다……. 아무래도 잠수부 파트너가 물속에 있는 모양이었다. 부둣가 기슭 쪽의 수면에는 물결이 잔잔한 안전 구역을 갈라놓는 부표처럼 통나무들이 떠 있었다.

이 모든 풍경 위쪽으로는 거대하고 새파란 색깔의 존슨로 다리가 마치 안개 위로 거대하게 솟아오른 철의 괴수처럼 서 있었다. 그 위쪽으로 자동차들이 빵빵거리며 지나가는 소리가 들렸다.

잔교에는 키가 크고 빼빼 마른 남성과 땅딸막한 여성 한 명이 '검시관'이라 쓰인 검정 재킷 차림으로 서 있었다. 슬슬 끈적끈적한 빗줄기로 바뀌는 진눈깨비를 막을 요량인지 다들 야구 모자를 쓴 모양새였다. 그 옆에는 건장한 남성이 코트 주머니에 양손을 찔러 넣은 채 쪼그려 앉아 있었다. 짧게 깎은 머리의 정수리가 희끗희끗했다. 이 사람이 아마 하비 레오 형사인 것 같았다.

매덕스는 미끄러운 잔디를 밟으면서 가파르게 경사진 강독을 따라 물가로 내려갔다. 뱃고동이 울렸다. 안개를 주의하라는 경고일 거다. 고철을 높이 쌓아올린 커다란 배가 다리 밑을 지나는 동안, 잔교 쪽으로 물결이 끊임없이 밀려왔다. 물너울이 부딪혀오면서 잔교가 이리저리 흔들렸고, 통나무 부표들도 흔들리면서 서로 쿵쿵 부딪쳐댔다. 기슭으로 물이 사정없이 튀었다.

"이런 씨부랄!" 머리가 희끗희끗한 사내가 냅다 소리를 지르면서 고철 수송선을 가리켰다. "누가 협곡으로 연락선이라도 보내서 저 빌어먹을 배들 좀 작작 들여보내라고 해! 거의 다 끌어 올렸는데 다시 물속으로 들어갔잖아!" 그러더니 뒤를 돌아 사내는 잔교 쪽에서 걸어오는 매덕스를 바라보았다.

매덕스가 다가오자 사내가 말했다. "그래, 백마 탄 기사님이 오셨군?"

"기사님이라뇨?" 매덕스는 일부러 모르는 척하면서 주변의 상황을 계속 둘러보았다.

"말 탄 놈들, 기마경찰 말요. 순찰차 옆에 붙이고 다니는 쪼끄만 파란 말 로고가 그거 아뇨?"

"맞습니다. 제가 제임스 매덕스 경사입니다." 매덕스는 악수를 청했다. "하비 레오 형사 맞죠?"

늙수그레한 경찰은 맑고 파란 눈으로 매덕스를 찬찬히 뜯어보는 것 같았다. 그러더니 천천히 손을 내밀어 매덕스의 악수를 받았다.

"나 빼고 또 누가 있겠소." 레오가 말했다. 차갑고 거친 손이었다. 우락부락한 외모에 어울리게 악력도 상당했다.

"이쪽은 시 검시관, 찰리 알폰스요." 레오가 키 크고 마른 남자를 가리켰다. "그리고 이쪽은 병리학자 바브 오헤이건 박사고. 이 현장에는 특히 오헤이건 박사가 필요할 것 같아서 여기 모셨지."

알폰스는 두상이 작고 뾰족한 코를 가진 말쑥한 사내였다. 오헤이건은 거의 60대 후반이 다 되어 보이는 여성이었다. 꼭 자그마한 술통처럼 땅딸막한 체구에 희끗희끗하고 성긴 머리카락이 야구 모자 밖으로 삐져나와 있었다. 그 아래로 밝은 갈색 눈이 빛났다. 매덕스는 두 사람과 인사를 주고받았다.

"그래서 뭘 건졌습니까?" 매덕스는 고개를 돌려 이제 막 잔교 가까이의 기슭으로 돌아오고 있는 구조선들을 바라보았다. 안전 구역을 표시한 통나무 부표들은 고철 수송선이 새로 일으킨 물결에 휩쓸려 위아래로 굽이치고 있었다.

"잔교 멀리 떨어진 데서 시신이 떠올랐는데, 저 갈고리로 걸어서 끌어내보려고 힘을 주니까 물결이 이는 바람에 도로 물 밑으로 가라앉아버리는 거요. 그래서 잠수부를 불렀지. 그런데 이제는 저 고철 배가 시신을 잔교 밑에 처박더니 안전 구역 쪽으로 밀어버렸네. 아마 지금쯤은 저 통나무 아래로 가라앉지 않았나 싶소. 파도도 죽어라고 치고 말요." 매덕스도 물결치는 수면 밑으로 시신을 볼 수 있었다.

"여성이라는 확신이 듭니까?"

"아뇨. 시신이 얼굴을 아래쪽으로 두고 떠 있기는 하지만, 그래도 머리가 길거든. 저, 저 갈색 머리 보이지. 그래서 그냥 여자라고 추측하는 거요." 레오는 잠수부가 통나무 경계 근처의 잿빛 수면 밑으로 줄을 집어넣는 걸 보면서 말했다. "저거 진짜 위험한 짓이오. 저렇게 움직이는 통나무 밑으로 잠수하다니. 차라리 얼음 밑으로 잠수하는 게 낫지. 바깥에서 누가 보조해주지도 않았다간 자칫 물 위로 올라오다가 위아래로 부대끼는 통나무에 머리를 정통으로 후려 맞는 수가 있소."

"게다가 수중의 토사와 각종 퇴적물도 생각해야 합니다." 알폰스가 입을 열자 마침 전화기가 울렸다. "실례 좀 하겠습니다." 알폰스는 잔교에서 물러나 다리의 보호 덮개 밑에서 전화를 받았다. 잠시 전화에 대고 말하던 알폰스는 곧 이쪽을 향해 소리를 질렀다. "바브! 말라햇에서 차량 연쇄 추돌 사고가 났대요! 가뜩이나 고지대인데 눈까지 쌓여서 사태가 나빠졌다는데요. 부상자가 다수 발생했다고…… 당장 가봐야 할 것 같아요. 여기 좀 맡아줄 수 있겠어요?"

"가봐, 문제없을 테니까." 오헤이건이 대답했다.

매덕스는 바닥에 양손과 무릎을 대고 잔교 아래쪽을 바라보았다. 기둥은 온갖 끈적끈적한 진흙, 어패류 그리고 따개비 등으로 뒤덮여 있었다. 표면이 아주 날카로워 보였다.

"누구 말로는 이 협곡에서 수영도 할 수 있을 정도로 깨끗하다더만." 오헤이건이 매덕스를 보면서 말했다.

"지랄." 레오가 말했다. "아직도 온갖 오물을 바다로 쏟아내고 있구먼. 지금 해류랑 파도가 그 오물을 협곡으로 다시 들여보내는지 누가 알아? 당장 저 시신도 다시 협곡으로 흘러들어왔는데."

매덕스는 다시 일어났다. 이번에는 부두의 가장자리로 가서 주변을 샅샅이 훑어보았다. 뒤쪽으로는 도시가 펼쳐져 있었다. 왼쪽으로는 정착지와 수상 비행기 터미널이, 오른쪽으로는 다리와 카약 클럽이 보였다. 협곡 건너편에는 자욱한 안개 위쪽으로 수상 아파트가 우뚝 솟아 있었다.

"듣자 하니 그쪽은 강력반에 낙하산으로 들어온 것도 모자라서, 버지악이 이번 사건의 리드까지 맡긴다고 하던데." 레오가 매덕스 옆으로 다가와 말했다.

"강력반 들어온 것 정도로 낙하산이라고까지 할 줄은 몰랐는데요." 매덕스가 답했다. 그 눈길은 다리를 쭉 따라 하늘 높이 있는 평형추에 가닿았다.

"강력반에 자리 나는 것만 목 빠지게 기다리는 놈이 못해도 여섯 명이요. 전부 이 도시를 손바닥처럼 잘 알고 있는 토박이들이지. 게다가 성범죄 전담반에 있는 여형사 하나는 그 문고리 잡고 버틴 지꽤 오래됐고."

뭘 알고들 그러는지.

솔직히 매덕스의 경력만 따지자면 이번 이직은 승진과 상당히 거리가 멀었다. 아니, 수평 이동이라고도 보기 힘들었다. 제대로 승진했다면 매덕스는 이미 책상 앞에 앉아 사무나 보고 있는 쪽이 맞았다. 본토에서의 직위를 제대로 따지자면 오히려 버지악과 맞먹는 수준이라고 봐야 했다. 하지만 매덕스는 그저 지니와 같이 있고 싶어서 이 일을 택했다. 짬도 좀 낼 겸, 아내의 애인 문제와도 거리를 둘 겸, 지저분한 이혼 과정에서도 좀 멀어질 겸. 그래서 이렇게 최전선에서 굴러다니고 있는 것이다. 어쩌면 단순한 현실 도피이거나 외면일지도 모르지. 하지만 상관없었다, 매덕스에게는 당장 이게 필요했다.

바브 오헤이건이 끼어들었다. "걔도 강력반 들어오는 것은 꿈도 못 꾸지. 그쪽 노조원들이 자리를 싹 다 꿰차고 책상에 앉아서 연필이나 깎고, 낱말 맞히기나 하고, 싸구려 커피나 마시고, 뚱뚱한 엉덩이나 긁고 있으니 말이오. 안 그래요, 레오?"

레오는 콧방귀를 뀌고는 땅딸막한 병리학자에게 시선을 돌렸다. "우리 한 성깔 하시는 영안실 박사님이라면 충분히 발언권이 있으시지. 그래서 당신 언제 은퇴하신다고 했수, 바브?"

"그쪽이야말로 나 없으면 살인사건 어떻게 해결하려고 그러시우? 팔로리노한테 꼬투리 하나만 잘못 잡혔다가는 살만 뒤룩뒤룩 찐 그 엉덩이를 호되게 갈겨줄 것 같은데."

"네, 네. 맞는 말이오. 걔가 팀플레이에 특출 난 소질이 있는 건 아니니까. 그보다는…… 인간 혐오자나 남성 혐오자에 더 가깝지. 그래서 그쪽이랑도 서로 죽이 잘 맞는 거 아니오, 바브?"

"거 또 소설 쓰시고 앉았네, 레오. 오늘 아침 낱말 맞히기 퍼즐에서 보셨나 봐?"

매덕스는 두 사람의 실없는 대화와 그 분위기를 머릿속에 전부 정리해두었다. 아무래도 굉장히 재미있는 한 쌍이 될 것 같았다. 아니면 골치 아픈 한 쌍이 되거나. 매덕스는 위를 올려다본 채 다리를 따라 걸었다. 서쪽으로는 높이가 거의 9미터는 되어 보였다. 하지만 교각의 균형추 쪽에서 보자면 20미터는 족히 넘어 보였다. "신고는 누가 했습니까?"

"다리 밑 둑에서 자던 노숙자." 레오가 말했다. "시체가 떠오른 걸 보고 혼비백산해서 위쪽 사무실에서 근무 중이던 교각 관리자한테 알렸소." 레오가 위쪽을 가리켰다. "배가 수로를 지날 때마다 교각을 올리는 담당자 말요. 그 양반이랑 꼴통 노숙자한테서 진술 다 받아놨소. 지금은 주차장에 있는 차량 하나에 실어놨지."

"자살이라고 생각합니까?"

"별말도 안 되는 소리를. 무슨 소시지처럼 비닐로 꽁꽁 포장해놨던데. 이따 직접 눈으로 확인해보쇼."

"이봐요!" 선박에 타고 있던 경찰 하나가 날카롭게 휘파람을 불었다. "건졌어요! 잠수부가 건져서 올라오고 있어요!"

일행은 잠수팀을 태운 선박이 통나무들을 우회하는 모습을 보았다. 물 위에 있던 보조자는 잠수 중인 동료의 줄을 세심하게 살피고 있었다. 엷고 축축한 안개가 수면 위를 감쌌다. 진눈깨비는 이제 빗줄기로 변해 두 배는 더 거세게 내리는 것 같았다. 하지만 또 다른 선박이 수로를 통과하면서 부두 아래로 커다란 물결과 파도를 일으

컸다. 그 바람에 통나무 부표가 또 요동치면서 서로 부딪치기 시작했다.

"머저리 새끼들!" 레오가 외쳤다. "항구에서는 협조 안 해준대? 저 배들을 좀 멈출 수는 없나? 이러다 잠수부까지 잡게 생겼구면."

잠수복이 쫙 달라붙은 머리통이 통나무로 갈라놓은 구역 바깥의, 수은처럼 부드럽게 일렁이는 잿빛 수면 위로 솟아올랐다. 고글이 물에 번들거렸다. 그러고는 비닐로 칭칭 감긴 무언가를 옆에 낀 채 잔교 쪽으로 헤엄쳐오기 시작했다. 매덕스, 오헤이건 그리고 레오는 잔교 가장자리로 다가갔다. 침묵이 모두를 감쌌다. 익사체는 아직도 얼굴을 아래로 한 상태였다. 머리 주변에는 시신의 머리카락이 꼭 해초처럼 물결에 따라 일렁거렸다. 잠수부가 시체를 더 가까이 가져오자, 일행은 희생자의 두개골 뒤쪽으로 길게 난 상처 두 개를 볼 수 있었다. 깊은 자상이었다. 꼭 누군가 머리를 도끼로 쪼개려고 한 것 같았다. 목 아래쪽은 두껍고 불투명한 폴리에틸렌 방수포 같은 것으로 칭칭 감싸여 있었다. 거기다 밧줄로 단단히 묶어놓기까지 했다. 목에 매인 밧줄의 반대쪽 가닥은 시신으로부터 풀려나와 몇 미터 떨어진 물속에 잠겨 있었다.

"소시지처럼 포장해놨다는 이야기가 농담이 아니었군요." 매덕스는 라텍스 장갑을 끼면서 조용히 말했다. 그리고 선창 가장자리에 쪼그려 앉아 잠수부가 시신을 가져오는 모습을 지켜보았다. 오헤이건도 자기 장갑을 끼고 옆에 쪼그려 앉았다. 레오는 양손을 주머니에 넣은 채 살짝 옆에 거리를 두고 서서 상황을 가만히 관찰했다. 가까이에서 익사체를 더 자세히 보게 된 매덕스의 등골에 서늘한 소름이 흘렀다.

비닐로 꽁꽁 감싼 아래로, 희생자는 발가벗겨져 있었다. 생선 배처럼 새하얗게 변한 피부는 외계 생물, 아니면 구더기에 더 가까워 보였다.

"촬영사 데려와요." 매덕스가 레오에게 말하자, 레오는 다시 촬영사 쪽으로 뭐라고 외쳤다. 다리 밑에서 비를 피하고 있던 촬영사가 부두를 따라 힐레벌떡 달려오던 중 하마터면 발이 미끄러져서 자빠질 뻔했다.

"빌어먹을 초짜 놈들." 레오가 툴툴거렸다. 양손은 여전히 주머니 깊숙이 찔러 넣은 상태였다. 촬영사는 아직 물속에 있는 사체를 촬영하기 시작했다. 시체 안치소에서 파견된 직원 둘이 폐기물 수거통과 시체 운구용 포대를 가지고 나타났다.

"뒤통수도 좀 가까이 찍어요." 매덕스가 핏기 하나 없이 쩍 벌어진 피해자의 두개골을 가리키면서 촬영사에게 말했다.

플래시가 터졌다. 안개가 더 짙어지면서 다시 뱃고동이 울렸다.

"선박의 프로펠러에 머리가 갈렸을 수도 있어요." 오헤이건이 시신을 꼼꼼히 살피면서 말했다. "익사체한테서 보기 드문 경우는 아니지. 특히나 배 옆으로 끌려가다가 뒤쪽의 프로펠러에 휘말렸다면 더더욱. 그렇게 생긴 상처가 맞는다면 별로 크지 않은 선박일 거예요. 안 그러면 저런 상처로 안 끝나고 사지가 잘려나갔거나 아예 토막이 나버렸을 테니까. 게다가 저런 간격으로 흔적이 남으려면 아마도 예인선 같은 선박이 아니었을까 싶은데." 사진이 더 찍혔다. 희생자의 목에 매인 밧줄과 비닐을 꽁꽁 매어놓은 밧줄까지.

"아니면 지금껏 물속에 잠겨 있다가 시체에서 나온 가스 때문에 다시 물 위로 떠오른 걸 수도 있고." 오헤이건이 말했다. "그런 다음에 지나가던 배의 프로펠러에 머리가 갈린 거죠. 그런 식으로 떠오른 시체들은 대부분의 경우 얼굴을 아래쪽으로 향하게 되지, 바로 이 시체처럼. 그리고 그 흔적은 거의 언제나 뒤통수, 어깨, 목, 엉덩이 쪽에 남게 되고. 좋아요, 이제 끌어 올립시다."

"여기 좀 도와주시죠." 매덕스가 말했다. 검시관들은 함께 시신을 물에서 끌어내 바닥에 내려둔 시체 운구 포대 위에 얌전히 올려놓았다. 시신에서 물이 흘러나왔다. 목에 매여 있던 밧줄은 거의 3미터 길이는 되어 보였는데, 완전히 해진 끝부분은 꼭 엔진 기름 같은 걸로 거뭇하게 물들어 있었다.

사진이 더 찍혔다. 일행은 시체를 똑바로 눕혔다.

"*씨버럴 것.*" 레오가 뒤로 한 걸음 물러서며 말했다.

다들 아무 말 없이 시신을 바라보았다.

너덜너덜해진 살갗 밑으로 해골이 엿보이는 얼굴이 모두를 올려다보았다. 뿌연 눈알이 공허한 눈구멍으로부터 튀어나와 있었다. 그 주변으로는 살점이 하나도 없었다. 싹 다 파먹힌 것이다. 코도 없고, 양 뺨에는 구멍이 뻥 뚫려 있었으며, 입술도 죄다 뜯어 먹히는 바람에 턱뼈가 노골적인 미소를 그려내고 있었다.

"빌어먹을, 난 익사체가 싫어." 레오가 속삭였다.

"섭취로 인한 시신 훼손이로군." 오헤이건이 여전히 쪼그려 앉아 시신의 얼굴을 꼼꼼히 살피며 속삭였다. "각종 다세포 생물들에게 뜯어 먹힌 겁니다. 어류, 파충류, 갑각류, 포유류, 무척추 동물 등등. 아주 자연스러운 현상이지만, 신참 잠수부가 이런 꼴을 보면 굉장히 충격을 받기 마련이죠."

시신의 입에서 웬 조그마한 생물이 기어 나왔다.

"쌍." 레오가 말했다.

"이 정도 손상이 생기려면 얼마나 오래 걸립니까?" 매덕스가 말했다. "물속에서 얼마나 오래 있었는지 짐작이 가세요?"

"다양한 변수에 따라 달라지기는 하는데……. 예를 들어, 시신이 어디서 수장되었는지, 어디서 떠내려 왔는지, 수온, 해류, 그리고 이 시신에 어떤 바다 생물들이 들러붙었는지에 따라 차이가 좀 커집니다. 예를 들어, 바다벼룩 같은 경우는 정말 게걸스러운 포식자죠. 항문, 입, 귀, 코, 지금 우리 희생자 뒤통수의 쩍 벌어진 상처 등등 신체의 모든 구멍으로 파고듭니다. 아니면 눈꺼풀, 안구, 입술, 귀, 코 등 부드러운 조직을 파먹으면서 안쪽으로 비집고 들어가죠. 일단 몸속으로 들어간 바다벼룩은 영양분을 전부 섭취하거나 누군가에게 방해를 받기 전까지는 계속 신체를 뜯어 먹습니다. 새우는 16시간 내로 시신에 들러붙어 단 일주일 만에 거의 해골만 남겨놓죠. 아무래도 확실하게 알아보려면 검시대에 올려놔야 할 것 같은데. 게다가 정황을 더 파악할 수 있다면 도움이 될 것 같고."

완전히 뜯어 먹힌 얼굴만 보면 희생자가 여성인지 남성인지 도무지 파악할 수 없었지만, 매덕스는 눈으로 비닐 사이로 살짝 부풀어 오른 맨가슴과 어두운 빛깔의 유두를 확인할 수 있었다. 매덕스는 빗물에 푹 젖은 눈썹을 손등 쪽의 소매로 문질러 닦았다.

"비닐 아래쪽에는 아직 손상이 많이 가지 않은 것 같습니다만." 매덕스가 말했다.

"이런 외피는 최소 24시간 정도의 보호 효과를 제공해주죠." 오헤이건이 대답했다. "덕분에 상반신은 폴리에틸렌에 싸인 채 잘 보존된 것 같아 보이네요. 게다가 외피가 목에 단단히 묶여 있었으니. 아무래도 물속에 그리 오래 있었던 것 같지는 않아요."

"온몸을 이렇게 꽁꽁 포장했으면서 왜 머리만 노출시켰을까?" 매덕스는 마치 혼잣말인 양 중얼거리면서 장갑을 낀 손끝으로 비닐을 집어보았다. 그 아래 뭐가 더 있을지 제대로 확인해보려는 것 같았다.

오헤이건은 완전히 노출된 턱뼈를 작은 손전등으로 비춰보았다. "광범위한 성형수술의 흔적이라…… 치아에 전부 베니어를 덧댄 걸 보니 딱 봐도 의치 가공술을 시술받은 것 같군. 아직 사후 경직이 일어나지는 않았는데. 아무래도 비닐을 좀 잘라내거나 구멍을 뚫어서 내부 온도를 재봐야겠어요."

"비닐과 밧줄, 그리고 안의 내용물까지 전부 다 범죄 현장으로 취급됩니다. 어지간하면 희생자를 안치소로 옮기기 전까지 아무것도 건드리지 않는 게 좋을 겁니다." 매덕스가 말했다.

오헤이건은 입술을 동그랗게 오므린 채 상황을 재보는 것 같았다. 레오는 여전히 무거운 침묵을 지킨 채 시신을 바라보고만 있었다. 굵은 빗줄기가 계속해서 쏟아졌다.

"여기 목에 묶은 밧줄 끝부분 좀 확대해서 찍어줘요." 매덕스가 촬영사에게 지시했다. "아무래도 프로펠러 같은 데 걸린 것 같은데. 어쩌면 희생자는 줄이 끊기기 전에 내항으로 끌려들어간 걸지도 모릅니다. 그러다가 조류와 파도에 휘말려서 여기까지 흘러온 거고."

"그렇게 따지면 어디서든 수장되어서 여기까지 흘러들어왔다는 추측이 가능할 텐데." 레오가 말했다. "물 위로 다시 떠오른 다음에 프로펠러에 걸린 것일 수도……."

"좋아요." 오헤이건이 가방을 닫으면서 말했다. "제대로 된 조사도 없이 사망 시간을 추측하는 건 당연히 더럽게 힘들 겁니다."

"맞는 말씀입니다. 그럼 일단 피해자를 옮기죠." 매덕스가 자리에서 일어났다. 처리반이 나서서 비닐로 감싼 신체와 누더기가 되어버린 해골을 운구용 포대에 밀봉해 스테인리스 폐기물 수거함으로 옮겼다. 그러고는 시신을 들고 부두를 따라 내려가 강둑에서 기다리고 있던 들것으로 향했다.

"그럼 나중에 부검 시작할 때 안치소에서 다시 만나죠." 오헤이건이 바닥에서 일어나더니 가방을 손에 든 채 시체의 뒤를 따랐다.

레오는 안치소 일행이 떠나는 뒷모습을 바라보았다. 양손은 여전히 주머니에 넣고 있었다. "일과 첫날부터 좀 빡세지 않소, 경사 양반?"

매덕스는 레오를 내려다보았다. 서늘하고 파란 두 눈이 시선을 마주쳐왔다. 불현듯 매덕스는 이번 사건의 해결에 실패할 경우, 아무래도 자신은 강력계 부서와 새 시장이 내세운 가식적 공약의 희생양이 될 것 같다는 아주 사소한 생각이 들었다. 어쩌면 버지악도 그걸 노리고 새로 임명된 수사관에게 사건의 리드를 맡긴 걸 수도 있었다. 그렇다면 쉽게 쳐낼 수 있는 바지사장 자리를 떠맡게 된 셈이다.

"잠수부팀한테 세부 보고서 받아오십쇼, 레오." 매덕스는 차분하게 말했다. "물 밑에서 뭘 봤는지 싹 다 적어오게 해요. 개인 의견도 중요하기는 하지만, 그 부분은 따로 첨부해오도록." 매덕스는 장갑을 벗다가 지난밤의 일로 빨갛게 벗겨진 손목의 상처에서 화끈한 통증을 느꼈다. 불현듯 어젯밤에 폭시라는 술집에서 만났던 수수께끼의 여성, 앤지가 떠올랐다. 손목이 묶인 채 제대로 떡을 쳤었지. 그 인상이 어찌나 뇌리에 깊숙이 박혔던지, 오늘 아침 지니를 만나기 전에 상대한테 받았던 번호로 전화도 걸었었다. 물론 받지 않았다. 그래서 음성 메시지까지 남겼는데 지금 생각해보면 꽤 멍청한 짓이었던 것 같다. 매덕스는 애초에 자신이 왜 그 클럽에 갔었는지도 확신할 수 없었다. 그걸로 또 무슨 삶의 부침이 있을지 모를 일인데. 어쨌든 지금은 상관없었다. 레오의 말대로 자기 인생이 한동안 꽤 빡세긴 했다. 매덕스는 앤지를 머릿속에서 지워버리고는 부두를 따라 빠르게 걷기 시작했다.

"말했잖소, 익사체는 정말 싫다고." 레오 역시 그 뒤를 따라 부두를 걸으며 말했다. "한번은 바다벼룩이 바글바글한 시체의 신원을 식별한답시고 익사자의 가족을 불렀었지. 그렇게 다들 모여서 시체를 확인하는데, 얼굴의 온 구멍에서 벌레들이 무더기로 기어 나오는 거요. 나 원 참…… 차라리 구멍을 싹 다 틀어막은 다음에 가족들을 부르거나 할 것이지. 사망자의 엄마는 졸도해 쓰러지면서 안치소 바닥에 머리를 깨먹었지. 망할, 난 익사체가 싫어."

10장

앤지는 중환자실 안쪽의 여성을 유리 너머로 바라보았다. 문 쪽을 등지고 앉은 자리에서 몸을 앞으로 숙여 자기 아이의 손을 잡고 있었다. 검고 구불구불한 머리카락을 뒤통수에서 한데 묶어 아래로 드리운 모습이었다.

앤지는 자신의 엄마를 생각했다. 여느 엄마들처럼 자기 딸을 고이 키우느라 겪었을 부담, 평생토록 자신에게 쏟았을 애정과 배려까지. 가슴속에서 뜨거운 죄책감이 느껴졌다. 지금 자신은 엄마와 같이 있어야 했다. 이제는 서로 입장을 바꾸어 자신이 엄마를 돌보고 있어야 했다. 앤지는 지금껏 지나가버린 시간들의 공허한 느낌을, 덧없이 흘려보내버린 몇 년의 시간을 다시금 체감했다. 공원의 성모 마리아상이 갑작스레 머릿속에 떠올랐다. 성적으로 더럽혀지지 않은 성모상, 순결한 몸으로 아이를 품었던 그 상징이…… 전부 조소의 대상이 되었다. 절로 분노가 치솟았다. 번식의 수단이자 서로의 교감을 추구하는 쾌락의 행동, 성행위를 마치 역겹고 더러운 것처럼 치부하고 여성을 억압하는 이 사회적 메시지는 앤지의 성질을 제대로 돋웠다. *발랑 까진 년이라느니, 더러운 책이라느니.* 문득 붉은 섬광이 뇌리를 채웠다. 갑자기 입속에서 피 맛이 느껴지면서…… 얼굴 전체에 피가 끈적끈적하고 뜨끈하게 들러붙은 느낌이 들었다. 양 입술에서 후끈한 고통이 느껴졌다. 갑자기 중환자실의 엄마 옆에 분홍 드레스를 입은 그 소녀가 서 있었다. 앤지의 심장이 쿵쿵 뛰기 시작했다. 소녀는 천천히 머리를 돌려 앤지 쪽을 똑바로 바라보았지만, 얼굴이 없었다. 그저 기다란 암적색의 머리카락으로 감싸인 하얀 안면뿐. 아이는 앤지 쪽으로 손을 뻗었고, 어젯밤 들었던 노래가 머릿속에서 울리기 시작했다…….

'*숲으로 와서 놀자……, 이리 내려와…….*'

환상이 사라졌다. 앤지의 가슴속에서 얼음장 같은 공포가 느껴졌다. 잠시 스스로를 수습한 앤지는 문을 열고 중환자실에 들어갔다. 쉭쉭, 삑삑거리는 기계음이 앤지를 맞이했다.

"엄마 말 들려, 딸?" 여성이 말하고 있었다. "제발, 엄마 말 들리거든 손 한번 꽉 쥐어봐. 그레이시, *제발.*"

앤지는 그러고 있는 여성 옆으로 다가가 목을 흠흠 가다듬었다. "드루먼드 씨, 저는 시경 소속 앤지 팔로리노 형사입니다."

여성이 시선을 들었다. 새하얗게 질린 얼굴, 충격과 비탄으로 공허한 눈길. 앤지의 직업상 너무나 익숙해져버린 표정이었다. 공포. 불신. 좌절. 무력감. 범죄의 폭력에 일상을 갑작스레 침범당했을 때 느끼게 되는 감정들. 평범한 삶을 영위하던 평범한 사람이 경찰, 의

사, 검시관, 각종 질문, 언론의 추궁, 형사, 변호사 등등 자신과는 평
생 상관없을 거라 생각했던 각종 사람들과 갑작스레 휘말리게 된
그 기분.

"오…… 오늘 아침에 뉴스를 보기 전까지는 딸아이가 어제 출근
도 하지 않았다는 걸 모르고 있었어요. 그냥…… 그냥 애 방에 들어
가서 잘 있는지 확인하려 했는데…… 어떻게 이런 일이 벌어질 수
가 있죠? 어떻게 제가 이런 일이 일어났다는 걸 전혀 몰랐을 수가
있죠?"

앤지는 진심으로 연민을 느꼈다. 그 이면에서는 순수한 날것의
분노가, 자신과 해시의 손아귀를 번번이 빠져나간 이 연쇄 성폭행
범을 반드시 잡아 처넣겠다는 울화가 타오르고 있었다. 자신들이
이 자를 3, 4년 전에 잡아넣었더라면 이 모녀는 지금 병원에 와 있
을 필요조차 없었을 것이다.

"정말 유감입니다." 앤지가 말했다.

"의사 말로는 그 괴물이 우리…… 우리 딸한테……." 목에서 북받
쳐 오르는 감정이 말을 막아버렸고, 눈가에는 물기가 어렸다.

"간호사들 말로는 따님 이름이 그레이스라면서요."

여성은 떨리는 손으로 입을 가렸다. "우리 그레이시…… 그레이시
라 불러요." 말을 잇는 여성의 양 뺨으로 눈물이 흘러내렸다. "그레
이시 메리 드루먼드. 열여섯 살이에요. 이제 막 열일곱 살……." 그
레이시의 어머니는 온몸을 부들거리며 흐느꼈다.

113

"괜찮습니다." 앤지는 머뭇거리면서 여성의 어깨를 손으로 토닥였다.

하지만 어머니는 말을 이었다. "열일곱 살이 될 거였어요. 12월 29일이면 열일곱 살이 되는 거였어요. 뱃저에서 처음 일을 시작할 때도 그 빵집에 취직할 수 있게 허가서를 써주어야 했죠. 얘한테는…… 돈이 필요했어요. 지금 생계가 넉넉하지는 않거든요. 그렇다고 얘가 밤중에 버스를 혼자 잡게 두어서는 안 되었는데. 동네가 너무 안전했고 버스 정류장도 아파트 바로 앞에 있는 데다, 겨우 저녁 6시밖에 되지 않았으니까요. 별로 늦지도 않은 시간이었고 어차피 다음 날 아침 5시까지는 빵집에 안전하게 있다가 다시 버스를 타고 집에 돌아올 테니까요. 여느 엄마라면 당연히 자기 딸애가 좀 좋은 물건도 갖게 해주고 싶잖아요? 하지만 저 하나 건사하기도 힘든데 딸한테 그런 걸 사줄 여력이 되질 않았어요. 그리고 벌써 1년이나 넘게 아무 일 없었는데……." 어머니는 자신의 입을 꽉 틀어막았다. 꼭 속내가 쏟아져 나오지 않도록 막으려는 것처럼, 자기 자신이 완전히 무너지지 않게 버티려는 것처럼.

"커피 한 잔 가져다드릴까요, 드루먼드 씨?" 앤지가 말했다. "아니면 물이라도?"

로나 드루먼드는 그저 고개를 저을 뿐이었다.

"몇 가지 질문을 드려야 합니다, 드루먼드 씨. 복도에 작은 방이 하나 있어요. 거기서 대화를 하는 게 더 나을 텐데요."

"그레이시에게서 너무 멀리 떨어지기 싫어요. 지금껏 여기에 혼자 있었는데."

"바로 복도 건너편인걸요. 방에서도 문 너머로 보일 거예요."

어머니는 뻣뻣하게 자리에서 일어나 중환자실에서 나갔다. 앤지는 여성을 부축해 창문 아래 마련된 의자에 앉혔다. 어머니를 마주 보고 앉은 앤지는 품에서 수첩을 꺼냈다. "마지막으로 그레이시를 봤을 때가 언제였죠, 드루먼드 씨?"

로나 드루먼드는 눈썹까지 흘러내린 구불구불한 머리카락을 옆으로 치웠다. "금요일 아침이었어요. 제가 출근할 때였죠. 시내의 양로원에서 24시간 근무를 서거든요. 금요일 오후 4시부터 토요일 오후 4시까지 일해요." 로나는 입술을 떨었다. "그래서 보통은 그레이시가 토요일 저녁 블루뱃저로 출근하기 전에 서로 얼굴을 한번 보거든요. 하지만 어제…… 어젯밤에는 데이트가 있었어요……. 제가 최근에 누구를 만나기 시작했거든요……. 그래서 일요일 아침 일찍 집으로 와서 곧장 침대로 들어갔죠. 오늘 아침에는 평소보다 늦게 일어났는데…… 뉴스를 들었어요. 그래서 그레이시가 잘 있는지 확인하러 갔죠. 그런데 방에 없더라고요. 침대도 깔끔하게 정리되어 있었고. 그래서 저는…… 제가 빵점짜리 엄마라고 생각하시겠죠. 그 데이트를 하러 나가서는 안 되었어요. 하지만 드디어 제 삶을 되찾기 시작했다는 느낌이 들고 있었거든요." 로나는 주머니에서 티슈를 꺼내 코를 팽, 풀었다. 코는 이미 새빨갛게 부어 있었다. 눈도 마찬가지였다. "그래도 시간에 여유가 좀 생겼다 싶으면…… 자기 자신도 한 번씩 돌아보고 싶어지잖아요……." 온몸을 들썩이는 흐느낌과 함께 더 이상 말이 이어지지 않았다.

"잘 압니다." 앤지가 말했다. 그러고는 로나 드루먼드가 자신을 추스를 수 있을 때까지 기다렸다. "그러면 그레이시는 매주 토요일 밤마다 블루뱃저에서 일했던 거죠?"

"네, 빵집에서요. 야간 근무로요."

"혹시 그레이시와 같은 버스에 자주 타는 사람이 있었는지, 그레이시가 어제 버스에 탔다가 빵집의 정류장에서 내리는 광경을 전부 봤을 만한 사람이 있는지 아시나요?"

"아뇨, 잘…… 잘 모르겠네요. 하지만 버스 운전사는 거의 같은 사람이었던 것 같아요. 그레이시가 한번 얘기해줬거든요. 이름이 개리였던가."

"그레이시가 왜 개리를 콕 집어서 얘기했던 거죠?"

"친절하다고 했거든요. 항상 이름을 부르면서 인사해주고."

"지금 다니는 학교는요?

"던이글 고등학교예요."

"혹시라도 최근에 누군가 자신을 따라다닌다거나 귀찮게 군다고 털어놨던 적이 있나요?

"아니요, 그랬…… 던 적은 없는 것 같아요. 애초에 야간 근무를 시켜서는 안 되었는데. 개도 제가 싱글맘이라서 일을 시작한 걸 거예요."

"아이 아버지는…… 어디에 있죠?"

"우린 이혼했어요. 아이 아빠는 재혼했고요. 섬으로 이사를 갔는데, 정확히 어디 있는지는 말씀드릴 수가 없네요. 양육비 수표를 마지막으로 언제 봤는지도 기억이 안 나서."

"오랫동안 떨어져 계셨나 봐요?"

"그레이시가 아홉 살 때부터요."

"아이가 다른 곳에 취직한 적이 있었나요?"

"뱃저에서 일주일에 하루 일한 것 외에는 없어요."

"어쩌면 아이 아버지가 그레이시에게 직접 돈을 보냈을 수도 있지 않을까요?"

로나가 시선을 들었다. 두 눈이 살짝 커져 있었다. "아뇨, 왜요?"

앤지도 시선을 맞췄다. "따님이 아주 비싼 명품 디자이너 부츠를 신은 채로 발견되었거든요."

"분명…… 직접 산 걸 거예요. 일해서 번 돈으로요…… 그래서 일을 한 거겠죠. 말씀드렸듯이 좋은 물건들을 사려고요."

"프란체스코 밀라노 부츠 한 켤레에 얼마나 하는지 아세요?"

"아뇨…… 이런 질문은 왜 하시는 거죠?"

"최소한 1,000달러는 넘습니다."

로나 드루먼드의 얼굴이 창백해졌다. 눈빛이 떨렸다. "위탁판매로 샀을 수도 있어요. 중고품도 많이 사요. 어쩌면 빌렸을 수도 있고. 이런 세상에, 애한테 이렇게 관심이 없었다니."

"요새 새로 데이트하신다는 분…… 그분은 누구죠?"

"설마 그 사람을……."

"그냥 기록차 물어보는 겁니다."

"커트 셰퍼드예요. 4개월 전에 만났어요. 요양원에서 어머니를 못 찾겠다고 해서 도와줬죠. 에스콰이멀트에 살고 있어요. 바니즈에서 기계공으로 일하는데, 정말 착한 사람이에요. 저를 정말 잘 대해줘요."

"일단 댁으로 가서 그레이시의 방을 둘러봐야 할 것 같은데, 괜찮으시겠어요?"

"네, 물론이죠."

"그레이시에게 폰이 있나요?"

"아이폰이요. 그 끔찍한 뉴스를 듣고 나서 계속 전화를 걸었어요. 그런데 계속 음성 사서함으로 넘어가더군요."

"따님의 전화번호와 통신사 이름이 필요합니다."

"네…… 어……, 아마 클리어웨이브 통신사일 거예요." 로나는 앤지에게 딸의 전화번호를 알려주었다. 앤지가 전화번호를 받아 적던 도중, 옆에서 웬 불빛이 명멸하기 시작했다. 고개를 든 앤지의 눈에 그레이시 드루먼드의 병실 앞에서 부산스럽게 움직이는 사람들의 모습이 보였다.

병동 방송 시스템에서 침착한 목소리가 울려 퍼졌다. "코드 블루,

12번 병실. 코드 블루, 12번 병실."

앤지의 심장이 덜컥했다. 로나 드루먼드도 의자에서 안절부절못하기 시작했다. "뭐죠? 저게 무슨 소리죠?"

복도 끝의 이중문이 양쪽으로 활짝 열렸다. 간호사들과 녹색 병원복을 입은 소생 팀이 병실 문들을 우르르 지나면서 황급히 복도를 가로질렀다. 핀레이슨 선생도 그 뒤를 따라 달리고 있었다.

로나 드루먼드가 자리에서 벌떡 일어났다. "이런 세상에…… 그레이시 병실이잖아요! 전부 그레이시 병실로 들어가고 있어요!" 로나는 비틀거리면서도 병실을 향해 달려갔다.

"드루먼드 씨!" 앤지도 자리에서 일어나 그 뒤를 따라 달렸다. "로나! 잠깐만, 기다려봐요!" 그리고 병실 창문 앞에서 로나의 팔을 간신히 잡아채 안으로 들어가지 못하도록 막을 수 있었다. 두 사람은 유리 너머로 간호사 한 명이 그레이시에게 심장마사지를 하는 동안, 나머지는 제세동기를 준비하는 광경을 볼 수 있었다.

"물러서." 다른 간호사가 명령했다. 그레이시의 몸에 제세동기가 붙었다. 의료진이 그레이시를 소생시키려 전기 충격을 가하자, 그레이시의 온몸이 파들거렸다. 하지만 아무 일도 일어나지 않았다. 심박기의 신호는 계속 가로줄을 그리면서 미동조차 보이지 않았다. 다시 전기 충격이 가해졌다. 또다시. 하지만 여전히 아무 일도 벌어지지 않았다.

로나가 앤지의 손을 뿌리치고 병실로 짓치며 들어갔다. "아아 안 돼, 그레이시……." 간호사 한 명이 로나를 저지했다.

"제발요." 로나 드루먼드가 흐느꼈다. "*제발* 이게 무슨 일인지 나한테 말 좀 해줘요!"

간호사 하나가 로나 드루먼드의 어깨를 감싸 쥔 채 복도 밖으로 데리고 나왔다. "일단 여기서 기다리고 계셔야 해요, 드루먼드 씨. 저희가 최선을 다할게요. 지금은 저희를 믿고 기다려주세요, 아셨죠?"

"자, 드루먼드 씨." 앤지가 부드럽게 말하면서 로나를 유리창에서 떼어내려 했다.

하지만 그레이시의 어머니는 다시 모두를 뿌리치고는 유리창에 양손을 붙였다. "그레이시! 안 돼, 그레이시…… 제발, 제발, 죽지 마. 이렇게는 안 돼."

방 안에서는 핀레이슨 선생이 제세동기를 든 간호사와 시선을 맞췄다. 간호사는 고개를 저었다. 핀레이슨 선생은 환자를 확인한 다음, 손목시계를 보고 뭐라고 말했다. 앤지의 심장이 내려앉았다. 의사 선생은 사망 시간을 선고하고 있었다.

로나 드루먼드의 목에서 기이하고 가냘픈, 마치 인간의 것이 아닌 듯한 오열이 흘러나왔다. 그러더니 뒤로 돌아 앤지의 가슴과 팔 그리고 얼굴을 때리기 시작했다. "너 때문이야, *네가* 이랬어! 네가 내 딸의 머리맡에서 날 떼어놨어. 엄마가 되어서 딸아이의 임종도 지키지 못하게 했어!"

앤지는 힘 하나 실리지 못한 손길을 모두 받아냈다. 그 눈에서는 뜨거운 감정이 이글거렸다. 잠시 동안은 손 하나 까딱하지 못한 채, 로나 드루먼드의 손목을 잡고 자신을 때리는 걸 멈추게 할 생각도 못하고 있었다. 꼭 앤지가 *맞아야 하는* 손길, 이 어머니에게 마땅히 받아야 할 처벌인 것처럼 느껴졌다. 자기 엄마를 외면했던 것과 지금껏 살아오면서 엄마에게 저질렀던 모든 잘못에 대한 처벌인 것 같았다.

마침내 완전히 탈진한 로나 드루먼드는 앤지의 몸을 부여잡고 휘청거리더니, 바이커 부츠를 신은 앤지의 발치 앞에 쓰러졌다. 여전히 온몸을 들썩이며 흐느끼고 있었다. 간호사 두 명이 도우러 달려왔다.

앤지는 침을 꿀꺽 삼키고는 나머지를 병원 직원들에게 맡기고 자리에서 물러났다. 온몸이 부들부들 떨렸다. 복도를 따라 병동 밖으로 나온 앤지는 잠시 멈춰 서서 숨을 골랐다. 그러고는 바싹 마른 입으로 베더에게 전화를 걸었다.

"피해자가 죽었어요. 사망했습니다." 앤지는 베더가 전화를 받자마자 곧장 말했다. "이름은 그레이시 메리 드루먼드. 나이는 열여섯 살. 던이글 고등학교 졸업반이었습니다. 며칠 내로 17세가 될 예정이었고요." 계속 보고하던 앤지는 씩씩거리며 복도를 따라 걸어오는 홀거슨을 보았다.

"지금 뭐 하자는 거야, 팔로리노?" 홀거슨이 삿대질을 하며 물었다. 손가락이 앤지의 얼굴을 똑바로 가리키고 있었다. "한 번만 더 이따위로 굴었다가는……."

"애가 죽었어."

홀거슨이 멈칫했다. 삿대질을 하던 손이 천천히 내려갔다.

"익사했어. 병원 침대에서." 앤지의 시선은 여전히 홀거슨의 두 눈에 못 박혀 있었다. "네가 오줌이나 누고 담배나 피는 동안에도 세상은 잘만 돌아가는 모양이야."

11장

오전 11시 15분의 뉴스 룸에서 메리 윈스턴의 폰이 울렸다. 메리는 발신자 번호를 확인했다. 누군지 알 수 없었다. 그래도 일단 받았다.

"메리입니다."

"희생자 신원 확인됨, 방금 사망했음." 전자음이 섞인 목소리는 잔뜩 왜곡되어 있었다. 성별도 구분할 수 없었다.

메리의 심장이 뛰었다. 황급히 뉴스 룸을 둘러보았다. 조용했다. 일요일 아침이다 보니 직원들 대부분은 출근하지 않고 집에서 쉬고 있거나, 아니면 기삿거리를 쫓아 밖으로 나간 상태였다. 메리는 주말에도 쉬지 않았다. 이 직업에 대해 나름대로 사명감도 있었고, 어차피 일 빼면 딱히 인생이랄 게 없었다. 옆의 의자에는 축축해진 비옷을 걸어두고 말리는 중이었다. 오늘 아침만 해도 정보를 얻어보려고 온몸이 푹 젖는 것도 감수하고 부두까지 나가봤지만, 이번에는 경찰의 차단선을 뚫는 것도, 그 입을 열게 하는 것도 모두 실패했다. 하지만 구경꾼들이 떠벌리는 이야기를 듣자 하니, 존슨가 다리 아래 협곡에서 웬 시체가 떠올랐다는 것이다. 그래서 주변에 전화를 좀 돌려서 정보를 얻어보고자 사무실로 들어온 참이었다.

"세인트 주드 병원의 신원 미상 피해자 말씀이신가요?" 메리는 폰의 통화 녹음 버튼을 누르면서 말했다.

하지만 대답은 없었다.

메리의 온몸에 긴장감과 아드레날린이 흐르기 시작했다. 이 수수께끼의 정보원(왜곡된 목소리만 들어보면 분명 남자인 것 같기는 한데, 워낙 위장이 철저한지라 성별도 구분할 수 없었다)이 자신에게 특종 정보를 전해준 것은 처음이 아니었다. 이전에도 시경 내부에서나 알 수 있을 정보를 제공해준 적이 있으니까.

"그래서 신원이 어떻게 되죠?"

"그레이시 메리 드루먼드. 16세. 던이글 고등학교 재학생."

정보를 받아 적으면서 메리의 맥박은 점점 빨라졌다. "그거 말고 또 다른 정보는요? 사인이라든가?"

"익사."

"익사요? 병원에서?"

"신체 훼손 발견. 성기 부분. 얼굴에는 십자가가 새겨짐."

메리의 가슴속에서 뭔가가 딱딱하게 굳었다. 잠시 동안은 목소리도 나오지 않았다. 메리는 목을 가다듬었다. "다시 한 번 말씀해주시겠어요?"

"이마에 십자가가 새겨져 있었음. 날카로운 흉기로 할례를 당했고. 용의자가 머리카락 한 줌을 잘라감."

"대체…… 대체 어디서 얻은 정보죠?"

전화가 끊어졌다.

"잠깐만요! 이 작자가 진짜." 메리는 편집자의 책상 쪽을 바라보았다. 주말 담당 편집자도 자리에 없는 상황이었다. 망할. 메리는 자리에서 일어나 서성거리다가, 다시 자리에 앉았다 일어나기를 반복했다. 온몸이 부들부들 떨렸다. '망할, 망할, 망할.' 이 정보를 검증해야 했다.

익사했다니 대체 무슨 소리지?

할례를 당했다고?

거기다 머리카락이랑,

십자가까지…….

'지금 나 엿 먹이려는 건가? 어떻게 이런 걸 다 알고 있지?' 메리의 마음속 깊숙이 가두어둔 과거의 목소리 하나가 기억 속으로 스멀스멀 기어 들어오기 시작했다…….

'그대는 원죄의 아버지이자 흑암의 왕 사탄을 거부하는가?

그리고 그 모든 역사함을 거부하는가?

그대는 악의 부귀를 거부하고 죄악에 지배받기를 거부하는가?'

메리는 식은땀을 흘리며 재빨리 시경 언론 부서로 전화를 걸었다. 하지만 통화는 곧장 음성 사서함으로 넘어갔다. 메리는 음성 사서함에 메시지를 남긴 다음, 병원으로 연락했다. 하지만 예상대로 아무런 정보를 주지 않았다. 이번에는 인터넷에서 '그레이시 메리 드루먼드'를 검색해 페이스북 페이지를 찾아냈지만 사생활 보호 기능이 걸려 있었다. 그레이시의 친구 관계는 물론이고 타임라인조차 확인할 수 없었다. 그레이시 메리 드루먼드가 던이글 고등학교 합창단에서 활동했다는 언급을 인터넷에서 몇 개 찾기는 했지만, 성과는 그뿐이었다.

메리는 다시 한 번 시경의 언론 담당자에게 연락해보았다. 이번에도 음성 사서함으로 넘어갔다. 메시지를 하나 더 남기는 수밖에 없었다.

메리는 제자리를 서성거리며 기다렸다.

아무도 자신의 연락에 응하지 않았다. 그 와중에도 시간은 계속 흘러갔다.

놈이 돌아온 걸까? 그게 가능하기는 한 걸까? 메리는 이 이야기를 보도해야 했다. 당장이라도 이 정보를 풀어놓고 싶었다. 원칙적으로 익명의 정보원으로부터 받은 정보의 경우, 확실한 검증이 있기 전까지 보도해서는 안 되었다. 하지만 이 프락치는 지금껏 자신을 실망시킨 적이 없었다. 의도가 무엇인지는 알 수 없었지만, 그 정보만큼은 지금껏 100퍼센트 정확했다.

절박함이 끓어올랐다. 자기 스스로도 억눌러야 한다고 여겨질 정도의 욕구였다. 이 정도로 강렬한 직감은 몇 년 만에 처음 느껴보는 것이었다. 가뜩이나 머리끝부터 발끝까지 이런 직감으로 후끈하게 달아올라 있었는데, 십자가가 새겨졌다는 이야기는 여기에 기름을 부은 것이나 다름없었다. 게다가 머리카락까지도. 메리는 다시 책상에 앉아 입술을 잘근잘근 씹었다.

결국 메리는 다리를 떨면서 트위터를 켰다. 정기적으로 범죄와 관련된 토막글을 올리는 트위터 계정, '윈스턴 파일'이었다. 이 익명의 계정은 보통 〈시티 선〉지의 명의로 다루지 못할 온갖 주제들을 도발적이고 흥미롭게 다루는 수단이었다. 언젠가는 팟캐스트도 직접 시작해 보고 싶었다. 유명 팟캐스트 '시리얼'처럼 진짜 범죄 시리즈를 다루어보고 싶었다. 메리가 블로그에서 다루는 주제는 신문사의 기준에서 아주 아슬아슬한 선을 넘나들었지만, 바로 그렇기 때문에 〈시티 선〉에서도 메리의 블로그 활동을 허락했다. 그 글을 읽은 독자들을 곧장 〈시티 선〉지로 끌어들일 수 있었으니까. 〈시티 선〉이 추구하는 어두운 단면에는 선정적이고 자극적인 기사들을 통해 회사의 자급자족과 함께 독자 점유율을 키우는 것도 있었으니까. 기성 언론인들, 유명 라디오 및 TV 뉴스 프로그램의 기자들도 메리의 트위터와 블로그 계정을 팔로우하는 사람이 많았다. 독립적인 소셜 미디어의 영역에서는 나름대로 범죄계의 꿈나무로 뿌리내린 것이다. 위탁 보호 가정부터 근본 없는 길바닥 생활을 거쳐 지금 여기에 이르기까지 참으로 다사다난한 인생 역정이었다. 그것이야말로 메리가 세상에 증명하고 싶은 것이었다. 그것이야말로 메리의 사명이

었다. 한때는 자기 자신을, 그 몸까지도 한낱 마약에 팔아넘긴 적도
있었다.

'그대는 원죄의 아버지이자 흑암의 왕 사탄을 거부하는가?'

다시 올바른 길에 들어선 것도 그 성폭행 사건 이후였다. 마지막
각성의 계기라고나 할까. '항구의 피신처'를 운영하는 마커스 목사
는 한창 인생에서 탈선 중이던 메리를 수습해서 다시 올바른 궤도
에 오를 수 있도록 도와주었다. 실종된 아이들, 학대받은 여성들, 마
약 중독자들, 성노동자들……. 그랬다, 메리에게는 직접 증명해야
할 이야기들이 정말 많았다. 이제는 자신이 아니라 타인의 불행을
팔고 있었다. 그 불행한 이야기를 주류 사회의 면전에다 짓뭉개고
있었다. 메리 나름대로 이 세상에 가운뎃손가락을 날리는 방법이었
다. 더 신선하고 자극적인 이야기를 찾아올수록 반응도 좋고 수입
도 짭짤해졌다.
하지만 여전히, 메리는 망설이고 있었다.

'그대는 원죄의 아버지이자 흑암의 왕 사탄을 거부하는가? 어서 말해! 거부
한다고!'

메리는 침을 꿀꺽 삼키고는, 이를 악물고 트윗을 작성하기 시작

했다.

'#공동묘지소녀 #던이글고등학교 #그레이시메리드루먼드 #공동묘지 #성폭행후사망'

메리는 잠시 멈칫했다. 입술 위로 땀방울이 흘러내렸다. 트윗은 계속되었다.

'할례를 당했다. 얼굴에 십자가가 새겨졌다. 머리카락도 잘려나갔다.'

메리는 눈을 꾹 감고, 이런 정보들이 머릿속에서 불러일으키는 기억의 편린들을 쳐내려 노력했다. 아직도 놈의 눈빛이, 스키 마스크의 틈새로 비치던 그 눈이 기억났다. 그리고 그 말까지도. 놈은 그런 헛소리를 읊조리면서 자신의 목에 칼을 들이댄 채 땅바닥에 무릎을 꿇렸었다. 온갖 잡초와 쓰레기가 들어찬 협곡에서 다시 깨어났을 때는 자신의 이마에 붉은 십자가가 그려져 있었다.

분노와 공포가 온몸에 휘몰아쳤다. 메리는 눈을 뜨고는, 숨을 깊게 들이마시고 엔터키를 찍어 눌렀다.

트윗이 올라갔다.

블로그 포스트도 작성이 시작되었다.

12장

재크 래디슨의 사무실 벽에 걸린 새 TV의 얇은 화면은 지역 방송의 24시간 뉴스 채널에 맞춰져 있었다. 재크의 사무실은 시장실 바로 옆에 붙어 있었고, 재크는 일요일에 특별 배송된 시장의 새 책상 설치를 감독하면서도 뉴스에 계속 관심을 기울였다.

오늘 아침, 〈시티 선〉지는 충격적인 1면 기사를 통해 로스만 공동 묘지에서 신원 미상의 여성에게 벌어진 강력 범죄를 보도했다. 그 싸움닭 같은 애송이 기자, 메리 윈스턴은 기사에서 킬리언과 범죄율, 그리고 실종된 빅토리아 대학교 여학생인 애널리즈 잔센까지 모두 언급하면서 이미 시장실까지 사건으로 끌어들여버렸다. 물론 〈시티 선〉지는 아무리 잘 봐줘도 황색 언론 타블로이드판 지라시이기는 했다. 하지만 재크는 그딴 괴담이나 팔아먹는 쓰레기도 얼마나 강력한 도구가 될 수 있는지 아주 잘 알고 있었다. 당장 자신만 하더라도 지난 선거에서 상대편에게 불리한 정보를 메리 윈스턴에게 은밀히 흘려서 그 효과를 톡톡히 본 장본인이었으니까.

하지만 이번에는 킬리언에게 불리한 쪽이었다. 바로 *그게* 문제였다.

게다가 오늘 아침에는 존슨로 부두에 웬 경찰들이 바글거리면서 가뜩이나 막히는 교통을 아예 틀어막아버렸다. 협곡에서 웬 여성의 시신이 발견되었다나. 이 뉴스는 특히나 재크를 불안하게 만들었다. '그 *시체*일 리는 없어.' 애초에 가능한 일도 아니다. 그래도 재크는 신경을 곤두세운 채 계속해서 들어오는 속보에 귀를 기울였다.

"저쪽, 창가 근처에 놔주세요." 재크는 책상을 들고 온 택배원들에게 지시했다.

시장 당선자 잭 킬리언은 앞으로 딱 이틀 후에 도시의 입법을 주도하는 위치에 오를 것이다. 킬리언의 승리를 이끌었던 재크는 킬리언의 '특별 고문'으로 임명되어, 앞으로 킬리언이 승승장구하는데 반드시 필요한, 핵심 요소를 쥔 오른팔로 활동하게 될 터. 이 직위는 자신에게 딱 맞춰 만들어진 자리일 뿐 아니라, 그 권력은 앞으로 점점 더 커질 것이었다.

사람들은 재크의 아버지, 래디슨 인더스트리의 짐 래디슨을 킹메이커라 불렀다. 그리고 재크는 바로 그 킹메이커의 아들이었고, 킬리언과 함께 선거에서 첫 대승을 맛본 참이었다. 선거라는 진흙탕에 직접 뛰어들어 손을 더럽혔지만, 오히려 그 순간순간이 그렇게 즐거울 수가 없었다. 이제 막 28세가 된 청년이 사람 한 명을 거물로 만들어낸 셈이니까.

그리고 나중에는 스스로를 왕으로 만들 것이었다.

"아뇨, 아뇨. 왼쪽으로 조금만 더 가죠. 채광이 잘되게." 재크가 지시를 내렸다. 택배원들은 책상을 왼쪽으로 아주 살짝 더 움직였다.

전임 시장 패티 마커는 여성이었고, 여성적인 면모가 사무실 인테리어에 그대로 드러나 있었다. 그래서 재크는 인테리어를 갈아엎고 있었다. 킬리언을 남자답게 보이도록, 진정한 권력의 정점처럼 꾸미기 위해서. 항상 입에 올린 말을 지키는 사업가적 리더이자 혁신가로 비치도록 만들어야 했다.

페인트칠 작업은 끝났고, 새로운 사진이 걸렸다. 빅토리아의 건축물들을 담아낸 깔끔한 흑백 사진이었다. 족히 1800년부터 건설된 수많은 건물들을 담아낸 사진이었다. 현재 레이 노턴 웰스가 진행 중인 대규모 연안 개발 현장까지도 모두 담겨 있었다. 그 모든 광경을 높은 곳에서 촬영한 이 사진은 그야말로 권력을 상징했다. 과거와 미래. 지배. 성장. 일자리. 그리고 킬리언을 바로 이 사무실까지 이끌어준 단호한 범죄 척결 공약까지. 이제 자신들은 앞으로 4년 동안 스스로를 증명하면서 더 나은 결과를 만들어내야 했다. 킬리언도 애초에 시장실보다 더 높은 곳을 목표로 삼고 있었으니까. 앞으로 주지사는 물론, 연방의원에까지 눈독을 들이고 있었다. 그리고 재크는 킬리언이 원하는 대로 전부 다 만들어줄 계획이었다.

갑자기 TV 화면 하단에서 '속보'라는 글씨가 번쩍였다. 한창 진행 중이던 프로그램이 중단되고 스튜디오에서 대기 중이던 앵커가 비쳤다. 재크는 순간 멈칫했다. 심장이 빠르게 뛰기 시작했다.

"주의 드립니다. 앞으로 전달해드릴 정보는 매우 적나라할 수 있으며, 민감한 시청자분들께는 불편하게 느껴질 수 있습니다." 앵커가 말했다. "어젯밤 로스만 공동묘지에서 발견된 미성년 성폭행 피해자가 부상으로 인해 사망했습니다. 피해자는 16세 그레이시 메리 드루먼드 양으로 밝혀졌으며, 페어필드 주민이자 던이글 고등학교의 재학생이었던 것으로 알려졌습니다."

'*이건 또 뭐야……?*'

재크는 리모컨을 집어 볼륨을 키웠다. 심장이 쿵쿵 뛰기 시작했다. 이건 좋지 않았다. 전혀 좋지 않았다. 뉴스 속보 화면에 완전히 정신이 팔린 재크는 택배원들이 자리를 뜨는 것도 거의 눈치채지 못했다.

"드루먼드 양의 사인은 기이하게도 익사인 것으로 밝혀졌습니다. 이 사실은 오늘 아침 한 범죄 전문 기자가 트위터에 충격적인 사건의 전말을 폭로하자, 피해자의 모친 로나 드루먼드 씨가 직접 VNN에 연락해 밝힌 것입니다. 시경 측에서는 현재 수사가 진행 중이라는 사실 외에는 노코멘트로 일관했습니다. 하지만 로나 드루먼드 씨가 VNN 측에 밝힌 사실에 따르면 피해자는 물에 빠졌고, 할례를 빙자한 성기 훼손을 당했으며, 이마에는 흉기로 십자가 모양이 새겨졌다고 합니다. 또, 앞머리 근처에서 머리카락 한 줌도 잘려나간 상태였다고 밝혔습니다." 화면 오른쪽 상단에 그레이시 드루먼드의 학교 사진이 나타났다.

재크는 멍하니 화면을 바라보았다. 뱃속에서 욕지기가 치밀어 올랐다.

"드루먼드 양은 로스만 공동묘지의 성모 마리아상 발밑에서 피를 흘리며 의식을 잃은 채 발견되었으며, 지난밤은 일기 예보 사상 가장 추운 축에 들어가는……."

재크의 폰이 울렸다. 재크는 여전히 화면에서 눈을 떼지 않은 채 전화를 받았다. "여보세요?"

"뉴스 봤나?" 킬리언이었다.

"지금 보고 있습니다."

"이 사건을 처리해야 해. 안 그러면 우리가 처리당하고 말아. 임기 첫날부터 범죄 척결이 어쩌고 했던 공약이 역풍으로 돌아와서는 안 돼. 뉴스에서 떠들어대는 저 트위터의 유출은 대체 뭐야?"

"모…… 르겠습니다." 재크는 자기 컴퓨터로 가서 트위터 북마크를 클릭했다. '빌어먹을.'

"그 앱니다." 재크는 조용히 말했다. "〈시티 선〉지의 메리 윈스턴입니다. 오늘 아침 11시 45분에 그 트윗을 터뜨렸습니다."

12장

"언론에서 아주 난리가 났던데." 시체 안치소 직원 두 명이 익사체를 담은 포대의 무게를 재는 걸 지켜보던 레오가 계피향 껌을 질경질경 씹으면서 말했다. 그러더니 매덕스 쪽으로 시선을 돌렸다. "그쪽도 들었소?"

매덕스가 고개를 끄덕였다.

협곡에서 시신을 회수한 지도 거의 6시간쯤 지났던까, 두 사람은 일요일 오후 4시에 시체 안치소에 와 있었다. 방 안은 춥고 창문도 없었으며, 벽과 바닥은 온통 타일로 도배되어 있었고, 스테인리스 탁자와 싱크대, 그리고 오물이 튀지 말라고 덧댄 패널뿐이었다. 머리 위에 켜진 강렬한 형광등 조명에서는 특유의 낮은 소리가 울려 퍼져 나왔다. 뒤쪽 벽에 가지런히 자리 잡은 유리문 캐비닛에는 뼈 자르는 톱, 일회용 마스크 등등 온갖 도구가 전부 다 들어 있었다. 원래 새하얬을 가운은 온통 적갈색의 얼룩이 튄 채 자동 잠금식 문 옆의 옷걸이에 걸려 있었다. 두 사람이 문을 열자 잠금 장치가 부드럽게 작동하는 소리가 났다.

매덕스가 시체 안치소에서 으레 맡곤 하던 악취는 여기서도 풍겼다. 날고기 냄새, 피비린내, 포르말린향, 소독약 냄새가 전부 뒤섞인 그 악취는 어렸을 적 할아버지와 한 번 방문했던 푸줏간을 떠올리게 만들었다.

이 관할구역에서 부검은 보통 사망 후 48시간 내로 이루어지는 편이었다. 하지만 이번 건은 꽤나 서두르는 것 같았다. 검시소는 법무실의 관할이었고, 당장 언론에 돌고 있는 속보와 시경 내부에서 정보가 유출되었을 가능성, 경찰서장의 닦달, 그리고 새 시장과 경찰국의 압력 등으로 인해 시의회 법무차관 본인이 이번 법의학 부검을 직접 지시했다.

법대로 하자면 피해자의 가장 가까운 친인척이 사후 부검 자리에 굳이 동석할 필요는 없었다. 사실 시체를 둘둘 감고 있던 비닐, 그러니까 엄연한 범죄 현장의 일부로 규정되는 그 공간까지 까보기 전까지는 애초에 알려야 할 대상을 파악하는 것조차 불가능했고. 매덕스와 레오는 부검 과정을 참관하면서 색출되는 증거를 전달하고자 여기에 와 있었다. 하지만 두 사람은 신문에서 떠들어대는 것과 달리, 이 시신이 실종된 여대생 애널리즈 잔센이 아니란 사실을 이미 알고 있었다.

잔센의 가족은 딸의 실종 신고를 하면서 치과 기록과 함께 DNA 샘플을 함께 제출했었다. 그 자료에 따르면 애널리즈 잔센은 평생 동안 치과 치료를 별로 받아본 적도 없었고, 성형 수술을 받은 적도 없었다. 반면 눈앞에 있는 시신은 입술도 없이 이빨을 쩍 내보이고 있는데, 딱 봐도 상당한 치과 시술의 흔적을 알아볼 수 있었다. 입 앞쪽은 미용 겸 교정용 브리지 시술이 되어 있었고, 거의 모든 이빨에 세라믹 필링 시술까지 받아놓은 상태였다. 거의 입을 한번 갈아 엎은 수준이었다.

바브 오헤이건 박사가 음악을 틀자 부드러운 첼로 연주가 무균실을 채웠다. 박사는 흘러나오는 음악 속에서 스테인리스 부검 탁자 위에 설치된 마이크가 잘 작동하는지 확인하며 뭔가를 메모했다. 그러더니 시체 포대의 봉인지와 공문서 서류에 적힌 정보를 서로 비교해가면서 시신이 제대로 도착한 게 맞는지 확인했다. 품이 큰 초록색 병원복과 일회용 비닐 앞치마 차림에 신발에도 덧신을 씌운 차림이었다. 부검의들은 호흡 보조 장치까지 끼고 있었다. 오헤이건 박사만 빼고. 매덕스는 이런 부류의 '구닥다리' 병리학자들을 잘 알고 있었다. 코로 냄새를 직접 맡아보는 쪽을 선호하는 사람들. 부검에서 냄새는 정말로 중요하다고, 정말 많은 것을 알려준다고 여기는 사람들이었다.

"그 정보, 누구든지 흘렸을 수 있소." 레오가 말했다. 오헤이건 박사는 라텍스 장갑을 손에 끼었다.

포대의 지퍼가 열렸다. 너덜너덜해진 얼굴과 축축한 머리카락을 단 채 비닐에 꽁꽁 싸인 시신이 조수들의 손에 들어 올려졌다. 조수들은 스테인리스 탁자 위에 시신을 올려놓았다. 살짝 삐딱하게 기울어진 탁자에는 각종 침출수를 씻어내 아래로 흘릴 수 있는 급수 장치가 설치되어 있었다. 레오는 동록유를 코 밑에 바르면서 시신의 얼굴로부터 눈길을 뗐다. 그러고는 향유 병을 매덕스에게 건넸다.

"고마워요." 매덕스도 자신의 코 밑에 향유를 조금 발랐다. 오헤 이건이야 시체 냄새를 맡아야 하겠지만, 굳이 자신까지 그럴 필요는 없었다. 매덕스는 기름병을 레오에게 다시 돌려주었다.

피해자의 갈색 머리카락에는 아직도 해초가 엉겨 붙어 있었다. 일단 시신을 건드리기 전에 사진 촬영이 시작되었다.

"의료팀에서 누구 하나가 불었을 수도 있지." 레오가 말했다. "아니면 응급실에서 샜을 수도 있고. 입 싼 간호사나 의사가 불었을지 누가 알겠소. 망할, 당장 애 엄마가 보이는 사람마다 죄다 붙잡고 자기 딸내미 시체가 그따위로 엉망이 되었다고 말하고 다녔을지 또 누가 알아. 그 꼴을 보고도 제정신일 리가 있나. 보는 사람 제대로 돌게 만드는 광경이잖소?"

거 입이 참 싸네. 매덕스는 이게 하비 레오 형사의 추측 방식일 거라고 짐작했다. 나름대로 머릿속을 정리하는 요령이리라. 다들 그런 버릇 한두 개씩은 갖추고 있는 게 상식이긴 하지만, 그래도 매덕스는 레오가 제발 좀 닥쳐줬으면 좋겠다고 생각했다.

"정말 내부에서 *유출되었을* 수도 있지." 매덕스는 차분하게 대답했다. 조수들은 이제 비어 있는 시체 포대를 살펴보면서 혹시라도 안치소로 운반하던 도중에 떨어져 나온 부위라도 있는지, 그래서 포대에 뭔가 남은 게 있는지 꼼꼼히 훑고 있었다.

"그건 그래." 레오가 말했다. "그게 바로 저 놈팡이들이 냉큼 내려버린 결론이오. 나쁜 건 다 경찰이지. 팔로리노와 홀거슨의 경우만 봐도…… 내 장담하지, 걔는 이제 제대로 엿 됐소. 다섯 달 전에는 해쇼스키가 총을 맞고 애랑 부모까지 죽어나가더니, 이제는 이런 일까지 터져? 내가 진짜 다 걸고 장담하는데 거너 서장님이 누구 모가지 하나 쳐야 한다고 생각한다면, 윗선에서 희생양을 하나 찾으려 한다면 팔로리노의 탄탄한 궁둥이가 안성맞춤으로 보일 거요. 제대로 망한 거지."

매덕스는 상대를 내려다보았다. 레오의 눈빛에는 언뜻 고소하다는 감정이 깃들어 있었다. 레오 형사는 아무래도 공동묘지 사건의 수사를 맡은 경찰에 제대로 악감정을 품고 있는 게 분명했다. 아니면 당장 눈앞에 펼쳐진 역겨운 풍경으로부터 주의를 돌리고 싶어서 아무 말이나 던지고 있던가. 아마 둘 다 조금씩 섞였을 것이다.

오헤이건이 시신으로부터 시선을 들었다. "이제 시작합니다, 신사 여러분." 레오를 향해 쏘는 눈빛이 특히나 매서웠다. 매덕스는 얼음장 같은 눈길이라고 생각했다. 아무래도 박사는 그 경찰을 좋게 봐주는 쪽인 게 확실했다. 오헤이건은 손을 뻗어 테이블 위에 매달린 마이크를 켠 다음, 본격적인 예비 검시가 시작될 날짜와 시간을 녹음했다.

그렇게 머리부터 살펴보기 시작한 오헤이건 박사는 자신이 발견한 사항들을 큰 목소리로 구술했고, 조수들은 모든 각도에서 꼼꼼하게 시신을 촬영했다.

"가파른 이마 선과 두상의 크기로 볼 때 시신은 여성의 것으로 보인다. 하악과 턱은 비교적 작다. 필요하다면 치과 치료의 흔적도 살펴보겠지만, 한눈에 보아도 과도한 미용 치과 치료가 가해졌다는 사실을 분명하게 관찰할 수 있다. 안면에서는 뜯어 먹힌 자국이 광범위하게 나타난다. 섭취 패턴을 볼 때 주로 바다새우, 어쩌면 다른 갑각류와 무척추동물이 남긴 흔적으로 보인다. 첫 번째로 피해를 입은 부위는 입술, 눈꺼풀, 귀 등 비교적 부드러운 신체 조직이었던 것으로 관찰된다."

매덕스는 한 발짝 앞으로 나서서 시신을 더 자세히 살펴보았다. 레오는 뒤편에서 여전히 껌을 하나 더 꺼내느라 꼼지락거리면서 바스락거리는 종이 소리를 내고 있었다. 오헤이건은 기계팔 받침대에 달린 돋보기로 희뿌옇게 변한 시신의 안구를 자세히 들여다보았다. 첼로 연주 소리가 높아졌다.

"점상 출혈 발견." 오헤이건은 조용히 중얼거리면서 돋보기에 달려 있는 조명을 가까이 들이밀었다. "미세한 출혈흔들이 몰려 있다."

매덕스에게 점상 출혈이란 표현은 익숙했다. 보통 내출혈로 인해 나타나는 빨간색, 보라색의 미세한 반점들을 가리키는 말이었다. 이번에는 안구의 미세혈관으로부터 발생한 출혈로 인해 흔적이 남았다는 것 같았다. 이런 내출혈은 보통 기도가 막혀 목을 지나는 혈관에 큰 압박이 가해지면서 생기는 경우가 많았다. 따라서 점상 출혈이 발생했다면 피해자는 교살을 당해 질식사했을 가능성이 높았다. 손으로 목이 졸렸든, 밧줄로 목이 매였든, 숨구멍을 틀어막혔든 간에.

"압박이 다수 있었던 것으로 보인다." 오헤이건이 말했다.

"목을 졸랐다 풀어줬다를 반복했다는 뜻입니까?" 매덕스가 물었다. "성적인 질식이나 흥분을 고조하기 위한 호흡 조절 때문일 수도 있다는 의미인가요?"

"가능하죠." 오헤이건이 말했다. "점상 출혈이 발생했다고 해서 무조건 교살당했다는 뜻은 아니에요. 물론 그게 없다고 해서 교살이 아니란 것도 아니고. 그냥 머리의 정맥압이 높아졌다는 흔적일 뿐입니다. 하지만 손으로 행한 교살 사건의 85퍼센트에서 점상 출혈의 흔적이 나타났죠. 대략 30초 정도만 압박을 지속하더라도 이런 흔적은 남을 수 있습니다."

오헤이건은 조명을 옮겨 반대쪽 눈을 살피기 시작했다. "경동맥에 압박이 가해졌다면 뇌로 전달되던, 산소가 풍부한 혈액이 차단되면서 이산화탄소가 축적되고, 이로 인해 현기증과 쾌감이 느껴지면서 성적 감각이 고조될 수 있습니다. 이게 오르가슴과 합쳐질 경우 코카인에 맞먹는 쾌락을 느끼게 되므로 굉장히 중독적이라고 하더군요."

첼로 연주는 절정에 달했다가, 다시 관능적인 속삭임으로 하강하기 시작했다. 그동안 조수들은 피해자의 머리카락을 꼼꼼히 빗질하면서 해초를 비롯한 각종 해조류와 작은 벌레들, 이물질들을 떼어내 보관했다. 그리고 그 모든 항목 하나하나를 전부 기록했다. 이처럼 머리카락에서 나온 각종 동식물의 흔적은 사후 간격, 일명 PMI를 밝혀내는 데 도움이 될 것이었다. 또, 피해자가 어디에서 물에 빠졌고, 또 어디에서 흘러왔을지 파악하는 데도 유용할 터였다.

"머리카락 한 줌이 잘려나갔습니다." 갑자기 조수 하나가 말했다. "보이세요? 앞머리 오른쪽이요, 이마 가까이에."

매덕스는 레오에게 눈길을 던졌다. 두 사람 모두 그레이시 드루먼드의 머리카락이 잘려나갔다는 걸 알고 있었다. 사실 이제는 온 언론도 다 아는 사실이었다. 머리카락이 잘려나간 흔적도 사진으로 촬영되었다.

오헤이건은 이제 피해자의 목을 조사하고 있었다.

"피해자의 목에 비닐을 고정하는 데 쓰인 끈은 신체를 속박하는 데 쓰인 끈과 동일한 것으로 보인다. 매듭도 일관적인 형식으로 묶였다." 오헤이건은 끊어진 밧줄의 길이를 쟀다. "목에 매듭지어진 부분으로부터 대략 3.95미터가량의 길이다."

"폴리에스테르 재질이네요, 세 가닥 꼰 로프인 것 같습니다." 매덕스가 조용히 말했다. "어디서든 살 수 있는 흔한 해양용품입니다. 저도 최근에 몇 미터 정도 사뒀고요. 보아하니 매듭 형식은 사각매듭으로 묶은 것 같네요. 뱃사람, 산악인, 보이스카우트, 걸스카우트, 낚시꾼들이라면 누구나 이렇게 매듭 묶는 법을 잘 알고 있을 겁니다."

"요트도 갖고 계시오?" 레오가 말했다.

"으음." 매덕스는 더 자세히 들여다보았다. 마침 오헤이건은 비닐로 관심을 돌려 머리카락이나 섬유 등의 외부 흔적을 찾고 있었다. 그러다 갑자기 겸자로 손을 뻗더니, 매듭 하나의 섬유에서 삐져나온 무엇인가를 조심스럽게 집어 올렸다.

"아무래도 일종의 체모가 매듭에 끼인 채 밧줄의 거친 조직에 끼어 있었던 것으로 보인다." 오헤이건은 다시 돋보기를 가까이 들이대더니, 증거물을 떼어내 꼼꼼히 살펴보기 시작했다. "길이는 2센티미터가량. 노란색도 있고, 암적색도 있고, 하얀색도 있다. 거칠어 보인다." 그러더니 잠시 말이 없었다. "몇 개가 더 있다. 인간의 체모는 아니다. 그보다는 동물의 털에 가깝다. 부드럽고 고운 털가죽에서 나온 것으로 보인다."

"개? 아니면 고양이일까?" 레오가 말했다.

"이건 연구실로 가져가봐야 알겠는데." 오헤이건이 말했다. "털은 주로 단백질 케라틴으로 구성되어 있죠. 동물들의 털은 종에 따라서 제각기 개성적인 길이, 색깔, 형태, 모근의 형태를 갖추고 있어요. 그러니 현미경으로 들여다본다면 무슨 종의 털인지도 전부 구별해낼 수 있지."

이렇게 찾아낸 체모들은 조수들이 하나하나 종이봉투에 담아 이름표를 붙여두었다.

"범죄 현장을 특정하는 데 도움이 되겠는데요." 매덕스가 조용히 말했다. "범죄는 땅에서 벌어졌을 겁니다……. 저 체모, 아무리 봐도 바다 생물의 털은 아니니까요."

점점 낮아지던 첼로 소리가 거의 고요에 가깝게 연주되면서 방 안에 긴장감을 조성하더니, 다시 한 번 절정에 달했다. 그렇게 몇 분이 흘렀다. 매덕스는 차갑게 냉방 중인 영안실 안이 왠지 더운 것 같은 느낌이었다. 스테인리스 기구들이 싱크대 안에서 짤랑거렸다.

"비닐 표면에 긁힌 자국이 나타난다." 오헤이건이 말했다. "해류를 따라 표류하던 도중 생긴 마모 자국으로 보인다." 이런 파손의 흔적들도 전부 기록과 촬영을 거쳤다. "시신을 좀 뒤집어볼까?"

조수들은 오헤이건을 도와 비닐에 꽁꽁 싸인 피해자의 시신이 아래쪽을 향하도록 뒤집었다.

"뒤통수의 자상은 거의 4센티미터 깊이에 9센티미터 정도 간격을 두고 있다." 오헤이건은 상처 중 하나에서 꿈틀거리던 작은 새우한 마리를 집어냈다. 역시나 따로 포장되었다.

"뇌를 파먹고 있었군. 망할." 레오가 중얼거렸다.

매덕스는 심호흡을 하면서 마음을 가다듬으려 했지만 곧바로 후회하고 말았다. 숨을 들이켜자마자 시신의 짠물 섞인 악취와 안치소의 냄새가 콧속 깊숙이 파고든 것이다.

더 많은 사진이 찍혔다. 오헤이건은 시신의 뒤쪽 역시 머리부터 발끝까지 꼼꼼하게 살펴보고 있었다. 비닐 아래로 짙은 보랏빛의 흔적들이 비쳐 보였다.

"시반일까?" 레오가 물었다.

"그냥 멍이 든 걸 수도." 오헤이건이 대답했다. "어차피 이따 포장을 풀면 다 알게 될 텐데."

외부의 시각적 검사가 끝나자 보조들은 오헤이건을 도와 시신이 다시 위쪽을 바라보도록 뒤집어 눕혔다.

"그러니까 어쩌면 우리 피해자는 숨 막히는 성관계를 즐기시다가 일이 꼬였을 수도 있다, 이 말이로군." 레오가 조용히 말했다. "아니면 전형적인 교살을 당한 뒤 비닐로 꽁꽁 포장되어서 수장당했거나. 그렇게 밑바닥에서 해류와 파도를 따라 표류하다가 가스가 차서 다시 떠올랐고, 선박의 프로펠러와 부딪치는 바람에 도로 가라앉았고, 그러다 협곡에서 다시 떠올라서 존슨로 다리 아래서 발견되었다는 거고."

"일단 안쪽까지 까보고 이야기하죠?" 매덕스가 말했다.

레오는 매덕스 쪽으로 눈알을 굴렸다. 그 입이 다물어졌다.

"좋아, 그럼 비닐을 까볼까." 오헤이건이 말했다.

첼로가 성난 불협화음을 연주하면서 지금까지 들은 것 중에 가장 거친 소리를 냈다.

"저 빌어먹을 음악 좀 꺼버렸으면 좋겠는데." 레오가 껌을 또 하나 꺼내려고 품을 뒤적거리며 말했다. "그 요요 마(프랑스의 유명 첼리스트─옮긴이)던가 무던가 하는 양반 아냐. 맨날 똑같은 음악만 틀어놓고서는."

오헤이건은 시신을 두껍게 덮고 있는 불투명한 비닐을 조심스럽게 잘라내면서 양쪽으로 젖혔다. 꼭 번데기가 안쪽에서 잠자던 애벌레를 드러내는 것 같았다. 한때 나비를 꿈꾸었지만 자신에게 약속된 가능성을 이루지 못하게 된 애벌레. 시신의 피부는 투명할 정도로 창백해서 푸른 혈관들이 또렷하게 드러나 있었다. 가슴의 유두는 작고 암적색을 띠고 있었다. 왼쪽 유두에는 황금빛 링이 피어싱 되어 있었다.

"머리가 이 정도로 뜯어 먹힌 데 비해, 신체는 놀라울 정도로 잘 보존되어 있다." 오헤이건은 시신의 양손이 포개져 있는 복부까지 드러내면서 말을 이었다. 그러고는 밧줄을 더 끊고 비닐도 더 걷어냈다.

그 아래 있던 문신이 드러났다.

모두가 할 말을 잃었다.

"이런 씨부럴 것." 레오가 속삭이면서 욕지기를 억누르고 부검 테이블 쪽으로 다가갔다.

피해자의 하복부에는 꿈틀거리는 뱀들이 서로 뒤얽혀 있었다. 메두사의 머리에서 돋아난 뱀들이었다. 메두사는 입을 쩍 벌린 채 비명을 지르고 있었으며, 이빨이 송송 돋아난 그 입은 깨끗하게 면도된 음부 쪽에 자리 잡고 있었다. 그래서 질 쪽으로 입을 벌린 채 성기에 뭐라도 삽입된다면 그대로 삼켜버리겠다는 기세로 보였다. 오헤이건조차 눈살을 찌푸린 채 가만히 있었다. 불길한 예감이 부검실을 스멀스멀 메우기 시작했다.

박사는 시신에 몸을 가까이 숙이고 장갑을 낀 손가락 두 개로 외음순을 넓게 벌렸다. 마치 메두사의 분홍빛 입 안쪽을 드러내려는 것처럼.

첼로 연주가 점점 부드러워지더니 거의 들리지도 않을 정도로 조용해졌다.

오혜이건은 눈길을 들었다. 심각한 눈빛이었다. "음핵 포피, 음핵 귀두 그리고 소음순이 제거되었다." 뒷말도 조용히 이어졌다. "할례의 흔적이다."

모두 박사를 바라보았다.

갑자기 문이 쓱, 하고 열리자 모두가 깜짝 놀랐다.

"안녕하세요, 박사님. 누구 간식이나 주전부리라도 드실 분?" 뒤를 돌아본 레오와 매덕스는 통통한 볼살의 금발 여성이 온갖 음식을 담은 카트를 밀면서 부검실로 들어오는 모습을 보았다. 꼭 공포와 한기 그리고 시체로 얼룩진 이 기이한 현실 속으로 거침없이 뛰어 들어온 외부 세계의 습격자처럼 느껴졌다.

세례자

> 정녕 저는 죄 중에 태어났고
> 허물 중에 제 어머니가 저를 배었습니다.
> – 시편 51장 7절

일요일 저녁, 제임스만의 드루기 마트로 쇼핑을 나와 덕트테이프 세 롤과 얇은 청색 라텍스 장갑을 카트에 담았다. 장갑도 다 떨어진 데다 항상 한 켤레 정도는 주머니에 넣고 있어야 마음이 편했다, 꼭 형사들처럼. 언젠가는 경찰이 되려고 노력해봤던 적도 있었다. 하지만 서류 심사가 시작되자마자 자신이 적록 색약이라는 사실만 깨달았을 뿐이다. 시경에 지원할 수 있는 최소 자격에는 정상적인 색깔 구분 능력이 필요했다. 사실 시경에 서류를 넣기 전까지만 해도 자신이 부분 색약이라는 사실조차 알지 못했다.

그래도 경찰처럼 생각하는 방식은 배울 수 있었다. 경찰이 범죄자처럼 생각하는 방식을 배우는 것처럼. 카트를 끌고 가던 발걸음이 단백질 보충제 진열대 앞에서 멎었다. 자신이 가장 좋아하는 유청을 한 통 골랐다. 비싼 값을 하는 녀석이었다. 자신의 몸은 곧 신전이나 다름없었으니까.

'자기 관리는 자존감의 증명이야, 조니 보이……'

매주 최소 40킬로미터 이상을 뛰었다. 도로 아래쪽 공원에 비치된 운동 기구들도 아주 유용했다. 운동은 자신을 예리하고, 확고하고, 강하게 만들어주었다. 운동으로 만들어지는 자신의 모습이 좋았다. 여성들도 이런 몸에 감탄했다. 햇빛 아래서 웃통을 벗고 운동할 때면 자신에게 쏟아지는 여성들의 시선을 느낄 수 있었다.

화장품 진열대에서 자신이 찾던 립스틱을 발견했다. 체리 블러시 레드였다. 카트를 끌고 계산대로 갔다. 이 가게는 집에서 도로를 따라 내려가다 보면 나오는 모퉁이에 위치해 있었고, 그 자신도 산책을 좋아했다. 차량은 은밀한 야간 활동을 할 때, 비교적 큰 물건을 수송할 때나 써먹는 수단이었다. 그래서 항상 차고 문을 잠가둔 채 안전하게 보관해두고 있었다.

"어머니는 별일 없으셔?" 상점주인 올리버 탐이 바코드를 찍으며 말했다. 드루지 마트는 가족들이 운영하는 작은 가게여서 탐이 직접 계산대에 나올 때도 많았다. 어머니는 탐을 좋아했고, 대기업 프랜차이즈에 잠식되지 않은 동네 상권을 돕는 것도 좋아했다.

"그냥 그렇죠, 뭐." 그가 카운터에 립스틱을 올려놓으며 말했다. 그다음은 단백질 보충제였다. "훨씬 나아지셨어요." 바로 그때 진열대 옆에 놓인 신문의 헤드라인에 시선이 쏠렸다. 순간 물건을 내리던 손이 그대로 멎었다.

'로스만 공동묘지에서 성폭행 발생……
미성년 피해자는 아직 혼수상태'

이 뉴스를 본 것은 이번이 처음이었다.

어젯밤은 늦게까지 깨어 있었다. 밤새 이어진 고된 작업으로 인해 오늘 낮의 대부분을 잠으로 때우고, 거의 오후 5시가 되어서야 일어났던 것이다. 탐은 〈시티 선〉지의 1면을 턱짓으로 가리켰다. "어린애한테 몹쓸 짓을 했더라." 탐이 말했다. "오늘 아침부터 시끌벅적했어. 그런데 라디오를 들어보니까 결국 죽었다네. 겨우 열여섯 살짜리인데 말이야. 익사했단다. 병원에 있었다는데 *그게* 가능하기나 한 소리냐?" 탐은 첫 번째 봉지를 카운터 구석으로 밀어놓았다. "완전히 칼로 난도질을 해놓았단다, 이마에는 십자가까지 새겨놓고 말이야. 게다가 오늘 아침에는 존슨로 다리 밑에서 시체까지 하나 찾았다는구나. 온통 비닐로 꽁꽁 감아놨다는지 뭐라는지. 아마 2주 전에 실종된 그 여자일 수도 있다는데. 성탄절도 다가오는데 이게 다 무슨 일이라냐……. 새로 취임한 시장이 공약을 제대로 지키는 게 좋을 텐데."

그는 헤드라인으로부터 시선을 들었다. 그러곤 물었다. "실종된 여자요?"

"빅토리아 대학교 학생 있잖아. 열여덟 살짜리. 2주 전쯤에 캠퍼스에서 갑자기 감쪽같이 사라졌던 애. 이름이 애널리즈…… 잔센이었나?"

진열대에서 신문을 집어 첫 번째 기사를 읽었다. 그런 다음 메트로 시경 성범죄 전담반 소속이라는 두 형사의 흑백 사진을 꼼꼼히 살폈다. 흩날리는 진눈깨비 아래서 플래시까지 받은 두 사람의 모습은 꼭 허깨비처럼 보였다. 그 뒤로는 그늘진 가고일의 얼굴이 돌벽에 조각되어 있었다.

"경찰들 얼굴이 꼭 자신들이 잡는 범인들처럼 무시무시하게 생겼지 않냐?" 탐이 말했다. "그거 한 부 주랴?"

"네." 카운터에 신문을 내려놓았다. "그리고 멘솔 라이트도 한 갑 주세요."

"어머니한테 담배 좀 끊으시라고 해라." 탐은 웃는 낯으로 한마디 거들면서 뒤쪽의 담배 한 갑을 집어 카운터에 올려놓았다.

그도 탐과 시선을 마주치면서 크게 씩 웃는 표정을 지어 보였다……. 이 웃음은 사람들의 신뢰를 사는 데 특효였다. 자연스럽게 지어지는 보조개는 특정한 부류에 속하는 젊은 여성들의 두뇌에서 이성이라는 것을 녹여버리기에 충분했다. 그는 그런 부류의 여성들을 아주 예민하게 감지해낼 수 있었다. 뭔가…… 갈망하는 여성들을. "엄마가 제 말을 듣는 날이 온다면 말이죠." 탐에게 말했다. "아, 그리고 로또 자동 선택으로 한 장 주세요." 상점 바깥의 광고판에는 이번 주의 상금이 1,500만 달러까지 올랐다고 쓰여 있었다. 그 정도 거금이라면 선뜻 복권을 한 장 살 만했다. 특히나 지금의 작업 환경을 생각해본다면.

탐은 물건을 전부 계산한 다음 복권을 한 장 건넸다. "어머니께 안부 전해드리고."

"네, 그럴게요." 그는 봉지들을 집어 들었다.

집으로 걸어가는 길은 바람도 많이 불고 춥기도 했다. 어머니와 같이 사는 집은 거의 1900년대 초반에 지어졌지만 깔끔하게 단장되어 있었다. 집으로 돌아와서는 코트를 탁탁 털고 정문 근처의 옷걸이에 걸었다. 그다음 불을 지피고, TV를 켜서 '코로네이션 스트리트' 녹화본을 튼 다음, 자리에 앉아 신문을 읽기 시작했다.

그래, 살아 있는 채로 발견되었다는 거지.

좋지 않은 실수였다. 상대가 죽은 채로 공동묘지에 두고 떠났다고 생각했기 때문에 살짝 공황에 빠진 모습을 보이고 만 것이다. 다음부터는 확실하게 처리해야 했다.

'덜렁거리는 조니, 멍청하게 엿보는 토미, 멍청이, 똥멍청이……'

그는 자리에서 일어나 안절부절못하며 양 주먹을 쥐었다 폈다 했다. 그러고는 다시 신문을 집어 기사를 꼼꼼히 읽으면서 형사들의 이름을 기억해두었다. 앤지 팔로리노와 키엘 홀거슨. 그는 두 사람의 이름을 입으로 또박또박 발음해보았다. '켈? 키엘? 키엘?'

'앤지.' 이건 쉬웠다.

권력감과 흥분이 전신을 훑고 지나갔다.

'게임은 시작되었어, 형사님들…… 당신네는 조니를 잡지 못해, 조니가 도망치는 꼴을 보지도 못해. 지금껏 이 조니를, 엿보는 토미를 잡은 사람은 아무도 없어. 조니는 지금껏 몇 년 동안이나 재미를 보셨단 말씀이야……'

하지만 이제는 단순한 재미가 아니었다. 이것은 계시였다. 이제는 더 높은 사명을 추구하라는.

'*나쁜 아이들을 구원해주어야지, 조니……. 착한 아이로 만들어주어야 해, 토미…….*'

테이블 위에 놓여 있던 새 립스틱을 집어 자신의 입술에 꼼꼼하게 발랐다. 그런 다음 멘솔 담배 갑을 새로 뜯어 한 개비를 입에 물고 불을 붙인 뒤, 부엌 식탁에 놓인 재떨이 가장자리에 올려놓고는 계속 타들어가게 두었다. 마치 담배 연기가 향처럼 흘러나오도록. 집 안을 가득 메우도록. 그 향은 참으로 흥분되는 것이었다. 아래층에 있는 반짇고리를 가져와 탁자에 올려놓고는 자리에 앉아 상자를 열었다. 안에는 오색 수실과 바늘, 단추들이 들어 있었다. 레진 용액 한 통과 펜 모양의 자외선 손전등도 있었다.

반짇고리의 바닥에는 어젯밤에 너무 피곤해서 미처 처리하지 못한 머리카락 한 줌이 들어 있었다.

머리카락을 꺼내 들었다. 사랑스러운 호둣빛의 갈색이었다.

콧노래를 흥얼거리면서 UV레진 용액이 담긴 통을 열고 머리카락 끝자락을 담갔다. 강렬한 레진 향이 올라오면서 눈물이 절로 고이고 코가 시큰거리기 시작했다. 자외선 손전등을 비추어 레진을 굳히자, 머리카락 끄트머리는 채 3초도 되지 않아 슬슬 부드러워졌다가 윤기를 내며 굳기 시작했다. 이러면 머리카락이 한 가닥으로 멋지게 보존된다. 최근까지는 투명한 네일 젤로 전리품을 처리했지만, 그 방법을 사용하면 네일 젤을 말리느라 머리카락을 공기 중에 오랫동안 고정시켜두어야 했다. 시간도 많이 걸리고 표면에 자꾸 지저분한 게 붙기도 했다. 그러다가 스포츠 채널에서 UV레진으로 낚시용 플라이 미끼를 제작하는 모습을 보게 되었다. 꼭 부적 같은 결과물이 만들어졌다.

레진의 향은 이제 조건반사까지 일으키는 매개가 되었다. 코에서 고간으로 곧장 신경 신호를 전달하는 수단이 된 것이다. 물건은 이미 한껏 발기해 있었고, 그 느낌을 한껏 즐기고자 허벅지를 더 넓게 벌렸다. 이제 머리카락이 고정되자, 어머니의 반짇고리에서 연보라색 수실을 꺼내 작은 매듭을 지어 묶었다.

그렇게 만들어진 머리카락 꾸러미로 윗입술을 부드럽게 훑었다. 간질간질하고 비단결 같았다. 눈을 감고 소녀의 냄새를 음미했다. 꼭 자신과 다시 한 번 함께하는 것 같았다. 소녀를 맛볼 수도 있고, 부풀어 오른 양 뺨에 드리운 부드럽고 거무스름한 속눈썹도 볼 수 있었으며, 보드라운 피부의 질감도 느낄 수 있었다. 성기가 한계까지, 거의 고통스러울 정도로 한껏 단단해지는 것을 느끼며 조용히 신음했다. 참으로 순한 아이였다. 구원받으려면 반드시 징벌 받아야 했던 아이였다…….

소녀의 목소리가 멘솔 향의 연기와 어우러지고 있었다. TV에서는 '코로네이션 스트리트'의 음악이 흘러나왔다…….

'소녀들을 구해, 조니…….'

'조니는 나쁜 아이. 엿보는 조니는 엿보는 토미처럼 엿보는 걸 좋아하지……. 아주 나쁜 아이, 조니는 착한 소녀들을 보는 걸 좋아하지, 소녀들을 원하지……. 조니는 더러운 때를 벗겨내야 하는 아이…….'

호흡이 얕아졌다. 시야도 좁아졌다. 심장이 어찌나 빨리 뛰는지 현기증이 느껴질 지경이었다. 자리를 박차고 일어났다. 식탁 의자가 우당탕 넘어졌다. 화장실로 달려가 때밀이 장갑을 꺼냈다. 그러고는 장갑을 손에 끼고 바지를 내린 다음, 때밀이 장갑을 낀 손으로 수음을 시작했다. 화장실 거울 속 자신의 눈빛을 바라보았다. 발가벗은 그레이시의 사진들이 거울 가장자리에 테이프로 붙여져 있었다. 장갑을 천천히 위아래로, 위아래로 문지르기 시작했다. 그녀의 목소리에 맞춰서, 더 강하게, 더 세게, 더 빠르게, 그렇게 고통이 견딜 수 없는 쾌락으로 변할 때까지…… '박박, 박박, 박박…… 조니에게서 때를 벗기자…….' 두 눈에는 고통의 눈물이, 쾌락의 눈물이 고여 한데 섞였다. '박박, 박박, 세게 문질러…….' 눈앞이 시뻘겋게 흐려졌다…….

14장

"안 좋은 타이밍인가 봐요?" 간식 카트를 끌고 온 통통한 볼살의 여성이 말했다.

매덕스는 목을 흠흠 가다듬은 다음, 오헤이건 박사와 시선을 마주쳤다. 사실 '공동묘지 소녀' 사건이 가져온 무언의 압박감이 지금껏 이 방 안의 모두를 무겁게 짓누르고 있기는 했다. 박사는 시계를 흘끗 쳐다보고는 마이크를 껐다.

"어차피 오래 걸릴 작업이기는 해요." 오헤이건이 말했다. "그러니 개복하기 전에 잠시 쉬었다 갈까요, 신사 여러분? 대충 45분 정도 후에 다시 시작하도록 하죠?"

"좋은 생각인 것 같습니다." 매덕스도 자신의 손목시계를 확인하면서 조용히 말했다. 핏줄에는 아드레날린이 뜨겁게 흐르고 있었다. "아무래도 버지악까지 끌어들여야겠어요. 레오, 혹시 데이터베이스 담당자 중에 잔업 중인 인원이 있으면 DB에서 그 메두사 문신이랑 일치하는 사안이 있는지 한번 찾아보라고 해줘요. 어쩌면 시스템에 등록된 정보일 수도 있으니까."

그리고 잭 오는 아직도 차에서 기다리고 있었다. 이 사건을 본격적으로 맡으려면 동물 돌보미가 절실하게 필요했다. 원래 출근을 시작하면 구하려고 했는데, 상황이 이래서야 어쩔 수 없었다.

"샌드위치는 뭐로 가져왔어요, 해나?" 오헤이건은 장갑을 벗으면서 간식을 가져온 여성에게 말했다. 그런 다음 싱크대로 가서 손을 씻기 시작했다. 싱크대에 물 떨어지는 소리가 났다.

"치킨 마요 하나하고 칠면조 살라미 치즈 샌드위치 몇 개 있어요. 다 흰 빵이에요. 비건용 글루텐 프리 후무스 랩도 하나 있고요. 남은 건 이게 전부네요, 죄송해요."

"안치소는 맨날 마지막에 들르고 말이에요, 응? 남들 다 집어 가고 남은 것만 있네." 박사는 손을 말리면서 말했다. "어쩌겠어, 바닥에 있는 거라도 박박 긁어야지."

"에이, 그래봤자 병원 밥인 걸요. 어차피 맛없다고 하실 거면서."

"그러엄. 여기서 나갈 시간도 없는데 수가 있나."

"그럼 계산할까요?" 해나가 포장한 샌드위치를 손에 들고 말했다.

"고마워요, 그리고 커피 한 잔도 부탁해. 크림하고 설탕 두 개 넣어서. 스니커즈 초코바도……. 스니커즈 있어요?"

메두사 문신 사진을 폰으로 찍어 시경으로 보내던 레오가 눈살을 찌푸렸다. "스니커즈 칼로리 장난 아닐 텐데, 박사."

"어차피 날밤 새우게 생겼는데. 게다가 이 직종은 몸도 많이 쓰니까. 특히나 톱질하게 생겼으면 말이오."

"여러분은요?" 간식 담당이 말했다. "뭐라도 드시겠어요, 형사님들?"

매덕스는 잠시 주저했다. "아, 좋아요. 그럼 칠면조 살라미 샌드위치 먹을게요."

해나는 매덕스에게 포장된 샌드위치를 건네주었다. "서비스로 드릴게요." 해나가 말했다. "어차피 폐기될 것 같았거든요. 레오 형사님은 어떠세요?"

"난 됐어요." 레오가 빠르게 말했다. 안색이 조금 푸르죽죽해져 있었다. 레오는 폰을 주머니에 넣고는 간식 카트를 지나 출구로 향했다. "위층 매점에서 뜨뜻한 거나 좀 들랍니다." 자동문이 쉭, 하고 열리자 매덕스와 레오는 안치소를 빠져나왔다.

"돌겠네, 진짜. 어떻게 저 안에서 뭘 먹을 수 있지?" 레오가 말했다.

"문신 정보 나오거든 바로 알려주십쇼." 매덕스는 비상계단 쪽으로 향하는 지하 무균실의 복도로 방향을 틀었다. 형광등이 깜빡였다. 에어컨을 비롯한 병원 내부 설비들이 낮은 소리로 울려대고 있었다.

"어디 가시려고?" 레오가 매덕스의 등에 대고 물었다.

"계단이요. 우리 개 오줌 뉘어줘야 하거든. 그리고 주차장에서 버지악한테 전화도 한 통 해야 하고."

"개를 데려왔소? 차에 태워서?"

매덕스는 레오의 말을 무시하고 비상문을 열었다. 그리고 엘리베이터도 타지 않은 채 계단을 한 번에 두 개씩 뛰어올라갔다. 근육도 풀 겸, 폐부에 가득한 역겨운 죽음의 냄새도 좀 내보낼 겸. 병원 문을 밀어젖히자 부드러운 공기가 반겨주었다. 진눈깨비도 그쳐 있었고. 매덕스는 신선한 공기를 최대한 폐부 깊숙이 들이마시면서 자신의 셰비 임팔라 차량을 향해 달렸다.

잠겨 있던 차 문을 열고 안으로 들어가자, 잭 오가 희끗희끗한 털이 섞인 작은 머리를 들어 올렸다.

"안녕, 요 녀석아." 매덕스가 잭 오의 털을 손으로 헝클어뜨리며 말했다. "이리 온, 밖으로 좀 나가자." 개줄을 잡은 매덕스는 잭 오를 들어 올려 깨끗한 얼음 진창이 된 땅에 내려놓았다.

잭 오는 다리 세 개로 불안불안하게 서서 임팔라의 왼쪽 앞 타이어에 오줌을 누었다.

매덕스가 코웃음을 쳤다. "봐라, 인마. 이제는 다리 한 짝을 들 필요도 없어요. 잃는 게 있으면 얻는 것도 있는 법이란다."

그렇게 매덕스는 주차장 곳곳을 킁킁거리며 작은 모험을 시작한 잭 오의 뒤를 따르면서 자신의 상사에게 전화를 걸었다.

"버지악, 매덕스입니다. 아무래도 현재 연쇄살인범이 활동 중인 모양입니다." 매덕스는 물속에서 떠오른 시신과 현재 언론을 뒤집어놓고 있는 공동묘지 사건 사이의 음울한 공통점에 대해 상사에게 빠르게 보고했다.

버지악은 꽤 오랫동안 침묵을 지켰다. 매덕스는 병원의 창문들을 쳐다보면서 기다리고 있었다. 창문 하나에서 크리스마스트리의 조명이 반짝거렸다.

"십자가 표시도 나왔소?" 버지악이 물었다.

"아직 확신이 안 섭니다. 예비 검시만으로는 확인하기가 힘들어요……. 얼굴을 워낙에 뜯어 먹어놔서 말이죠. 내부 부검이나 X레이라도 찍어보면 더 많은 정보가 나올 겁니다."

버지악은 수사에 진전이 있거든 밤낮 상관없이 무조건 보고하라고 매덕스에게 지시했다. 자신은 그동안 태스크포스 구성 권한을 타진해보고, 내일 아침부터 당장 전담 수사본부를 꾸려놓겠다고 약속했다.

매덕스는 전화를 끊었다. 참으로 오랜만에 혈기가 제대로 끓어오르는 느낌이었다. 손목시계를 확인한 매덕스는 잭 오의 작고 땅딸막한 몸을 눈길에서 들어 올려, 차로 데려가 함께 임팔라에 올라탔다. 그런 다음 남는 재킷을 조수석에 깔아놓고 개를 그 위에 올렸다. 밤이 찾아오면서 온도가 점점 떨어지고 있었다. 매덕스는 오늘 아침에 차에 실어놓았던 물병과 그릇을 찾아 물을 채운 다음 조수석의 바닥에다 내려놓았다. 그러고는 병원에서 받은 칠면조 살라미 샌드위치의 포장을 뜯어 샌드위치를 조각조각 찢고는 잭 오에게 손수 먹여주었다. 개 입냄새가 확 올라왔다. 녀석은 분명 배가 무지하게 고팠던 모양이었다.

"오늘 하루는 어떻게 지냈냐?" 매덕스는 지금껏 수백 번은 더 물어봤을 질문을 개에게 던졌다. 마치 언젠가는 이 세 발 달린 개가 갑자기 대답이라도 해올 것처럼. "네 이름을 존 독이라 지을 걸 그랬다. 그럼 존 도 같잖아, 안 그래?" 개가 트림을 했다.

"그래, 신경 꺼라. 이제 착하게 있을 거지? 푹 자고 있어." 매덕스는 개의 머리를 쓰다듬었다. 그러고는 혹시나 그 조그마한 꼬리를 조수석에 깔고 앉지는 않았는지 확인해보았다. 그러다 입가에 절로 미소를 지었다. 잭 오가 꼬리를 흔드는 모습을 처음으로 보니 희한하게 가슴이 뭉클해졌다. 이 개를 구하겠다는 선택은 어쩌다 보니 내린 결정이었지만 어쨌든 두 존재의 삶은 어느 어두운 날 밤에 갑작스레 서로 교차하게 된 것이다. 그런 잭 오가 마침내 자신에게 꼬리를 흔드는 모습을 보니, 스스로 뭔가 차이를 만들어냈다는 점이 그렇게 뿌듯할 수가 없었다. 어쩌면 사람은 다른 이의 삶에 뭔가 변화를 가져다줬다는 것만으로 감동할 수 있는 존재일지도 모른다.

매덕스는 잭 오를 차 안에 둔 채 문을 닫고 창문을 열어 숨 쉴 틈을 만들어놓았다. 매점에서 레오와 만나려면 아직도 시간이 넉넉히 남아 있었다. 거기서라면 다 눅눅해진 샌드위치 대신 좀 뜨끈하고 든든한 걸 사 먹을 수도 있을 텐데.

그래도 샌드위치를 한입 더 베어 물자 병원 입구까지 걸어갈 만한 힘이 돌았다. 근무 첫날부터 이런 별난 사건을, 심지어 연쇄 사건일지도 모를 건수를 배정받았다. 게다가 언론에서도 요란하게 축포를 쏴주는 중이다. 매덕스는 이번 사건이 자신의 경력을 한층 띄워줄 수 있는 건이란 걸 잘 알고 있었다. 아니면 경력을 완전히 말아먹거나. 하지만 애초에 그렇게 놔둘 심산은 전혀 없었다. 여기 오기로 한 게 옳은 결정이었다는 생각이 진심으로 들었다.

이번 사건을 잘해낼 것이다. 지니와의 관계도, 다른 모든 것도 전부.

매덕스는 병원으로 들어가면서 지니에게 전화를 걸었지만, 결국 음성 사서함으로 넘어갔다. "딸, 그냥 오늘 어땠는지 확인해보려고 전화했어. 아까 아침에는 아빠가 미안해. 되게 심각한 사건이 걸려서. 그래도 잘 풀릴 거야. 우리…… 크리스마스 때 뭐 할지도 얘기해야지. 아빠한테 전화해줘, 알았지?"

15장

앤지와 홀거슨은 협곡의 파란색 철교 건너의 부둣가를 따라 건설된 고급 주택 단지로 향했다.

시간은 일요일 저녁 6시 7분이었지만 두 사람은 지금껏 카페인과 패스트푸드로 버티며 16시간 연속 근무 중이었다. 앤지는 목요일부터 거의 잠도 자지 못했다⋯⋯. 온통 붕 뜨고 어질어질한 느낌이었다. 앤지는 버스 정류장이 가까워지자 크라운 빅토리아의 속도를 줄였다. 어제저녁 근무였던 버스 운전사에 따르면 그레이시 메리 드루먼드는 평소처럼 여기에서 내려, 블루뱃저 베이커리의 토요일 밤 근무를 하러 출근했다고 한다.

앤지와 홀거슨은 이미 버스 차고지를 방문해 관리자와의 대화에서 토요일 운행 근무를 배정받았던 운전사를 알아내고 그 집까지 방문한 참이었다. 지금껏 드루먼드가 탔던 버스를 오랫동안 운행해 온 운전사 개리 보건은 이 사건에 크게 충격을 받고는 기꺼이 진술해주었다. 앤지는 버스 정류장 옆 도로에 차를 대면서 운전사의 진술을 되새겨보았다.

'그레이시는 정말 착한 아이였어요. 항상 웃는 낯으로 모두를 사근사근하게 대했죠. 페어필드는 제가 맡은 운행에서 초반에 들르는 정류장입니다. 저는 토요일 전반야의 운행을 맡고 있거든요. 네, 그레이시는 어제 분명 블루뱃저에서 가장 가까운 정류장에서 내렸습니다. 확실합니다.'

"그럼 여기로군." 홀거슨이 빗물이 흐르는 창문 밖을 내다보며 말했다. "보건 말로는 토요일 오후 6시 37분 근방에 여기 도착했댔지."

'운행이 좀 늦어졌어요. 원래 그즈음이면 정류장에 도착해야 했거든요. 계속 공사다, 교통이다 이런저런 문제들 때문에 사전에 공시된 운행 시간표를 지키는 데 항상 애를 먹고 있어요. 날씨도 그렇고. 슬슬 크리스마스가 다가오잖아요……. 이즈음에는 도로가 항상 혼잡해집니다, 게다가 주말이기도 하고요.'

"그러니까." 홀거슨이 말했다. "그레이시 메리는 페어필드에 있는 자기 아파트 건물 바로 앞에서 버스를 탔다. 그리고 버스 오른편의 앞문 근처 자리, 평소 앉던 바로 그 자리에 앉았구. 귀에는 하얀색 이어폰을 끼고 평소처럼 폰으로 뭔가를 듣고 있었지. 운전수의 진술대로라면 말여." 홀거슨은 앤지를 돌아보았다. "개리 보건이라는 양반은 우리 그레이시에게 참 특별한 관심을 갖고 있었던 것처럼 보이는데. 어찌 생각해?"

"아직 확신은 없지." 앤지는 보건의 진술을 머릿속에서 계속 재생했다.

'토요일에 그 정류장에 같이 내렸던 사람이 있나요?'

'남자 두 명요. 아니, 잠깐, 그냥 한 명이었어요. 두 명이 같이 내렸던 건 지난주였네요.'

'그레이시랑 같이 내렸다는 그 남자는 평소에도 버스를 자주 탑니까?'

'네. 보통 그레이시 메리랑 그 남자가 같이 내리죠. 아마 퇴근하는 사람일 겁니다. 주변에 신경을 별로 안 쓰더군요. 눈도 거의 마주치지 않고요. 키는 작고. 나이는 50대쯤 되었을까? 동양인처럼 보입디다.'

'그리고 지난주에 같이 내렸다는 다른 남자는 인상착의가 어땠습니까?'

'키가 컸죠. 말쑥해 보였고. 검정색 옷에 털모자를 눌러 써서⋯⋯ 얼굴은 제대로 못 봤어요.'

"저기 가로등이 있네. 그럼 보도는 조명이 꽤 잘될 거야." 홀거슨이 염소수염을 까딱여 가리켰다. "그러니까 이 정류장부터 뱃저의 입구 사이에서 무슨 일이 벌어졌다는 거지. 여기서부터 그레이시의 폰이 죽었구. 직원이 전화를 했어도 받지를 않았다니까. 감쪽같이 사라져버렸다는 거지. 그러다 갑자기 로스만 공동묘지의 성모상 발치에서 발견될 때까지 말여."

기술팀은 오후 내내 드루먼드의 폰을 추적해보려 했지만 성과는 없었다. 배터리가 아예 나갔거나 제거되었을 터였다. 그나마 통신사의 협조로 그레이시의 최근 통화 기록을 제공받아 현재 분석 중이었다. 다음은 드루먼드의 집을 방문해 피해자가 사용했을 만한 전자 장비에서 증거를 찾아보는 순서였다. 하지만 시간이 너무 없었다. 앤지는 최소한 오늘 밤까지는 뭔가 단서가 나와야 한다고 생각했다. 내일 아침이면 이 사건은 아마 강력반으로 넘어가 있을 테니까.

원칙적으로 말하자면 최초 범죄 현장은 희생자가 발견된 곳이어야 했다. 그래서 이번 사건에서도 최초 현장은 바로 공동묘지였다. 하지만 이런 성폭행 같은 경우에는 용의자가 자신의 의도를 행동으로 처음 옮긴 지점부터가 현장으로 인정된다. 따라서 물적 미세증거가 나온 곳이라면 전부 현장에 포함되는 것이다. 그래서 앤지는 여기서 뭔가 나오기를 바랐다.

차의 시동을 끈 앤지는 스컬캡을 집었다. 하지만 문의 손잡이로 손을 뻗으려던 찰나, 전화벨이 울렸다. 발신자를 확인해보니 아버지였다. 앤지는 그냥 음성 사서함으로 넘어가게 두고 차에서 내렸다.

"좋아, 그럼 한번 훑어보자고." 앤지는 천천히 원을 그리며 돌면서 주변 지역을 탐색했다. 안개가 짙게 깔린 가운데, 낮게 내려앉은 하늘에서는 진눈깨비가 쏟아지고 있었다. "그레이시는 여기에서 내렸어. 그리고 블루뱃저는 저기 부둣가 옆, 벽돌 건물들 근처에 있고."

"버려진 건물들여." 홀거슨이 가까운 건물의 옆면을 손전등으로 비추며 말했다. "1800년대쯤에 지어진 가스 공장들이랴. 이제는 폐

공장이 되었지만. 벽에 구역 변경 표시를 발라놓은 걸 보아하니 재개발이 임박한 모양인디."

"저기가 가스 공장이었는지는 어떻게 알아?" 앤지가 물었다.

"말했잖여, 내가 아는 게 좀 많어."

앤지는 눈썹을 한번 찡그리고는, 건물 구역을 빙 둘러 깔린 오래된 철도 침목에 손전등을 비추었다. 침목에는 온통 무성한 잡초가 자란 채 얇은 얼음 진창이 덮여 있었다.

"드루먼드는 이 길을 따라 걸었어." 앤지는 보도를 향해 걸어갔다. 홀거슨도 그 뒤를 따랐다. "근무가 6시 30분 시작인데 버스가 지연되는 바람에 서두르고 있었겠지. 그날 밤은 춥고, 바람도 불고, 눈까지 내렸어. 고개를 푹 숙이고, 이어폰을 끼고 있었을 거야. 그러니 주변에는 신경을 쓰지 못했겠지."

"근처에 교통량이 상당한디." 홀거슨이 말했다.

"하지만 바람이 심하게 불고 있었잖아." 앤지가 말했다. "날씨가 그따위면 다들 바깥에 관심을 끊어. 운전자들은 바로 앞의 도로에만 집중하고 있었을 거야." 블록 끄트머리의 모퉁이에 도달한 앤지는 손목시계를 확인했다. "드루먼드가 버스 정류장부터 여기 모퉁이까지 오는 데 대략 2분 정도 걸렸을 테지." 두 사람은 모퉁이를 돌아 깔끔하게 포장된 주차장으로 들어섰다. 가스등 시대의 디자인을 한 가로등이 여럿 서 있었다. 앞쪽으로는 족제비 캐리커처가 파란 네온사인으로 그려진 빵집 겸 카페가 있었다. 밝고 따뜻한 불빛이 흘러나오는 안쪽에는 손님들이 작은 테이블 앞에 앉아 있었다. "이렇게 도착하는군." 두 사람은 가게의 데크로 통하는 계단을 올라 유리문 앞까지 도달했다.

앤지는 데크에서 발걸음을 멈췄다. "하지만 드루먼드는 여기까지 오지 *못했지. 여기까지 오기 전에* 무슨 일인가 벌어졌어."

홀거슨이 문손잡이로 손을 뻗는 동안, 뭔가가 앤지의 주의를 끌었다. 앤지는 주차장 너머 어둠 속으로 시선을 돌렸다. 벽돌 건물 두 채가 어둡고 불길한 분위기를 풍기며 나란히 버티고 서 있었다. 창문에도 온통 판자가 덧대어져 있었다. 갑자기 바람이 불어와 물가에서 피어오른 안개를 걷어냈다. 거기 있었다. 벽돌 건물 사이의 좁다란 골목길로 통하는 입구에. 분홍색 옷을 입은 소녀였다. 어둠 속에서도 선명하게, 마치 붕 뜬 것처럼. 소녀는 앤지를 등지고 서 있었다.

아이가 고개를 살짝 돌리더니 어깨 너머로 이쪽을 바라보았다. 하얀 얼굴이 어둠 속에서 빛났다. 소녀가 오른손을 내밀었다. 왼손에는 작은 바구니가 들려 있었다.

'*숲으로 와서 놀자……, 이리 내려와…….*'

앤지의 마음속에서 공포가 치솟았다. 아이가 손짓하고 있었다. 내면 깊숙한 곳에서 강렬한 끌림이 느껴졌다. 꼭 보이지 않는 실이 가슴팍에서 돋아나 저 어둠 속으로 끌고 가는 것 같았다. 앤지는 자신도 모르게 유령을 향해 한 발짝 내딛었다.

"팔로리노? 안 들어가?" 홀거슨이 문을 연 채 말했다. 음악과 웃음소리가 추운 바깥으로 흘러나왔다.

"아, 그래…… 너 먼저 들어가서 혹시 어제 드루먼드 본 사람이 있는지 확인해보지 그래? 그냥 평소처럼 물어봐, 혹시 문제라도 있었는지, 최근에 무서운 게 있다고 털어놓지는 않았는지, 손님과 관련된 불편 사항은 없었는지, 개인 사항이며 동료들이며 이것저것. 난 저기서 뭘 좀…… 확인해볼게." 앤지는 빠른 걸음으로 테라스를 지나 계단을 내려갔다.

"팔로리노!" 홀거슨은 뒤에서 앤지를 불렀지만, 동료가 진눈깨비와 안개 속으로 사라져버리자 욕설을 내뱉었다. 앤지는 골목에 도착했다.

'이리 와, 와서 놀자…….'

머릿속에 울려 퍼지는 속삭임이 점점 커졌고, 가슴을 끌어당기는 힘도 점점 거세지고 있었다. 앤지는 이제 거의 달리다시피 건물 사이의 시커멓게 뻥 뚫린 공허를 향했다. 온몸의 감각이 당장 도망치라고 거의 비명을 지르고 있었는데도.

'도망쳐…… 도망쳐!…… 우체카이, 우체카이!'

한 번도 들어본 적 없는 단어들이 머릿속을 채웠다. 그중에는 어설픈 영어인 것처럼, 마치 아기의 옹알이인 것처럼 들리는 것들도 있었다. 전부 앤지더러 와서 놀자고, 와서 재미있는 걸 하자고 꼬드기는 말들이었다. 하지만 도무지 알아들을 수 없는 외국어로 울려 퍼지는 말들조차도 본능적으로 의미를 이해할 수 있었다……. '도

169

망쳐! 당장 도망쳐! 어서!'

앤지는 골목으로 발을 들였다. 가슴이 두방망이질 쳤다. 그러다 걸음을 멈췄다. 분홍색 옷을 입은 아이는 갑자기 저 멀리 떨어져 있었다. 그 옷은 참으로 부드러운 재질에 불가능할 정도로 번들거리는 분홍빛이었다. 소녀가 다시 한 번 팔을 뻗었다.

안개가 한번 밀려왔다가 걷혔다. 소녀는 이미 사라져버렸다.

앤지는 침을 꿀꺽 삼켰다. 인중에 땀방울이 맺혔다. 벽돌 골목길을 가득 메운 어둠은 칠흑같이 어두웠다. 온갖 그을음과 이끼가 벽을 시커멓게 뒤덮고 있었다. 앤지는 손전등을 켰다. 오래된 침목. 반짝이는 유리조각. 병 하나. 전부 진득하고 질척거리는 눈 속에 처박혀 있었다. 앤지는 천천히 골목으로 들어갔다. 부츠 아래로 자갈과 반쯤 언 진창이 뽀드득 밟히는 느낌이 났다.

앤지의 손전등이 비추는 빛이 벽에 튕기고 틈으로 스며들면서 그림자가 여기저기로 튀었다. 뭔가 앤지의 부츠를 밟고 지나갔다. 앤지는 헉하고 숨을 들이켜면서 발밑을 비추었다. 다른 쪽 손은 이미 본능적으로 허리춤의 총에 가 있었다. 웬 자그마한 그림자가 벽감으로 이어진 하수관으로 사라지고 있었다. 그냥 쥐였다. 앤지는 놀란 마음을 추스르면서 소녀가 나타났던 복도 끝으로 향했다. 골목은 넓고 뻥 뚫린 공터로 이어졌다. 잡초와 가시가 진창 위로 고개를 내밀고 있었다. 저 멀리 바다에서 안개 경고용 뱃고동이 울려 퍼졌다. 앤지는 공터 여기저기로 손전등을 비추었다. 아이는 없었다.

당연히 아이는 없었다.

환상을 보고 있는 것이었다. 엄마처럼⋯. 증상이 시작되고 있었다. 앤지의 정신 상태도 나빠지고 있는 것이다. 애초에 유령인 걸 알면서도, 자신의 마음이 만들어낸 환상인 걸 알면서도 그 뒤를 따라갔던 이유가 뭐란 말인가? 그게 가장 두려운 사실이었다. 앤지가 보는 환상이 자신의 논리적인 이성마저도 압도할 만큼 강력하다는 사실이. 앤지는 블루뱃저의 따뜻한 불빛을 향해 재빨리 돌아섰다. 바로 그때, 비탈 위에 자리 잡은 버스 정류장의 뒤편이 눈에 들어왔다. 그 옆에는 앤지의 차가 주차되어 있었다. 순간 깨달음이 찾아왔다.

앤지는 다시 골목을 돌아보았다. 여기는 지름길이었다. 드루먼드는 버려진 가스 공장 건물들 사이로 난 이 골목길을 이용했을 수도 있었다. 게다가 부둣가 쪽의 샛길을 통한다면 차량을 여기까지 끌고 와서 대기시켜둘 수도 있었다. 어차피 여기는 조명도 없었다.

앤지는 손전등으로 주변을 꼼꼼히 뒤졌다. 어젯밤 차량이 바큇자국을 남겼다 한들, 지금은 진창에 뒤덮이고 말았을 것이다. 앤지는 골목을 향해 자신이 들어왔던 길을 다시 되짚어 나가면서 한 걸음 한 걸음마다 땅바닥을 손전등으로 샅샅이 살피기 시작했다. 딱히 눈에 띄는 것은 없었다. 다시 골목으로 들어가서 잠시 동안 서 있던 앤지는 드루먼드의 입장에서 생각해보기로 했다. 자신이 드루먼드라면 버스에서 막 내려서 정류장의 비탈길을 달려 내려왔을 것이다. 분명 날씨 때문에 머리를 푹 숙이고 온몸을 코트 속에 움츠린 채, 양 뺨까지 목깃을 세우고 모자까지 푹 눌러쓴 상태였을 거다. 거기다 음악까지 들으면서. 그 상태로 골목길을 빠르게 통과하려 했을 것이다. 버스도 늦은 데다 이렇게 어둡고 황량한 공터는 괜히 무서우니까.

아니면 매주 이 지름길을 가로질러 다녔을 수도 있다. 보건의 진술을 생각하면 그 버스는 항상 늦는다고 하지 않았나. 어쩌면 누군가 드루먼드의 평소 동선을 파악해두었다가 어젯밤에 아이를 기다리고 있었을지도 모른다. 그러면 우발적인 범행이 아니라 계획범죄가 된다.

앤지는 고개를 숙였다. 그리고 어젯밤의 드루먼드가 된 것처럼 걸으면서 발밑을 손전등으로 꼼꼼히 살펴보았다. 그러다 뭔가 반짝이는 게 보이자 걸음을 멈췄다. 아까 남겼던 발자국 때문에 자갈 사이에 떨어져 있던 물체가 겉으로 드러난 것이다. 앤지는 바닥에 쪼그려 앉아 장갑을 끼고는, 작고 하얀 이어폰을 주워 들었다. 줄은 이미 끊어져 있었다. 다시 시선을 든 앤지는 아까 쥐새끼가 도망쳤던 벽 쪽을 향해 자세를 낮춘 채로 다가갔다. 허물어진 벽감에는 성인 남성이 몸을 납작 붙이고 있기에 충분한 공간이 나 있었다. 범인은 여기에 몸을 완전히 숨길 수 있었다. 그러다가 드루먼드가 가까이 왔을 때 몸을 드러냈거나, 옆으로 아이가 지나갈 때 뒤에서 덮쳤을 것이다. 그때 이어폰이 귀에서 떨어져 나왔을 거고. 드루먼드의 몸에 남은 방어흔까지 생각한다면 둘이서 드잡이를 하다가 이어폰 줄까지 끊긴 게 분명했다. 아이는 자신의 목숨을 지키려 싸웠다. 하지만 드루먼드는 분명 비명을 질렀을 텐데?

앤지는 자리에서 일어나 소리를 크게 질러서, 이 벽돌로 감싸인 공터에서 소리가 어떻게 울리는지 시험해보았다. 하지만 비명은 별로 크지도 않게 잦아들었다. 벽에 두껍게 쌓인 이끼와 바닥에 깔린 진창이 전부 흡수해버린 것이다. 드루먼드가 비명을 질렀다 한들 그 어두운 악천후 속에서 비명이 제대로 들렸을 리도 없다. 완전히 홀로 취약한 상태였던 것이다.

"팔로리노!" 홀거슨의 목소리였다. "어이! 거기 누구야?" 골목 끝에서 손전등 불빛이 깜빡였다. 이쪽으로 달려오는 발소리가 점점 가까워졌다. 손전등이 앤지의 얼굴을 비추었다. 이내 권총을 뽑아 든 파트너의 모습이 드러났다.

팔로리노는 장갑을 낀 손으로 이어폰을 대롱대롱 들어 올렸다. "버스 기사는 피해자가 이어폰을 꽂고 있었댔지. 애 엄마는 얘가 아이폰 사용자라고 했고. 이건 애플에서 기본으로 제공하는 이어폰이야. 이 골목 뒤쪽에 텅 빈 공터가 하나 있는데, 차를 댈 수 있을 정도로 충분히 넓지. 범인은 이 범죄를 계획했을 거야. 바로 이 벽감에 숨어서 적절한 때를 기다리고 있었을 거야. 피해자가 여기까지 올 거라고 이미 알고 있었던 거지. 그렇게 피해자를 덮치다가 이어폰이 떨어져 나왔을 거고. 이건 계획범죄야. 무슨 이유인지는 모르겠지만 놈은 드루먼드를 미리 골라놓았어, 홀거슨. 놈은 애를 *뒤쫓아*

서 기습했어. 분명 드루먼드가 자신의 환상에 잘 맞았던 거지. 그 이유를 찾아내야 해."

"뭔 개짓거리여, 앤지?" 홀거슨은 권총을 다시 권총집에 꽂아 넣었다. "*비명을 질렀잖여.* 위험해지기라도 한 줄 알았다구. 염병할. 널 찾고 있었는데 갑자기 비명소리가……."

"들렸겠지." 앤지가 벽을 올려다보며 말했다. "이 안에서 소리가 많이 죽어버려. 네가 들어온 길을 정확히 다시 밟으면서 돌아가도록 해, 홀거슨. 발자국을 다시 따라가면서 현장을 최대한 보존해두자고. 여기를 격리해야 돼. 제복 경찰을 하나 불러서 여기에 경계 근무 세워놔, 아침에 법의학팀을 불러올 때까지. 여기가 바로 유괴 현장이야. 내 목숨 걸고 장담하지. 빨리 가!"

홀거슨은 욕설을 중얼거리면서 자신이 남긴 발자국을 되밟아 나가기 시작했다. 앤지 역시 홀거슨의 발자국을 그대로 밟았다.

"뱃저 직원들은 뭐래?" 앤지는 홀거슨의 등에 대고 말했다. "뭐 건진 거 있나?"

홀거슨은 제자리에 멈춰 서서 뒤로 돌아 앤지를 내려다보았다. 그 눈에는 여전히 분노와 아드레날린이 일렁이고 있었다. "피해자랑 같이 근무하는 직원 말에 따르면 아예 출근하지도 않았어. 하지만 매니저 말로는 그레이시가 조용하고 착한 아이라던디. 동정심 많고, 내성적이라서 친구나 이성 관계 등에 대해 별로 말을 많이 하지도 않았구. 부지런한 성격이었다네. 자신들이 아는 한 딱히 뭔가

를 두려워하지도 않았고, 다른 직원들과도 별 마찰을 일으키지 않
았다. 보통 이 골목을 지름길로 이용했구. 뱃저의 밤 시간 근무 관리
자는 꽤 까칠한 사람이라서 피해자는 출근 시간을 3분이라도 아끼
려고 밝은 큰길가로 돌아오는 대신 이쪽으로 다녔나벼."

"좋아, 그럼 우린……."

"좋냐? 염병할, 팔로리노. 너 때문에 10년 감수했어야."

"가. 계속 움직여."

두 사람은 골목의 끝에 도달했다. "차에 가서 현장 차단 테이프
좀 가져와." 앤지가 명령했다. "난 우선 보고부터 할 테니까." 하지
만 앤지가 폰에 손을 뻗자마자 전화가 울렸다.

"시경 소속 팔로리노입니다."

"베더다."

"막 전화 드리려고 했습니다만." 앤지는 홀거슨에게 입을 벙긋거
렸다. "베더야." 그런 다음 빨리 가라는 듯이 손을 휘휘 내저었다.

"꽤 괜찮은 수확을 올렸……."

"지금 사건에서 손 떼……."

"뭐라고요?"

"지금 사건에서 손 떼고……."

"아뇨. 안 됩니다, 지금 막 단서를 찾았는데……."

"팔로리노, 그만. 그만해. 지금 내 말 듣고 있나?"

"듣고 있습니다."

"강력반에서 오늘 아침에 사건 하나를 물어왔어. 젊은 여성 하나가 나체로 비닐에 싸여서 협곡에 떠올랐지. 성기가 훼손되어 있었고 머리카락 한 줌이 잘린 상태야."

앤지는 재빨리 처마 밑으로 몸을 피했다. "미간에 십자가가 있었습니까?" 앤지가 물었다.

"지금 속단하기는 이르지만……."

"이 사건과 드루먼드 사건은 모두 퍼니허와 리터 사건에 연결되어 있을 수도 있습니다." 앤지는 빠르게 말했다. "지금 저를 이렇게 빼시면 안 됩니다, 베더 경사님. 그 성폭행 사건 두 건 모두 제가 해시와 같이 수사했던 겁니다. 제가 속속들이 다 알고 있습니다. 이 사건 저한테 맡겨주셔야 합니다."

"망할, 팔로리노. 일단 내 말 좀 들어주겠나? 버지악이 지금 우리가 말했던 대로 태스크포스를 구성하고 있어."

"*빌어먹을.*" 팔로리노는 중얼거리면서 진창 속에 처박힌 돌을 걸어찼다. 다 강력반으로 넘어가게 생겼다.

"그리고 자네도 당분간 태스크포스에 소속될 거야."

앤지의 몸이 그대로 굳었다.

"버지악도 드루먼드, 퍼니허 그리고 리터 사건이 전부 협곡의 시체 건과 연결되어 있다는 데 동의했어. 또, 자네가 그 연쇄 성폭행 사건들을 전부 꿰고 있는 만큼, 현재 협곡에서 발견된 신원 미상 피해자의 부검에 참관하길 원하고 있어. 가서 시신도 살펴보고 공통점을 찾거든 담당 팀한테 전부 알려주란 말이야."

폰을 쥐고 있는 앤지의 손아귀에 절로 힘이 들어갔다. 온몸에 아드레날린과 흥분이 흘러넘쳤다.

"협곡 시체 사건의 리드는 제임스 매덕스 경사야. 당분간은 매덕스와 파트너로 활동하도록. 지금은 부검을 주관하고 있을 거야. 내일 아침에는 곧바로 드루먼드의 부검 스케줄이 잡혀 있고."

"매덕스 경사가 누굽니까? 처음 들어보는 이름인데."

"신입이야."

"*신입이요? 강력반에?*" 순간 앤지의 머릿속이 멍해졌다. "신입이라니 무슨 소립니까? 자리가 벌써 채워졌단 말입니까? 대체 언제요?"

"내 소관도 아닌데 내가 어떻게 알겠나, 팔로리노."

"책상에 제 서류 싹 다 갖고 있잖습니까, 베더 경사님. 강력반 지원서까지 전부. 승인은 제대로 해주신 겁니까? 저 법무 연수원 과정까지 전부 다 이수했습니다, 그런데……."

"지금 이런 이야기할 시간이……."

"지금이 딱 이런 이야기 할 시간입니다." '*이 사건으로 날 증명할 수 있어. 지금이야말로 뚫고 들어갈 수 있는 기회야.*'

"앤지."

앤지는 상관이 자기 이름을 직접 부르는 걸 듣고 입을 다물었다.

"이것 봐, 내가 자네 바짓가랑이 잡고 늘어지려는 게 아니야. 말했잖나, 자네를 추천하려면 우선 심리 감정이 반드시 필요하다고. 자네는 파트너를 잃었으니 반드시 경찰 소속 심리학자의 평가를 받아야 해. 그게 빅토리아 시경의 규칙이야. 그리고 자네가 그 부분을 깔끔하게 처리하지 않는 이상, 버지악이 자네를 직속 팀원감으로 생각할 일은 절대 없어. 그러니 이 자리를 원하거든 상담을 받아. 심리 감정을 받아오라고."

흥분은 불안으로 바뀌었다. 심리 감정이라니. 심리학자라면 앤지가 웬 소녀의 환상을 보고 있다는 사실을 알아낼 수 있을 것이다. 아니면 최소한 그런 환상에 대한 방어기제로 익명의 섹스에 중독되어 있다는 사실을 단번에 파악해낼 것이다. 그런 일은 절대 사양이었다. 그랬다간 이 직업을 아예 잃는 수가 있었다. 테이프를 가지러 갔던 홀거슨이 돌아왔다.

'집중해.'

앤지는 목을 흠흠 가다듬고는 낮고 침착한 목소리로 말했다. "아무래도 드루먼드의 첫 유괴가 이루어졌던 현장을 찾은 것 같습니다. 피해자가 버스에서 내린 정류장과 블루뱃저 사이에 있는 골목입니다."

"좋아, 잘했어. 그 현장은 홀거슨이 확보하게 두고 자네는 바로 부검실로 가도록 해. 새 태스크포스의 브리핑은 내일 오전 7시 30분에 잡혀 있어. 행운을 빌지. 그리고 앤지." 베더는 잠시 뜸을 들였다. "성질 좀 죽여. 그놈의 성질만 어떻게 하면 매덕스도 적절한 때가 왔을 때 추천 한마디 정도는 해줄 수 있을 거야." 다시 뜸 들임. "불구덩이에 항상 혼자 뛰어들 필요는 없는 법이야."

베더의 경고가 무슨 뜻인지는 확실했다. 베더는 앤지를, 그 성깔을 잘 알고 있었다. 분노조절장애나 경계성 인격장애에 가까운 분노로 인해 겪는 문제들. 혼자 일하는 것을 선호하는 성향. 앤지도 훌륭한 강력계 형사가 되려면 좋은 팀워크를 갖춰야 한다는 걸 잘 알고 있었지만, 그 팀워크라는 게 항상 문제였다. 학교에서든, 대학에서든. 게다가 오늘 일찍이 베더와 가졌던 대화만 보더라도 자신이 이 거대한 부서의 눈엣가시가 되었다는 사실은 분명해졌지 않나.

앤지는 잃을 게 정말로 많았다.

그리고 잘만 하면 얻을 것도 정말 많았다.

그러니 앤지의 미래는 이 매덕스라는 신참이 쥐고 있었다.

16장

앤지의 부츠 소리가 지하 복도에 울려 퍼졌다. 일단 시체 안치소에 들어가면 제일 먼저 특유의 싫은 냄새가 맞아주리란 점은 잘 알고 있었다. 병원 냄새는 항상 그랬다, 그 이유는 절대 알지 못하겠지만. 딱히 병원에서 나쁜 일을 겪었던 기억이 있는 것도 아닌데.

그래서 언젠가 해시가 지독한 목감기에 걸렸을 때 사뒀다가 대시보드 보관함에 처박아두었던 유칼립투스향 연고를 따로 챙겼다. 해시가 썼던 물건은 도저히 버릴 수가 없었다. 안치소 문 앞에 선 앤지는 연고를 약간 덜어 코 밑에 발랐다.

실수였다.

연고가 어찌나 독하고 화끈했는지, 안치소 문이 양쪽으로 열릴 즈음에는 두 눈에 눈물이 그렁그렁해진 상태였다. 앤지는 눈을 깜빡이면서 안으로 들어갔다. 첼로가 연주하는 음악과 각종 장비들이 짤랑거리며 부딪치는 소리, 그리고 싱크대에 물방울이 똑똑 떨어지는 소리가 서로 뒤섞이고 있었다. 피해자는 스테인리스 테이블 위에 얌전히 누워 있었다. 온몸은 유령처럼 새하얗고, 얼굴은 온통 피투성이에 턱뼈가 그대로 드러나 있을 정도로 엉망이었으며, 안구는 불룩 튀어나온 데다 머리카락은 새까맸다.

마음의 준비를 단단히 하고 들어왔지만 여전히 충격적인 광경이었다.

이번 부검은 바브 오헤이건이 집도하는 모양이었다. 앤지는 안심했다. 법의학자 선생은 한 손에 메스를 든 채 이쪽을 바라보았다. 형사 두 명이 앤지 쪽을 등진 채 서 있었다. 레오의 강건한 체구와 희끗희끗한 머리카락은 단번에 알아볼 수 있었다. 그 옆에 있는 남성은 키가 훨씬 컸다, 대강 190센티미터쯤 될까……. 어깨도 레오보다 두 배는 더 넓어 보였다. 풍성한 머리카락이 눈부신 형광등 아래서 암청색으로 반짝였다. 앤지의 마음속에서 불길한 느낌이 고개를 들었다.

"팔로리노 형사가 함께 참관할 겁니다." 오헤이건이 마이크에 대고 말하면서 앤지에게 고개를 끄덕여 보였다.

이미 와 있던 두 형사가 이쪽을 돌아보았다. 남색 눈동자와 앤지의 시선이 마주쳤다. 심장이 덜컥 내려앉았다.

'그 대물 양반이네.'

키 크고 음침하고 비뚤어진 방향으로 잘생겼던 남자……. 바로 어젯밤에 모텔 방 침대에 손목을 묶어놓고 참 감명 깊은 떡을 쳤던 바로 그 남자였다. 그런데 *이 사람이 강력반 신입이라고? 이 사람이 자신의 앞날을 좌우할 수도 있을 거라고?* 어디선가 종 치는 소리가 들려오는 것 같았다.

"레오, 바브. 안녕하세요." 앤지는 일부러 기침 사이에 끼워서 인사를 건넸다.

레오가 눈썹을 찌푸렸다. "넌 여기 뭐 하러 왔어?"

오헤이건이 마이크를 껐다.

앤지는 엄지로 두 눈을 닦아냈다. "아이고, 죄송합니다, 지금…… 그…… 눈에 뭐가 들어가서요." 그리고 목을 흠흠 가다듬고 다시 코를 훌쩍였다. "저도 이 사건에 배정되었습니다. 버지악이 태스크포스에 직접 넣었죠."

첼로가 쿵, 하는 저음을 연주했다.

레오가 눈을 가늘게 뜨고 쳐다보았다. "이쪽은 제임스 매덕스 경사님이다." 레오가 말했다. "이번 시신 건의 리드를 맡고 계시지."

"앤지 팔로리노입니다." 앤지가 다시 한 번 그 그윽한 남색의 눈동자와 시선을 맞추면서 말했다. 얼굴에서 열이 확확 올라왔다. 나름대로 섹스에 대해 세워두었던 규칙들이 머릿속을 스쳐지나갔다.

'절대 동료와 자지 마라. 절대 키스는 하지 마라. 먼저 떠나라…… 항상 주도권을 잡아라…….'

주도권을 잡기는 개뿔.

"드루먼드 사건은 제 겁니다." 앤지는 소매로 코를 슥 닦으면서 말했다. "그 성폭행 건은 제가 대략 3~4년 전에 옛 파트너인 해쇼스키와 같이 수사하던 미제 성폭행 사건 두 건과 연관되어 있습니다.

피해자 세 명에게 동일한 표식이 그려졌고요. 그래서 이번 부검에 참관해 지난 사건들과 공통점이 있는지 직접 확인하라는 지시를 받았습니다."

제임스 매덕스 형사는 앤지의 눈길과 천천히 시선을 마주치면서 악수하려고 손을 내밀었다. 앤지도 악수를 받았다. 탄탄한, 아주 탄탄한 악력이었다. 손도 참 컸다. 어젯밤에 자신의 팔을 잡던 이 손의 악력이 뇌리를 스치고 지나갔다. 그다음에는 침대 위에 홀딱 벗고 양손이 머리 위로 묶여 있던 모습이 따라왔다. 가슴팍, 겨드랑이, 고간은 어두운 밤처럼 새까맣고, 피부는 마치 대리석처럼, 석고처럼 새하얗고 깔끔하기 그지없었다. 그리고 벌떡 선 그 물건이 몸속으로 들어오던 느낌이란. 앤지는 침을 꿀꺽 삼켰다.

"만나서 참…… 반갑습니다, 형사님." 매덕스는 어색할 정도로 좀 오랫동안 악수를 한 채 입을 열었다. 입가에는 미미한 미소가 떠올라 있었지만, 그 시선은 참으로 심각하기 그지없었다. 상대가 악수를 풀자, 앤지는 다시 한 번 소매로 코 밑을 닦았다.

오헤이건은 두 사람을 가만히 쳐다보다가 레오와 뭔가 시선을 주고받고는 말했다. "여기 티슈가 좀 있는데."

앤지는 크리넥스 한 움큼을 뽑아 들었다. "고맙습니다. 해시가 차에 남겨뒀던 연고를 좀 발랐는데, 이거 더럽게 화끈거리네요." 앤지는 애써 가볍게 웃어 보이며 말했다. "항상 그랬듯 마지막까지 저를 골려먹는군요."

'망할, 망할, 망할.'

대물 양반 옆에 선 앤지는 그 손가락에 금제 결혼반지가 끼워져 있다는 사실을 깨달았다. 역시나 예상했던 대로였다. 배 속이 오그라드는 느낌이었다. 남자들이란. 틈만 나면 밖으로 싸돌아다니면서 참 다양한 방식으로 그 단순한 욕구를 채우려 들지. 아무런 자제력도 없이. 하지만 솔직히 할 말은 없었다. 정작 본인도 싸돌아다니기는 마찬가지였으니까.

오히려 상대가 결혼했다는 사실이 자신에게 유리할 수도 있었다.

자신이 꼬투리를 잡을 수 있는 구실이지 않나. 앤지는 그 점을 잠시 생각하다 머릿속에서 지워버리고는, 다시 테이블 위의 시신에 관심을 주었다. 그러다 피해자의 하복부와 깔끔하게 면도된 음부가 온통 문신으로 뒤덮인 모습을 보고 다시 한 번 놀랐다.

"그래도 시간 딱 맞춰 왔네." 오헤이건이 말했다. "이제 막 개복을 시작하려던 참이거든." 그러고는 위로 손을 뻗어 마이크를 다시 켰다.

17장

잭 킬리언은 자물쇠에 열쇠를 넣고 문을 열었다. 침침한 불빛이 안쪽을 비추고 있었다. 바닥부터 천장까지 탁 트인 창문 앞 커피 테이블 위에 뚜껑을 딴 와인병과 글라스 두 잔이 놓여 있었고, 그 옆에서는 촛불이 일렁였다. 어두컴컴한 창문 바깥으로는 의회 건물에서 흘러나오는 불빛이 반짝이는 게 보였다. 재즈 음악이 부드럽게 연주되었다.

잭은 잠시 망설였다. 양 어깨 사이로 긴장감이 뭉치는 게 느껴졌다. 어쩌면 이 짓도 그만두고 그냥 떠나는 게 나을지 모른다. 그렇게 갈등하며 잭이 안으로 들어가자 문이 등 뒤에서 조용히 닫혔다.

"안녕." 방의 한구석에서 걸어 나온 여성이 잭을 바라보았다. 그러고는 서류가방을 받아 의자 위에 놓고는, 잭의 양 손목을 휘어잡고 가까이 끌어당겨 진하게 입을 맞춰왔다. 와인 맛이 났다.

하지만 잭이 평소처럼 호응해주지 않자, 상대는 얼굴을 뒤로 빼고 눈을 가늘게 떴다. "당신 괜찮아?"

"응, 응. 그냥……."

"화요일 취임 선서 때문에 그래? 아니면 오늘 그 속보?"

"타이밍이 끝내주잖아, 안 그래? 그놈의 범죄 척결 공약이 이제 역풍으로 돌아오게 생겼는데."

"이리 와서 앉아. 불 피워놨어. 와인도 따놨고." 스타킹을 신은 발이 소파를 향해 사뿐사뿐 걸어가 앉았다. 그러고는 옆에 놓인 쿠션을 탁탁 두들겼다. "나한테 다 얘기해봐."

"조이스, 이제 우리 이러는 것도……."

"앉아." 조이스의 목소리가 심각해졌다. "내가 도울 수 있어, 잭." 마치 눈 한 번 깜빡이는 것만으로도 공과 사를 다루는 태도가 서로 감쪽같이 뒤바뀌는 것 같았다. 그래서 잭은 항상 '진짜' 조이스 노턴 웰즈의 모습이란 어떤 것일지, 과연 그 치밀한 두뇌 속에서 정말 어떤 생각이 벌어지고 있을지 항상 궁금했다. "거너 서장이 집으로 전화해서 이게 다 무슨 일인지 보고해줬어." 조이스는 와인 잔으로 손을 뻗으면서 말했다. "굉장해 보이더라."

"그럼 뻔하지……."

"아니, 내 말은 진짜 대박이라는 거야, 잭." 조이스는 심호흡을 하면서 고혹적으로 뻗은 다리를 꼬았다. "이거 연쇄살인범이 걸린 것 같아."

잭은 낮은 자세로 창가의 의자를 향해 천천히 움직였다. 지금 당장은 조이스와 좀 거리를 두고 싶었다. 조이스는 몸을 앞으로 숙였다. "당신도 알겠지만 중요하거나 진행이 어려울 수 있는 기소는 법무실에서 직접 실행할 수 있어."

조이스의 검은 눈을 바라보던 잭에게 그 자신도 뭔가 알 것 같다
는 예감이 솔솔 피어오르기 시작했다. 이 여자는 진흙탕 싸움을 정
말 좋아했다. 그리고 잭은 조이스가 지금부터 꺼내놓을 말이 아무
래도 뭔가 무시무시한 싸움, 자신이 짧은 임기 동안 재임하면서 절
대로 손대고 싶지 않을 싸움에 관련되어 있을 거라 생각했다.

"계속해봐."

"오늘 아침 협곡에서 찾은 시신의 법의학적 검시를 살짝 서둘러
서 지시했어. 아마 지금 우리가 대화하는 동안 부검이 진행 중일 거
야……"

"이 밤중에? 더군다나 일요일인데?"

"특별한 상황이잖아." 조이스는 살짝 망설였다. "그런데 예비 검
시 중에 뭔가 나왔나 봐."

잭의 마음속 불길한 느낌이 더욱 짙어졌다.

"머리카락 한 줌이 잘렸대." 조이스는 잠시 뜸을 들였다. "게다가
할례까지 당했다나."

잭은 상대를 빤히 바라보았다. 심장이 빠르게 뛰기 시작했다.

"시경에서는 이 시신이랑 공동묘지에서 발견된 미성년자 여성
의 사건, 그리고 이전에 벌어졌던 두 건의 성폭행이 서로 연관되었
을 수 있다고 생각하나 봐." 조이스도 잭을 마주 보았다. 마치 그 속
내를 꿰뚫어보려는 것처럼, 이런 사건을 다룰 깜냥이 될지 보려는
것처럼. "자신의 성욕을 성역화시킨 살인자야, 잭. 누군가 강간부터

살인까지 범죄의 수위를 꾸준히 높여왔어. 게다가 지금 두 강력 범죄의 발생 시점만 따져도 굉장히 빠르게 악화되는 중이야."

"난 이런 거 필요 없어."

"어쩌면 필요할지도 모르지. 빅토리아 시경 측에서 범인을 잡으면, 물론 당연히 잡겠지만, 우리가 놈을 기소할 경우 얻을 수 있는 효과가 아주 환상적이야. 국제적인 관심을 불러 모을 수 있겠지. 거너는 처음부터 내가 포섭해두었으니, 시의회에서는 이번 수사에 관한 모든 정보를 전부 파악하고 제대로 준비해둘 수 있을 거야. 실수하나 없이, 법적인 허점 하나 없이 말이야. 난 지금 최고위 검사들로 팀을 꾸려서 이번 기소의 처리를 준비하고 있어. 단 한 번의 실수도 있어서는 안 돼."

잭은 자리를 박차고 일어나 한쪽 벽을 뒤덮은 창문을 향해 다가갔다. 그러고는 바깥의 항구에서 비치는 불빛들을 바라보았다. *자신의 도시였다.*

"잭?"

"지금 이 상황을 즐기고 있는 거지? 정말로 *원하고* 있는 거잖아. 이 도시의 백인 여자애들이 성기를 훼손당하고 살해당한 상황이 아주 *마음에* 들겠지. 덕분에 범인을 기소하면 경력도 더 쌓이고 당신 사무실에도 휘광이 비칠 게 분명하니까."

"잭……"

"84표." 잭은 여전히 도시를 바라보며 말했다. "그게 나한테 주어진 권력이야. *그게 내가 패티 마컴을 상대로 거둔 '승리'라고. 나한 테는 겨우 그거뿐이야. 범죄 무관용 척결 공약 덕분에 정말 아슬아 슬한 차이로 당선되었다는 소리란 말이야.*" 잭은 고개를 돌려 조이 스를 보았다.

조이스는 소파 위로 발을 올리더니, 엉덩이 아래로 다리를 모아 앉고는 잭을 강렬한 눈길로 바라보았다. 꼭 르네 루소(미국의 유명 중 견 여배우-옮긴이)를 연상시키는 모습이었다. 경험과 연륜으로부터 자신감 넘치게 관능미를 발산하는 그 모습이란 참으로 섹시하기 그 지없었다. 그리고 권력도. 시의회 법무차관 조이스 노턴 웰즈는 웃 는 낯과 지략만으로 남성의 의지를 확실하게 꺾어놓는 방법을 잘 알고 있었다. 물론 가끔씩은 철저하게 계산된 가슴골이나 각선미의 노출도 필요했지만.

겉보기에는 세련되고 차분해 보일지 몰라도, 그 안을 들여다보면 실로 맹렬한 성미와 굉장한 지성을 모두 갖춘 변호사, 지도자 그리 고 활동가였다. 잭 자신이 조이스를 곁에 두고 싶었던 이유는 권력 과 천재성이 드리운 음영 때문이었을까? 아니면 서로 비밀리에 협 력해 핵심층으로 자리 잡고, 앞으로도 손을 잡은 채 국가의 거물로 거듭날 수 있다는 예감 때문이었을까? 아니면 섹스? 그 은밀한 관 계에서 우러나오는 음탕한 감흥 때문에?

그 이유가 무엇이든 일단 두 사람을 확실히 흥분시키는 것이었 다. 잭은 그냥 조이스에게 꽤나 중독되어 있었다.

"무슨 근거로 범인이 금세 잡힐 거라 생각하는데?"

"범인은 중독되어 있거든. 자기 머릿속을 가득 채운 성적 환상에 따라 *행동할 수밖에 없어*. 게다가 욕구도 점점 커지고 있지. 시경의 판단이 옳다면 놈이 다시 행동에 나서는 주기가 점점 짧아지고 있어. 즉, 상태가 놀라울 정도로 빠르게 악화되고 있다는 뜻이야. 곧 사고를 치고 실수를 저지르게 될 거야." 조이스는 고개를 삐딱하게 기울이고 미소를 지었다. 그 눈빛에는 잭을 꿰뚫는 흥분이 깃들어 있었다. "이리 와."

"조이스……."

"아니, 내 말 들어. 이건 *정말 호재야*, 잭. 강력한 도구라고. 생각해 봐. 재크랑 애들 좀 굴려. 그래서 이 끔찍한 성폭행 사건은 범죄에 너무 유약하게 대처했던 마컴 전 시장의 유산이라고 선전해. 노숙자들에게도 너무 친절했고, 길거리에 돌아다니는 마약에도 확실하게 대처하지 않았지. *이것이야말로 부패와 무능한 경찰 그리고 빅토리아 시경이 만들어낸 결과물*이라고 대중들에게 인식시켜. 4년이야." 조이스는 손가락을 네 개 펴 보였다. "이 강간범은 *4년 전*에 최초로 출현해서 시경 성범죄 전담반의 관심을 끌었단 말이야. 그리고 1년이 지난 다음에 또 한 번 범죄를 저질렀는데 시경 측에서는 누구 짓인지 전혀 감도 잡지 못하고 있었어. 그런데 이제 와서 또 똑같이 나타나 살인까지 저질렀어……. 물론 동일범이란 전제가 확실하게 서야겠지만, 그것도 한 번도 아니고 두 번이나. 범인 검거율이 이따위니까 점점 더 심각한 범죄가 많이 벌어지는 거라고. 그러니 유권자들에게 말해, *이게* 바로 여러분이 당신을 뽑아준 이유라고. 마컴과 거녀가 남긴 엉망진창인 사태를 처리하고자 뽑힌 거라고. 이 사건을 명분 삼아 냉혹하고 신속하게 움직이면서 시경의 인사를 깔끔하게 물갈이해. 당신의 정책에 맞는 인사들을 새로 앉히란 말이야. 그러다가 빅토리아 시경 측이 범인의 검거에 가까워지면 어떻게든 거녀를 축출할 구실을 찾아. 그런 다음 앤터니 모레노를 그 자리에 앉혀. 당신 항상 그러고 싶어 했잖아." 조이스는 눈썹을 짙게 덮은 머리카락을 걷어내고는 미소를 지었다. "그러면 모레노가 지휘하는 빅토리아 시경이 그 연쇄살인범을 검거하는 거지."

잭은 상대를 외면하고 심호흡을 했다.

"다 계획해두어야 돼, 잭." 조이스는 부드럽게 말했다. "항상 계획해두고 뛰어들어야 한다고. 그래야 우리가 처리당하기 전에 문제를 처리할 수 있어."

잭은 뒤로 돌아 조이스를 마주 보았다.

'*우리.*'

"우린 다 잘될 거야."

잭은 웃기지 말라는 듯이 코웃음을 쳤지만, 입꼬리가 올라가는 것은 어쩔 수 없었다. "그럼 세간의 화제가 된 연쇄살인범은 당신만 법무차관으로 재직 중인 임기에 기소가 될 테고."

조이스는 고개를 삐딱하게 기울이고 음흉한 미소를 지었다.

"당신 진짜 진심으로 노리고 있구나." 잭이 말했다. "법무장관? 아니면 총리직까지 가려고?"

"아니, 잭. 총리직은 당신이 맡아야지." 조이스는 자리에서 일어나 잭에게 사뿐사뿐 다가가서는, 치마를 걷고 잭 위에 걸터앉았다. 그러고는 양손으로 잭의 얼굴을 감싸 쥐고 자신의 머리를 기울였다. "나한테는 대법원 정도가 딱이야." 그렇게 조이스는 살며시 벌린 따뜻한 입술을 잭의 입에 겹쳐왔다. 다리 사이에 절로 힘이 들어갔다. "나 집에 갈 때까지 한 시간 정도 시간 있는데." 조이스는 잭의 입술에 대고 속삭였다.

상대의 허벅지 안쪽을 더듬는 잭의 손끝에 부드러운 속살이 닿았다. 심장이 덜컥 뛰었다. 스타킹은 신었지만 팬티는 입고 있지 않던 것이다. 잭은 음모가 깨끗하게 정리된 조이스의 성기를 어루만졌고, 상대가 교성을 토하며 골반을 자기 손에 부드럽게 문지르기 시작하자 절로 눈앞이 흐려졌다. 두 손가락으로 음순을 벌려보았다. 조이스의 안쪽은 부드럽고 따스했으며 촉촉했다. 자그마한 음핵도 이미 발기해 있었다. 잭은 손가락 하나를 넣고 부드럽게 주무르면서 어딘가에 숨어 있을 지스팟을, 당장이라도 조이스를 보내버릴 수 있는 약점을 찾기 시작했다. 조이스의 머리가 뒤로 젖혀지고 허리가 휘었다. 그리고 허벅지를 더 넓게 벌린 채 엉덩이를 잭에게 더 가까이 당겨 잭의 손길을 더욱 깊숙이 받아들였다. 쾌감에 젖은 신음이 터져 나왔다.

18장

매덕스는 레오와 팔로리노와 함께 차가운 밤공기를 쐬러 나왔다. 심장은 아직도 빠르게 쿵쿵거리면서 아드레날린 섞인 피를 힘차게 뿜어내고 있었다. 방금 부검실로 걸어 들어와서 자신을 제대로 놀라게 한 여성과 지난밤 벌였던 행각들을 생각하자 저 깊은 곳에서 후끈한 성적 에너지도 함께 끓어올랐다. 대체 이럴 확률이 얼마나 되겠는가? 그 앤지라는 여자가 형사라고? 자신이 그렇게 다시 만나고 싶어서 안달이 났던 여자가, 오늘 아침 눈뜨자마자 바로 전화를 걸었던 바로 그 여자가? 이번에 절대 실패해서는 안 될 사건의 수사 파트너가 되었다니.

거의 11시를 향하고 있는 시간의 바깥세상은 정말 조용했다. 마치 뭔가를 기다리고 있다는 듯이. 각자의 자동차로 걸어가는 일행의 입에서는 하얀 입김이 뿜어져 나왔다. 겨울밤의 공기는 참으로 맑았지만, 일행의 옷과 머리카락에는 온통 죽음의 냄새가 진득이 배어 있었다. 콧속과 살갗에도 마찬가지였다. 이런 냄새는 완전히 지우는 게 거의 불가능했다. 매덕스가 경험상으로 잘 알고 있는 사실이었다. 아래층에서는 오혜이건과 조수들이 뒤처리를 하고 있었다. 오혜이건 박사가 얼굴에 남아 있는 잔해를 꼼꼼하게 복원한 결과 이마뼈에 분명하게 남아 있던 십자가 모양의 표식이 발견되었다. 목, 손목 그리고 발목에서는 포박을 했던 자국이 나타났다. 피해자가 사망하기 전에 묶였던 흔적이었다. 항문과 질에서는 다수의 열상이 나타났는데, 사망 이전과 이후에 남은 것으로 추정되었다. 피해자는 아마도 교살당하기 직전까지 상당히 거친 취급을 받은 것 같았다.

오혜이건은 비닐로 꽁꽁 감싼 껍데기 밑에서 낙엽 파편과 약간의 흙, 그리고 잔디의 씨앗처럼 보이는 물체와 면양파리의 구더기를 증거물로 찾아냈다. 이런 증거들에 비추어보면 피해자는 육상에서 사망한 뒤 야외에, 높은 확률로 지붕 아래에 방치되어 있다가 바다에 버려진 것 같았다. 전부 다 위치를 특정하는 데 도움이 될 만한 정보들이었다.

하지만 사망 시간 추정 부분은 꽤나 까다로웠다. 사망 위치가 아직 특정되지 않은 데다 최근 영하의 날씨가 계속되다 보니 시신의 부패도 지연되었을 가능성 때문이었다. 오혜이건의 설명대로면, 지금 같은 상황에서는 완전히 똑같은 장소에서 동일한 원인으로 사망했더라도 시신마다 제각기 부패 진행 속도가 다르게 나타날 수 있었다. 구더기 유충도 성장이 여의치 않은 상황에서는 동면에 들어갈 수 있다는 것이다.

일단 시신을 본격적으로 해부하면서 나머지 부검 절차를 전부 마치는 데는 대략 3시간 정도가 걸렸다. 중독 검사, 혈액 검사, 곤충학 검사가 이루어졌으며, 머리카락부터 체모까지 전부 빗질해 얻어낸 결과물에 법의학 테스트가 추가로 진행되었다. 당연히 시간은 더 오래 걸렸지만 어쨌든 법무차관의 지시였다. 오헤이건은 아침에 드루먼드의 부검을 시작할 예정이니, 내일 느지막한 시간쯤에는 예비 부검 보고서가 나올 터였다.

"누구 '나는 돼지'에서 맥주랑 스테이크나 들고 가실 분?" 레오가 잠시 멈춰 서서 담배에 불을 붙이며 말했다. 그러더니 담배를 깊게 빨아 연기를 길게도 뱉어냈다. 매덕스도 차라리 담배를 끊지 말걸이라고 생각했다. 최소한 죽음의 악취보다는 나을 것 아닌가. 게다가 오늘 밤은 꽤나 예민해져 있어서 뭐로든 신경을 좀 죽여놓을 필요가 있었다.

"전 됐어요." 팔로리노가 말했다. "벌써 20시간 넘게 깨어 있었어요. 차라리 잠이나 좀 잤으면 좋겠네." 그러다 어둑한 주차장에 서 있던 매덕스와 눈이 마주치자 재빨리 시선을 돌려버렸다. 매덕스라면 분명 앤지가 왜 잠을 설쳤는지, 그리고 지난밤에 공동묘지 소녀의 신고가 들어왔을 때까지 뭘 하고 있었는지 뻔히 알고 있을 터였다. 폭시 모텔에서 정신없이 자신을 올라타고 있었지.

"다음에 같이 들죠." 매덕스가 레오에게 말했다.

"그럼 다들 해 뜰 즈음에나 다시 만나지." 레오가 말했다. "난 이쪽에 주차해놔서." 울 코트를 한번 추스른 레오는 다른 주차장으로 통하는 건물 쪽으로 가버렸다.

팔로리노는 가로등 아래 외롭게 주차된 크라운 빅토리아를 향해 걸어갔다.

"앤지?" 뒤에서 부르는 소리가 들렸다.

앤지는 매덕스를 등진 채 잠시 얼어붙었다. 손에서는 차 키가 짤랑거렸다.

"우리 얘기 좀 해야겠는데요."

앤지가 뒤로 돌아섰다. "그래요?" 주차장 조명에 비치는 앤지의 안색은 창백했고, 매끈하게 윤이 나는 암적색 머리카락에 검은색 울 모자를 푹 눌러쓴 상태였다. 위에서 비추는 조명은 왼쪽 입가에 난 흉터에 그늘을 드리워주었으며, 얼굴에서 묻어나는 피곤기를 가려주는 동시에 거칠면서도 연약한 느낌을 조화시켜줘 희한하게 섹시한 분위기를 자아내고 있었다. 그게 참 매력적이기 짝이 없었다.

"이거 문제가 될 것 같습니까?" 매덕스가 가까이 다가오면서 말했다.

"'이거'요?"

"그 왜, 당신이랑 나랑." 매덕스는 잠시 뜸을 들였다. "그 클럽이랑." 얼음장 같은 바람이 불어오면서 고운 눈가루를 날렸다.

"'당신이랑 나랑' 같은 건 없어요, 형사님." 앤지는 조용히 말했다. "애초에 벌어지지도 않은 일로 치자고요, 알겠어요? 그리고 팔로리노라고 부르세요." 앤지는 매덕스의 눈빛을 지지 않고 받아냈다. 한 치의 흔들림도 없이.

매덕스는 침을 삼켰다. 그래, 상대는 자신을 정말 당당하게 대하고 있었다. 답이 나왔다. 이건 분명 문제가 될 터였다.

앤지의 시선이 천천히 내려가 매덕스의 왼손으로 향했다. 매덕스는 자신이 무의식중에 결혼반지를 엄지손가락으로 매만지고 있었다는 사실을 깨닫고 당황했다.

"결혼하셨네요." 앤지가 조용히 말했다. "어쩐지 그럴 것 같더라."

"그게…… 형사님 생각하고는 좀 다릅니다."

앤지는 코웃음을 치고는 매덕스에게 한 발짝 다가섰다. 그러자 두 사람은 코가 닿을락 말락 한 거리에서 서로를 바라보게 되었다. "그쪽이 바깥에서 뭘 하고 다니는지 배우자분한테 알리고 싶지 않다면요, 매덕스 형사님." 앤지는 부드럽게 말했다. "서에서 '우리' 같은 소리는 한마디도 꺼내지 마세요. 물론 다른 데서도요."

매덕스는 앤지의 입을 바라보았다. 순간 이대로 고개를 숙이고 진하게 입을 맞추면서 그 흉터를 혀끝으로 맛보고 싶다는 충동이 일었다. 앤지가 나신으로 자신을 올라타던 기억이 떠오르자 사타구니가 절로 묵직해졌다. 위아래로 흔들리던 가슴, 뒤로 한껏 젖힌 머리. 어깨로 흘러내린 기다란 머리카락. 매덕스는 천천히 숨을 들이쉬었다. "그거 협박입니까?"

"좋을 대로 생각하시죠."

매덕스는 입가에 천천히 미소를 띠면서 고개를 살짝 기울였다.

"날 놀릴 생각은 하지 말아요." 앤지가 말했다. "시험해보실 생각도 마시고. 안 그러면 후회할걸요." 그러고는 뒤로 돌아서 차의 잠금 장치를 리모컨으로 풀었다. "진즉 경찰인 줄 알아봤어야 했는데." 앤지가 문을 열면서 말했다. "왜 눈치를 못 챘나 몰라." 차에 올라탄 앤지는 운전석의 문을 닫으려고 손을 뻗었다. 하지만 그때 매덕스가 차 문을 잡았다.

"그런데도 당신 번호랑 이름까지 다 알려줬잖아요."

앤지는 시선을 들고 매덕스와 눈을 마주쳤다. "아침에 뵙죠, 형사님." 그러고는 문을 흔들어 매덕스의 손길을 냅다 뿌리치더니 쾅 닫아버렸다. 시동이 걸렸다. 차가운 공기 속으로 매연이 하얗게 퍼져 나갔다.

앤지가 액셀을 밟고 단번에 차를 출발시키자 매덕스도 뒤로 물러날 수밖에 없었다. 앤지의 차는 얼음 위로 바큇자국을 살짝 남기면서 모퉁이를 돌아 주차장에서 나가버렸다. 매덕스의 입김이 얼굴을 자욱하게 뒤덮고 있었다. 목에서 맥박이 쿵쿵 뛰고 있는 게 느껴질 정도였다. 매덕스는 손으로 머리카락을 훑었다. 그래…… 이건 보통 문제가 아니었다.

19장

앤지는 집을 향해 차를 몰았다. 신경줄이 무슨 전깃줄처럼 짜릿하게 독이 올라 있었다. 처음에는 웬 꼬맹이의 환영이 보이고 온갖 괴상한 말들이 머릿속에 떠오르면서 정신을 심란하게 하더니, 이제는 그 대물 양반이 자기 상관이 되어 나타났다. 게다가 당분간은 파트너까지 해야 한단다. 빌어먹을 경찰이라니. 몸은 미치도록 피곤했지만, 마음만큼은 그냥 여기서 확 유턴해 고속도로를 타고 도시 바깥의 그 클럽으로 가버리고 싶은 충동이 솟구쳤다. 아무나 붙잡고 (물론 매덕스만 빼고) 정신 나갈 정도로 떡을 치면서 머릿속의 스팀을 빼고 싶었다. 매덕스와 즐겼던 기억을 새로운 성적 경험으로 덮어씌우고 두뇌에 신선한 신경줄을 깔고 싶었다. 더 화끈하고 거친 걸로, 더 나은 뭔가로 매덕스와의 기억을 머릿속에서 씻어내고 싶었다.

하지만 머릿속의 작은 목소리가 속삭였다. 제임스 매덕스와 쳤던 떡보다 더 나은 건 없을 거라고.

제임스…… 아니, 무슨 놈의 이름이 *제임스*란 말인가?

당장에 *제임스* 본드부터 떠오르지 않는가. 앤지는 음악을 틀었다. AC/DC가 냅다 지르는 가사와 묵직한 베이스가 뿜어져 나왔다. '넌…… 밤새…… 날 흔들었지…….' 앤지는 박자에 맞춰 핸들을 탁탁 두드렸다. 음악이 머릿속을 메우는 동안 차는 어느새 부두 쪽으로 들어서고 있었다.

앤지는 차이나타운 아래쪽, 조지의 물길 바로 위에 새로 지어 올린 '원룸' 콘도에서 살고 있었다. 말이 원룸이지, 부동산에서는 복비를 그만큼이나 받아먹어놓고 침대 하나가 겨우 들어갈 만한 방을 중개해주었다. 그래도 앤지의 마음에는 쏙 들었다. 직장에서 가깝지, 투자 자체는 나쁘지 않지, 신축인 데다 귀찮게 가구 들여놓을 필요도 없지, 되팔기도 쉽지. 여차하면 그냥 세를 주고 훌쩍 떠나버릴 수도 있었다. 그렇게 멀리 떠나서 자기 인생도 살아보고……, 뭐 이것저것 해볼 수도 있겠지.

'성질 좀 죽여. 그놈의 성질만 어떻게 하면 매덕스도 적절한 때가 왔을 때 추천 한마디 정도는 해줄 수 있을 거야…… 불구덩이에 항상 혼자 뛰어들 필요는 없는 법이야…….'

경사 났군. 아주 경사 났어. 앤지는 지하 주차장의 안전 바가 열리길 기다렸다.

엘리트 수사반에 들어가겠다고 몇 년 동안이나 그렇게 노력했는데, 결국 이 꼴이 났다고? 기분전환 겸 일상에서 일탈이나 하자고 남자 하나 붙잡고 떡을 쳤는데, 그 남자가 이제 일상으로 들어와버렸다고? 게다가 앤지에게는 협력 외에 선택권도 없었다. 형사반에 들어가는 건 앤지의 인생에서 중요한 목표 중 하나였으니까. 지난 6년간 성범죄 전담반에 재직하며 노려왔던 성배와도 같은 목표였으니까. 주차장에 들어서는 앤지의 머릿속에서 그 작자의 암청색 눈동자와 함께 잘도 지껄여대던 말이 떠올랐다.

'이거 문제가 될 것 같습니까?⋯⋯. 그 왜⋯⋯ 당신이랑, 나랑. 그 클럽이랑⋯⋯.'

운전대를 쥔 손에 절로 힘이 들어갔다. 언젠가 머지않은 미래에, 앤지도 만면에 산뜻한 웃음을 띤 채 매덕스의 배우자를 만나야 할 때가 올 확률이 지극히 높았다. 사실 별로 머지않은 과거에 지금과 똑같은 실수를 한 번 한 적이 있었다. 유부남, 그것도 자신의 직무와 지극히 가까운 사람과 한 번 잤던 것이다. 앤지는 한 번 즐기고 말자는 생각이었는데 상대는 그게 아니었던 모양인지 일이 꼬이고 말았다. 그것도 더럽게 꼬이면서 너무 많은 사람들에게 상처를 주었고 상대의 결혼생활까지 파탄 나버렸다. 그 뒤로 다시는 그러지 말자고 맹세했었다. 그 끔찍한 실수 한 번 때문에 섹스에 규칙까지 만들게 된 것이다. 바로 그래서 앤지가 클럽에 발을 들이게 된 것이다. 기분 좋게 떡을 치면서 딱히 아무 관계도 남지 않도록. 그리고 앤지는 점점 이런 일탈에 중독되어가고 있었다. 은밀하게 잠재되어 있는 위험, 주도권을 잡았다는 느낌. 심신 전부에 중독적일 수밖에 없었다. 남자를 일개 노리개로 이용한다는 것 자체가 참 기분이 좋았다. 앤지 자신이 근무하면서 보게 되는 온갖 미친 사건들에 나름대로 앙갚음을 하는 것 같았다. 숱한 남성들이 연약한 여자와 아이들에게 고통을 주고, 학대하고, 이용해먹었던 그런 사건들에 대항하는 것 같았다. 자신에게 주도권을 준 것. 앤지를 강하게 만드는 작은 비밀이었다.

그런데 갑자기 악재가 터졌다.

앤지는 아파트에서 할당해준 주차장에 차를 세우고는 엘리베이터를 타고 맨 위층의 코너 스위트로 향했다.

앤지가 사는 공간은 황량했다. 크롬과 블랙에 치우친 디자인. 목재 재질이 그대로 드러나는 마룻바닥. 덕분에 청소하기는 쉬웠다. 장식품도 없고, 걱정할 반려동물도 없다. 식물도 딱히 키우지 않으니 일과에 바빠서 말려 죽일 일도 없다. 앤지는 보일러를 켜고 코트와 모자를 벗은 다음, 다리를 휘휘 흔들어 부츠까지 벗었다. 그리고 권총과 총집, 폰 두 개를 탁자 위에 올려놓고 머리띠를 풀어버렸다.

그렇게 두피 마사지를 하면서 부엌 찬장에서는 술잔을, 냉장고에서는 보드카 병을 꺼냈다. 그리고 얼음장처럼 시원한 술을 잔에 따른 다음 그 화끈한 액체를 단번에 들이켰다. 대강 한 잔에서 네 잔 정도 마시고 나면 앞으로 몇 시간 푹 자고 내일 아침 출근해서 태스크포스랑 대물 형사님을 만나기에 충분할 것이었다. 앤지는 TV를 켜고 남아 있는 포장 파스타를 전자레인지에 데우면서 뉴스를 들었다. 24시간 뉴스 채널에서는 아직도 드루먼드 사건 보도를 재탕하고 있었다. 전자레인지에서 접시를 꺼내던 앤지는 TV 화면에 뜬 사진을 보고 그대로 굳어버렸다. 심장이 쿵쿵거리며 뛰기 시작했다.

작년 7월, 어느 찌는 듯이 더웠던 저녁에 찍힌 앤지의 사진이 뉴스 화면에 보도되고 있었다. 사진 속의 앤지는 축 늘어진 채 피투성이가 되어 죽어버린 아이를 품에 안고 있었다. 자신의 얼굴에는 온통 비통함으로 일그러진 표정이 떠올라 있었다. 옷과 손도 온통 피칠갑이 된 채……. 해시가 죽던 저녁에 찍힌 사진이었다.

앤지는 파스타 그릇을 천천히 내려놓고 TV를 향해 뻣뻣이 걸어가 리모컨으로 소리를 키웠다.

'지난 밤 로스만 공동묘지에서 벌어졌던 범행 신고에는 빅토리아 시경 소속 앤젤라 팔로리노 형사와 새 파트너인 키엘 홀거슨이 대응했습니다. 현장에서는 던이글 고등학교 학생인 그레이시 메리 드루먼드가 치명상을 입은 채 혼수상태로 발견되었습니다. 16세의 피해자 드루먼드는 성폭행과 신체 훼손을 당한 상태였으며…… 팔로리노 형사는 이미 언론의 주목을 한번 받았던 인물로…….'

분노가 치밀어 올랐다. 앤지는 냅다 TV를 꺼버렸다. 대체 뭐 하러 해시와 있었던 일을 지금 끄집어낸단 말인가? 망할 놈의 24시간 뉴스 채널, 24시간 동안 별 쓰잘머리 없는 가십이나 보도하는 수작질이라고는…… 뻔했다. 기자란 것들은 허구한 날 기삿거리를 찾아다니면서 옛날에 묻힌 일까지 죄다 파헤쳐서는, 아무런 연관도 없는 사건들을 서로 얼기설기 끼워 맞춰 소설을 써댔다. 베더가 옳았다. 이대로 가다간 앤지 자신도 빅토리아 시경에서 내놓은 자식이 될 판이었다.

안 그래도 지금 *자신이* 맡은 사건은 이미 기밀 정보가 유출된 심각한 상황에 놓여 있는데.

앤지는 잔에 남은 보드카를 전부 들이켠 다음, 족히 두 배는 되는 양을 더 따랐다. 저녁식사와 술잔을 들고 컴퓨터 앞에 앉아 정보 유출 문제를 생각하던 앤지는 자연스럽게 홀거슨을 떠올리게 되었다. 스타벅스 안에서 통화하던 모습. 그래놓고 통화한 적 없다고 발뺌하던 모습. 메리 윈스턴이 전파를 훔쳐 듣고 있을 거라며 넘겨짚던 모습. '*그래도 좀 귀엽기는 하던데…… 새까만 머리는 삐죽삐죽하지, 피부는 하얗지…… 좀 훑어봤지…….*'

입맛이 쓱쓸했다. 동료 경찰을 의심하고 싶은 마음은 추호도 없었다, 특히 자기 파트너라면 더더욱. 차라리 응급 의료팀이나 병원 종사자, 혹은 그 가족 중 한 명이 드루먼드 사건을 유출했다고 생각하는 게 마음 편했다. 하지만 빅토리아 시경의 모두가 제대로 한 방 먹었다는 사실에는 변함이 없었다. 그리고 덕분에 불신과 의심의 불씨가 밝게 피어오른 상황이었다. 지금 당장 킬리언과 그 부하들이 태스크포스에 관심을 갖는 것만은 반드시 피해야 했다.

이제 앤지도 자기 뒤통수를 조심해야 하는 상황인 것이다.

앤지는 컴퓨터를 켜고 파스타를 포크로 푹 떠서 입속에 밀어 넣은 뒤, 음식을 우물우물 씹으면서 메일이 로딩되기를 기다렸다. 하나하나 클릭해보았지만 딱히 신경 쓸 만한 내용은 없었다.

그런 다음 구글에서 그레이시 메리 드루먼드를 검색했더니 웬 청소년용 SNS 페이지가 하나 떴다. 하지만 드루먼드는 꽤 똑똑했던 모양인지 사생활 보호 설정을 걸어놓은 상태였다. 담벼락은커녕 친구 관계도 볼 수 없었다. 이걸 뚫으려면 기술팀을 따로 불러야 했다. 그러다 앤지는 충동적으로 '제임스 매덕스 경사'를 검색했다.

이미지 몇 장과 함께 뉴스가 떴다. 기자회견장에서의 매덕스. 서리시 왕립 캐나다 기마경찰서 앞에서 찍힌 매덕스. 붉은 정복 차림으로 동료의 장례식에 참석한 매덕스. 챙이 넓은 카우보이모자를 쓰고 무릎길이의 갈색 가죽 부츠에 박차까지 단 말쑥한 차림의 매덕스. 앤지는 술을 들이켜면서 매덕스에 얽힌 이야기들을 쭉쭉 훑었다. 본토의 IHIT(캐나다 강력계 통합 수사반)에서 꽤나 날리던 인물 같았다. 이 정도면 대충 봐도 버지악과 맞먹는 계급과 직위였다. IHIT에 합류하기 전에도 이미 대규모 합동 태스크포스에서 활약하며 밴쿠버에서 최악의 악명을 떨쳤던 연쇄살인마 '돼지치기' 로버트 픽튼을 검거한 바 있었다. 덕분에 앤지의 호기심은 더욱 치솟았다. 그러니까 이전에도 연쇄 범죄를 숱하게 다뤘단 말이지. 그런데 지금은 빅토리아 시경 같은 자그마한 관할 구역으로 와서 버지악의 밑에서 일하고 있단 말이렷다. 그런 인재가 이런 동네 시경으로 온 건 아무리 잘 봐줘도 좌천이었다.

앤지는 정복을 입은 매덕스의 이미지를 요모조모 뜯어보면서 나머지 음식을 해치웠다. 자기 눈에도 매력적으로 보이니까 괜히 심통이 났다. 신경질적으로 페이지를 닫아버린 앤지는 휴대전화의 메시지를 확인했다.

딱 한 통이 와 있었다. 아버지가 보낸 메시지였다. 앤지는 재생 버튼을 눌렀다.

"앤지, 하루 종일 연락하려고 했었다. 아마도 집에 들어가면 이 메시지를 확인해보겠지. 네가 엄마를 좀 면회 와줘야 할 것 같구나. 그것도 좀 빨리." 잠깐의 침묵. "엄마가…… 음…… 너를 꼭 봐야겠다. 지금 굉장히 적응을 힘들어하고 있는데, 간호사들은…… 그냥 내일 시간 되거든 엄마를 꼭 한 번 만나다오, 알겠니?" 목을 흠흠 가다듬는 소리. "부탁이다." 그러더니 아버지는 전화를 끊어버렸다.

자기혐오가 가슴에서 뜨겁게 달아올랐다. 앤지는 눈가를 문질렀다. 시간은 거의 자정이 다 되어가고 있었다. 아버지에게 다시 전화하기에는 너무 늦은 시간이었다. 그저 엄마가 괜찮으시길 바랄 뿐이었다. 어젯밤 클럽으로 가기 전에 엄마 물건이 담긴 박스를 문간에 두고 나갔다는 사실이 문득 떠올랐다.

그게 벌써 한 옛날처럼 느껴졌다.

앤지는 자리에서 일어나 박스의 맨 위에 있던 사진 앨범을 집어 소파로 가져왔다. 양말 신은 발을 깔고 앉아 추억이 담긴 앨범의 가죽 장정 표지를 열고 자신의 첫 번째 생일을 찍은 사진을 바라보았다. 그렇게 페이지를 몇 장 넘기다가 아버지의 안식년을 맞아 이탈리아에 가서 찍었던 사진을 보았다. 세 명이 같이 찍은 사진이었다.

크리스마스트리 앞에 가족 세 명이 옹기종기 모여 앉아 있는 사진, 아버지가 보여주었던 사진이었다. 아마 자동차 사고가 앤지의 얼굴에 흉터를 남긴 이후 처음으로 맞이한 크리스마스였을 것이다.

사진을 찬찬히 뜯어보던 앤지는 입가에 난 상처를 손끝으로 어루만졌다. 붉은색 섬광이 일던 폭발의 기억이 갑작스레 뇌리를 스치면서 흉터가 아려왔다. 타이어가 끼익, 하고 끌리는 소리, 금속이 찌그러지는 소리가 들렸다. 입속에서 피 맛이 느껴졌다. 앤지는 가쁘게 숨을 쉬었다. 환상이, 환각이 너무나 강렬하고 생생해서 마치 진짜인 것처럼 느껴졌다. 맥박이 점점 빨라졌다. 앤지는 자리에서 벌떡 일어나 이리저리 서성거리기 시작했다. 방금 그건 기억이었을까? 그 사고를 기억하고 있는 것일까? 앤지는 지금껏 그 교통사고에 대해 아무것도 기억하지 못하고 있었다. 이제야 기억이 돌아오고 있는 것일까? 어쩌면 다섯 달 전에 해시와 그 아이를 잃은 게 기폭제가 된 게 아닐까? 아니면 해시와 겪었던 그 끔찍한 사고의 심상과 감각을, 지금 이 사진과 지금껏 자신이 들었던 교통사고의 이야기에 끼워 맞추는 것일까? 앤지는 양팔로 몸을 감싸 안았다. 분명 원룸의 보일러를 켜놨지만, 온몸이 덜덜 떨릴 정도로 오한이 느껴지고 있었다. 문 옆에 달린 거울로 다가가 자신의 모습을 비쳐보았다. 그리고 다시 한 번 손끝으로 흉터를 어루만졌다. 오래된 동요가 갑자기 떠올랐다…….

'거울 속에 비치는

내 망가져버린 얼굴아

너 같은 수치는……

참으로 죄스럽구나…….'

그리고 다른 말, 소리, 심상이 두뇌로 짓쳐 들었다.

'도망쳐…… 도망쳐!……. 우체카이, 우체카이!…….' 찢어지
는 듯한 비명소리…… 싸우는 소리. 어둡다. 춥다. 눈이 내린다. 여
자…… 눈에 익은 여자……. '스카쿠이 도 쉬롯카, 스입코!' 여자가
외친다…… 은빛 섬광이 번쩍인다…… 그러고는 암전…….

앤지의 호흡이 얕고 빨라진다. 방금 그건 대체 뭐지……? 이런 게
PTSD라는 건가? 아니면 자신도 드디어 미쳐가는 것인가? 가족력
유전자가 제대로 발휘되고 있는 것일까?

앤지는 냅다 앨범을 덮어버렸다. 그러다가 이탈리아에서 찍은 사
진 한 장이 페이지의 비닐 필름에서 빠져나와 나무 바닥으로 하늘하
늘 떨어졌다. 앤지는 사진을 주워 들어 앨범에 다시 끼워 넣으려 했
다. 그때 사진 뒤쪽에 작게 휘갈겨 쓴 엄마의 글씨가 눈에 들어왔다.

1984년 1월. 로마.

눈살이 찌푸려졌다. 앤지는 크리스마스 사진, 교통사고가 있은
뒤 12월에 유럽에서 돌아와 찍었던 사진으로부터 비닐을 벗겨냈다.
그런 다음 페이지에서 사진을 떼어내 뒤집어보았다.

1987년 크리스마스, 빅토리아.

그럴 리가 없었다. 앤지가 듣기로 자신들이 이탈리아에 갔던 것은 1986년이었다. 그해가 바로 아버지의 안식년이었다. 1986년 3월에 교통사고가 났고, 그때 자기 입을 찢어먹었다. 앤지가 네 살, 막 다섯 살로 넘어가던 시기였을 것이다. 그리고 자신이 아는 대로라면 크리스마스가 되기 전에 캐나다로 다시 돌아왔다. 그러니 사진에 적힌 날짜는 '1986년 크리스마스'여야 하는 것이다. 앤지는 또 다른 이탈리아 사진을 꺼내 뒤집어보았다.

1984년 2월, 나폴리.

잠이 필요했다. 뭐 하나 말이 되는 게 없었다. 앤지는 앨범과 사진을 커피 탁자 위에 놔두고 술잔을 마저 비운 다음, 방의 불을 다 꺼버렸다. 하지만 스미스 앤 웨슨 권총에 안전장치를 걸어두려고 손을 뻗던 찰나, 그 옆에 있던 선불 폰에서 메시지 알림이 깜빡이고 있는 것을 발견했다. 앤지는 미간을 찌푸리고는 메시지를 받았다.

"앤지." 남성의 목소리였다. 낮고 중후했다. 부드럽기 그지없었다.

'그 양반이네.'

"제대로 마무리 못 지었던 거…… 마저 끝내고 싶어." 잠시 정적.

"도저히 당신 생각을 떨쳐버릴 수가 없어. 전화해." 그러고는 번호까지 남겨두었다.

입이 바싹바싹 말랐다. 앤지는 손으로 눈가를 주물렀다. 그러고 는 재빨리 메시지가 도착한 시간을 확인했다. 오늘 아침 8시 35분 에 온 전화였다. 매덕스와 그 발기된 대물을 폭시 모텔에 놔두고 떠 난 지 채 몇 시간도 되지 않아서였다. 매덕스는 자신을 다시 만나고 싶었던 거다, 다시 함께하고 싶었던 거다…… 그리고 섹스도 마무 리하고 싶었겠지.

시체 안치소에서 다시 만나기 전까지는.

20장

12월 11일 월요일

앤지는 자신의 사건 파일을 들고 코트를 그대로 입은 채 수사본부에 들어섰다. 겉옷이 푹 젖어 있었지만 이미 지각이라 어쩔 수 없었다. 출근길의 교통 정체에 제대로 걸린 데다, 어젯밤 보드카를 그렇게 들이붓고 간신히 눈만 붙이고 나온 터라 머리가 쾅쾅 울리고 있었다.

"잘 왔네, 팔로리노." 등 뒤의 문을 걷어차 닫는 앤지의 모습을 보며 방 건너편 벽 전체를 가득 메운 화이트보드 앞에 서 있던 버지악이 말했다. 그 옆에는 매덕스가 서 있었다. 꼭 체구만 줄여놓은 알 파치노처럼 생긴 사람이 제임스 매덕스를 옆에 두고 있으니 안 그래도 190센티미터의 신장을 자랑하는 매덕스가 훨씬 더 커 보였다.

그 앞에는 열두어 명의 형사들이 버지악과 매덕스 그리고 화이트보드 쪽을 향해 앉아 있었다. 지금은 모두 이쪽으로 고개를 돌린 채 말없이 앤지를 바라보고 있었지만. '다 남자네.' 앤지가 생각했다. 게다가 다들 연배가 꽤 되는 데다 배도 좀 나오고, 목에 건 경찰 배지가 셔츠 가슴팍에 대롱대롱 매달려 있었다. 다들 피곤한 기색이 완연했다. 유일한 여성이라고는 ViCLAS 담당자인 베티나뿐이었다. 베티나의 역할은 ViCLAS, 국내 폭력 범죄 연계 분석 시스템을 분석해 전국에서 벌어진 성범죄와 강력 범죄 관련 정보를 찾아내는 것이었다. 그 옆에는 프로젝트 보조원과 젊은 분석원도 한 명 있었다.

앤지는 홀거슨에게 고개를 까딱해 보였다. 홀거슨은 문 옆의 기둥에 기대어 서 있었는데, 옆에는 레오도 있었다. 머리에 서리가 내린 이 경찰은 못마땅하다는 눈빛으로 앤지를 한참 바라보더니 홀거슨에게 뭐라고 조용히 중얼거렸다. 앤지는 그런 레오를 무시하고 방 뒤쪽, 비어 있던 테이블 위에 파일들을 올려놓았다. 그리고 푹 젖어버린 코트를 벗어 의자 등받이에 대충 걸어놓고 자리에 앉았다.

방 안에는 팽팽한 긴장감이 감돌았다. 성탄절까지 13일 남았고 내일은 직속상관인 시장의 자리가 바뀌는 판이니 당연히 위쪽으로부터 압박감이 장난 아니게 내려오고 있었다. 심지어 중범죄 담당 부서장인 프랭크 피츠시몬스마저 저 앞에 앉아 곁눈질을 보내오고 있었다. 앤지는 제발 피츠가 참관만 하러 온 것이길 바랐다. 저 작자가 뻔뻔하고 끈덕지게 수사를 간섭하기 시작하면 그것만큼 골치 아픈 일이 또 없었으니까. 그러다 두 사람의 눈이 마주쳤지만, 상대는 눈 하나 꿈쩍하지 않고 무표정을 유지했다. 피츠는 개인적으로도 해시와 티피 베넷 가족의 죽음에 대해 가혹한 내사를 진행한 바 있었다. 결국 앤지가 관련 수칙 중 하나도 어긴 게 없다는 사실이 드러났지만, 그래도 앤지는 여전히 피츠가 자신에게 앙심을 품고 있는 것처럼 느껴졌다. 빅토리아 시경에서 가장 유능하면서 가장 오래 근무한 축에 들어가는 경찰 하나가 사망한 게 바로 앤지의 책임이라고 생각하고 있는 것 같았다. 게다가 그런 사람이 피츠 하나만도 아니었다. 아마도 지금은 이번 사건의 대대적인 정보 유출에 대해 생각하고 있을 것이며, 앤지의 얼굴이 다시 한 번 온 언론의 1면을 뒤덮었다는 사실도 염두에 두고 있을 게 뻔했다. 서늘하면서 불길한 예감이 목젖을 타고 흘러내렸다. 앤지는 애써 시선을 외면하고는 버지악 쪽으로 눈을 돌렸다.

버지악은 최근 발생한 두 강력 사건 피해자들의 사진을 화이트보드에 붙이느라 분주했다. 그런 다음에는 퍼니허와 리터의 얼굴 사진도 함께 붙였다. 그러더니 검은색 마커를 집어 '따개비'라는 글씨를 대문짝만 하게 휘갈겨 쓰고 밑줄까지 쳤다.

"따개비 작전." 버지악은 형사들 쪽으로 돌아서서 말했다. "이번 수사 작전의 이름이다. 사건과 아무런 관련이 없으면서 언론의 관심을 떼어놓을 수 있는 단어로 골랐지. 팀의 지휘는 내가 맡는다. 매덕스 형사가 수사의 리드를 맡을 거고, 정보 취합 담당은 샐린저가 맡는다. 지금도 언론이 활활 불타오르고 있는 데다 살인 사건의 두 희생자가 굉장히 짧은 간격으로 발견된 사실에 비추어보면 이번 사건을 신속하게 처리해야 할 거다. 우리 범인이 또 살인을 저지르기 전에 말이야."

버지악은 잠시 뜸을 들이면서 태스크포스의 일원들에게 시선을 한 번씩 맞췄다. "우리 시경에서 정보 유출이 발생했다고 믿고 싶지는 않지만 언론에 유출된 기밀 정보의 상세한 정도를 본다면 어쩔 수 없이 이런 당부가 필요하겠다. 내 직접적인 허가를 받지 않는 한 어떤 정보도 절대, *절대* 이 방에서 빠져나갈 수 없다. 또, 이유를 불문하고 언론과의 접촉은 절대 금지한다. 인터뷰 요청은 싹 다 언론 담당자한테 넘겨. 빅토리아 시경 측에서는 오늘 아침에 기자회견을 열어 여론의 공포를 가라앉히고 이미 엉망이 된 상황을 수습하려 할 거다. 다들 이해했나?"

대충 알겠다는 중얼거림과 끄덕임.

"명령체계는 최대한 빡빡하게 유지한다. 모든 보고는 다시 나한테 돌아오고, 필요한 정보와 임무 하달은 전부 내가 맡는다. 가능한 한 매일 아침 7시마다 이 방에서 브리핑이 있을 예정이다. 마찬가지로 가능한 한 일과가 끝나고 야간 근무 시간대로 넘어가는 시점에 다시 마무리 브리핑을 진행할 거다. 내 지시는 잔업을 최소화하면서도 이 사건에 대한 경계를 늦추지 말라는 거다. 즉, 이 방에 들어온 여러분은 앞으로 이 사건에 대해 24시간 교대 수사 근무에 들어가야 한다는 이야기야. 정 필요하다면 추가 인원이 들어올 수도 있을 것이다. 수사는 지금부터 시작되었다, 제군들. 그리고 시간은 우리 편이 아니야."

'*그러시겠지.*' 앤지는 생각했다. '비용과 시간을 최소화하라 이건가.' 버지악의 연설에는 거너 서장의 의중이 그대로 담겨 있었다. 우리 서장님은 지금 킬리언의 공약대로 허리띠를 졸라매면서 실적은 높이라는 압박에 시달리고 있는 것이다.

"좋아, 지금까지 발견된 시신은 두 구다. 모두 여성이고." 버지악은 화이트보드의 첫 번째 사진을 가리켰다. "그레이시 메리 드루먼드, 16세. 백인. 신장 167센티미터, 어깨까지 내려오는 두발 길이." 그렇게 버지악은 드루먼드 사건과 관련된 세부 사항들을 줄줄이 읊었다. "드루먼드의 사인은 담수에 한번 빠졌다가 병원에서 익사한 것으로 추정된다. 지금 우리가 회의를 하는 동안 부검이 진행되고 있을 거고." 그런 다음 버지악은 마커 뒤쪽으로 두 번째 사진을 탁탁 두들겼다. "페이스 호킹. 19세. 백인. 신장은 170센티미터. 마른 체형. 마찬가지로 갈색 머리를 길게 기르고 있었다."

'뭐야? 익사체 신상이 나왔어?'

앤지는 홀거슨, 레오 그리고 매덕스를 차례로 쏘아보았다. 하지만 세 사람 모두 버지악에게 집중하고 있었다. 앤지의 마음속에서 긴장이 피어오르면서 불안감이 깊어지기 시작했다.

버지악은 앞쪽의 탁자에서 또 한 장의 사진을 집어 화이트보드에 붙였다. "호킹은 어젯밤 이 문신을 통해 신상이 파악되었다." 구불거리는 뱀들의 머리를 한 메두사 문신의 사진이었다.

"미친." 누군가 말했다.

"나 같으면 저런 데다 절대 못 박을 것 같은데." 앤지 근처에 있던 누군가가 중얼거렸다. 앤지는 곧바로 고개를 돌려 그쪽에 사나운 시선을 쏘아 보냈다. 상대도 이쪽으로 눈살을 찌푸려 보였다.

"호킹은 이미 시스템에 등록된 상태였다. 3년 전 16세였을 때 마약 관련 혐의로 체포된 전과가 있지. 당시 보고서에 따르면 12세부터 가출 청소년이 되어 길거리를 떠돌았다고 하는군. 메스암페타민 사용자고 싸구려 매춘으로 마약 값을 충당했다. 지금 당장은 마지막으로 머물렀던 곳이나 살던 곳이 어디였는지는 파악되지 않는다. 하지만 체포 당시에는 송히로에 위치한 쉼터인 '항구의 피신처'에 머무르고 있었다고 한다. 집 없는 아이들이나 미성년 마약 중독자들을 받아주는 시설인데, 마커스 길라니, 일명 마커스 목사라는 인물이 자원봉사의 형태로 운영하는 곳이다. 호킹의 사인은 교살로 인한 질식사로 추정된다. 공식적 부검 보고 및 실험 결과는 아직 작성 중이지만, 지금까지 확인된 정보에 따르면 두 살인 사건 사이에 몇 가지 핵심적인 공통점이 발견되었다고 한다. 폭력이 동반된 강간과 항문 성교의 증거가 나왔으며, 그다음에는 깔끔한 성기 훼손이 뒤따랐다는 것이다. 두 사건 모두에서 음핵 포피, 음핵 귀두 그리고 소음순이 동일한 방식으로 전부 제거되었다." 버지악은 잠시 침묵했다. "할례가 되었다는 뜻이다."

거의 남성들로 구성된 형사들 사이에서 웅성거림이 일었다.

"또, 두 희생자 모두 이마에 예리한 날붙이로 십자가 표식이 새겨져 있었으며, 모두 앞머리 미간 부근에서 머리카락 한 줌이 잘려나갔다." 버지악은 마커를 손바닥에 탁탁 두드렸다. "기념품이나 전리품으로 가져간 것이겠지." 다시 한 번 침묵이 있었다. "아마 우리의 범인은 현재 활동 중인 연쇄살인범인 것으로 추정된다."

다시 한 번 웅성거림.

"그럼 두 사건 모두 연쇄살인으로 묶인단 말입니까?" 형사 중 하나가 물었다.

"'연쇄'라는 단어의 공식적인 정의에 따라 다르겠지." 버지악이 말했다. "두 사건 모두 성폭행이 동반된 살인 사건이고, 동일한 범인의 소행으로 보이며, 아주 특별한 표식이 남은 데다 매우 강력한 종교적 신념을 기반으로 한 범행으로 보인다. 이에 비추어볼 때 범인은 단순히 강간을 위해 이 범행을 저지른 것이 아니다. 또, 드루먼드와 호킹의 살인은 대략 3년에서 4년 전에 벌어졌던 두 건의 폭력 동반 강간 사건과도 직접적으로 연결되어 있다. 당시 14세였던 앨리슨 퍼니허와 16세였던 샐리 리터 모두 항문 성교가 동반된 성폭행을 당했으며, 마찬가지로 빅토리아 관할권에서 벌어진 사건이었다. 성범죄 전담반 소속인 팔로리노 형사가 해시 해쇼스키와 함께 최근까지 수사하고 있던 건들이지."

남자 형사들 중 몇몇이 앤지 쪽을 돌아보았다. 앤지는 제자리에서 자세를 고쳐 앉으면서 저들이 정말로 책망 어린 눈빛으로 자신을 쳐다보는 것인지, 아니면 그저 기분 탓인지 궁금해졌다. 그도 그럴 것이 앤지조차도 그때 자신이 상황을 좀 더 다르게 판단했더라면, 또 너무 열을 내지 않았더라면 해시가 아직도 살아 있을지 모른다고 항상 생각했기 때문이었다.

"드루먼드와 호킹 사건이 퍼니허와 리터의 성폭행과는 어떻게 연관되는 겁니까?" 뒤쪽에서 레오의 걸걸한 목소리가 들렸다.

"그 부분은 팔로리노 형사에게 설명을 맡기도록 하지. 팔로리노?"

앤지는 파일을 들고 자리에서 일어나 앞으로 걸어 나갔다. 그런 다음 탁자 위에 파일 뭉치를 내려놓았다. 목소리를 한번 가다듬은 뒤, 앤지는 화이트보드에 붙은 리터의 사진을 가리켰다. 기다란 갈색 머리카락과 자그마한 체구의 매력적인 10대 청소년의 사진이었다. "샐리 리터는 4년 전, 8월에 개최된 야외 콘서트 행사장 근처 숲에서 잠시 휴식을 취하던 도중 성폭행을 당했습니다. 본인의 진술에 따르면 피해자는 술에 상당히 취한 상태였습니다. 일단 숲속에 들어가면서 콘서트 진행자들의 시야에서 벗어나자 뒤쪽에서 습격을 당했다고 합니다. 범인은 팔로 피해자의 목을 단단히 조른 채 칼을 들이댔다고 하며, 피해자의 기억에 따르면 범인은 남성의 목소리를 냈고, 어두운 옷차림이었고, 스키 마스크를 쓰고 있었답니다. 또, 인종은 백인으로 추측되고, 신장은 대략 180센티미터, 마른 체격에 완력이 굉장히 강했다고 진술했습니다. 아마도 20대나 30대 초반으로 추정됩니다. 그렇게 범인은 피해자를 덤불 속으로 끌고 가 땅바닥을 바라보도록 제압했습니다. 그 상태로 흙바닥에 피해자의 얼굴을 밀착시키고 목에 칼을 들이댄 채, 치마를 들추고 속옷을 찢었습니다. 그러면서 피해자에게 비명을 질렀다가는 목을 그어버리겠다고 위협했습니다. 그러더니 다음과 같은 말을 했다고 합니다. '그대는 원죄의 아버지이자 흑암의 왕 사탄을 거부하는가?' 그리고는 머리카락을 움켜쥐고 목에 칼을 댄 상태로 '거부한다'고 말하도록 위협했습니다. 그다음 뒤쪽에서 자신의 성기를 피해자의 성기와 항문에 삽입해 열상을 남겼습니다. 리터는 당시 16세였습니다."

앤지는 잠시 말을 끊었다. 매덕스가 자신을 바라보는 게 느껴졌다. 그쪽을 마주 보고픈 충동을 애써 억누르고 대신 자기 앞쪽의 형사들에게 집중했다. "그런 다음 범인은 피해자의 머리를 강하게 가격했다고 합니다. 아마도 돌로 후려친 것 같은데, 순간 정신을 잃었다고 합니다. 다시 정신이 든 다음 콘서트장으로 돌아오자 친구들이 이마에 묻은 게 뭐냐고 질문했답니다. 범인은 빨간색 유성 매직으로 피해자의 미간에 십자가를 그렸으며, 앞머리의 머리카락을 한 줌 잘라간 것입니다."

앤지는 리터의 이마에 그려진 빨간색 십자가 사진을 가리키면서 말했다. "이 사진은 리터의 자매가 찍은 것입니다. 리터는 사건이 있은 뒤 3일 후에 신고했습니다. 십자가의 크기와 위치는 드루먼드 및 호킹의 이마에 새겨진 십자가와 일치합니다. 마찬가지로 머리카락 역시 동일한 부분에서 잘려나갔습니다."

그다음 앤지는 퍼니허의 사진을 가리켰다. "앨리슨 퍼니허는 3년 전 사건 당시 14세였습니다. 9월 초에 가짜 신분증을 사용해 시내에 위치한 '튜더 바'에서 술을 마신 다음 나오던 길이었다고 합니다. 인적이 끊긴 거리에 들어섰을 때 공격당했으며, 마찬가지로 범인은 뒤에서 피해자를 덮쳐 팔로 목을 조르고 칼을 들이댔다고 합니다. 그렇게 골목길의 쓰레기통 뒤쪽으로 끌려가 보도를 바라보도록 제압당한 뒤, 비명을 지르면 목을 긋겠다는 협박을 듣게 됩니다. 범인은 피해자의 옷을 찢고 '*그대는 원죄의 아버지이자 흑암의 왕 사탄을 거부하는가?*'라고 똑같이 말했다고 합니다. 또, 마찬가지로 '*거부합니다*'라는 대답을 강요한 뒤, 리터와 동일하게 성폭행을 가한 뒤 기절시켰습니다. 퍼니허의 경우에는 범인에 대해 많은 정보를 기억하지 못했는데, 애초에 자신은 술에 너무 취해 있어서 취약한 상태였다고 인정했습니다. 그날 밤 집에 돌아와 화장실 거울을 보고 나서야 이마에 그려진 빨간 십자가와 이마의 머리카락이 잘려나갔다는 사실을 발견했습니다." 앤지는 십자가가 그려진 리터의 미간 사진을 가리켰다. "마찬가지로 동일한 형태, 크기 그리고 위치입니다. 이 사진은 리터의 친구가 찍어준 것으로, 사건이 있은 지 6일 후에 친구와 어머니의 설득에 따라 신고했다고 합니다. 리터와 퍼니허 모두 성폭력 키트를 갖추지 못했습니다. 두 사건 모두 피해자가 옷을 세탁했으며, 진술에 따르면 범인은 아마 콘돔을 착용한 것으로 생각됩니다. 증거는 단 하나도 찾지 못했으며, '사건이 있기 2주 전에 자신을 미행하는 남자가 있었다'는 피해자들의 공통적인 주장뿐입니다. 이후로 보고된 성폭행, 최소한 ViCLAS와 일치하는 유사한 사건은 없었습니다. 또, 이 범인과 공통된 수법을 사용한 강력 범죄도 등록되지 않았습니다."

"이게 동일범의 소행이라면 지금껏 놈은 어디에 있었던 겁니까?" 형사들 사이에서 질문이 나왔다.

"아마도 감옥에 있었거나, 다른 곳에서 범죄를 저질렀거나, 신고가 되지 않은 채 묻혔을 가능성이 있습니다." 앤지는 자기 앞에 앉은 남성들과 여성 한 명의 눈에 시선을 한 번씩 맞췄다. 그러고는 말을 이었다. "범인이 했다는 그 말은 천주교 세례에 나오는 경구라고 합니다. 그 경구와 십자가, 원죄에 대한 언급, 그리고 드루먼드가 물에 한 번 빠졌다가 성모 마리아상의 발치에서 발견된 점, 그리고 두 피해자의, 성적 쾌락의 목적으로만 존재하는 기관이 할례를 통해 제거되었다는 점으로 미루어보면 범인은 자신이 여성성이라는 원죄를 범하고 있다고 믿고 있을 가능성이 있습니다. 아니면 본인의 성욕을 충족하기 위한 수단일 수도 있죠. 범인은……."

버지악이 옆에서 끼어들어왔다. "고맙네, 형사. 당장은 물적 증거에만 집중하고 특정 방향으로 넘겨짚지는 않도록 하지." 그러고는 손목시계를 확인했다. "현재는 초기 수사 단계다. 일단 최종 부검 결과와 실험 결과가 나올 때까지 기다린다. 호킹의 시신에서 발견된 동물의 털과 씨앗의 테스트 결과도 동시에 나올 것으로 추측된다. 그 증거를 바탕으로 곤충학, 식물학 그리고 치과학 방면의 검토가 진행될 예정이다. 또, 기상학과 해류학 전문가들에게도 자문을 구하고 있는 중이다. 기술 지원팀에서는 현재 로스만 공동묘지 부근에서 수집된 조사 결과들을 꼼꼼히 살피는 동시에, 묘지의 길 건너에 위치한 세븐일레븐 편의점의 CCTV 영상을 확보해 조사 중이다. 그리고 블루뱃저의 직원들과 사건 현장 부근에 있던 시민들을 대상으로도 추가적인 탐문을 진행할 예정이다."

의자에서 일어나 가까이 모인 형사들은 버지악으로부터 각자 임무를 할당받았다.

"레오, 자네는 흘거슨이랑 같이 항구의 피신처로 가도록. 가서 페이스 호킹에 대해 더 알려줄 만한 사람이 있는지 찾아봐. 이걸 가져가도록 해." 버지악은 페이스 호킹의 머그 숏이 찍힌 사진철을 건네주었다. "거기 입소자 중에 최근 페이스를 만난 사람이 있을지도 모르지."

"매덕스, 자네와 팔로리노는 시체 안치소로 가서 오헤이건이 드루먼드 건에 대해 뭘 알아냈는지 확인해보도록." 그러더니 버지악은 다시 한 번 손목시계를 쳐다보았다. "그런 다음에는 드루먼드의 집으로 가서 피해자의 거주 여건에서 뭘 더 알아낼 수 있을지 확인해봐. 나는 피해자의 집 근처로 순경들을 보내서 탐문을 진행할 테니까. 어쩌면 드루먼드가 아파트 블록 바깥에서 버스를 기다리던 저녁 6시 7분 시점에 같이 있던 누군가를 찾아낼 수도 있지 않겠나."

피츠는 아무 말도 하지 않은 채 옆에서 매의 눈으로 지켜보고만 있었다.

목소리들이 점점 커졌다.

버지악이 테이블에 빈 물잔을 쾅, 내리쳤다. "다들 주목." 잡담이 잦아들었다.

"현재 우리나라의 강력 사건 검거율은 대략 85퍼센트다. 그 정도로 검거율이 높은 데는 아주 간단한 이유가 있지. 대부분의 피해자들이 자신이 아는 사람으로부터 공격을 받기 때문이다. 하지만 이런 '묻지 마' 범죄의 경우 피해자와 범인 간의 연결고리가 끊기기 십상이다. 그 연결고리만 알아낸다면 우리는 범인을 찾아낼 수 있다."

피츠가 앉아 있던 자세를 풀고 자리에서 일어났다. 그러고는 화이트보드 앞에 있던 버지악의 옆으로 다가왔다. 키는 매덕스만큼 훤칠했지만 체구는 버지악만큼 왜소했다. 매부리코와 기다란 얼굴. 통통한 입술. 침울한 듯 그늘이 진 두 눈에는 날카로운 지성과 울화가 깔려 있었다.

방 안에 무거운 침묵이 내려앉았다.

"통계적으로 볼 때." 피츠는 특유의 희한하게 새된 목소리로 말했다. "이 범인은 다시 한 번 범행을 저지를 것이다. 그리고 호킹과 드루먼드 사건 사이의 시간 간격을 생각한다면 범행 시기는 굉장히 이르게 찾아오겠지. 절대 그렇게 둘 수는 없다." 잠시간의 침묵. "난 이 범인을 성탄절 이전에 검거하길 바란다."

버지악이 양손을 짝짝 쳤다. "자, 다들 뭘 그렇게 기다리고 있어? 잘들 가라고 포옹이라도 해줘? 이제 정신들 차리고 일하러 가자고."

21장

앤지는 바깥으로 나와 처마 밑에서 아버지에게 전화를 걸었다. 아버지가 전화를 받길 기다리는 동안 레오와 홀거슨이 건물에서 나와 다른 쪽 처마 밑으로 가는 모습이 보였다. 홀거슨은 레오 쪽으로 몸을 숙여 담배에 불을 붙여주었다. 전화가 연결되자 앤지는 반대쪽으로 몸을 돌렸다.

"아빠, 나야. 엄마는 어때요? 좀 나아졌어요?"

아버지는 무겁게 한숨을 쉬었다. "이건 나아지는 병이 아니야, 앤지. 계속 악화될 뿐이지. 엄마는 계속 환각을 보고 스트레스를 받으면서 방향감각까지 잃었다. 그래서 병원에서 진정제를 꽤 많이 투여한 상태라더구나."

가슴이 아파왔다. 아버지의 목소리는 너무나 무력하고 외롭게 들렸다. 앤지는 어깨 너머로 담배를 피우면서 웃음을 터뜨리는 두 형사들을 바라보았다. 자신은 대체 인생을 어떻게 살아온 것일까? 자신에게 가족이란 무슨 의미를 갖는 것일까? 갑자기 그런 질문들이 묵직한 현실로 다가왔다. 문득 로나 드루먼드에게, 그리고 잔혹하게 살해당한 그 딸에게 생각이 미쳤다. 그리고 잃어버린 시간들에도.

"잘하면 오늘 한번 들러볼게⋯⋯." 앤지는 잠시 망설였다. "아니, 꼭 갈게요. 약속해. 시간을 내서 꼭 갈게."

"그래, 앤지. 알았다."

앤지는 입술을 깨물고 차 키를 짤랑거렸다. "그건 그렇고 아빠, 우리가 이탈리아에 갔던 안식년이 언제였더라?"

"그건 왜?"

"그⋯⋯ 게 아빠가 준 사진을 보다가 그냥 궁금해져서."

아버지는 잠시 침묵을 지켰다. "한번 확인해봐야겠는데⋯⋯ 정확히 기억이 안 나는구나."

"하지만 그게 교통사고가 났던 해잖아요? 그때 말고는 이탈리아 안 가지 않았어?"

다시 한 번 침묵이 흘렀다. "뭐가 문제냐, 앤지?" 앤지는 아버지 목소리의 톤이 바뀐 낌새를 눈치챘다.

"아니, 별건 아니고. 그냥 엄마가 로마에서 찍었던 사진 뒤에 1984년이라고 써놨더라고. 나폴리에서 찍은 사진에도 그렇고. 그런데 내 기억으로 로마에 갔던 건 1986년 아니었어? 그때 내 얼굴도 찢어먹었고."

또다시 기이한 침묵. "아마 네 엄마가 헷갈렸나 보다. 그 왜⋯⋯ 증상이 있잖니. 그때 시작되었나 보지."

앤지는 작별 인사를 하고 전화를 끊었다. 그리고 잠시 빗줄기를 가늠하면서 아버지의 어조에 생긴 변화가 무엇 때문이었을까, 의심했다. 하지만 아버지의 말에 일리가 있기는 했다. 엄마가 그 당시부터 이미 현실감각과 시간감각을 잃기 시작했다면.

매덕스가 서에서 나오자 앤지의 관심은 곧바로 그쪽으로 쏠렸다. 검정색 울 코트에 하얗게 돋보이는 셔츠, 그리고 붉은 넥타이를 맨 모습이 참으로 잘나고 매력적으로 보였다. 동작 하나하나에서 묻어나오는 권위가 앤지의 시선과 욕구를 단번에 사로잡았다…… 딱 그 클럽에서처럼. 그래, 애초에 저런 근거 없는 자신감이 묻어나오는 몸짓에서 사법 집행관이나 군인 등 동종업계 사람이라는 걸 눈치챘어야 했다.

"오헤이건 박사님이 우릴 기다리고 있을 겁니다." 매덕스가 앤지에게 다가오며 말했다.

"그럼 거기서 만나죠." 앤지는 빗속으로 걸어 들어가 자신의 차로 향했다.

"내 차를 타고 가지 그래요?" 매덕스가 뒤에서 외쳤다.

앤지는 잠시 망설이더니 뒤로 돌아섰다. "운전은 항상 내가 하는데."

"좋아요." 매덕스가 앤지에게 다가와 키를 건넸다. "그럼 내 차 운전해요."

"그냥 내 차 타고 가면 안 되는 거예요?"

"차 시트에 개 오줌 묻히고 싶어요?"

"뭐라구요?"

"우리 개 돌보미가 펑크를 냈어요. 오늘 밤까지는 다른 사람을 구할 수도 없고. 그래서 잭 오를 차에 태워 왔단 말입니다. 가끔은 바닥에다 오줌도 싸요. 담요며 밥그릇이며 다른 물품들도 싹 다 실어 놨고."

"지금 농담하는 거죠?"

매덕스가 차 키를 던지자 앤지가 받아냈다. "저기 있는 셰비 임팔라예요." 매덕스는 차를 향해 성큼성큼 걸어갔다.

앤지는 도저히 믿을 수 없다는 눈길로 그 뒤를 바라보았다. 홀거슨이 뒤쪽에서 휘적휘적 걸어와 씩 웃었다. "성질머리 간수 잘해보셔, 팔로리노."

"아, 꺼져."

"두 사람 정말 초면이여?" 홀거슨이 물었다. "우리 꼰대 레오의 말로는 두 사람 사이에 뭔가 역사가 있는 것 같댜. 안치소에서 서로 눈 마주치자마자 무슨 총 맞은 것처럼 딱 굳어버렸담서."

앤지는 욕설을 중얼거리며 매덕스를 향해 걸어갔다. 매덕스는 자기 차 옆에서 양손을 주머니에 찔러 넣고 기다리고 있었다. 칠흑 같은 머리카락에 빗방울이 꼭 수정처럼 맺혀 있었다. 리모컨으로 잠긴 차 문을 연 앤지는 매덕스에게 차 키를 도로 던져주었다. "됐어요." 앤지는 딱딱거렸다. "그쪽이 운전해요." 그런 다음 냉큼 보조석에 올라탔다. 뒷좌석에서 작은 개가 으르렁거렸다.

"냄새 죽여주네요, 아주 경사 났구먼." 앤지는 뒤쪽의 개를 살펴보면서 말했다. 무슨 잭 러셀 혈통인 것 같은데, 오른쪽 뒷다리는 최근에 절단한 것처럼 보였다. 녀석은 노란색 이빨을 내보이며 다시 으르렁거렸다.

"말했잖아요, 돌보미를 구할 때까지만 이런다고." 매덕스가 운전석으로 들어오면서 말했다. "그런 다음에는 싹 세차할 수 있어요." 그러고는 차 문을 닫고 안전띠를 맸다. 문이 닫히니 밀폐된 차 안에서 풍기는 지린내가 더욱 강해졌고, 매덕스와의 거리도 불편할 정도로 가까워졌다. 두 사람의 눈이 마주치자 앤지의 뇌리에 문득 두 사람이 즐겼던 섹스의 기억이 스쳐 지나갔다. 상대의 짙은 눈동자를 마주 본 앤지는 매덕스도 그 생각을 하고 있다는 걸 눈치챘다.

'제대로 마무리 못 지었던 거…… 마저 끝내고 싶어…… 도저히 당신 생각을 떨쳐버릴 수가 없어…….'

앤지는 재빨리 목을 가다듬고 입을 열었다. "이 개 사연은 또 뭐예요? 다리는 왜 저렇대요?"

매덕스는 차에 시동을 걸고 주차장에서 빠져나갔다.

"뺑소니차에 치였어요. 바로 내 눈앞에서요. 트럭이 녀석의 다리를 깔아뭉갰죠. 그래서 차에 실어서 수의사한테 데려갔어요. 다리는 도저히 못 살린다고 해서 결국 절단했죠. 그런데 주인이 안 나타나더라고요." 매덕스는 어깨를 으쓱했다. "수술비를 내고 싶지 않았는지, 낼 수가 없었는지. 어쩌면 이 녀석이 그냥 떠돌이 들개였을 수도 있고. 그래서 내가 냈어요. 그러고 나니까 그냥 보호소에다가 맡길 수가 없더라고요. 불쌍한 녀석." 매덕스는 앤지를 바라보았다. "그래서 내가 입양했어요. 그 뒤로도 계속 후속 수술이 필요하더라고요. 이제 막 2차 수술을 마친 참이에요."

"잭 오라는 이름은 또 뭐예요?"

차를 도로로 끌고 나가는 매덕스의 입가에 작은 미소가 어렸다. "녀석이 차에 치인 게 핼러윈 밤이었거든요. 거기에다 부서져 널브러진 길가의 호박을 먹고 있기도 했고." 매덕스는 앤지를 한 번 더 쳐다보았다. 입가의 미소는 더 짙어졌고, 눈에는 은은한 빛이 감돌았다. "게다가 생긴 것도 살벌하게 생겼잖아요? 털에 호박처럼 주황색도 좀 돌고. 잘 어울리는 이름이죠."

앤지는 매덕스를 가만히 재보면서 상대에 대한 평가를 다시 조정했다. 그래, 잘생긴 강력반 경찰이 물건도 대물인데 버려진 동물들까지 구조하신다?

매덕스가 히터를 틀었다. 와이퍼가 찍찍거리며 차창의 빗물을 닦아냈다. 앤지의 시선이 매덕스의 양 손목으로 향했다. 소매가 위로 말려 올라가면서 지난밤에 후끈하게 섹스를 즐기느라 남겨진, 새빨간 구속의 흔적이 그대로 드러났다. 입이 바싹 마르는 것을 느끼며, 앤지는 시선을 매덕스의 결혼반지로 옮겼다.

"안주인분한테 잭 오를 맡기지 그랬어요? 맞벌이 부부라 힘든 거예요?"

상대의 눈에서 섬광이 일었다. 매덕스의 입이 말려 들어갔다. 아, 아픈 곳을 제대로 찌른 모양인데. 호기심이 고개를 들었다.

"아내는 본토에 살아요. 난 애랑 가까이 있으려고 여기로 이사를 왔죠. 우리 딸 지니가 이제 막 빅토리아 대학에 입학했거든요." 매덕스는 빨간불이 켜지자 차를 세우곤 핸들을 손가락으로 탁탁 두드렸다. "사실 익사체 신고를 받았을 때도 지니랑 같이 블루뱃저 베이커리에 있었어요. 드루먼드가 일하던 그 맛집요."

이 남자에 대해 더 많은 질문이 샘솟기 시작했다. 아내며, 아이며, 앤지의 마음속이 온통 복잡해졌다. 앤지는 빗물로 젖은 차창 밖을 내다보았다. 더 이상 질문을 품기 싫었다. 관심도 갖고 싶지 않았다. 결혼반지를 끼고는 있지만 그래도 사귈 수 있지 않을까, 따위의 여부를 궁금해하기가 싫었다.

"아까 버지악이 좀 싸가지가 없긴 했어요, 브리핑에 갑자기 끼어들고." 매덕스는 신호등의 초록불을 보고 교차로에 진입하면서 말했다. "내가 다 사과하고 싶어지네요."

앤지는 상당히 놀랐다. "그쪽한테 사과 받을 일은 아닌걸요." 그리고 괜히 우쭐해졌다. "날 무시하는 게 아니에요. 버지악은 원래 그래요."

"말 끊기기 전에 뭐라 하려고 했어요?"

"지금 나 비행기 태우는 거예요?"

"그렇게 보여요? 이것 봐요, 어차피 나랑 파트너하게 생겼으니 그냥 당신 생각을 좀 들어보고 싶어서 그래요. 전부 다요. 그러면 당신도 내 생각을 들어보고." 매덕스는 조선소 쪽으로 차를 틀어 안치소로 향하는 고속도로에 접어들었다. "그건 그렇고 예전 성폭행 건은 당신이랑 해시라는 형사가 수사를 맡았더군요. 파일을 읽기는 했지만 그래도 당사자한테 직접 듣는 것만 못하죠."

"파일은 또 언제 읽었어요? 어젯밤에?"

"오늘 아침 일찍이요."

앤지는 매덕스를 빤히 바라보았다. 자신의 옛날 사건, 그리고 홀거슨과 함께 수사했던 드루먼드의 정보가 술술 다 빠져나가고 있는 듯한 느낌이 들었다. "호킹 신원 파악했을 때는 왜 전화 안 했어요?"

매덕스는 씩 웃었다. "용감한 공주님도 잠을 자야 하니까?"

"아, 꺼져요 진짜." 앤지는 조용히 말했다. "내 윗사람 행세를 하려고 했다간……."

"이봐요, 자신이 여자라는 이유만으로 맨날 그렇게 남성 혐오자처럼 가시를 세우고, 남들이 당신 윗사람 행세나 하려 들 거나 자신을 비행기 태워주는 거라고만 생각한다면 그쪽한테 문제가 있는 거지 나한테 있는 게 아녜요." 매덕스의 눈빛이 심각해졌다. "난 그런 기싸움 같은 거 안 해요, 알겠어요?"

"그럼 하나만 묻죠." 앤지가 차분하게 말했다. "어차피 지금 서로 교통정리 중이니까. 이 직무는 왜 선택한 거죠? 내가 보기에는 오히려 좌천 아닌가 싶은데. 본토에서 기마경찰 할 때는 거의 버지악이랑 같은 급이었잖아요. 그런데 여기 와서 오히려 명령이나 듣고 있으니. 멋진 넥타이랑 울 코트 입고 왜 현장에서 구르고 있어요? 일 하나 제대로 조지기라도 하셨어요?"

"말했잖아요. 애랑 같이 있으려고 온 거라니까."

"그런데 안주인분은 본토에 남겨놓고 와요? 그러면서 반지는 끼고 계시네."

매덕스는 앤지를 매섭게 쏘아보았다. "복잡한 문제예요." 그 표정과 목소리에는 앤지더러 건드리지 말라는 경고가 깃들어 있었다. "개인사이기도 하고."

앤지는 매덕스의 얼굴을 찬찬히 뜯어보았다. 인상적으로 쭉 뻗은 이마, 검은 눈썹. 두드러진 콧날. 넓고 조각 같은 입술. 기다랗고 굵은 검정 속눈썹. 그러다 참으로 새까맣던 음모와 가슴털의 기억까지 떠올랐다. 앤지는 저도 모르게 사타구니가 후끈 달아오르는 걸 느꼈다. 그래서 냉큼 시선을 돌려버렸다. 그래. 개인사라 이거지. 두 사람도 클럽에서 참으로 개인적인 사이가 되었지 않나.

이건 정말 복잡한 문제가 될 것이었다.

앤지 본인이 강력반 자리를 원한다면 위험하기까지 할 터였다.

22장

"제이든? 무슨 일이니? 얼굴이 하얗게 질렸네."

제이든은 부엌에서 TV 뉴스를 껐다. 심장이 입 밖으로 튀어나올 것 같았다. 공동묘지 소녀의 신원이 밝혀졌다고 한다. '*그레이시라고?*' 실수가 분명했다. '*어떻게 그게 그레이시일 수가 있어?*' 토할 것 같은 기분이 들었다. "아무것도 아니에요."

"정말?"

"아 괜찮다고." 제이든은 톡 쏘아붙이고는 먹지도 않은 아침상을 밀어버렸다.

어머니의 시선이 제이든의 두 눈과 TV, 그리고 부엌 시계로 번갈아 향했다. 미간이 살짝 찌푸려졌다. "너 오늘 로스쿨 간다고 하지 않았니?"

제이든은 대답도 없이 자리에서 일어나 부엌에서 허겁지겁 빠져나가다가 서류 가방을 들고 들어오던 아버지와 하마터면 부딪칠 뻔했다. 등 뒤로 아버지가 툴툴대는 소리가 들렸다. "저 녀석은 언제까지 여기에 얹혀살려 하는지 모르겠어. 내일모레면 서른인 놈이 말이야."

제이든은 제자리에 가만히 서서 부모님의 자식 넋두리를 듣고 있
었다.

"그래야 자취방 구하랴, 살림하랴 허튼 신경 안 쓰고 법학 공부에
만 집중할 수 있잖아."

"변호사를 해먹기에는 너무 물러터졌어. 머리도 시원찮은 것 같
고. 솔직히…… 모르겠네. 차라리 사회복지사나 예술가 같은 게 어
울리지 않나 싶어. 누굴 닮아서 저러는지 몰라. 당신이나 내 쪽 집안
에 저렇게 나약한 사람은 없잖아."

"법학 공부가 다 도움이 될 거야, 레이. 인류학 전공도 그렇고."

제이든에게 다시 TV가 켜지는 소리가 들렸다. 아나운서는 여전
히 공동묘지 소녀와 함께 협곡에서 발견된 미확인 시신에 대해 보
도하고 있었다.

공포가 엄습하면서 온몸이 부들부들 떨리기 시작했다.

"저 사건들, 뭐라도 좀 건졌대?" 아버지가 말했다. 딱 봐도 뉴스를
시청하고 계셨다.

"시경에서 오늘 아침에 기자회견을 한다나." 어머니가 말했다.
"피해자들이 누군지는 알아냈고, 우리 사무실에 계속 사건 관련해
서 언질을 주고 있나 봐. 다들 불안해하는데 시경이 나서서 안심이
라도 시키지 않으면 당장에 통제 불능이 되고 말겠지." 잠시 침묵
이 흐르면서 식기 세척기로 그릇들이 흘러들어가는 소리만 들렸다.

"나 오늘은 회의가 있어서 늦어요." 어머니가 말했다. "저녁은 집에 와서 드셔?"

"아니, 나도 해안에 뭐 또 하나 새로 짓는다고 늦게까지 일할 것 같아. 아마 10시쯤에나 들어올 것 같네." 또다시 침묵이 흘렀다. 아버지가 서류 가방을 찰칵, 잠그는 소리가 났다. "오늘 하루도 잘 보내고. 이따 봐요."

제이든은 후다닥 구석으로 숨었다. 석재 타일 바닥에 뚜벅뚜벅 부딪치는 아버지의 발소리가 들렸다. 제이든은 재빨리 복도를 따라 부모님의 저택 서관에 있는 자기 방으로 향했다. 솔직히 이 집은 셋이 살기엔 너무 컸다.

자신의 방으로 돌아온 제이든은 창문 앞에 서서 아버지의 구릿빛 재규어가 도로를 따라 내려가는 걸 확인한 다음, 어딘가로 전화를 걸었다.

신호음이 세 번 울리고 나서 전화가 걸렸다.

"그래, 소식 들었냐. 뉴스는 봤고?" 전화기의 목소리가 말했다.

그 정도로도 제이든을 무너뜨리기에는 충분했다. 부들부들 떨리던 몸은 아예 경련을 일으키기 시작했고, 식은땀이 배어나오면서 전신이 축축하게 젖기 시작했다. 제이든은 스스로를 좀 진정시키려는 듯이 손으로 이마를 훔쳐 정수리를 꾹 눌렀다. 꼭 흘러나오는 땀방울을 어떻게든 수습하려는 듯이, 이렇게 땀방울만 잘 수습하다 보면 일이 어떻게든 잘 풀릴 거라고 생각하는 듯이. "그…… 그레이시에게 무슨 일이 생긴 거지? 어떻게 된 거야?" 제이든은 간신히 입을 열었다.

"아이 씨발, *내가 그걸 어떻게 알아?*"

제이든은 침을 꿀꺽 삼켰다. 목소리가 갈라져 나왔다. "그리고 협곡에서 나왔다는 시체…… 그건 또 누구야?"

잠시 침묵이 흘렀다. "제이든, 이 새끼야. 내가 그걸 어떻게 알겠냐? 그보다 네 쪽은 좀 어떤데?"

"나…… 난 그냥 이게 다…… 연결되어 있는 거 아닌가 싶어서. 그러니까 그거랑……."

"잘 들어. 이 일은 우리랑 아무 상관없어. 두 사건 모두."

"이제 어쩌지?"

"어쩌긴 뭘 어째, 제이든. 그냥 아무것도 할 필요 없어. 우리랑 아무 상관없다니까."

"하지만 뒤쪽을 보면……."

"내 말을 듣고는 있냐? 연결된 거 없다니까? 알아들었어?"

"경찰이 날 조사하러 오면 어쩌지?"

"경찰이 너한테 *뭐 하러 가?*"

"내가 그레이시랑 같이 가기로 했잖아. 내가…… 내가…… 걔를 도와주기로 했잖아. 이게 다 끝났다 싶었을 때. 그래서 계획도 다 짰는……."

"제이든. 내 말 아주 똑똑히 들어. 네가 걔를 돕고 있었다는 증거

가 *하나라도 있어? 하나라도?* 금융 기록 같은 거? 아니면 네 신용카
드로 뭘 사 췄다는 기록 같은 거라도?"

"아니, 어…… 없는 것 같아."

"그럼 경찰이 애초에 널 찾아갈 일도 없어. 그래도 만에 하나 경
찰이 왔는데 네가 졸아서 싹 다 불어버리면 우린 *다 끝나는 거야.* 알
아들어? 네 엄마도 같이 끝나고 네 아빠까지 다 끝난다는 말이야.
전부 다. 진짜 역사에 길이 남을 스캔들이 되겠지. 물론 넌 감옥행이
고 말이야. 지금 상황이 그 정도로 심각해. 그러니까 아가리 닥치고
잠수나 타고 있어. 정 안되겠다 싶으면 잠시 여길 뜨던가. 외국으로
휴가나 갔다 와."

"안 돼, 곧 시험이 있어서…… 꼭 합격하고 싶은 시험이야."

"그럼 네가 하고 싶은 일에 집중해. 그리고 똑똑히 들어. 애초에
그 여자애랑 너무 깊이 엮였을 때 네가 대체 뭔 생각을 하고 있었는
지 모르겠다. 그딴 짓보다 훨씬 더 잘될 수 있었을 텐데. 하지만 어쨌
든 나도 유감이다. 나름 조의를 표하마. 그러니까 이제 잊어버려."

+

메리가 뉴스 룸에 들어서자 기자 몇 명이 눈길을 보냈다. 다들 메리
의 이야기를, 그 맹랑한 트윗과 블로그 얘기를 하고 있었던 게 분명
했다.

"괜찮아, 메리?" 메리의 바로 옆 책상을 쓰는 동료, 드웨인이 물

었다.

"괜찮아." 메리는 의자 등받이에 재킷을 걸고 컴퓨터 앞에 앉으며 말했다.

사실은 괜찮지 않았다.

이 정도로 약발이 절실해진 것도 5년 만에 처음이었다. 메리는 그 사실 자체가 너무나 두려웠다. '그놈'이 돌아왔을지도 모른다는 생각만으로 마음이 흔들려버린 것이다. 결국 자신은 여전히 일개 중독자에 불과했던 걸까. 덕분에 메리는 자기 통제를 완전히 잃고 있었다. 잠도 자지 못했고 식욕도 잃어버렸다. 카페인은 이미 엄청나게 들이부었고 오로지 정신줄 하나만 붙잡은 채 버티고 있었다.

칸막이 너머에서 다른 기자의 목소리가 들렸다. "너 한 시간도 안 되어서 잘린다는 데 내기 할래, 윈스턴? 어떻게 트윗질로 경력을 말아먹을 수 있냐." 상대는 메마른 웃음을 날렸다. "하기야 트위터가 인생의 낭비란 걸 증명한 게 네가 처음은 아니지만. 그 왜 누구냐, 정치인 중에 트위터에 자기 물건을 찍어서 올렸던 작자도 있었지? 그리고 빅토리아 시경 간부 중에도 비공개 트윗인 줄 알고 직속 부하 마누라한테 껄떡거리다가 훅 간 사람도 있었고. 킬리언이 그거 꼬투리 잡아서 거너 서장 모가지 시키는 것도 한번 보라고. 결국 사람 생각이 다 거기서 거기라니까. 익명성 뒤에 숨어 있으면 지가 무적인 줄 알아요. 인생은 실전이라는 생각을 전혀 하질 못한다니까."

"좆 까, 스티브."

"메리!" 편집장이 시뻘건 얼굴로 뉴스 룸에 들어오더니 자기 사무실 쪽으로 고개를 까딱였다. "내 사무실로 와."

"우우." 칸막이 너머의 기자가 말했다. "내가 뭐랬냐?"

메리는 재빨리 자기 파일을 USB에 복사하기 시작했다. 자료를 전부 다 옮긴 다음에는 자신이 컴퓨터로 작성했던 모든 것들을 삭제했다.

드웨인은 메리의 그런 모습을 지켜보았다. "어차피 다 찾아낼걸. 디지털 지문이 그대로 남아 있을 텐데."

"딱히 찾아낼 가치가 있는 것도 없어." 메리는 딱 쏘아붙이고는, 비밀 정보원과의 통화 녹음 파일이 담긴 USB를 주머니에 넣었다. 지금 해고된다 한들 자신이 힘겹게 쌓아올린 결과물과 인맥까지도 포기할 생각은 없었다.

자리에서 일어난 메리는 어깨를 쭉 펴고 자신을 기다리는 심판관을 향해 걸어갔다. 문득 자신이 편집장의 사무실에 있는 동안 경비원들이 골판지 상자를 들고 와서 자기 물건을 싹 다 쓸어갈지도 모른다는 생각이 들었다.

"문 닫아." 메리가 사무실에 들어서자 편집장이 말했다. 메리는 문을 닫고 와서 편집장의 책상 앞에 느릿하게 앉았다.

"오늘 아침 빅토리아 시경 소속 경찰 두 명이 우리 집을 방문했어. 네 정보원이 누군지 묻던데."

메리는 목을 흠흠 가다듬었다. "제 정보원은 유능해요. 그쪽에서 받은 정보는 전부 확실한 검증을 거쳤고요." 거짓말이었다. "그런데 이제 와서 정보원을 밝히라고 하지 마세요, 그랬다가는 저쪽에서 그냥 입을 다물어버릴 거예요."

"빅토리아 시경 측에서는 내부 정보 유출이 아닌가 의심하고 있어."

"그럼 저쪽 문제죠. 그게 저나 우리 문제인가요?"

편집장의 눈빛이 메리를 꿰뚫어보는 것 같았다. "그런 정보를 그 따위로 트위터 블로그에나 뿌려버리는 건……."

"틀린 정보가 아니었어요. 다 검증을 거쳤다니까요. 빅토리아 시경이 오늘 아침에 기자회견을 준비한다잖아요. 제가 폭로한 것 중에 부인되는 부분은 하나도 없을걸요."

"넌 지금 정말 위험한 줄타기를 하고 있어, 메리. 저쪽에서 수색 영장을 들고 오면……."

"그럼 들고 오라죠. 솔직히 건방진 소리인 건 아는데, 언론의 자유는 중요한 거잖아요. 그리고 제 블로그랑 트위터의 유명세가 〈시티 선〉지에 어떤 기여를 하는지도 한번 보세요. 저 바깥의 기자들이나 뉴스 방송국들도 다들 제 글을 재가공해서 기사를 써냈다고요. 심지어 무전으로 직접 채증까지 한 정보예요. 그리고 정보가 틀렸다고 해봤자 제가 개인적으로 운영하는 블로그고 트위터니까, 고소도 제가 당하지 〈시티 선〉은 피해 보는 게 하나도 없잖아요. 이득은 편집장님이 다 보는데 제가 추가 기사까지 또 써드리는 거예요. 게

다가 빅토리아 시경에서 정말로 제 정보원이 누군지 캐묻고 있다? 그럼 이게 진짜란 얘기죠. 오히려 좋잖아요." 입안이 바싹바싹 말랐다. 맥박이 정신없이 뛰었다. 하지만 편집장의 눈빛을 보면 분명 승기는 자신이 잡고 있었다.

편집장은 무겁게 한숨을 내쉬었다. "좋아, 그래도 넌 지금 살얼음판 위를 걷고 있는 거야. 조심해서 처신하라고. 편집부 측에서 널 자르기로 결정한다면 그대로 끝이니까, 윈스턴. 퇴직 수당도 없고 통지도 없이 그대로 모가지 당한단 얘기야. 그리고 나라고 널 봐주지도 않을 거야. 애초에 널 고용하는 것만으로도 충분한 위험부담을 졌고, 〈시티 선〉지에서도 네 범죄 블로그 운영을 비공식적으로 허용한 시점에서 어느 정도 도박을 했다고 할 수 있겠지. 어쨌든 디지털 언론 쪽에서도 가능성을 봤으니 말이야."

"편집부에서 왜 저를 쳐내지 못하는 줄 아세요? 저 혼자서도 신문사나 마찬가지거든요. 제가 새 독자들을 공급해드리고 있잖아요. 애초에 그게 래디슨 인더스트리에서 여길 사들인 의도 아니었나요? 독자들이나 데려오라고? 온갖 황색 지라시나 써 갈기면서?"

"그래도 조심해." 편집장은 조용히 말했다. "네가 신문에 기고하는 기사는 마음에 들어, 메리. 열정적으로 물고 늘어지는 근성이 있으니까. 네 혈기도 마음에 들고. 하지만 빅토리아 시경의 내부자가 정말 너한테 정보를 흘리고 있는 게 맞는다면, 네가 상대를 이용하는 것만큼이나 상대도 널 이용할 수 있다는 걸 명심해. 다 꿍꿍이가 있어서 그런 거니까." 편집장은 잠시 입을 다물고 메리를 조용히 쳐다보았다. "그러다 불구덩이에 빠지는 수가 있어, 그때는 우리도 널 구해주지 못해."

+

그레이시 드루먼드는 하얀색 시트로 덮인 채 머리만 밖으로 드러나 있었다. 표정은 차라리 평온해 보였다. 앤지는 꼭 누더기 인형 같다고 생각했다. 그도 그럴 것이 미간의 십자가 모양 상처도 봉합되어 있었을 뿐 아니라, 바브 오헤이건 박사가 그레이시의 두개골에서 뇌를 들어내느라 얼굴을 한번 벗겼다 씌우면서 생긴 실밥들이 굵게 드러나 있었기 때문이다.

앤지는 다시 한 번 매덕스와 영안실에 나란히 선 채 오헤이건이 읊어주는 예비 부검 결과를 듣고 있었다.

"사인은 담수에 의한 익사." 오헤이건은 시트를 걷어서 드루먼드의 미숙한 가슴에 남은 Y자 절개선의 위쪽을 드러냈다. "보다시피 목의 측면과 양 어깨, 그리고 이 줄을 따라가서 늑골 아래쪽을 보면 타박상이 남아 있죠." 법의학자 선생은 뚜렷하게 남은 암청색과 적색의 멍 자국을 가리켰다.

"물리력으로 저항하다가 부딪쳤을 것 같은데요." 앤지가 말했다. "예를 들어, 욕조라던가. 아니면 커다란 물통일 수도 있고요. 머리와 어깨가 물속에 담겨진 상태에서 밖으로 빠져나오려고 저항했던 거죠."

오헤이건이 고개를 끄덕였다. "게다가 드루먼드의 질과 항문에는 강압적인 성적 삽입으로 인한 열상이 남아 있어요. 그리고 질원개 안쪽에는 가루 같은 잔여물이 약간 남아 있더군. 호킹하고 똑같아."

"범인이 콘돔을 사용했단 말이군요." 매덕스가 말했다. "두 사건 모두요."

"알다시피 드루먼드는 죽기 전에 할례를 당했지만, 호킹은 죽은 다음에 할례를 당했죠." 오헤이건이 말했다.

앤지와 매덕스는 서로 눈빛을 교환했다. "범행 방식을 바꾼 걸까 요?" 앤지가 말했다.

"어쩌면 범행 수법을 개량하고 있는 것일지도." 매덕스가 대답했 다. "아니면 드루먼드가 이미 익사했다고 판단한 뒤에 할례를 한 것 일 수도 있겠죠."

"어쨌든 두 사건 모두 동일한 인물이 실행했다는 건 확실해요. 동 일한 크기의 날붙이, 동일한 절단 방향, 동일한 부위의 훼손까지." 박사는 죽어버린 드루먼드의 평온한 표정을 보면서 머리를 흔들었 다. "겨우 성욕 때문에 이런 몹쓸 짓까지 저지를 수 있는지. 이렇게 따져보면 사람의 두뇌야말로 가장 거대한 성적 기관이지. 뭐든 상 상하고 실행으로 옮길 수 있잖아요? 게다가 오르가슴만큼 확실한 동기부여가 또 어디 있겠어요."

앤지는 괜스레 옆에 있는 매덕스가 의식되었다. 방 안이 더워지는 것 같았다. "미간에 있는 십자가 표식은요?"

오헤이건은 엑스레이 사진을 붙여놓은 라이트 박스 쪽으로 두 사람을 데려갔다. "이게 호킹의 두개골이에요. 보시다시피 여기 뼈에 희미한 자국이 보이죠." 박사는 미간뼈에 새겨진 아주 미세한 선을 가리켰다. "이건 드루먼드의 해골이고, 동일한 깊이, 동일한 형태죠."

"역시 동일범의 소행인 것 같군요." 매덕스가 말했다. "두 사건 모두 날붙이에 동일한 압력을 가해 저지른 겁니다."

"대신 드루먼드는 굉장히 건강한 상태였죠." 오헤이건이 말했다. "몸에 남아 있던 다른 증거들은 아마 병원에서 제거되었을 확률이 높습니다."

"얘 옷은 아직 연구실에 있어요." 앤지가 말했다. "어쩌면 증거물을 좀 가져와서 피해자들 사이의 공통점을 찾다보면 위치를 특정할 수도 있겠죠. 두 사람이 납치되어 성폭행당한 장소의 단서가 나올지도 몰라요."

"치아 상태는 어떻습니까?" 매덕스가 물었다.

"아주 좋아요. 미용 목적의 치료 흔적도 없고, 잠시 후에는 치과학자가 호킹의 치아 상태도 살펴볼 예정이에요. 호킹의 과거 치과 기록을 보면 구강 위생 상태가 매우 나빠서 심각하게 썩은 치아들이 많았는데, 지금은 무슨 최고급 치과 치료라도 받은 것처럼 완벽하게 복구된 상태거든."

"호킹이 몇 년 동안 메스암페타민을 사용했다는 점은 이미 파악되었습니다." 매덕스가 말했다. "구강 구조 악화는 지속적인 메스암 페타민 사용의 대표적인 부작용이죠. 오죽하면 '메스꺼운 입'이라고 부르겠습니까." 매덕스는 잠시 뜸을 들였다. "아무래도 복원 시술을 받은 것 같은데요."

"돈이 만만찮게 깨졌을 텐데." 오헤이건이 말했다.

"아니면 누군가 비용을 대줬을 가능성이 더 높겠죠." 앤지가 말했다.

23장

"거기 아저씨, 잔돈 남은 거 없어요?" 도로변의, 싸구려 크리스마스 트리로 장식된 중고품 잡화점 앞을 지나던 키엘 홀거슨과 하비 레오에게 웬 삐삐 마른 여성이 말을 걸었다. 얼굴은 울긋불긋한 딱지투성이였고 이빨도 죄다 썩어 있었다. 키엘은 이 딱한 상대를 빠르게 훑어보았다. 손가락이 없는 장갑에 청바지, 그리고 더러운 데님 재킷 차림이었다. 기름에 찌든 추레한 머리카락은 꼭 갈색 노끈 같은 꼬락서니가 되어 홀쭉하게 팬 양 뺨에 들러붙었고, 정신이 나간 것 같은 두 눈은 길거리 여기저기를 쉴 새 없이 살피고 있었다.

여성은 레오의 재킷을 잡으며 말했다. "왜 이래, 영감님. 남는 돈 있잖아. 서로서로 나누고 좀 삽시다, 안 그래도 성탄절인데." 레오를 바라보는 편집증적 시선 아래서는 혓바닥이 계속 날름거렸다.

"손 치워, 약쟁아." 레오는 매몰차게 상대의 손길을 떨쳐내고는 키엘을 끌고 종종걸음으로 걸어가버렸다.

"씨발 새끼가!" 여자가 레오의 뒤쪽에서 소리쳤다. "쌍놈의 영감탱이 같으니. 거기 걸어가는 꼰대…… 너 말야! 너한테 하는 말이야! 당장 돌아와서 내 얼굴 똑바로 *보고* 말해보시지. 너 분명 이 동네에서 돌아다니는 거 봤어. 무슨 속셈인지 잘 알아. 보지 맛 좀 보러 왔냐, 어? 메리 염병 크리스마스다!"

"냄새 꼬락서니하고는." 레오는 부지런히 자신을 따라잡는 키엘에게 내뱉었다. 어깨로 뚝뚝 떨어지던 차가운 빗방울이 점점 거세지면서 길바닥의 진창을 갈색 웅덩이로 만들고 있었다. "미친 뽕쟁이 년. 뽕을 얼마나 빨았길래 약발이 저 정도로 올랐어. 얼굴도 약 때문에 완전히 문드러졌네."

키엘은 레오를 곁눈질하면서 한마디 할까 말까 하다가 참았다. 지금 당장은 팔로리노의 동태를 거의 살필 수도 없는 데다 이런 성질 더러운 꼰대나 상대하고 있어야 했다. 하비 레오는 확실히 팔로리노보다 격이 떨어지는 능력의 소유자였지만, 어쨌든 시경을 휘어잡은 고참들 중에서도 성골에 속했다. 키엘은 어차피 이렇게 된 거 그냥 줄이나 잘 타야겠다고 생각했다.

"크랙(코카인 계열의 싸구려 마약 – 옮긴이) 빠는 애들이랑 뽕쟁이들이랑 차이가 뭔지 아나?" 레오가 모퉁이를 돌아 '항구의 피신처'로 가면서 말했다. "크랙 빠는 새끼들은 그냥 네 돈 훔쳐서 튀는데, 뽕쟁이 새끼들은 돈을 훔쳐놓고 또 같이 찾아주겠다고 돌아오거든." 레오는 자신이 던진 농에 혼자 낄낄거리고 웃다가 흡연자 특유의 기침을 캑캑거렸다. "뽕쟁이들은 아주 발정 난 토끼처럼 몇 시간이고 서로 붙어먹는다니까."

키엘은 아무 말도 하지 않았다.

"그런데 무슨 놈의 이름이 퀠이야? 노르드나 스칸디나비아 쪽인가?"

"키엘임다."

"그렇게 말했잖아."

"아뇨, 보통은 그냥 퀠이라고만 하거든여. 원래 *크희*-엘임다. 크-희로 들어가서 '옐로우' 할 때 옐로 끝나는 검다. 영어권 사람들은 그 발음을 못해서 그냥 퀠이라고 부르죠."

"그래, 어쨌든 무슨 놈의 이름이 그래?"

"아버지가 가족들을 끌고 노르웨이에서 넘어왔거든여."

"그래서 말투도 그렇게 웃기는가?"

키엘은 그냥 느긋하게 미소를 지어 보였지만 그 시선은 그늘진 문간으로, 바닥에 누워 있는 노숙자들의 얼굴로 향해 있었다. 빅토리아는 온통 노숙자 천지였다. 그리고 키엘은 아직도 저렇게 그늘진 문간이나 골판지 상자 어딘가에서 자신을 바라보는 아버지와 마주칠지도 모른다는 생각에 집착하고 있었다. 애초에 경찰이 된 이유도, 북부 마약반의 위장 잠입 수사에 참여했던 이유도 그거였다. 키엘은 길거리에서 근무하는 걸 좋아했다. 여기저기 돌아다니면서 탐문도 해보고. 경찰이 되지 않았더라면 어차피 아버지와 똑같은 꼴이 되고 말았을 거다. 키엘의 경찰 배지는 이쪽과 저쪽을 나누는 명확한 경계선이었다. 아니면…… 사실 별 차이가 없을지도 모르고.

"전 알래스카 국경 쪽의 벨라 쿨라 근처 출신임다. 오래전에 노르웨이 어부들이 정착한 곳이라고 하더군요. 어업까지 망해버린 지금은 가난한 깡촌이 됐지만녀."

"그래서…… 뭐야, 자네 경력 살리자고 햇빛 쨍쨍한 빅토리아로 내려온 건가?"

"햇빛이 쨍쨍하기는, 무슨 말 같지두 않은 말씀을." 홀거슨은 이마에서 빗물을 닦아냈다.

"더 따뜻한 동네이기는 하겠지. 그러니까 노숙자들 태반이 여기로 몰려드는 거 아냐. 다들 캐나다의 샌디에고라고 부르더만. 자네 위장 잠입 수사 경력도 있다고 들었는데?"

"우리 레오 형사님, 참 궁금한 것도 많으셔."

"그러니까 내가 훌륭한 형사가 된 거다." 레오는 씩 웃었다.

"그런 분이 지금까지 경사도 못 다셨습까? 근속 연수만 몇 년째신데."

늙은 경찰의 얼굴이 어두워졌다.

"거 봐요." 키엘이 어깨를 으쓱이며 말했다. "저도 궁금한 거 참 많습다." 두 사람은 '항구의 피신처' 현관 앞에 도착했다. 키엘은 주먹으로 문을 두들겼다. 세 번쯤 노크했을까, 문이 열리고 펑퍼짐한 갈색 코르덴바지 차림에 염소수염을 기른 흑인 남성이 얼굴을 내밀었다. 절반쯤 문을 연 남성은 부드러운 느낌의 맑고 검은 눈으로 형사 일행을 살펴보았다.

"마커스 길라니 목사님 되심까?" 키엘이 말했다.

"그쪽은 누구십니까?"

형사들은 배지를 꺼내 보였다. "시경 소속 키엘 홀거슨과 하비 레오 형사임다. 몇 가지 여쭤봐도 되겠습까?"

"무슨 질문을 하시려고요?"

"이 여자 아심까?" 키엘이 레오에게 고개를 끄덕이자, 레오는 호킹의 얼굴이 찍힌 축축한 사진을 내보였다.

길라니는 호킹의 사진을 살펴보았다. 키엘은 상대의 눈초리가 가늘어지는 것을 똑똑히 보았다. 관자놀이에서 핏줄도 살짝 솟는 것 같았다.

길라니는 여전히 문을 잡은 채 말했다. "보십쇼, 여기 오는 애들은 누가 자신을 찾는 걸 원하지 않아요. 그냥 여기서 잠이나 자고 따뜻한 밥이나 먹으려는 애들이에요. 원체 남을 못 믿는 애들이라서 사회 시스템도 믿지 못하죠. 하지만 여기가 안전하다는 사실만큼은 믿습니다. 우리는 아무것도 발설하지 않으니까요."

"그러니까 안다는 검까?" 키엘이 말했다.

목사가 이를 앙다무는 게 보였다.

키엘은 젖은 머리를 벅벅 긁었다. "자, 길라니 목사님…… 일단 진짜 목사이기는 함까?"

침묵만 돌아왔다.

키엘은 고개를 끄덕였다. "자, 문제가 뭐냐면 여기 애들은 누가 자신을 찾는 걸 원하지 않을지도 모르죠. 그런데 여기 있던 페이스호킹은 이미 누가 *찾아버렸단* 말입다. 그것도 시체가 되어서요. 그리고 우리는 걔가 어쩌다 그 꼴이 났는지 좀 궁금해져서요."

목사의 갈색 얼굴이 눈에 띄게 창백해지면서 눈빛도 덩달아 흔들렸다. "개한테…… 무슨 일이라도 생긴 겁니까?"

"거 보세요, 잘 아시네." 키엘이 말했다.

"걔가 여기 오지 않은 지도 한참 됐어요. 한 3년이나 됐을까." 목사는 여전히 꾸깃꾸깃한 사진을 들고 있는 레오에게 불안한 눈길을 보냈다.

"안으로 좀 들어가도 되겠슴까, 목사님?" 키엘이 말했다. "바깥이 좀 눅눅해서요. 지금 목 뒤로 빗물이 막 흘러내리네요."

목사는 마지못해 문을 활짝 열고 형사들을 안으로 들였다. 그러고는 문을 닫고 잠가버렸다. "이쪽으로 오시죠. 보통 저녁 6시가 되기 전까지는 문을 열고 애들을 받지 않습니다. 그때쯤 자원봉사자님들과 함께 무료 수프 급식을 시작하거든요. 보통 자원봉사자님들과 후원자님들 덕분에 음식은 충분하지만, 그래도 침대는 애들 전부를 재울 만큼 충분했던 적이 없습니다. 그래서 애들이 밥을 먹는 동안 추첨을 진행해서…… 탈락한 애들은 다시 추운 길거리로 내보내곤 하죠."

목사는 부엌이 딸린 지저분한 방으로 형사들을 안내했다. 벽에는 종이로 만든 크리스마스 장식들이 붙어 있었다. 키엘도 유치원에서 저런 장식들을 만들었던 기억이 났다. 땔감도 없는 난로 근처에는 알록달록 장식이 된 크리스마스트리가 조명을 밝히고 있었고, 식탁 위에는 번쩍거리는 액자가 걸려 있었다.

회개하는 자에게 구원이 있나니
주께서는 아이들을 전부 사랑하신다.

종교 유인물 몇 장이 오늘 자 신문에 섞여 선반을 비집고 나와 있었다. 레오는 키엘에게 질문을 맡긴 채 자신은 양손을 주머니에 찔러 넣고 방 안을 돌아다니며 여기저기 장식된 종교적 경구들을 살펴보았다.

"페이스에게 무슨 일이 생긴 겁니까?" 목사가 다시 물었다. 그러면서도 키엘은 목사가 오늘 자 신문을 흘깃 쳐다보는 모습을 놓치지 않았다.

"오늘 아침 신문 보셨슴까, 목사님?"

목사는 침을 꿀꺽 삼켰다. 안색이 심각했다. "걔가…… 설마…… 협곡에서 발견되었다는 희생자입니까?"

"맞슴다. 나체로요. 비닐에 꽁꽁 싸여서. 엄청 큰 문신을 하고 있던데요. 깔끔하게 면도된 골반에 뱀 머리카락을 한 메두사를 그려 놨어요." 키엘은 사타구니 쪽에 손짓으로 원을 그려 보였다.

목사는 뒤쪽으로 손을 더듬어 의자를 찾았다. 키엘은 목사가 호킹의 문신을 직접 보았거나, 최소한 그런 게 있다는 걸 들어본 게 확실하다고 생각했다.

레오가 종교 유인물 더미에서 한 장을 꺼내 들었다. "그건 그렇고, 여기는 대체 무슨 교파입니까?" 그러면서 목사 쪽을 바라보았다.

"세계 교회주의 계열입니다. 크리스트교 기반 자원봉사 단체죠. 가능하다면 길 잃은 양들에게 따뜻한 식사와 몸 뉠 침대뿐만 아니라 주님께 향하는 길까지 열어줍니다. 개중에 선택 받은 아이들은 주님께 향하는 길을 택해 과거를 청산하고 길거리를 떠나기도 하죠."

"하지만 그쪽 교회는 대체 뭡니까?" 레오는 잠시 뜸을 들였다. 청명한 파란색 눈빛은 한 점 흔들림 없이 그저 날카로웠다. "목사님."

목사는 목을 흠흠 가다듬었다. "저는 페어필드 유나이티드 교회에서 예배를 드립니다…… 저랑 제 와이프랑요."

"예배요? 목사님이시면 설교나 교회 관리를 맡으셔야 하는 거 아닙니까?"

"엄밀히 말씀드리자면 저는 정확히 목사가 아닙니다. 애들이 그냥 그렇게 부르는 거죠. 제가 여기서 처음 자원봉사를 시작했던 이래로 계속 그렇게 불렀습니다."

"그게 얼마나 됐죠?"

"이제 8년째입니다."

레오가 마커스 목사를 예리하게 심문하는 동안, 키엘은 벽에 걸린 코르크 게시판 쪽으로 걸어갔다. 지금껏 수년 동안 찍은 사진들이 빼곡하게 붙어 있었다. 다양한 계절과 명절마다 찍은 것으로 보였다. 목사가 아이들과 함께 웃거나 어울리고 있는 사진들도 있었고, 아이들을 감싸 안은 채 찍힌 사진들도 있었다. 게시판에 붙어 있는 사진 속 아이들은 거의 다 여자였다. 게다가 어렸다. 어린 여자애가 산타 복장을 한 '목사'의 무릎 위에 앉아 있는 사진도 있었다. 그러다 사진 한 장이 키엘의 시선을 사로잡았다. 순식간에 맥박이 빠르게 뛰기 시작했다. 키엘은 사진을 자세히 들여다보았다.

"어린 여자애들을 좋아하심까, 목사님?" 키엘이 조용히 말했다.

"뭐라고 하셨습니까?"

키엘은 게시판에서 물러나 신문을 한 장 집었다. 자신과 팔로리노가 1면을 장식하고 있었다. 솔직히 자기 사진은 본인이 봐도 완전히 약에 찌든 중독자처럼 보였다. 메스암페타민이 정말 무서운 점은 오랫동안 복용할 경우 신체에 너무 큰 피해를 주는 바람에 약을 끊은 뒤에도 후유증이 계속 남는다는 것이다. 덕분에 '뽕쟁이' 같은 특징을 평생 안고 살아가게 된다. 항상 예민해서 안절부절못하는 편집증 환자처럼.

"길거리의 아이들은 남녀 구분 없이 전부 다 취약한 상태지 않습니까."

"하지만 여자애들은 사정이…… 좀 특별하지."

"우리 사회에서는 어린 여성들이 특히나 취약한 상태와 위험에 내몰리기 십상입니다. 그래서 안전한 쉼터가 필요한 거……."

"그래서 애들을 도와주길 좋아하심까?" 키엘은 벽에 걸린 경구에 턱짓을 했다. **'죄 지은 자 구원받을 지어다.'** "사탄을 거부하고 뭐 이것저것 할 수 있게 도와주시나 보군여."

"저한테서 뭘 원하시는 겁니까?" 목사는 헐렁한 갈색 바지 주머니에 양손을 찔러 넣었다. 목 근육이 눈에 띄게 팽팽해져 있었다.

"페이스 호킹이요. 여기 있다가 어디로 갔는지 알고 싶슴다."

"길거리 생활을 청산했죠. 취직까지 했습니다."

"어디에 취직했죠?"

"메인가의 맥도날드요. 한동안 거기서 일했습니다."

"맥날 다음에는 어디로 갔는데요?"

"저도 모릅니다."

"다른 애들은 어떻슴까? 호킹을 봤다거나 같이 이야기해봤다는 애들은 없슴까? 호킹이 아주 비싸고 깔끔한 미백 시술을 받았다고 얘기하던 애들은 없등가요?"

"뭐라고요?"

"애 이빨 말임다."

"저는……." 문 쪽에서 노크 소리가 났다. "보십쇼, 형사님들도 이젠 정말 가셔야 됩니다. 저도 이제 준비할 일이……."

"있었슴까, 없었슴까?"

"저는 걔를 못 봤습니다. 봤다는 애들도 모르고요." 목사는 말을 이으면서 문 쪽으로 걸어간 다음, 복도를 따라 현관문 쪽으로 나가버렸다.

"아셨어도 말씀해주셨을 것 같지는 않은데요." 키엘은 목사의 뒤를 따르며 말했다. 레오도 두 사람의 뒤를 천천히 따라갔다.

마커스 목사는 잠겨 있던 현관문을 열었다. "말씀드렸지 않았습니까. 이 아이들은 사회를 불신한다고요. 사회가 이 아이들을 버렸어요. 대부분 위탁 가정 이곳저곳을 떠돌다가 길바닥에 나앉은 거죠. 병에 걸려도 병원에 찾아가지 않습니다. 그랬다가는 다시 사회에 소속될 테니까." 잠시의 침묵. "특히나 경찰 앞에서는 절대 입을 열지 않을 겁니다." 목사는 잠시 레오의 차갑고 푸른 눈을 마주 보았다. "경찰이라고 다 좋은 경찰은 아니죠. 애들도 다 압니다."

"지금 이게 살인 사건 수사라는 점은 알고 계시죠?" 키엘이 말했다. "지금 숨기고 계신 정보가 앞으로 생길지 모를 희생자들을 구할 단서일 수도 있습니다. 그게 목사님의 애들일 수도 있어요."

"그럼 형사님들이 본분을 다하셔야겠죠. 저도 제 본분을 다하겠습니다." 목사는 형사들을 밖으로 내보내고 문을 닫은 다음, 창문으로 바깥을 내다보았다.

키엘은 처마 밑에 서서 옷깃을 세우고는 담배에 불을 붙였다. 바람이 워낙 세게 부는 통에 손으로 바람막이를 만들고서야 겨우 불이 붙었다. 빗방울은 웅덩이로 고이면서 처마에서도 뚝뚝 떨어지기 시작했다.

"네 생각은 어떤 것 같아?" 레오가 자기 담배에 불을 붙이며 말했다. "짝퉁 목사 놈 같으니. 죄인이 어쩌고 믿음이 저쩌고, 그러면서 여자애들을 구하겠다고? 저런 또라이는 믿을 수가 없어."

키엘은 잠시 동안 비가 추적추적 내리는 바깥을 바라보았다. "게시판에 붙은 사진들 보셨습까?" 연기 한 줄기와 함께 조용히 내뱉은 말이었다. "페이스 호킹이 찍힌 사진도 두 장 있었습다. 한쪽에는 딱 머그 숏처럼 이빨도 다 썩고 피부도 엉망이었죠. 빼빼 말랐고. 그런데 다른 사진에서는 이빨도 하얗고 머리카락도 깔끔한 검다. 게다가 아까 만났던 다른 여자애랑 같이 찍혔던데요."

"그 약쟁이?"

"예." 키엘은 걷기 시작했다.

24장

"여기가 그레이시 방이에요." 로나 드루먼드가 침실 문을 열며 말했다.

매덕스는 팔로리노가 먼저 방 안에 들어가도록 양보한 다음, 피해자의 엄마에게 질문하는 것까지 맡기고 자신은 방 안을 관찰하기로 했다. 자신을 꼬여서 거의 밤새도록 모텔 침대에다 묶어놓았던 당돌한 형사라면 좀 더 신중하게 다뤄야 할 필요가 있었다. 게다가 이 여형사가 강력반 지원서까지 제출한 인재이니, 곁에서 똑똑히 관찰하면서 능력을 평가해달라는 버지악의 신신당부까지 받아놓은 상황이었다. 그래도 상당한 저항은 있을 터였다. 이미 시경 사람들, 특히 하비 레오 형사에게서 여기가 어떤 상황인지는 충분히 들은 바 있었다.

하지만 매덕스 역시 한편으로는 팔로리노를 강력반에 들이기 싫었다. 왜일까? 상대를 다시 침대로 끌어들여보고 싶다는 도전정신도 살짝 남아 있기는 했다. 서로 관계를 맺고 있는 사람과 같은 부서에서 근무하는 것은, 그것도 하필 서로 파트너로 묶이는 것은 한마디로 최악이었다. 그런 인간관계란 객관성을 말아먹기 십상인 데다 목숨이 걸린 상황에서 판단력을 흐려놓기에 딱 좋았다. 그리고 팔로리노가 그토록 강력반에 들어오고 싶어 한다면 그런 위험부담까지 지면서 자신과 다시 섹스를 할 리는 없었다.

하지만 그보다 매덕스는 그냥 팔로리노를 지켜보고 있는 게 좋았다. 꼭 고양이처럼 나긋나긋하게 움직이는 팔과 다리. 뒤통수에서 꽁지머리로 묶인 적갈색의 기다란 머리. 어찌나 창백한지 속살이 그대로 비칠 듯한 피부. 반대로 도무지 속내를 들여다볼 수 없는 냉철한 회색 눈까지. 상대는 매덕스의 관심을 제대로 끌었다. 이렇게 매력적이고 유능한 여성이 낮에는 악랄한 성범죄자들을 뒤쫓고 밤에는 익명의 섹스를 즐긴다니. 온갖 의문들이 고개를 들 수밖에 없었다. 대체 앤지 팔로리노는 그 클럽에 얼마나 자주 가는 것일까? 그런 취미는 과연 얼마나 안전할 것인가? 아니, 자기 자신은 애초에 왜 그 클럽에 들렀던 것일까? 원래 만나기로 했던 친구한테 바람을 맞았으면 그냥 자리를 떴어야지, 어쩌다가 생전 처음 본 여자와 방을 잡았단 말인가.

드루먼드의 침실 문 앞에서 서성거리던 매덕스는 양손을 주머니 깊숙이 찔러 넣고 방 안으로 들어갔다.

깔끔한 여자 방이었다. 전체적으로 녹색 톤에 어두운 분홍색으로 포인트를 준 인테리어였다. 침대 위에 산더미처럼 쌓인 온갖 색깔의 베개 꼭대기에는 곰 인형 하나가 올라앉아 있었다. 침대 쪽 벽에는 동기부여가 될 만한 온갖 구호를 붙인 게시판을 달아두었고, 책상 쪽 벽에는 달력과 함께 예수 동상이 못 박힌 나무 십자가가 걸려 있었다. 가시면류관을 쓴 머리를 삐딱하게 숙인 예수상이었다. 책상 위에는 하드커버 소설책 한 권과 맥북, 아이패드, 그리고 꼭 진주 목걸이처럼 보이는 액세서리와 금제 펜던트가 붙은 가느다란 금목걸이도 하나 있었다. 벽장문은 미닫이 거울인 데다 한쪽에는 온통 사진으로 뒤덮인 상태였다.

팔로리노는 책상 쪽으로 가서 금제 펜던트를 만져보고, 그다음엔 손끝으로 진주 구슬을 하나하나 부드럽게 문질렀다. 그러자 하얀색 십자가가 드러났다. 그제야 매덕스도 그 목걸이가 묵주라는 사실을 알아차렸다. 파트너의 시선은 이제 묵주로부터 벽에 걸린 예수로, 그리고 다시 동기부여 구호로 옮겨졌다. 그러다 침대 머리맡의 책꽂이 위에 붙은 지도 쪽으로 다가갔다.

그레이시의 엄마는 스웨터와 청바지 차림으로 가슴팍에 팔짱을 끼고 있었다. 화장도 하지 않았고 샤워나 머리를 정리한 기미도 없어 보였다. 두 번째 피해자, 범죄의 생존자, 뒤에 남겨진 사람의 모습이었다.

"그레이시는 여행을 가고 싶어 했어요." 로나 드루먼드는 지도에 꽂힌 핀을 자세히 살펴보는 팔로리노에게 말했다. "자신이 앞으로 가볼 여행지마다 핀을 꽂아두었죠. 세계를…… 전부 보고 싶다고 했어요. 계획도 굉장히 많이 세워뒀는데……." 로나 드루먼드는 홀쩍이면서 엄지로 코 밑을 문질렀다. "정말 많이 세워뒀는데."

팔로리노는 책꽂이의 책들을 손끝으로 가만히 쓸어보았다. "전부 알파벳순으로 꽂혀 있네요. 게다가 거의 다 하드커버 표지고. 그레이시는 독서를 많이 좋아했나 봐요."

로나 드루먼드는 목을 흠흠 가다듬고 고개를 끄덕였다. "정말 좋아했어요…… 거의 사랑하는 수준이었죠. 책 관리도 정말 잘했고요. 아예 하루에 책 한 권씩 뜯어 먹으려드는 아이였어요……. 특히 판타지 소설 같은 건 읽고 또 읽고 했죠."

"전부 어머니가 사 주신 책인가요?"

"아뇨, 애가 샀어요."

팔로리노는 아이패드의 커버를 열어보았다. "지문 인식 장치가 달린 신형인데요." 그리고 로나 드루먼드를 쳐다보았다. "이런 전자 기기들은 증거로 가져가야 하겠습니다만."

"왜요? 그게 왜 필요하시죠?"

"전화 통화, 이메일, 주소, 음성 사서함, 통화 목록, 캘린더 스케줄, 그리고 자주 방문했던 웹사이트 등등, 그레이시의 개인 정보가 매우 중요할 수 있습니다. 그레이시가 뭘 하고 있었고, 어디에 갈 계획이었고, 어쩌면 범인을 만날 예정이었다는 것 등을 알 수 있으니까요." 팔로리노는 책상 서랍을 한 번씩 여닫고는 벽장 쪽으로 다가가 거울이 달린 문을 열어보았다.

그렇게 옷장을 살펴보던 팔로리노는 희생자의 옷에서 특이한 점을 발견했다. "따님이 브랜드 옷을 굉장히 좋아했나 보군요, 드루먼드 씨. 굉장히 명품인 옷들이 걸려 있어요. 몇 벌에는 아직 가격표도 붙어 있는데요." 팔로리노는 어깨 너머로 그레이시의 엄마를 바라보았다. "그레이시는 이런 옷들을 전부 어디서 구한 거죠?"

"그, 글쎄요. 온라인 쇼핑으로 산 거 아닐까요?"

"이제 열여섯 살이었던 애인데…… 어머니가 신용카드를 발급해 주셨나요?"

"아뇨. 어…… 어떻게 된 일인지 모르겠어요. 애가 아르바이트도 하니까 물건도 샀겠거니, 했죠."

"아이하고 옷 이야기는 전혀 하지 않으셨나 봐요?"

"전혀요."

"그리고 이 아이패드랑…… 태블릿도 전부 직접 산 건가요?"

매덕스는 드루먼드가 팔을 슬슬 문지르면서 당혹스러워하는 낌새를 포착했다.

"그레이시가 일주일에 한 번 블루뱃저에서 일했다고 하셨죠?"

"네."

"그레이시가 빵집 아르바이트 외에 다른 수입원이 없었다고 확신하세요?"

"저기, 죄송하지만 왜 형사님들이 여기서 이러고 계시는지 잘 모르겠어요. 여기는 제 딸아이의 공간이에요. *그레이시의 사생활*이라고요. 형사님들은 지금 애 옷장이나 뒤지면서 제 엄마 노릇을 평가

할 게 아니라 바깥에서 살인자를 쫓고 있어야 하시는 거 아닌가요?"

팔로리노는 다소 누그러진 눈빛으로 피해자의 엄마를 돌아보았다. "죄송합니다, 드루먼드 씨. 이 상황이 얼마나 힘들지는 잘 알고 있습니다." 그 목소리는 한껏 부드러워져 있었다. 매덕스의 눈앞에서 팔로리노의 페르소나, 사회적 가면이 완전히 바뀌고 있었다. 카멜레온 같았다. 훌륭한 형사들은 대부분 이런 변신에 아주 능하며, 상류 사회부터 길거리의 쓰레기들까지 누구와도 잘 어울릴 수 있었다. 하지만 매덕스는 문득 의문을 품었다. 과연 자기 집에서 가면을 벗은 앤지 팔로리노의 모습은 어떨까? 그때 클럽에서 만났던 화끈한 여성? 피도 눈물도 없는 냉혈한 경찰? 야심 넘치는 여형사? 자신이 원하는 목표를 달성하고자 주어진 상황으로부터 철저하게 정보를 쥐어짜내는 계산적인 심문자?

"어머니 말씀으로는 그레이시가 한동안 자기 아버지를 만난 적이 없다고 하셨죠. 아니면 혹시라도 아이의 친부나 다른 사람이 그레이시에게 신용카드를 발급해주었을 수 있을까요?"

"아뇨, 아니요……." 로나 드루먼드는 양손에 얼굴을 묻고 세게 문질렀다. "모르겠어요. 전혀…… 전혀 모르겠어요." 다시 고개를 든 드루먼드의 얼굴에는 혼란이 그대로 드러나 있었다. "그레이시는 열심히 일했죠. 저도 열심히 일하고요. 학교에도 잘 보냈고 성적도 잘 나왔죠. 일요일에는 성당에도 갔고요. 꼭 천사같이 노래를 하던 아이였어요. 그래서…… 올곧고 착한 아이였죠."

"원래 모든 게 겉으로 보이는 게 다는 아니죠, 드루먼드 씨. 아마도 어머니가 따님에 대해서 모르시던 게 있을 가능성이 높습니다." 팔로리노는 잠시 뜸을 들였다. "우리 모두 비밀이 있으니까요."

"그래서 지금 이러시는 건가요? 남의 침실에 들어와서 이렇게 사생활을 들추시는 건가요? 비밀도 전부 폭로하고?"

"잠시 여기 좀 앉아보시겠어요?" 팔로리노는 그레이시의 침대에 앉았고, 로나 드루먼드는 마지못해 그 옆의 끄트머리에 걸터앉았다. 그 틈을 타 매덕스는 거울에 붙은 사진들을 꼼꼼히 살펴보았다.

"아이가 이렇게 멋진 것들을 사기 시작한 걸 언제 처음 아셨나요?" 팔로리노가 부드럽고 위로하는 듯한 어조로 말했다. "예쁜 옷이랑 아이패드 태블릿 같은 거요."

"좀 된 것 같아요. 여섯 달, 아니 여덟 달 전이었나. 아니면…… 더 최근이었을 수도 있고요. 하지만 분명 뱃저에서 일하기 시작한 이후였어요."

"언제부터 일하기 시작했죠?"

"1년쯤 전이었어요."

"그러면 혹시 여섯 달에서 여덟 달 전부터 그레이시에게 뭔가 차이가 나타나지는 않았나요? 외모 면에서나, 분위기 면에서나요."

"더 행복해 보이기 시작했어요. 살도 빠지기 시작했고. 아이 때부터 살짝 통통한 편이라서 다이어트하느라 고생했거든요."

매덕스는 문득 지니를 떠올리고는 마음이 조여오는 것 같았다.

하필 사진 속의 그레이시는 자기 딸 지니와 정말 많이 닮아 있었다. 안 그래도 지니가 크는 동안 곁에 있어주지 못해 미안하다는 죄책감을 품고 있었는데. 과연 *매덕스 자신*이라면 지니의 옷차림이 바뀌기 시작하는 걸 눈치챌 수 있었을까?

"그레이시는 항상 학교에서 괴롭힘을 당하는 쪽의 아이였지만, 뭔가 분명히 달라지기 시작했어요. 좀 더 자신감이 넘치고 화장도 하기 시작했죠. 그냥 애가 크면서 슬슬 소심하고 내성적인 성격을 극복하는 거라고만 생각했는데." 드루먼드는 코를 흥, 풀었다.

"남자친구는 있었나요?"

"같은 학교 친구였던 남자애랑 같이 나가기는 했어요. 릭 버틀러라는 애였는데. 결국 헤어진 걸로 알아요."

"언제요?"

"그게…… 음, 아마 여덟 달쯤 전이었던 걸로 기억해요. 아니면 아홉 달인가. 아니면…… 솔직히 시간 감각이 좀 애매하네요."

팔로리노는 주머니에서 메모장을 꺼내 남자아이의 이름을 적었다. "깔끔하게 깨졌나요?"

"아뇨, 그게 꽤 지저분했어요. 그레이시는 크게 상심했고요. 그러다가 릭이 테니스 코치를 받으러 나가던 오크 베이 컨트리클럽에서 새로운 사람을 만났던 것 같아요. 릭이 테니스를 굉장히 잘하기는 하는데, 클럽 회비를 낼 형편은 되지 못했거든요. 그래서 서지 라디코프라는 유럽인 코치한테서 지원을 받았어요. 코치와 멘토를 다

겸하고 있죠. 그레이시는 릭이 연습하는 모습을 보려고 클럽에 찾아가곤 했어요."

"그래서 최근에는 클럽에서 알게 된 새 남자친구를 만나고 있었던 건가요?"

드루먼드 씨는 무겁게 한숨을 내쉬었다. "솔직히 두 사람의 관계가 진지했었는지는 알 수 없어요. 그레이시가 처음에 딱 한 번 말을 꺼냈던 이후로는 남자친구 이야기를 거의 안 했거든요. 하지만 한 번은 제가 집에 있을 때 그레이시를 태우러 왔던 적이 있었어요. 검은색 소형 BMW를 몰더군요."

팔로리노와 매덕스는 눈빛을 교환했다. *어쩌면 드루먼드의 수입원이자 멋진 물건들을 사준 장본인이 아닐까?*

아이 어머니의 얼굴에 죄책감이 비쳤다. "어쩌면 좋아, 모르겠어요. 너무 일에만 몰두하고 있었어서. 잭이었나. 존이었나. 아니, 존 잭스였나 봐요."

팔로리노는 존 잭스라는 이름을 메모장에 적었다.

"혹시 이 사진 중에 그 남자애가 찍힌 건 없습니까?" 매덕스가 물었다.

드루먼드는 자리에서 일어나 사진 가까이 다가왔다. 팔로리노 역시 두 사람 옆에 섰다. 사진을 찬찬히 살펴보던 드루먼드한테서 결국 흐느낌이 터져 나왔다. 드루먼드는 손으로 입을 가린 채 눈물을 흘리기 시작했다. 그러고는 고개를 저으면서 잠시 감정을 추스른 뒤 입을 열었다. "아니요, 없어요. 하지만 저기 릭 버틀러는 있네요."
그러면서 사진 한 장을 가리켰다.

"다른 사진들은요?"

"저건 작년 여름에 블루뱃저 직원들끼리 해변으로 야유회를 갔
던 사진이에요. 저건 던이글 고등학교 합창단이랑 같이 찍은 사진
이고요. 작년에 토론토로 여행을 갔었거든요."

수많은 사진 속의 그레이시들은 전부 곱슬곱슬한 갈색머리와 귀
여운 미소 그리고 보조개를 보여주고 있었다. 지난 몇 년간 친구들
과 함께 찍은 사진들이었다.

"이 아이는 굉장히 가까운 친구처럼 보이는데요?"

"라라예요. 꾀꼬리처럼 노래를 부르죠. 그레이시보다 한 살 반 더
많은 여자애인데, 지금은 빅토리아 대학교에 입학했어요. 그레이시
가 3학년 때 학교 합창단에서 만난 뒤로 지금껏 친구로 지냈죠. 대
학교 합창단에 그레이시를 소개시켜주어서 거기서도 활동했어요."

매덕스는 로나 드루먼드에게 예리한 시선을 보냈다. "대학교에
입학하지도 않았는데 합창단에 들어갔다는 말이죠?"

"합창단장 말로는 재능만 괜찮다면 고등학생 청소년들도 받는다
고 하더군요. 특히나 앞으로 대학에 입학할 예정이라면요."

"혹시 시내의 가톨릭 성당에서 연습한답니까?" 매덕스가 말했다.
"매주 목요일마다?"

드루먼드가 놀랍다는 표정을 지었다. "어떻게 아세요?"

매덕스의 마음속이 애매한 불안감으로 다시 조여오기 시작했다. 블루뱃저에서 지니와 나누었던 대화가 다시 떠올랐다. "요전에 한 번 주워들었죠. 그레이시가 지난 목요일 연습에도 나갔답니까?" 매덕스가 물었다. 혹시라도 4일 전, 자기 딸아이와 그레이시 드루먼드가 서로 만나지는 않았을까 궁금했다.

"아뇨, 지난 목요일에는 안 갔어요. 대신 친구랑 놀러나간다고 했죠."

"존 잭스랑요?" 매덕스가 말했다.

"죄송해요." 드루먼드가 조용히 말했다. "잘…… 모르겠네요. 저도 그날 밤에 커트랑 같이 나가 있었어서."

"커트요?"

"커트 셰퍼드요. 요새 제가 새로 만나는 사람이에요. 요새는 저도 제 나름대로 삶을 즐기려고 했거든요. 그레이시도 슬슬 다 컸겠다, 자기 앞가림은 할 수 있을 거라고 생각했는데……" 목소리가 다시 갈라져나왔다. 드루먼드는 다시 한 번 코를 풀었다. 크리넥스 티슈가 눅눅해졌다.

"그레이시가 일요일마다 나가던 성당이 어디죠, 드루먼드 씨?" 방 건너편에서 책상 위에 있던 황금 목걸이와 그 줄을 살펴보던 팔로리노가 말했다.

"시내의 가톨릭 성당이에요. 합창단에서 노래하는 데와 같은 곳이에요. 그레이시가 어렸을 적에는 가족들도 신실한 편이었는데,

우리가 이혼하면서 애 아빠가 떠난 이후로는 그만두게 됐죠." 드루먼드는 떨리는 한숨을 들이쉬었다. "그레이시는 성당에서 합창을 시작한 이후로 다시 진지하게 신앙생활을 시작한 것 같아요. 성가대 자체는 딱히 신앙 활동이 아니었지만, 그래도 성당이라는 신실한 환경 자체가 애 마음에 들었던 모양이에요."

"성가대에 들어갔다, 그래서 다시 신앙생활도 시작했다……. 전부 따님의 성격이 적극적으로 바뀌고 나서부터 우연히 일어난 일일까요?" 팔로리노가 말했다.

드루먼드는 눈썹 아래로 늘어진 머리카락을 옆으로 쓸었다. "그럴 수도 있겠죠. 합창단에 들어갔던 건 작년 6월이었거든요. 고등학교 졸업반으로 올라가기 직전 여름이요."

팔로리노는 책상 위에 굴러다니던 작은 메달 목걸이를 집어 들었다. 사슬이 끊어져 있었다. "성 크리스토포로의 성물이네요. 여행자의 수호성인이죠. 보통 안전한 여행을 비는 부적처럼 목걸이나 팔찌로 착용하거나, 그냥 주머니에 넣거나, 아니면 자동차에 붙여두고 다니는 물건인데."

"애가 그 목걸이를 자주 하고 다녔어요. 아마 지난 토요일 밤에는 사슬이 끊어져서 안 하고 나간 모양이에요."

"뒤에 뭔가 새겨져 있는데요." 팔로리노가 메달을 뒤집어보며 말했다. "*그레이시에게, 사랑을 담아. JR*'이라고 써 있군요." 그러고는 다시 눈을 들었다. "JR이 누구죠?"

"그, 글쎄요. 잘 모르겠는걸요. 이니셜이 JR인 사람은 전혀 몰라요."

"따님이 이걸 하고 다닌 지는 얼마나 됐죠?"

"꽤 됐어요."

"정확하게는 모르시겠어요?"

드루먼드는 고개를 저었다. "최소한 몇 달 정도는 된 것 같아요."

"그리고 벽에 걸린 달력을 보면 지난 화요일에 동그라미가 쳐 있네요. '라라 P, 아만다 R, BC @8.' 그레이시가 지난 화요일에 외출했었나요?"

"네, 라라의 집에 갔었어요. 여자애들끼리 모여서 저녁도 해먹고 하룻밤 자고 온다면서."

"아만다 R은 누구죠?"

"모르겠어요."

"BC는 또 무슨 뜻이죠?"

드루먼드는 고개를 저었다.

"그 전주의 화요일에도 라라, 아만다, BC 표시가 또 되어 있군요. 라라의 집에서 자고 오는 일이 꽤나 잦았나 보네요?"

"주기적으로 그랬죠. 말씀드렸지만 다들 정말 가까운 친구라서요."

"혹시라도 아만다 R, BC, 아니면 JR에 대한 실마리가 떠오르시거든 저희한테 연락 한번 주시겠어요, 드루먼드 씨? 어떤 정보라도 좋으니까요." 팔로미노는 아이 어머니에게 자신의 명함을 건네면서 말을 이었다. "라라의 성이나 주소, 전화번호는 아시나요?"

"페닝턴이에요. 캠퍼스 근처의 아파트에서 살고 있어요." 그레이시의 엄마는 라라의 주소와 전화번호를 써서 팔로리노에게 건넸다.

"릭 버틀러는요?"

"6월에 던이글 고등학교를 졸업했어요. 학교에서 한 블록 떨어진 데서 부모님이랑 같이 살고 있죠." 그 주소도 함께 적혔다.

"커트 셰퍼드의 연락처도 같이 적어주시겠어요?"

"왜요? 설마 당신들……."

"혹시나 해서 모든 정보를 알아가려는 겁니다. 최대한 많은 사람들에 대해 파악해두어야 해서요."

로나 드루먼드는 남자친구의 상세 정보까지 적었다. 휘갈겨 쓴 글씨체를 보니 점점 커져가는 불만이 확연히 드러났다. "그이는 저하고 같이 있었어요." 팔로리노에게 셰퍼드의 주소를 건네는 드루먼드의 목소리에는 슬슬 날이 서고 있었다. "제 딸이 앞뒤로 강간을 당하고 잔인하게 난도질을 당하는 동안 제 남자친구는 저랑 같이 있었다고요. 그이는 아무런 상관도 없어요. 잘못한 사람은 저예요. 그때 집에 있었어야 했는데."

"라라는 그레이시에게 무슨 일이 일어났는지 알고 있나요?"

"우리 딸아이한테 무슨 일이 생겼는지는 온 세상이 다 알고 있죠. 그 빌어먹을 신문 덕분에요. 그러니 라라도 당연히 알아요. 오늘 아침에 저한테 전화도 했는걸요. 충격을 많이 받은 모양이었어요."

"곧 본서에서 경찰들이 나와 따님의 소지품을 증거품으로 챙겨

갈 겁니다. 전부 다 꼼꼼히 기록해둘 테니 걱정 마세요. 오늘은 종일 집에 계실 건가요?"

드루먼드는 고개를 끄덕였다. 양 입꼬리가 아래로 처져 있었다.

+

"전형적인 편모가정 애네." 팔로리노는 오래된 건물의 복도를 성큼성큼 걸어가는 매덕스와 보폭을 맞추면서 말했다. 희미하게 밥하는 냄새가 났다. 카펫에서는 눅눅한 냄새가 올라왔다.

"그레이시는 엄마가 못 보는 데서 마음껏 삶을 누리고 살았나 보네요. 옷도 사고, 전자기기도 사고, 데이트도 하고."

"아니면 오크 베이 컨트리클럽에서 만났다는 BMW 오너, 존 잭스라는 친구한테 받은 선물일지도 모르죠." 매덕스가 말했다.

"요새 애들은 도대체 친구 집에서 자고 온다는 핑계로 얼마나 싸돌아다니는 건지, 원."

매덕스는 팔로리노를 흘긋 쳐다보았다. "애 있어요, 팔로리노?"

팔로리노는 잠깐 걸음을 멈칫거렸지만, 너무나 찰나간의 망설임이라 거의 드러나지도 않았다. "아뇨, 하지만 한때는 나도 10대 소녀였거든요." 그리고 빠르게 화제를 돌렸다. "내 장담하는데, 이 라라 페닝턴이라는 친구는 그레이시에 대해서 엄마보다 훨씬 더 자세히 얘기해줄 수 있을걸요." 그러더니 팔로리노는 갑자기 매덕스를 앞질러 계단을 경중경중 뛰어 내려갔다. 그러고는 아파트 현관문을 열어젖혔다.

차갑고 신선한 겨울 공기를 음미하면서, 매덕스는 팔로리노의 뒤를 따라 잭 오가 기다리는 자기 차로 걸어갔다.

"묵주는 회개 기도를 할 때 쓰는 거예요." 팔로리노는 임팔라의 문으로 손을 뻗으며 이야기했다. "성당에서 신부님한테 고해성사를 하면 대충 지은 죄가 얼마나 무거운지에 따라서 주님의 기도랑 성모송을 몇 번 외워라, 이렇게 얘기하신단 말이죠. 그러면 죄 지은 신자는 묵주를 하나하나 헤아리면서 자신이 기도한 횟수를 세는 거예요."

매덕스가 원격으로 차 문을 열자, 팔로리노는 조수석 문을 열면서 말을 이었다. "그런 성모송 중에 이런 구절이 있어요. '천주의 성모 마리아님, 이제 와 저희 죽을 때에 저희 죄인을 위하여 빌어주소서. 아멘'."

"가톨릭 신자예요, 팔로리노?" 매덕스는 운전석에 몸을 묻고 안전벨트를 매면서 물었다.

"불가지론자죠."

매덕스는 씩 웃었다. "그럼 가능성을 열어놓고는 있는 거네요?"

"신이 있을지도 모르죠, 없을지도 모르고. 증명할 방법이 없다고 생각할 뿐이에요."

"그럼 내 말처럼 가능성은 열어놓은 거죠, 뭐." 매덕스는 임팔라에 시동을 걸고 도로로 빠져나갔다.

"난 천주교도로 자랐어요." 잠시 후에 팔로리노가 입을 열었다. "우리 아버지는 굉장히 독실한 이탈리아 집안 출신이었거든요. 엄마는 아일랜드 가톨릭을 믿고 계셨고. 그러니까 양쪽에서 다 영향을 받은 셈이에요."

"하지만 본인의 신앙에는 별 영향을 못 줬나 봐요?"

팔로리노는 잠시 망설였고, 매덕스는 그런 파트너에게 의문의 시선을 던졌다.

"살면서 성모송은 충분히 읊었다고 생각해요. 그리고 세례식이 어떤 건지도 알고." 그리고 팔로리노는 조수석에서 잠시 침묵하고 있었다. "그러다 어느 날 갑자기 성당에 안 나가게 되었어요. 정확한 이유는 모르겠어요, 생각도 잘 안 나고." 그러고는 목을 흠흠 가다듬더니 말했다. "어쨌든 우리가 찾던 연결고리는 나왔네요. 그 성당이랑 성가대를 조사해봐야겠어요. 어디 예배하러나 가보죠. 가서 신부님이나 만나보죠."

"먼저 페닝턴부터 만나고." 매덕스가 말했다. "그다음에 클럽으로 가보죠."

25장

키엘과 레오는 방금 자신들에게 말을 걸었던 여성이 근처 현관 참에서 떨고 있는 모습을 발견했다. 키엘은 품에서 피해자를 찍은 사진을 꺼내 보였다. "이 여자 아나? 페이스 호킹이라고 하는데."

여성은 뺨에 붙은 피딱지를 떼면서 고개를 저었지만 시선은 키엘의 눈을 피하고 있었다. 겉보기에는 대강 20대 후반 정도였지만 노숙자 생활과 약의 부작용으로 인해 원래 나이보다 훨씬 노안인 것일 수도 있었다.

"이 문신은 뭐야?" 레오가 호킹의 메두사 문신을 찍은 폰 화면을 들이대며 물었다. 키엘은 파트너를 쏘아보았다.

여성이 고개를 번쩍 들었다. "그 사진 어디서 찍었어?"

"시체 안치소. 페이스 호킹에게 새겨져 있던데. 마지막으로 언제 봤어?"

여성은 레오에게서 몸을 홱 돌리더니 구석에 숨어버렸다. 키엘은 레오더러 좀 빠져 있으라고 고갯짓을 했다. 레오는 키엘을 한번 쏘아보고는 살짝 떨어진 건물의 차양 밑으로 가서 담뱃불을 붙였다.

키엘은 가슴팍의 주머니에서 담뱃갑을 꺼냈다. "좀 거칠었지. 미안하다. 그런데 그거 알아? 난 네가 그 문신을 분명히 본 적 있다는 걸 알아. 아까 '항구의 피신처'에서 너랑 페이스가 같이 친하게 찍은 사진을 봤거든. 하나는 꽤나 최근에 찍은 것 같더라구. 이빨도 백옥같이 하얗고 머리도 새로 한 데다 옷도 세련되었으니까." 키엘은 담배 한 개비를 상대에게 내밀었다. 여성은 눈치를 보다가 담배를 받고는 키엘이 붙여주는 담뱃불이 꺼지지 않도록 떨리는 손으로 찬바람을 가렸다. 그러고는 담배를 깊이 빨더니 길게 연기를 내뱉었다. 레오의 예상대로였다. 여성에게서는 고약한 악취가 풍겼고, 빼빼 말랐고, 정신도 오락가락하는 데다 아무래도 의료 진단까지 필요한 상황인 것 같았다.

"마지막으로 페이스를 본 게 언제지?" 키엘이 부드럽게 물었다.

여성은 다시 한 번 담배를 깊이 빨았다. 꼭 자기 생명줄인 것처럼. 눈길은 다시 사진으로 향해 있었다. "그럼 나한테 떨어지는 건 뭔데?" 여성이 물었다.

"네 앙상한 엉덩이를 깜빵에 처넣지 않도록 해주지." 키엘이 말했다.

"좆 까, 짭새 양반." 여성은 담배로 삿대질을 했다. "무슨 구실로 날 처넣으려고."

"알았다, 알았어." 키엘은 두 손을 들었다. 한 손에는 여전히 담뱃갑이 쥐어져 있었다. "싹 다 들켰군. 그럼 난 간다."

여성은 키엘의 손에 들린 담뱃갑에서 눈을 떼지 않았다. 키엘은 정말 가려는 듯이 몸을 돌렸다. "저기 있잖아, 니네 지금도 쁘락치가 뭐 하나 불면 대가로 뭐 주고 그러냐?"

"비밀 정보원이 되고 싶은 거라면 본서로 가서 서류 작업부터 해야 돼. 이름이 뭔데?"

"니나야."

"성은?"

"그냥 니나라고 불러."

"마지막으로 페이스를 언제 봤는지 한번 말해봐, '그냥 니나'."

"걔 정말 죽은 거야? 정말 시체 안치소에서 그 문신 사진 찍었어?"

침묵.

니나는 고개를 떨구고 양발을 서로 비볐다. "어디서 찾았어?"

"협곡에서 떠올랐더라."

"씨발 거, 씨발, 진짜. 씨부럴, 안 돼⋯⋯." 니나는 가슴팍에 팔짱을 낀 채 앞뒤로 몸을 흔들더니 허공에 발길질을 몇 번 했다. 눈가가 빛나고 있었다. "그 공동묘지 소녀도 물에 빠져 죽었다매. 페이스랑 걔랑 똑같은 꼴을 당한 거야?"

키엘은 상대를 쳐다볼 뿐, 아무런 대답도 하지 않았다.

"씨발, 씨발 것, 씨발."

"페이스의 친구나 가족들처럼 걔한테 무슨 변고가 생기면 상관해줄 사람이 있는지 알아보는 중이야. 그리고 누가 그런 짓을 했는지도 찾아내야겠지."

니나의 눈에 공포가 비쳤다. "페이스한테는 가족 같은 거 없었어. 내가 알기로는 상관할 사람도 없고."

"아무도 상관하지 않았다, 이 말이지? 그럼 페이스는 길바닥에서 약이나 빨던 인생을 자기 힘으로 청산하고 패스트푸드 체인점에 취직했단 소린가? 그러더니 이빨도 삐까뻔쩍하게 교정 받고 마약에 찌든 아가리도 싹 다 갈아엎었다는 말이로군. 그럼 치과 치료는 어디서 받았어? 그리고 치료비는 어떻게 충당했지?" 그러면서 키엘은 20달러 지폐 두 장을 담뱃갑에 찔러 넣었다. 레오에게 이런 손장난을 들키지 않도록 파트너 쪽을 완전히 등진 채.

니나는 왕방울만 해진 눈으로 담뱃갑을, 거기서 삐죽 튀어나와 있는 지폐를 바라보며 소매를 벅벅 긁었다. "마커스 목사님이 페이스의 재활을 도와줬어. 제대로 취직도 할 수 있게 도와줬지, 다른 애들을 도와준 것처럼."

"그럼 마커스 목사가 새 이빨 해넣을 돈도 준 건가?"

"어디서 그런 돈을 받았는지는 몰라. 한동안 걔를 못 봤으니까."

"얼마나 오랫동안?"

"내가 아나. 시간 감각도 개판인데."

키엘은 고개를 끄덕이고는 담뱃갑을 내밀었다. 니나는 잽싸게 낚아채 지저분한 데님 재킷 주머니로 쏙 넣어버렸다. 그러면서도 불안한 눈빛으로 길거리 여기저기를 계속 훑고 있었다. 마치 누가 불쑥 나타나 자신의 전리품을 훔쳐가기라도 할 것처럼.

"내 제안 하나 하지, 니나." 키엘이 말했다. "우리가 이 살인자를 길거리에서 치워버리려면 페이스에 대해서 더 자세하게 알아야 돼. 걔가 살던 곳, 같이 다니던 애들 등등. 넌 우리를 도와줄 수 있을 것 같군. 페이스에게 일어난 일에 정의를 구현할 수 있다고."

니나의 얼굴에서 여러 가지 감정적 갈등이 일어났다. 순수한 공포, 길바닥의 의리, 약값을 더 받아낼 수 있다는 욕망, 그리고 친구에게 일어난 불의를 응징하고픈 충동까지. 키엘은 다 읽을 수 있었다. 다 알고 있었다.

"걔는 아파트에서 살았어."

키엘은 아드레날린이 솟구치는 걸 느꼈다. "어디?"

"에스퀴몰트. 부둣가에서 한 블록 올라가면 나오는 동네야. 몽블랑 아파트라고 하던데. 거기서는 부둣가 건너의 산까지 다 보인댔어." 니나의 얼굴에 슬픔이 떠올랐다. "정말 멋지댔는데."

"너도 가봤나?"

"듣기만 했지."

"누구한테서?"

니나는 눈길을 돌려버렸다.

"마커스 목사가 말해주던?" 길거리 건너편에서 누군가가 다가오고 있었다. 덕분에 니나는 훨씬 더 안절부절못하는 것 같았다.

"그럴 수도, 아닐 수도 있지."

"기둥서방이라도 있었나. 숙소 겸 영업장까지 전부 구해준?"

"난 갈래."

키엘은 빗속으로 도망치듯 사라지는 니나의 뒷모습을 바라보았다. 근처의 중고품 상점에서 크리스마스 조명이 깜빡였다. 바람이 불어오는 가운데, 먹구름이 드리우면서 하늘이 시커메졌다. 이즈음에는 원래 낮 시간이 꽤 짧다. 길바닥에서 살아가는 삶도 굉장히 고단해진다. 일단 날씨부터 춥다. 다른 지방에 비해서는 덜 춥지만, 어쨌든 추운 건 추운 거다.

레오가 다시 돌아왔다. 키엘은 파트너와 함께 다시 차로 돌아가기 시작했다.

"쟤가 슨배임더러 이 동네 돌아다니는 걸 봤다는 게 무슨 뜻임까?" 키엘은 운전석 문을 열면서 물었다. 팔로리노라면 절대 핸들을 넘겨주지 않았겠지만, 레오는 기꺼이 조수석에 앉아서 자신에게 운전을 맡겼다. 그 점은 꽤 좋았다.

레오는 세단의 지붕 위로 키엘의 두 눈을 쳐다보았다. "난 경찰이야. 당연히 이 동네도 돌아다녔겠지."

"쟤한테 뭐 책잡힌 거라도 있슴까?"

레오가 흘겨보았다. "뭔 씨발 질문이 그래? 내가 좆이나 빨리고 싶어서 이 동네 온 적 있느냐고 물어보는 거야? 너 대체 문제가 뭐냐?"

"그냥 해본 말임다. 버지악한테 피해자 거주지 주소 찾았다고 보고할까요?" 키엘은 그리 말하면서 차에 몸을 실었다.

두 사람은 침묵 속에서 에스퀴몰트의 몽블랑 아파트로 차를 몰았다.

+

니나는 그늘 속에서 벌벌 떨며 형사들의 차가 떠나가는 모습을 지켜보았다. 이제 돈이 생겼으니 약팔이를 찾아가 약을 살 수도 있었다. 하지만 니나는 무서웠다. 이미 '항구의 피신처'에서 신문을 보고 공동묘지에서 발견된 소녀에게 무슨 일이 생겼는지도 알고 있었다. 강간. 십자가 표식. 기사의 필자도 메리 윈스턴이었다. 게다가 협곡에서 여성의 시체가 떠올랐다는 소식도 진즉 알고 있었다. '그게 페이스였다고?' 하느님 맙소사.

니나는 다시 빗속을 헤치면서 내항 근처, 〈시티 선〉지의 본사가 위치한 석조 건물로 갔다. 바다에서 올라온 안개가 포장도로와 벽돌 건물의 골목길로 스며들고 있었다. 멀리 바다 쪽에서 안개 경보용 뱃고동이 울려 퍼졌다. 건물의 유리 회전문을 밀고 들어간 니나는 대리석 바닥 위의 접수처로 다가갔다.

접수처에 앉아 있던 여성은 니나더러 당장 꺼지지 않으면 경찰을 부르겠다고 했다.

"정보가 있어요, 기삿거리요." 니나가 자기 팔을 불안하게 긁으며 대답했다. "그 기자를 좀 봐야겠어요. 공동묘지 소녀 이야기를 썼던 기자요."

접수처의 직원은 미심쩍은 눈으로 니나를 쳐다보았지만, 어쨌든 메리를 호출해주었다.

메리가 내려왔다. 그 얼굴에 충격이 번졌다. "니나? 이런 씨발, 무슨 일이야? 너 여기서 뭐 해?"

니나의 두 눈이 사방을 두리번거리고 있었다. 갑자기 머릿속에서 소음이 울리는 것 같았다. 니나는 양손으로 관자놀이를 부여잡았다.

"이리 와, 가서 커피랑 따뜻한 음식이라도 좀 들자. 난 너 걸칠 코트 가져올게."

다시 내려온 메리의 손에는 코트와 함께 재킷도 한 벌 들려 있었다. "그 축축한 재킷은 벗고 이거 입어."

니나는 묵묵히 재킷을 받았다. 보송보송하고 따뜻한 데다 패딩 솜까지 채워져 있었다. 고마운 마음이 절로 솟았다. "너 가져." 메리는 그렇게 말하면서 구석의 작은 펍으로 니나를 이끌었다.

"나 안 들어갈래."

메리는 멈칫했지만 이내 고개를 끄덕였다. 다 안다는 눈치였다.

"그럼 따라와, 괜찮은 곳을 알고 있어."

"아냐…… 나 정말 가봐야 해. 약도 사야 하고. 그런데 널 먼저 만나야 해서 온 거야."

메리의 표정이 바뀌었다. 두 눈에는 연민과 동정이 차 있었다. 니나는 그게 싫었다. 이런 자신이 싫었다. 이런 자신을 바라보는 사람들의 저런 눈길이 싫었다.

"씨발, 넌 이 생활 청산했다고 나까지 멋대로 깔보지 마, 메리. 너나 나나 다 돌아가게 되어 있어."

"아니거든. 내가 언제 널 깔봤다고 그래. 그나저나 무슨 일이야? 여기는 왜 온 거야?"

"페이스야."

"그게 무슨 뜻이야? 페이스라니? 무슨 이야기를 하는 거야?"

"페이스가 죽었어. 익사했대. 협곡에서 발견된 시체가 개야. 경찰들이 '항구의 피신처' 근처를 쑤시고 돌아다니면서 마커스 목사님이랑 얘기했고, 개 가족이 있는지 물어보면서 개가 죽었다고 했어." 니나는 다시 길거리로 시선을 홱 돌렸다. 혹시라도 경찰들이 자신을 따라오지는 않았는지 불안했다. "*살해당한 거래*, 메리. 비닐로 시체를 둘둘 감아서 바다에 버린 거래."

메리의 얼굴에서 핏기가 가셨다. "확실해?"

"경찰이 시체 안치소에 있는 페이스의 사진을 보여줬어…… 개 문신이랑 같이. 그놈이 돌아온 거면 어떡해? 이것도 그놈 짓이면 어떡해? 공동묘지 소녀한테 무슨 일이 벌어졌는지 신문에서 다 봤어. 그놈이야. 그놈이 분명해."

메리는 창백한 표정이었지만, 양손으로 니나를 붙잡고 두 눈을 빛냈다. "혹시 그 경찰이 페이스한테 십자가가 그려져 있었다고 말하든?"

니나는 고개를 저었다. "하지만 그놈일 수도 있어."

"무슨 근거로?"

"페이스가 공동묘지 소녀랑 똑같은 꼴이 났냐고 경찰한테 물었더니 날 괴상하게 쳐다봤거든. 아니라고도 안 하더라."

"내 말 잘 들어. 마지막으로 페이스를 본 게 언제야?"

니나는 뺨에 문드러져 들러붙어 있는 피딱지를 긁었다. "글쎄, 꽤 됐어. 한 다섯 달? 여덟 달 됐나? 자기 포주 데미안이랑 같이 있었어. 그리고 웬 금발 애도 하나 있었는데. 작은 검정색 BMW를 모는 꼴을 보니까 금수저 같더라. 나이도 젊었어, 이제 20대나 됐을까?"

"차가 확실히 비엠이었어?"

"세상에, 나도 차 볼 줄은 알아. 약빨 좋은 걸 어디서 살 수 있는지는 알아야 할 거 아냐."

26장

"말씀드렸잖습니까, 월 단위로 계속 계약했다고. 그리고 세입자가 11월 말일, 그러니까 11일 전에 퇴실 통보를 했어요. 그게 목요일이었나? 그다음 날에 이삿짐센터 사람들이 세입자한테 받은 현금까지 들고 찾아왔더라고요. 그러니까 집세는 12월치까지 받은 거지."

키엘은 나무로 된 마룻바닥 위를 천천히 걸으면서 건너편 창가로 갔다. 바닥에 쌓인 먼지 자국과 어둡게 변색된 공간만이 남아 카펫과 가구가 놓여 있던 경계를 표시하고 있었다. 바깥으로는 신축 건물이 올라가고 있는 부둣가 쪽의 공사 현장이 보였다. 두 사람은 이 집의 임대를 소개해준 부동산을 찾아가 호킹의 사진을 보여주었다. 부동산업자는 호킹의 얼굴을 알아보고는 여기서 2년가량 살았다고, 집세는 항상 현금으로 지불했다고 증언해주었다. 집은 이제 깔끔하게 비어 있었다.

"퇴실 통보는 본인이 직접 했습니까?" 레오가 업자를 상대하는 동안, 키엘은 바깥의 정황을 살피면서 각종 가능성들을 머릿속에서 계속 굴려보았다.

"전화로 연락했죠."

"세입자라는 걸 확신합니까?"

"일단 여자 목소리라서 딱히 의심할 이유가 없었는데요."

"이삿짐센터는 어디를 이용했습니까?" 레오가 물었다.

"나야 모르죠. 흰색 트럭이 한 대 왔었는데 회사 이름이나 로고 같은 건 아무것도 안 쓰여 있더라고요."

"그리고 마지막 달 집세를 냈다는 남자…… 자기 이름도 알려줍디까?"

"아니요."

"인상착의는 어땠습니까?"

"검은 머리에 중간 키…… 정도? 글쎄요, 대충 30대 정도로 보였어요. 그냥 흔한 남자였는데."

"그 흔했다는 남자, 로고 박힌 유니폼 같은 걸 입고 있었습니까?"

"그냥 청바지에 검은 재킷 차림이던데요."

레오가 계속 질문하는 동안 키엘은 부엌으로 가서 찬장을 하나하나 열어보았다. 전부 비어 있었다. 싱크대 아래 쓰레기통도 뒤져보았다. 깔끔하게 비어 있었다. 냉장고도 열어봤지만 베이킹소다 한 박스와 얼룩뿐이었다. 키엘은 냉장고 문을 닫고는 캐비닛 두 개 사이에 놓여 있던 냉장고를 밖으로 끄집어내기 시작했다.

"너 뭐 하냐?" 레오가 말했다.

"그 왜, 냉장고에다가 전화번호나 예약 적어둔 쪽지나 간단한 메모 같은 거 많이 붙여놓지 않습까. 그런데 우리 집 냉장고에 붙여놓은 건 맨날 바닥으로 떨어져서 자꾸 틈새나 냉장고 밑으로 들어가거든여. 거 도와주십셔, 좀." 집주인은 두 사람이 냉장고를 낑낑거리며 꺼내는 모습을 재미있게 바라보았다.

냉장고 아래 깔려 있던 바닥에는 두터운 먼지와 더께 속에 빗 하나, 오래 묵은 땅콩 한 줌, 클립 하나, 그리고 알아볼 수도 없는 음식 부스러기들이 켜켜이 쌓여 있었다. 그중에서 원래 하얀색이었을 얼룩투성이 명함 하나가 눈에 띄었다. 키엘은 먼지 속에서 명함을 집어 들었다.

'존 *재크스 미용 치과*'

"걸렸다." 키엘은 나지막이 중얼거리면서 레오의 눈앞에서 명함을 흔들어 보였다. "호킹의 치아를 깔끔하고 새하얗게 고쳐준 치과 의사를 찾은 것 같은데요. 항상 돈을 따라가다 보면 뭐가 나오죠. 분명 의사한테는 현금으로 지불하지 않았을 겁다."

그 외에는 별 소득이 나오지 않았다. 키엘과 레오는 부동산업자에게 명함을 건넨 다음 엘리베이터를 타고 내려왔다. 그렇게 아파트 현관으로 걸어 나간 두 사람은 현관문 유리 너머로 웬 여성 하나가 비밀번호를 누르고 있는 모습을 발견했다.

키엘이 욕설을 내뱉었다. "걔네. 그 기자임다."

두 사람이 문밖으로 나오자 여기자는 날카로운 눈으로 이쪽을 보면서 침을 꿀꺽 삼켰다. 안색은 유령처럼 창백하고 두 눈은 검은 구멍처럼 움푹 패어 있었다. 꼴이 엉망이었다.

"메리 윈스턴 기자." 키엘은 상대를 꼼꼼히 살펴보았다.

메리는 길거리를 눈으로 한번 훑었다. 얼굴에는 공포가 그대로 드러나 있었다. 키엘은 문득 짚이는 게 있었다. 재빨리 현관의 인터폰으로 눈을 돌린 키엘은 화면에 표시된 페이스 호킹의 이름을 확인했다. "여기 페이스 씨를 자주 만나러 오나 봅다?" 키엘이 말했다.

"걔였어요?" 메리가 쉰 목소리로 물었다. "협곡에서 발견된 시신, 페이스였나요?"

키엘은 레오와 빠르게 눈길을 교환했다. "왜 그런 생각을 하시지?"

"그냥 *대답이나 해요.*" 메리는 이제는 부들부들 떨고 있었다.

키엘은 눈살을 찌푸렸다. 의심이 스멀스멀 피어오르기 시작했다. "그건 그렇고 하필 지금 페이스 호킹의 집을 찾아온 이유는 뭐죠?"

"그냥…… 단서를 쫓다 보니."

"그럼 그놈의 단서는 대체 어디서 건진 건데?" 키엘이 말했다. "이번에는 무전 도청기에서 샌 정보도 아닐 텐데?"

대답은 없었다. 키엘은 앞으로 바짝 다가서면서 훤칠한 신장으로 상대를 압박했다. 메리는 한 발짝 물러났다. 레오는 그 모습을 지켜보고 있었다. "페이스 호킹에 대해 말해준 사람이 누구지? 여기서 찾을 수 있을지는 어떻게 알았어? 누가 이런 정보를 다 물어다주는 거야?"

"전 유능한 기자예요, 아시겠어요? 그냥 발품 팔아서 알아낸 거라고요."

"공무집행방해는 중범죄요. 물증만 있으면……."

"그럼 잡아가세요. 절 체포하시라고요." 메리는 자신도 모르게 다시 인터폰 화면을 쳐다보았다.

"어차피 집 안에서는 페이스 호킹의 흔적을 전혀 찾지 못할 거요, 윈스턴." 레오가 말했다. "사라져버렸거든. 물건 하나 남기지 않고 깔끔하게."

메리는 안색이 더욱 하얘져서 또 한 걸음 물러섰다. "난 믿지 않아요."

레오는 어깨를 으쓱였다.

"걔 물건을 누가 다 치웠는데요?" 메리가 물었다.

"아, 그쪽 정보원이 그건 안 알려줬나 보지?" 키엘이 말했다.

메리는 키엘을 한번 쏘아보고는 재빨리 인도로 내려가버렸다. 그러고는 나뭇가지만 앙상한 벚나무 아래 주차된 라임색 폭스바겐 비틀에 올라탔다. 두 형사는 비틀에 시동이 걸리는 모습을 지켜보았다. 윈스턴은 도로를 향해, 그다음에는 교차로를 향해 차를 몰아 사라져버렸다.

"쟨 대체 어디서 정보를 주워듣는 겁까?" 키엘이 그런 메리의 뒷모습을 바라보며 말했다. "호킹의 신원이 파악된 것도 오늘 아침이었고 여기 주소도 이제 막 알아낸 참인데, 윈스턴은 자신이 찾는 게 여기 있다는 것까지 알고서 인터폰을 만지고 있었잖습까."

"그걸 알면 내가 돗자리 깔았지." 레오가 말했다.

키엘은 미간을 찌푸린 채 잠시 생각에 잠겼다. "그냥 보고나 한 다음 치과의사나 찾아가죠?"

27장

라라는 거실의 커튼 뒤에서 안절부절못하고 있었다. 토할 것 같았다. 그레이시가 죽었다. '공동묘지 소녀'라는 별명까지 붙어서. 이제는 페이스마저도 전화를 받지 않고 있었다. 그레이시가 2주 전에 누군가 자신을 따라다니는 것 같다고, 자기 집 근처에 누군가 숨어서 창문을 엿보는 것 같다고 얘기했을 때 진지하게 들었어야 했다. 그레이시 말로는 이 스토커가 그 전주 토요일에 자기랑 같은 버스를 타고 같은 정류장에서 내렸던 작자 같다고 했었다. '그놈들' 중에 하나일지도 모른다고 했었다. 그리고 바로 지금, 축축한 떡갈나무 잎으로 덮인 길 건너에는 창문을 선팅한 검은색 렉서스 한 대가 구불구불한 가로수 나뭇가지 아래 주차되어 있었다. 동이 틀 때부터 그 자리에 서 있던 렉서스는 가끔씩 시동을 껐다 켰다 하고 있었다. 아마도 운전자가 히터를 틀고 있는 모양이었다. 라라는 지난주 목요일 성가대 활동을 마치고 버스를 잡으러 가던 중, 성당 옆에 저 렉서스가 세워져 있는 걸 분명히 봤었다.

라라는 다시 한 번 페이스에게 전화를 걸었지만 또 음성 사서함으로 연결될 뿐이었다.

"페이스, 나야. 그냥…… 전화해, 알았지?"

그리고 안절부절못하다 다시 전화를 걸었다. 이번에는 에바였다. 상대가 전화를 받자 안도감이 밀려들었다.

"에바, 나야. 라라. 있지……." 갑자기 할 말이 없어졌다. "그냥…… 그레이시랑 그 끔찍한 소식 때문에 전화했어. 그리고 이제는 페이스도 연락이 안 돼. 걔한테서 무슨 얘기 들었어?"

"그냥 폰을 안 보고 있는 거겠지." 에바가 퉁명스럽게 말했다. 꼭 뭔가 서두르고 있는 것 같았다.

"맨날 전화 받는 애잖아……. 한 통도 안 놓치는데." 라라는 전화에 대고 이야기하면서 손등으로 커튼을 슬쩍 걷어보았다. 렉서스는 아직도 그 자리에 있었다. "그레이시 말로는 스토킹을 당하는 것 같았다는데, 지금 우리 아파트 건너편에 누군가 있어…… 아마 그놈들 중 하나일지도 몰라."

"그렇게 생각할 이유가 뭐 있어?"

"너는 뭐 수상한 느낌…… 못 받았어?"

"그런 거 없었어. 있잖아, 그냥 다 괜찮을 거야. 뭘 하든 간에 그냥 경찰이랑 얘기만 하지 마, 그랬다가는 다 끝나는 수가 있어. 입만 뻥긋했다가는 그놈들이 널 죽일 수도 있어, 알았지? 다 거래 내용이었잖아. 절대 입을 열지 않기. 절대로. 그리고 그놈들한테도 전화하지 마. 어차피 그쪽에서 전화가 올 테니까."

"어쩌면 그레이시가 입을 연 걸지도 몰라." 라라가 속삭였다. "어쩌면……." 라라는 갑자기 창문 오른쪽에서 암청색 세단이 나타나자 흠칫했다. 차 문이 열렸다. 라라는 재빨리 전화를 끊었지만, 여전히 폰을 꽉 움켜쥐고 있었다.

키가 크고 검은 머리를 한 남성과 기다란 적발을 꽁지머리로 묶은 여성이 차에서 내렸다. 둘 다 검은 코트 차림이었다. 두 사람은 라라의 아파트 현관으로 사라지더니, 이내 계단으로 누군가 올라오는 소리가 들렸다.

문에서 노크 소리가 났다. 그것도 요란하게.

라라는 망설였다. 공포에 완전히 잠식당한 채.

다시 한 번 노크 소리가 났다. 이번에는 더 요란했다. 라라는 문구멍에 눈을 갖다 댔다.

"누구세요?" 라라가 상대의 얼굴을 살펴보며 말했다.

"빅토리아 시경에서 나왔습니다." 남자의 낮은 목소리가 대답했다. "저희는 매딕스 형사와 팔로리노 형사입니다. 그레이시 드루먼드 씨 관련해서 몇 가지 여쭤보고 싶습니다만."

라라는 침을 꿀꺽 삼키고 잠시 망설이다가, 안전고리가 걸린 현관문을 살짝 열고 그 틈새로 바깥을 빼꼼 내다보았다. "신분증 좀 보여주시겠어요?" 애초에 신분증이 진짜인지 확인할 줄도 몰랐지만 어쨌든 물어봐야 할 것 같았다.

두 사람은 모두 자기 배지를 보여주었다.

"라라 페닝턴 씨 되십니까?" 여자 경찰이 물었다.

그제야 라라는 여자의 얼굴이 신문에 나왔던 바로 그 경찰과 똑같다는 사실을 알아보았다. 입맛이 썼다. "그레이시 어머니한테 이런 소식을 그렇게 통보하실 줄은 몰랐는데요." 라라가 말했다. "그레이시의 이름을 동네방네에서 다 떠들게 만드시다뇨."

"일단 들어가도 될까요, 라라?" 여성 경찰이 말했다. 그 얼굴에서는 아무런 반응도 나타나지 않았다.

라라는 현관문의 안전고리를 풀고 문을 열었다. 그리고 두 경찰을 자신의 허름한 거실로 안내했다. 거실에 놓인 중고 소파에는 발리에서 산 사롱 천 자락이 덮여 있었다.

라라는 의자 끝에 걸터앉았다. 여자 경찰은 소파에 앉았다. 남자 형사는 자리에 앉지 않고 서서 아파트를 둘러보는 것 같았다. 창가에 걸린 커튼부터 비어 있는 데킬라 병까지. 덕분에 라라는 더더욱 불안해졌다. 신경이 예민해지는 것 같았다.

"소중한 사람을 잃으신 점 정말 유감입니다, 라라." 여자가 말했다. "그레이시와 정말 가까운 친구셨다고 들었습니다."

라라는 아무 말도 하지 않았다. 머릿속에서 경종이 울리고 있었다.

자신한테 자꾸 뭐라고 질문하기는 했지만 대충 어물어물 넘겨버렸다. 혹시 입이라도 잘못 뻥긋할까 봐 겁이 난 나머지, 거의 다 아무 대답도 하지 않는 식으로 일관했다.

"화요일에 그레이시가 여기서 자고 갔나요?"

"아니요."

"그레이시의 달력에는 지난주 화요일에 여기서 자고 갔다고 표시되어 있더군요, 그 전주 화요일에도 전부. 라라 P, BC 그리고 아만다 R이랑 같이 말이죠. 아만다 R이 누구죠?"

머릿속에서 울리는 경종 소리가 더 커졌다. 정말 토할 것 같았다. "가……, 가끔씩 그레이시가 나가서 놀 수 있게 말을 맞춰줬어요."

"어디로 가서 놀았는데요? 왜 항상 화요일이었죠?"

"몰라요."

"확실합니까?"

눈알이 뒤로 돌아갈 것 같았다. 라라는 벌벌 떨리는 두 손을 무릎에 내리눌렀다. "저한테 얘기 안 했어요."

"그레이시처럼 절친한 친구가요? 이야기를 안 해줬다고요?"

라라는 발가락만 내려다보았다. 발톱의 매니큐어가 깨진 걸 보고 페디큐어를 받으러 가야겠다고 생각했다. 어쨌든 머릿속에서 울려대는 종소리를 애써 외면하고자 아무 생각이나 주워섬겼다.

"JR과 BC가 무슨 이니셜인지는 아십니까?"

순간 라라는 눈을 확 들었지만 이내 자신의 실수를 후회했다. "몰라요." 거짓말이었다.

여성 경찰은 조용히 라라의 반응을 쳐다보더니 남성 형사와 뭔가 빠르게 눈길을 교환했다. 남자는 입술을 축이고는 창문으로 천천히 걸어가, 커튼을 슬쩍 걷고 바깥의 도로를 쳐다보았다. 라라는 혹시 렉서스가 아직도 거기 서 있을지 궁금해졌다. 여성 경찰이 수첩을 꺼내 찬찬히 살펴보았다. "그럼 존 잭스가 누군지는 아십니까?"

라라는 고개를 저었다. "그런 이름은 들어본 적도 없는데요."

"그레이시가 지난주 목요일에 합창단 연습을 빼먹고 어디로 갔는지 아십니까?"

"아니요."

"그럼 본인은 연습에 참여했나요?"

라라는 고개를 끄덕였다.

형사가 앞으로 몸을 숙였다. "정말로 존 잭스가 누군지 모르십니까? 그레이시 어머니의 증언에 따르면 꽤 오랫동안 만난 남자친구라고 하던데요. 검은색 소형 BMW를 몰고 다닌다고요. 정말로 기억 못하시겠습니까? 어쩌면 그 사람이 그레이시에게 정말 멋지고 비싼 선물들을 줬을지도 모르죠, 어쩌면 프란체스코 밀라노 부츠도 한 켤레 사 줬을지도 모르는 일 아니겠습니까?" 경찰은 잠시 뜸을 들였다. "그레이시 드루먼드는 그 부츠를 신은 채로 공격을 당했습니다, 라라. 지금 법의학연구소에 다른 옷들이랑 같이 보관되어 있어요."

"아아, 세상에, 저…… 저는……." 갑자기 라라의 얼굴에서 눈물이 흘러내리기 시작했다. 걷잡을 수가 없었다.

"말해봐요, 라라. 존 잭스에 대해 뭘 알고 있죠?"

"저는…… 어…… 그레이시랑 존이랑은 서로 비공식적인 관계에 더 가까웠어요.”

“그 존이라는 사람은 어디 있죠?”

“어디 사는지는 몰라요.”

“오크 베이 컨트리클럽 회원이라고 하던데요. 그레이시도 거기서 만난 것 아닙니까? 릭 버틀러랑 깨지기 전까지 릭이 연습하는 모습을 구경하러 갔다가?”

라라는 소매로 얼굴을 닦았다. “그런 것 같아요. 릭이라면 더 자세히 알 수 있을 거예요.”

“이런 정보를 경찰에게 숨기려 했던 이유가 뭐죠? 대체 뭘 지키려고 하는 거죠?”

머릿속에서 경종 소리가 얼마나 요란하게 울리는지, 라라는 이제 현기증마저 느끼고 있었다. 기절할 것 같았다. 경찰의 목소리는 멀리, 정말 멀리서 들려오는 것 같았다. 이제는 무슨 말을 하는지도 도저히 알아들을 수 없었다.

“라라, 라라. 날 봐요. 그레이시에게 이런 짓을 한 작자가 누구든 아직 저 바깥에서 활개치고 있어요. 이대로 놔두면 다른 사람까지 해칠 수 있어요. 그래서 우리가 최대한 빨리 범인을 찾아내야 해요. 경찰한테 정보를 계속 숨기고 있다가는 다른 사람들의 목숨까지 위험해지고 말아요. 뭐라도 아는 게 있다면…….”

“없다고요, 알겠어요? 하나도 모른단 말이에요!”

여성 경찰은 고개를 끄덕이고는 수첩을 가죽 슬링 백에 집어넣었다. "이제 우린 그레이시의 이메일, SNS 계정, 전화번호부, 통화목록 등등을 모두 분석할 겁니다. 그러다 다시 대화할 일이 생긴다면 연락드리도록 하겠습니다." 그러면서 라라에게 자신의 명함을 건넸다. "그러다 혹시라도 뭔가 아는 게 있다면, 뭔가 관련된 걸 알고 있다면 그게 얼마나 사소하든 곧바로 연락 주시기 바랍니다. 언제라도요." 상대는 다시 한 번 뜸을 들였다. "전자기기에서 귀하가 무엇이든 알고 있다는 물증이 나온다면 본서로 직접 호출해 진술을 들어야 할 겁니다. 그보다는 직접 말씀해주시는 게 낫겠죠."

두 사람이 막 떠나려던 찰나, 갑자기 여성 경찰이 뒤를 돌아보며 말했다. "아, 한 가지만 더 여쭙죠, 라라. 혹시 페이스 호킹이라는 사람에 대해 아십니까?"

라라는 당장에 손을 뻗어 의자 등받이를 부여잡았다. 침을 꿀꺽 삼켰다. "아뇨."

두 사람은 라라의 눈을 똑바로 쳐다보았다.

"한 번도 만난 적이 없다는 말씀이시죠?"

"네…… 페이스라는 이름은 들어본 적도 없어요."

"그렇군요." 상대가 조용히 말했다. "뭐라도 알면 바로 연락 주세요."

+

"거짓말을 하고 있어요." 앤지는 매덕스와 함께 임팔라로 걸어가면서 말했다.

"네, 그리고 겁에 질려 있군요. 대체 왜? 그리고 뭣 때문에?"

앤지는 다시 한 번 창문을 돌아보았다. 커튼 뒤로 라라 페닝턴의 그림자가 비쳤다. 자신들을 지켜보고 있었다.

"다른 사람들은 뭐라고 할지, 또 드루먼드의 전자기기에서는 어떤 정보가 나올지 한번 확인해보죠." 앤지가 조수석 문을 열면서 말했다. "아마도 페닝턴을 정식으로 심문해야 할 것 같네요. 뭔가 단서로 써먹을 게 있다면 훨씬 더 생산적인 대화가 될 테죠."

앤지는 좌석에 걸터앉았다. 매덕스가 잭 오를 잔디밭으로 끌고 가 오줌을 누이는 동안, 앤지는 라라 페닝턴의 그림자가 커튼 안팎으로 계속 오락가락하는 모습을 지켜보았다. 제대로 겁에 질린 게 확실했다. 머릿속에서 온갖 가능성들을 생각하면서, 앤지는 도로 맞은편으로 눈길을 돌렸다. 창문에 온통 선팅을 한 검정 렉서스 신형 한 대가 천천히 도로로 빠져나가고 있었다.

세례자

라라의 집 밖에서 경찰들이 보였다. 앤지 팔로리노 형사의 기다란 빨강머리가 보이자 흥분이 온몸에서 솟구쳤다. 하지만 그 옆에 있는 사람은 키엘 홀거슨 형사가 아니었다. 다른 남자였다. 좀 더 나이도 먹었고, 머리도 검었다. 온몸에서 자신감이 넘쳐흘렀다. 덕분에 더더욱 깊은 스릴이 찾아왔다. 정말로 게임이 시작된 것이다. 그것도 제대로. 막상막하의 승부를 가리게 될 터였다. 하지만 그 말인즉슨, 경찰이 라라를 심문하기 시작했으니 이제 서둘러 라라를 처리해야 한다는 뜻이었다. 라라 페닝턴의 모습이 그의 머릿속을 가득 채웠다…… 보지가 통통한 라라. 그레이시보다 가슴도 빵빵한 라라. 둥그스름한 엉덩이에 보조개가 푹 팬 라라. 그는 축축한 혓바닥으로 입술을 핥았다. 성기가 흥분으로 빳빳이 발기하는 게 느껴졌다. 라라 다음에는 에바니까. 화끈하고 쫀득하고 물도 많은 에바. 하지만 고간에서 열기가 치솟는 가운데서도, 호흡이 한창 가빠지면서 심장이 쿵쾅거리는 외중에서도 한 줄기 두려움이 고개를 들어 자신에게 속삭였다. 그는 잡히고 싶지 않았다. '안 되고 말고, 절대 잡히면 안 돼, 조니. 어림도 없지, 토미.' 이번 작업은 이 여자애들로 끝낼 생각이었다. 물론 여자애들은 항상 더 있었다. 나쁜 여자아이들. 이 세상은 언제나 정말 나쁜 여자아이들로 넘치고, 넘치고, 넘쳐났다. 다른 곳에도. 머나먼 곳에도. 바다 건너 멀리 떨어진 곳에도. 이제 라라까지 조사를 받고 있으니, 자신도 좀 더 사려 깊고 똑똑하게 행동할 필요가 있었다.

'베드로가 그들에게 말하였다. "회개하십시오. 그리고 저마다 예수 그리스도의 이름으로 세례를 받아 여러분의 죄를 용서받으십시오. 그러면 성령을 선물로 받을 것입니다'

28장

"재크스 선생님은 지금 진료 중이십니다." 접수원은 레오와 키엘이 내민 배지를 보면서 말했다.

"충분히 기다릴 수 있습니다. 선생님께 몇 가지 여쭐 게 있어서요."

접수원은 눈을 들어 키엘과 시선을 맞췄다. 키엘이 보기에 꽤나 보수적인 패션 스타일이었다. 괜찮은 헤어스타일. 절제된 메이크업. 꽤 비싸 보이는 명품 장신구.

"죄송합니다만 오늘 선생님 스케줄이 꽉 차 있어서요." 접수원이 말했다. "그리고 보시다시피 대기실도 꽉 차 있습니다만."

"말씀드렸죠, 충분히 기다릴 수 있다고." 키엘은 몸을 돌려 꽤 호화로워 보이는 대기실을 둘러보았다. "그러니까 여기 경찰 두 명을 하루 종일 세워두고 싶으셔도 우린 상관없습니다." 그러더니 멋진 힐을 신고 소파에 앉아 있는 두 여성의 사이에 억지로 끼어들어가 앉았다. 두 사람은 꼭 키엘에게 벼룩이라도 있는 것처럼 황급히 떨어졌다.

접수원도 자리에서 다급하게 일어났다. "잠깐만 기다려주세요."

총총걸음으로 진료실에 들어간 접수원은 잠시 후에 돌아와서 말했다. "재크스 선생님께서 딱 10분만 내주시겠다고 하십니다." 퉁명스러운 어조였다. "이쪽으로 오시죠."

두 사람은 상대를 따라 접수처 뒤에 위치한 사무실로 들어갔다. 큼지막하고 번쩍번쩍하는 책상과 책꽂이들이 들어서 있었다. 벽에는 멋진 그림이 걸려 있었다. 서랍장 위에도 온통 사진 액자들이었다. 키엘은 액자 하나를 집어 들었다. 숱이 적은 금발을 빗어 올려 대머리를 절박하게 가린 남성이 요란한 치장을 한 채 찍혀 있었다. 그 옆에는 검은 머리의 늘씬한 여성이 굉장히 아슬아슬한 가슴선의 웨딩드레스를 입고 서 있었다. 딱 봐도 남성의 나이의 절반밖에 되어 보이지 않았다. 콜라겐을 채운 입술과 고양이를 닮은 눈매를 보아하니 빅토리아 시크릿 카탈로그에 가뿐히 실릴 만한 미모였다. 키엘은 액자를 내려놓고 다른 사진을 집어 들었다. 이번에는 젊은 남성의 사진이 찍혀 있었다. 20대 초반쯤 되었을까. 머리는 이번에도 금발이었다. 아마도 대머리의 아들이렷다, 라고 키엘은 생각했다. "이쪽은 첫 번째 결혼에서 본 아들 같군녀, 그리고 이쪽은 두 번째 결혼으로 맞은 와이프인가 봄다." 키엘은 두 사진을 레오에게 보여주며 말했다. "여자랑 아들이랑 거의 나이 차이도 안 나 보이는데요."

"세 번째 결혼이오." 뒤쪽에서 목소리가 들렸다.

두 사람은 뒤로 돌아섰다. 키엘은 여전히 액자를 쥐고 있었다.

"존 재크스올시다." 대머리는 자기소개를 하면서도 딱히 악수를 하려 하지는 않았다. 그 대신 바지주머니에 양손을 찔러 넣고 문간 참에 그대로 서 있었다. "무엇을 도와드릴까, 형사 양반님들?"

"페이스 호킹이라는 환자를 맡으신 적 있죠?" 키엘이 액자를 서 랍장 위에 조심스레 내려놓으며 말했다.

"내가 받는 환자가 몇인데 이름까지 일일이 기억하고 있겠습니까."

레오는 주머니에서 사진을 꺼내 대머리 선생님에게 내밀었다. "이 여자요." 레오가 말했다.

의사 선생은 사진을 보려고도 하지 않았다. 그 대신 레오와, 그다 음 키엘과 한 번씩 시선을 맞춘 다음 말했다. "그냥 본론으로 들어 가시지 그러시오, 신사분들? 나는 바쁜 사람인데."

"그냥 이분 치아를 치료해주었는지, 또 누가 그 비용을 댔는지 알 고 싶어서 그럽니다." 레오가 말했다.

재크스 선생은 잠깐 사진을 내려다보았지만, 그 표정에서는 아무 것도 읽어낼 수 없었다. 그러더니 자신의 손목시계를 한번 쳐다보 았다. "이거 축객령 같아서 미안합니다만, 형사 양반님들도 내가 환 자의 정보를 함부로 제공할 수 없다는 사실을 잘 아셔야 합니다. 특 히 금전 관련 정보라면 더더욱 말이죠. 이제 실례가 되지 않는다면 내 볼일 보러 가고 싶습니다만."

하지만 키엘과 레오는 미동도 하지 않았다. "그 사진은 살인 사건 피해자요, 의사 양반. 무슨 정보라도 제공해준다면 수사에 도움이 될 겁니다."

"그것 참 안타까운 소식이오. 하지만……."

"이 여성은 말임다." 키엘이 의사에게 두 발짝 가까이 다가서면서 말했다. 콜로뉴 향수 냄새가 물씬 풍겼다. "메스암페타민 때문에 입이 뒤집어진 채 길바닥에서 구르던 사람임다. 의사 선생님도 아시겠죠. 그런 입은 한번 보면 절대 잊을 수가 없거등요. 그냥 치아 미백 시술비를 내준 사람이 누군지만 말씀해주시면 됨다, 선생님. 그러면 당장 선생님 머리처럼 말끔하게 사라져드리겠슴다."

의사는 새하얀 치열을 드러내며 사나운 미소를 지었다. 착 가라앉은 눈빛에서 냉기를 흘리며. "말씀드렸다시피 환자의 정보는 기밀 사항입니다."

"그럼 나중에 영장 받아서 다시 오죠."

"그렇게 하시죠. 안녕히 가시지요, 신사분들."

키엘과 레오는 재크스 선생의 사무실에서 환자 대기실로 나왔다. 진료를 보러 온 환자들은 두 형사에게 대놓고 호기심 어린 눈길을 던졌다.

비 내리는 길거리로 나오면서 키엘이 말했다. "사람 소름 끼치게 하는 데는 일가견이 있는 의사네요."

"하지만 일단 치과의사는 제대로 찾은 것 같은데." 레오가 말했다. "전직 약쟁이가 그런 아파트를 구하거나 존 재크스 선생 같은 의사한테 치료를 받을 만한 형편이 될 리가 없지. 돈 많은 호구 하나 제대로 꼬인 모양이야."

"아니면 포주가 선불을 댕겨서 깔끔하게 꾸며줬을 수도 있져. 일하면서 갚으라고 말임다. 솔직히 '항구의 피신처'에서 찍힌 최근 사진을 보아하니 호킹은 꽤나 말끔해 보이거든여."

레오는 눈살을 찌푸린 채 키엘을 바라보았다. "어떤 손님이 그 이빨 달린 메두사 아가리에 한번 박겠다고 치과 치료비를 통째로 내줘? 그건 한번 생각해봐야겠는데."

주차장에서 키엘은 자동차 문을 원격으로 열면서 말했다. "뭐, 확실한 근거도 없이 저 대머리 선생의 장부를 뒤지겠답시고 영장을 받기는 힘들 것 같슴다만."

"그럼 근거를 찾으면 되지." 레오가 조수석 문을 열었다. "누군가 분명 이빨 치료비를 대신 내줬고, 내 촉에 따르면 재크스 선생은 그게 누군지도 알고 있거든."

+

앤지와 매덕스가 오크 베이 컨트리클럽에 도착할 즈음에는 이미 해가 뉘엿뉘엿 지고 있었다. 시간은 아직 오후지만 원래 이 계절에는 해가 짧으니까. 하얀색 실내 테니스장은 겨울의 어둠 아래서 꼭 외계 우주선처럼 기이하게 빛나고 있었다.

"영장도 없는데 회원 정보를 털 수 있으려나 모르겠네." 앤지는 매덕스와 함께 대형 유리문을 지나며 말했다. 깔끔하게 타일이 깔린 접수 구역에서는 잔잔한 음악이 흐르는 가운데, 이따금 테니스

라켓과 공이 '픽' 하고 부딪히는 소리가 들려왔다. 접수처 데스크 쪽에서 조각상 같은 외모의 금발 여성이 이쪽을 쳐다보고는 새하얗고 완벽한 치열을 드러내며 미소를 지었다. 앤지는 여성의 구릿빛 피부를 보면서 이 클럽의 태닝 베드에서 태웠나 보다, 생각했다.

매덕스가 접수처의 미스 스웨덴 양에게서 존 잭스에 대한 정보를 캐내는 동안 앤지는 테니스 공 치는 소리가 나는 쪽으로 다가갔다.

"안녕하세요." 그러다 앤지는 한 무리의 청소년들과 함께 코트에서 나오던 코치를 보고 미소를 지으며 인사했다. 나이는 대략 30대 후반 정도로 보였는데, 쫙 빠진 근육질의 몸매 하나는 꼭 그리스 신화에 나올 법한 미청년이 피부를 구릿빛으로 태운 모양새였다. 사용하는 장신구류도 비싼 브랜드인 데다 갈색 머리는 꼭 서핑 선수처럼 금발 염색을 넣은 듯했다. 앤지는 상대의 셔츠에 달린 이름표를 확인했다. "서지 라디코프 코치님, 이거 만나서 반갑네요. 릭 버틀러를 코치하신다고 들었는데."

라디코프는 앤지를 위아래로 훑더니 미소를 지었다. 참으로 솔직하고 뻔한 시선이었다. 앤지가 제대로 짚었다. 상대는 진성 바람둥이였다. "릭이요? 아주 재능 있는 아이죠. 특별히 아끼는 제자 중 하나랍니다." 동유럽 악센트가 묻어나오는 목소리였다.

"선후배처럼 후원도 해주면서 알뜰하게 챙겨주신다고 들었는데요."

라디코프는 목에 걸려 있던 흰색 수건 끄트머리로 얼굴을 한번 닦고 물병의 물을 한 모금 마셨다. "릭은 아주 특출나요. 테니스로 대성할 녀석인데. 이 클럽도 그렇고, 제 레슨도 그렇고 자력으로 받을 형편이 못 되죠."

앤지는 펜스 쪽으로 다가가 애들 몇몇이 테니스공 발사대를 조작하는 걸 바라보았다. "그래서 릭이랑 같이 그렇게 유명세를 타고 계시는군요. 그러면 존 잭스도……." 앤지는 몸을 돌려 코치를 마주했다. "같이 코치하고 계시나요?"

라디코프가 잠시 말문이 막힌 동안 '퍽' 하고 공 치는 소리가 났다. 테니스 공이 날아와 앤지의 얼굴 가까이에 있던 펜스에 부딪혔다. 앤지는 깜짝 놀라 몸을 움츠렸다.

"저는 이 클럽 코치입니다." 라디코프가 말했다. 눈빛에 경계심이 깃들어 있었다. "누구든 레슨을 받고 싶어 한다면 기꺼이 돈을 받고 해주죠." 다시 한 번 침묵. "누구시길래 이런 질문을 하십니까?"

"앤지 팔로리노입니다." 앤지는 더 큰 미소를 지으면서 악수를 청했다. "빅토리아 시경 소속이죠. 잭스가 버틀러와 어울린다는 이야기를 들어서요."

라디코프는 재빨리 어깨 너머를 바라보았다. "이거 대체 뭡니까?"

"잭스가 버틀러의 전 여자친구인 그레이시 드루먼드와 사귀었답니다. 그런데 드루먼드가 살해당하는 바람에 저희는 지금 드루먼드가 죽기 몇 주 전까지의 행적을 쫓고 있습니다."

상대는 앤지를 멍하니 쳐다보더니 입을 열었다. "그…… 그 뉴스에 나오던 공동묘지 소녀 얘기입니까?"

앤지는 상대의 눈을 똑바로 바라보았다. "드루먼드는 버틀러가 연습하는 걸 구경하려고 여기에 자주 왔었답니다. 그러다가 잭스를 만난 걸로 알고 있고요."

"이게 저랑 다 무슨 상관이랍니까?"

옆으로 매덕스가 다가오는 모습이 보였다. "잭스는 어디 있습니까?" 앤지가 말했다.

라디코프의 얼굴이 즉시 딱딱하게 굳었다. "죄송합니다만 여기 서는 클럽 회원이나 고객들과의 친목 도모가 허가되지 않습니다. 물론 제 계약상 그분들에 대해 함부로 발설해서도 안 되고요." 코치는 벤치에서 가방과 라켓을 낚아채더니 성큼성큼 걸어가버렸다. 앤지는 그 뒷모습을 바라보았다. 다리 하나는 죽여줬다. 진짜 죽여주게 잘 빠진 다리였다. 그리고 엉덩이도.

매덕스가 다가와 앤지가 쳐다보는 방향을 따라서 바라보았다. 앤지가 매덕스에게 눈길을 돌리자 짙은 남색의 눈동자가 자신과 시선을 맞춰왔다. 그 눈 속에는 뭔가 낯설면서도 뚜렷한 기운이 요동치고 있었다.

"저 코치랑 그 클럽에서 만났으면 어땠을 것 같아요?" 매덕스가 말했다.

"그 주제는," 앤지가 조용히 말했다. "앞으로 다시는 꺼내지 말아요." 그러고는 출구 쪽을 향해 빠르게 걸어갔다. 갑자기 심장이 거세게 뛰기 시작했다. 뭔가 방어적인 분노와 함께 수치심 비슷한 감정이 차오르기 시작했다. 앤지는 매덕스가 자신의 '그런 면'까지 알고 있다는 게, 그 사실로 자신을 판단하고 있다는 게 싫었다. 또, 하필이면 일터에서 그런 주제를 다시 꺼냈다는 게 싫었다. 하지만 제일 싫은 점은 앤지 자신이 매덕스의 그런 생각에 신경을 쓰고 있다는 사실과 거기 내포되어 있을지도 모를 또 다른 사실이었다.

앤지는 어둑해진 바깥으로 나와 비를 맞으며 매덕스의 차 옆에서 파트너를 기다렸다. 매덕스가 건물에서 나와 차 문을 열 즈음 앤지는 이미 흠뻑 젖어 있었다. 하지만 아무 말도 않고 차에 올라탔다. 매덕스는 앤지가 자리에 앉을 때까지 기다렸다가 시동을 걸고 히터를 틀어준 다음, 개를 데리고 나가 길모퉁이까지 산책을 시켰다. 다시 돌아온 뒤에도 임팔라 뒷좌석에서 꺼낸 개밥그릇에 물을 채워 개의 목을 축여주었다.

"미스 스웨덴 양한테서는 건진 거 있어요?" 앤지가 운전석에 앉은 매덕스에게 물었다.

"크리켓 친다던데요. 테니스 코치는 뭐랍니까?"

앤지는 이를 앙다물고는 매덕스가 차를 도로로 빼는 동안 창밖을 바라보았다. "존 잭스는 예상대로 클럽 회원이었어요. 서지 라디코프가 코칭해주고 있었고. 내가 경찰이라는 걸 알자마자 합죽이가 되던데요. 릭 버틀러를 대면하면 더 많은 정보를 얻을 수 있겠어요."

매덕스는 본서로 가는 도로를 타는 대신 좌회전하면서 뒷좌석을 더듬기 시작했다. 하지만 두 눈은 전방을 주시하고 있어서 자꾸 헛손질만 하는 것 같았다.

"지금 우리 어디 가는 거예요?"

"뒤에 저거 좀 집어줄래요?

"뭘 집어달라고요?"

"내 자리 뒤에 있는 담요. 잭 오한테 좀 덮어줘요. 온도가 점점 떨어지고 있는데, 지금 애 털을 다 밀어놓은 바람에 까딱하면 감기 걸릴 거예요. 안 그래도 다리 수술 때문에 면역력도 떨어져 있을 텐데."

앤지는 눈살을 한번 찌푸려주고는 뒷좌석의 담요를 집었다. 개에게 담요를 덮어주자 녀석이 입질을 했다. "이 멍청한 똥개가. 날 물려고 했어요."

매덕스의 입가에 미소가 걸렸다.

"뭐요? 이게 재밌어요?"

"당신이 자기 싫어하는 줄 아나 본데요."

"당연히 싫어하죠. 예쁜 구석이 어디 있다고?"

매덕스가 앤지를 곁눈질로 쳐다보았다.

"아니, 한번 말해봐요. 왜 이 녀석을 좋아하는 거예요?" 앤지가 말했다.

"사실을 듣고 싶어요?"

"네, 사실대로."

"저 녀석을 보고 있으면 기분이 좋아지거든요. 내가 쟤 삶에 변화를 만들어준 것 같아서." 매덕스는 어깨를 한번 으쓱이고는, 모퉁이를 하나 더 돌아 빨간불에 걸리자 차를 세우고 앤지를 바라보았다. "가끔씩은 이 직업에서 만드는 변화보다도 더 크게 느껴져요."

앤지는 문득 며칠 전 아버지와 나누었던 대화가 떠올랐다.

'난 나쁜 놈들은 싹 다 잡아넣어요. 그리고 유능하기도 하고요, 아빠. 완전 유능해. 전 분명 변화를 만들고 있어요.'

'그러냐?'

'응, 그래요. 가끔은 그래요……'

앤지는 자신이 지켜주지 못했던 아이, 티피를 생각했다. 마찬가지로 무력하게 잃어야 했던 해시도 생각났다. 그리고 자신이 해시를 얼마나 그리워하는지도. 로나 드루먼드의 두 눈 속에서 보았던 비통한 자책감, 바닥으로 무너져 내리면서 냈던 통곡 소리도 생각났다. 이 모든 기억들이 갑자기 앤지의 어깨를 무겁게 짓눌렀다.

"우리 지금 어디 가는 거예요?" 앤지는 좀 더 조용해진 목소리로 다시 한 번 물었다.

"잭 오를 내려주려고요. 버지악이 오늘 마무리 브리핑 자리에서 피자를 사 주기로 했고, 드디어 우리 잭 오를 돌봐줄 돌보미를 찾았거든요. 이번 사건이 좀 잠잠해질 때까지 선착장에 있는 어르신 중 한 분이 맡아주기로 했어요."

"선착장이요?"

"서쪽 항에 있는 거요. 지금 거기 매어둔, 오래된 스쿠너 요트에서 살고 있거든요. 인테리어를 해보려고는 하는데 아직 별 진전이 없어요. 어디 하나 고쳐놓으면 다른 데가 계속 터져서. 날씨가 좀 풀리면 더 쉬워지지 않으려나 싶기도 하고."

"그럼 배도 몰아요?"

매덕스는 가볍게 코웃음을 쳤다. "항상 내가 꿈꾸던 은퇴였어요. 지니까지 독립하고 나면 와이프랑 같이 요트를 타고 다니고 싶었죠. 해안을 따라서 배도 몰고, 괜찮아 보이는 해안이 나올 때마다 배를 세우고. 카약도 타고, 낚시도 하고." 그렇게 매덕스는 잠시 아무 말도 없이 몇 블록을 지났다. "그러다 결혼생활이 끝났죠. 이 직업이 결혼 관계에는 쥐약이거든요."

앤지는 결국 호기심을 이기지 못했다. "이혼하셨어요?"

"아주 지저분하게 이혼 중이에요. 어쩌면 그래서 개를 키우는 것 아닌가 싶기도 하고. 최소한 개는 사람을 버리지 않으니까." 매덕스는 다시 한 번 입을 다물었고, 앤지는 아무래도 파트너의 아주 개인적이고 사적인 부분을 훔쳐보았다는 느낌을 받았다. 이건 너무 개인적인 부분이었다. 더 알기도 싫었다. 마음을 쓰기도 싫었고, 자꾸 피어나기 시작하는 이 감정을 느끼기도 싫었다. 하지만 기어이 다음 질문까지 던지고 말았다.

"그럼 결혼반지는 왜 아직도 끼고 있어요?"

"지니를 위해서요. 같이 브런치 먹으러 나가는 일요일에 끼고 나갔던 거예요. 애한테 보여주려고……. 말이 되는지는 모르겠는데,

아직도 애한테 엄마 아빠가 부부라는 걸 보여주려 노력하고 있는 것 같아요. 우리 애는 가정 파탄의 책임이 나한테 있다고 생각하거든요." 매덕스는 웃음을 터뜨렸지만 어딘가 공허하게 들렸다. "가끔씩은 상담사가 한 소리 할 것 같다는 생각이 들기도 해요. 내가 이미 고칠 수도 없이 망가진 것들에 집착하고 있다고. 고장 난 요트, 은퇴 계획, 뿔뿔이 흩어져버린 가족들 등등."

앤지의 가슴이 무겁게 뛰었다. 그래, 매덕스는 그날 밤 클럽에서 한번 놀아나 보자고 반지를 뺐던 게 아니었다. 그냥 애한테 보여주려고 반지를 낀 건데 곧장 살인 현장에 불려 나가서는 이번 사건에까지 휘말리게 된 거다.

"이러니까 내 차도 몰고 나왔어야 하는데." 앤지는 딱딱하게 말했다. "그러면 내가 본서로 복귀하는 동안 당신은 그 뭐냐…… 저 똥개랑 같이 볼일 보러 갈 수 있었잖아요."

29장

매덕스는 모퉁이를 돌아 항구로 내려가는 도로로 접어들었다. 마운트 세인트 아그네스 병동이 갑자기 시야에 들어왔다. 앤지는 움찔하더니 손목시계를 확인했다. 마음속에 갈등이 일면서 입이 바짝바짝 마르기 시작했다. "잠깐만!" 차가 병동의 정문에 가까워지자, 별안간 앤지가 외쳤다. "여기서 차 돌려줘요. 부탁이에요."

매덕스는 앤지를 힐끗 쳐다보고는 병동의 입구에 가까워지던 임팔라의 속도를 줄였다. 높은 벽과 커다란 강철 문으로 철통같은 보안을 하고 있는 시설이었다. "왜요?" 매덕스가 물었다.

"오늘…… 면회 가기로 약속했던 사람이 있어요. 딱 30분만 기다려줘요…… 그동안 개도 내려주고 올 수 있잖아요. 그런 다음 나 데리러 와줘요."

매덕스는 다시 한 번 앤지를 힐끗 쳐다보고는 마운트 세인트 아그네스 정신병원의 입구를 지나 천천히 차를 몰았다. 그렇게 병원의 현관 앞에 차가 섰다. 앤지는 잠시 망설이면서 무릎을 손으로 문질렀다. 갑자기 신경이 한껏 예민해지기 시작했다. 자신이 엄마를 사랑하는 만큼, 마음 한쪽에서는 지금 엄마의 정신이 어떻게 변하고 있을지 마주하기가 두려웠다. 이렇게 불안한 이유도 당장 자신에게 그런 변화가 나타나고 있다는 사실이 두렵기 때문이었다. 어쩌면 앤지 자신도 머지않아 이 석벽과 철문, 그리고 삭막하도록 새하얗고 거대한 콘크리트 건물에 갇히게 될지도 모를 일이었다.

"누가 입원해 계시는데요?" 매덕스가 물었다. 꼭 앤지 자신을 발가벗기는 듯한 기분이 드는 질문이었다.

"이건 사적인 문제예요." 앤지는 딱딱하게 말하면서 차 문으로 손을 뻗었다. "30분 내로 올 게요."

"시간이 더 필요하면 넉넉히 있다 와요."

"그럴 필요 없을 거예요." 앤지는 차에서 내려 문을 쾅 닫았다. 그리고 입구로 성큼성큼 걸어가는 동안 한 번도 뒤돌아보지 않았다.

+

간호사는 탁자와 책상이 옹기종기 모여 있는 큰 방으로 앤지를 안내했다. 환자들 몇몇이 의자에 앉아 있었다. 손을 꼼지락거리는 사람도, 중얼중얼하는 사람도 있었다. 하지만 그 외에는 전부 넋이 나간 채 혼자만의 세계에 빠져 있었다. 벽에는 관리인 한 명이 서서 모두를 감시하고 있었다. 창문 앞에 장식된 크리스마스트리가 가냘프게 빛났다.

"저쪽, 바깥으로 낸 창문 옆에 계세요." 간호사가 흔들의자 위에 미동도 않고 있는 구부정한 여성을 가리키며 말했다. 꼭 어두운 창유리에 비친 자신을 바라보고 있는 것 같았다. 앤지는 충격을 받고 곧장 간호사를 쏘아보았다.

"우리 어머니가 왜 여기서 이러고 있어요? 소지품이랑 같이 개인실을 배정받지 않으셨나요?"

"안타깝지만 환자분께서는 병실에 처음으로 홀로 남으시면서 약간 소란을 일으키셨어요. 흔히 있는 일입니다. 새로운 환경이 낯설기도 하고, 자기 자신이 어디 있는지도 모르고 다들 누구인지도 모른다는 게 두려우니까요. 지금은 잠시 감독차 여기 모신 거예요." 간호사는 잠시 뜸을 들였다. "환자분께서는 지금 집중 투약 처방이 내려진 상태입니다, 팔로리노 씨. 그래서 정신이 완전히 뚜렷한 상태는 아니지만, 그래도 익숙한 친인척을 본다면 도움이 될 수도 있겠죠. 하지만 환자가 불안해한다면 그냥 조용히 물러나서 담당자에게 알려주세요."

"누가 처방을 내렸습니까? 투약 양은 또 누가 결정했어요?"

"담당 의사 선생님께서 보호자분과의 면밀한 상담 끝에 내리신 결정입니다. 배우자분께서 거의 하루 종일 여기 계셨어요."

온갖 감정과 죄책감이 앤지를 얼마나 세게 후려쳤는지 숨도 쉬지 못할 지경이었다. 앤지는 잠시 심호흡을 하느라 온 신경을 집중해야 했다. "감사합니다." 앤지는 천천히 창가 쪽으로 다가갔다. 엄마의 희끗희끗해진 머리카락은 예전과 같은 딸기빛깔의 금발이 아니라 흐릿한 오렌지색에 더 가까워져 있었다. 뼈가 앙상한 어깨에는 하얀 가운이 걸쳐져 있었고, 얼굴에는 습관적으로 하던 화장기도 전혀 없었다. 얼룩덜룩한 검버섯이 올라온 피부는 온통 건조하고 주름져 있었다. 꼭 앤지가 마지막으로 엄마를 본 지 단 몇 시간 만에 수십 년은 늙어버린 것 같았다.

"엄마?"

엄마가 흔들의자를 흔들기 시작했다. 빨리, 더 빨리.

앤지는 스툴을 하나 끌어와서 엄마를 마주 보고 앉았다. "어떻게 지내요?" 그리고 미소를 지었다.

엄마는 의자 흔들기를 멈추고 앤지를 빤히 쳐다보았다. 꼭 처음 보는 사람인 것처럼. 눈의 초점이 맞지 않았다. 정신이 또렷하지 않은 것이리라. "누구야?" 엄마가 살짝 어눌하게 말했다. "나 알아?"

"앤지야."

"앤지?" 엄마는 미간을 찌푸리고는 자리에 앉아 앤지를 멍하니 쳐다보았다. 얼굴에 천천히, 슬픈 미소가 번지기 시작했다. "나도 옛날에 어린 딸이 하나 있었는데…… 이름이 앤지였다오. 정말 예쁜 여자아이였지. 정말 사랑스러운 아이였어. 그런데…… 그냥 없어져 버렸어." 엄마는 흐느끼면서 다시 의자를 흔들기 시작했다. 얼굴은 온통 고통스러운 표정으로 일그러졌고, 양손은 팔걸이를 꽉 움켜쥐고 있었다. 흐느낌은 점점 커졌고 의자도 점점 거칠게 흔들렸다.

앤지는 앞으로 몸을 숙여 엄마의 한 손을 자기 손으로 가만히 덮으면서 엄마를 진정시켰다.

"괜찮아, 엄마. 나 여기 있어."

"천사들이 다시 데려왔어. 데려와주었어. 거기 있으면 안 되었던 거야. 그래서 다시 돌려보내줬어."

"누구? 지금 누구 얘기 하는 거야, 엄마?"

"앤지."

앤지의 마음속에 어두운 두려움이 스며들었다. "앤지가 어디 있으면 안 되었는데?" 엄마에게 물었다.

"천국. 이탈리아. 주님이랑. 실수한 거야. 아직 주님 곁에 있으면 안 되었는데. 그래서 다시 데려왔어." 엄마의 얼굴에 슬프고 애통한 미소가 번졌다. 그러면서 몸을 흔들던 것도 멈췄다. "크리스마스이브였지. 그때 다시 돌아왔어. 대성당에서 노래를 부르고 있었는데…… 정말 아름다운 성당이었어. 다 운명 지어졌던 거지." 엄마는 두 눈을 감고 앤지에게 희한하게 익숙한 콧노래를 흥얼거리기 시작했다. 하지만 무슨 노래인지 집어낼 수가 없었다. 서늘한 두려움이 더 깊이 스며들어왔다.

"무슨 성당 얘기 하는 거야, 엄마?"

"눈이 오고 있었어." 엄마가 부드럽게 말했다. "천사들이 다시 데려온 바로 그날. 꼭 말구유에 누인 아기처럼 상자에 담겨 있었어."

"엄마, 나 좀 봐. 제발."

엄마가 반짝 눈을 떴다. 그러더니 혼란이 깃든 눈빛으로 앤지를 똑바로 보려 애썼다. "넌 누구니? 너…… *알 것*…… 같은데……."

앤지는 부드럽게 미소를 지었지만 심장은 숫제 망치질하는 것처럼 쾅쾅 뛰고 있었고, 피부에는 온통 식은땀이 흥건했다. 앤지의 머릿속도 온통 혼란으로 가득 차 있었다……. 지금 엄마가 하는 말이 그저 정신병자의 횡설수설이 아니라고 자신의 육감이 외치고 있었다. "나도 엄마 알아." 앤지는 엄마의 두 손을 꼭 잡으며 말했다. "하지만 엄마 입으로 *누군지* 말해줄래요?" 앤지가 시험 삼아 물어보았다.

앤지의 엄마는 제자리에 앉아 골똘히 생각에 잠겼다. "나는 앤지 엄마인데. 되게 예쁜 딸이 하나 있어."

앤지의 두 눈에 감정이 뜨겁게 올라왔다. "맞아. 딸 있어."

"너도 알아?"

"알지."

엄마는 그 대답이 흡족했던 모양인지 다시 표류하기 시작했다. 평온한 표정으로 눈을 감고는, 부드러운 메조소프라노로 찬송가를 부르기 시작했다.

"*아베 마리아*…… *그라티아 플레나, 도미누스 테쿰*……."

앤지는 침을 꿀꺽 삼켰다. 뼛속까지 기이한 공포로 얼어붙는 것 같았다.

엄마가 다시 몸을 흔들기 시작했다. 천천히, 천천히. "*베네딕타 투 인 물리에리부스*……."

"엄마?"

"엣 베네딕투스, 프룩투스 벤트레스 투이, 예수⋯⋯."

"엄마!"

"산타 마리아, 산타 마리아, 마리아⋯⋯."

앤지는 완전히 공황에 빠졌다. 진즉 여기서 나갔어야 했다. 지금 당장이라도. 머릿속에서 여성의 목소리가 울렸다. 비명을 지르고 있었다⋯⋯ 생소한 외국어로, 하지만 이제는 알아들을 수 있는 말로⋯⋯.

'우체카이, 우체카이!⋯⋯. 도망쳐, 도망쳐! 스카쿠이 도 쉬롯카, 스입코!⋯⋯. 안으로 들어가⋯⋯ 셰즈 치코!⋯⋯. 조용히 있어!'

"나⋯⋯ 나 다시 올게." 앤지는 휘청거리며 일어서서 방 건너편의 출구를 바라보았다. "진짜 최대한 빨리 다시 올게요. 다음에는 더 나아질 거야. 정말로." 앤지는 고개를 숙여 엄마의 뺨에 입을 맞추었다. 그런 다음 서둘러 문을 향해 걸어갔다. 가슴이 두방망이질하고 있었다. *'이 씨발, 대체 뭐야?'*

+

매덕스는 마운트 세인트 아그네스 병동의 주차장에 앉아 팔로리노를 기다리고 있었다. 차 엔진이 식지 않게 시동을 걸어둔 채.

그때 별안간 조수석 문이 거세게 열리더니 팔로리노가 한기를 풀풀 풍기며 들어왔다. 그러고는 문을 쾅, 닫고 청바지로 감싼 무릎을 문질렀다. "기다려줘서 고마워요." 앤지는 앞을 똑바로 쳐다보며 말했다.

"원 세상에, 깜짝 놀랐잖아요." 매덕스가 너털웃음을 터뜨렸다. "병동에서 나오는 걸 못 봤는데? 다른 문으로 나올 줄 알았거든요."

앤지는 애써 매덕스의 시선을 외면하면서 안전벨트를 맸다.

"다 괜찮아요?"

앤지는 입을 문질렀다. "네, 네. 괜찮아요." 그리고 매덕스 쪽을 돌아보는 얼굴에는 이미 업무용 표정이 떠올라 있었다. "개는 데려다주고 왔어요?" 앤지가 말했다.

매덕스는 상대를 꼼꼼히 뜯어보았다. 앤지 역시 자신을 분석하는 듯한 시선을 눈 하나 깜짝 않고, 거의 의연할 정도로 받아냈다. 두 사람 사이에 무언의 기류가 흘렀다. 매덕스가 입을 열었다. "네, 데려다췄죠." 그러고는 핸들을 잡았다.

본서로 돌아가는 길에 매덕스가 조용히 말했다. "당신 기다리는 동안 버지악한테서 업데이트를 받았어요. 레오랑 홀거슨이 호킹의 아파트를 찾았는데…… 깔끔해졌대요."

"*깔끔해졌다니* 무슨 뜻이에요?"

"11일 전에 호킹이 전화해서 퇴실 통보를 했다나요. 이삿짐센터에서 밴을 보내 물건을 싹 다 가져갔답니다."

"그럼 11일 전까지는 살아 있었다는 건가요?"

"아니면 호킹인 척하는 누군가가 전화해서 퇴실 처리를 했을지도 모를 일이죠. 홀거슨이랑 레오 말로는 호킹의 치아를 치료해준 치과의사도 찾았다고 합니다." 매덕스는 앤지를 흘끗 바라보았다. "의사 이름이 뭔지 압니까?"

"뭔데요?" 앤지가 매덕스를 빤히 바라보며 말했다.

"존 잭스요. 아니, 정확히는 존 재크스라고 합디다."

"드루먼드의 남자친구 말이에요?!"

"아무래도 재크스 선생한테는 아들이 하나 있는 모양이에요. 그럼 존 재크스 주니어가 되겠죠. 나이는 스물두 살이랍니다. 레오하고 홀거슨이 존 재크스네 아빠 뒷조사를 좀 해봤는데, 오크 베이 컨트리클럽의 이사진이면서 예전에 조직범죄와 관련해 조사를 받은 경력이 있다는군요. 돈세탁, 탈세, 판사 매수 등등. 하지만 걸린 게 없었어요. 법원에서도 무죄를 선고했다고 합니다."

앤지는 가볍게 휘파람을 불었다. "그럼 치과의사하고 아드님께서 우리의 두 희생자들, 그레이시 드루먼드와 페이스 호킹의 연결고리가 될 수도 있겠는데요."

"그리고 〈시티 선〉 기자, 메리 윈스턴이라는 사람이 페이스 호킹의 아파트에도 나타났다고 하는데. 거기 있던 홀거슨이랑 레오하고 정통으로 마주쳤답니다. 무슨 수를 썼는지는 모르지만 우리 희생자의 신원과 주소를 알아낸 거예요." 매덕스가 다시 한 번 파트너를 바라보았다. "이렇게 내부 정보가 새고 있는데, 어떻게 생각해요?"

"이게 내부 정보 유출이라면 진짜 제대로 칼을 갈고 있었던 거예요." 앤지가 말했다. "윈스턴의 정보원이 어떤 놈이든 간에 빅토리아 시경 내부 인사 하나를 제대로 담그고 싶거나, 아니면 시경 전체를 박살 내려는 속셈인 거죠."

"놈이라고 단정 지을 수는 없죠, 년일 수도 있는데."

"그게 무슨 말이에요?"

"지금 들은 말 그대로예요."

"내가 유출자라는 말이에요?"

"당신이 빅토리아 시경의 유일한 여성 경찰은 아닐 텐데요, 팔로리노."

앤지는 이글거리는 눈으로 매덕스를 쏘아보았다. "이 사건의 정보를 알고 있는 여성 경찰은 나밖에 없어요."

"아닌데요. 기술 지원 직원이 하나 있잖아요. 그리고 다른 경찰들하고 긴밀하게 얽힌 친인척들도 있을 거고. 경찰들도 집에 가면 결국 입이 가벼워지기 마련이죠. 싫든 좋든 결국 벌어진 일이에요."

앤지는 입을 꾹 다물었다. 와이퍼 돌아가는 소리와 웅웅거리는 히터 소리만이 차 안을 메웠다.

"나 믿죠?" 잠시 후 앤지는 조용히 입을 열었다.

"파트너는 믿어야죠." 매덕스는 다시 한 번 앤지를 바라보았다. "파트너는 원래 서로의 등을 지켜주는 사람이에요."

30장

수사본부의 공기는 온갖 체취와 젖은 코트, 옷에 깊이 밴 담배 냄새와 눅눅해진 머리카락 냄새로 후텁지근하게 가라앉아 있었다. 여기다 골판지 상자에 담겨온 피자의 느끼한 치즈, 이스트, 마늘, 페퍼로니 냄새까지 합쳐지니 정말 돌아버릴 것 같았다. 앤지는 냉수를 한 잔 들이켜고는 화이트보드와 가까운 앞자리에 앉았다. 엄마가 횡설수설 내뱉던 기이한 단어들이 아직도 머릿속에서 맴돌고 있었다. 그리고 그 찬송가…… 원래는 성모 마리아를 기리는 아름다운 노래여야 했는데. 앤지는 수사본부에 들어오기 전에 엄마가 부르던 노래 가사의 번역 버전을 폰으로 한번 찾아보았다.

'은총이 가득하신 마리아님

기뻐하소서

주님께서 함께 계시니

여인 중에 복되시며

태중의 아들 예수님 또한 복되시나이다…….'

앤지 자신이 이 노래를 듣고 혼란에 빠졌던 이유는 지금 맡고 있는 사건이 지극히 종교적이기 때문일까? 성모 마리아의 암시 때문일까? 그레이시 드루먼드가 성모상의 발치에 누워 있었기 때문일까? 아니면 계속해서 나타나는 환상, 머릿속의 목소리, PTSD 증상, 매덕스에 대한 성적 갈등, 엄마의 정신 건강에 대한 불안에다 이번 살인 사건과 과거의 성폭행 사건이 서로 연관되었다는 등의 모든 악조건 때문일까? 계속해서 쌓여가는 스트레스가 마침내 정신을 헤집어놓기 시작한 걸까?

앤지는 다시 한 번 엄마가 이탈리아를 언급했던 부분을 떠올렸다. 앨범의 사진 뒤에 쓰여 있던 날짜의 불일치와 어린 시절 겪었던 자동차 사고의 기억이 파편적으로 되돌아오는 걸 생각하면…… 점점 더 불안해졌다. 게다가 머릿속에서 계속 울려대는 그 목소리는 대체 뭐란 말인가?

'우체카이, 우체카이!……. 도망쳐, 도망쳐!……. 스카쿠이 도 쉬롯카, 스입코!……. 안으로 들어가. 셰즈 치코!……. 조용히 있어!'

이게 대체 어느 나라 말이란 말인가? 아니, 애초에 앤지는 왜 그 말이 무슨 뜻인지 알아들을 수 있는 것일까?

버지악은 수사본부 앞쪽의 화이트보드로 돌아와 꼭 판사가 망치를 두드리듯 주먹으로 탁자를 쾅쾅 쳤다. 화이트보드 옆에는 커다란 모니터가 하나 마련되어 현재 수사와 관련된 다양한 요소들의 사진과 정보들을 시각적으로 보여주고 있었다. 검은 머리에 존 레논 안경을 낀 50대 후반쯤의 남성이 모니터 근처의 탁자에 올려둔 노트북을 분주하게 조작하고 있었다. 모니터에 자기 바탕화면을 띄워놓은 것을 보니 프레젠테이션이라도 준비하고 있는 것 같았다. 피츠도 있었다. 벽에 딱 붙여놓은 의자에 앉아 주위를 관망하는 듯했다.

다른 형사들도 차차 수사본부에 들어와 여기저기 앉기 시작했지만, 앤지의 옆자리는 계속해서 비어 있었다. 꼭 불가촉천민으로 취급당하는 느낌이었다. 결국 매덕스가 옆에 와서 앉았다. 자리에 앉던 매덕스의 팔이 자기 팔과 부딪치자, 앤지는 자신도 모르게 몸을 움찔했다. 그 체온과 탄탄한 존재감을 그대로 느낄 수 있었다. 붉은 조명이 비추던 방에서 벌거벗은 매덕스의 모습이 안 그래도 음침하고 심란한 머릿속에 다시 떠올랐다. 앤지는 깊게 심호흡을 했다.

욕망이란 참으로 까다로운 짐승이다.

애초에 성욕에 중독된 상태였고, 익명의 섹스도 손쉽게 해치우던 일상이었다. 하지만 이건…… 지금 느끼기 시작한 이 감정은 완전히 달랐다. 이렇게 무방비한 허점, 상대의 인정을 받고픈 욕구, 점점 싹트기 시작하는 애착의…… 감정이란. 당장 매덕스에게서 떨어져야 했다. 파트너를 새로 구해야 했다. 또다시 가까운 사람을 잃는 위험을 감수할 수는 없었다. 게다가 동료와 다시 한 번 그렇고 그런 관계로 발전하는 것은 자기 스스로도 용납할 수 없었다. 앤지는 지금 자신의 정신 상태가 현재 상황에 제대로 대처하지 못하리라는 것을 본능적으로 알고 있었다.

"좋아." 버지악이 말했다. "지금 어디까지 파악됐나? 일단 부검 결과부터 시작해보지…….."

버지악이 입을 열자 후끈하고 눅눅한 공기가 더욱 짙어지기 시작했다. 앤지의 머릿속은 어지러워지고 시야는 점점 좁아졌다. 버지악의 목소리는 거의 알아들을 수도 없는 웅얼거림으로 변해버렸다. 앤지는 스웨터의 목깃을 펄럭이면서 어떻게든 버지악의 말에 집중하려 애썼다.

"……위장에 미처 소화되지 않은 채 남아 있던 음식물을 보면 호킹은 사망하기 2~3시간 전에 식사를 했다는 점을 알 수 있다." 버지악이 말하고 있었다. 앤지는 자신이 완전히 넋을 잃고 있었다는 사실을 깨닫고 충격을 받았다. 대체 얼마나 정신이 나가 있었는지 감도 잡히지 않았다. 공황이 찾아오는 것 같았다. '망할, 정신 차리란 말야.'

"……잔여 음식물의 DNA를 분석한 결과 *투버 마그나툼*, 그러니까 검은 송로버섯이 포함된 식사를 섭취한 것으로 보인다. 원산지는 남유럽인 것으로 보이고……. 그리고 고베 소고기, 특히 일본 효고현의 다지마 소에게서 얻는 고기의 흔적도 나왔다." 버지악은 메모로부터 시선을 들었다. "우리 익사체는 죽기 2~3시간 전에 아주 비싼 밥을 먹었다는 뜻이다." 그러고는 다시 보고서를 눈으로 훑기 시작했다. "아직 더 전문적인 분석을 기다리고는 있지만, 비닐에 함께 싸여 있던 동물의 털은 염소의 털인 것으로 파악되었다. 그것도 가축화된 염소다. 겨울을 날 때 자라는 외피의 털과 부드러운 내피의 털까지 전부. 또, 호킹의 음모에서 인간의 체모 흔적도 발견되었다. DNA 핵 및 미토콘드리아 테스트에다 현미경 관찰까지 더해진 결과, 체모가 검은 백인 남성, 구체적으로는 남자 둘의 하복부와 허벅지로부터 떨어진 음모인 것으로 파악되었다. 두 DNA 모두 기존의 전과 시스템에서 일치하는 프로필을 찾을 수 없었다."

"또, 두 남성 중 하나의 체모는 피해자의 몸에서도 발견되었다. 따라서 아직 신원이 파악되지 않은 남성이 두 명 있는 셈이지……." 버지악은 잠시 뜸을 들이면서 입술을 오므린 채 보고서 페이지를 이리저리 넘기다가, 마침내 자신이 읽으려고 했던 부분을 찾아냈다.

"이건 나뭇잎 파편, 그러니까 참나무과 *참나무속의 나뭇잎 쪼가리다.* 흔히들 개리 오크라고 부르는 나무지. 게다가 비닐에서 채취된 식물의 씨앗은 농업용 잔디 종자다. 이 점과 개리 오크의 나뭇잎을 종합해보면, 아마 남쪽 섬이나 해안 만의 섬에서 보기 드물게 나타나는 얕은 토양의 생태계가 사건과 관련되어 있음을 시사한다. 그래서 수색 구역을 최소화하고자 이미 식물학자 한 분을 초빙한 상태다."

버지악은 물잔의 물을 한 모금 마셨다. "아직 블루뱃저 베이커리 인근의 현장 조사에서는 아무것도 나오지 않았다. 드루먼드가 공격당한 지점을 자주 지나던 행인에게도 알리바이가 있었다. 그리고 지난 토요일 저녁에 드루먼드를 따라 내린 승객이 누군인지는 아직도 밝혀지지 않았다. 하지만 법의학팀이 가스 공장의 골목을 수색하던 중, 드루먼드의 DNA와 일치하는 체모 및 혈액 증거와 코트에서 떨어진 단추를 찾아냈다. 드루먼드의 의류에서 채취한 금발 체모에 대한 조사는 아직 진행 중이다." 버지악은 시선을 들었다.

"인접한 주차장에서는 다양한 타이어 자국이 발견되었으며, 그중에 세단과 SUV의 바큇자국은 꽤나 최근에 만들어졌다. 전부 드루먼드가 가스 공장의 골목에서 기습 및 제압을 당한 뒤, 차에 실린 채 다른 장소로 옮겨져 성폭행 및 시체 훼손을 당하고, 마지막으로 로스만 공동묘지에 실려 왔다는 이론을 뒷받침해준다. 공동묘지 길 건너의 세븐일레븐에서 확보한 CCTV 영상에 따르면 일요일로 넘어가는 자정쯤에 검은색 SUV 한 대가 공동묘지의 입구를 천천히 빠져나가는 모습이 포착되었다. 전문가들의 소견에 따르면 최신의 고급형 렉서스 LX570인 것으로 파악된다. 영상을 분석한 결과 번호판의 일부를 식별할 수 있었는데, 아마 BX로 시작하는 번호인 것으로 보인다."

형사들이 웅성거리기 시작했다. 이건 돌파구가 될 만한 단서였다. 버지악은 렉서스가 찍힌 저화질 흑백 사진을 화이트보드에 붙였다. 그 옆에는 훨씬 더 화질이 떨어지는 번호판의 사진이 붙었다.

두 사진을 바라보는 앤지의 머릿속에서 뭔가 신경 쓰이는 기억이 떠오르기 시작했다.

"세븐일레븐의 CCTV 영상은," 버지악이 말했다. "로스만 공동묘지 현장 근처의 주민들을 탐문한 증언과도 일치한다. 불면증이 있는 노인 여성의 증언에 따르면 그날 밤 창밖을 바라보다가 공동묘지 입구 근처에 검은색 SUV가 한 대 주차되어 있는 걸 목격했다고 한다. 드루먼드가 발견된 위치와 가까운 곳이다."

버지악은 양 주먹을 탁자에 댄 채 체중을 앞으로 실었다. 검은색 두 눈이 형사들을 강렬하게 바라보고 있었다. "법의학 기술팀에서는 현재 존슨로 다리의 CCTV에서 확보한 영상을 샅샅이 분석하면서, 드루먼드가 빅토리아 웨스트에서 납치당하던 시점에 동쪽이나 서쪽으로 이동 중이던 렉서스와 그 번호판을 건질 수 있는지 확인 중이다."

앤지가 목을 흠흠 가다듬었다. "저희가 라라 페닝턴을 심문하려고 거주지를 방문했을 때 창문이 선팅된 검은색 렉서스 SUV 한 대가 길 건너에 주차되어 있었습니다만. 상대는 제가 눈치챈 것 같으니까 차를 빼더군요. 번호판까지 보지는 못했지만 페닝턴도 창문으로 길 건너를 보면서 매우 두려워하는 것 같았습니다."

버지악은 잠시 앤지를 가만히 쳐다보았다. "번호판은 못 봤고?"

"예, 번호판은 못 봤습니다." 앤지는 차분하게 말했다.

매덕스는 고개를 돌려 앤지를 대놓고 바라보았다. 자신한테 진즉 렉서스 얘기를 안 해준 이유가 뭐냐고 묻는 것처럼.

앤지는 매덕스를 위해서라도, 그리고 자신이 몸을 피할 구석을 마련할 요량으로 설명을 덧붙였다. "매덕스 형사가 자기 개를 산책시키고 올 때까지 기다리지 않았더라면 저도 그 차를 보지 못했을 겁니다."

매덕스의 시선이 날카롭고 가늘어졌다. 앤지 뒤쪽에서 누군가가 뭐라고 속삭였다.

"좋아." 버지악이 말했다. "또 한 가지 중요한 점으로는, 우리 마커스 길라니 목사님께서 전과와 복역 기록이 있다는 사실이 밝혀졌다. 11년 전에 심신미약 상태로 운전하다가 사고를 낸 혐의로 구속되었지. 사고 당시 옆에 태우고 있던 미성년자 여성으로부터 구강성교를 받으면서 운전하다가 자전거를 타던 여성을 차로 치어 사망하게 했다. 레오와 홀거슨이 우리 목사님을 다시 한 번 방문할 예정이고. 자, 그리고 이 자리에서 정신과 법의학자신 라인홀트 그래블로스키 박사님을 소개하고자 한다. 이번 사건의 자문을 맡아주실 분이다."

다시 한 번 형사들 사이에서 웅성거리는 소리가 터져 나왔다. 앤지의 뒷자리에서는 누군가 대놓고 끄응, 하는 신음까지 냈다.

존 레논 안경을 낀 검은 머리의 남성이 자리에서 일어났다. 그리고 노트북의 키 하나를 누르자, 그레이터 빅토리아의 지리 정보 시스템, GIS 지도가 화면에 표시되었다.

31장

메리는 '항구의 피신처' 현관문을 쾅쾅 두들겼다. 살 떨리게 추운 날씨 때문에 양팔이 절로 온몸을 감싸 쥐었다. 문을 열고 나온 마커스 목사가 눈을 동그랗게 떴다.

"메리? 아니, 여기서 뭐 하고 있냐? 혹시 하룻밤 묵으려고 온 거라면 오늘 침대는 전부 다 나갔……."

"잠잘 곳은 필요 없어요. 그냥 목사님 보러 온 거지. 들어가도 돼요?"

마커스는 길거리를 슬쩍 훑어보더니 목소리를 낮추고 말했다. "다시 돌아오면 안 된다고 했잖아. 네가 그런…… 생각이 들더라도 다 자연스러운 거라고. 내가 네 재활을 돕기는 했다만, 난 결혼한 남자야. 주님의 사람이고. 내 아내 베리티도 드디어 임신했어. 난 이제 아빠가 될 몸이다."

"빌어먹을, *그딴 거* 때문에 온 거 아니에요! 여자애들 때문에 온 거지! 예전에 일어났던 일, 나한테 일어났던 일 때문에 찾아온 거예요. 저 밖에 좆같은 강간범 쓰레기가 돌아다니고 있어요. 다시 돌아와서 그 공동묘지 소녀도 죽이고, 어쩌면 페이스도 죽였을지 몰라요. 지금까지 징하게 오랫동안 밖에서 돌아다니고 있었단 말이에요."

"일단 들어오너라." 목사는 빠르게 말했다. 다른 건 몰라도 일단 메리를 좀 진정시켜야겠다는 판단에서 나온 결단이리라. 당장 메리 자신도 알 정도로 예민해져 있지만 도무지 스스로 통제가 되질 않았으니.

마커스는 메리를 부엌을 지나 작은 사무실로 이끌고 갔다. 그러고는 난방기 근처의 자리에 앉히고 따뜻한 차를 한 잔 주었다. 메리는 '그 죄를 속할지니 그리하면 사함을 얻으리라'라고 적힌 도자기 잔을 양손으로 감싸 쥐었다. 차를 한 모금 마셨지만 몸은 여전히 덜덜 떨렸다. 단순히 추위 때문에 떨리는 게 아닌 탓이었다. 마커스는 중고품 가게 박스에서 스웨터를 한 벌 꺼내 메리에게 건넸다.

"코트 이리 주렴." 목사가 스웨터를 내민 채 말했다.

메리는 꼼지락거리면서 축축한 코트를 벗고 스웨터로 갈아입었다. 마커스는 코트를 가스 난방기 앞쪽에 걸었다. 그러고는 설명을 요구하는 눈길을 보냈다.

"페이스 때문에 경찰이 찾아왔었다면서요." 메리가 말했다. "뭐 말해준 거 있어요?"

"아무것도."

"내 얘기는 안 했어요? 내 얼굴에 그려졌던 빨간 십자가도?"

"안 했다. 난 여기 묵는 아이들을 전부 존중하니까."

"저한테 벌어졌던 일, 그리고 공동묘지 소녀가 당한 일. 전부 연결되어 있어요. 그놈이에요. 그놈이 돌아온 거예요."

"메리, 그럼 경찰한테 가서……."

"가서 뭐라고 말하라고요? 내가 위탁 가정에서 가출한 약쟁이였다고요? 워낙 약에 취해 있어서 그날 밤에 정확히 무슨 일이 있었는지 제대로 기억도 못한다고요? 내가 기억하는 건 그 새끼 눈빛이랑 나한테 했던 말, 그리고 협곡에서 깨어났다는 것뿐이에요. 그러다가 거울을 보니까 이마에 빨간 십자가가 그려져 있었던 거랑. 된통 쳐맞고 피까지 흘리고 있었지만 그거 말고는 대체 무슨 일이 있었는지 100퍼센트 확신이 서질 않는단 말이에요. 그냥 필름이 끊긴 것처럼."

"메리." 마커스가 조심스럽게 말했다. "다시 약 하고 있니?"

"아직요."

마커스는 불편한 듯이 의자에서 꿈지럭거렸다. "그럼 나한테 온 이유가 정확히 뭐냐, 메리?"

"그냥 오지 말았어야 했어요." 메리가 씁쓸하게 토로했다. "목사님이면 도와줄 수 있을 줄 알았는데. 어차피 대답도 안 해줄 테지만 그래도 *물어봐야겠네요.* 혹시 목사님이 아는 애들 중에 나 같은 애들 있어요? 혹시라도 지난 몇 년간 쓰레기 같은 손님 받았다거나 강간당하고 십자가가 그려진 애들은 없어요? 도대체 그 새끼가 얼마나 이딴 짓거리를 벌이면서 돌아다녔는지 정확하게 알아야겠어요." 메리는 머그잔을 내려놓고 젖은 머리카락을 쓸어 넘겼다. "씨발, 나 무섭단 말이에요. 달리 말할 사람도 없고. 그 새끼 아마 신문에서 내 기사 보고서 나도 그놈의 희생자라는 걸 알고 있을지 몰라요. 지금도 날 감시하고 있을지도 모른다고요."

마커스는 메리의 시선을 차분하게 받아냈지만, 아무 대답도 하지 않았다. 메리의 뱃속이 뒤틀리는 것 같았다.

"다른 피해자도 있었군요."

대답은 없었다.

"빌어먹을, 말해달란 말이에요."

대답은 없었다.

"말해주지 않으면 지금 당장 사모님한테 가서 옛날에 목사님이랑 나 사이에 무슨 일이 있었는지 다 불어버릴 거예요. 신자들한테도 다 불 거라고요. 이 짓거리 다 말아먹고도 계속 닥치고 계실 수 있을지 한번 보죠, '목사님'."

마커스는 무겁게 한숨을 쉬고는 메리의 눈길을 피해 일어나 잠시 서성거렸다. 그러더니 다시 자리에 앉아 한 손으로 입을 가렸다. "좋다." 목사는 조용히 말했다. "앨리슨 퍼니허라는 애가 하나 있었지. 너랑 똑같은 방식으로 강간을 당했어. 그 사건 때문에 완전히 망가져서는, 결국 길바닥에서 마약이나 하고 다니는 생활을 잠시 했었다. 그러면서 여기서 며칠 묵기도 했고. 덕분에 나랑 만나게 된 셈이지만 말이야. 걔도 자신이 당했던 일을 얘기해줬고, 나는 네 사례를 들면서 경찰에 신고하라고 조언해줬지. 그래서 신고하기는 했지만, 사건이 벌어지고 너무 오랜 시간이 지난 뒤였어. 경찰들이 활용할 수 있는 증거가 전혀 남지 않아서 도와줄 수가 없었지. 앨리슨 말로는 다른 피해자도 있다는 소문이 길거리에서 돌고 있다고는 했다만, 그 이상은 나도 듣지 못했다."

"그런데도 나한테 이 얘기를 한마디도 안 해줬어요?"

"말했잖니, 네가 피해를 입은 뒤에 앨리슨을 만났다고. 그러고는 아무 사건도 없었어. 그냥 다 멈춰버렸다. 꼭 그자가 사라져버린 것처럼."

"이게 정확히 언제 일어난 일이죠?"

"네가 당하고 2년 뒤에."

메리는 자리에서 벌떡 일어나 축축한 코트를 집어 들었다.

"어디 가려고?" 마커스도 따라 일어나며 말했다. "어쩌려고 그러냐?"

"내가 그 새끼를 잡을 거예요. 그 미친 새끼 찾아서 벽에다 좆을 못박아버릴 거예요. 내 범죄 블로그로 반드시 찾고야 말겠어요. 페이스랑 다른 여자애들을 위해서, 그리고 나를 위해서라도. 지금 내 팔로워 장난 아니에요. 신문사에서 나 해고해도 상관없어요, 어차피 이거 마무리하는 데 그쪽 도움은 필요 없으니까. 〈시티 선〉의 높으신 분들이나 편집부 따위는 필요도 없어요. 그냥 내가 알아서 다 할 거예요."

'그 새끼 때문에 다시 약이나 빠는 생활로 돌아갈 수는 없어, 내가 지금까지 쌓아올린 게 얼마인데 싹 다 날려먹을 수는 없다고. 내가 그 새끼 때문에 다시 시궁창으로 처박힐 것 같아?'

"메리, 너 혼자서는 불가능해."

"그거 아세요? 충분히 가능해요. 지금까지 나 챙겨준 사람은 단 하나도 없었어요. 뭐 목사님만 빼고요. 목사님은 날 시궁창에서 꺼내서 땟국물을 쫙 빼주기는 했죠. 착한 아이들을 도와준다면서. 내가 강간당한 다음에 도와주시기는 했죠. 뭐 기나긴 암흑을 지나 빛을 보았네, 주님이 어쩌고 천국이 저쩌고 하는 목사님 인생사도 싹 다 팔아먹고. 솔직히 나도 꽤 오랫동안 그 이야기를 정말 믿었었어요, 사실 나한테는 그것밖에 없었으니까. 하지만 내가 처박혀 있던 시궁창에서 빠져나와서 깔끔해진 건 오로지 내 결정이었어요. 야간 대학 다니면서 공부한 것도, 그러면서 패스트푸드점 알바로 언론학부 등록금 벌어 졸업한 것도 오로지 내 의지였다고요. 〈시티 선〉지 범죄 데스크에서 야간 타임 따낸 것도 다 내 능력이었어요. 내가 길바닥을 꿰고 있으니 죽여주는 이야기를 어디서 찾아야 할지도 다 알았으니까. 이렇게 한 걸음씩 다 내 힘으로 올라온 거라고요. 그리고 있잖아요? 난 이제 목사님이 정말 어떤 사람인지도 알아요." 메리는 숨을 거칠게 몰아쉬면서 상대를 노려보았다. 분노와 미움과 증오가 온몸에서 절절히 묻어나왔다.

"항상 다른 길이 있는 법이야, 메리. 낮은 길 대신 높은 길을 걸어야지."

메리는 코웃음을 쳤다. "난 낮은 길바닥 출신이에요, 목사님. 꼭 당신처럼. 그리고 난 경찰들도 믿지 않아요. 그 작자들은 앨리슨 퍼니허라는 아이를 전혀 돕지 못했고, 내가 경찰에 대해 꿰고 있는 것도 몇 가지 있다는 말씀이에요. 그런 놈팡이 중에 하나는 나랑 내 기자직을 이용해먹고 있지만. 나도 이젠 그놈을 제대로 이용해먹을 예정이에요."

메리는 목사가 건넨 한심한 중고점 스웨터를 바닥에 팽개치고는 자기 코트에 팔을 주섬주섬 꿰면서 현관문으로 향했다.

32장

라인홀트 그래블로스키 박사는 짙은 눈썹 아래 칠흑 같은 눈으로 태스크포스 멤버들을 한번 둘러보았다. 매부리코와 비쩍 마른 얼굴, 그리고 기다란 목을 보고 있자면 앤지는 꼭 독수리가 생각났다. 정신병자 범인들의 뇌를 쪼아 먹는 포식자 같았다. 솔직히 첫인상부터 마음에 들지 않는 박사님이었다. 하지만 한편으로는 앤지도 이 방에 있는 모두가 그래블로스키 박사와 크게 다를 바 없다는 사실을 알고 있었다. 형사란 본래 극악무도한 악당들을 추격하고 체포하고자 상대와 똑같은 방식으로 생각하려 애쓰는 사람들이었다. 그 개인적 동기가 무엇이든 간에.

"지금까지의 증거에 비추어보자면," 그래블로스키 박사는 어렴풋한 독일 악센트로 말했다. "우리가 쫓고 있는 범인은 지금 증거를 인멸하려고 희생자를 살해하는 게 아니라 성욕에 따라 살인을 저지르는 포식자이자, 지금까지 관찰된 의식을 통해 이상성욕의 환상을 충족하는 성도착자입니다." 박사는 화이트보드에 붙은 여성들의 사진들을 가리키며 말했다. "달리 말해 이 희생자들은 어쩌다 범인의 마수에 걸려든 것이 아닙니다. 그저 '묻지 마' 범죄의 희생자가 아닌 것입니다. 전부 다 선택된 겁니다. 희생자들이 추적, 기습, 강간, 그리고 살해당한 이유는 어디까지나 이 희생자들이 범인의 이상성욕적 환상에 부합되기 때문이었습니다. 또, 범인은 가학적이고 치밀한 성격을 갖춘 사이코패스이기도 합니다. 체계적이고 교활하죠. 잔혹한 행동으로부터 흥분을 느끼며, 어쩌면 희생자들을 직접 고문했을지도 모를 일입니다. 지금까지의 살인에서 앞머리 한 줌, 즉 살인의 기념품이자 전리품을 취한 것을 보면 이런 환상의 충족으로부터 성취감을 느끼고 있는 것으로 보이며, 또 욕구를 강하게 느낀다면 다시 사냥에 나설 것입니다."

'*참으로 놀랍네요, 천재 양반……. 참으로 당연하고 뻔한 사실을 주절주절 읊고 계셔……*.' 오늘 아침 버지악이 자신의 브리핑을 끊지만 않았어도 앤지 본인이 거의 똑같이 발표했을 내용이었다.

"통계적으로 볼 때 여러분이 쫓고 있는 범인은 평균 이상의 지능을 갖춘 외톨이일 가능성이 높습니다. 자신이 소유한 자동차의 상태가 좋을 확률은 낮으며, 이렇게 활동적인 만큼 평균적인 사람들보다 더 많은 거리를 이동했을 공산이 큽니다. 또, 희생자들을 조종해 자신의 안전 구역으로 끌어들일 정도로 능란한 화술을 갖추고 있을 겁니다. 하지만 주변인들은, 뭐 주변인이 있다면 말이지만, 범인을 살짝 이상하거나 사회성이 떨어지는 사람으로 평가할 수도 있습니다."

박사는 앞쪽 탁자에 놓인 물 잔을 들어 천천히, 하지만 깊게 한 모금을 들이켰다. 기다란 목에서 툭 튀어나온 목젖이 꿀럭였다. 아무리 봐도 못생긴 독수리 같다고 앤지는 생각했다.

박사는 물잔을 내려놓았다. "범인의 희생자 대다수는 공통적인 특성을 공유하고 있습니다. 이 경우에는 신체적 외모나 연령대를 들 수 있죠." 박사는 다시 화이트보드를 가리키며 말했다. "우리의 희생자들은 전부 공격당했을 당시 10대 초반이었습니다. 전부 백인이면서 길고 어두운 빛깔의 머리카락을 갖고 있죠. 아마도 범인에게는 생면부지의 타인이었을 것이고, 어떤 이유에서든 자신이 제압할 수 있는 여성이라고 파악했을 겁니다. 그 수단이 화술이든, 완력이든 말이죠. 무엇보다도 피해자들은 '어울렸습니다'. 범인의 도착적인 성적 환상에 부합했죠. 바로 이 부분에서 피해자학이 빛을 발합니다. 이 여성들은 누구인가? 범죄가 일어나던 시점에 무엇을 하고 있었는가? 어쩌다가 범인의 관심을 끌게 되었는가? 이런 질문들에 대한 대답, 그리고 그 정보가 서로 교차하는 지점은 용의자를 좁히는 데 분명 도움이 될 것입니다."

"똑똑아." 레오가 앤지의 뒤편에서 중얼거렸다. "강력반 개론 수업에 온 것을 환영한다."

"인간의 모든 섹스는 환상으로부터 유래합니다." 그래블로스키가 말했다. "충족되었거나 충족되지 않은 심상에 기인하죠. 우리 모두는 일종의 사랑 지도라는 것을 갖추고 있으며, 이 성애의 지도는 사춘기부터 형성되기 시작합니다. 하지만 의학적 관점에서 볼 때 성범죄자들은 사회적으로 금지되었거나, 지탄받거나, 조롱받거나, 심지어 처벌의 대상인 환상과 행동들에 기반한 욕망에서부터 사랑 지도를 형성하기 시작합니다. 그런 환상은 보통 공격성, 지배 그리고 통제를 포함하고 있습니다. 성범죄자는 단순한 성적 폭력을 상상하는 것만으로도 흥분하게 되고, 각종 가학적인 포르노나 성적 지배를 다룬 문학작품을 보면서 자신의 성적 욕구를 강화하기 시작합니다. 이런 매체의 심상을 자위행위로 더 부추기면서. 결국 성범죄자의 특징, 또는 사법 집행의 관점에서 전형적인 범죄자라고 일컫는 인물상이 형성됩니다."

박사는 잠시 말을 멈추고 물잔의 물을 또 한 모금 들이켰다. 젖은 입술이 반짝거렸다. 앤지는 문득 자기 자신의 사랑 지도에 대해 생각해보았지만, 아무리 생각해도 여기에 사랑이라는 단어를 갖다 붙이는 건 바보같이 느껴졌다. 대놓고 성욕 지도라고 부르는 게 더 나아 보였다. 지금 심리학자가 이야기하고 있는 가학적이고, 폭력적이고, 정신 나간 행동들에 '사랑' 따위는 없었다.

"이 범인의 사랑 지도는 종교와 아주 밀접한 관련을 맺고 있으며, 아마도 사춘기 시절부터 시작된 성애의 억압에 기인했을 가능성이 있습니다. 달리 말하자면 성적 흥분을 징벌과 정화의 대상인 원죄로 여겼다는 것이죠. 가톨릭 종교적 환경에서 성장해 세례를 받았을 확률이 높습니다. 또, 자신의 거주지나 일터로부터 멀리 떨어진 곳에서 피해자를 물색했을 가능성도 높습니다." 그래블로스키 박사가 컴퓨터의 키를 딸깍이자 GIS 지도에 붉은 점들이 나타났다.

"리터는 여기서 공격을 당했습니다." 박사는 점 하나를 가리켰다. "퍼니허는 여기, 드루먼드가 납치된 것으로 추측되는 곳은 여기입니다. 모두 도시의 서부입니다. 그리고 호킹은 아직 어디서 공격당했는지 알 수 없습니다. 하지만 지금까지 수집한 정보에 비추어볼 때, 범인의 거주지를 찾을 수 있는 가능성이 가장 높은 지점은 바로 여기입니다." 박사가 키를 누르자 지도의 한 부분이 노란색으로 칠해졌다. 도시의 동쪽에 가까운 교외 지역을 뒤덮고 있었다. "범인이 목표물을 물색한 지역은 자신의 익명성을 유지하려는 이성과 안전 구역에서 일을 처리하고 싶다는 욕망이 서로 교차하는 지점일 것입니다. 즉, 다음 희생자가 발생할 확률이 높은 곳은 바로 이 지역입니다." 박사가 다시 한 번 키를 누르자 협곡의 서쪽이 새빨갛게 물들었다.

'퍽이나 도움이 됩니다, 박사님……'

"최근 일어난 두 사건의 타이밍으로 미루어볼 때, 비교적 최근에 심리적 방아쇠를 자극받았을 공산이 큽니다. 바로 그렇기 때문에 상태가 빠르게 악화되고 있는 것이고요. 제 견해로 볼 때 범인은 머지않아 다시 살인을 *저지를 겁니다.* 또, 자신의 행위가 범죄라는 사실을 분명히 인식하고 있다는 점도 명심하시기 바랍니다. 범인은 자신이 경찰을 따돌릴 수 있다는 점에 자부심을 느끼고 있습니다. 지금 수사가 진행되고 있다는 점을 명백히 인식하면서 증거를 남기는 걸 최대한 피하려 들 것입니다. 자신이 사용할 무기와 구속 도구들을 직접 가지고 다니고, 자신의 범죄와 관련된 장례식이나 기타 공공 행사에 모습을 드러낼 것입니다. 또, 이번 범죄의 수사 진행을 보도하는 언론에 지대한 관심을 보일 것입니다. 언론 보도로 인해 경찰의 수사를 회피하려는 범인의 행동 패턴에 변화가 생길 수 있다는 뜻입니다."

"어째 지껄이는 말씀마다 뼈가 되고 피가 되는 조언밖에 없냐." 레오가 앤지의 뒤쪽에서 빈정거렸다. 앤지도 이 꼰대 여성 혐오자와 드디어 공감대가 하나 생긴 것 같았다.

피츠는 자리에서 일어나 본부실의 중앙에 섰다. 형사들이 침묵한 가운데, 피츠는 특유의 높고 카랑카랑한 목소리로 입을 열었다.

"아직 신원조차 확인되지 않은 범인이 언론의 보도를 통해서 우리가 알고 있는 정보까지 제공받고 있는 만큼, 지금 경찰 내부에서 언론으로 정보가 유출되고 있다는 사실은 실로 파멸적인 일이다. 결코 용납할 수 없으며 반드시 멈춰야 한다. 그렇기 때문에 이번 수사에 내사팀을 개입시키기로 결정했다는 점을 알아두기 바란다. 그누구도 철저한 내사에서 벗어날 수 없고, 여러분 모두가 촘촘한 감시하에 놓여 있으며, 언제라도 심문을 받을 수 있는 처지란 걸 알아두길 바란다." 피츠는 잠시 뜸을 들이면서 태스크포스 구성원들과 하나하나 전부 시선을 맞췄다. 특히 앤지에게는 시선을 더 오래 둔 것 같았다. "반드시 찾아내고 말겠다. 그리고 반드시 법적으로 허용되는 최대한의 대가를 치르게 *해주마*."

33장

12월 12일, 화요일

"앤지." 아버지가 문을 열면서 말했다. "이렇게 이른 시간에 무슨 일이냐? 꼴이…… 좀 엉망이구나. 너 괜찮니?"

"어제 엄마 보러 갔었어." 앤지가 말했다.

"들어오려무나. 커피 좀 마실 테냐? 지금 막 내렸는데."

"좀만 줘." 앤지는 문간에 부츠를 벗어두고 체크무늬 실내 가운 차림의 아버지를 따라 부엌으로 갔다. 따뜻하게 난방이 된 바닥의 온기가 양말 신은 발로 올라왔다. 앤지는 자신이 가져온 사진 앨범을 부엌 탁자 위에 올려두고 스툴을 가까이 끌고 와 걸터앉곤 아버지가 커피를 따르는 모습을 바라보았다. 피곤해 죽을 지경이었다. 어젯밤에도 어떻게 잠에 들기는 했지만, 오래지 않아 방 안에서 인기척을 느끼고 식은땀 범벅이 되어 깨어났던 것이다. 침대 발치의 어둠 속에는 부드러운 분홍색으로 은은히 빛나는 어린아이가 자신을 바라보며 서 있었다. 그러더니 소녀는 자기 입술에 검지를 갖다 대며 중얼거렸다…….

'셰즈 치코!…… 조용히 있어!'

……아니면 커튼도 치지 않은 침실 창문 틈으로 새어 들어온 바람소리에 불과했을까?

앤지는 침대에서 일어나 집의 불을 싹 다 켰다. 당연히 원룸에 어린 여자아이 같은 건 없었다. 결국 앤지는 보드카를 벌컥벌컥 들이켜는 자가 처방을 내린 다음, 자신이 들었던 외국어를 최대한 발음대로 추측해 구글에서 찾아보았다. 그렇게 수많은 동유럽과 러시아계 사이트를 돌아다니면서 단어들을 샅샅이 뒤졌지만 소득은 없었다. 그래서 앤지는 번역기를 사용해 머릿속에서 울렸던 '조용히 해라'라는 문장을 외국어로 번역해보기로 했다.

그렇게 똑같은 문장을 다양한 슬라브계 언어들로 번역한 끝에 마침내 폴란드어 번역에서 소득을 얻을 수 있었다. '셰즈 치코!'

하지만 구글 번역기의 한계도 뻔했기 때문에, 앤지는 오늘 아침 아버지 집으로 오기 전에 폴란드계 대학교 동창에게 전화를 걸어 '도망쳐, 도망쳐! 안으로 들어가! 조용히 있어!'라는 문장의 번역을 부탁했다.

친구가 번역해준 결과물은 점점 확고해지고 있던 앤지의 가설을 뒷받침해주었다. 폴란드어로 '우체카이, 우체카이! 스카쿠이 도 쉬롯카, 스입코! 셰즈 치코!'는 '도망쳐, 도망쳐! 안으로 들어가(정황상 차나, 상자나, 버스에 들어가라는 뜻 같았다)! 조용히 있어!'라는 뜻이었다.

그러니까 앤지가 지금 돌아버리고 있는 게 아니라면, 정말 폴란드어로 뭔가를 기억해내고 있다는 뜻이었다.

아버지는 앤지에게, 그리고 탁자 위에 놓인 앨범에 눈길을 툭툭 던졌다. "엄마는 어떻더냐?"

"안 좋아요." 앤지는 아버지가 내미는 머그잔을 받아 한 모금 마셨다. 김이 얼굴로 물씬 풍겨왔다. "날 알아보지도 못하고 자꾸 헛소리를 하고 계셔."

"어제는 정말 상태가 안 좋았거든. 환상도 보고. 그래서 병원에서 엄마를 진정시킨 다음 다른 약물도 처방했단다."

"아니, 나도 그건 아는데⋯⋯." 앤지는 잠시 망설이면서 탁자 위에 머그잔을 올려놓고 양손으로 따뜻하게 감싸 쥐었다. "엄마가 자꾸 옛날에 앤지라는 어린 딸이 있었다고 그러는 거야."

아버지는 슬프게 미소 지었다. "있었고말고. 너도 한때는 어렸잖니."

"아니, 그런데 딸이 그냥 없어져버렸대요. 천사들이 데려갔다나. 근데 이탈리아든 천국에든 있어서는 안 될 애라서 다시 돌아왔대. 그것도 크리스마스에. 눈도 오고 성당에서 노래를 하고 있었다나요." 앤지는 잠시 뜸을 들였다. "그러더니 뜬금없이 아베 마리아를 부르시대."

아버지의 표정이 바뀌었다. 그러면서 들고 있던 머그잔을 천천히 화강암 탁자 위에 올려놓았다. "앤지, 우린 하마터면 이탈리아에서 있었던 교통사고로 너를 잃을 뻔했다. 엄마도 그걸 말하는 게 아닐까 싶구나. 넌…… 의식도 잃고 얼굴도 다친 데다, 피도 정말 많이 흘렸어."

앤지는 아버지와 눈을 맞춘 채 그 표정에서 뭔가 위화감을 느꼈다. 아버지는 거짓말을 하고 있었다. 본능적으로 알 수 있었다. 경찰로서 오랫동안 일하다 보면 거짓말이나 뭔가를 숨기려는 낌새, 진실을 회피하려는 행동들을 몸으로 느낄 수 있게 된다.

"그럼 눈 오던 크리스마스는 대체 무슨 소리야? 사고는 3월에 있었잖아."

아버지는 커다란 손으로 풍성한 회색 머리카락을 문지르면서 잠시 눈길을 피했다. "네가 크리스마스가 되어서야 겨우 다 나았던 걸 얘기하는 것 아니겠니? 입에 난 흉터는 성형 수술을 두 번이나 받은 다음에야 겨우 멀쩡해 보이게 되었잖느냐. 그 후에야 집으로 돌아왔고. 그걸 말하는 게 아닐까 싶다."

"엄마가 성당 성가대 같은 데서 노래한 적 있었어요?"

"지금 이거 *뭐하는 거니*, 앤지?"

앤지는 앨범을 펼치고는 이탈리아에서 찍은 사진들을 꺼냈다. 그런 다음 사진을 뒤집어 뒤쪽에 휘갈겨 써놓은 엄마의 손글씨를 보여주었다.

"이것 봐. *'1984년 1월. 로마'*라고 쓰여 있죠. 여기 나폴리에서 찍은 사진에도 1984년이라고 쓰여 있고. 그런데 여기 크리스마스트리에서 찍은 사진 속의 나는 아직도 두 번째 성형 수술이 필요해 보이는 상태잖아. 여기에는 '1987년 크리스마스. 빅토리아'라고 쓰여 있어." 앤지는 눈을 들었다. "이탈리아에서 찍었던 사진이랑 크리스마스에 찍은 사진 사이에 시간이 비어. 크리스마스 사진은 1986년에 찍힌 거 아냐?"

"말했잖냐, 엄마가 실수한 걸 거라고……. 아마 초기에 나타나는 혼동 증상……."

"우리가 아는 사람 중에 나 어렸을 때 폴란드어 했던 사람 있어?"

아버지는 미간을 찌푸렸다. "그건 이상한 질문이로구나……. 아빠도 잘 모르겠다. 하지만 누군가는 그랬을 수도 있겠지. 앤지, 제발. 이게 다 뭐 하는 건지 설명 좀 해줄 수 있겠니?"

앤지는 사진들을 치웠다. 앨범의 다른 사진들 중에는 날짜가 쓰여 있는 게 더 없었다. 어젯밤에 앨범을 아예 뒤집다시피 했던 것이다. 그리고 이제는 자신도 환상이 보이기 시작했다는 사실을, 웬 분홍색 옷을 입은 여자애가 눈앞에 나타난다는 걸 아버지에게 알리기는 싫었다. 아니, 애초에 누구에게도 알리고 싶지 않았다. 그 사실을 입 밖으로 내기만 해도 자신이 엄마와 동일한 증상을 보이고 있다는 가능성이, 가족력에 따라 자신도 정신질환에 걸렸다는 사실이 확실해질 것 같아서였다. 그래서 더 받아들이기 쉬운 해답과 설명을 찾고 있었던 거다. "아니, 그냥 병원에서 엄마한테 그런 소리를 들으니까 궁금해져서. 꼭 크리스마스만 되면 기분이 나빠지더라고. 찬송가며, 캐럴하며. 춥고 눈도 내리고. 그냥…… 궁금했어요."

아버지가 표정을 풀면서 두터운 손으로 앤지의 손을 잡아주었다. "너무 깊게 생각하는 것 아니냐, 앤지. 자꾸 나쁜 것들만 찾아다니는 것도 직업병 아닌가 싶다. 넌 휴식이 필요해. 특히 7월에 그 아이랑 해쇼스킨가 하는 친구한테 일어난 일을 생각해보면 말이다."

앤지는 나머지 커피를 남겨두고 자리에서 일어났다. "그럴지도 모르겠네요. 이만 가볼게요. 오늘 일과가 좀 길어."

+

앤지는 본서를 향해 차를 몰면서 대시보드의 시계를 확인했다. 정시를 막 지나 있었다. 앤지는 라디오를 켜서 나머지 뉴스라도 들어보기로 했다.

하지만 앤지가 뉴스를 듣던 중 부동산 가격 보도가 갑자기 끊어졌다. "최근 빅토리아 전역을 뒤흔들어놓은 끔찍한 살인 사건 두 건에 대한 최신 소식이 들어왔습니다." 앤지의 심장이 빠르게 뛰기 시작했다. 당장 라디오로 손을 뻗어 볼륨을 키웠다. "〈시티 선〉 소속의 기자이자 범죄 블로거 메리 윈스턴이 자신의 웹사이트에서 보도한 바에 따르면, 최근 벌어진 성폭행 살인 사건들은 모두 지난 5년에 걸쳐 벌어졌던 다수의 종교 관련 성폭행 사건과 연결되어 있다고 합니다. 윈스턴 기자는 지금껏 빅토리아에서 항문 성교가 동반된 성폭행 이후 이마에 붉은 펜으로 십자가를 그려놓은 범행의 현지인 피해자가 최소 세 명 이상이라고 주장했습니다. 피해자들은 전부 동일한 위치의 앞머리 한 줌이 잘려나갔다고 합니다. 시간 경과에 따라 보도 내용이 더 자세해지고 있는 만큼, 앞으로 더 많은 이야기를 듣게 될 것으로 예상됩니다. 다음 코너에서는 그레인저 패튼이 범죄학 전공 교수 데이브 빅스와 함께 다양한 주제에 대해 논해봅니다. 과거에는 지역 사회의 단순한 성폭행범이었지만 이제는 연쇄살인마가 되어버린 이 범인을 과연 감당할 수 있을지, 또 다른 여성들이 위험에 처해 있지는 않은지 알아보도록 하겠습니다."

'망할!'

앤지는 재빨리 갓길에 차를 대고 양손으로 얼굴을 사납게 문질렀다. '망할, 망할, 망할.' 그러고는 즉시 폰을 집어 파트너에게 전화를 걸었다.

"매덕스, 뉴스 들었어요?"

"아직이요, 지금……."

"윈스턴이 지금 자기 블로그에다가 호킹이랑 드루먼드 살인 사건이 지난 강간 사건들이랑 연관되어 있다고 아예 광고를 때리고 있어요. 심지어 붉은 매직으로 이마에 십자가를 그렸다는 거랑 머리카락을 잘라갔다는 소리까지 다 적어놨어요. 어떻게 이 정보가 밖으로 샐 수 있죠? 태스크포스는 완전히 폐쇄되어 있는데? 게다가 이런 성폭행 사건이 최소 세 건 더 있었고 5년은 더 묵은 일이라고도

주장하고 있어요. 해시랑 나도 고작 두 건까지밖에 못 파봤어요. 그
것도 4년 전까지만 거슬러 올라간단 말이에요. 대체 다른 희생자들
은 누구란 말이에요? 이거 진담이기는 해요?" 앤지는 상대가 대답할
겨를도 주지 않았다. "이 기자 양반, 내가 직접 만나봐야겠어요."

"아니, 기다려요, 팔로리노! 그러지 말아요. 상부에서 지금 〈시티
선〉 측하고 직접 접촉 중이에요. 법적 문제가 걸려 있다는 말이죠.
섣불리 끼어들었다간……."

"내가 〈시티 선〉을 상대한대요? 그냥 범죄 블로거인 윈스턴을 개
인적으로 만나겠다는 거죠."

"그 범죄 블로그가 그냥 〈시티 선〉의 뒷구멍이에요. 자기네 범죄
기자가 뭘 하고 있는지 다 꿰고 있다고요."

앤지의 뇌리에 한 줄기 깨달음이 스쳤다. "그런데 지금 상부에서
〈시티 선〉에 대해 법적 대응을 준비하고 있다는 건 어떻게 알고 있
어요?"

잠깐의 침묵. "피츠시몬스가 얘기해줬어요."

"피츠가? 피츠랑 붙어먹었어요? 아니, 언제 얘기해준 건데요?"

"다른 문제 때문에 만난 거예요. 어쩌다 나온 얘기고."

"다른 문제라고요? 지금 정보 유출 내사 얘기하는 거예요?"

"앤지……."

"팔로리노라고 불러요. 그리고 난 윈스턴하고 얘기하러 가는 중
이에요. 어쨌든 이번 유출 건은 내가 뒤집어쓰게 생겼잖아요. 안 그

래도 레오는 제대로 칼을 갈고 있었는데 어떻게 나올지도 뻔하고.
이 기자가 아는 사건이 더 있다면 나도 확실하게 알아야겠어요."

"그러지 말아요. 이건 명령이에요."

앤지는 전화를 끊고 차를 몰기 시작했다.

34장

"성폭행 사건이 세 건 이상이라니, 그게 무슨 뜻입니까?" 앤지가 목소리를 최대한 낮추려고 노력하며 말했다. 앤지와 윈스턴은 〈시티선〉 본사 1층 모퉁이에 위치한 조그마한 영국식 술집의 작은 칸막이 공간에 틀어박혀 있었다. 짙은 색의 목제 의자는 등받이가 높고 쿠션 덕분에 소리도 잘 새어나가지 않았다. 그래서 지금 한창 나이프와 포크를 놀리며 영국식 아침식사를 즐기고 있는 다른 손님들에게 들리지 않게 대화할 수 있었다.

윈스턴은 커피 머그잔 가장자리 너머로 눈알을 굴리며 앤지 자신을 찬찬히 뜯어보고 있었다. 앤지는 꼭 머릿속에서 벌들이 붕붕거리는 듯한 불쾌감을 떨쳐버리려 애썼다. "사실 제대로 알고 있는 건 하나도 없는 거죠?"

"앨리슨 퍼니허와 샐리 리터 사건을 알고 있죠." 윈스턴은 거의 들리지도 않는 목소리로 중얼거렸다. "그건 형사님도 아실 거고⋯⋯. 종결하시지도 못했던 사건들이죠. 그리고 나머지 확인된 사건들 중에 최소한 하나는 피해자 이름을 말씀드릴 수 없어요."

앤지는 온몸의 근육이 전부 경직되는 것 같았다. "말할 수 없다는 거예요, 말하지 않겠다는 거예요?" 앤지가 조용히 물었다.

"이건 내 특종이에요." 윈스턴이 말했다.

"이 정보는 대체 어디서 얻은 겁니까?"

"어젯밤에 앨리슨 퍼니허를 직접 찾아가서 물었죠. 자신에게 무슨 일이 벌어졌는지 다 말해주더군요. 붉은 십자가부터 시작해서 *당신네* 같은 경찰들이 손 놓고 있는 바람에 범인도 잡지 못했다는 사실까지, 전부 다요. 그런 다음에는 자신이 당하기 1년 전에 샐리 리터라는 피해자가 또 있었고, 바로 형사님이 앨리슨한테 동일범의 소행이라고 알려줬다는 사실까지 말해줬어요. 범행 방식이 같았다고요. 길바닥에서 듣자 하니 다른 피해자들이 더 있을지도 모른다고도 하던데요."

"퍼니허는 대체 어떻게 찾은 겁니까? 누가 말해주기라도 했어요?"

"형사님이 믿거나 말거나, 전 유능한 기자니까요." 상대의 태도와 표정에서 방어적인 모습이 드러났다.

앤지는 윈스턴을 관찰했다. 상태가 나쁜 치아. 끊임없이 덜덜거리는 경련. 조금씩 나타나는 수전증의 패턴. 문득 페이스 호킹의 치아 상태가 떠올랐다. 마약을 장기간 사용한 부작용들이었다.

'*집중해, 팔로리노. 지금 주어진 것들을 전부 활용해⋯⋯.*'

앤지는 한결 부드러워진 목소리로 물었다. "'확인된' 또 하나의 피해자는 누구죠, 메리?"

"말씀드릴 수가 없다니까요. 앨리슨과 샐리의 이름도 보도하지 않을 거예요. 앨리슨이 저한테 털어놓기 전에 분명하게 약속했어요. 저도 제가 한 약속이나 정보원들은 분명히 존중한다고요."

앤지는 가볍게 코웃음을 쳤다. "천하의 메리 윈스턴이 존중을 안다고요?"

젊은 기자의 두 눈에서 분노가 쏟아졌다. "난 앨리슨과 샐리에게 어떤 일이 벌어졌는지 알고 있어요. 그리고 제 정보원들은 다른 희생자에 대해서도 100퍼센트 확신하고 있고요."

"난 믿지 않아요."

"그럼 좆 까세요." 윈스턴은 조용히 말하고는 머그잔을 들어 한 모금을 더 마셨다. 두 눈으로는 여전히 이곳저곳을 살피고 있었다.

"그쪽 경찰 내부 정보원은 대체 누구죠?"

윈스턴은 작게 하, 하고 웃더니 아무 말도 하지 않았다.

앤지는 자리에서 일어났다가, 갑자기 다시 앉아서는 윈스턴 쪽으로 몸을 숙였다. 그렇게 탁자 위에 납작 엎드린 앤지는 홀거슨이 '귀엽다'고 평했던 윈스턴의 웃기게 생긴 자그마하고 당돌한 얼굴을 똑바로 쳐다보았다. "윈스턴, 지금 당신한테 누가 경찰 내부 정보를 찔러주고 있든 간에, 그 의도는 정말 심각할 수 있어. 그게 대체 무슨 의도인지, 또 무엇을 노리고 있는지 한번 스스로 물어보지 그래. 혹시라도 그 의도가 빅토리아 시경 상부를 뒤엎으려는 거라면, 진짜 높으신 분들이 움직이기 시작해서 정보원이 궁지에 몰리게 된다면 당신도 굉장히 위험해지는 거야. 정보원 생각에 자기 정체를 아는 사람은 당신밖에 없으니, 혹시라도 자기 뒤통수를 치지 않았나, 걱정하게 될 수도 있거든." 잠깐의 침묵. "너 지금 이용당하고 있는 거야. 그리고 이용 가치가 다 떨어지고 나면 시신으로 발견될지도 모를 일이지, 이 애송이야. 불안한 구석을 확실히 마무리한 다음 협곡에 버려질 수도 있어. 페이스 호킹처럼."

그러고는 눈을 깜빡였다.

"커피 맛있게 마셔." 앤지는 어두운 목제 탁자에 돈을 올려놓고 자리에서 일어나 걸어 나가려 했다.

"당신이 무슨 상관인데?" 윈스턴이 뒤쪽에서 물었다.

앤지는 제자리에 멈춰 섰다. 다 이 순간을 위한 밑작업이었다. 그대로 뒤로 돌아서서 천천히 탁자로 다가가 기자를 내려다보았다. "지금 *뭐라*고 했어?"

"당신…… 짭새잖아. 딱히 더 잘난 것도 없으면서 사람들을 잡아처넣잖아. 삶이 고되고 마약에 중독되었어도 어떻게든 살아나가려 하는 사람들인데. 난 경찰들이 길거리에서 어린 애들한테 뭔 짓을 하는지 봤어. 약도 사 가고 말이야. 지들도 똑같으면서 똑같은 사람들이나 잡아가고 말이야. 그래놓고 정작 이런 괴물은 잡아 처넣지도 못하네. 약값이나 벌려는 애들이랑 창녀나 털고 다니느라 너무 바쁜 거겠지. 정작 길거리에서 여자 사먹는 놈들은 단란한 가정이랑 경찰서로 복귀하셔야 되고 말이야."

심장이 쿵쾅대는 걸 느끼며 앤지는 양손으로 탁자를 짚고 윈스턴 쪽으로 몸을 숙였다. 애송이는 떨고 있었다. 눈가는 반짝이고 코 주변의 광대뼈는 발갛게 물들어올랐다.

앤지는 부드러운 목소리로 말했다. "언젠가 아홉 살짜리 여자애랑 얘기한 적이 있는데, 자기 양아빠가 자꾸 침대로 들어와서 자신을 성폭행하는 바람에 자기 베개 밑에 칼을 두고 잔다더라. 또 언젠가는 주유소에 갔는데 트럭 한 대가 옆에 와서 창문을 내리더라. 랩음악이 어찌나 시끄럽게 울려 퍼지던지 '이거 따먹어'라든지 '저거 조져' 같은 가사가 다 들릴 정도였어. 거기서 민소매 입은 덩치 둘이 내려서 편의점으로 가는데, 그 뒤를 따라가는 애를 보니까 울고 싶어지더라고." 앤지는 잠시 말을 멈추고 윈스턴의 두 눈을, 이제는 물기가 차오르기 시작한 눈을 바라보았다. "곱슬거리는 금발에 더러운 드레스 차림을 한 귀여운 여자애였어. 손에는 작은 인형을 들고서 민소매 아래로 온통 문신투성이인 어른들을 쫓아가려고 종종거리면서 뛰어가더라." 앤지는 다시 한 번 말을 끊었다. "이제 막 세 살이나 먹었을까, 문득 이런 생각이 들더라고. 아직도 그 생각이 잊히지 않아. 쟤는 대체 집에서 어떻게 하고 살까. 평소에 하루 종일 뭘 보고, 또 뭘 듣고 사는 걸까? 다 커서는 뭐가 될까? 그리고 6개월 전에는 죽어가는 애 하나를 이 양팔로 안고 있었어. 걔가 흘린 피로 온몸이 피투성이가 되었지. 걔를 계속 강간하던 지네 아빠가 죽인 거야. 걔 이름은 티파니였고. 그날 난 내 파트너도 잃었어." 목소리가 갈라져 나왔다. 앤지는 흠흠, 하고 목을 가다듬었다.

"알겠어? 나는 분명히 *상관 있어*, 윈스턴. 오죽 상관했으면 경찰이 되어서 성범죄 전담반에 들어갔겠어. 오죽 상관했으면 여성과 아이들을 건드리는 나쁜 놈들을 잡아 처넣고 싶어서 6년 동안 이곳에 재직했겠냐고. 어쩌면 나도 실패할지 모르지. 어쩌면 아무런 변화도 만들지 못할지 몰라. 하지만 어쨌든 다 상관하기 때문에 계속해서 노력하는 거야. 그리고 내가 이 새끼 잡는 걸 네가 방해한다면, 네가 기밀 정보를 자꾸 흘려서 범인이 범행 방식을 바꾸는 바람에 내 일을 방해하게 된다면, 다음번 희생자한테는 *너도 똑같이 공범이 되는 거야*. 그때가 오면 *너까지 상관있다고 생각하고 기꺼이 잡아넣어주겠어.*" 앤지는 자리에서 일어나 어깨를 쫙 폈다. "그러니 내가 하는 일을 방해하지나 말라고, 알아들어?"

"그거 협박이야, *경찰 아줌마?*"

"아니, 메리 윈스턴." 앤지는 부드럽게 말했다. "그냥 약속이야." 앤지는 탁자 위에 명함을 놓고 상대편으로 밀었다. "말할 준비가 되었다면 연락해." 그리고는 뒤로 돌아 출구 쪽으로 향했다.

"팔로리노." 윈스턴은 문으로 손을 뻗치던 앤지의 등 뒤에다 대고 소리쳤다. "이런다고 내가 겁먹고 기자질 접을 거란 생각은 하지 마!"

35장

"대체 뭘 더 원하시는 겁니까? 제가 아는 건 지난번에 다 말씀드렸을 텐데요." 마커스 목사가 '항구의 피신처'의 현관문을 조용히 닫고 길거리로 나와 말했다. '이제는 들여보내주지도 않는군.' 키엘은 생각했다.

"전과가 있다는 사실을 함구하셨더군요, 목사님?" 키엘이 말했다.

"형기를 다 살고 나왔습니다. 이제는 상관없는 일이에요."

"술 처먹고 바지 까고 미성년자 여자애한테 좆 빨리면서 음주운전 하셨담서요, 길라니. 애 둘 딸린 엄마를 치여 죽이기 전에 빴습까, 치여 죽인 다음에 빴습까?"

상대는 기이하게 침착한 표정을 지으면서 짧게 말했다. "가주시죠."

"아니면 어쩔 건데?" 레오가 끼어들었다.

길라니는 어깨를 으쓱였다. "아니면 여기서 계속 비나 맞고 계시던가요." 그러고는 등을 돌려 문고리로 손을 뻗었다.

"어떤 차를 모심까, 길라니?"

"대중교통이나 자전거를 타고 다닙니다." 길라니는 여전히 두 사람을 등진 채 말했다.

"지금 소유 중이거나 사용할 수 있는 차가 있습까?"

길라니는 천천히 뒤로 돌아 형사들을 마주 보았다. "형사님들이 숙제를 제대로 하셨다면 제가 실형 선고를 받으면서 면허까지 박탈당했다는 사실을 아셨을 텐데요. 그 뒤로 면허를 다시 신청한 적은 없습니다."

"그러니까 법원에서 운전면허는 빼앗아놓고 미성년자에게 접근하는 건 내버려뒀다는 뜻이로군." 키엘이 말했다. "그렇게나 많은 취약 계층 미성년자 여성들이 여기서 하룻밤씩 묵어가고 있잖습까? 더군다나 직접 말씀하신 대로 무슨 일을 당하든 경찰에 신고하지 않을 애들이니, 무슨 일이든 할 수 있겠죠. 그래, 비결은 바로 신뢰입까? 다들 당신을 아버지처럼 신뢰하는 모양이로군요, 목사님? 그래서 침대도 주고 따뜻하게 몸도 녹여주고, 산타클로스 놀이를 할 때는 무릎 위에도 앉히고?"

"저는 성범죄로 실형을 받은 게 아닙니다, 형사님들. 재활 치료를 받는 조건으로 어느 정도 감형을 받기도 했어요. 재활 치료 12단계를 거치면서 저는 다시 주님을 찾았고, 덕분에 이 교구, 이 아이들의 곁에 쉼터를 세우고 이 과업을 수행하게 되었습니다. 여기서 제 사명을 찾았으며, 매일마다의 사역을 통해 제가 저지른 죄를 참회합니다. 하지만 주님께 용서를 구하는 만큼, 유일하게 안식을 찾을 수 있는 수단 역시 남들을 이타적으로 도우면서 삶의 매분 매초마다 제가 저지른 죄를 뉘우치는 거라는 사실을 깨달았습니다. 혹시라도 제가 이 일을 멈췄다가는……." 길라니의 목소리가 잠시 잦아들면서 마치 눈앞에서 악몽을 보는 듯한 눈빛이 감돌았다. "제 문제는 음주와 그에 따른 자제력의 결여, 그리고 나쁜 판단력이었습니다. 저는 중독자였지 악인은 아니었습니다. 그리고 성범죄자는 분명히 아니었습니다." 길라니는 잠시 말을 멈추고 두 형사의 눈을 차례로 직시했다. "우리 모두 그런 게 있지 않습니까. 대응기제, 중독거리, 직면하기 힘든 문제를 피하려는 수단들. 누군가는 술을 마시고, 누군가는 길거리에서 매춘부를 삽니다. 누군가는 메스암페타민에 손을 대죠. 철인 마라톤 경기에 나가는 사람도 있고, 점점 더 높은 산을 오르는 사람들도 있습니다. 저는 이제 명료한 정신으로 살고 있으며, 자선활동에서 구원을 찾습니다."

+

'항구의 피신처'를 떠난 키엘과 레오는 잠시 침묵 속에서 차를 몰았다. 희한하게 무거운 분위기가 내려앉아 있었다.

"저 말을 믿나?" 마침내 레오가 입을 열었다.

"예, 아무래도 믿는 것 같슴다." 키엘이 염소수염을 쓸어내리며 말했다. "애들을 구하려는 게 아니라 자기 자신을 구하려는 사람이었네요."

레오가 담뱃불을 붙이자 키엘은 창문을 열어 바깥의 눅눅한 공기로 환기를 했다.

담배 연기를 내뿜으며 레오가 말했다. "보자…… 그럼 네 중독거리는 뭐야? 대응기제라 할 만한 게 있어?"

"저 금욕주의자임다."

"*뭐?* 왜? 혹시 내가 알아야 할 질병이라도 있냐?"

"통제력이 생기거든요. 혹시 아심까? 가장 기본적인 성욕을 제어하는 데 통달하면 삶의 나머지 요소들도 충분히 통제할 수 있게 됨다."

레오는 키엘을 멍하니 쳐다보았다. "지금 농담하는 거냐? 이야, 이거 *진짜* 미친놈이었네?"

"그래도 최소한 저는 어디 뒷골목에서 약쟁이 입에다 좆이나 물리지는 않죠."

"무슨 말을 하고 싶은 거야?"

키엘은 살짝 어깨를 으쓱여 보였다. "딱히 없는데요."

레오는 잠시 조용히 담배만 뻑뻑 피우다가 갑자기 입을 열었다. "본서 경찰 중 절반이 다 그래, 그건 아냐? 그냥 오럴만 받는 거야. 머리에 김 좀 빼고. 밖에서 일하다가 받은 스트레스를 쓸데없이 와이프한테 풀지도 않고. 다치는 사람도 없고, 손해 보는 사람도 없고. 너도 그런 생각 한 번도 안 해봤다고는 못 할 거다."

36장

존 재크스 주니어의 아파트로 향하는 앤지의 차 안에서, 매덕스와 그 파트너 사이에는 무거운 침묵이 감돌고 있었다. 앤지가 선임인 매덕스의 명령을 무시하면서 자기 파트너를 버려두고 메리 윈스턴을 상대하러 간 사이, 매덕스는 단독으로 릭 버틀러를 심문하러 갔던 것이다. 솔직히 *이런* 상황에서 서로를 파트너라 칭하기는 민망하지 않을까. 두 사람은 지금 앤지의 크라운 빅토리아를 타고 있었다. 잭 오를 맡아줄 돌보미도 찾았겠다, 매덕스가 자신의 임팔라를 끌고 나오지 않았기 때문이었다.

앤지는 올해 스물두 살이라는 재크스 주니어의 펜트하우스 스위트가 위치한 화려한 건물 앞 주차장에 차를 세웠다.

"버틀러 건은 어떻게 됐어요?" 앤지가 말했다.

매덕스는 천천히 숨을 들이마시며 심호흡을 했다. "헛물만 켰어요. 우리가 올 거란 걸 알고 있더군. 단단히 준비하고 있었죠. 버틀러가 말해준 거라고는 자신과 드루먼드는 오래전에 깨졌다, 그 이후로 자신은 드루먼드와 아무 관련도 없다는 것뿐이었어요. 드루먼드가 테니스클럽에서 재크스와 만났다, 자신도 라라 페닝턴을 안다는 점까지는 불었지만. 아만다 R은 물론이고 드루먼드의 동료나 친구 중에 JR이나 BC 같은 이니셜을 가진 사람은 한 명도 모른다던데. 재크스와는 클럽 바깥에서 어울리는 사이도 아니고, 드루먼드가 그런 명품을 걸치고 다녔다는 점도 전혀 몰랐다고 주장했죠."

"페이스 호킹은?"

"들어본 적도 없는 이름이라던데." 매덕스는 잠시 뜸을 들이며 아파트 블록을 올려다보았다. "이거 여기서도 허탕을 칠 것 같다는 느낌이 들어요."

침묵.

매덕스는 앤지를 바라보았다. 앙다문 입술. 섹시한 흉터. 그리고 시원시원한 회색 눈매까지. 상여자가 따로 없었다. 지금 당장이라도 진하게 입맞춤하고 싶었다. 그러면 지금 마음속에서 자라나는 이 좌절감을 해소할 수 있을지도 모르니.

앤지는 상대에게서 시선을 돌려 문손잡이로 손을 뻗었다.

"다시는 그런 짓 시키지 말아요, 알겠어요?" 매덕스가 조용히 말했다.

앤지는 다시 매덕스와 천천히 눈을 맞췄다. "무슨 짓을 시켜요? 계급빨로 밀어붙여서 자기 말 듣게 만드는 거? 난 제대로 된 선택을 내렸어요, 매덕스. 그 기자를 설득했다고요."

"당신은 통제에 집착해, 그게 문제라는 거요. 주도권 문제요. 당신을 처음 만났을 때부터 확실히 느꼈던 거요, 앤지."

매덕스가 자신을 이름으로 부르자, 앤지의 눈이 이글거리고 턱은 저절로 앙다물어졌다.

"어쩌면 서로 즐겁게 떡치는 데는 그것이 괜찮을 수도 있겠지." 매덕스는 말을 이었다. 이제는 자신도 터져 나오는 말을 멈출 수가 없었다. 그날 밤에는 자신을 벌거벗겨놓고 발기까지 시켜둔 채 침대에 버려두고 갔었다. 대충 종이쪼가리에 자기 이름과 번호를 써놓고는 정작 연락에는 응답도 하지 않았다. 이처럼 이런저런 성적 긴장감으로부터 유발된 철저한 무력감과 좌절감이 마음속에서 불타고 있었던 탓일 테다. "하지만 일하는 중에는 안 돼요. 강력 사건 수사에는 철저한 팀워크가 필요하고, 난 내 등을 맡길 수 있는 파트너가 필요하지, 내 조언과 지시에 불응하면서 자기 멋대로 날뛰는 파트너는 곤란해요."

앤지는 침을 꿀꺽 삼켰다. 관자놀이에서 핏줄이 조금씩 박동하는 게 느껴졌다. "어쩌면," 앤지가 아주 조용히 말했다. "당신을 파트너로 원하지 않는 걸지도 몰라요. 앞으로 우리가 섹스했다는 주제를 꺼내지만 않는다면……."

"그게 그냥 섹스가 아니잖아요, 빌어먹을. 그건 숫제 러시안 룰렛이라고요. 그런 클럽에 가서 낯선 사람을 아무나 골라잡는다니."

"뭐, 이제는 내 보호자라도 되시나? 남자는 그래도 된다는 거예요? 당신은 그런 클럽 가서 생전 보지도 못한 여자가 주머니에 칼까지 갖고 있는데, 그 앞에서 홀딱 벗고 침대에 누워서 따먹혀도 괜찮다는 거예요? 자꾸 남자의 자존심이 상처를 입을 때마다 이 얘기를 꺼낼 거예요?"

매덕스는 피가 핑핑 돌면서 머리에 후끈하게 열이 올랐지만, 그냥 여기서 끊자고 스스로 되뇌었다. 여기까지다. 애초에 다시 본서로 돌아가서 새로운 파트너를 구해달라고 신청하면 그만이었다. 그랬다간 강력반에 들어오겠다는 앤지의 원대한 목표가 좌절될 테지만, 어차피 피차 빚진 것 없는 사이 아닌가. 아니, 애초에 자신이 왜 앤지의 자기파괴적인 성생활을 걱정해줘야 하는지도 알 수 없었다. 하지만 한번 봇물 터지듯 튀어나온 분노는 거침없이 그 기세를 더해갈 뿐이었다.

"강력반 들어가고 싶잖아요? 그쪽도 지금 나랑 잠깐 파트너 하면서 나한테 평가받는 입장이라는 걸 알 텐데?"

앤지는 눈을 끔뻑였다.

"그런데 지금 이 꼴로는 절대 안 돼요, 앤지. 그 클럽에서의 일만이 문제가 아니에요. 인성 문제, 팀워크 문제, 그리고 자기 파트너를 반드시 살릴 수 있겠냐는 신뢰 문제지. 내가 판단하기에 당신이 그런 부분에서 좀 위험하다면, 동료 경찰들에게 솔직하게 보고하는 것도 내 의무예요."

"지금 내 발목 잡겠다고 협박하는 거예요?"

"어차피 본인이 알아서 발목 잡히실 것 같은데 무슨."

앤지는 냅다 욕설을 내뱉었다. "본인 자존심에 상처 입으신 걸 이 따위로 보복하시겠다?"

"지금 본인이 하는 말을 잘 들어봐. 당신은 이미 파트너를 잃는 사고를 한 번 겪었어. 내가 당신 같았으면, 승진을 절실히 원하는 입장이었다면 이딴 식으로 자기 자신을 말아먹는 게 아니라 당장 주변에 딸랑거리면서 성질부터 죽였을 거요."

앤지는 상대를 노려보았다. 두 사람 사이에 뜨겁게 전류가 흘렀다. 앞뒤 생각할 일만 없었다면 매덕스는 당장이라도 앤지에게 달려들어 이 차 안에서 뒹굴고 싶은 심정이었다.

"난 애가 아니에요, 매덕스. 그렇게 뒷바라지해줄 필요 없어요." 앤지는 차 문을 벌컥 열고 나가더니 쾅, 소리가 나도록 세게 닫았다. 그러고는 아파트 단지의 입구로 성큼성큼 걸어가버렸다.

매덕스는 욕설을 중얼거리며 차에서 내려 그 뒤를 쫓았다. 앤지는 웬 영감님이 아파트 입구로 다가가는 모습을 보고 냅다 뛰기 시작했다. 아파트로 들어간 영감님의 등 뒤로 출입문이 닫히기 시작했지만, 앤지는 간신히 따라잡아 아직 열려 있는 문을 손으로 쳤다. 그러고는 상대에게 자신의 경찰 배지를 보여주었다. 영감님은 어깨를 으쓱하고는 앤지를 들여보내주었다. 하지만 앤지가 자신만 쏙 들어가고 마는 바람에 하마터면 매덕스의 코앞에서 문이 닫힐 뻔했다. 하지만 매덕스도 문틈을 아슬아슬하게 통과하곤 엘리베이터에서 앤지를 따라잡았다.

두 사람은 숨을 헐떡이면서 서로 시선을 애써 피하며, 살벌한 침묵 속에서 펜트하우스까지 올라갔다. 최상층에 도달하기 직전, 매덕스가 조용히 입을 열었다. "다시는 그러지 마요, 팔로리노. 난 당신이 성질 건드리고 싶을 만한 사람 아니까."

앤지는 매덕스의 눈을 쏘아보았다. 그리고 매덕스는 상대의 눈빛과 표정 속에서 앤지 스스로도 충동적으로 공격적인 태도를 보인 걸 후회하고 있다는 사실을 읽어냈다. 매덕스 역시 자신이 한 말이 후회스러웠다. 솔직히 이런 상황은 교본에도 나와 있지 않았다.

엘리베이터 문이 열리자 두 사람은 모두 망설였다. 매덕스는 우선 앤지가 먼저 나가도록 양보했다. 그렇게 앤지가 앞장선 채로 존 재크스 주니어의 펜트하우스까지 복도를 따라 걸었다.

팔로리노는 문에 노크하면서 등과 어깨를 활짝 폈다. 얼굴에는 어느새 업무용 표정이 돌아와 있었다.

문이 열렸다. 보통 키에 앳된 얼굴, 그리고 금발 머리를 멋지게 깎은 청년이 모습을 드러냈다. 목욕가운 차림인 채 나무 바닥에 맨발로 서 있었다.

"존 재크스 씨?" 팔로리노가 물었다.

"누구세요?"

"빅토리아 시경 소속 팔로리노 형사와 매덕스 형사입니다." 팔로리노는 자신의 배지를 내밀면서 말했다. 매덕스도 자기 배지를 내밀었다. "잠시 시간 좀 내주시겠습니까?"

재크스는 두 사람의 배지를 전부 꼼꼼하게 살펴보았다. 뒤쪽으로는 도시 전경이 내려다보이는 창문으로 햇빛이 들어와 나무 바닥을 빛내고 있었다. 거실에는 온통 하얀 가구들이 배치되어 있었고, 안쪽에서 음악이 흘러나왔다. "뭐야, JJ?" 여성의 목소리가 들렸다.

"아무것도 아니야, 자기야." 존이 어깨 너머로 말했다. "잘 적셔놓고 있어, 바로 갈 테니까." 그러고는 형사들의 배지를 돌려주었다. "어떻게 입구의 벨도 안 누르고 아파트까지 들어오셨대?"

"우리는 재크스 씨가 그레이시 메리 드루먼드와 아는 사이였다는 걸 알고 있습니다."

"그레이시요? 아, 그 테니스클럽. 맞아요." 재크스는 자세를 살짝 바꾸면서 한 손으로 문의 손잡이를 잡았다. 꼭 진입로를 막으려는 것처럼.

"이런 일을 겪게 되셔서 유감입니다."

잠시 침묵. "잘 알지도 못하던 애인데요, 뭐."

"안으로 들어가도 되겠습니까?" 매덕스가 말했다.

"아뇨."

"검정색 비엠을 모시던데요." 매덕스가 말했다. 이건 질문이 아니었다, 이미 다 확인해놓은 상태였다. 이 금수저의 명의로 BMW Z4 E89 슬링샷 한 대가 등록되어 있었다.

"몰면 어쩔 건데요?"

"드루먼드랑 사귀셨다면서요." 팔로리노가 말했다. "그 정도면

'잘 알지도 못하던 애'는 아닌 것 같습니다만."

"저기, 나 지금 진짜 바쁘거든요. 그쪽 질문도 마음에 안 들고 대답할 의무도 없어요. 우리 아빠가 어제 웬 경찰들이 찾아와서 누구 모르냐면서 막 귀찮게 굴고 나한테도 찾아올지 모른다고 하더니. 아빠가 내 앞으로 변호사도 선임해놨으니까……."

"아버지께서는 자기 병원으로 경찰들이 찾아와 '누구 모르냐'면서 탐문 좀 했다고 우리가 여기까지 방문해 그레이시 드루먼드에 대해 물어볼 거라는 사실을 아무 근거도 없이 전부 예측하셨다고요?"

상대는 하하, 웃었지만 눈빛에서는 불안이 엿보였다. 존 재크스 주니어는 분명 머리가 잘 돌아가는 편은 아닌 것 같았다.

"그럴 리가. 우리 아빠는 당신네 같은 작자들한테 온갖 낚시질이니 마녀 사냥이니 아주 신물이 나게 당하면서 꽤 많은 교훈을 얻으셨거든요. 그리고 지금 분명히 사생활 침해를 하고 계시는데, 저한테 무슨 누명이라도 씌워서 잡아가실 게 아니라면 난 할 말 하나도 없수다." 재크스는 문을 닫기 시작했다.

매덕스가 막 닫히던 문을 발로 막아 세웠다. "다음번에는," 그리고 말했다. "서에서 뵙게 될 겁니다."

+

"인성 터진 애새끼 같으니." 매덕스는 파트너에게 운전대를 넘겨준 차에 몸을 싣고 말했다.

"재크스, 페닝턴, 버틀러 그리고 홀거슨과 레오가 찾아갔다는 길라니 목사까지……. 이건 뭐 단체로 묻어버리자는 음모라도 꾸민 모양인데." 팔로리노가 말했다.

"언론이랑 메리 윈스턴, 그리고 입 싸다는 그 정보원만 뺀다면 말이지." 매덕스는 잠시 망설였다. "오늘 아침에 그 기자랑은 어떻게 됐어요?"

앤지는 매덕스를 곁눈질로 바라보았다. "발 빼라고 했어요. 그리고 다른 성폭행 건 피해자는 누구인지, 그리고 정보 유출자는 누구인지도 말하라고 했고."

"뭐라도 불던가요?"

"전혀."

"놀랄 일도 아니지. 그런데 '설득했다'는 건 대체 무슨 뜻이에요?"

팔로리노는 깊게 한숨을 내쉬었다. 핸들을 잡은 손아귀에 힘이 들어가는 게 보였다. "그냥 내가 퍼니허랑 리터, 드루먼드랑 호킹 건에 대해 다 깊이 상관하고 있다고 얘기해줬어요. 그리고 애초에 연약한 여성들이랑 애들을 지키는 데도 상관하고 있고, 애초에 그러려고 이 일을 선택한 거라고도 말해줬어요. 그러면서 자꾸 비밀 정보를 보도했다가는 다른 여자애들이 피해를 볼 수도 있다고 얘기했고." 앤지는 잠시 말을 멈추고 메마른 입술을 축였다. 매덕스도 상대가 조금이나마 마음의 창을 열었으며, 그 틈으로 앤지 팔로리노의 진짜 모습을 살짝 엿본 것 같다고 생각했다. "메리 본인도 확실한 약속은 못한다고 했지만 그래도 설득은 한 것 같아요. 그리고 대신 다른 정보를 얻었어요. 아무래도 걔, 과거사가 꽤 험한 모양이에요. 산전수전 다 겪고 산 듯한데, 그런 배경도 확실히 알아두어야 한다고 생각해요. 메리에 대해서 더 자세히 알아갈수록 정보원에게도 더 가까워질 거라, 분명히 확신해요. 시스템에서도 한번 죽 훑어볼 거예요."

"피츠가 진즉 사용해봤을 방법이라고는 생각 안 해요? 메리는 딱히 기록이 없어요."

앤지의 눈이 빛났다. "그럼 진짜 피츠랑 붙어먹고 있는 거예요?"

'내가 진짜로 '붙어먹은' 경찰은 당신뿐이야, 앤지 팔로리노……'
하지만 매덕스는 하마터면 멋대로 지껄일 뻔한 혓바닥을 수습했다. 마침 타이밍 좋게 전화까지 와주었다.

매덕스는 전화를 받았다. 버지악이었다.

"수사에 진전이 있었소." 버지악이 즉시 말했다. "고속도로 카메라에서 검정색 렉서스를 포착했어요. 번호판 BX3 99E, 토요일 오후 5시 37분에 존슨로 다리 서쪽으로 향했지. 그리고 동일한 렉서스가 6시 52분에 동쪽으로 향하는 장면이 잡혔소. 이 건의 리드를 맡아 줬으면 해요. 좀 섬세하게 다뤄주시오, 그것도 아주 섬세하게. 모든 걸 원칙대로 처리해줘요, 이해했어요? 왜냐하면 그 렉서스가 레이 노턴 웰즈 명의로 등록되어 있거든."

순간 매덕스의 심장이 잠시 멎는가 싶더니, 다시 맹렬하게 뛰기 시작했다. *"시 법무차관 남편 말입니까?"*

"바로 그 사람이요. 주소는 업랜드 스탠리로 5798번지. 지금은 최대한 조용히 처리하도록. 대화할 때도 렉서스에만 집중하고, 아직은 살인 사건과 결부시키지 말아요. 그 차량이 양쪽에서 모두 발견되었다고 해서 드루먼드의 납치와 연관되었다는 증거가 될 수는 없으니까. 내 다시 당부하지만 정말, 정말로 조심스럽게 접근해야 돼요. 이 불똥이 다른 곳으로 튀기 시작한다면, 혹여 이 사건이 법무차관과 시 법무부에 어떤 방식으로든 연관되어 있다면 당장 특수 기소 검사가 필요해질 테니까. 그리고 언론과 정계를 완전히 갈아엎을 만한 사건이 되어버릴 거요. 그러니 법적으로 엄청나게 아슬아슬한 줄타기가 필요해진 거지."

37장

앤지는 매덕스와 함께 저택 앞에 세워진 구릿빛 재규어 차량을 빙 돌아 걸었다. 부츠 밑으로 자갈이 잘그락거리며 밟혔다. 저택 옆 차고로 통하는 문이 열려 있었다. 빗줄기가 더욱 거세진 가운데, 바다에서 얼음장처럼 차가워진 바람이 이 초호화 주택 단지를 향해 불어왔다. 하지만 앤지와 매덕스 사이에는 아직도 성적 긴장감이 화끈하게 불타고 있었다. 이게 불안하게 느껴지는 이유는 앤지도 스스로가 선을 제대로 넘었다는 사실을 알고 있기 때문이었다. 더군다나 매덕스가 한 말이 구구절절 옳다는 것, 자신의 속내를 정확히 꿰뚫어보고 있다는 것, 그리고 감히 누구도 엄두를 내지 못했던 방식으로 자신에게 쓴소리를 할 수 있다는 사실이 두렵기 그지없었다. 자기 생각에도 그녀는 정말로 스스로를 말아먹고 있었다. 갈 데까지 간 중독자처럼. 자신이 어디까지 추락할 수 있는지도 몰랐고, 대체 뭐 때문에 이따위로 행동하고 있는지 이유도, 동기도 알 수 없었다. 게다가 매덕스는 또 한 가지 사실도 정확하게 짚었다. 자신이 말 한마디만 하면 앤지의 강력반 승진은 곧바로 허사가 된다는 것.

하지만 지금 당장은 자신에게 그런 위력을 과시했다는 사실이 너무 분했다.

"이걸 보고 집이라고 불러요?" 앤지는 제자리에 멈춰 서서 3층짜리 '집'을 올려다보며 말했다. "통째로 호텔을 하나 차려도 되겠네."

차고에는 2016년형 소형 빨간색 포르쉐 911 터보가 한 대 주차되어 있었고, 나머지 주차장 세 칸은 비어 있었다. 놀랄 일도 아니었다. 지금은 화요일 오후인 만큼 집주인들도 아마 출근했을 가능성이 높았다.

"무슨 일이십니까?" 뒤쪽에서 거친 목소리가 들렸다.

두 사람은 뒤돌아보았다. 정장 위에 레인코트를 걸치고 광택이 번쩍이는 구두를 신은 남성이 한 손에 서류가방을 들고 재규어 옆에 서 있었다.

"레이 노턴 웰즈 씨 되십니까?" 매덕스가 상대에게 다가가며 물었다.

"그러는 당신은?"

"빅토리아 시경 소속 매덕스 형사와 팔로리노 형사입니다." 매덕스는 자신의 배지를 꺼내 보였다. 빗줄기가 노턴 웰즈의 머리칼과 얼굴을 적시고 있었다.

"그러니까 무슨 일로 오셨소?"

"귀하의 명의 앞으로 검은색 렉서스가 한 대 등록되어 있다는데 차고에는 없군요."

사내는 미간을 찌푸렸다. 그때 앤지는 저택의 서관 창문에서 누군가 움직이는 걸 포착했다. 하얀 티셔츠 차림의 청년이 창가에 서서 자신들을 지켜보고 있었다.

"도난당했거든." 노턴 웰즈가 말했다.

한 줄기 직감이 앤지의 뇌리를 스쳤다.

"언제요?" 매덕스가 말했다.

"한 2주쯤 됐나. 저기, 내가 지금 사무실로 복귀해봐야 해서…….."

"도난신고는 하셨습니까, 노턴 웰즈 씨?" 매덕스가 물었다.

"내 아들 제이든이 했을 텐데. 그 녀석더러 쓰라고 렉서스를 맡겼거든. 지금까지 한 6개월 정도 몰았을 거요."

"하지만 보험은 귀하의 명의 앞으로 되어 있던데요."

노턴 웰즈는 눈썹에 맺힌 빗방울을 귀찮다는 듯이 쓸어버렸다. "그렇소."

"차량을 도난당했을 때 바로 보험을 취소하지 않으셨습니까?"

"제이든이 알아서 처리했다고 하던데."

"지금 아드님은 집에 있습니까, 노턴 웰즈 씨?" 앤지가 끼어들었다.

"대체 왜 이렇게 그 렉서스에 관심을 보이는지 물어보고 싶소만."

"어쩌면 범죄에 사용되었을지도 모를 차량이라서 그렇습니다." 매덕스가 말했다.

노턴 웰즈는 잠시 매덕스를 쳐다보더니, 이내 서관의 창문 쪽으로 시선을 향했다. 창가에 서 있던 청년은 어느새 사라지고 없었다.

순간 앤지는 왠지 노턴 웰즈가 거짓말을 할 것 같다고 생각했다.

"녀석이 아프다고 노는 날에 딱 맞춰 찾아오셨군. 뭐 그런 날이 하루 이틀은 아니지만." 사내는 서관으로 향하는 문 쪽으로 고개를 까딱였다. "제이든은 저쪽 건물에 살고 있소. 입구도 저기 있고. 이거 실례가 되지 않는다면 내가 지금 좀 늦어서." 노턴 웰즈는 몸을 돌려 재규어의 잠금 장치를 리모컨으로 해제했다. "또 필요한 게 있거든 내 비서한테 전화하시오." 그러고는 재규어에 몸을 싣고 시동을 걸었다.

"부자지간에 어쩜 이렇게 애정이 없대요." 앤지는 매덕스와 함께 서관 입구로 걸어가면서 말했다.

"내 말이." 매덕스도 문에 대고 노크하면서 맞장구쳤다.

문이 천천히 열렸다. 방금 만났던 사내가 그대로 회춘한 듯한 청년이 문 앞에 서 있었다. 차이가 있다면 눈빛에는 불안이 깃들었고 피부는 온통 식은땀으로 번들거린다는 점이었다. 매덕스처럼 암청색을 띤 머리카락도 온통 축축했다. 게다가 꼭 맞는 하얀 티셔츠의 겨드랑이에도 땀자국이 선명했다. 목에 걸린 금빛 목걸이는 셔츠 밑으로 갈무리가 되었고, 손목에도 순금 손목시계를 차고 있었다.

"제이든 노턴 웰즈 씨?" 매덕스가 말했다.

"맞는데요."

매덕스는 자신들이 누구인지, 또 왜 찾아왔는지 설명했다. "안으로 잠깐 들어가도 되겠습니까?"

제이든은 굉장히 무기력해 보였다. 앤지는 혹시라도 상대가 약기운이 올라 있는 것 아닌가 싶었다. 마약이라도 한 게 아닐까. 제이든은 문을 열고 맨발로 방 안에 들어가 소파 위에 철퍼덕 늘어졌다. 그러더니 양손으로 얼굴을 문지르고는 형사들을 올려다보았다. "죄송해요, 감기 기운이라도 있나 보네요. 지금 며칠째 몸 상태가 안 좋아요."

앤지와 매덕스는 그냥 서 있기로 했다. 방에서는 땀 냄새와 퀴퀴한 술 냄새가 풍겼다. 난방도 세게 틀었고 창문도 죄다 닫혀 있었다. 매덕스가 질문을 던지는 사이, 앤지는 온갖 액자들이 걸린 벽으로 다가가 찬찬히 살펴보았다. 그중에 '제이든 로이스 노턴 웰즈'의 졸업장이 눈에 띄었다.

'제이든 로이스……JR?' 앤지는 맥박이 살짝 빨라지는 것을 느끼며 또 다른 액자 속 사진을 살펴보았다. 대략 열한 살쯤 되어 보이는 어린 제이든이 하얀 정장을 입고 있는 사진이었다. 아이는 해맑은 미소를 지으며 엄마, 그러니까 현직 법무차관과 아빠, 그리고 법복을 입은 주교와 함께 서 있었다. 사진 아래의 메모에는 '제이든 로이스 노턴 웰즈, 첫 영성체'라고 쓰여 있었다.

"아버님 말씀으로는 귀하가 렉서스의 도난신고를 직접 했다던데요?" 매덕스가 물었다.

"까먹었어요."

"렉서스가 도난당했는데 그걸 *까먹어요?*"

"요새 로스쿨 다니느라 너무 바빴다고요. 아직…… 아직 처리를 못한 것뿐이에요."

앤지는 매덕스와 눈길을 교환했다.

"정확히 언제 도난당했습니까?" 매덕스가 물었다.

노턴 웰즈는 축축한 머리카락 아래로 머리 거죽을 벅벅 긁었다. "그게…… 10일 전인가, 14일 전인가. 대충 그쯤 된 것 같은데요. 정확히 기억 안 나요."

"그날이 무슨 요일이었습니까? 뭘 하고 있었죠? 어디서 도난을 당했습니까?"

"그게…… 화요일이었네요, 맞아요. 이제 기억나요. 11월 28일이었어요. 기온이 막 떨어지기 시작하던 날. 다 같이 시내의 레스토랑에 갔었는데, 길거리 유료 주차장에 세워놨었거든요. 그런데 시간이 좀 늦었어요. 술도 엄청 마셨고. 그래서 택시 불러서 집으로 왔죠. 그런데 다음 날 가보니까 없어졌더라고요."

"어느 레스토랑입니까?"

제이든은 눈을 한번 깜빡인 뒤 대답했다. "오베르주요."

"주차장은요?"

"레스토랑에서 한 블록 떨어져 있는 곳이요."

"예약은 했습니까?"

"아뇨."

"밥값은 어떻게, 카드로 냈습니까?"

"네, 아니…… 잠깐만요. 그날은 현금으로 낸 것 같은데요."

"왜요?"

제이든은 어깨를 으쓱였다. "그냥 자주 그래요."

"영수증은 있습니까?"

"아뇨, 없어요. 이봐요, 대체 무슨 일인데 이래요? 왜 자꾸 이런 걸 캐물으시는 거죠?"

"귀하의 차량이 범죄에 사용되었을 가능성이 있습니다."

제이든의 얼굴이 창백해지면서 눈도 왕방울만 해졌다. 덕분에 시커멓게 변한 눈동자가 그대로 드러났다. 무슨 약기운이 돌고 있는 게 분명하다고 앤지는 생각했다.

"무슨 범죄요?"

"지금 당장은 말씀드릴 수 있는 권한이 없습니다." 매덕스가 대답했다. "그리고 방금 '다 같이'라고 하셨는데…… 그날 밤에 같이 식사했던 일행은 누굽니까?"

노턴 웰즈는 잠시 형사들을 멍하니 바라보고만 있었다. 꼭 자기 이야기를 어떻게든 끼워 맞추려는 것 같았다. 그러더니 입을 열었다. "이번 일에 친구들까지 끌어들일 생각은 없어요. 그 차가 범죄에 사용되었든 말든 저랑은 아무 상관없다고요. 난 더 이상 아무 할 말 없어요."

'법무차관 아들내미니까 조심스럽게 접근해야겠지…….'

"뭐 괜찮습니다." 매덕스가 부드럽게 말했다. "그래도 본서로 오셔서 정식으로 진술하셔야 할 것 같은데요. 그건 괜찮으시겠습니까?”

“몸 상태가…… 좀 나아지면 바로 갈게요. 지금 당장은 집에서 나갈 상태가 아니라서요.”

“그 정도면 됐습니다. 그러면 곧 다시 뵙겠습니다.”

매덕스와 함께 문으로 걸어가던 앤지는 갑자기 고개를 돌려 소파에서 막 일어나던 노턴 웰즈 쪽을 바라보았다.

“지금 하고 계신 목걸이,” 앤지는 상대의 목 쪽을 고갯짓으로 가리켰다. “성 크리스토포로인가요?”

제이든의 입이 잠시 뻥끗 열렸다. “어, 그런데요. 왜요?”

“가톨릭 가족인가 보네요.” 이번에는 하얀 정장을 입은 제이든의 사진을 턱짓으로 가리켰다.

“그거야 이 동네에서는 유명하죠.”

앤지는 입술을 핥고는 마치 떠나려는 것처럼 몸을 돌렸다가, 갑자기 뭐라도 생각났다는 듯 불시에 고개를 돌려 제이든을 마주 보았다. “중간이름이 로이스시던데.”

“그런데요.”

“제이든 로이스라. 그럼 JR이라고 부르는 사람도 있나요?”

제이든은 잠시 망설였다. “몇몇은요.”

“혹시 성 크리스토포로 장신구에 ‘*사랑을 담아. JR*’이라고 새겨서 누구한테 선물한 적 있으십니까?”

상대의 얼굴에서 핏기가 싹 가셨다. “아뇨, 아뇨. 그런 적 없어요.

당장 나가주시죠."

+

매덕스는 크라운 빅토리아를 몰고 노턴 웰즈 저택에서 빠져나와, 도로 반대편 모퉁이의 떡갈나무 고목 아래에 차를 댔다. 앤지가 운전대를 양보한 덕분이었다. 앤지 나름의 화해 방식이 아닐까, 매덕스는 추측했다.

"잘 짚었어요." 매덕스가 저택 정문의 돌기둥을 바라보면서 조용히 말했다. 기둥 하나에는 '아카샤'라고 적힌 구리 명판이 박혀 있었다. "하지만 좀 아슬아슬했어. 이번에는 차량에 관련해서만 찔러보라고 버지악이 명령했거든."

"영성체 기념사진을 그렇게 대놓고 걸어놓다니." 앤지가 말했다. "이름이 대문짝만 하게 박힌 졸업장도 그 옆에 있고 말이에요. 너무 뻔하게 이어지잖아. 이름은 J. R. 노턴 웰즈. 독실한 가톨릭 신자. 목에는 금목걸이를 걸고 있고. 참으로 신기하게도 렉서스까지 사라졌고. 막다른 골목까지 몰아넣은 거지. 아까 드루먼드랑 호킹도 아냐고 물어봤어야 하는데."

"버지악이 원하는 대로 맞춰준 거지."

"법무차관 아들내미라니." 앤지는 기가 막힌다는 듯이 말했다. "상상이나 했어요? 이거 아주 대박이 터뜨려질 수도 있겠어."

매덕스가 뭐라고 대답하려던 찰나, 빨간색 소형 포르쉐가 저택 입구에서 뛰쳐나와 바닥을 타이어로 긁으며 거칠게 코너를 돌더니 전속력으로 도로를 따라 내려가기 시작했다.

"쟤 튄다!" 앤지가 말했다.

매덕스도 크라운 빅토리아에 냅다 시동을 걸고는 거칠게 유턴했다. 두 사람은 포르쉐의 뒤를 쫓기 시작했다.

38장

"이게 뭔……? 저거 재크 래디슨인데. 시장 보좌관 말예요." 앤지가 카메라의 망원렌즈를 들여다보면서 말했다. 키가 훤칠한 남성이 제이든 노턴 웰즈와 함께 시청에서 황급히 걸어 나오는 광경이 보였다. 두 사람은 빗속에 서서 막 삿대질을 하며 뭐라고 언쟁을 벌이고 있었다. 앤지는 재빨리 사진을 몇 장 찍었다. 노턴 웰즈가 래디슨의 가슴팍을 밀쳤다. 래디슨은 비틀거리다 앞으로 달려들어 노턴 웰즈의 양 어깨를 붙잡고는, 그대로 상대에게 얼굴을 바짝 댄 채 뭐라고 폭언을 퍼붓는 것 같았다. 앤지는 사진을 더 찍었다. 디지털 카메라의 '찰칵, 찰칵, 찰칵' 하는 소리가 빠르게 이어졌다.

앤지와 매덕스는 시청 건너 도로에 차를 대놓고 있었다. 노턴 웰즈, 방금까지만 해도 너무 아파서 집 밖으로도 못 나가고 본서 진술 출석은 더더욱 못하겠다던 환자가 포르쉐를 몰고 곧장 여기까지 온 것이었다. 그러더니 노외주차장에 대충 차를 대놓고는 한겨울 날씨에 티셔츠와 청바지 차림으로 시청에 뛰어 들어갔다. 그리고 채 몇 분도 되지 않아 래디슨까지 데리고 밖으로 나왔다.

"그러니까," 매덕스가 말했다. "우리 법무차관 아드님께서는 드루먼드한테 성 크리스토포로 목걸이를 선물했을 수도 있고, 자신이 몰던 차량은 범죄에 사용되었을 수도 있는데, 이제는 잭 킬리언의 선거 운동 매니저이자 현 시장의 오른팔인 재크 래디슨과 아주 격렬한 관계를 맺고 계셨다, 이거로군."

"그 왜, 여섯 다리 건너면 서로 다 아는 사람이래매요." 앤지는 이제 래디슨이 노턴 웰즈의 팔을 붙잡고 엉망으로 주차된 포르쉐로 끌고 가는 모습을 사진에 담았다.

"노턴 웰즈가 우리 방문에 아주 식겁하고서 당장 시장실로 가서 래디슨을 찾았단 말이지. 그 이유가 뭘까요?"

노턴 웰즈는 다시 차에 탔다. 래디슨은 포르쉐의 차 문을 쾅, 하고 닫았다. 노턴 웰즈는 느릿느릿 도로로 차를 뺐다. 래디슨은 재킷도 입지 않은 셔츠 차림으로 비 내리는 보도에 서서 포르쉐가 도로 너머로 사라지는 모습을 끝까지 지켜보다가, 다시 시청으로 들어갔다. 딱 봐도 낭패한 표정이었다.

앤지는 카메라를 내렸다. "노턴 웰즈를 따라갈까요, 아니면 이번에는 시장실을 한번 방문해서 래디슨을 털어볼까요?"

매덕스는 차 문으로 손을 뻗었다. "시장실로 가죠. 아직 래디슨이 흐트러져 있을 때를 노려야지."

+

앤지가 아무리 뜯어봐도 재크 래디슨은 모델처럼 잘생긴 남자였다. 지중해 혈통으로 어둡게 탄 피부, 새까만 눈동자, 말도 안 될 정도로 하얀 치열을 재빠르게 내보이는 미소까지. 거기다 적당한 오만함까지 곁들여져 있으니 여자들로부터 돈이나 호의, 혹은 사랑 등등을 꽤나 알겨먹었을 법했다. 앤지와 매덕스는 래디슨의 사무실에 서 있었다. 잭 킬리언의 시장실로 들어가기 전에 거쳐야 하는 대기실 같은 공간이었다. 뒤쪽의 창문에서는 빗물이 구불구불하게 흘러내렸다. 래디슨은 자리에 앉으라고 권했지만 두 사람이 거절했다. 때문에 자신도 맞춤 정장으로 감싼 탄탄한 엉덩이를 윤기 나는 책상 위에 걸치고 앉아 가슴팍에 팔짱을 끼고 있었다. 그러고는 대체 자신을 방문한 용건이 무엇인지 말해오길 기다렸다.

"좀 젖으신 것 같은데요." 매덕스는 래디슨의 빳빳한 흰색 셔츠와 로열블루빛 넥타이에 묻은 빗줄기를 턱짓으로 가리키며 말했다.

래디슨은 씩 웃었다. 한 치의 망설임도 없었다. "오늘 밤에는 잭 킬리언 시장님이 이 도시의 새로운 시장으로서 처음으로 개회하시는 시의회가 열립니다. 그러니 형사님들께서 빨리 본론을 말씀해주시면 저도 제 할 일로 돌아갈 수 있겠죠."

앤지가 사무실 안을 돌아다니면서 래디슨이 장식한 예술품과 책꽂이에 꽂힌 책들을 살펴보는 동안, 매덕스는 친근한 어조로 이렇게 방문하게 된 용건을 설명했다. 솔직히 앤지는 지금 당장이라도 래디슨에게 드루먼드와 호킹에 대해 물어보고 싶어 몸이 달아 있었다. 하지만 두 사람은 일단 자동차에 집중하라고 버지악에게 명령을 받은 몸이었다. 게다가 자기 선임 파트너와 한판 붙기까지 한 이상, 한동안은 교본대로 행동하는 게 나았다.

"제이든 노턴 웰즈, 아십니까?" 매덕스가 물었다.

이번에도 래디슨은 망설이지 않았다. "제 친구죠. 고등학교 때부터 친구였습니다. 부모님들도 서로 잘 아시는 사이고요."

"사립학교였습니까?"

"그 질문은 왜 하시는지?"

앤지는 문 가까운 선반에 놓인 도자기 그릇을 쳐다보았다. 꼭 캐나다 원주민 양식인 것 같은 그림이 그려진 그릇이었는데, 명함 몇 장과 성냥갑들이 수북이 들어 있었다. 앤지는 내용물을 대충 손가락으로 훑으면서 명함을 넘겨보다가, 종이 성냥갑 하나를 집어 들었다. 순간 심장이 세차게 뛰었다.

"거기 죄송하지만 아무것도 만지시면 안 됩니다, 형사님. 부탁 좀 드리죠. 감사합니다." 래디슨이 매덕스의 어깨 너머로 외쳤다. 아, 마침내 래디슨의 목소리에 날이 서기 시작한 것 같았다.

"네네." 앤지는 성냥갑을 제자리에 돌려놓고 양손을 코트 주머니에 찔러 넣은 채 매덕스의 옆으로 와서 섰다.

"혹시 11월 28일 화요일에 제이든과 같이 오베르주에서 식사라도 하셨습니까?" 앤지의 파트너가 말했다.

상대의 눈이 순간 번득였다. "아뇨, 왜요?"

"그날 제이든이 친구들과 같이 밥 먹으러 나갔다가 술을 너무 먹는 바람에 렉서스를 그냥 세워두고 왔는데, 다시 가보니까 없어졌더랍니다."

"없어져요?"

"본인 말로는 도둑맞았다던데요."

래디슨의 눈썹이 낮게 내려왔다. "그 말을 안 믿으시나 봅니다?"

"차를 도둑맞았다는 사실은 아셨습니까?"

"당연하죠. 제이든이 말해줬습니다."

"그럼 방금 전에 바깥에서는 무슨 일이었습니까?"

아무 말도 없었다. 상대의 목울대가 움직이는 게 보였다. 눈이 아주 살짝이나마 가늘어졌다. '걸렸군.'

"밖에서 제이든과 어떤 용무로 만나신 겁니까? 좀…… 불안해 보이던데요."

래디슨은 가슴팍의 팔짱을 더 조이면서 조용히 말했다. "개인사였습니다."

"그 렉서스와 관련이 있는 일이었습니까?"

"말씀드린 대로 개인사였습니다."

"그냥 관심이 있어서 여쭤보는 겁니다만, 래디슨 씨. 당신은 11월 28일 화요일 밤에 어디에 계셨습니까?"

래디슨은 처음으로 흔들리는 모습을 보였다. "저기, 지금 저를 어디로 몰고 가시려는지 모르겠지만 솔직히 제 시간을 낭비하고 계십니다. 그러니까 시장님의 시간도 낭비하고 계신 셈이죠. 그러니 다른 용건이 없다면……."

"혹시 BC라는 이니셜이 무슨 뜻인지 아십니까?" 앤지가 끼어들었다.

"*뭐*라고 하셨습니까?"

갑자기 시장실 문이 활짝 열리더니 잭 킬리언이 직접 모습을 드러냈다. "재크, 잠깐 봄세."

"바로 가겠습니다."

킬리언은 매덕스를, 그리고 앤지를 한 번씩 쳐다보고는 자신의 보좌관에게 눈썹을 치켜올려 보였다.

"메트로 최고의 형사님들이십니다." 래디슨이 말했다.

시장의 눈이 가늘어졌다. 상대를 자세히 가늠해보려는 것처럼. "무슨 일로 오셨는데?"

"아직 말씀 안 해주셨습니다."

시장은 잠시 망설이더니 매덕스와 앤지에게 말했다. "오늘 시의회 개회를 준비해야 해서 말이오, 형사님들. 내 보좌관이 좀 필요해. 좀 빨랑빨랑 끝냅시다." 그러더니 킬리언은 들어가버렸다. 문도 쾅 닫혔다.

'*재수 없어.*' 앤지는 생각했다. 갑자기 거녀 서장에 대한 동정심이 더 솟아올랐다. 이딴 게 새로운 시장의 체제라면 문제가 산더미일 것 같았다.

래디슨은 책상에서 일어나 문 쪽으로 터벅터벅 걸어갔다. 그러더니 출구를 향해 팔을 뻗었다. "원하시는 용건이 뭔지 정하셨거나 더 질문이 있으시거든 제 비서와 언제든지 예약 잡아주시기 바랍니다."

앤지도 물러서지 않았다. "BC 말입니다." 다시 한 번 말했다. "그 이니셜이 무슨 뜻인지 아십니까?"

"글쎄요…… 기원전 BC? 브리티시컬럼비아? 베이컨과 치즈? 그 외에 수백 가지 다른 뜻도 있을 텐데요?"

앤지는 명함 그릇에서 성냥갑, 아까 살펴보던 그 종이 성냥갑을 꺼내 래디슨에게 내밀었다. 하얀 밑바탕에 소용돌이치는 듯한 글자 두 개가 서로 뒤얽혀 있었다. 바로 B와 C였다.

래디슨은 바지 주머니에 양손을 찔러 넣은 채 성냥갑을 쳐다보며 그 멋진 입술을 오므렸다. 그러더니 고개를 천천히 저었다. "글쎄요, 전혀 모르겠습니다. 요새는 다들 명함을 그냥 뿌려두고 가서 말이죠. 이건 성냥갑 같기는 합니다만. 누가 두고 갔든 이상한 일은 아니죠."

"담배 피우십니까?"

"가끔요."

앤지는 성냥갑의 덮개를 가볍게 넘기고는 안쪽에 휘갈겨 쓰인 전화번호를 드러냈다. "누가 요새 이런 종이 성냥갑을 그냥 뿌리고 다닌다고 그래요?" 그러고는 번호를 꼼꼼히 살펴보기 시작했다.

래디슨의 얼굴에 분노가 드리우더니 냅다 앤지의 손에서 성냥갑을 빼앗아버렸다. "이 사무실에 볼일이 더 있다면 영장을 갖고 오시는 게 좋을 겁니다."

앤지는 상대의 검은 눈을 똑바로 쳐다보았다. 입술은 굳게 맞물렸고 목은 팽팽했다. 아무래도 래디슨은 누구라도 자신의 성질을 돋우는 걸 참아내지 못하는 청년인 것 같았다.

"그러죠, 재크." 앤지는 부드럽게 말했다. "기꺼이 그래 드리죠."

+

매덕스와 함께 시청을 나서던 앤지는 지붕의 처마 밑으로 들어가 비를 피했다. 그러고는 가슴에 둘러메고 있던 가방에서 수첩을 꺼내, 드루먼드가 세인트 주드에서 죽기 직전에 아이의 엄마가 적어준 전화번호를 재빨리 확인했다. "이런 망할." 조용한 탄성이 터져나왔다.

"왜요?" 매덕스가 말했다.

앤지는 시선을 들었다. 핏줄을 따라 희열이 흐르는 것 같았다. "드루먼드 전화번호예요." 앤지가 말했다. "그 성냥갑에 적혀 있던 전화번호, 그레이시 드루먼드의 폰 번호라고요. 그게 BC라는 로고가 박힌 성냥갑에 적혀 있었단 말이에요." 앤지는 날카로운 눈빛으로 매덕스와 시선을 맞췄다. "달력에도 BC라고 쓰여 있었어요. 드루먼드가 아만다 R이랑 라라 P하고 같이 나갔다는 바로 그 날짜에."

39장

다시 뒤로 돌아선 재크는 킬리언이 시장실의 문간에 서 있는 모습을 보았다. 시장의 눈에는 뭔가 이상한 낌새가 감돌고 있었다.

"대체 무슨 일이었나?" 킬리언이 말했다.

재크는 숨을 깊이 들이마셨다. 핑핑 도는 머릿속에서는 온갖 질문들과 의문점이 신경줄과 그 말단을 가득 메운 채, 꼬리에 꼬리를 물면서 계속 고개를 들고 있었다. "형사들이 제 친구인 제이든 노턴 웰즈와 관련해서 몇 가지 질문을 하려고 왔답니다. 아무래도 그 녀석의 렉서스를 찾고 있는 모양입니다, 2주 전에 도난당했다는군요."

"그런데 대체 왜 이 사무실까지 찾아와서 자네한테 묻는 거지?"

"말씀드렸다시피 제이든은 제 친구입니다. 아무래도 차가 도난당했던 날 밤에 제가 제이든과 같이 레스토랑이라도 갔었는지 알고 싶어 하더군요. 제이든이 워낙 취한 바람에 자기 일행이 누구였는지도 다 잊어버린 모양입니다."

침묵이 흘렀다. 시장에게서 뭔가 이상한 기류가 느껴졌다. 재크의 가슴속에서 불안감이 피어오르기 시작했다.

"그리고 그 BC라는 이니셜은 또 무슨 얘기지?"

그래, 킬리언도 밖에서 이루어진 대화를 들은 모양이었다. 재크는 주머니 속에 든 성냥갑을 손가락으로 더듬었다. "전혀 모르겠습니다."

"혹시 내가 알아야 할 사항이 있다면……."

"없습니다."

시장은 보좌관의 눈을 잠시 마주 보고 있다가 목을 흠흠 가다듬었다. "이번 의회 안건 갱신 사항은 언론에 보도됐나?"

"아까 전에 됐습니다."

문이 갑자기 닫혔다. 재크는 단단히 닫힌 문을 쳐다보았다. 가슴속 음습한 불안감은 더욱 깊어지기만 했다.

+

잭 킬리언은 자신의 폰을 손에 들고 단단히 닫힌 시장실 문을 흘끗 바라본 다음, 재빨리 어딘가로 전화를 걸었다. 아주 특별한 번호였다. 신호음이 가는 동안 킬리언은 회전의자를 돌려 창문에 빗방울이 톡톡 부딪히는 모습을 바라보았다.

"무슨 일이야?" 자신이 그렇게 사랑해 마지않는 허스키한 목소리가 들려왔다.

킬리언은 입술을 핥았다. "경찰이 왔었어."

"*당신 집무실에?*"

"빅토리아 시경 소속 형사들이었는데…… 하나는 남자고, 하나는 여자였어. 재크한테 도난당한 렉서스하고 당신 아들에 대해 묻더라고."

"*제이든 얘기를?*"

"응."

"이게 무슨…… 대체 왜?"

"혹시 걔 렉서스 도난당한 일 있어?"

"그게…… 있어. 제이든이 애 아빠한테 그 얘기 하는 거 들은 것 같아. 솔직히 두 사람 문제 사이에 잘 끼어들지를 않아서. 도대체 좋게, 좋게 끝나는 법이 없거든. 최소한 경찰들이 그거 하나 찾아주겠다고 일하고 있기는 하구먼."

"그럼 왜 내 집무실까지 와서 재크를 만난 거지? 그것도 하필이면 내 시장 취임일 바로 전날에?"

"왜, 빅토리아 시경에서 대놓고 불만 표출이라도 하는 것 같아?"

"시경 개혁안을 당선 공약으로 들고 나왔는데 당연히 사법 집행 부서하고 친할 리가 없잖아. 게다가 내일은 경찰 상부하고 처음으로 진행하는 비공개 미팅까지 잡혀 있다고. 다들 전부 물갈이될 거라고 예상하고 있을 거란 말이지."

긴 침묵. "오늘 밤에 퇴근하면 제이든하고 한번 이야기해볼게. 그냥 겉보기만큼 별일 없을 거야."

"조이스, 상황을 좀 직시해봐. 시경 측에서 법무차관 아들이랑 연관된 범죄를 수사한다는 것 자체가 충분히 대서특필감이라고. 게다가 형사들이 시장 집무실까지 왔다는 건 나랑 당신 가족, 그리고 범죄 수사가 함께 엮였다는 소리야. 제기랄, 지금 내부 수습도 못하면서 정보가 줄줄 새어나가는 빅토리아 시경의 꼬락서니를 보면 당장 내일이라도 〈시티 선〉 1면이나 그 여기자 블로그에서 이 소식을 보게 될 수도 있다는 얘기야. 그다음에는 우리 펜트하우스 창문으로 망원렌즈들이 집중되겠지. 미디어에서도 항구에다 기자용 선박을 띄워놓고 우릴 감시할 거고."

"어쩌면 이제 때가 온 걸 수도 있어." 조이스는 조용하게 말했다. "거녀를 쳐내고 당신 사람인 앤터니 모레노를 앉히는 거야. 그러면 지금 상황을 감시하면서 전부 통제할 수 있는 거지. 경찰 내부 정보원을 색출할 수 있게 되는 거야. 이제는 어쩔 수 없는 상황일지도 몰라, 잭. 당장 내일 경찰 상부 미팅에서 전부 바로잡을 수 있는 거지? 최소한 상부 멤버 중에 세 명 이상은 우리 편으로 끌어들일 수 있지? 네 명이면 더 좋고."

"응."

"그럼 해버려, 잭. 계획을 시작해. 지금이 바로 그 타이밍이야."

"그러면 그 연쇄살인마 건은……. 거의 다 잡을 때까지 거녀를 내버려둔다는 계획은 어떻게 하지?"

"다른 방식으로 접근하는 거지. 시장이 되자마자 곧장 서열을 정리하고 개혁에 나서는 모습을 보여주는 거야. 경찰 조직을 신선하게 개혁해서 이 끔찍한 사건의 수사를 끝내고, 경찰 내부의 배신자들을 색출하고, 지금 무서워서 밤에 나다니지도 못하는 여성들에게 더 안전한 도시를 만들어주는 시장으로 거듭나는 거라고."

+

앤지는 매덕스와 함께 버지악의 책상 맞은편 끄트머리에 앉아 있었다. 버지악은 사무실 문을 닫고 강력반이 내다보이는 창문에 블라인드를 쳤다. 그러고는 볼펜을 똑딱거리면서 매덕스와 앤지의 보고를 들었다. 노턴 웰즈의 탐문과 그 후에 이어진 재크 래디슨과의 대면까지.

세 사람이 미팅을 잡기 전에 이미 제이든의 렉서스 도난신고가 들어온 기록이 있는지 철저한 조사 작업이 선행되었다. 그런 기록은 없었다. 또, 앞으로도 관련된 신고를 철저하게 확인하라는 경계조치가 내려졌다.

두 사람의 보고가 끝나자 버지악은 의자 등받이에 등을 기댔다. 손에는 여전히 펜이 들려 있었다.

"그러니까 정리해보자면, 그레이시 드루먼드와 제이든 노턴 웰즈, 그리고 시장 집무실의 재크 래디슨 간의 연결고리를 찾았다는 말이지. 남자들은 둘 다 검은 머리 백인이고. 래디슨은 자기 사무실에 드루먼드의 폰 번호와 BC라는 글자가 적힌 성냥갑을 두고 있었지만 그 성냥갑이 래디슨 것일 수도 있고 아닐 수도 있다. 그 BC 로고가 드루먼드의 달력에 적힌 걸 뜻할 수도 있고 아닐 수도 있다. 하지만 자네들이 존슨로 다리와 드루먼드가 공격당한 공동묘지 바깥에서 발견된 렉서스 얘기를 하자마자 제이든 노턴 웰즈가 곧장 래디슨을 찾아가서 말다툼을 벌였다. 법무차관 아드님인 노턴 웰즈는 가톨릭 신자이자 성 크리스토포로 목걸이를 걸고 있었다. 게다가 드루먼드의 목걸이 뒤에도 제이든 로이스의 이니셜인 JR이 새겨져 있었다. 거기다 아버지의 렉서스가 도난당한 사실을 신고하기는커녕 번호판 등록과 자동차 보험도 취소하지 않았다. 그리고 차량이 도난당했다고 주장하는 날 밤에 오베르주 레스토랑에서 식사를 하긴 했는지, 그 렉서스가 오베르주 근처 노외주차장에 실제로 주차되기는 했었는지 확실한 증거도 없다, 이 말이로군." 버지악은 다시 한 번 볼펜을 똑딱였다.

"그리고 제이든의 아버지 레이 노턴 웰즈는 개발업자이자 킬리언의 선거 서포터지. 킬리언이 공약으로 내세웠던 연안 개발을 보고 현 시장의 지지자로 나섰는데, 본인도 너무 바빠서 도난 차량의 자동차 보험을 취소하지도 못했다. 이 사람도 자기 아들처럼 검은 머리 백인이다. 게다가 법무차관은 제이든의 모친이자 레이의 남편이다……. 지랄 났다, 총체적 난국이구먼." 버지악은 갑자기 앞으로 몸을 숙이더니 이제는 숫제 책상에 대고 펜을 쉴 새 없이 똑딱거리기 시작했다.

앤지는 버지악의 손을 틀어쥐고 싶은 충동을 간신히 억눌렀다.

계속 똑딱거리는 펜 소리를 들을 때마다 머릿속에 계속 찌릿한 전류가 통하는 것 같았다. 버지악이 다시 입을 열려던 찰나, 누군가 사무실 문을 두드리는 소리가 났다. 버지악은 한번 움찔하고는 형사들의 눈을 바라보았다.

"노턴 웰즈 일가, 시장 집무실, 그리고 살인에 쓰였을지도 모르는 차량 간의 연관 관계는 이 방 밖으로 절대 발설되지 않는다. 추가적인 지시가 있을 때까지 우리 셋만 알고 있는다. 알겠나?"

두 사람은 고개를 끄덕였다. 버지악은 눈길을 돌렸다. "들어와!"

문이 열렸다. 레오였다. 노형사는 매덕스와 앤지가 버지악의 사무실에 있는 것을 보고 잠깐 놀란 듯했지만, 곧 얼굴을 찡그려 보였다.

"무슨 일인가, 레오?" 세 사람의 상관이 말했다.

"식물학자 보고서가 들어왔습니다. 개리 오크와 농업용 잔디가 함께 나타나는 생태계는 꽤나 보기 드문데, 토착 떡갈나무가 척박한 토양에 적응하면서 바람에 대한 저항을 키운 곳이라고 합니다. 이런 조건과 함께 염소까지 있는 곳은 딱 한 곳뿐이랍니다. 여기 염소는 야생이긴 하지만요. 바로 테티스비섬입니다."

앤지와 매덕스는 빠르게 눈길을 교환했다. 앤지의 가슴속에서 흥분이 피어올랐다.

"기상학자 역시 강력한 해류와 최근 육지 쪽을 향한 풍향, 그리고 높은 파고를 생각했을 때 테티스비섬으로부터 항만까지 사람 시신 한 구가 밀려오는 것은 충분하다고 합니다. 이 점으로 미루어보면

면양파리 구더기가 발견된 사실에도 일관성이 생깁니다. 시신을 물에 빠뜨리기 전에 섬에 방치했다면 말입니다."

앤지가 잽싸게 일어나 말했다. "테티스비섬에 버려진 목장이 하나 있습니다. 1862년 천연두 대유행 당시 조성된 목장입니다. 주민들 일부가 전염병을 피해 본토를 떠나 그 섬에 소규모 공동체를 형성했습니다. 그러면서 염소를 비롯한 다양한 동물들을 기르는 목장으로 발전했습니다. 하지만 결국 사람들 모두가 천연두에 걸려 전멸하자 목장은 폐허가 되었으며, 그때부터 지금까지 야생 염소들이 번식하는 서식지가 되었습니다." 앤지는 말을 멈췄다. 사무실 안에 뚜렷한 희열이 차오르기 시작했다.

"호킹의 살인 현장을 찾은 것 같군." 버지악이 자리에서 벌떡 일어나며 말했다. "어서들 움직이자고!"

40장

앤지는 발에 비닐 덧신을 씌운 채 테티스비섬 목장 폐가의 얼음장처럼 춥고 허름한 지하실에 들어와 있었다. 옆에는 매덕스, 홀거슨, 버지악도 함께 있었다. 경찰 일행은 모두 조용히 침묵한 채 바브 오헤이건이 각종 법의학 기술들을 동원해 현장을 조사하는 광경을 지켜보았다. 사진사도 한 명 따라붙어 자신들이 작업한 흔적을 거의 밀리미터 단위로 촬영했다. 하얀색 일체형 작업복과 모자, 부츠 그리고 니트릴 장갑으로 완전 무장한 기술팀은 카메라의 플래시가 터질 때만 언뜻언뜻 시선에 들어오는 통에 꼭 슬로모션으로 움직이는 것처럼 보였다. 덕분에 지하실의 현장에는 굉장히 기이한 분위기가 감돌았다. 이따금 카메라가 찰칵거리는 소리와 땅 위의 다 무너진 서까래를 통해 새어 들어오는 으스스한 바람소리를 제외한다면, 현장에서는 아무 소리도 나지 않았다.

모두의 소망과는 달리 아침이 되자마자 섬으로 출발할 수는 없었다. 또다시 폭풍이 몰려왔고, 안개도 짙게 깔렸으며, 파고도 높아졌기 때문에 오후까지는 꼼짝없이 발이 묶여 있어야만 했다. 게다가 원래는 빅토리아 시경 소속의 경비정으로 20분이면 도착할 거리인데도 자꾸만 육지 쪽으로 불어닥치는 서풍과 거친 파도 때문에 예상보다 훨씬 더 오래 배를 몬 끝에야 섬에 상륙할 수 있었다. 레오도 섬까지 동행했지만 진즉 뱃멀미로 뻗는 바람에 바깥에서 담배를 피우면서 속을 추스르고 있었다. 현장에서 구토라도 했다간 자기 DNA가 사방으로 튈 거라 도저히 참관할 수가 없었다. 본인도 이런 처지를 잘 아는지라 뱃사람이라도 빙의된 것처럼 욕설만 내뱉고 있었다.

결국 일행이 도착했을 즈음에는 안 그래도 어두운 지하실이 칠흑처럼 어두워진 뒤였다. 게다가 안은 엄청나게 추웠다. "마녀 찌찌처럼 차갑네." 홀거슨의 간단한 감상이었다. 앤지도 꼭 정육점 냉장고만큼이나 춥다고 생각했다. 지난 2주 동안 북극 기단에서 내려온 공기 덕분에 영하까지 가볍게 내려갔던 기온을 생각해본다면, 페이스 호킹의 시신이 이 아래서 그렇게 잘 보존된 것도 충분히 일리가 있었다. 오헤이건은 새롭게 추가된 정보를 반영해 10일로 예상했던 사후 간격을 14일까지로 연장했다. 그러면서 호킹의 시신이 이 아래 있었다면 아마 안치소의 냉동고에 보관한 것만큼 보존 상태가 좋았을 거라고 덧붙였다. 지금은 폭풍이 몰아치고 공기는 습한 데다 날씨는 점점 풀리고 있지만, 차디찬 땅굴에 조성된 지하의 현장에서는 여전히 얼음장 같은 냉기가 느껴졌다.

게다가 이 아래서 벌어졌을 법한 공포스러운 행위의 단서를 샅샅이 찾아내고자, 휴대형 배터리 충전식 LED 조명 시스템을 섬까지 조달해 지하 전체에 삭막한 인공광 조명을 환하게 비추고 있었다. 앤지도 곳곳을 둘러보면서 이 지하실에서 페이스 호킹에게 벌어졌을 일을 나름대로 끼워 맞춰보려 했다.

일단 빅토리아 시경 경비정을 댄 나무 선창에서는 잔교를 온통 뒤덮은 끈적끈적한 잔해 더미로부터 최근에 긁힌 듯한 생채기가 검출되었다. 보아하니 보트 한 척을 이 선창에 댔다는 증거 같았는데, 분명 누군가 이 섬에 발을 들인지 얼마 되지 않았다는 첫 번째 신호였다. 지난 몇 주간의 날씨를 본다면 관광 목적으로 여기를 방문했을 가능성은 희박했다. 이런 흔적은 선창에서 끝나지 않았다. 한번 얼어붙었을 법한 진흙탕 위로 발자국이 찍혀 있었고, 그 옆으로는 뭔가를 끌고 간 자국이 남아 있었다. 이렇게 질질 끌려가던 짐 덩어리는 곳곳의 바위에 거칠게 부딪치면서 돌에 붙어 자라던 이끼들을 떨어뜨렸다.

목장 바깥에서도 진흙 위로 뭔가를 끌고 지나간 흔적이 추가로 발견되었다. 폐허가 다 된 저택 안에는 야생화된 염소 무리가 들어와 있었다. 그러니 호킹을 둘둘 감고 있던 비닐에서 나온 염소 털과 오래된 개리 오크 낙엽, 그리고 다른 찌꺼기들의 출처를 손쉽게 찾아낸 셈이었다.

하지만 진짜 노다지는 바로 지하실 아래에 있었다.

저 위쪽으로 열린 천장 문에서는 폴리프로필렌 밧줄이 내려와 머리 위의 대들보에 걸린 채, 바람을 따라 하늘하늘 흔들리고 있었다. 호킹을 묶었던 밧줄과 동일한 재질이었다. 루미놀 감식 결과 밧줄 가닥에서는 인간의 혈액이 검출되었다. 게다가 기술팀은 밧줄에 휘감겨 있던 인간의 체모 흔적도 함께 찾아냈다. 검은색, 갈색, 그리고 어두운 금발까지 다양하게도 나왔다. 앤지는 아마도 기다란 갈색 머리가 호킹의 머리일 것이라고 추측했다. 이제는 다른 체모 흔적들에 관심이 쏠렸다. 그중에는 음모나 남성의 체모로 보이는 것도 있었다. 전부 다 비닐로 밀봉되어 기록되었다. 앤지는 혹시라도 드루먼드의 옷에서 발견된 증거물과 일치하는 체모는 없는지 궁금해 죽을 지경이었다. 그런 증거가 하나라도 나온다면 살인 피해자들 간의 연결 관계가 더욱 탄탄해질 테니까.

기술팀 중 한 명은 벽 근처를 거의 기어 다니다시피 하다가 바닥에서 촛농의 흔적을 찾아냈다. 바닥에 눌어붙은 촛농 자국들은 전부 긁어내어 밀봉된 뒤, 저택 바깥에 설치된 임시 천막 본부로 옮겨져 증거로 기록되었다.

천장 한쪽 구석의 거의 다 썩어들어간 나무 상자 근처에서는 호킹을 칭칭 감아놓았던 밧줄과 동일한 재질의 폴리에틸렌 파편이 검출되었다. 바람에 날린 듯한 개리 오크 낙엽, 도토리, 해묵은 잔디와 나무껍질 그리고 녹색 이끼가 한데 뭉쳐 덩어리를 이루고 있었다.

아마도 바람이 불어오는 쪽의 섬에서 자라는 소나무 숲에서 날아온 것 같았다. 루미놀 감식 결과 지상의 폐가 바닥에 깔려 있던 삼나무 판자에서도 인간의 혈액 자국이 검출되었다.

오혜이건은 자세를 낮춘 채 핏자국을 자세히 검토하면서 안치소에서 찍었던 사진들과 현장을 서로 비교했다. 그러더니 니트릴 장갑을 낀 손으로 핏자국이 남은 마룻바닥을 가리켰다. "이 판자의 크기와 간격은 호킹의 등에 남았던 시반 자국과 일치하는군요." 그러더니 잠시 입술을 오므린 채 골똘히 생각에 잠겼다. 펑퍼짐하고 하얀 일체형 슈트와 모자를 쓴 채 쪼그려 앉아 있는 모습이 꼭 개비스콘 마스코트처럼 보였다.

"왜 그러시오?" 버지악이 말했다.

병리학자는 위쪽 서까래에 대롱대롱 매달린 밧줄을 바라보았다. "저 밧줄의 굵기는 분명 피해자에게 남은 목 졸린 자국과 일치하기는 하는데, 그게……." 오혜이건은 아랫입술을 잘근잘근 씹었다. "위장에 남았던 음식물 흔적이 마음에 좀 걸립니다. 죽기 전에 최고급 식사를 한 게 분명한데요."

"여기서 먹었다는 증거는 나오지 않았지요." 매덕스가 말했다.

"말 그대로 최후의 만찬이었구먼." 홀거슨도 덧붙였다. "그 왜, 저는 항상 죽음을 앞둔 사형수들에게 마지막으로 밥이나 제대로 먹이잠서 식단까지 신청 받는 게 꽤나 낭비라고 생각했슴다. 어차피 죽구 나면 소화도 안 되고 배 속에 그대로 남을 텐디."

매덕스는 홀거슨을 무시한 채 조용히 말했다. "피해자는 다른 곳에서 살해당하자마자 보트에 실려서 여기로 옮겨졌을 수도 있습니다. 아직 시반이 생기기도 전에 이 마룻바닥 위에 눕혀진 거죠. 아니면 식사를 끝내자마자 여기로 온 다음, 저 밧줄로 목이 졸렸을 수도 있습니다." 그러면서 매덕스는 천장에 매달린 밧줄을 턱짓으로 가리켜 보였다.

"글쎄, 해안가 어디서 괜찮은 식사를 한 다음 한 시간 내로 보트에 탄 채 여기까지 온 겁다." 홀거슨이 말했다. "아니면 여기로 오는 배 위에서 목이 졸렸을 수도 있죠. 이거 정확하게 좁히기가 힘드네."

갑자기 바깥에서 으스스한 바람 소리가 났다. 흙벽에서 촛농을 긁어내던 기술팀원 하나가 몸을 부르르 떨더니, 꼭 1800년대 천연두로 죽어간 주민들의 원혼이라도 본 양 왕방울만 해진 눈으로 위쪽을 쳐다보았다. 밧줄이 흔들리고 위층의 마룻바닥 판자가 삐걱거렸다. 어딘가에서 오래된 창문이 쾅, 닫히는 소리가 났다.

어느 순간 그 소녀가 나타났다. 부드러운 분홍빛으로 은은하게 빛나는 촛불을 든 채, 깜짝 놀란 기술팀원 바로 옆에 서 있었다. 앤지는 그대로 얼어붙었다. 다시 머릿속에서 울려대는 목소리가 들렸다. 꼭 놀이터에서 노는 아이들의 노래처럼……

'숲으로 와서 놀자…… 이리 내려와……'

그러더니 폴란드어 비명이 또 들렸다……. '우체카이!'

소녀는 하늘하늘한 머리카락과 드레스를 휘날리며 지하실의 시커먼 흙벽을 뚫고 들어가버렸다. 앤지는 아이가 사라져버린 그곳을 멍하니 쳐다보고 있었다. 온몸에서는 식은땀이 배어 나왔고, 자기 심장이 '쿵쾅, 쿵쾅, 쿵쾅' 뛰는 소리가 자기 귀에까지 들릴 지경이 었다. 홀거슨의 말소리가 꼭 구불구불한 터널 너머에서 울리는 것처럼 멀게만 들렸다.

"그러니까 일단 범인은 피해자를 여기로 데려왔다는 겁다. 여서 피해자가 죽었든, 아니면 이미 죽어 있었든 간에. 어쩌면 범인은 피해자를 몇 번 더 방문했을 수도 있고, 일단 자신의 환상을 충족시키고 시신 훼손까지 마친 뒤에는 슬슬 부패하기 시작했다는 걸 깨달았겠죠. 그래서 시신을 비닐로 둘둘 감아 선창에 매어둔 보트에 싣고 테티스비섬의 무풍지대까지 가져가, 바다에 시신을 버린 겁다. 그대로 바닥까지 가라앉길 바랐겠지만, 시신은 해류와 날씨를 타고 내항까지 흘러가게 된 거죠. 그러다 수면으로 조금 떠오른 사이에 다른 보트의 프로펠러에 걸렸을지도 모름다." 홀거슨은 잠시 뜸을 들였다. "배를 몰던 사람들이야 그냥 통나무랑 부딪쳤겠거니, 하고 넘겼겠죠. 저 물가에 떠다니는 통나무가 한두 개임까, 그 때문에 허구한 날 사고도 나는 판인디. 어쨌든 이렇게 시신을 내항까지 끌고 가게 됐겠죠. 그러다 밧줄이 끊어졌고, 호킹은 그대로 강력한 파도와 물살을 타고 협곡까지 흘러 들어가게 된 겁다. 그렇게 다리 아래서 떠오른 걸 노숙자 친구가 발견하게 된 것이구요."

홀거슨의 목소리는 계속 웅얼웅얼 울려대다가 마치 터널에 완전히 삼켜진 것처럼 전혀 들리지 않게 되었다. 지하실 안이 시커멓게 변하고, 안쪽을 비추던 빛도 전부 조그마한 광점으로 희미해지기 시작했다⋯⋯.

'팔로리노⋯⋯ 괜찮아요⋯⋯ 팔로리노⋯⋯.'

"앤지!"

두 눈이 번쩍 뜨였다. 앤지는 다시 정신을 또렷하게 차렸다.

"괜찮아요?" 매덕스였다. 한쪽 팔로 앤지를 감싸 안은 채 부축해주고 있었다. 즉시 공황이 찾아왔다. 앤지는 침을 삼키려고 했지만 입안이 바싹 말라 있었다.

"네, 괜찮아요." 앤지는 매덕스의 부축에서 벗어나 위쪽 천장 문으로 올라가는 사다리를 잡고 후들거리는 두 다리로 어떻게든 버티고 서 있으려 했다.

"동공이 엄청나게 팽창됐는데." 매덕스가 말했다. "안색도 시허옇고."

버지악과 홀거슨도 앤지를 바라보고 있었다. 오헤이건도 쪼그려 앉은 채 앤지를 꿰뚫어볼 듯한 눈길로 이쪽을 쳐다보고 있었다. 그 표정에는 온통 걱정이 깃들어 있어서 앤지는 오히려 겁을 먹었다. 신선한 공기가 필요했다. 지금 당장 여기서 나가야 했다. 온몸이 비명을 지르고 있었다. '도망쳐! 도망쳐! 우체카이, 우체카이!' 순간 앤지는 눈앞에 번뜩이는 붉은 섬광에 두 눈을 깜빡였다. 번뜩이는 칼날이 입술을 서늘하게 스친 것 같았다. 앤지는 반사적으로 한 손을 들어 입술의 흉터를 어루만진 뒤, 손끝을 쳐다보았다. 혹시라도 피가 묻어나올 것 같아서.

"앤지?" 매덕스는 앤지의 이름을 부르면서 다시 한 번 팔로 부축해주었다. "일단 나가서 바람이나 좀 쐽시다." 그러고는 앤지가 아래쪽 사다리를 잡을 수 있게 이끌어주었다. 팔 힘은 상당했고 몸에서는 온기가 느껴졌다. 지금 당장이라도 다 놓아버리고 그 탄탄한 품 안에 무기력하게 안긴 채 모든 것을 맡기고 싶었다. 하지만 앤지는 매덕스를 뿌리치고 그 손길과 사다리에서 물러났다.

"난 괜찮아요, 정말로. 고마워요." 앤지는 손으로 입술을 훑어 피가 나지 않는다는 걸 다시 한 번 확인했지만, 흉터는 계속 아렸다. 이상한 일이었다.

"무슨 일이에요? 말해봐요."

모두가 아직도 앤지를 바라보고 있었다.

앤지는 울 모자를 거칠게 끌어내려 귀까지 덮어버렸다. 오한이 느껴졌다. "괜찮대도 그러네." 그리고 현장으로 몸을 돌렸다. "그럼 범인은 피해자를 여기까지 왜 데려왔냐는 거죠?" 앤지는 한순간도 정신줄을 놓지 않았던 것처럼 보이려고 일부러 빠르게 말을 이었다. 실상은 그 짧은 순간조차 몇 시간, 아니 몇 주처럼 느껴질 정도로 기이한 시간 감각의 왜곡을 겪었지만. "어떤 이유에서든 호킹과 이 지하실은 우리 범인의 도착적인 사랑 지도에 어울렸다는 거죠, 우리 그래블로스키 박사님의 표현을 따르자면 말입니다. 호킹과 이 장소가 범인의 환상에 부합했다는 거고요." 앤지는 동료들 쪽으로 돌아섰다. "범인은 상당한 수완을 갖춘 부유한 자일 수 있습니다. 꼭 자기 보트가 아니더라도 직접 사용할 수 있는 배를 확보해두었다는 점을 보면 말이죠. 게다가 검은 송로버섯이나 일본에서 공수한 고베 소고기를 대접할 수 있는 형편까지 갖췄습니다."

"아니면 부유한 사람들을 위해 일하는 입장일 수도 있지." 버지악이 말했다.

"분명 이 장소를 진즉에 알고 있었을 겁니다." 앤지는 조용히 말했다. "어떤 이유에서든 이 섬과 이 목장, 또 근처의 해역에 익숙할 가능성이 높습니다. 그래서 호킹을 여기에 보관해두는 것으로 안정감을 느꼈을 것이며, 범인 스스로가 부유하든 아니든 이런 악천후 속에서도 바다를 건너기에 충분한 실력을 가진 걸 보면 항해 면허를 따냈을 가능성도 있습니다."

"여기 좀 보십쇼!" 기술팀 중 한 명이 갑자기 조명 하나를 돌리면서 외쳤다. "여기 나무판자 사이에 뭐가 껴 있는데요." 팀원은 핀셋을 사용해 판자 두 개 사이에 끼어 있던, 사용된 콘돔을 조심스레 끄집어냈다. 그러고는 자신이 뭔가를 찾아냈다는 사실에 득의양양해져 눈썹을 치켜올렸다. "깔끔하게 뒤처리를 한다고 했지만 이건 흘리고 갔네요."

"다 잡았네." 홀거슨이 콘돔을 쳐다보며 중얼거렸다.

"범인이 시스템에 등록되어 있다면 말이죠." 매덕스가 말했다.

"그야 그렇죠, 하지만 그래도 DNA 증거는 확보했잖습니까. 어찌 됐든 우린 유력한 용의자를 찾았고, 놈의 DNA가 저 콘돔 속의 정액과 일치한다면 우리의 세례자를 찾은 거나 마찬가집니다."

세례자

> 모든 사람이 죄를 지어 하느님의 영광을 잃었습니다.
> – 로마 신자들에게 보낸 서간 3장 23절

벌거벗은 채 지하실 중앙에 놓인 작은 금속 의자에 앉았다. 난방기를 최대한으로 켜두어서 지하실은 지옥의 불구덩이처럼 더웠으며, 창백한 피부는 온통 땀으로 번들거렸다. 방 안은 어두웠지만 촛불이 제 역할을 다하고 있었다. 그 성당에서처럼. 그 지하실에서처럼. 촛불은 작은 유리병 안에서 깜빡이고 있었다. 한껏 일렁이며 춤추었던 그 섬에서의 밤처럼.

발바닥을 지하실 바닥에 똑바로 디딘 채 근육질의 허벅지를 넓게 벌려 고간을 드러냈다. 어머니는 바로 앞쪽에 놓인 편안한 의자에 앉아 있었다. 잘 보일 정도로 가까이, 하지만 손댈 수는 없을 정도로 멀리.

그레이시의 머리카락 뭉치를 자신의 성기에 부드럽게 문질러보았다. 처음에는 간질간질했지만, 성감대의 민감한 피부는 이미 안티푸라민크림을 발라 극도로 화끈해져 있는 상태였다. 음경이 부풀어 오르기 시작했다.

눈을 감고 부드러운 신음을 내뱉으며 자신의 전리품을 다시 한

번 국부에 문질렀다. 이제 그레이시를 혀로, 눈으로, 피부로, 코로 다시 맛볼 수 있었다. 고환 사이로 늠름하고 단단하게 발기한 물건이 솟아올랐다. 마지막 제모 후 슬슬 까끌까끌해진 국부는 꼭 선인장과도 같았다. 어쩔 수 없는 일이었다. 현장에 음모를 남길 수는 없는 노릇이니. 뿐만 아니라 다른 부분의 털도 전부 다 밀어버렸다. 머리만 빼고. 머리카락까지 밀기에는 자존심이 허락하질 않았다. 대신 꽉 끼는 모자를 쓰는 걸로 대신했다.

깊은 숨을 들이마시면서 눈을 질끈 감았다. 점점 크게, 뜨겁게, 고통스럽게 커져가는 자신을 느끼며. 온 감각들이 자신에게 후끈하게 불을 지르면서 마치 거대하게 고동치는 심장처럼 변모시켜놓았다. 귓속에 흐르는 피는 고막에 원초적 박자를 전달하고 있었다. 그는 물건을 부여잡고 그 박자에 맞추어 흔들면서 예전의 기억을 되살리기 시작했다. 예전으로. 예전으로…… 갑자기 호흡을 멈췄다. 자신은 거기 있었다. 그녀와 함께. 호흡은 이제 훨씬 짧고 가빠졌으며, 손짓도 더욱 빠르고 강렬해졌다. 온 세상이 좁혀져오면서, 어느새 그 자신은 페이스와 함께 그 지하실로 내려와 있었다…….

자신은 그곳에 있었다. 서까래에 튼튼하게 매어놓은 밧줄이 흔들거리고 있었다. 페이스의 몸은 축 늘어져 있었고, 손가락으로 만져보니 살결은 아직 탄탄하고 나긋나긋했다. 바깥에서 바람이 불어들어오면서 촛불이 이리저리 흔들리고 나부꼈다. 하지만 오히려 좋았다. 아득하고 황량하고 낭만적이고 음습하고…… 성스러웠으니까. 그랬다. 그래, 그랬다. 페이스의 겨드랑이 아래를 손으로 받치고 허리부터 일으켜 앉은 자세로 만들어놓았다. 페이스의 머리가 앞으로 축 늘어졌고, 턱은 가슴팍까지 벌어졌으며, 기다란 머리카락은 젖을 가렸다. 유두를 피어싱 한 고리가 촛불 빛을 반사하자 그게 또 그렇게 흥분될 수가 없었다. 재빨리 페이스의 맨가슴 위로 밧줄을 감고, 등 쪽으로 다시 감고, 목 주변에 다시 감았다. 그러고는 서까래 위로 밧줄을 넘겼다. 마치 도르래처럼. 페이스의 자세가 다시 바뀌면서 마룻바닥 위로 양발이 질질 끌렸다. 페이스를 살짝 더 높이 끌어올린 다음 밧줄을 튼튼히 묶었다.

한 발짝 물러서서 자신의 작품을 감상했다. 마음속에서 뿌듯한 성취감이 솟아올랐다.

페이스는 꼭 바닥에 앉아 있는 것처럼 묶여 있었다. 멋지게, 그리고 살아 있는 것처럼. 발꿈치를 아래로, 발가락은 위로, 그리고 군살 하나 없는 허벅지는 마치 인형처럼 넓게 벌린 채.

잠시 동안 페이스의 아랫배를 뒤덮은 뱀들을, 뾰족하게 돋은 송곳니로 분홍빛 음부를 감싼 메두사의 아가리를 감상했다. 지하실로 한 줄기 돌풍이 불어왔다. 깜빡이는 촛불 속에서 메두사는 잠시나마 살아 움직이는 것처럼 보였다. 뱀들은 페이스의 가랑이 위에서 구불거렸고, 음부의 입은 촉촉한 입술을 핥는 듯했다. *'어서 들어와, 조니 보이. 네 물건을 맛보고 싶어, 존, 엿보는 톰…… 이 애는 나쁜 여자아이였어, 조니. 네가 보게 만들었잖아. 널 엿보게 만들었다*

고······ *제대로 고쳐줘*······.'

예리한 X-액토 나이프를 꺼내 촛불에 대고 세심하게 달구었다. '고치는' 부분은 나중으로 미뤄두기로 했다.

41장

매덕스는 양 소매를 걷어 올리고 넥타이도 풀어헤친 차림으로 바에 앉아, 카운터 위의 우툴두툴한 구리판에 왼쪽 팔꿈치를 걸친 채 맥주를 들이켰다. 그의 관심은 온통 앤지에게 쏠려 있었다. 앤지는 한창 홀거슨과 이번 따개비 작전에 배정된 고위험 범죄자 담당 부서원 두 명하고 당구를 치고 있었다. 매덕스는 문득 파트너를 팔로리노가 아닌 '앤지'로 생각하고 있는 자신을 발견했다. 그게 무슨 의미냐 하면…… 알 게 뭐냐, 그게 무슨 의미인지는 당장 생각하지 않기로 했다.

　빅토리아 시경 본서에서 도로 하나 떨어진 곳에 위치한 술집, '나는 돼지 펍'에서는 아일랜드식 명랑한 바이올린 듀엣이 떠들썩하게 울려 퍼지면서 분위기를 한껏 달구고 있었다. 태스크포스는 테티스 비섬에서의 발견으로 한껏 사기가 충천해진 상태였다. 폭풍우를 뚫고 섬으로부터 복귀한 뒤의 마무리 브리핑은 굉장한 열기로 진행되었다. 온갖 추리들이 쏟아져 나왔고, 증거들이 논의되었으며, 다음 수사 목표까지 전부 결정된 다음에는 다들 '경찰 전용 술집'으로 직행했다. 버지악이랑 피츠만 빼놓고. 자신들도 말로는 참석하겠다고 했지만, 술집 안을 빼곡히 메운 사람들 중에서는 두 사람의 얼굴을 찾을 수 없었다.

매덕스는 맥주가 남은 맥주병을 카운터에 탕, 내려놓고는 술집 주인인 콜름 맥그리거에게 한 잔 더 달라고 손짓했다. 시간은 이미 자정을 향해 가고 있었다. 매덕스 본인은 하루 종일 아무것도 먹지 못한 상태였고 다른 경찰들도 단체로 굶었기는 마찬가지였다. 그런 인파가 우르르 몰려오면서 술집의 주방은 눈코 뜰 새 없이 바쁜 상황이었다. 그러니 자신이 시킨 음식도 꽤 오랫동안 기다려야 나올 판이었다. 그 말인즉슨 매덕스가 빈 속에 들이켠 맥주의 술기운이 머리끝까지 직행하면서 기분 좋은 취기를 즐길 수 있었단 뜻이다.

맥그리거가 시원한 맥주 한 병을 더 내오자, 매덕스는 그대로 병째 나발을 불었다. 시원하고 짜릿하며 부드러운 거품의 포말이 입속을 가득 메우는 걸 느끼며 매덕스의 관심은 다시 당구대 위로 몸을 구부리고 있는 앤지에게, 그리고 시선은 검정색 청바지가 쫙 달라붙은 그녀의 엉덩이로 갔다. 자연스레 앤지가 벌거벗은 채 자신을 올라탔던 기억이 적나라하게, 후끈하게, 필연적으로 되살아날 수밖에 없었다. 매덕스는 억지로 주의를 돌려 오늘 찾아낸 주요 증거물들을 생각하려 했다. 금발, 흑발 그리고 갈색머리의 다양한 체모 증거들과 마룻바닥 판자 사이에 끼어 있던, 사용된 콘돔까지. 이건 정말 굉장한 진전이었다. 지금 당장이라도 법의학 분석에 들어가야 할 판이었다.

앤지는 당구대의 반대편으로 움직였다. 다시 상체를 숙인 앤지는 골반을 당구대 끝에 대고 큐대로 공을 노렸다. 그 눈빛은 온전히 자신이 노리는 공으로 향해 있었고, 빨강머리가 어깨 위로 치렁치렁 흘러내렸다. 술집 안은 꽤 더웠기 때문에 셔츠의 위쪽 단추도 풀어 헤친 참이었다. 매덕스의 머릿속에서는 갑자기 자신을 올라타던 앤지의 출렁이는 가슴이 떠올랐다. '빌어먹을.' 아무리 잊으려고 노력해보아도 두 사람 사이에 있었던 섹스의 기억을 떨쳐버릴 수가 없었다. 맥주를 또 한 병 들이켜면서 매덕스는 이제 앤지가 지하실에서 잠시 정신을 잃었던 순간을 떠올렸다. 분명 앤지에게는 뭔가 일어나고 있었으며, 덕분에 자신이 이 여자에게 갖는 호기심도 더욱 깊어지기만 했다. 물론 약간의 걱정도 함께 피어올랐다. 그때 왼쪽에서 갑자기 난 끌끌거리는 소리가 매덕스의 생각을 방해했다. 그쪽으로 시선을 돌리자, 두 자리 건너에서 위스키를 들이켜며 자신을 강렬하게 바라보는 레오의 모습이 눈에 들어왔다. 그 입가에는 조소가 걸려 있었다. 그걸 보니 매덕스는 살짝 짜증이 일었다. "혼자 재미 보고 있습니까, 레오?"

레오는 자리에서 일어나 가까이 다가오더니 매덕스의 바로 옆에 앉았다. 그러고는 나머지 술을 마무리하고 카운터에 잔을 탕, 내리치며 맥그리거를 불렀다. "어이 사장님, 다음 잔은 3인분으로 따라주쇼. 그리고 여기 있는 기사님도 원래 마시던 거 하나 더 갖다 주시고." 그런 다음 담배에 찌든 목청을 흠흠 가다듬으면서 다시 매덕스 쪽으로 돌아앉았다.

"저 뒤태 죽이지 않습니까, 경사님?" 레오는 앤지 쪽으로 턱을 까딱이며 말했다.

매덕스는 상대를 무시하고는 자신들 앞에 술을 내려놓던 맥그리거를 불렀다. "버거랑 프라이는 대체 언제쯤 나옵니까?"

"딱 2분만 더 기다리십쇼." 빨간 머리의 스코틀랜드 사내가 진한 사투리로 대답했다.

레오는 새로 따른 위스키 잔을 입술에 갖다 댔지만, 그 눈은 여전히 앤지에게 붙박여 있었다. "나 같으면 저 청바지 벗길 생각은 안 할랍니다. 남자한테는 관심이 없는 것 같거든." 그러더니 혼자 끌끌 웃었다. "아마 호킹이 그려놓은 메두사처럼 아래에 독니가 숭숭 돋아나 있을 거요. 까딱 잘못 박았다가는 그대로 뜯어 먹히지."

매덕스의 전신이 분노로 폭발할 것처럼 긴장했다. 일단 마음속으로 셋까지 센 매덕스는 차가운 맥주를 한 모금 길게 들이켰다. 하지만 그래도 입이 제멋대로 움직이는 것을 멈출 수가 없었다. "앤지한테 껄떡거린 적이라도 있습니까, 레오? 그러다 소박 제대로 맞고 그 뚱뚱하고 털 난 자존심에 상처라도 입은 겁니까? 그래서 자꾸 이러는 거고?"

레오의 입가에서 조소가 지워지더니, 눈이 가늘어지고 얼굴도 발갛게 달아올랐다.

"그래." 매덕스는 상대를 계속 바라보며 말했다. "그럴 줄 알았지. 거 넥타이 좀 느슨하게 풀지 그러쇼, 형사님? 오늘 밤도 몸은 화끈하지만 마음은 적적할 것 같은데."

"좆이나 까십쇼." 레오는 숨죽여 속삭이고는 바 뒤쪽에 틀어놓은 TV 속 하키 경기로 눈을 돌렸다. 하지만 노형사 역시 도무지 자신의 입을 통제할 수 없는 것 같았다. "저년은 남자 깔아뭉개는 데는 도가 튼 년이오, 그쪽도 잘 알겠지. 내가 보기에는 쟤가 바로 내부 유출자가 분명해. 딱 봐도 쟤가 할 만한 짓이거든. 자신을 강력반에 들여보내주지 않는다고 우리 늙다리들을 엿 먹이려는 수작질이지. 순전히 앙심만 품고서 말요." 그러고는 잔에 든 위스키를 절반쯤 쭉 빨더니, 기침을 한번 하고는 손등으로 입을 슥 닦았다. "그나저나 손목의 그 자국은 뭐요? 꼭 우리 익사체처럼 꽁꽁 묶였던 것 같은데."

"묶였죠."

레오의 시선이 다시 매덕스의 눈으로 향했다. "뭣 때문에?"

"섹스."

레오의 눈빛이 멍해졌다.

"침대 위에서 수갑 차고 여왕님 모셔본 적이 없나 보죠, 형사님?"

"지랄하시네."

"그랬으면 좋으시겠지."

레오는 입을 벌렸지만, 미처 반박하기도 전에 맥그리거가 뜨끈한 김이 풀풀 나는 버거와 프라이를 매덕스 앞에 대령했다. 매덕스는 안도하면서 당장 감자튀김 몇 개를 집어 입으로 털어 넣었다. 그렇게 튀김을 우물우물 씹고 있는데 갑자기 술집 문이 벌컥 열렸다. 오헤이건 박사가 차디찬 겨울바람을 풀풀 풍기면서 들어왔다. 펑퍼짐하고 편해 보이는 청바지 차림의 오헤이건은 곧장 바에 앉아 있던 두 사람을 향해 휘적휘적 걸어왔다.

레오는 머리를 까닥여 오헤이건을 가리켰다. "저기 남자 잡아먹는 여자 또 하나 오시네. 혹시나 박사님이랑 팔로리노가 붙어먹는 사이일지도 모르지, 어떻게 생각하쇼?" 그러고는 술을 들이켰다.

"재미 보고 있어요, 레오?" 오헤이건이 늙은 형사의 등을 냅다 갈기며 말했다. 어찌나 손힘이 매웠던지 목구멍으로 넘어가던 위스키가 기침과 함께 도로 튀어나올 정도였다. 레오의 두 눈에 물기가 맺히고 얼굴은 더욱 시뻘게졌다. 오헤이건은 신난다는 얼굴로 씩, 미소를 짓더니 손을 들어 맥그리거를 불렀다. 그러고는 기네스 팟 파이와 페일 에일 한 병을 시키고는 매덕스 쪽을 돌아보았다.

"그래, 신참 형사님. 새로 이직한 직장의 첫인상은 좀 어떠십니까?" 그러면서 오헤이건은 뻐드렁니를 드러내며 진심 어린 미소를 지어 보였다.

"딱 마음에 드는 곳이네요." 매덕스도 미소를 돌려주며 말했다. "대박 사건이 넘치지, 시간도 미친 듯이 흘러가지."

"책상물림 보직을 찾는 것 같지는 않던데, 그럼 관리직을 바라시나?"

매덕스는 햄버거를 집었다. "잠시간은 다시 현장에서 구르고 싶었는데요." 그런 다음 버거를 한입 베어 물었다. 매덕스가 버거를 씹는 동안 오헤이건은 잠시 조용히 상대를 바라보고 있었다. 그 대답의 행간의 의미를 읽어내려는 것 같았다.

"뭐, 지금까지 좀 더럽게 구르는 현장이기는 했지." 시끌벅적하고 번잡한 술집을 한번 훑어본 오헤이건이 물었다. "버지악은 어디 있어요?"

"거너 서장님이 미팅 좀 하자고 불렀수다." 레오가 웅얼거렸다.

"서장님이랑 미팅을? 그것도 이렇게 늦은 시간에?" 오헤이건이 말했다.

레오도 어깨를 으쓱여 보이고는 다시 술을 들이켰다. 표정은 더 뚱해 보였다. 오헤이건은 매덕스에게 고개를 한번 끄덕여 보이고는 앤지에게 걸어가버렸다.

"바브 오헤이건, 성깔 말아먹은 할망구 같으니." 레오가 술을 마시면서 투덜거렸다.

매덕스는 다시 카운터 쪽으로 고개를 돌리고 버거와 프라이를 조용히 먹기 시작했다. 대충 후딱 먹어치우고 자리에서 일어날 참이었다. 하지만 바 뒤쪽의 거울에 앤지가 큐대를 내려놓는 모습이 비쳤다. 아마도 오헤이건의 자리에 합석하려는 것 같았다. 맥그리거가 두 사람에게 술을 갖다주었다. 앤지는 오헤이건이 뭐라 뭐라 말하자 미소를 짓더니, 맥그리거가 농담을 거들자 아예 머리를 뒤로 젖히고 빵 터진 것 같았다. 그 순간만큼은 매덕스가 지금껏 본 여성 중에서 세상 가장 아름다워 보였다. 실제로 앤지의 미소와 웃음을 본 것은 처음이었다. 불현듯 매덕스는 자신이 저 미소를 받는 사람이었으면, 하는 갈망을 느꼈다. 빌어먹을. 아무래도 자기 생각보다 더 취한 것 같았다. 당장 이 자리에서 빠져나가야 했다.

서둘러 음식을 해치운 매덕스는 카운터에 현금을 올려놓고 맥그리거에게 손을 흔들어 감사 인사를 했다. 그런 다음 술집에서 나가기 전에 물이나 빼려고 화장실로 갔다.

하지만 잠시 후 화장실에서 나온 매덕스는 복도에서 울리는 레오의 걸걸한 목소리를 들었다. "너잖아, 이 빌어먹을. 네가 유출자잖아."

재빨리 칸막이를 돌아 나온 매덕스는 늙은 형사가 화장실에서 나오던 앤지를 좁은 통로에 몰아넣은 모습을 발견했다. "우릴 제대로 된 경찰로 대우해주기가 싫다고 싹 다 말아 처먹으려고 해?"

"어이! 레오, 당장 물러서요." 매덕스는 앞으로 빠르게 걸어 나오며 외쳤다. 하지만 앤지는 매덕스를 경고의 눈길로 날카롭게 쏘아보며 그 자리에 발을 묶어놓았다.

"이것 봐요, 레오." 앤지가 낮고 침착한 목소리로 말했다. "이 일은 그냥 묻어둘게요, 알았어요? 지금 술을 좀 많이 한 것 같은데, 어차피 나한테 이런 말 한 거 후회할 줄로 알아요. 그러니까 이제 나길 좀 비켜줘요."

솔직히 매덕스는 감탄했다.

하지만 레오는 이제 앤지의 얼굴에 숫제 삿대질을 해댔다. "우리가 다 망하고 있는 게 다 너 때문이야. 순 자신밖에 모르는⋯⋯."

"물러나라고 했죠, 레오." 앤지는 그렇게 말하면서 오른발을 뒤쪽으로 살짝 뺐다. 매덕스의 눈에는 앤지가 무게중심을 뒷발에 싣는 모습이 똑똑히 보였다. 하비 레오 형사를 직접 상대할 태세를 갖추고 있는 거다. 매덕스도 덩달아 긴장하게 되었다. 주먹이 꾹 쥐어지고 어깨에 절로 힘이 들어갔다.

"어제는 그 쥐방울만 한 기자를 직접 만나러 갔다면서. 이번에는 또 뭘 불었냐, 팔로리노?"

"마지막 경고예요. 물러나요. 당장."

레오는 코웃음을 치면서 얼굴을 더 가까이 들이댔다. "왜? 어쩔 건데? 날 성희롱으로 고소라도 하게? 경찰 노조에 가서 질질 짜기라도 하게?" 그렇게 이죽거리더니 앤지의 가슴에 손을 턱 얹었다. "그럼 어디 어떻게 나올지 한번 볼⋯⋯."

매덕스가 미처 눈도 깜빡하기 전에, 앤지는 레오의 다리 사이로 냅다 손을 뻗치더니 고환을 쥐어버렸다. 레오는 그대로 얼어붙었다. 앤지는 손을 놓지 않았다. 아니, 오히려 늙은 경찰과 시선을 그대로 마주한 채 손아귀에 힘을 주었다.

"씨발, 씨발! 이 씨발 년이!" 앤지가 손을 놓아주자, 레오는 몸을 앞으로 숙인 채 고통에 차 울부짖었다.

앤지는 그런 레오를 지나치면서 어깨 너머로 똑같이 이죽거렸다.

"뭐 어쩌시게요, 레오. 성희롱으로 고소라도 하시게?"

"멍청한 작자." 매덕스도 레오를 지나치면서 중얼거리고는, 바의 나머지로부터 시야가 완전히 차단된 좁은 통로를 통해 앤지를 따라갔다. 하지만 미처 상대를 부르기도 전에 앤지는 입구 근처의 옷걸이에서 자기 코트를 낚아채더니 술집 문을 밀고 나가버렸다. 그때 매덕스의 뒤쪽에서 갑자기 나타난 레오가 누구 하나 죽일 듯한 표정으로 앤지를 따라 황소처럼 뛰쳐나갔다.

'망할.'

매덕스도 셔츠바람으로 레오의 뒤를 따라 달려 나갔다. 어두운 겨울 안개와 빗속으로.

매덕스를 앞서가던 레오가 앤지에게 손을 뻗어 코트를 잡아챘다. 앤지는 뒤로 돌았지만, 그 팔꿈치가 레오의 얼굴을 찍기도 전에 매덕스가 레오의 어깨를 붙잡아 자기 쪽으로 돌렸다. 레오가 그 기세에 잠시 비틀거리는 동안 매덕스는 왼손으로 상대의 턱을 냅다 후려쳤다.

레오가 욕설과 함께 축축한 길가에 쓰러졌다. 하지만 다시 추스르고 일어나 몸을 구부정하게 숙이더니 마치 상처 입고 분노한 야수처럼 매덕스에게 달려들었다. 매덕스는 마치 투우사처럼 레오의 공격을 옆으로 죄다 흘렸고, 늙은 경찰은 술에 취한 헛손질을 몇 번 하다가 결국 비틀거리면서 젖은 주차장 바닥에 손과 무릎을 짚고 엎어져버렸다.

매덕스는 그런 상대에게 다시 다가갔다.

"아유!" 앤지가 매덕스의 팔을 붙잡았다. *"그만해요!"*

매덕스는 고개를 돌려 앤지를 마주 보았다. 숨은 씨근거렸고, 핏속에서는 아드레날린이 폭주하고 있었다. 두 사람은 서로의 눈을 마주 보았다. 별안간 서로의 얼굴이 가까워지자 앤지의 호흡도 매덕스만큼 빨라졌다. 그 팔을 놓지도 못한 채. 부드럽고 차가운 안개가 주변을 감싼 가운데, 하늘에서는 빗방울이 떨어졌다. 덕분에 매덕스의 셔츠는 다 젖어서 상체에 쫙 달라붙었다. 레오는 두 사람의 뒤쪽에서 욕설을 내뱉고는 어둠 속으로 비틀거리며 사라져버렸다. 어느새 두 사람만 남았다. 지붕에서 물 떨어지는 소리와 멀리서 들려오는 도로의 소음만 남기고.

"레오는 보내줘요." 앤지가 속삭였다. 입술이 더 가까워졌다. 앤지는 목청을 가다듬고는 말을 이었다. "집으로 가요, 형사님."

매덕스는 상대의 눈을 내려다보았다. 그 눈 속에는 자신이 앤지를 처음으로 만났던 밤, 처음으로 만났던 클럽에서 앤지의 얼굴에서 보았던 것과 똑같은 게 깃들어 있었다. 광휘. 갈망. 열정. 이글거리는 에너지. 굴복하느니 차라리 지배하겠다는 고삐 풀린 성욕. 하지만 이제 매덕스는 앤지에 대해 더 잘 알고 있었다. 앤지가 어딘가 망가졌다는 사실도 알고 있었다. 그 사실은 매덕스에게 흥미를 던져주었을 뿐 아니라, 지금 마음속에서 이글거리는 성욕에 숫제 기름을 부어버렸다. 자신의 마음속 형사에게, 문제 해결자에게, 수호자이자 구원자에게 뭔가를 속삭이고 있었다. 그뿐만이 아니었다……. 매덕스는 앤지의 양 뺨을, 빗물로 창백하게 번들거리는 얼굴을 감싸 쥐었다. "같이 가요, 앤지." 매덕스는 부드럽게 말했다. "내 요트로 가요. 시작했던 일을 끝내야지."

앤지의 입이 벌어졌다. 하지만 앤지가 뭐라고 말하기도 전에, 매덕스는 고개를 숙여 입술을 겹쳤다.

42장

앤지는 그대로 얼어버렸다. 눈앞이 캄캄했다. 그렇게 원초적 본능이 한순간에 모든 이성을 날려버리자 앤지 역시 매덕스의 키스를 받아들이면서 그 품에 안겼다. 매덕스의 육체를 이루고 있는 탄탄한 근육에 가슴과 골반을 비볐다. 머릿속에서 자신의 섹스 규칙이 흐릿하게 스쳐갔다.

'절대 키스는 하지 않기…. 절대 동료와 자지 않기……. 먼저 떠나기. 일찍 떠나기. 이름 알려주지 않기. 밤새 같이 있지 않기. 절대 다음 날 아침 같이 먹지 않기. 절대 위축되는 상대는 만나지 않기……. 항상 주도권을 잡기…….'

하지만 자신의 갈망, 자신의 열정이 매덕스의 혀와 서로 거칠게 얽히고설키면서 그런 규칙들도 전부 후끈한 망각의 소용돌이 아래로 침잠해버렸다. 매덕스는 한 손으로 앤지의 머리카락을 틀어쥐고 입술을 격렬히 비비면서도 다른 한 손으로는 상대의 등을 훑고 있었다. 그러더니 그대로 아래로 내려가 앤지의 엉덩이를 움켜쥐고 자기 쪽으로 끌어당겼다. 셔츠도 이미 물기를 머금고 몸에 쫙 달라붙어 앤지는 젖은 천자락 너머로 와닿는 근육의 윤곽을 하나하나 모두 느낄 수 있었다. 그리고 매덕스의 바지 너머에서 자신의 골반을 찌르는 묵직하고 훌륭한 대물의 존재감도 단단하게 느낄 수 있었다. 당장 허벅지 사이가 후끈하게 녹아내리기 시작했다. 머릿속이 몽롱해지면서 무릎 아래의 다리가 힘없이 풀렸다. 앤지는 매덕스를 원했다. 전부 다. 받아들이고 싶었다. 깊게, 빠르게, 강하게, 그리고 거칠게. 이 바깥에서. 그것도 지금 당장. 앤지는 매덕스의 입술을 깨물어 비릿한 피 맛을 느끼며 손으로는 상대의 벨트를 주섬주섬 풀고 그 아래 있던 지퍼까지 더듬었다. 하지만 지퍼를 미처 내리기 전에 갑자기 들려온 소리에 주의가 끌렸다. 앤지는 순간 멈칫했다. 심장이 두방망이질했다.

술집의 문이 열리면서 밤의 어둠 속으로 빛과 목소리, 그리고 왁자지껄한 웃음이 퍼져 나왔다. 앤지는 황급히 뒤로 물러나 매덕스의 얼굴을 올려다보았다. 갑작스레 현실감각이 돌아오기 시작했다. 상대의 표정은 이미 강력하고 위험한 욕정으로 이글거리고 있었다. 매덕스는 자신의 입술에 흐르는 피를 혀로 핥았다. 앤지는 잠시 동안 할 말도, 숨 쉬는 것도 잊어버렸다. 혼란스러웠다. 매덕스도 마찬가지였다. 두 사람은 폭시 모텔에서 판도라의 상자를 처음으로 열었던 그 순간부터 계속 억눌려 있다 마침내 터져버린 격정의 후폭풍에 휩싸여 있었다. 어쩌면 사람들이 우글우글하던 클럽의 댄스 플로어에서 처음 눈이 마주쳤을 때부터 이런 결과는 필연적이었을

지도 모른다. 앤지는 이런 감정을 감히 통제할 수 있으리라 스스로를 계속 기만해왔었다. 하지만 현실은 지금 자기 자신을 전혀 통제하지 못하고 있지 않은가. 아니, 통제하고 싶지 않다는 게 더 옳은 말일 테다. 앤지가 확신할 수 있는 것이라고는 당장 한 발 빼야 한다는 것뿐이었다. 한시라도 빨리 처리해야 했다.

"또…… 이런 일을 벌일 수는 없어요." 앤지는 탁한 목소리로 속삭였다. 그러고는 뒤로 돌아 안개 속으로 빠르게 걸어가버렸다. 푹 젖어버린 셔츠에 넥타이도 매지 않은 차림의 매덕스를 그 자리에 세워둔 채. 심장이 쾅쾅 뛰는 소리가 귓속에 울려왔다. 그 맥동이 사타구니에까지 전해졌다. 자기 차에 도착하자 온몸에 숫제 경련이 일어나기 시작하는 것 같았다.

앤지는 차에 올라타 시동을 걸고 잠시 자리에 앉아 있었다. 히터를 틀어놓고 어떻게든 진정하려 해보았다. 하지만 경련은 심해지기만 했다. 두 눈에 눈물이 고이기 시작했다. 생각도 하기 싫고 느끼기도 싫었다. 그러다 갑자기 핸들을 잡고 기어를 넣었다. 앤지는 자신이 어디로 가야 할지 정확히 알고 있었다.

+

매덕스는 앤지가 비와 어둠의 장막 속으로 사라지는 모습을 바라보았다. 처마에서 빗방울이 뚝뚝 떨어지는 소리와 가슴속에서 쿵쾅거리는 심장 소리가 서로 어우러졌다. 멀리에서 사이렌 소리가 울렸다. 자동차 소리도 희미하게 들려왔다. 그리고 매덕스는 저 바깥 어디선가 살인자가 설치고 있다는 사실도 알고 있었다.

또, 앤지가 어디로 갈지도 정확히 알고 있었다.

두 주먹을 말아 쥔 매덕스의 마음속에서는 여전히 욕정이 날뛰고 있었다. 물건은 단단히 발기해 있었고 머릿속은 완전히 뒤집힌 상태였다. 이런 자신을 진정시킬 마약은 바로 앤지뿐이었다. 하지만 마약은 어디까지나 마약일 뿐, 그 효과를 맛보면 맛볼수록 중독은 더 심해질 뿐이다. 매덕스는 그것도 알고 있었다.

앤지가 옳았다. 두 사람은 그냥 *찢어져야 했다*. 아직 통제할 수 있을 때 이런 관계를 멈춰야 했다. 아직 통제가 가능할 때. 매덕스는 깊게 숨을 들이마시고는 다시 술집으로 돌아가, 코트를 집어 들고 자신의 임팔라로 갔다.

하지만 집으로 가던 매덕스는 도저히 자신을 주체할 수 없었다. 결국 선착장으로 가던 길에서 차를 돌려 1번 고속도로를 타고 말았다. 앤지가 다른 누군가에게 안길 거란 사실이 머릿속을 좀먹는 것 같았다. 솔직히 자기 자신이 이러고 있다는 게 믿기지가 않았다. 애초에 자신이 상관할 바도 아니지 않은가. 하지만 마음속의 충동은 매덕스더러 1번 고속도로로 차를 돌리라고 부추겼고, 이제 매덕스는 앤지가 몰고 있을 빅토리아 크라운의 미등을 집요하게 찾고 있었다.

산지로 접어들 즈음 빗줄기는 더욱 거세졌지만, 도심을 벗어나면서 교통은 오히려 원활하게 뚫리기 시작했다. 그 순간 매덕스의 앞에 앤지의 차처럼 보이는 것이 나타났다. 매덕스는 슬슬 속도를 줄였다. 괜히 미행하는 걸 들키기가 싫었다.

크라운 빅토리아가 바깥 차로로 넘어가려 하자 매덕스의 심장이 덜컥 내려앉았다. 입맛이 씁쓸했다. 매덕스가 뒤따르는 동안, 크라운 빅토리아는 고속도로로부터 벗어나 폭시 클럽과 모텔의 허름한 공용 주차장으로 접어들었다. 시뻘건 'XXX' 간판이 후끈하게 달아오른 어른들의 즐거움으로 점철된 찐득한 밤을 약속하고 있었다.

매덕스는 주차장으로 진입하는 모퉁이의 갓길에 차를 댔다. 그러고는 주차장을 주의 깊게 바라보았다. 제발 자신이 잘못 봤기를, 이 크라운 빅토리아가 앤지의 차가 아니길 간절히 바라보았지만……차 문을 열고 나오는 사람은 분명 앤지였다.

'빌어먹을.'

매덕스는 앤지가 모텔 접수처로 성큼성큼 걸어가는 모습을 보았다. 몇 분 뒤, 접수처에서 나온 앤지는 클럽의 문 쪽으로 향했다. 바깥에서 경비를 보던 기도(술집 등에서 입구를 지키는 사람 – 옮긴이)와 몇 마디 대화를 나누더니, 그의 허락을 받고 클럽 안으로 들어가버렸다. 매덕스는 가슴속에서 왠지 모를 후끈한 고통을 느끼고는 냅다 욕설을 내뱉으며 대시보드를 주먹으로 후려갈겼다. 그날 밤, 저 모텔에서 함께 뒹굴었던 뚜렷한 정사의 기억을 반추해보면 앤지는 분명 선불로 방을 빌린 다음 클럽으로 사라져버린 것이다. 자신이 정복할 사냥감을 찾고 있을 터였다. 그리고 채 30분도 지나지 않아 저 방의 침대에서 새로 구한 먹잇감을 찍어 누르고 있겠지.

매덕스는 운전대를 꽉 움켜쥔 채 그냥 클럽으로 쳐들어가서 앤지를 끌고 나오는 건 어떨까, 생각해보았다. 아니면…… 앤지가 잡은 방으로 자신이 끌고 가는 것은 어떨까. 머릿속에서 맴도는 미칠 듯한 충동과 좌절이 온몸을 완전히 잠식해버렸다. 매덕스는 그런 생각들을 억지로 찍어 누르고는 임팔라에 기어를 넣고 고속도로로 치달았다. 자신의 감정을 억누르려는 것인지 불타는 질투심을 식히려는 것인지, 집으로 돌아가는 차의 속도는 지나치게 빨랐다. 매덕스는 자신에게 이따위 짓을 하도록 만든 앤지에게 분노했다. 그러면서도 이게 자신과 아무런 상관이 없다는 사실도 똑똑히 알고 있었다.

+

앤지의 신경줄은 물웅덩이 위에서 치직거리는 전깃줄처럼 예민하게 곤두서 있었다. 일단 매덕스와의 키스를 맛본 뒤에는 욕망의 형태가 어딘가 바뀌어버렸다. 가슴속으로, 뱃속으로 파고드는 날카로운 피의 갈망으로 변모해버린 것이다. 일단 그 욕망에 이끌려 자신의 사냥터로 오기는 했지만, 자신이 그토록 갈망하는 만족을 찾을 수 있을지는 미지수였다. 이번에는 알 수 없었다. 그렇게 키스를 나눈 뒤에는 알 수 없었다.

지금 댄스 플로어를 훑어보는 와중에도 법의학 정신과의 그래블로스키가 했던 말이 머릿속에서 쾅쾅 울렸다.

'범인이 목표물을 물색한 지역은 자신의 익명성을 유지하려는 이성과 안전 구역에서 일을 처리하고 싶다는 욕망이 서로 교차하는 지점일 것입니다……'

앤지는 그런 유사성 때문에 괜스레 마음속이 불편해졌다. 여기야말로 자신의 안전 구역이었으니까. 도시에서 적당히 멀리 떨어져 있으면서도 너무 멀지는 않은, 주중의 이런 시간이라면 충분히 익명성까지 보장받을 수 있는 곳이었다. 그리고 이곳에서 앤지 자신은 다른 무언가로 변모하고 있었다. 바뀌고 있었다.

바 앞자리에 앉자 바텐더가 미소를 지었다. "평소처럼 드려요?"

앤지는 고개를 끄덕였다. 하지만 보드카 토닉을 가져온 바텐더만 보더라도 오늘 밤은 뭔가 달랐다. 일단 바텐더가 웃통을 벗고 있었다. 승모근이 두터운 목의 나비넥타이만 빼고 아무것도 걸치고 있지 않았다. 기름을 바른 상반신의 태닝한 피부 아래로는 근육이 마치 아름다운 동물처럼 꿈틀거리고 있었다. 앤지는 숨을 깊게 들이마시고 이 멋진 경치를 감상하면서 자신의 손바닥 아래로 느껴지던 매덕스의 상반신, 축축한 셔츠 아래의 그 탄탄한 느낌, 감미롭던 입술의 맛과 피부로 느껴지던 촉감과 두 눈에서 엿볼 수 있었던 욕구까지…… 그 기억을 모두 지워버리려 했다. 그때 바텐더가 병을 집으려고 돌아서자, 바지 뒤쪽에 뚫린 하트 모양의 구멍으로 적나라하게 드러난 엉덩이가 보였다. 이건 좀 깼다. 앤지는 눈길을 돌려버

렸다. '먹잇감을 찾아. 규칙대로 처리해. 집으로 가. 잠이나 자. 그리고 내일 다시 시작해.'

앤지는 주변 사람들을 찬찬히 둘러보았다. 서두를 것 없었다. 오늘 밤 클럽의 테마는 약을 과하게 빨다 승천한 록 스타에게 바치는 헌정이었고, 천장에서는 디스코 볼이 빙글빙글 돌면서 댄서들에게 보랏빛 조명을 비추었다. 댄서들은 유혹적인 노래에 맞추어 골반을 천천히 돌렸다. 마치 상사병을 온몸으로 표현하는 듯했다……. '입을 맞추는 동안 그대의 땀투성이 몸이 나를 감싸네…….'

앤지는 머리를 흔들고는 잔을 집어 내용물을 입에 털어 넣었다. 하지만 오늘 밤은 술맛도 영 아니었다. 그러다 바 끝에 앉은 남자가 눈에 들어왔다. 훤칠한 키. 어두운 금발. 탄탄한 몸매. 뚜렷한 턱선. 적당히 큰 입. 알래스카 말라뮤트를 떠올리게 만드는 눈. 얼음처럼 투명하고 파란 눈빛. 앤지는 맥박이 빨라지는 것을 느끼며 천천히 심호흡을 했다. 찾았다. 그러고는 술을 또 한 모금 들이켜면서 유리 술잔 가장자리 너머로 사내를 뚫어져라 응시했다. 그런 대담한 시선이 상대의 관심을 끈 것 같았다. 남자가 이쪽으로 다가오기 시작했다.

이것은 경건한 의식이었다. 희생자를 찾아 상대를 압도하면서 주도권을 쥐었다는 희열을 느끼는……. 하지만 오늘 밤만큼은 그런 주도권을 쥐었다는 느낌이 오질 않았다. 다시 한 번 그래블로스키 박사의 말이 뇌리를 스치고 지나갔다.

'우리 모두는 일종의 사랑 지도라는 것을 갖추고 있으며, 이 성애의 지도는 사춘기부터 형성되기 시작합니다. 하지만 의학적 관점으로 볼 때, 성범죄자들은 사회적으로 금지되었거나, 지탄을 받거나, 조롱을 받거나, 심지어 처벌의 대상인 성적 환상과 행동들에 기반한 욕망에서부터 사랑 지도를 형성하기 시작합니다. 그런 환상은 보통 공격성, 지배, 그리고 통제를 포함하고 있습니다. 성범죄자는 단순한 성적 폭력을 상상하는 것만으로도 흥분하게 되고······'.

앤지는 다시 한 번 고개를 휘저었지만, 도무지 머릿속에서 울리는 그래블로스키의 말을 떨쳐낼 수가 없었다. 갑자기 자신의 내면을 객관적으로 바라볼 수 있게 되면서 스스로가 품은 생각이 얼마나 불편한지를 깨닫게 된 것 같았다. 딱히 이따위로 자랄 만큼 괴상한 어린 시절을 겪지도 않았는데. 이런 인성은 전부 어른이 다 된 다음에 형성된 것이었다. 파멸적인 정사를 한번 겪은 뒤에 그걸 좋아하게, 아니, 아예 필요로 하게 된 것이었다.

앤지의 사냥감이 가까이 다가오면서 음악도 좀 더 신나는 곡으로 바뀌었다.

"안녕." 상대는 손을 바 위에 얹고 옆으로 밀착해왔다. 그 몸뚱이가 앤지에게 그림자를 드리웠다. 마치 그날 밤의 매덕스처럼. "뭐 마셔?" 남자는 술잔을 향해 고개를 까딱였다.

앤지는 상대의 두 눈을 올려다보았다. 너무나 차가워서 거의 비인간적일 정도로 느껴지는 눈이었다.

한줄기 소름이 등뼈를 타고 흘러내렸다.

앤지는 갑자기 양손으로 카운터를 짚고 자기 소지품을 수습해서는 황급히 자리에서 일어났다. "고맙지만 일행이 있어서." 그런 다음 클럽을 가득 메운 사람들을 뚫고 나가 문밖의 어둡고 눅눅한 겨울 공기 속으로 향했다. 하지만 크라운 빅토리아에 도달하자 왠지 모를 불만이 마음속에서 솟구쳐 올랐다. 앤지는 철심을 박은 바이커 부츠로 벽 근처에 세워진 쓰레기통을 냅다 걷어찼다. 한 번도 아니고 여러 번. 밤하늘 속에 공허하게 울려 퍼지는, 속이 빈 양철통이 내는 소리를 들으면서 머릿속의 불안을 어떻게든 몰아내려 했다. *씨발, 씨발, 씨발.* 뜨거운 눈물이 흘렀다. 온몸이 아렸다. 온통 달아올랐다. 어떻게든 해소해야 했다. 인생 나락으로 떨어진 중독자처럼. 하지만 매덕스와 함께한 시간은 그조차도 불가능하도록 앤지를 바꿔놓았다. 매덕스는 앤지의 유일한 해소 수단마저 빼앗아가 버렸다.

그러고는 자신이 감히 가지지도 못할 거라고, 도달하지도 못할 거라고 생각했던 무언가에 대한 갈망의 씨앗을 심어놓았다……. 매덕스는 자신이 뭔가를 더 바라도록 만들고 있었다. 앤지 자신에게는 너무나 생소한 인물상으로 새로 거듭나고 싶도록 만들고 있었다.

43장

12월 14일 목요일

매덕스가 팔로리노와 함께 세인트 어번 대성당 앞에 차를 댔을 때는 이미 늦은 오후가 다 되어 있었다. 바로 근처에는 가톨릭 재단에서 운영하는 세인트 주드 병원이 위치해 있었다. 물론 매덕스는 이미 자신의 임시 파트너를 '팔로리노'로만 여기기로 마음먹은 상태였다. 어차피 이번 사건만 같이 마무리하고 앤지가 성범죄 전담반으로 돌아가면 서로 다시 얼굴 볼 일도 없어지는 거니까.

두 사람은 드루먼드의 장례식을 참관하러 성당에 와 있었다. 그래블로스키 박사가 강조했듯 지금 자신들이 쫓고 있는 범인은 언론에도 관심이 많고 범죄 현장에 다시 나타나며, 이번 장례식처럼 자신의 '작업'이 만들어낸 행사에도 참석할 확률이 높았으니까. 또, 장례식이 끝난 뒤에는 신부와도 대화를 나누어볼 예정이었다. 원래대로라면 목요일 이 시간은 대학교 합창단이 대성당에서 리허설을 진행할 일정이었지만, 이번 주에는 자신들의 곁을 떠나버린 단원에게 추모곡을 불러주기로 예정되어 있었다.

사실 매덕스와 팔로리노는 오늘 하루 종일 서류 작업을 하고 각종 추리와 중요 사항, 그리고 증거들을 검토하면서도 서로 눈길을 마주치지 않으려 갖은 애를 썼다. 게다가 매덕스는 버지악이 마련한 자리에서 신뢰할 만한 특수 검사 한 명을 비밀리에 만나, 제이든 노턴 웰즈와 재크 래디슨이 모두 흑발 백인인 데다 요주의 인물로 떠오른 만큼 DNA 샘플을 받아낼 수 있는 논리적 근거가 충분히 마련되었는지 확인하는 미팅을 진행하기도 했다. 하지만 두 사람의 DNA 채취 영장을 신청하려면 아직 확실한 증거가 더 필요하다는 결론이 내려졌다. 특히나 제이든의 가족이 고위 권력층인 데다 조이스 노턴 웰즈가 이 관할지역의 최고 기소권자라는 사실까지 생각한다면. 그러니 확실한 증거를 확보해야 하는 것은 물론이거니와, 그 절차까지도 토씨 하나 틀리지 않고 완벽하게 진행해야 했다.

그러니 테티스비섬의 범죄 현장으로부터 채취한 증거물의 법의학 분석에서 제발 도움이 될 만한 정보가 더 나오기만을 바라는 상황이었다.

하지만 매덕스와 팔로리노는 존 재크스 부자와 재크 래디슨 그리고 제이든 노턴 웰즈 전부 직접 몰 수 있는 보트가 한 대씩 있다는 사실을 확인했다. 즉, 항해에 대한 어지간한 지식이 있는 만큼, 근처 해안이나 섬에 접근할 수 있는 수단을 확보해두고 있었다는 뜻이다. 게다가 다들 차량도 한 대씩 있었다.

홀거슨과 레오는 존 재크스를 압박해보기로 했다. 레오는 오늘 아침 뚱한 표정으로 나타났지만 제대로 멍든 턱과 머리가 깨질 것 같은 숙취 때문인지 별말도 하지 않았다. 계속 고개를 숙이고 입도 꾹 다문 채 매덕스나 팔로리노와 마주치는 걸 일부러 피하는 것 같았다. 그러니 어젯밤 일을 문제 삼을 사람은 아무도 없었다.

"그냥 노턴 웰즈와 래디슨한테 용의자 소거 명목으로 DNA 샘플을 제출하도록 요청할 생각은 안 해봤어요?" 팔로리노는 한창 주차 중인 매덕스에게 말했다. 매덕스와 단둘이 남게 되자 팔로리노는 대놓고 예민한 심기를 표출했다. 목소리는 딱딱했고 눈도 마주치려 들지 않았다. "최소한 호킹의 시신에서 찾아낸 검은 체모 증거와 DNA가 일치하는지 확인해볼 수는 있을 거 아녜요."

매덕스는 시동을 끄고 심호흡을 했다. 그리고 여전히 빗물로 얼룩진 앞 유리창에 시선을 두고 말했다. "우리도 영장을 신청할 건더기가 없으니 그 점도 고려해보았지. 하지만 버지악은 제대로 준비가 되기도 전에 무턱대고 덤벼들었다가 저쪽도 법적 대응에 나설 수 있다는 위험을 감수하고 싶지 않아했어요. 까딱하면 저쪽에서 방어적으로 나오면서 우리 수사를 방해하고 증거를 더 파볼 수 있는 기회까지 막아버릴지도 모르니까. 그래서 버지악은 증거를 더 확보하고 싶어 해요. 충분히 탄탄한 논리적 근거를 마련하고 싶다는 거지. 그리고 지금 내부 유출자도 있는 만큼 법무차관 아들과 시장의 보좌관을 잇는 연결고리는 최대한 기밀로 유지하고 싶어 하고."

"버지악이 그런 얘기를 대체 언제 다 해줬대요?"

"아까 오후 일찍. 검사와 미팅을 했거든."

앤지가 빤히 쳐다보았다. "그럼 왜 나만 빼놨어요? 난 못 믿겠대?"

"버지악이 누굴 믿는지 내가 어떻게 알아요. 난 이번 수사 리드니까 당연히 미팅에 끼워준 거지."

"그럼 당신은 왜 나한테 아무 얘기 안 해줬는데?"

"지금 했잖아요."

앤지는 욕설을 중얼거리며 차에서 내려 문을 쾅 닫은 다음, 검정색 우산을 쓰고 성당 입구로 통하는 계단을 성큼성큼 걸어 올라갔다. 매덕스도 그 뒤를 따랐다. 성당 입구는 꽤 높이 솟아 있어서 누가 드나드는지 자세히 볼 수 있었다. 뿐만 아니라 길거리 아래쪽에서는 사복 경찰들도 감시를 하고 있었다. 장례식 조문객을 촬영하는 경찰만 따로 두 명이나 배정되어 있었다. 공동묘지 소녀의 장례식에는 꽤나 많은 사람들이 모일 것으로 예상되었다. 물론 언론인들까지 포함해서. 킬리언 시장은 이미 이번 사태에 대한 공식 성명을 내고 깊은 유감을 표시하면서 반드시 더 안전한 도시를 만들고자 강경 기조로 나서겠다고 선언했다. 이런 기회를 당연히 놓칠 리 없는 작자였다.

"저기 킬리언 차 올라오네." 매덕스가 검은색 타운 카 쪽으로 고개를 까닥였다.

"망할 놈." 팔로리노는 래디슨과 함께 차에서 내리는 시장을 바라보며 중얼거렸다. "이 불쌍한 애를 정치에나 이용해먹고 말이야."

사람들이 모여들었지만 노턴 웰즈나 존 재크스 부자는 나타나지 않았다. 그때 팔로리노가 갑자기 움찔하더니 어딘가를 유심히 살피는 것 같았다. 매덕스도 앤지의 그런 낌새를 눈치챘다.

"뭔데요?"

"그게…… 아녜요."

"아니긴 뭐가 아니야. 뭘 봤는데 그래요?"

"저 남자…… 서쪽 문 근처에 서 있는 키 큰 금발. 베레모 쓰고 검정 코트 입은 사람. 전에 본 적 있어요." 갑자기 자신에게 쏟아지는 주의를 의식한 듯, 사내도 이쪽을 바라보았다. 군중 너머에서도 팔로리노의 시선을 똑바로 맞받는 것 같았다. 매덕스 역시 이렇게 멀리 떨어진 곳에서도 상대의 창백하기 그지없는 두 눈을 볼 수 있었다.

"어디서?" 매덕스가 조용히 말했다.

"그게…… 어젯밤에. 마실 좀 나갔다가."

"뭐 하러 나갔는데요? 그 클럽에는 왜 갔어요?"

"무슨 근거로 내가 그 클럽에 갔다고 생각하는 거예요?"

"내가 미행했거든."

"뭐라고요? 날 *미행했다고*?" 앤지는 냅다 욕설을 내뱉었다. "당신이 뭔데 상관하고 그래요."

"당신이 상관하게 만들었잖아요."

"아, 까고 계시네, 진짜." 앤지가 중얼거렸다. 눈에는 분노가 넘실거렸고 양 뺨은 발갛게 달아올랐다. "그냥 내 인생에 신경 끄세요, 알았어요? 왜 사람을 따라다니고 그래."

"저 남자랑 잤어요? 저 금발이랑? 그래서 저렇게 쳐다보는 건가?" 사내는 계단을 내려가 갓길에 늘어서 있는 사람들 속에 섞여 들어갔다.

"말했죠, 신경 끄시라고."

매덕스는 울화가 치밀어 오르는 것 같았다. 목이 팽팽하게 긴장되었다. 마악 주먹을 쥐려는 양손을 애써 진정시키면서 조문객들을 감시하자는 본연의 임무를 다하려 했다. 금발 꽃미남은 이제 사람들 사이에 섞여서 제대로 보이지도 않았다. 그 남자 위에 앤지가 발가벗고 올라탄 모습을 떠올리지 않으려 애썼지만, 그래 봤자 성질에 기름만 더 부을 뿐이었다.

"어차피 그쪽도 깨끗한 척할 자격은 못 되면서." 앤지가 숨죽여 말했다.

"난 그때 그 클럽 처음으로 간 거예요."

"네네, 그러시겠죠."

"정말이에요. 본토에서 친구가 온다고 해서. 나더러 바람도 좀 쐬면서 살라고 하더군. 인생 즐기는 법을 알려주겠다면서. 거기서 만나기로 했는데 제대로 바람을 맞았어요. 그래서 그냥 자리를 뜨려다가 당신을 만난 거고."

"창녀는 비싼데 난 공짜라서?"

"거부할 수 없는 제안을 한 건 당신이에요. 꼬우면 고소하시던가."

두 사람 사이의 선선한 안개가 후끈한 분노로 데워지기 시작했다. 아주 뚜렷하고 짙은 감정들이었다. 팽팽한 힘싸움과 성적인 긴장감이 탁탁거렸다. 게다가 이제는 어둠까지 내리기 시작했다. 오르간 선율이 바깥까지 울려오는 가운데, 앤지가 쓴 우산으로는 빗방울이 점점 더 요란하게 떨어지기 시작했다.

"아빠!" 두 사람 모두 뒤로 돌아섰다.

"지니?" 매덕스는 지니가 성당 성가대에 들어간 만큼 여기서 만날 수도 있으리라 예상했지만, 누구랑 같이 나타날지는 전혀 예상하지 못했다. 라라 페닝턴이 지니와 함께 있었다. 라라는 매덕스와 팔로리노를 한 번씩 쏘아보고는, 지니의 귀에 뭐라고 속삭인 다음 성당으로 들어가버렸다.

"여기서 뭐 해?" 지니는 매덕스에게 말하면서도 눈길은 팔로리노에게 가 있었다.

"아빠가 맡은 사건이……."

"이건 장례식이잖아, 아빠."

"라라랑은 얼마나 오래 알고 지낸 거냐?" 매덕스는 슬슬 빠져나가는 사람들도 감시하려 애쓰면서 말했다. "쟤는 얼마나 잘 알고 있는 거야?"

딸의 눈썹이 찌푸려졌다. "그건 왜요?"

"대답이나 해, 지니."

"여기 오는 버스에서 만났어요. 그레이시의 절친이라던데. 쟤도 빅토리아 대학교 다닌대. 합창단도 하고. 그래서 우리……."

"지니, 쟤랑 엮이지 마……."

"뭐라고?"

"일단 이번 일이 정리될 때까지 만이야. 그때까지는 쟤랑 엮이지 마라."

지니는 입을 떡 벌리더니 놀랍다는 눈으로 매덕스를 쳐다보았다. 팔로리노도 매덕스 쪽을 곁눈질로 쳐다보았다.

"지니." 매덕스가 조용히 말했다. "지금 나쁜 사람이 돌아다니고 있어. 누구든……."

"아, 이제는 그 살인범이 갑자기 날 덮칠 거라는 거야? 세상에." 성당 문이 닫히고 있었다. 장례식이 시작되기 직전이었다.

"아빠 말 들어. 이번 장례식 끝나고 추모곡 다 부르거든, 밖에서 아빠 기다려라. 집까지 태워다줄 테니까. 알겠니?"

"가끔씩 드는 생각인데." 지니가 날카로운 눈빛으로 앤지를 한번 쏘아보면서 조용히 말했다. "애초에 그냥 아빠가 빅토리아에 오지 않았었으면 싶기도 해." 그런 다음 지니는 계단을 올라가 성당으로 들어가버렸다.

"애 사정 좀 봐주지 그래요." 팔로리노가 부드럽게 말했다.

"애 한번 안 키워보신 분의 귀중한 조언 잘 들었습니다."

"나도 언젠가는 열일곱 살짜리 여자애였으니까 하는 말이에요.

우리 아빠도 당신처럼 가부장적이고 과보호하시는 분이었으니까."

"그래서 지금 이렇게 훌륭하게 크셨구먼."

앤지는 매덕스를 한번 노려보더니 뒤로 돌아 계단 위의 성당으로 들어가버렸다. 그 등 뒤로 문이 닫혔다.

점점 거세지던 빗줄기는 이제 진눈깨비로 변하고 있었지만, 매덕스는 여전히 혼자 바깥에 남아 수상한 사람이 늦게라도 나타나지 않는지 감시했다. 아니, 어쩌면 그 금발 미청년이 다시 돌아오지 않을까 확인한 것일까. 그렇게 몇 분 정도가 지나고 기온도 떨어지기 시작하자, 매덕스는 목깃을 세우고 양손을 주머니 속으로 찔러 넣었다. 그리고 방금 자신이 지니를 대했던 방식을 생각하며 스스로를 자책했다.

지금 당장 주어진 사건 때문에 눈이 돌아간 탓이었다. 지나치게 걱정이 되는 것이다. 애초에 지니는 지금 장례식이 진행 중인 희생자와 너무도 많이 닮아 있었다. 나이도 동갑내기고. 성가대에서 노래한다는 관심사도 비슷하고. 이제는 라라 페닝턴이라는 연결점까지 생겼다. 그 애는 초등학교 때부터 드루먼드의 가장 친한 친구였다지 않나. 지금 뭔가를 숨긴 채 겁에 질려 있는 게 분명한 데다, 검정 렉서스를 탄 누군가에게 감시받고 있는 입장이기도 하고. 그러니 그런 수상한 여자애로부터 지니를 떨어뜨려놓으려는 시도가 완전히 잘못된 건 아니지 않을까?

세례자

은총이 가득하신 마리아님 기뻐하소서
주님께서 함께 계시니
여인 중에 복되시며
태중의 아들 예수님 또한 복되나이다
천주의 성모 마리아님
이제와 저희 죽을 때에
저희 죄인을 위하여 빌어주소서
아멘

어두웠다. 소녀들이 집으로 돌아갈 버스를 잡을 모퉁이 근처에서 여자아이들을 기다리고 있었다. 사람들과 경찰들에게서도 충분히 거리가 떨어져 있었다. 오늘 아침에는 라라의 뒤를 쫓아 캠퍼스까지 갔고, 라라가 수업을 마치고 나올 때까지 기다렸다. 아직 라라를 덮칠 적당한 장소와 시간대를 물색하고 있었지만 빅토리아 시경에서 라라의 집 근처로 자꾸 순찰차를 보내는 통에 점점 더 어려워지고 있었다.

라라가 오늘 합창단에 나갈 거라는 것도 알고 있었다. 신문은 온통 그레이시의 장례식 소식으로 가득했다. 자기 눈으로 장례식을 직접 보고 싶었다. 여기까지 라라를 따라 나오는 것도 충분히 위험을 감수할 만한 일이었다. *자신*이 가져온 충격을 음미하고 그 스릴도 맛볼 수 있을 테니.

여자애들이 재잘거리는 소리가 들려왔다. '온다.' 심장이 빠르게 뛰었다.

버스에서는 대담하게도 라라와 새 친구 바로 뒤에 앉았었다. 어찌나 가까운지 상대의 체취까지 풍겼고, 원한다면 그 머리카락을 만질 수도 있었다. 라라는 요새 신경과민이라 할 정도로 예민했던지라 끊임없이 주변을 둘러보고는 했다. 그러니 이런 모험은 위험천만하기는 했다. 하지만 라라도 오늘 밤만큼은 새로 사귄 친구와의 대화에 푹 빠졌는지 주변에 대한 경계가 확실히 느슨해졌다.

그렇게 라라의 뒷좌석에 앉아 두 사람이 합창단에 대해, 또 그레이시의 장례식이 진행될 멋진 대성당에 어떻게 갈지 도란도란 나누는 이야기를 전부 엿들었다. 자신도 어렸을 적 어머니를 따라 그 성당에 가고는 했었다. 어머니가 신부님께 요깃거리를 전해드리면서 고해성사를 하는 동안 자신은 윤기가 자르르 흐르는 나무 의자들을 닦고 고치는 일을 도왔었다. 가끔은 고해성사도 했다.

'용서해주십시오, 신부님. 제가 죄를 지었습니다……. 하지만 신부님께도 내가 엿보는 토미, 학교 탈의실에서 발가벗은 여자애들을 훔쳐보는 게 취미이던 나쁜 조니라는 건 말씀드리지 않았지.'

성 어번 성당은 사역을 처음으로 시작한 곳이었다. 주로 나무 구조물을 돌보는 자원봉사를 했었다. '이건 아주 고귀한 사역이랍니다, 신도님. 예수님의 아버지 요셉께서도 목수셨죠. 심지어 예수님께서도 소명을 시작하시기 전에는 잠시간 목수 일을 물려받으셨습니다……'

여자아이들이 모퉁이에 거의 도착했다. 벽에 우묵하게 들어간 문간으로 물러나 그늘진 곳으로 몸을 숨겼다. 희열이 살갗을 타고 흘렀다. 다른 여자애의 이름은 지니라고 했다. 버스에서 두 사람의 대화를 듣자 하니, 지니의 아버지는 매덕스 형사라고 했다. 팔로리노 형사와 함께 이 사건을 수사하는, 라라의 집 바깥에서도 한번 봤던 그 남자였다. 꼭 하늘에서 계시라도 내려주신 것 같았다.

계획은 이제 더욱 원대해졌다. 단순히 여자아이들을 구하는 데 그치지 않는, 훨씬 더 숭고해진 계획이 머릿속에서 구불거렸다. 그리고 욕망 속에서도. 이 위대하고 아름다운 계획에는 지니 매덕스까지 끼게 될 터였다.

44장

"네, 저 개인적으로도 그레이시를 알고 있었지요." 사이먼 신부는 펑퍼짐한 제의를 머리 위로 벗으면서 말했다. 그러고는 서글픈 미소를 한번 짓더니 벽장을 열고 제의를 안에 걸었다. 벽장 안쪽에는 빨간색, 검은색, 초록색 그리고 하얀색의 비슷한 제의들이 걸려 있었다. "로나 드루먼드 자매님이 보라색을 입어달라고 부탁하시더군요." 신부는 흐트러진 머리를 다시 매만지면서 말했다. "원래의 검은색은 그레이시의 장례식에 너무 엄숙한 느낌이라고 생각했나 봅니다. 차라리 속죄와 슬픔에 집중해달라고 하셨죠."

앤지는 예전에 가족들과 함께 신앙생활을 했던 적이 있었기 때문에 제의의 색마다 서로 다른 교회력의 행사를 나타낸다는 걸 잘 알고 있었다. 초록색은 일반적인 미사를 주관할 때 입는 색이었다. 하얀색은 승리, 이를테면 예수님의 부활을 나타내는 색이었다. 빨간색은 성령 강림절과 불의 혀, 그리고 주님의 이름으로 순교한 성인들이 흘린 피 등, 피와 불의 색을 나타내는 것이었다. 그리고 검은색은 주로 사망한 신자를 추모하는 미사에서 입는 색이었다.

앤지와 매덕스는 신부와 면담하고자 성구 보관실에 들어와 있었다. 대성당의 중심부에 별도로 붙어 있는 이 방은 신부의 제의와 함께 성당 비품, 미사 용구, 교구 기록부가 보관되는 곳이었다. 사이먼 신부는 이제 손목에 띠로 고정한 장백의, 즉 정조를 나타내는 차림으로 두 사람 앞에 서 있었다. 그 외모는 놀라울 정도로 동안일 뿐 아니라 뚜렷한 이목구비, 철인삼종 경기 선수처럼 탄탄한 몸과 밝은 녹갈색 눈동자를 자랑하고 있었다. 앤지는 신부의 두 눈에서 빛나는 안광과 몸에서 풍기는 생기로부터 도무지 무시할 수 없는 성적인 느낌을 받았다. 신부가 순결과 정조의 상징으로 손목에 동여맨 띠와는 전혀 어울리지 않는 외모였다. 장담컨대 이 동네 교구에도 나이를 막론하고 사이먼 신부님을 매력적으로 느낄 여성 신도분들이 상당할 거라고 앤지는 생각했다. 더군다나 신께 자신의 삶을 바치고 육욕을 멀리하며 순결을 지키겠노라고 서약한 금단의 남자인 만큼 그 매력은 더욱 배가될 터였다.

이렇게 정력적인 남성이 신앙에 투신한 이유는 무엇일까? 대체 무슨 *사연*이 있는 것일까? 절로 의문이 들었다.

"그레이시는 성당에 다니기로 결정했을 때 처음으로 제 상담을 청했었습니다." 신부가 손목 띠를 풀고 장백의의 단추를 끄르자 그 아래서는 역시나 검은색 셔츠로 감싸인 늠름한 몸매가 나타났다. 사이먼 신부는 하얀 목깃을 매만지며 말했다. "그때부터 그레이시는 굉장히 아픈 날이 아니라면 절대 일요일 미사를 놓친 적이 없었죠. 그리고 대학교 합창단의 일원으로 여기서 성가대 활동을 하기도 했고요."

"그렇다면 본인께서 그레이시의 구원에 분명한 영향을 끼쳤다고 생각하시는 겁니까, 신부님?" 매덕스가 물었다.

사이먼 신부는 잠시 심각한 눈빛으로 매덕스의 질문을 재보는 것 같았다. "그러니까 형사님의 말씀은, 제가 그레이시의 손목을 비틀면서 가톨릭 신앙으로 돌아오지 않는다면 지옥불에 떨어져 영원토록 고통 받을 것이라고 협박이라도 했다는 말씀이십니까?"

매덕스는 아무 말도 않고 신부의 눈을 마주 볼 뿐이었다.

사이먼 신부는 한숨을 쉬었다. "그레이시는 온전히 자기 의지로 신앙의 품에 돌아오기로 결정했습니다. 주님의 뜻이었지요." 그러면서 장백의를 수습했다.

"혹시 그레이시가 미행을 당한다거나 스토킹을 당한다고 토로하거나 공포를 호소한 적이 있었습니까?" 앤지가 물었다. 마음속에서는 자기 가족이 왜 가톨릭 신앙을 포기한 것인지 다시금 궁금해지기 시작했다.

"아니요." 신부는 벽장문을 닫으며 말했다.

"혹시 저희가 그레이시를 파악하는 데 도움이 될 만한 정보를 더 말씀해주실 수 있겠습니까?" 앤지는 다시 물었다.

순간 신부의 눈에 살짝 어두운 그림자가 드리웠다. 아니, 앤지의 상상이었을까? 하지만 분명 신부의 눈빛은 맑기는 했으나, 자세히 들여다보면 분명 어딘가 그늘진 구석이 있었다.

"딱히 없습니다. 그레이시가 선하고 예의 바르며 신실한 아이였다는 점만 뺀다면요. 미래에 대한 계획도 탄탄하게 세워놓았었죠."

"계획이라 함은?" 매덕스가 말했다.

"보통은 여행이었습니다."

"혹시 그레이시가 생전 특별한 관계를 맺었던 남성을 아신다면 콕 집어 말씀해주실 수 있겠습니까?"

"말씀드릴 수 없겠습니다."

"말할 수 없다는 겁니까, 말하지 않겠다는 겁니까?"

사이먼 신부는 매덕스를 잠시 뜯어보는 것 같으면서도 반듯한 자세만큼은 변함이 없었다. 심지어 고귀해 보이기까지 했다. 하지만 앤지는 분명 두 사람 사이에 보이지 않게 흐르는 기류를 느꼈다. 아니면 그냥 매덕스가 방금 전 앤지와 벌였던 말다툼 때문에 잔뜩 골이 나 있는 것일지도. "그레이시가 생전에 특별하게 여겼던 사람이 있었다는 것은 알고 있습니다." 사이먼 신부가 말했다. "하지만 그 사람이 누군지는 알지 못합니다." 신부는 차분한 태도로 형사들에게 더 질문이 있으면 얼마든지 해보라는 듯이 기다렸다. 꼭 참을성 없는 어린아이의 투정을 받아주는 것처럼. 문득 앤지는 이 성당이라는 공간이 지금껏 감내해온 세월과 역사의 무게에 짓눌리는 것 같았다. 갑작스레 숨 막힐 듯한 폐쇄감이 찾아왔다. 앤지는 헛기침을 하면서 그 불쾌한 감각을 밀어내려 애썼다. 혹시나 또다시 환각이 찾아오려는 전조는 아닐지 걱정스러웠다.

"혹시 성당 신자들이나 시설 관리인, 정원사, 혹은 교구의 행정 담당자 중에 그레이시 드루먼드에게 부자연스러운 관심을 보인 사람이 있었습니까?" 앤지가 물었다.

"우리 교구의 신도님이 그레이시를 해쳤을 거라고 생각하시는 겁니까?"

"신부님, 누가 그레이시를 해쳤든 간에 범인은 신앙심을 기반으로 한 살인적인 성적 환상을 표출하고 있습니다. 그것도 가톨릭과 매우 깊이 연관되어 있죠."

"어째서 가톨릭과 연관되어 있다고 단언하십니까?"

앤지가 매덕스 쪽을 쳐다보자, 매덕스도 고개를 살짝 끄덕여 보였다. "현재 밝혀진 바에 따르면, 범인은 여성 피해자들을 매우 폭력적으로 성폭행한 뒤 물에 빠뜨려 세례하는 듯한 행동 양식을 보였습니다. 주님의 이름으로 피해자들을 정화한다는 양 말이지요. 그런 다음에는 십자가 표식을 남기면서 피해자의 신체로부터 여성이 성적 쾌감을 느끼는 기관을 절제하는 신체 훼손을 저질렀습니다. 심지어 그레이시의 경우에는 아예 성모 마리아상의 발치에 전시하듯이 눕혀두었고요." 앤지는 신부의 눈을 똑바로 쳐다보며 말했다.

신부는 눈 하나 깜짝하지 않았다. "십자가나 세례 같은 상징만으로 가톨릭을 특정할 수는 없습니다. 그리스도 계열 종교 중 상당수가 세례 의식을 사용했거나 지금도 사용하고 있죠."

앤지는 다시 한 번 매덕스를 바라보면서 사이먼 신부에게 기밀 정보를 누설해도 될지 동의를 구했다. 어차피 지금 이 사건의 정보는 죄다 언론에 유출되고 있기는 했지만. 매덕스는 다시 한 번 아무 말 없이 고개를 살짝 끄덕여 보였다. 눈빛에서는 아직도 분노가 엿보였다.

"범인은 범행을 저지르는 도중에 특정한 단어들을 사용했으며, 피해자들을 강간하면서 특정한 대답이 나오도록 유도했습니다. 범인이 사용한 표현들과 유도한 답변들은 가톨릭의 공식 세례식에서 사용하는 기도문과 일치합니다." 앤지는 말을 이었다. "그 왜, 미사를 집전하시는 신부님들께서는 세례를 받는 아기의 부모님들에게 다음과 같은 질문을 하시잖습니까. '그대는 원죄의 아버지이자 흑암의 왕 사탄을 거부하는가? 그리고 그 모든 역사함을 거부하는가? 그대는 악의 부귀를 거부하고 죄악에 지배받기를 거부하는가?'" 앤지는 잠시 뜸을 들이면서 신부의 얼굴을 살펴보았다. "그리고 대부와 대모 될 사람들이 그 모든 질문에 '거부합니다'라고 대답해야 대자가 될 아기가 성수로 세례를 받게 되지요. 그런 다음 신부님은 아기의 이마에 십자가 표시를 남기고요. 맞습니까?"

신부는 천천히 고개를 끄덕인 다음 말했다. "그렇다고 해서 우리 교구의 신도님이 범행을 저질렀다는 보장은 없지 않습니까?"

"여기가 바로 그레이시의 성당이었습니다, 신부님. 여기서 시간을 보냈고 여기서 노래를 했습니다. 이번 범행이 가톨릭과 깊은 연관을 맺고 있다는 점을 생각한다면, 그레이시는 바로 여기서 매우 신실한 신앙심, 원죄와 정욕을 품은 범인과 만나게 되었을 가능성이 높습니다." 이 부분에서 앤지는 그 클럽을 뻔질나게 드나들던 자신이 떠올라 괜스레 마음이 불편해졌다.

"지금 말씀드린 특징에 부합되는 사람이 있습니까? 앤지가 물었다.

신부는 천천히 고개를 저었다. "정말 죄송합니다만 아무래도 이 부분에 대해서는 도와드릴 수 있는 게 없습니다." 그러고는 벽에 걸린 시계를 바라보았다. "이제 다음 일정까지 10분도 남지 않았습니다, 형사님들. 질문이 더 있으십니까? 아니면 슬슬 배웅해드릴까요?"

앤지는 사이먼 신부가 분명 뭔가를 알고 있지만 자유롭게 발설할 수가 없거나 입 밖으로 내기를 꺼린다는 사실을 본능적으로 느꼈다. 심장이 절로 빠르게 뛰기 시작했다. "괜찮으시다면 몇 가지만 더 여쭈어보겠습니다, 신부님. 혹시 존 재크스를 아십니까?" 그렇게 물으면서 앤지는 제단 위에 인터넷 뉴스로부터 모아온 사진 두 장을 올려놓았다. 각각 존 재크스 부자의 사진이었다.

신부는 사진을 자세히 살펴보았다. "글쎄요, 모르겠습니다만."

"제이든 노턴 웰즈는 어떻습니까?" 앤지는 역시 인터넷으로부터 찾아낸 노턴 웰즈의 사진을 옆에 올려놓았다.

"노턴 웰즈 일가에 대해서는 잘 알고 있습니다만." 신부는 사진을 보면서 말했다. "이 성당에 나오시지는 않지만 가톨릭 공동체에서는 꽤 평판이 좋으신 분들입니다. 기부도 상당히 많이 해주시고요."

"그레이시가 제이든과 같이 성당에 나온 적은 없습니까?"

"제가 알기로는 없습니다."

"혹시 그레이시가 자신한테 성 크리스토포로 목걸이를 준 사람에 대해 언급한 적이 있습니까?"

신부는 눈썹을 살짝 찌푸렸다. "아니요."

"페이스 호킹에 대해서는 아십니까?"

"뉴스에서 들었지요." 신부는 한숨을 쉬었다. "그 영혼이 구원받았기를. 이제 실례가 되지 않는다면 두 분을 배웅해드려도 되겠습니까?" 그러면서 사이먼 신부는 문 쪽을 가리켰다.

앤지와 매덕스는 사이먼 신부와 함께 성구 보관실에서 나와, 대성당에 나란히 배열된 나무의자 사이 회랑을 따라 걸었다. 틈새로 연기가 스며들 듯, 앤지의 두뇌로 공황이 스멀스멀 들어오기 시작했다.

'집중, 집중해.'

마지막 줄의 의자에는 웬 여성이 무릎을 꿇고 고개를 숙인 채, 염주를 헤아리면서 기도를 드리고 있었다. 그리고 좌석 옆에 자리 잡은 고해실을 보자, 앤지의 머릿속에서 희미한 기억이 되살아났다. 고해실 문으로 비치는 희미한 초록빛은 지금 고해성사를 할 수 있다는 뜻이었고, 빨간빛이 비친다면 고해실 안에서 신자가 자신의 죄를 고백하고 있다는 것이었다.

앤지는 발걸음을 멈추더니 신부 쪽을 돌아보았다. "그레이시에게 고해성사를 해준 적이 있습니까, 신부님?"

신부는 기도를 드리던 여성을 한번 쳐다보고는 조용히 말했다. "이쪽에서 이야기하시죠." 그러더니 두 사람을 성당 입구의 대기홀로 인도했다. 성수반 옆에 선 신부가 말했다. "팔로리노 형사님, 고해성사 누설 금지의 원칙은 신성불가침이라는 점을 잘 아실 겁니다. 사제는 참회자의 보속 과정에서 알게 된 모든 정보를 결코 누설해서는 안 되는 의무를 지고 있습니다."

앤지의 심장이 빠르게 뛰었다. 사이먼 신부는 분명 뭔가를 알고 있었다. 앤지의 본능은 사이먼 신부의 눈빛 뒤에 숨은 뭔가를 포착하고 있었다.

"그레이시의 고해성사가 이번 범인을 찾아내는 단서가 되어준다면 분명 더 많은 여성 피해자가 나오지 않도록 방지하는 데 큰 도움이……."

"그리고 저는 파문되겠지요." 신부는 딱딱하게 말했다. "고해성사를 누설하느니 차라리 죽겠습니다."

앤지의 심장이 더욱 빠르게 뛰기 시작했다. 매덕스가 옆에서 풍기는 분위기도 확연히 달라진 걸 느낄 수 있었다.

"최고 법정 명령이라도 그 맹세를 깰 수는 없습니다." 신부는 덧붙였다. "이 비밀 맹세의 엄수는 법적으로도 보호받고 있으니까요."

"그럴지도 모르죠." 앤지는 말했다. "하지만 종교인들에게는 고해성사 *외적*으로 벌어진 수상한 정황에 대해 보고해야 한다는 법정 의무도 있습니다. 혹시 기밀 엄수의 의무가 적용되지 않는 일반 목회 상담 중에, 그레이시가 뭔가 특별한 걸 언급한 적은 없었습니까?"

두 사람 사이에 치열한 눈싸움이 벌어졌다. 앤지는 이 젊은 미남 사제에게 난 균열이 점점 깊어지는 것을 느꼈다.

"살인자를 잡는 건 형사님들의 몫이지요." 신부는 조용히 말했다. "제 소명은 영혼을 구원하는 겁니다."

"그래서 그레이시의 영혼을 *구원하셨습니까?*" 앤지가 말했다. "그레이시가 겪었을 시련에 대해 생각해보십시오. 그 공포, 고문, 고통을. 광기로 잔뜩 비틀린 사내가 자신만의 방식으로 그레이시의 영혼을 구원하겠답시고 무슨 일을 벌였는지. 그레이시는 끔찍한 고통을 받았습니다, 신부님. 제가 보장합니다. 신부님은 그런 그레이시를 구하지 못했습니다. 하지만 신부님이 알고 있는 중요한 정보를 풀어놓는다면 다른 사람들을 구할 수는 있습니다."

"우리는 누구나 십자가를 하나씩 메고 고통 받는 사람들입니다, 형사님."

좌절감이 찾아들었다. 앤지가 입을 벌리고 마악 뭐라고 하려던 찰나, 갑자기 성당의 종소리가 들려오면서 생각의 흐름이 완전히 끊어져버렸다. 뒤이어 다른 종들도 함께 침에 따라 높은 종탑부터 울려 퍼지는 종소리가 휑뎅그렁한 성당의 석벽에 메아리치기 시작했다. 앤지의 정신이 멍해졌다. 매덕스가 앤지 쪽을 슬쩍 보더니 이

내 눈매가 가늘어졌다.

"여기까지 하죠." 매덕스는 계속 앤지의 안색을 살피면서 말했다. "감사합니다, 신부님."

그렇게 매덕스가 묵직한 나무문을 밀고 어두운 겨울밤 속으로 나가려던 찰나, 사이먼 신부가 갑자기 입을 열었다. "그레이시는 갈등에 빠져 있었다…… 라고만 말해두겠습니다."

"갈등이라 하심은?" 매덕스는 성당의 문을 잡은 채 물었다. 바깥에서 문틈으로 새어 들어오는 종소리가 더욱 크게 들리는 것 같았다. 그리고 그 틈새로 보이는 가로등 아래, 앤지는 진눈깨비가 부드러운 눈송이로 변해 내리고 있는 걸 볼 수 있었다. 입이 바짝바짝 말랐다. 피부도 뜨겁게 달아오르기 시작했다.

사이먼 신부의 목소리가 멀리, 아주 멀리서 들려오는 것처럼 느껴졌다. "고해성사 외적으로 이루어졌던 영적인 지도를 토대로 말씀드리자면, 그레이시 메리는 자신의 난혼 행위에 대해 갈등을 품고 있었습니다."

앤지는 계속 이 대화에 참여하려고, 다음으로 던질 질문에 집중하려 했다. 하지만 귓가의 종소리와 피부로 느껴지는 눈송이, 그리고 매덕스가 잡고 있는 문틈으로 흘러들어오는 바깥의 냄새는 앤지의 마음속에서 피어오른 공황의 불씨를 부채질하고 있었다. 시간 감각은 늘어날 대로 늘어나 모든 것을 기이하게 왜곡하고 있었다.

"그 말씀인즉슨?" 매덕스가 말했다.

"말인즉슨 그레이시가 다양한 상대들과 일상적인 성관계를 맺고 있었으며, 그 점에 대해 고민하고 있었다고 생각된다는 뜻입니다."

"그레이시에게 직접 들은 이야깁니까? 고해성사도 아닌데?" 매덕스가 확인했다.

"그렇습니다."

"남자 신부님한테, 그것도 고해성사도 아닌 상황에서 꺼내기에는 굉장히 민감한 주제라고 생각됩니다만. 대체 어쩌다가 나온 얘깁니까? 신부님은 그레이시와 무슨 관계를 맺고 있었던 겁니까?" 매덕스가 말했다.

"그레이시가 제게 성적 매력을 발휘하려 했습니다."

"그레이시가 신부님을 *유혹하려* 했다고요?" 종이 크게 울렸다.

"그레이시더러 왜 이러냐고 물으면서 꽤…… 갈망이 큰 아이라는 걸 알게 되었습니다. 사랑과 소속감을 갈망하고 있었죠. 아마 아버지에게 버림받고 어머니도 자리를 비울 때가 잦아지면서 느끼게 된 고독 때문이 아닌가 싶습니다. 더 어렸을 적에는 학교에서도 이런 소속감 문제에서 어려움을 겪었다고 합니다. 그레이시가 말해준 바에 따르면 개방적인 성관계를 통해 학교의 남자아이들과 관계를 형성할 수 있었고, 나중에는 또래 집단을 이끄는 여자아이들의 관심을 끌 수 있었다고 하더군요. 그러면서 소속감을 느끼는 데도 도움이 되었다고 하고요. 최소한 그레이시의 전 남자친구와 관련된 문제에는 그대로 해당되지 않았나 싶습니다."

"릭 버틀러 말입니까?" 매덕스가 물었다.

"아마 그런 이름이었던 것으로 기억합니다."

"혹시 그레이시가 자신의 새 남자친구나 본인이 같이 잤다고 하는 다른 남성들에 대해 말해준 정보가 있습니까?"

"제가 말씀드릴 수 있는 부분은 여기까지입니다, 형사님들. 이제 가봐야겠군요."

"마지막으로 그레이시와 직접 만났던 게 언젭니까?" 매덕스가 말했다.

그때 형사들의 등 뒤에서 성당 안쪽으로 통하는 문이 열렸다. 묵주 기도를 하던 여성이 밖으로 나왔다. 다시 천천히 닫히던 내실 문틈으로 오르간의 선율과 함께 높고 감미로운 목소리, 어린 소년의 노랫소리가 어우러져 흘러나왔다. '아베 마리아아아아……'

공포가 앤지를 향해 짓쳐 들었다.

앤지는 출구 문 사이로 난 틈새를 노려보았다. 심장이 가슴을 뚫고 나올 기세로 쿵쾅대기 시작했다.

"지지난주 일요일이었습니다." 신부가 말했다. "정기 미사의 영성체 예식 도중이었지요."

"감사합니다, 신부님." 앤지는 재빨리 중얼거리고는 출구를 향해 눈발 속으로 나아갔다. 풍성한 눈송이가 안개 깔린 가로등의 후광 아래서 부드럽게 노닐고 있었다. 성당 바깥에서 울리던 종소리는 수많은 고층 건물들 사이를 노니며 불협화음으로 변하고 있었다.

점점 커지고…… 커지고…… 또 커졌다. 앤지는 길 건너 병원의 적십자 표시를 멍하니 바라보았다. 미친 듯이 휘날리는 눈송이, 종소리, 그 종소리에 묻혀버린 높고 감미로운 찬송가 사이로 빛나는 적십자 표시를 바라보았다. 십자가, 눈송이…… 모두가 앤지의 머릿속에서 눈부신 경고를 만들어내고 있었다…….

'도망쳐!……. 우체카이! 우체카이!'

매덕스의 목소리가 들렸다. 꼭 깊숙한 터널에서 울려대는 것처럼. "저렇게 독실한 신부님이 자신과 그레이시 간의 관계부터 섹스에 대해 나누었던 담론까지 전부 털어놓다니, 어떻게 생각해요?"

방금 전까지만 해도 세인트 주드의 가고일상 아래를 걷고 있었는데, 이제는 병원의 적십자 표시로 향하는 중이었다. 대체 언제 여기까지 온 것일까? 길은 또 언제 건넌 것일까? 그런 생각이 드는 사이에도 어느새 빨간색 응급실 표시가 가까워지고 있었다.

'안으로 들어가! 스카쿠이 도 쉬롯카, 스입코!'

'셰즈 치코!……. 조용히 있어!'

여자의 새된 비명이 온갖 소음을 뚫고 들려왔다. 나머지 세상은 쥐 죽은 듯이 조용해졌다. 앤지는 아무것도 들을 수 없었다. 앤지는 아무것도 볼 수 없었다. 그저 하늘하늘 떨어지는 눈송이들 뒤의 붉은 표시만 보일 뿐. 완전히 눈이 멀어버렸다. 위험했다. 고통스러웠다. 사방이. '놈들이 온다…….'

앤지의 손이 코트 아래의 둔부로 향했다. 그러고는 재빠르고 익

숙한 몸놀림으로 탄소섬유 칼을 뽑아 들고는…… 자세를 낮추었
다…….

45장

매덕스는 깜짝 놀랐다. 그도 그럴 게 옆에 있던 팔로리노가 갑자기 자세를 납작 낮추더니, 그대로 꼼짝도 하지 않는 것이었다. 마치 양발이 땅에 뿌리라도 내린 것 같았다. 안색도 마치 유령처럼 새하얗고, 두 눈은 마치 시커멓게 뻥 뚫린 구멍처럼 변해 병원 응급실 입구만 멍하니 바라보고 있었다. 그러더니 칼날을 앞으로 쭉 뻗은 채 온몸을 천천히 사선으로 떨기 시작했다.

"팔로리노?"

앤지는 매덕스의 목소리가 들리는 쪽으로 홱 돌아보았다. 입이 헤 벌어져 있었다. 호흡도 살짝 거칠어져 있었다. 그러더니 이제는 칼끝을 매덕스 쪽으로 돌렸다.

"앤지…… 괜찮아요?"

칼을 뻗은 그대로 앤지가 돌진해오자 매덕스는 식겁하고 뒤로 물러났다. "이런 미친, 팔로리노. 뭐예요?"

겉으로 드러난 앤지의 살갗은 온통 식은땀으로 번들거리고 있었다. 순간 매덕스도 이게 심상치 않다는 걸 직감했다.

"앤지! 내 말 들려요? 대답 좀 해봐요!"

순간 앤지의 칼끝이 매덕스의 복부를 노리고 재빠르게 움직였다. 매덕스는 앤지의 손목을 잡아채 오른쪽으로 젖히면서 칼의 진로에서 몸을 피하고는, 그대로 팔을 꺾어버렸다. "칼 버려!"

앤지는 알아들을 수 없는 외국어로 뭐라 울부짖었다. 매덕스는 상대의 손목을 쥔 채 체중을 옆으로 실었다. 덕분에 앤지는 중심을 잃고 몸을 기우뚱하더니 제압당한 손목 쪽으로 몸이 꺾여버렸다. 하지만 놀랍게도 앤지는 매덕스가 가하는 힘에 저항하지 않고 오히려 그 힘을 이용해 재빠르게 움직였다. 동시에 오른쪽 팔꿈치를 휘둘러 매덕스의 코를 냅다 찍어버렸다. 매덕스의 머리로 고통이 생생하게 전해졌다. 코 뒤쪽으로 넘어오는 피 맛이 느껴졌다. 두 눈이 후끈했다.

제압에서 벗어난 앤지는 뒤쪽으로 펄쩍 물러나 자세를 유지했다. 그러더니 다시 한 번 매덕스에게 칼을 휘둘렀다. 두 눈에는 광기가 번들거렸다. 이제 매덕스는 벽으로 완전히 몰려버렸다. 할 수만 있다면 앤지는 분명 자신을 살해할 것이라고 매덕스는 확신했다. 총을 뽑아야 한다는 판단이 섰다.

대신 매덕스는 양손을 들어 손바닥을 내보였다. 두 눈에 눈물이 고이고 코에서는 피가 줄줄 새어나왔다. 그러면서도 자세를 적당히 조절해, 어쩔 수 없다면 언제라도 총을 뽑을 수 있도록 대비했다. "괜찮아요." 매덕스는 크게 외쳤다. "괜찮다고. 나야. 매덕스. 제임스 매덕스. 당신 파트너. 앤지. *팔로리노!* 이런 빌어 처먹을, 진정 좀 해!"

앤지가 앞으로 짓쳐 오면서 냅다 칼을 휘둘렀다. 날카로운 칼끝이 매덕스의 두꺼운 울 코트의 소매를 가르고 지나갔다. 매덕스는 상대의 움직임을 역이용해 다시 한 번 앤지를 잡아챘다. 그러곤 돌벽에다 어깨를 사정없이 박아버리고 양손을 뒤로 꺾고 흔들었다. 결국 앤지의 손가락이 풀리더니 칼이 땅바닥에 떨어졌다.

심장이 가슴 속에서 쿵쾅거리고 뛰었다. 매덕스는 기침을 한 번 하다가 피를 잘못 삼켜 사레가 들렸다. 그러면서도 앤지를 벽에 찍어 누른 채, 자신의 주머니를 더듬어 플라스틱 케이블 타이를 주섬주섬 찾아냈다. 앤지가 자신을 모텔 침대에 묶을 때 썼던 것과 똑같은 물건이었다. 그걸로 앤지의 손목을 꽁꽁 결박한 매덕스는 상대가 움직이지 못하도록 제압한 상태로 칼을 집어 날을 접어 넣었다. 그렇게 칼을 주머니에 넣은 다음에는 앤지의 권총도 압수했다.

그때 앤지의 몸이 경련하기 시작했다.

"앤지?" 매덕스의 목소리는 떨리고 있었다. 또 기침이 나온 탓이다. 앤지는 얼굴을 벽에 처박은 상태에서도 고개를 좌우로 돌렸다. 꼭 자신의 목소리가 어디서 들리는지 찾는 것처럼.

매덕스는 조심스레 앤지의 몸을 자기 쪽으로 돌렸다. 한껏 치켜뜬 앤지의 두 눈에는 분명한 공포가 깃들어 있었지만, 그 동공만큼은 다시 정상으로 돌아오고 있었다. 정신을 되찾은 모양이었다. 앤지는 매덕스의 얼굴을, 그리고 그 코에서 줄줄 새고 있는 피를 멍하니 바라보았다. 그러더니 시선을 내려 매덕스의 손에 들린 자신의 총을 쳐다보았다. 다시 천천히 눈길을 든 앤지의 얼굴에는 두려움이 서려 있었다. 양 뺨에서 눈물이 흐르기 시작했다. 전신에서 일어나던 경련도 이제는 옴짝달싹 못한 채 몸을 부들거리는 쪽에 더 가까워졌다.

"괜찮아, 앤지." 매덕스는 부드럽게 말하면서 앤지의 총을 자기 주머니에 넣었다. "다 괜찮아질 거야." 그러고는 앤지를 품에 안아주었다. 앤지의 두 손은 여전히 등 뒤로 결박되어 있었고, 코에서 흘러나오는 매덕스의 피가 앤지의 코트를 적셨다. 하지만 앤지는 그대로 매덕스에게 모든 걸 맡긴 채 상대에게 완전히 기댔다. 매덕스는 앤지의 젖은 머리칼을 쓸어주었다. "다 괜찮아질 거예요." 그러면서 병원의 비상구 쪽을 바라보았다. "좀 진정해요. 병원까지 천천히 부축해줄 테니까. 무슨 일인지 진단 좀 받아봅시다."

하지만 앤지는 갑자기 움찔하더니 고개를 홱 들었다. "안 돼요." 그러더니 쉰 목소리로 속삭였다. "제발요, 저기만큼은 안 돼요." 두 눈에는 다시 광기가 돌아오기 시작했다.

매덕스는 피를 삼키다 또 사레가 들려 캑캑거리다가 피가 잔뜩 섞인 가래를 탁 뱉었다.

"저긴 안 들어가요." 앤지가 반복했다.

"아뇨, 들어가요. 지금 내가 치료를 좀 받아야겠어요. 아무래도 당신이 내 코를 박살 내놓은 것 같은데. 부축 좀 해줘요, 알았어요?"

"아 진짜…… 씨발, 씨발 거."

"아 와요, 좀."

매덕스는 앤지의 어깨에 팔을 두르고 세인트 주드의 응급실 입구로 끌고 갔다.

46장

선착장은 어두웠다. 조명이라고는 밧줄에 달아놓은 크리스마스 장식과 보트의 선실 창문에서 흘러나오는 불빛뿐이었다. 바람은 진눈깨비와 함께 잔잔한 파도까지 몰고 와 이 작은 항만에 정박된 배들을 흔들어댔다. 덕분에 선체에 물결치는 소리와 밧줄이 돛대에 부딪치는 소리가 울려 퍼지고 있었다.

"조심해요, 갑판 미끄러우니까." 매덕스는 앤지 쪽으로 팔을 뻗으면서 말했다.

앤지는 잠시 멈춰 서서 매덕스가 뻗은 손을 보았다. 지금 이 손을 잡는다면 더 이상은 돌이킬 수 없을 거라는 생각이 밀려들었다. 이 손을 잡고 매덕스의 낡은 나무 요트로 함께 들어간다면 지금껏 세상으로부터 숨겨왔던 자신의 비밀과 불안 그리고 공포까지 전부 털어놓을 것 같았다. 그랬다가는 자신의 경력은 끝이었다.

물론 이 손을 잡지 *않아도* 자신의 경력은 끝이란 사실도 잘 알고 있었다.

"앤지?" 매덕스가 앤지의 이름을 불렀다. 이미 허례허식이고 프로의 거리두기고 나발이고 다 끝이었다. 앤지는 매덕스를 죽일 기세로 공격했었다. 하마터면 상대방의 코를 박살 낼 뻔했지만 다행히 매덕스의 두 눈이 보랏빛으로 부어오르는 선에서 끝났다. 그런데도 앤지를 강제로 병원으로 끌고 가 진단을 받게 하지 않았다는 점은 고마워 죽을 지경이었다. 대신 앤지가 주어진 선택지들을 검토하는 동안 감시가 필요하겠다면서 여기로 데려오기는 했지만…….

'지금 당신한테는 도움이 필요해, 앤지……. 난 당신이랑 일 같이 못해요. 갑자기 그렇게 눈 까뒤집고 날 죽이려 드는 사람을 파트너로 두고 등 뒤를 맡길 수는 없어. 이런 파트너는 차라리 범인보다도 더 위험해……. 이건 내가 그냥 넘길 수도 없고 넘기지도 않을 문제예요.'

앤지는 숨을 한번 깊게 들이마시고 어둠 속에서 시커멓게 변한 매덕스의 두 눈을 바라보았다. 그러고는…… 눈앞에 내밀어진 손을 잡고 배에 올랐다. 매덕스는 앤지를 자신의 선실로 안내했다.

승강구의 사다리를 타고 내려온 앤지는 선실에 깔린 작은 양가죽 양탄자 위에서 몸을 말고 있는 잭 오를 발견했다. 녀석은 낮게 그르렁거렸다. 꼭 '배에서 얌전히 있으면 깨물지는 않아주겠다'라고 경고하는 것 같았다.

선실 안의 자그맣고 아늑한 거실로 들어온 매덕스는 여느 때보다도 더 커 보였다. 매덕스는 앤지의 두 눈을 내려다보았다. 잔뜩 충혈된 매덕스의 눈 아래에는 붕대가 코를 덮고 있었다. 당장 내일 동료들에게 설명할 일이 산더미 같았다. 앤지는 자신이 알지도 못하는 사이에 매덕스에게 벌인 짓거리와 그게 보고될 상황을 생각하니 배 속이 뒤틀리는 것 같았다. "정말 미안해요." 앤지가 다시 말했다.

매덕스의 두 눈에 걱정이 깃들었다. 아니, 걱정만이 아니었다. 두 사람이 세인트 주드 병원을 떠난 이후로 앤지는 한마디도 하지 않았다. 매덕스는 아직도 앤지의 칼과 권총을 보관하고 있었다. 한편으로는 그런 매덕스에게 반기를 들고, 이런 추태를 보였다는 것 때문에 매덕스를 미워하고, 그냥 아무 일도 벌어지지 않은 것처럼 등을 돌려 떠나버리고 싶기도 했다. 하지만 논리적으로 생각해본다면 앤지 역시 자신에게 정말 도움이 필요하다는 걸 알고 있었다. 그러면서도 자신의 경력에 흠집을 내지 않으면서 도움을 청하는 방법을 도무지 알 수 없었다.

"자리에 앉아요." 매덕스가 가스히터를 갖다놓고 선실의 찬장을 열면서 말했다.

앤지는 한숨을 푸욱, 쉬고는 눈썹 위로 흘러내린 머리카락 한 뭉치를 쓸어낸 뒤 코트를 벗었다. 그리고 작은 거실에 마련된 벤치형 소파에 앉아 부츠까지 벗었다. 매덕스는 유리잔 두 개와 스카치 한 병을 꺼냈다. 그러고는 각 잔에 술을 가득 따라 가져왔다. 양탄자에 누워 있던 잭 오는 매덕스가 앤지에게 술잔을 건네는 모습을 보며 경계하듯이 으르렁거렸다.

"고마워요." 앤지는 손이 덜덜 떨리고 있는지라, 술잔을 양손으로 움켜쥔 뒤에야 간신히 입가로 가져갈 수 있었다. 그래도 그 후끈한 액체를 한 방울도 흘리지 않고 한 모금 쭉 들이켤 수 있었다. 다시 한 모금을 마신 앤지는 술기운이 올라오는 것을 느끼며 눈을 감았다. 덕분에 몸의 경련도 좀 가라앉았다. 그런 다음 물기 어린 눈을 뜨고 매덕스의 두 눈, 여전히 수많은 질문과 걱정 그리고 애정으로 불타고 있는 눈을 똑바로 쳐다보았다

앤지는 입을 열었지만, 아무 말도 하지 못하고 다시 다물었다. 매덕스도 재촉하지 않았다. 대신 자기 코트를 벗어 앤지의 옷과 함께 사다리 옆 옷걸이에 걸어놓았다. 그리고 작은 주방에서 강아지 비스킷 통을 꺼내 그릇에 조금 덜고는, 바닥의 물그릇 옆에 놓고 휘파람을 불었다.

잭 오가 자리에서 일어나 셋 달린 다리로 발발거리면서 뛰어갔다. 그러면서도 앤지에게 미심쩍은 눈초리를 보내는 것만큼은 잊지 않았다. 개 비스킷에 코를 박았으면서도 반짝이는 두 눈은 여전히 앤지 쪽에 고정되어 있었다.

바람이 불어오자 배가 흔들리면서 밧줄이 치렁거리는 소리가 났다. 선실 안은 생각만큼 갑갑하지 않고, 도리어 아늑하고 포근한 느낌이 들었다. 매덕스와 지니가 함께 찍은 사진이 작은 냉장고를 빼곡히 덮고 있었다. 식탁 위는 온갖 책과 서류들로 난잡하게 어질러진 상태였다. 매덕스는 앤지의 옆에 앉아 자기 잔의 술을 한 모금 들이켰다.

"예전에도 그랬던 적 있어요?" 매덕스가 물었다.

앤지는 잔을 양 손바닥으로 감싸 쥐고 무릎 위에 올렸다. "그렇게 심했던 적은 없었어요. 단 한 번도."

매덕스는 기다렸다.

갑자기 공황이 고개를 들면서 그냥 도망치고 싶다는 충동이 들끓었다. 앤지는 선실의 출구 쪽으로 눈길을 던졌다.

'결국 언제라도 *마주해야 할 문제야*…….'

"아무래도 요새 환각을 보기 시작한 것 같아요." 앤지는 마침내 털어놓았다. 자기 앞에 나타나기 시작한 분홍치마의 소녀에 대해, 언제, 또 어디서 나타났는지에 대해, 그 소녀의 말처럼 들리는 환청과 그 언어에 대해 전부 자세히 설명했다. 또, 자기 어머니가 어떤 정신질환을 앓고 있는지, 또 그 증상이 딱 앤지 또래의 나이대부터 나타나기 시작했다는 점까지 전부 털어놓았다.

앤지는 술을 한 모금 마시고는 가볍게 흥, 하고 콧방귀를 뀌었다. "난 미쳐가고 있어요. 이야, 다 불어버렸다. 노후에는 마운트 세인트 아그네스 정신병원의 수감 병동에 갇혀서 흔들의자에 앉아 유리창에 비친 내 모습이나 멍 때리고 보게 될 거다, 이 말씀. 하얀 옷을 입은 직원들한테 감시받는 것도 빼놓을 수 없지."

"그래서 그 병원에 문병을 간 거요?"

앤지는 끄덕였다. 다 말했다. 정보의 은폐 따위는 다 포기해버렸다. 결국 그게 비밀 유지의 핵심인데도. 원래 진짜 비밀로 지켜야 할 사실은 아무한테도 얘기하지 않는 법이다. 그러니 비밀의 '공유' 따위는 앤지에게 웃기는 개소리나 다름없었다.

매덕스는 입을 꾹 다문 채 앤지를 요모조모 뜯어보았다. 바깥의 바람 소리와 물소리만 들려왔다.

"아무래도 조현병이 진행 중인 걸 수도 있겠는데." 매덕스가 조용히 말했다.

"이야, 전혀 몰랐네."

매덕스는 앤지가 쥐고 있던 술잔을 뺏더니 두 사람 앞에 있던 작은 탁자에 잔 두 개를 전부 내려놓았다. 그러고는 앤지의 양손을 자기 손에 모아 쥐고 엄지로 살결을 부드럽게 쓸어주었다. 그 부드러운 자극으로부터 유두 끝까지 저릿한 욕망이 전달되는 것 같았다. 앤지는 갑작스레 매덕스의 품에 몸을 던지고 싶은, 마치 어린아이처럼 몸을 웅크리고 안긴 채 그저 사랑받고 싶다는 충동이 치밀어 올랐다. 누군가의 보살핌에 몸을 던져보고 싶다는 충동은 앤지가 어렸을 적부터 지금껏 한 번도 느껴본 적이 없는 것이었다.

밥을 다 먹은 잭 오가 와서 매덕스의 발치에 누웠다. 그 코는 앤지의 양말 신은 발을 향해 있었다.

"아니면 그냥 PTSD일 수도 있어요. 내가 보기에는 당신이 지금까지 겪은 일들, 해시와 그 애한테 벌어진 일을 보자면 아직도 그 아이에 대한 감정이 머릿속에 남아 있을 가능성이 높아."

"해시 일을 당신이 얼마나 안다고?"

"사건 파일 읽었어."

"왜?"

매덕스는 어깨를 살짝 으쓱해 보였다.

"내가 파트너 되는 게 걱정스러웠어? 그래서 존 재크스네 펜트하우스로 갈 때 그렇게 예민했던 거야? 분명 당신이라면 해시를 죽이지 않고 살릴 방법이 있었을 거라고, 내 판단력이 의심스러웠던 거구나."

"아니면 반대로 날 폭시 모텔 침대에다 묶어놓았던 여자한테 관심이 있었을 수도 있고." 매덕스는 미소를 지었다. 하지만 눈까지 웃고 있지는 않았다. 그러다 입꼬리를 내려버렸다.

"농담이었으면 하나도 재미없었어."

매덕스는 천천히 고개를 끄덕였다. 표정은 다시 진중해져 있었다.

"그럼 가끔씩 들리는 생소한 언어는?"

"흐음, 혹시 당신 기억하고 연관되었을 거라고 생각은 안 해봤어? 지금까지 잊고 있었던?"

앤지는 잠시 눈길을 돌려 지난 며칠간의 기억을 반추해보았다.

"어쩌면 해시 일로 인한 PTSD가 뭔가 잠재되어 있던 기억을 다시 끄집어냈을지도 몰라요, 앤지."

"잘 모르겠는데. 가끔씩 내가 네 살 때 겪었던 교통사고가 점점 더 자세히 기억나는 것 같기는 하지만. 그때 엄청 다쳤거든. 하마터면 죽을 뻔했어요."

"입의 흉터도 그때 생긴 거고?"

앤지는 끄덕였다.

"한번 이야기해봐요."

앤지는 그날의 사고에 대해 설명했다. 이탈리아였다. 아버지의 안식년이었고. "그런데 사진을 보니까 뭔가 날짜가 조금씩 어긋나 있는 것 같더라고요." 그렇게 이탈리아에서 찍은 사진 뒤쪽의 날짜와 그 불일치에 대한 이야기가 나왔다. 그런 다음에는 엄마가 천사들에 대해 한 말, 눈 오는 크리스마스이브에 다시 돌아왔다는 '앤지'에 대해, 그리고 엄마가 부드러운 메조소프라노로 부르던 '아베 마리아'를 듣고 자신에게 찾아왔던 발작에 대해서도 전부 설명했다.

매덕스의 눈이 가늘어졌다. "그 모든 방아쇠가 오늘 밤에 한꺼번에 터진 거라고? 결국 그게 원인이었나? 성당, 종소리, 크리스마스쯤의 눈 오는 날씨까지. 게다가 성당의 남자애가 당신 어머니와 똑같은 찬송가를 불러서?"

앤지는 가슴에 얹힌 한숨을 푹 내쉬고는 얼굴을 문질렀다. "아마도. 그때…… 그때 공황이 찾아왔어요. 아니, 공포라고 해야 되나. 내가, 그러니까 우리가 성당 밖으로 나왔을 때. 병원의 빨간 비상구 입구 표시를 본 것까지는 기억나는데, 그다음은 전혀 기억이 안 나."

매덕스는 콧방귀를 뀌었다. "간단해요, 날 죽이려 들었지."

"미안하다니까요. 내가 미쳤지." 앤지는 자기 잔을 집어 스카치를 또 한 모금 넘겼다.

"당신 정말 상담이 필요해, 앤지. 전문가한테 가서…….'

"빅토리아 시경에 나 미친년인 거 싹 다 까발려지고 일자리까지 잃으라고?"

매덕스는 앤지의 눈을 가만히 쳐다보았다. 그리고 앤지는 그 눈빛에 담겨 있는 무언의 메시지를 분명하게 읽어낼 수 있었다. '당신이 미친년이면 이 일을 하는 게 안전하지 않아.'

"위험을 자초하는 짓이야." 매덕스는 조용히 말했다. "안 그래도 위험한 현장에서 함께 뛰는 사람들까지 전부."

매덕스가 직접 육성으로 못 박는 걸 들으니 앤지는 마음이 불편해졌다. 자신은 짐덩어리였던 것이다. 그 자신에게, 그리고 다른 사람들에게도. 하마터면 매덕스를 죽일 뻔했지 않은가.

매덕스는 앤지의 얼굴을 감싸 쥐고 그 입술을, 흉터를 엄지로 부드럽게 쓸었다. "오히려 간단할 수도 있어, 앤지." 매덕스가 말했다. "기억은 그냥 기억일 수도 있고. 어렸을 적부터 억눌려 있었던 거지. 그러다 이제 와 온갖 스트레스를 주는 상황들이 겹치면서 사고와 관련된 기억들이 떠오르는 것일지도 몰라. 당신 어머니가 입원하고. 눈앞에서 해시와 아이를 잃고. 세례자 사건까지 벌어지고. 전부 다 방아쇠로 작용한 거야."

"그럼 분홍 옷 입은 여자애는?"

"걔 빨간 머리였다면서. 어쩌면 당신이 그 끔찍한 사고를 당했던 시절의 모습이 표면화된 걸 수도 있어. 어쩌면 그게 티파니 건으로 인해 나타나기 시작한 걸지도 모르고."

"그럼 그 폴란드어는?" 앤지는 다시 물었다.

"똑같아. 어쩌면 기억 속에 잠재되어 있던 것일 수도 있지. 당신 아까 병원 앞에서 나한테 뭐라고 외쳤었거든. 그것도 폴란드어일지도."

앤지는 두 눈을 감고 그냥 자신의 얼굴을 어루만지는 매덕스의 손길에, 자신의 옆에 있어주는 든든한 느낌에, 그리고 매덕스의 안락한 요트에서 느껴지는 포근한 느낌에 몸을 맡겼다. 심지어 매덕스의 성질 더럽고 쪼끄만 개도 이제 자기 코를 앤지의 양말 신은 발에 비비고 있었으며, 하나도 안 예쁜, 코를 쿵쿵거리는 소리조차도 어째서인지 앤지의 마음을 진정시켜주었다.

"혹시 우리 엄마한테서 가족력이 그대로 이어졌다는 게 확실해지면?"

"그건 확실히 알아야지. 어느 쪽이 되었든. 당신도 말했잖아, 어머니께서 지금까지 몇 년 동안 관리를 받으셨다고. 그럼 당신도 치료를 받으면서 관리하는 게 가능해."

"그러면 경찰 관둬야 하잖아."

"경찰 일이라는 게 그렇게 권장할 만한 직종은 아니에요. 내 인생이 어떻게 되었는지 봐."

앤지는 매덕스의 요트 안을, 지금껏 매덕스가 살아온 인생의 증거물을 둘러보았다. 문득 이 낡은 보트를 고치면서, 어떻게든 가족과 은퇴 생활에 대한 옛 꿈을 붙잡아보려는 매덕스의 모습이 떠올랐다. 그리고 작은 냉장고에 붙어 있는 매덕스와 지니의 사진들에도 눈길이 가면서 앤지의 마음은 갑작스레 이 남자에게 활짝 열렸다. 앤지는 매덕스의 반지를 어루만졌다. 매덕스도 시선을 내려 자신의 반지를 쓰다듬는 앤지의 손가락을 보았다. 그러더니 아무 말 없이 손을 거두어 반지를 빼고는 탁자의 술잔 옆에 두었다. 두 사람의 시선이 다시 마주쳤다. 앤지는 침을 꿀꺽 삼켰다.

매덕스가 키스해왔다.

앤지에게 부딪는 매덕스의 입술은 실로 부드럽고, 유혹적이었다. 턱에 까칠하게 난 수염이 앤지의 피부를 비비는 동안 어느새 두 사람의 입은 열려 있었고, 매덕스의 혀는 앤지의 흉터를 탐닉하고 또 어루만져주었다. 앤지도 매덕스의 양 얼굴을 손으로 감싸 쥔 채 행여나 오늘 다친 곳이 아프지 않게 세심하게 조절하면서 상체를 뒤로 젖혀 더 깊이 키스할 수 있는 각도를 만들었다. 그렇게 매덕스는 입을 맞추며 앤지의 셔츠 버튼을 풀고 어깨에서 끌어내렸다. 앤지도 등 쪽으로 손을 뻗어 브라를 끌렀다. 앤지의 맨가슴이 드러나자 매덕스는 순간 숨이 막혔다.

"와요." 매덕스는 거친 손으로 앤지의 가슴을 감싸 쥔 채 상대의 입술에 대고 속삭였다. "내 침대로."

47장

앤지는 나신이 되어 침대 끄트머리에 다리를 벌리고 앉아 있었다. 자기 다리 사이에 선 매덕스의 바지를 벗기는 동안 가슴속 깊은 곳에서는 욕망이 뜨겁게 들끓었다. 바지를 엉덩이까지 내리는 순간, 기억 속 멋졌던 물건이 다시 적나라하게 튀어나왔다. 앤지는 남성을 부드럽게 어루만지더니 입에 넣고 상대의 엉덩이를 부여잡은 채 입술과 혀로 애무했다. 매덕스의 양손은 앤지의 양 어깨를 굳건히 부여잡고 있었다. 앤지가 입속의 물건을 자극할수록 어깨를 쥔 손에 점점 더 힘이 들어가더니, 이내 매덕스는 한번 신음을 내뱉고는 앤지의 머리카락을 틀어쥐었다. 그러다 갑작스레 앤지의 애무를 멈추게 하곤 그 머리를 뒤로 당겨 입속에서 한껏 젖은 물건을 끄집어 냈다. 매덕스의 눈빛, 음험하고 위험한 그 시선이 앤지의 눈길과 마주쳤다. 매덕스는 앤지를 침대 위로 강하게 눕혔다.

매트리스 위로 쓰러진 앤지의 몸이 탄력 있게 튀면서 머리카락이 거칠게 흩어졌고, 허벅지는 양옆으로 활짝 벌어졌다. 앤지는 상대를 갈망하고 있었다. 상대를 받아들일 만반의 준비가 되어 있었다.

상대에게 맞춰 엉덩이를 들어주었다. 매덕스는 천천히, 고통스러울 정도로 천천히 앤지의 늘씬한 몸을 눈으로 음미했다. 마른침을 삼키는 매덕스의 보랏빛 눈은 붕대 너머로도 들여다보이는 정욕으로 시커멓게 물들었고, 목에서도 핏줄이 솟았다. 앤지는 엉덩이를 살랑살랑 흔들면서 '빨리 오라, 더는 못 기다리겠다'는 몸짓을 지어 보였다. 어서 빨리 상대의 삽입을 받아들이고 싶어, 그 굵고 기다란 물건을 몸속 깊숙이 받아들이고 싶어 애가 달아 있었다. 매덕스의 입술에도 희미한 미소가 비쳤다. 하지만 매덕스 역시 자신만의 즐거운 시간을 음미하면서 바닥에 널브러진 바지 주머니로 손을 뻗어 콘돔을 꺼냈다.

앤지는 직접 콘돔을 착용하는 매덕스의 모습을 지켜보았다. 언뜻 의식의 한편에서 살짝 불편한 느낌이 샘솟기 시작하는 것 같았다. 콘돔을 가져와서 씌우는 것은 항상 앤지의 역할이었다. 하지만 매덕스는 자기 주머니에 자기 콘돔을 가지고 있었다. 사실상 아무 의미가 없는데도 뭔가 통제권을 완전히 박탈당한 느낌이 들었다. 매덕스는 무릎을 꿇고 앤지를 향해 몸을 숙인 채 두 손을 앤지 머리의 양옆에 두었다. 그리고 무릎으로 앤지의 허벅지를 벌리면서도 그 입은 목으로 향해 핥고, 간질이고, 애무하면서 왼쪽 유두에까지 가 닿았다. 그러고는 극도로 흥분해 발기한 첨단을 치아로 살짝 깨물었다. 한 줄기 열기가 앤지의 온몸을 달렸다. 사타구니는 마치 뜨겁게 녹아내리기라도 한 양 미친 듯이 맥동하고 있었다. 음순이 부풀어 오르고 음핵도 단단히 발기해 상대의 손길을 갈구했다. 매덕스의 입술은 점점 아래로, 배까지 내려가 혓바닥으로 배꼽을 한번 튕기더니, 더 밑으로, 끝내 다리 사이까지 내려갔다. 따뜻하고 촉촉한 혀끝이 아랫입술 사이를 핥고 음핵을 희롱했다. 그 끄트머리를 이빨로 살짝 물어 당겨보았다. 소리 없는 비명이, 벅찬 절규가 앤지의 가슴속에서, 머릿속에서, 성기에서 북받쳐 올랐다. 마치 눈앞이 펑펑 터져나가는 것 같았다. 앤지의 세상이 지금 바로 이 순간, 바로 이 보트, 바로 이 침대, 그리고 바로 매덕스에게만으로 좁혀졌다. 앤지는 두 눈을 꽉 감고 고개를 좌우로 흔들면서 신음을 흘렸다. 더 이상 버티지 못할 때까지. 그 단단한 물건을 당장 깊숙이 받아들여야 했다. 당장 이 남자와 미쳐버릴 정도로 몸을 섞어야만 했다. 점점 애달프게 달아오른 몸은 땀으로 번들거렸고 근육도 팽팽해졌다. 앤지는 두 손으로 상대의 겨드랑이를 잡고 끌어 올려 매덕스의 머리를 허벅지 사이에서 빼낸 다음, 오른쪽 무릎을 들고 허벅지 안쪽을 상대의 엉덩이에 댄 채 허리를 중심으로 몸을 빙글 돌렸다. 그러면서 매덕스를 바로 눕혀서 그 몸에 올라타 뜨겁고 기다란 물건을 몸속 깊숙이 받아들이기에 편한 자세를 만들려 했다. 그러면서 상대의 사타구니에 음핵을 비비며 그날 밤 클럽에서의 기억을 떠올리게 하는 감미로운 마찰의 쾌감을 즐겼다. 하지만 이번에는 매덕스가 가만있지 않았다.

그 대신 매덕스는 한 손으로는 앤지의 허리를, 다른 손으로는 앤지의 양손을 틀어쥔 채 머리 위로 꼼짝 못하게 제압했다. 그러면서 무릎은 더 넓게 젖혀 발기한 물건의 끄트머리만 삽입했다. 앤지는 그대로 멎어버렸다. 심장이 내려앉는 것 같았다. 숨이 한껏 가빠지고 정신이 몽롱해졌다. 자신은 지금 상대에게 완전히 노출되어버렸다. 몸부림을 치면서 손을 풀어내려 해보았지만, 손아귀 힘이 너무 강했다. 자신보다 훨씬 더, 자신이 가질 수 있는 힘보다도 훨씬 더. 앤지는 눈을 감았다. 귓속에서 맥박이 쾅쾅 뛰는 소리가 들려왔다. 갑작스레 온갖 감정이 뒤섞인 갈등의 느낌이 온몸을 뜨겁게 불사르는 것 같았다. 굴복해. 앤지는 스스로에게 말했다. 너무 좋았다. 이걸 원했다.

매덕스는 천천히, 정말 고통스러울 정도로 천천히 움직이기 시작했다. 마음속에서 다시 한 번 피어오른 긴장감 때문에 앤지의 양손 결박을 풀어보려 애썼지만 소용없었다. 바로 그때 앤지는 눈을 번쩍 떴다. 순간 숨이 턱 막혔다.

매덕스가 단번에 찔러 넣은 것이다. 그 물건은 이제 뿌리 끝까지 전부 삽입되어 있었다. 앤지가 헐떡이는 동안 매덕스는 엉덩이를 더 강하게 움직이면서 계속해서 더 깊은 곳까지 찔러 넣었다. 매덕스가 본격적으로 허리를 진퇴하기 시작하면서 묵직한 근육질의 몸이 앤지를 침대 깊숙이 찍어 누르기 시작했다. 앤지의 두 손을 여전히 머리 위로 꽉 붙잡은 채. 앤지도 절정에 가까워졌다. 하지만 가슴속 공포는 계속해서 커지고 있었다. 절박해진 앤지는 다시 한 번 저

항해보았다. 꽉 붙잡힌 양손을 풀려고 몸부림치고 매덕스에게 깔린 몸을 흔들어댔다. 열기가 점점 올라오면서 눈가에 눈물이 맺혔다. 매덕스는 이런 모습을 쾌락으로, 미칠 듯한 갈망으로 해석하고 상대의 몸짓에 보답하고자 더욱 강하게 움직였다. 가슴 깊은 곳에서 낮은 신음이 올라오면서 온몸에서 땀이 배어나오기 시작했다.

"그만." 앤지가 갑자기 속삭였다. "그만, 그만해!" 매덕스의 몸이 멎었다. 그 눈이, 어둡고 거친 눈빛이 앤지의 눈과 마주쳤다. 혼란스러운 표정이었다. 발기한 음경은 여전히 앤지의 안에서 맥동하고 있었다.

"제발, 매덕스." 앤지가 속삭였다. "부탁이야." 매덕스는 마른침을 삼켰다. 하지만 매덕스의 온몸은 갑작스레 주도권을 다시 가져오려는 이성에 반항했고, 땀은 피부 위로 계속 배어나왔다. 그러다 매덕스는 숨을 흡, 들이켜면서 강렬하게, 주체할 수 없는 기세로 앤지의 몸속에서 사정했다. 여전히 주도권은 신체에 빼앗긴 채 매덕스의 손가락이 상대의 살갗으로 파고들었다. 온몸은 삽입한 상태 그대로 전율했다. 앤지의 두 눈에 눈물이 차오르는 동안 기진맥진해진 매덕스는 앤지의 몸 위로 맥없이 쓰러졌다가, 물건을 빼내어 자기 자리 쪽으로 누웠다.

"앤지?" 매덕스가 속삭였다. 눈에도 다시 초점이 돌아와 있었다.

앤지의 눈가에서 눈물이 흘러내려 침대 커버로 스며들었다. 아직도 몸은 이렇게 욕망으로 달떠 있는데, 이제는 수치심과 패배감,

죄책감까지 느껴졌다. 매덕스는 상대방의 뺨을 쓰다듬다가 얼굴 위에 축축하게 뭉쳐져 있는 머리카락을 치워주었다. "아팠어? 그래서 그래?"

앤지는 고개를 저었다. 목소리가 나오지 않았다. 무슨 일인지도 설명할 수 없었다. 스스로도 이런 자신을 이해할 수 없었다. 그저 창피할 뿐이었다.

"미안해." 매덕스가 중얼거렸다. "정말 미안해."

앤지는 다시 고개를 저었다. 입 밖으로 '*나 때문이야. 당신 때문이 아냐. 정말 좋았어*'라고 말하고 싶었다. 하지만 감정이 북받쳐 올라 도저히 말을 할 수가 없었다. 그리고 상대의 눈빛 속에서 상처와 실망감을 읽어낼 수 있었다. 매덕스는 고개를 숙여 앤지의 입술에 부드럽게 키스하고는 침대 옆의 스탠드 등을 껐다. 완전한 어둠 속에서 매덕스는 이불을 끌어 올려 두 사람 모두를 덮었다. 그러고는 점점 심해지는 바람 속에서 보트가 조용히 흔들리는 가운데 아무 말 없이 앤지의 등을 끌어안아주었다. 선실의 아담한 양탄자 위에 누워 있는 잭 오의 코고는 소리가 들려왔다.

48장

앤지는 검고 끈적끈적한 심연 속으로부터 떠올랐다. 분홍빛 치마와
맨발 차림의 그 소녀가 머리를 찰랑이며 어둠을 헤치고 달리고 있
었다. 이번에는 손에 웬 바구니를 하나 들고 있었다. 갑자기 하늘을
찌를 듯이 키가 큰 나무들이 나타났고, 나뭇잎 사이로 새어 들어오
는 햇빛은 봄날의 부드러운 잔디 위에 황금빛 자국을 남겼다. 민들
레가 피어나 있었다. 두 사람은 이탈리아 로마에 있었다. 눈부신 들
판, 샛노란 햇빛, 그리고 토스카나의 완만한 구릉. 그러다 갑자기 하
늘이 시커멓게 변했다. 자동차가 부딪치는 소리와 몸이 붕 뜨는 느
낌이 덮쳐왔다. 앤지는 찌그러지는 차체에서 빠져나오려, 그리고
엄마의 비명으로부터 멀어지려 악다구니를 쳤다. '도망쳐! 안으로
들어가! 아니, 밖으로 나와!' 앤지는 안간힘을 다해 의식의 표면으
로 다시 떠올랐다. 두 눈이 번쩍 뜨였다.

　'꿈이네. 그냥 꿈이야.'

자신은 뭔가 천천히 흔들리고 있는 것 위에 누워 있었다. 막 내린 커피 냄새가 코끝에 감돌았다.

충격이 찾아왔다. '선실. 매덕스. 배.'

'섹스.'

조졌네, 진짜. 앤지는 벌떡 일어났다. 잭 오가 자기 발 근처 커버 위에서 잠자고 있었다. 그러다 눈을 뜨더니 작고 똘망똘망한 갈색 눈으로 자신을 쳐다봤다. 앤지도 개의 눈을 멍하니 마주 보았다. 왠지 이 길바닥 출신의 똥개 마음을 십분 이해할 것 같다는 생각이 들었다. 자신도 또 하나의 잭 오나 다름없었다. 인생에 치여 다친 채 쓰러져 있던 자신을 제임스 매덕스가 거두어줬다고 생각한다면. 앤지는 쭈뼛거리며 손을 뻗어 개의 머리 위에 얹었다. 털이 놀라울 정도로 부드러웠다. 그렇게 살살 쓰다듬어보았지만 잭 오는 으르렁거리지 않았다. 그저 눈을 감고 작게 한숨을 쉬면서 머리를 다시 침대 커버 위에 내려놓았을 뿐. 그런 모습을 보자니 희한한 기분이 들었다.

문득 살짝 열려 있는 선실 문틈으로 새어 들어오는 따뜻한 빛줄기로 시선이 향했다. 매덕스가 요트의 작은 부엌에서 돌아다니는 소리가 들렸다. 지금도 몰아치는 바람에 요트의 닻줄과 밧줄이 흔들리면서 선체에 부딪히는 소리가 들렸다. 자그맣게 뚫린 선체의 창문 너머로 보이는 바깥은 아직도 깜깜했다.

이번에는 시계로 눈길을 돌렸다. 디지털시계에는 AM 5:55라고 표시되어 있었다. 오늘 금요일인데. 출근해야 된다. 앤지는, 두 사람은 모두 본서로 나가야 한다. 앤지는 바닥에 흐트러진 옷을 잽싸게 수습해 후닥닥 걸쳤다. 그리고 머리를 대강 묶으면서 거실 겸 부엌으로 나갔다. 매덕스가 이쪽으로 등을 보이고 있었다. 이미 업무용 바지와 셔츠, 넥타이 차림이었다. 출근 준비를 끝낸 것 같았다.

그러다 이쪽을 돌아보았다. "안녕." 그 잘생긴 얼굴에 미소가 떠올랐다. 그러다 움찔, 하고 눈살을 찌푸렸다. 앤지는 아직도 상대의 콧등을 덮고 있는 붕대와 시커멓게 멍들어 있는 두 눈을 보자마자 후회와 수치, 자기혐오…… 공포가 다시금 떠올랐다.

"커피 마실래?"

"응, 안 마시면 죽을 것 같아."

"그렇다고 진짜 죽지는 말고." 그 얼굴에 떠오른 미소가 더욱 깊어졌다. 그러다 잔뜩 부어오른 얼굴이 땅기는 바람에 다시 한 번 얼굴을 찡그렸다. 매덕스는 몸을 돌려 머그컵 하나를 집어 들곤 커피를 따랐다. "어떻게 마실래?"

'절대 동료와 자지 않기.

절대 키스는 하지 않기.

먼저 떠나기. 일찍 떠나기. 이름 알려주지 않기. 밤새 같이 있지 않기. 절대 다음 날 아침 같이 먹지 않기. 절대 위축되는 상대는 만나지 않기……. 항상 주도권을 잡기…….'

"그게," 앤지는 빠르게 말했다. "그냥 괜찮은 것 같아." 그러고는 부츠를 집어 들고 자리에 앉아 발을 쑤셔 넣기 시작했다.

"커피는 어쩌고?" 매덕스는 김이 풀풀 올라오는 머그잔을 손에 들고 서 있었다.

앤지는 자리에서 일어나 옷걸이에 걸려 있던 코트를 잡아챘다. "가는 길에 마시지 뭐."

"*앤지?*"

앤지는 멈칫했다. 매덕스의 목소리와 눈빛에는 묵직한 무게감이 실려 있었다.

"어디 가려고?"

"집. 샤워하고 옷 갈아입고 출근해야지." 그제야 앤지는 매덕스가 자기 권총을 압수했다는 사실을 떠올렸다. 자기 칼도. 매덕스의 눈길은 여전히 앤지의 두 눈에 못 박혀 있었다. 두 사람 사이에 침묵이 감돌았다. 덕분에 바깥 선착장에서 들려오는 소음이, 바다를 향해 나아가는 배들의 엔진음이 더 크게 들렸다.

"안 돼." 매덕스는 조용히 말했다.

앤지도 그냥 상대를 응시했다. 심장이 점점 빠르게 뛰기 시작했다.

"이 얘기는 벌써 했잖아. 기억나?"

'망할.' 이렇게 되는군. 앤지는 매덕스의 작은 싱크대 위로 뚫린 작은 현창을 바라보았다. 천천히 동터오는 회색 하늘이 어둠을 물들이고 있었다. 괜스레 양손을 머리 뒤쪽으로 올리고 꽁지머리를 매만졌다.

"앤지, 날 봐."

앤지는 한번 심호흡을 하고 매덕스를 마주 보았다.

"병가를 내. 좀 쉬어. 가서 전문가를 만나 봐."

"이렇게 그냥 병가를 낼 수는 없어. 사건이……."

"선택지를 두 개 주겠어, 팔로리노. 병가를 내고 전문가를 만나러 가든가. 아니면 그냥 출근하든가. 정 출근하겠다면 무기를 돌려주고 어제 무슨 일이 있었는지 보고하겠어."

앤지는 상대를 노려보았다. 온몸이 긴장하기 시작했다. 양 주먹이 절로 쥐어졌다.

"지금 당신을 내 팀에 둘 수는 없어. 아니, 솔직히 어떤 팀에도 넣으면 안 돼."

하지만 온통 멍과 붕대로 뒤덮인 매덕스의 얼굴을 보자 앤지는 얼굴이 화끈거리는 것 같았다. 자신이 매덕스를 공격했다는 것은 부정할 수 없는 사실이었다. 이번 일을 아무것도 아닌 양 덮어두고 싶은 만큼이나 그게 절대 불가능하다는 점도 잘 알고 있었다. 매덕스는 당장 출근해서 자기 얼굴이 왜 이따위가 되었는지 설명해야 하는 입장인 것이다.

"나도 어쩔 수 없게 만들지 마, 앤지. 이번 일을 보고하게 만들지 말라고." 매덕스는 잠시 뜸을 들였다. "당신을 도울 수 있게 해줘."

그래서 지금은 이 일을 숨겨주겠다, 이 말인가? 앤지 자신을 위해서 거짓말을 해주겠다고?

"왜?" 앤지는 조용히 물었다. "대체 나한테 왜 이렇게까지 해주는 거야? 왜 이런 위험까지 무릅쓰는 거야?"

매덕스는 오랫동안 침묵을 지켰다. 바람이 불어오면서 현창을 덮은 두꺼운 유리 위로 빗방울이 흩뿌려졌다.

"당신을 상관하는 사람이니까." 매덕스는 천천히, 그리고 아주 세심하게 고른 듯한 대답을 했다. 꼭 자신을 위해서 이러고 있다는 듯이. 그 목소리에 담긴 진심이 앤지를 울컥하게 만들었다. 자신이 이런 호의를 받을 자격이 있을까? 매덕스라는 사람이 상관하게 만들 자격이 있을까?

'*우체카이! 도망쳐……*'

앤지는 도저히 감당할 수 없었다. 원하지도 않았다. 매덕스마저도. 얽매이기 싫었다. 팽팽한 공황이 찾아왔다. 앤지는 입술을 핥고는 매덕스로부터 등을 돌렸다. 그리고 잠시 망설이다가, 마침내 입구로 통하는 작은 사다리를 잡고 올라가 어둡고 축축한 갑판으로 나가는 문을 밀어 열었다. 그러다 얼음장처럼 차가운 빗방울이 얼굴로 튀자 다시 망설였다. 하지만 기어이 배 위로 올라가 어두운 회색 하늘 아래의 갑판 위로 나아갔다. 여전히 자기 몫의 커피 잔을 들고 있는 매덕스를 따뜻한 선실에 남겨두고서. 그런 앤지의 마음속은 흔들리고 있었다.

49장

"그래서 팔로리노는 어딨슴까?"

매덕스는 수사실의 금속 책상에서 시선을 들었다. 눈앞에는 통 좁은 연회색 바지 차림의 키엘 홀거슨이 서 있었다. 늘씬한 다리와 빈약한 엉덩이지만 그래도 나름 옷태를 살리려 한 것 같았다. 어째 가만히 서 있는데도 자꾸 꼼지락거리는 듯한 느낌을 주는 상대였다.

"뭐요?" 방해를 받은 매덕스가 짜증스레 대답했다. 일찌감치 출근한 매덕스는 어제 드루먼드의 장례식 참관과 사이먼 신부의 심문 결과 보고서를 작성하고 있었다. 신부는 분명 그레이시 드루먼드의 난잡한 사생활에 대한 핵심 단서를 드러내 보였다. 게다가 안 그래도 앤지 대신 업무에 집중하려고 무진 애를 쓰고 있는 상태였다.

홀거슨은 매덕스가 자신을 바라보자 곧장 뒤로 한 걸음 물러났다. "잉, 얼굴은 왜 그 꼴이 났답니까? 코는 왜 그려요? 아주 개판이 됐는디요."

"어젯밤에 바람이 심하게 부는 바람에 요트 닻줄이 풀렸어요. 하필 어두울 때 수습하러 나갔다가 갑판에 쌓인 바닷물이랑 눈 때문에 발이 미끄러져 가로돛대에 얼굴을 정통으로 부딪쳤지."

홀거슨은 잠시 아무 말도 하지 않고 매덕스를 바라보았다.

매덕스도 눈 하나 깜짝 않고 상대의 시선을 똑바로 맞받았다. 안 그래도 얼굴이 욱신거렸는데 이런 눈싸움까지 하려니, 눈가에 금세 물기가 맺히기 시작했다. 처음부터 앤지가 어디 있냐면서 치고 들어오는 걸 보면, 홀거슨은 분명 자신이 원하는 정보를 이끌어내려는 수작질을 하고 있는 것이었다. 이런 예리한 감 덕분에 괴짜 같다는 평가와 유능하다는 평가를 동시에 받고 있는 것이다. 사람을 귀신같이 읽어내는 안목을 갖췄는데도, 정작 상대는 홀거슨의 기이한 말버릇과 옷차림, 그리고 별난 몸짓 때문에 대부분 이 형사를 평가절하하게 된다. 매덕스는 그게 바로 키엘 홀거슨의 장점이자 상대를 일부러 방심시키려는 전략이라는 걸 슬슬 눈치채고 있었다.

"뭡니까?" 매덕스가 차분하게 말했다. "지금 나 바쁜 거 안 보여요?"

홀거슨은 가슴팍의 주머니로 손을 뻗더니 니코틴 껌을 한 통 꺼냈다. "그니까 팔로리노는 어딨슴까?"

"몰라요." 매덕스는 다시 자기 메모로 눈을 돌렸다. 하지만 심장은 이미 빠르게 뛰고 있었다. 홀거슨은 그 자리에 서서 은박지를 바스락거리며 네모난 껌을 하나 꺼내려 했다.

"아 좀, 홀거슨." 매덕스는 다시 눈을 들고 말했다. "원하는 게 뭡니까? 지금 당장 버지악의 오전 브리핑 전까지 이 메모를 싹 다 정리해야 한단 말요."

홀거슨은 마침내 은박지의 감옥에서 초록색 껌을 탈출시키더니, 씩 웃고는 입으로 던져 넣었다. 그러고는 껌을 우물거리면서 의자 하나를 매덕스의 책상 옆으로 끌고 왔다. 자리에 앉은 홀거슨은 자기 입을 가리켰다. "뭐 아시것지만 담배를 끊은 건 아니다. 그래도 실내에서 담배를 못 피울 때 이 껌을 씹으면 머릿속이 말끔해지그든여. 수요일부터 한번 씹어보기 시작했슴다."

형사 두 명이 그윽한 향을 풍기는 커피를 한 잔씩 들고 수사 본부실로 들어왔다.

홀거슨이 목소리를 낮췄다. "팔로리노한테 전화해봤는데 안 받던데요."

매덕스는 어깨를 으쓱해 보이고는 다시 메모로 시선을 돌렸다. 하지만 그 어깨는 분명 긴장하고 있었다.

"한두 번 해본 게 아니다."

"아이고, 좀." 매덕스는 펜을 내려놓고 몸을 바로 세웠다. "슬슬 성질 돋우는 것 같은데. 아직 이른 시간 아닙니까. 그쪽 전화 받기 싫은가 보지. 아니면 지금 샤워 중일지도 모르고. 그러니까 그냥 출근할 때까지 기다려봐요."

홀거슨은 염소수염을 매만지면서 그 번들거리는 갈색 눈을 매덕스의 얼굴에 고정했다.

"걔 병가 냈다든대요." 홀거슨이 말했다.

"그 얘기는 어디서 들었어요?"

홀거슨의 눈길은 수사실 구석에서 방금 방으로 들어온 수사관 두 명과 대화를 나누고 있는 형사들에게 쏠렸다. 그러고는 목소리를 더더욱 낮췄다. "피츠가 내사과 애 하나랑 대화하는 걸 주위들었습죠. 버지악 사무실에 있든데요. 아무래도 팔로리노를 내부 유출자로 지목허구 배지를 압수하려는 것 같았슴다. 그래서 경고나 해주려구 했죠. 웃기는 게 버지악도 자기 사무실에 없었어요. 그냥 내사과 사람들만 있었지. 아마 버지악도 병가를 냈나 봄다. 아니면 어젯밤 우리가 '나는 돼지'에서 회식하는 동안 버지악만 밤늦게 불려갔던 미팅에서 뭔가 심상치 않은 얘기가 있었거나."

매덕스는 얼굴에서 핏기가 빠져나가는 것 같았다. 당장 가슴속에서 울화가 치밀어 올랐다. "당신이랑 레오가 꾸민 짓인가? 또 팔로리노를 건드리려드는 거야?"

홀거슨이 콧방귀를 뀌고는 막 입을 열려던 찰나, 수사 본부실의 문이 활짝 열렸다.

"매덕스 경사?" 프랭크 피츠시몬스 경위가 귀에 거슬리는 그 새된 목소리로 매덕스를 불렀다. 여전히 문고리를 잡고 있는 피츠시몬스의 등 뒤로는 못생긴 정장 차림의 말라깽이 사내가 하나 서 있었다. 매덕스가 모르는 사람이었다. "내 사무실에서 잠시 이야기 좀 하지?"

방 안에 있던 사람들의 모든 관심이 매덕스와 멍든 두 눈, 그리고 붕대로 덮인 얼굴로 쏠렸다. 저절로 긴장감이 솟았다.

"저가 뭐랬슴까?" 홀거슨은 자리에서 일어나 넥타이를 매만지는 매덕스에게 말했다. "행운을 빈다." 그러면서 자신도 일어났다.

그러더니 문 쪽으로 향하는 매덕스에게 지나가듯 속삭였다. "레오도 수요일 밤에 돛대에 부딪혔나 봄다?"

매덕스는 머리 위로 벼락이 떨어진 느낌이었다. 홀거슨은 앤지와 자신 그리고 레오가 '나는 돼지' 술집 바깥에서 싸우던 모습을 본 것이다. 아마도 비 내리는 처마 그늘 밑에서 담배라도 피우고 있었을지 모를 일이다. 그러면 자신과 앤지가 키스하는 광경도 봤을 것이다.

게다가 앤지만이 아니라 매덕스 자신에게도 경고해주고 있었다. 어쩌면 이 정보가 다른 곳까지 샜을지도 모른다고. 그리고 이제 막 이용될지도 모른다고.

아니면 뭔가 다른, 자신만의 음습한 장난질을 하고 있는 걸까?

50장

"이쪽은 내사과 소속 찰스 틸러먼 경사요." 피츠는 넥타이를 배 쪽으로 수습하면서 자리에 앉았다. 틸러먼도 피츠의 옆자리에 앉았다. 매덕스는 피츠의 책상 바로 앞에 홀로 남은 의자에 앉았다.

피츠는 뒤쪽의 문을 닫았다. 그리고 바깥에서 보이지 않도록 블라인드까지 쳤다.

"틸러먼은 원래 밴쿠버 시경에서 근무했소." 피츠가 말했다. "어쩌면 서로 구면일지도 모르겠군. 둘 다 그레이터 밴쿠버 관할권에서 일했었으니."

"전 왕립 캐나다 기마경찰 강력반 소속이었습니다. 강력 범죄 통합 수사반과 협력할 때도 틸러먼 경사를 만난 적은 없습니다." 그러면서 매덕스는 엄숙한 얼굴로 가만히 앉아 있는 틸러먼을 쳐다보았다.

"그렇군." 피츠는 높은 목소리로 말했다. 매덕스는 아무래도 자신이 뭔가 제대로 놀아나고 있다고, 이용당하고 있다고 감지했다. 경계심이 점점 더 높아졌다. 혹시라도 홀거슨이 이걸 경고해주려는 것이었다면 절로 감사의 마음이 솟아날 판이었다.

"얼굴은 어떻게 된 거요, 매덕스 경사?" 피츠가 말했다.

매덕스는 다시 닻줄 이야기를 풀어놓았다.

"그렇군."

매덕스는 침묵을 지키며 기다렸다. 사람들은 보통 침묵을 평가절하할 때가 많다.

피츠는 목을 가다듬었다. "그리고 자네 파트너, 팔로리노 형사는 오늘 병가를 냈다지?"

긴장감이 한층 더 높아졌다. "아직 전달받지 못했습니다만."

"식중독이라는군." 피츠는 손을 휘휘 흔들었다. "뭐 대충 그렇다나. 버지악 경사의 폰에 메시지를 남겨두었어."

"그렇군요." 매덕스가 피츠를 따라 말했다. 두 사람의 눈길이 서로 부딪혔다.

"경위님, 외람된 말이지만 대체 저를 왜 여기로 부르셨는지 알려주시고 본론부터 들어갔으면 합니다. 그렇지 않다면 버지악의 브리핑에 맞춰 제 수사 정보를 정리하러 가봐야 할 것 같습니다." 매덕스는 손목시계를 살폈다. "브리핑까지 겨우 6분 남았습니다."

"아, 그게." 피츠가 턱을 문지르며 말했다. "자네와 팔로리노 형사가 버지악과 정기적으로 사적인 회의를 갖는다는 정보가 들어와서 말이야. 태스크포스 팀과는 별개로."

'레오인가.' 매덕스가 생각했다. 그 작자밖에 없었다. 그때 회의실 문을 벌컥 열고 들어와 세 명이 같은 자리에 있는 모습을 본 것은 레오뿐이었다.

"그렇습니다. 그게 전부입니까?" 매덕스는 자리에서 일어나려 했다.

피츠는 한쪽 손을 들어 앉으라고 손짓했다. "그 사적인 회의의 주제가 뭐였나?"

매덕스는 피츠의 반짝거리는 두 눈을 쳐다보았다. "이번에도 외람된 말 같지만, 제 상사인 버지악에게 직접 여쭤보셔도 될 일을 대체 왜 내사과 인사까지 동석한 자리에서 제게 물어보시는 겁니까? 물론 저도 내사 대상일 수는 있겠으나……."

"아니, 아냐. 전혀 그런 건 아니지." 피츠는 잔뜩 경직된 미소를 지어 보였다. "자네를 여기로 부른 이유는 오늘 아침 버지악 경사가 주관할 브리핑을 자네가 대신 맡아주었으면 해서야."

"뭐라고 하셨습니까?"

피츠는 앞쪽으로 몸을 숙이더니 양손을 책상 위의 파일철에 얹었다. "사실 아예 버지악이 맡고 있던 태스크포스 팀장을 잠시나마 자네에게 맡기려 하네만."

"버지악은 어디 있습니까?"

피츠는 틸러먼을 쳐다보았다. 틸러먼은 무표정을 유지하면서도 작게 고개를 끄덕여 보였다. 그제야 피츠가 말을 이었다. "버지악 경사는 현재 내사 결과에서 나온 문제로 인해 잠시 자리를 비우게 되었네."

"*버지악*이 내부 유출자라고 생각하시는 겁니까? 자기 수사 정보를 외부로 갖다 바치고 있었다고요?"

피츠는 매부리코의 옆을 문질렀다. "이게 우리끼리 얘기지만 말이야…… 뭐랄까…… 빅토리아 시경의 고참 경찰들 사이에서 조직을 묻어버리자는 내부 공모가 있는 모양이야."

"그런 모의가 있단 말입니까?"

침묵.

'*돌겠군.*'

"또, 다음 몇 주간의 팔로리노 형사의 업무 수행 능력에 대한 공식 평가를 요청하고 싶네, 어차피 자네 아래서 계속 일하게 되었으니 말이야. 바로 여기, 내 사무실에서 격주로 브리핑을 갖도록 하지. 팔로리노 형사는 분명 업무 수행에서 문제를 보여주고 있고, 개중에는 최근 자신의 선임 파트너의 죽음을 야기한 사건도 포함되어 있어. 해시 해쇼스키 경사는 최장기 근속 연수와 높은 신임을 갖추고 주위로부터 두루 호감을 얻던 형사였어. 나 개인적으로도 친구나 마찬가지였고."

이게 바로 피츠의 동기일까? 해시의 죽음을 앤지의 탓으로 돌리고는 복수심을 품고 있었던 것일까. 레오가, 그리고 일부 다른 경찰들이 그랬던 것처럼. 그리고 피츠는 이제 앙갚음을 하려는 것이다. 피츠는 무슨 수를 써서라도 앤지의 발목을 잡겠다는 의도를 갖고,

이번 내사부터 매덕스까지 자신이 이용할 수 있는 것은 모조리 활용해 앤지를 방해하겠다는 심보인 것이다.

이건 버지악의 부탁처럼 앤지를 강력반원의 후보로서 비공식적으로 평가해달라는 것과 전혀 달랐다. 이건 단순한 응징이었다. 무엇으로도 정당화할 수 없었다. 게다가 그 저변에는 혐오가 깔려 있을지도 몰랐다.

앤지가 그렇게 편집증적으로 구는 것도 이상한 일은 아니었다. 이건 분명한 이유가 될 수 있었다. 그러니 심리 감정에도 그렇게 거부감을 보였지.

이 작자는 독사였다.

매덕스는 목청을 가다듬고 냉정하게 말했다. "저는 팔로리노가 빅토리아 시경의 행동 수칙을 전혀 어기지 않았던 것으로 알고 있습니다만."

"공식적으로는 그렇지." 피츠는 입술을 축였다. "하지만 경험이 일천한 후임 수사관이었던 팔로리노 형사가 스트레스로 인해 판단상 실수를 여럿 저질렀으며, 그로 인해 파트너가 사망한 거라는 주장이 아직까지도 나오고 있어."

'망할.'

여기서 앤지가 근무 중에 정신 붕괴를 일으켰다는 사실을 매덕스가 숨기고 덮어주었다는 사실이 드러난다면……, 혹시라도 앤지가 자신을 살해하고 두 명째 파트너 사망이라는 위업을 달성하거나, 자신이 아니더라도 다른 사람을 공격할까 봐 우려한 나머지 앤지의 총과 칼을 전부 압수했다는 사실이 드러난다면…… 매덕스의 마음속에서는 숫제 칼로 헤집는 듯한 갈등이 일었다. 그 갈등은 분명 보호본능, 앤지를 지켜주겠다는 의지로부터 우러나오는 것이었다. 그리고 지금 자기 눈앞의 배짱 없고, 쩨쩨하고, 속 좁고, 짜증스럽게 새된 목소리로 사람을 직위로만 호칭하는 매부리코 남자를 향한, 작열하는 듯한 혐오도 뒤섞여 있었다. 지금 당장이라도 앤지에게 연락해야 했다. 틸러먼이 앤지에 대한 정보를 살펴보다 뭔가를 낚아 올리기 전에, 자기 자신을 최대한 빨리 추스르고 본서로 돌아오도록 만들어야 했다.

"그래서 자네는 어떻지?" 피츠가 말했다. "차후에 확실한 결정이 내려지기 전까지 버지악의 자리를 맡아줄 텐가? 물론 직위에 어울리는 연봉 인상도 이루어질 예정이야. 자네의 이력서를 보니 이미 과거에 비슷한 관리직을 성공적으로 수행했던데, 그것도 훨씬 더 큰 팀을 이끌고 연쇄 범죄 사건을 수사하면서 말이야. 자네만 한 인재가 없어." 그러면서 피츠는 다시 한 번 희미한 미소를 지었다.

매덕스의 두뇌가 맹렬히 회전하면서 자신이 취할 수 있는 행동들을, 이 상황에서 빠져나갈 수 있는 방법들을 찾기 시작했다. 자기 앞의 남자는 위험했다. 살면서 누구 하나 신뢰해본 적 없는 작자일 것이다. 따개비 팀원들은 갑작스레 버지악이 내쳐진 것도 모자라, 그 자리에 웬 듣도 보도 못한 낙하산이 앉았다는 사실만으로도 자신을 고깝게 생각할 것이다. 프랭크 피츠시몬스와 내사과랑 붙어먹는 놈이라 볼 것이 분명했다. 빌어먹을…… 게다가 이 작자들은 앤지를 감시하라는 명령까지 내리고 있었다. 하필이면 지금 자기랑 같이 자면서 허물까지 덮어주고 있는 동료를……. 도무지 빠져나갈 구멍이 보이질 않았다.

"아니면…… 혹시 내가 더 알아야 할 사항이라도 있나?"

"말겠습니다." 매덕스는 자리에서 일어나며 말했다. "실례가 되지 않는다면 이제 브리핑을 맡으러 내려가보겠습니다."

"좋아, 좋아. 이게 임시 조치이기는 하지만, 이대로 고정될 가능성도 항상 존재한다는 점을 알아두게. 서로 손발이 잘 맞을 것 같다는 예감이 드는군."

"감사합니다." 매덕스는 고분고분 고개를 숙였다. 그렇게 문으로 다가가 나가려던 찰나, 매덕스는 뒤로 돌아 입을 열었다. "하지만 한 가지 조건이 있습니다. 저는 애초에 펜대나 굴리는 게 체질에 맞질 않습니다. 그러니 제가 처음 여기로 올 때 보증받았던 것처럼 휘하 경찰들과 같이 현장으로 나가고 싶습니다. 그쪽이 팀을 더 효과적으로 통제할 수 있으니 말입니다."

피츠는 반짝이는 두 눈으로 매덕스를 오랫동안, 지나치게 오랫동안 바라보았다. "좋아." 그리고 천천히 말했다. "그러면 다다음주 오전 7시에 틸러먼 경사와 함께 이 자리에서 다시 만나 팔로리노 형사에 대한 첫 보고를 받아보도록 하지. 물론 그전에 우리의 관심이 필요한 사건이 발생하지 않는다는 전제하에."

"한 가지 더 있습니다." 매덕스가 말했다. "팀원들에게 버지악에 대한 소식을 알리고 저를 임시 팀장으로 소개하는 건 경위님이 직접 해주셨으면 합니다. 일단 서로 준비할 수 있도록 브리핑 시간을 45분 늦추겠습니다." 그리고 매덕스는 피츠의 얼굴을 보면서 잠시 뜸을 들였다. "이런 소식은 경위님으로부터 직접 듣는 편이 나을 겁니다. 제게는 따개비 소속 수사관들의 지지가 필요합니다."

"일리 있는 이야기야. 아, 그리고 하나만 더. 검정 렉서스에 대한 최신 정보가 갱신되었네. 그 왜, 법무차관의 남편인 레이 노턴 웰즈의 명의로 등록된 그 차 있잖나."

"그렇죠."

"알고 보니 도난신고가 들어와 있었더군."

매덕스는 분노가 끓어올랐다. 갑자기 이 모든 일이 대체 어떻게 된 건지 이해되기 시작했다. "그렇군요."

"그래서 지금 차량 도난범을 쫓고 있는 중이네, 매덕스 경사. 그러면 레이 노턴 웰즈나 그 가족과 아무런 연관이 없는 거지. 그렇지 않나?"

매덕스는 검게 반짝이는 상대의 눈을 오랫동안 들여다보았다. "수사에 아주 민감한 부분이 있기는 하지만, 그렇습니다. 문을 그렇게 꽉 닫아놓고 회의를 진행했는데도 아직 정보가 유출되고 있는 모양입니다."

"흐음. 이해는 하네. 뭐, 그러면 문단속을 더 잘해야 하지 않겠나? 그리고 내 지시 없이는 그쪽에 섣불리 접근하지 말고. 이해하겠나?"

"이해했습니다." 매덕스는 대답했다. 사무실 밖으로 나온 매덕스는 등 뒤로 문을 조용히 닫고, 심호흡을 한번 한 다음 비상구 계단을 향해 성큼성큼 빠르게 걸어갔다. 시경 본부로 통하는 계단을 한 번에 두 개씩 뛰어 내려간 매덕스는 앤지에게 전화를 걸었다.

하지만 받지 않았다. 그대로 음성 사서함으로 넘어갔다.

콘크리트 계단 참 아래서 매덕스는 다시 전화를 걸어보았다.

이번에도 음성 사서함이었다. 매덕스는 메시지를 남길까 말까 심각하게 고민했다. 자신은 지금 경찰 지급 폰으로 전화를 하고 있었고, 자신에게도 곧 내사가 들어올 수 있었으니까. 하지만 결국 입을 열었다. "팔로리노 형사, 매덕스 경사입니다. 병가를 냈다고 들었는데. 병원 진단 끝났으면 가능한 한 빨리 상황 갱신 부탁합니다."

51장

앤지는 폐를 화끈하게 터뜨릴 기세로 트레드밀 위에서 뛰고 있었다. 바닥을 힘껏 박차고 팔을 넓게 휘두르는 동안 셔츠는 땀으로 흠뻑 젖어버렸다. 벌써 6킬로미터 가까이 달리면서도 단 한 번도 속도를 늦추지 않았다.

그러면서도 머릿속으로는 그레이시 드루먼드와 페이스 호킹, 강제 병가를 내게 된 지금의 상황, 빅토리아 시경 사상 가장 거대한 축에 들 수사로부터 배제된 신세, 그리고 자신의 엉망진창인 정신 상태가 향후의 진로에서 어떤 의미를 가질지 생각했다. 이미 레오와 홀거슨을 비롯한 다른 동료들은 분명 의심하고 있을 게 분명했다. 자신의 경력을 통틀어 아프다고 병가를 냈던 적은 단 한 번뿐이었고, 그 한 번은 바로 해시가 죽은 다음 날이었다. 그것도 겨우 하루뿐이었다.

'도망쳐. 달아나. 도망쳐…… 우체카이, 우체카이…….'

앤지는 속력 조절 버튼을 눌러 트레드밀의 속도를 더욱 높였다. 뜬금없이 튀어나오는 그 빌어먹을 폴란드어의 환청을 지워버리려는 시도였다.

부엌 식탁에 올려둔 폰이 다시 한 번 울리자, 앤지는 트레드밀의 속도를 천천히 낮추었다. 땀이 흘러들어간 두 눈이 따끔따끔했다. 트레드밀이 걷는 속도로까지 느려지자, 앤지는 기구에서 내려와 부엌에서 폰을 집어 대체 누가 자꾸 전화를 거는지 확인해보았다.

또 매덕스였다.

지금 당장은 대화할 수 없었다. 자신의 머릿속에서 벌어지는 일을 완벽히 파악하고 해결할 때까지는.

이전 기록을 살펴보니 홀거슨도 전화했었다. 당연하지만 지금 당장은 홀거슨과도 직접 통화할 일이 없었다. 마지막으로는 버지악에게 전화해서 메시지를 남긴 기록이 있었다.

앤지는 폰을 끄고 다시 트레드밀 위로 올라가 페이스를 빠르게 올렸다. 이번에는 경사까지 함께 높일 작정이었다. 점점 더 빨리, 더 높이 뛰었다. 토할 것 같은 느낌이 들 때까지 뛰었다. 그 상태에서 더 빠르고 더 가파르게 스스로를 혹사했다.

목구멍까지 신물이 올라왔다. 앤지는 구역질을 억누르려 애쓰며 트레드밀에서 내려와 화장실로 뛰어갔다. 그러고는 변기의 양옆을 붙잡고 얼굴을 박은 채 냅다 토했다.

자신은 스스로를 얼마나 더 밀어붙일 수 있을까?

지금 이 자리까지는 어떻게 올 수 있었던 걸까?

이 모든 게 대체 언제 시작된 것일까?

대체 무엇 때문에 스스로를 이렇게 혹사하는 것일까?

앤지는 욕설을 내뱉다가 다시 한 번 헛구역질을 했다. 앤지는 아팠다. 그것도 엄청. 몸으로 보나, 마음으로 보나, 정서적으로 보나. 가슴속 깊은 곳까지 뭐 하나 멀쩡한 곳이 없었다. 엄마를 생각하면 절로 마음이 아파왔다. 아버지는 홀로 외로운 신세가 되어버렸다. 해시는 죽었다. 앤지는 자신이 매덕스에게 저지른 짓을, 하마터면 매덕스를 죽이거나 큰 상처를 입힐 뻔한 것을 생각했다. 더 이상은 버틸 수 없었다. 냉장고에서 차갑게 식힌 보드카를 들이켜거나 클럽에서 생각 없이 떡이나 치면서 이런 시궁창 같은 상황을 외면하는 데도 한계가 있었다.

게다가 매덕스에게는 큰 빚까지 졌다. 이제 매덕스는 앤지 자신의 경력과 이번 수사의 참여 여부까지 완전히 통제할 수 있는 입장이 되었다. 솔직히 여기서 밀려나다니 차라리 죽는 게 나았다. 깔끔하고 간단히 말해, 경찰은 앤지의 삶 그 자체였다.

앤지는 변기 앞에서 일어나 협곡 쪽으로 뚫린 유리 미닫이문으로 다가갔다. 그리고 문을 열고는 조그마한 베란다로 나가 차가운 공기를 만끽했다. 난간을 단단히 쥔 앤지는 창백한 겨울 햇빛을 향해 얼굴을 들고 눈을 감았다.

그리고 따뜻한 햇빛을 받으며 귓가에 감도는 도시와 수로의 소리를 천천히 만끽했다. 배가 들어오는 소리, 끼룩거리는 갈매기와 높이 나는 독수리의 울음, 뱃고동이 울려 퍼지는 소리, 선박의 키잡이

들이 선원들에게 명령을 내리는 고함소리……. 앤지는 마침내 깨달았다.

앤지는 살고 싶었다. 그것도 제대로. 이 도시에서 의미 있게 살고 싶었다.

앤지는 자기 일을 계속하고 싶었다.

그리고 지금은 모든 것을 잃기 직전이었다. 앤지는 눈썹에 맺힌 땀을 손으로 훔쳐내고는, 집 안으로 돌아와 책상 서랍을 뒤지기 시작했다. 그리고 찾던 물건을 발견했다. 오래된 명함이었다. 다시 폰을 켠 앤지는 명함에 쓰인 전화번호를 눌렀다. 아직도 이 번호를 쓸지 궁금하기는 했지만.

신호음이 가는 동안에는 살짝 긴장되었다. 앤지는 작은 원룸 안을 이리저리 돌아다니면서 몸에서 느껴지는 고통으로부터 주의를 돌리려 했다. 마침내 통화가 연결되었다. 앤지는 각오를 단단히 했다.

"여보세요?" 남성의 목소리가 받았다.

잠시 동안은 뭐라고 해야 할지 알 수 없었다. 앤지는 곧바로 목을 흠흠, 가다듬었다. "알렉스 교수님? 안녕하세요. 앤지예요. 앤지 팔로리노."

"앤지…… 팔로리노? 이런 세상에." 잠깐의 침묵. "이게 얼마만이야? 대체 어디서 뭘 하고 살고 있었니?"

"옛 정을 생각해서라도 잠깐 시간 좀 내줄 수 있어요?" 앤지가 말했다.

"언제든지." 그리고 다시 한 번의 망설임. "전문적인 조언이 필요한 거야, 아니면 개인적인 대화가 필요한 거야?"

"그게…… 반반인 것 같아요. 아직 잘 모르겠네요. 그냥…… 일단 얘기하면서 알아봐야겠는데요."

"우리 집에 있는 사무실로 올래? 지금은 도시에서 떠나 있거든. 내일은 돌아갈 수 있어."

"내일 아침은 어때요?"

"난 이른 오후가 괜찮겠는데. 2시 반은 어때? 차 끓이면서 기다리고 있을게. 옛날처럼."

앤지는 싱긋 웃었다. 옛날의 심리학 교수님이자 멘토, 지도교수, 그리고 친한 벗과의 좋았던 기억들이 새록새록 떠올랐다. 둘이서 열띤 토론을 벌이며 들이켰을 다즐링, 얼 그레이, 그리고 실론 차가 대체 몇 잔이나 될까. "지금도 똑같은 주소에 사세요?"

"똑같이 누추한 곳에서 살지. 제임스만에 있는 집 알지? 그럼 내일 봐."

"고마워요, 교수님." 앤지는 전화를 끊었다. 마음이 한결 가벼워졌다.

이렇게 첫발을 내디뎠다.

52장

브리핑은 매덕스의 예상대로 흘러갔다. 버지악의 소식이 전해지자 싸늘해진 분위기. 자신에 대한 불신. 대놓고 툴툴거리는 레오. 임무를 할당받고 본부실에서 뚱한 채 빠져나가는 형사들. 저들에게 유일한 위안이라고는 이 살인자를 크리스마스까지 잡지 못한다면 바지사장으로 온 저 낙하산이 독박을 쓰고 모가지당할 거란 점뿐이었다.

피츠의 마녀사냥은 딱 예상했던 대로의 피해를 가져왔다. 덕분에 이번 사건의 수사가 완전히 제자리걸음하게 되었다. 게다가 자신들 사이에는 프락치까지 심어져 있었다. 매덕스는 그게 버지악이라고 생각하지 않았다. 거너 서장을 지지하는 고참 경찰의 일탈이라고도 생각하지 않았다. 짬밥을 먹을 대로 먹은 고참이 경찰 내부 정보를 유출해서 거너 서장에게 정치적 피해를 입히고 킬리언 시장의 적폐 척결 공약에 힘을 실어줄 이유가 어디 있겠나?

여기에 앤지로 인한 갈등부터 지니와 겪고 있는 문제까지 더해지니, 금요일 저녁 늦게 법의학 실험실에 들어서는 매덕스의 마음은 전혀 편치 않았다. 수석 법의학 연구원 수니 파다차야 박사는 이렇게 늦은 시간에도 흔쾌히 미팅을 잡고 테티스비섬에서 발견된 밧줄에서 나온 체모 분석 결과를 알려주기로 했다.

매덕스는 실험실 문을 열고 들어갔다. 이미 늦은 시간인지라 실험실은 텅 비어 있었으며, 방 끄트머리의 실험대에서 현미경을 들여다보고 있는, 어두운 피부의 늘씬한 여성만 혼자 남아 있었다. 여성은 눈을 들어 매덕스가 들어오는 모습을 보고 씩 웃었다.

"매덕스 형사님이시군요." 박사는 자리에서 일어나 매덕스에게 다가왔다. 이국적인 이름 때문인지, 그 미소에 담긴 순수함과 맑고 검은 눈동자에 비치는 눈빛 때문인지, 아니면 검은 머리카락을 파란색 비닐 헤어 캡으로 감싼 모습이 꽤나 웃기기 때문인지는 모르겠지만, 매덕스 자신도 왠지 그 미소를 그대로 돌려주고 싶었다. 상대는 상당한 명성을 쌓은 과학자치고는 매덕스의 예상보다 과하게 어렸다.

"이렇게 늦은 시간에 분석 미팅을 잡아주셔서 정말 감사합니다." 매덕스가 말했다. "악수를 청하고 싶기는 하지만……." 그러면서 박사가 낀 라텍스 장갑을 고갯짓으로 가리켰다.

"걱정 마세요, 항상 늦게까지 일하거든요. 당연히 인생도 없고." 박사는 장갑을 벗어 쓰레기통으로 던지며 말했다. "와서 직접 보시죠."

매덕스는 박사가 이끄는 대로 체모 증거물의 현미경 확대 사진을 걸어둔 라이트보드로 다가갔다.

파다차야 박사가 조명을 켜자 사진들이 생생하게 살아났다.

"보통 모발과 음모는 사람에 따라 개성적인 형태로 나타나기 때문에 법의학적 체모 분석도 대부분 그 영역에 집중되어 이루어집니다." 박사는 포인터를 집어 들었다. "하지만 체모의 형태를 살펴보면 신체 어느 부위에서 나온 것인지 파악하는 것도 충분히 가능합니다. 길이, 모양, 크기, 색, 강도, 곱슬거리는 정도, 그리고 현미경을 통한 관찰 결과까지 모두 조합하면 어느 신체 부위의 체모인지 어림이 가능해집니다. 여기에 색소와 섬유 조직까지 더하면 더욱 확실해지죠."

"그래서 다양한 체모 증거들을 주인별로 따로 분류할 수 있었습니다. 여기 흑발 남성 1번……." 박사는 포인터로 사진을 가리켰다. "여기는 흑발 남성 2번. 그리고 여기는 금발 남성입니다."

"저기 분류된 건 뭡니까?" 매덕스는 적갈색의 체모들을 따로 분류해둔 사진을 가리켰다.

"저건 여성의 흑갈색 체모입니다. 페이스 호킹과 DNA가 일치하더군요. 그래서 그냥 호킹이라고 분류해두었습니다."

"그렇군요. 그럼 이 증거가 전부 테티스비섬 현장에서 나온 겁니까?"

"그렇습니다." 박사는 꼭 쳐서 고양이 같은 미소를 씩 지어 보였다. 아무래도 가장 흥미로운 증거를 마지막으로 아껴둔 모양이었다. 매덕스는 곧장 이 박사가 좋아졌다.

"좋습니다, 흑발 남성 1번의 경우……." 파다차야 박사는 첫 번째 사진 묶음을 포인터로 가리켰다. "모발, 체모, 음모가 있습니다. 흑발 남성 2번도 비슷하게 음모, 모발, 체모가 있습니다. 하지만 금발 남성은 머리카락뿐입니다."

"전부 백인입니까?"

"그렇습니다."

"그리고 모발의 경우는 보통 인간의 체모 중 길이가 가장 깁니다." 박사는 각 그룹의 머리카락들을 일일이 가리켰다. "사진에서 보시다시피 지름이 전부 균일하고 끄트머리가 잘려 나간 듯한 특징을 보이고 있죠?"

매덕스는 고개를 끄덕였다.

"이 모발 대부분은 외력에 의해 떨어져 나온 겁니다. 자연스러운 탈모를 거친 모발은 끄트머리에 뭉툭한 모근이 달려 있죠. 하지만 이 모발들은 모근 부분이 늘어나 있는 데다 모낭 조직까지 함께 붙어 있습니다."

몸싸움의 흔적일지도 모르겠다고 매덕스는 생각했다. 아니면 거친 밧줄로 결박하던 도중 머리카락이 걸렸을지도 모르고.

"이건 몸에서 나온 털입니다." 박사는 흑발 남성 1번과 흑발 남성 2번의 다양한 사진들을 각각 가리켰다. "그리고 이건 음모죠. 겉보기에도 꼬불꼬불한 모습이 나타납니다. 대부분 비슷하게 곱슬거리는 모양이며, 체모의 중심 조직에서 연속적인 불연속성이 나타납니다. 이 음모는 전부 외력에 의해 떨어져 나온 것이라 모낭 조직이 붙어 있습니다."

"아마 거친 성관계로 인한 마찰에서 떨어진 것이겠죠."

"결론을 내리는 것은 형사님의 몫입니다. 전 과학자로서 제가 관찰한 사실만 말씀드리고 있고요."

그래, 매덕스는 수니 박사가 꽤나 마음에 들었다. 안 그래도 오늘 꼬일 대로 꼬였던 일진을 조금이나마 풀어주고 있었다. 게다가 과학자든 아니든 능수능란한 말재간으로 자신의 관심을 이끌어내는 솜씨도 일품이었다.

"이제 지하실 바닥에서 발견된 호킹의 음모입니다." 박사는 포인터로 슬라이드를 가리켰다. "여기는 밧줄에서 발견된 모발 증거입니다. 마찬가지로 외력에 의해 떨어져 나왔습니다. 또, 화학 물질이 검출된 것을 보면 자기 머리카락을 살짝 어둡게 염색한 모양입니다."

파다차야 박사는 바로 옆에 있던 라이트보드의 조명도 켰다. "지금 갖춰진 DNA 프로필은 흑발 남성 1번과 흑발 남성 2번입니다."

"요약하자면?"

"본론만 요약해드리자면, 흑발 남성 1번과 흑발 남성 2번의 DNA는 호킹의 시신 부검 과정에서 성기와 비닐로부터 검출된 DNA와 일치합니다." 박사는 매덕스를 올려다보았다. 검은 눈동자가 반짝반짝 빛났다. "그리고 흑발 남성 1번의 DNA 프로필은 그레이시 드루먼드의 의류에서 검출된 체모 다수와 일치합니다."

매덕스는 가볍게 휘파람을 불었다. "잘해주셨습니다, 파다차야 박사님. 살인 피해자 두 명의 연결고리가 될 흑발 남성 1번을 찾아 주셨군요."

박사는 깔깔 웃었다. "아유, 그냥 수니라고 부르세요. 다들 그러는걸요. 그리고 감사는 주어진 일을 철저히 해준 형사님 팀에게 돌리셔도 됩니다."

매덕스는 체모 사진들을 좀 더 자세히 들여다보았다. "그리고 지금 주어진 증거들을 볼 때…… 남성들의 음모가 호킹의 음부로부터 검출되었다면 아마도 흑발 남성 두 명은 호킹과 성관계를 맺었을 가능성이 있겠군요."

"최소한 음부가 접촉하면서 체모가 떨어져 나오기에 충분한 마찰이 있었던 것으로 보입니다." 박사가 말했다.

"그리고 금발 남성의 경우에는 딱히 연결고리가 없습니까?"

잠시 침묵이 흘렀다.

매덕스는 눈길을 돌려 박사를 내려다보았다. 그리고 박사의 표정을 보고는 절로 애가 탔다. "아, 박사님. 그냥 좀 말씀해보세요. 이번에는 또 뭘 막판까지 꽁꽁 숨겨두신 겁니까?"

"금발 남성의 경우는 사용된 콘돔에서 나온 정액의 DNA와 일치합니다. 그 콘돔에서는 호킹의 DNA도 검출되었지요. 게다가 기술팀에서는 드루먼드의 코트 바깥쪽에서 금발 남성의 모발까지 채취했습니다."

매덕스는 박사를 바라보았다. 두뇌가 맹렬히 회전했다. "아니, 무슨 이따위 경우가……."

"그러니까요."

"남자는 셋. 하나는 금발, 둘은 흑발." 매덕스는 여전히 라이트 보드의 사진들을 바라보며 조용히 말했다. "금발 DNA랑 흑발 1번 DNA는 피해자 두 명과 모두 연관되어 있다."

"그리고 국립 DNA 데이터뱅크, CODIS 등등 기존 DB에서는 현재 신원이 미확인된 세 남성들의 DNA 기록을 전혀 찾아내지 못하고 있습니다. 시스템에 기록되어 있지 않아요."

이제 매덕스의 생각은 이 사건의 관련자들 중 흑발 남성인 제이든 노턴 웰즈, 재크 래디슨과 금발 남성인 존 재크스 부자에게 가닿아 있었다. 온몸에서 긴장감과 아드레날린이 끓어오르는 것 같았다. 당장 네 사람에게서 DNA 샘플을 채취해야 했다. 용의자에 포함시키기 위해서든, 아니면 목록에서 소거하기 위해서든.

하지만 DNA 채취 영장을 받아낼 만큼 합리적인 심증이 되어줄 만한 증거가 더 나오지 않았다. 이 남성들 중 하나가, 혹은 단체로 범행을 저질렀을 가능성이 있다고 법원에 제출할 만한 증거가 필요했다. 지금 당장은 그게 걸림돌이었다. 그 정보가 필요했다. 아직도 갈 길은 멀었다.

"빚 하나 졌습니다, 수니."

"장부에 달아두죠, 형사님." 수니는 다시 한 번 씩 웃었다.

53장

메리는 다리를 덜덜 떨면서 그나마 다운재킷과 털모자로 완전무장하고 오길 잘했다고 생각했다. 달이 밝은 금요일 밤이라 시야는 확실하게 확보할 수 있었지만, 동시에 더럽게 춥기도 했다.

보름달이 서서히 기울고 있었다. 꼭 바다 위에 찌그러진 원판처럼 떠 있는 달빛 아래, 선착장에 떠 있는 배들이 으스스한 백색으로 빛났다. 망원 렌즈로 거리를 조절하던 메리는 다시 한 번 연속 촬영 기능을 눌러 자신이 노리고 있던 초호화 요트의 이름, '*아만다 로즈*'와 그 깃발을 확실하게 잡아냈다.

호화 요트 위는 꽤나 분주했다. 불 켜진 창문 사이로 사람들이 돌아다니는 실루엣이 비치는 가운데, 갑판의 어둠 속을 밝게 비추는 주황색 조명이 이따금 피어오르는 담배 연기로 일렁거렸다. 요트에서 울려 퍼지는 음악 소리와 왁자지껄한 웃음소리는 작은 선착장의 북동쪽 끄트머리에 세워져 있는 닷지 트럭과 기아 쏘렌토 사이, 지금 메리가 쪼그려 앉아 있는 곳까지 희미하게 들려왔다. 사실 메리도 도로 건너편에서 멀리 떨어지지 않은 곳에 폭스바겐 버그를 세워두기는 했지만 바로 이 자리가 최적의 시야를 확보할 수 있는 위치였다.

시간이 자정을 넘어 슬슬 토요일 새벽으로 넘어가면서 주변도 많이 잠잠해지기 시작했다. 슬슬 뼛속까지 추워져왔다. 잠복근무하는 경찰들도 이런 심정일까. 아무 소득도 없이 몇 시간이고 발에 쥐가 나도록 기다려야 하는 꼴이란. 메리는 잠시 금요일 오후에 데미안 요릭을 찾아갔다가 벌였던 설전을 생각했다.

니나의 증언에 따르면, 데미안은 몇 달 전에 페이스와 함께 있는 것이 목격되었다던 포주였다. 메리는 BMW를 모는 금발 청년에 대해 물어보려 데미안을 찾아갔었다.

'페이스는 그때 자기 포주랑 같이 있었대, 데미안. 그리고 검정색 소형 BMW를 모는 웬 금수저 하나도 같이 있었다는데. 나이도 20대 정도로 젊고…….'

하지만 데미안은 자신도 거의 2년 가까이 페이스를 보지 못했다고 주장했다. 거짓말이 분명했다. 니나와 이 망할 포주 중에 누굴 믿을지 고르라면 당연히 니나 쪽이 더 믿음직스러웠다. 메리는 당장 거짓말 말라며 윽박질렀다. 메리는 눈으로 아만다 로즈를 보면서도 머릿속으로는 데미안과 벌였던 설전을 계속 되새김질했다.

'내 사업에 대해 관심 꺼, 약쟁아. 너도 네 친구처럼 목 그어져 협곡에서 둥둥 떠다니고 싶어? 이건 거물들의 일이야, 너 같은 지라시 기레기 주제가 쫓아다닐 일이 아니라고. 당장 꺼지지 않으면 후회

하게 만들어주겠어…….'

메리는 그 대화를 전부 녹음해두었다. *'내 사업…… 거물들의 일…….'* 여기서 뭔가 냄새를 맡은 메리는 데미안이 페이스의 죽음과 어떻게든 연관되어 있다고, 또 그 금발 청년도 연루되어 있다고 확신했다. 그래서 데미안의 집 바깥에서 기다리던 메리는 밤 10시가 되자 어디론가 떠나는 데미안의 차를 포착하고 그 뒤를 미행해 이 선착장까지 왔다. 데미안은 사설 선착장으로 들어갔고, 메리 역시 근처 항만에 차를 세웠다. 이 잠복 지점에서는 데미안이 선착장의 검문소를 지나 선창 아래 댄 *아만다* 로즈로 들어가는 게 똑똑히 보였다.

그때 갑자기 웬 남자가 나타나 아만다 로즈 쪽으로 걸어가자 메리는 바짝 긴장하고는 망원렌즈로 새로 나타난 남성을 한번 확대해 보았다. 어두운 색의 머리, 아니, 검은 머리일까? 나이는 데미안과 비슷해 보였다. 보통 체구였고. 메리는 남자가 탑승구를 통해 요트에 타는 모습까지 똑똑히 찍었다.

그렇게 시간이 계속 흘러갔다. 주변은 점점 더 조용해졌다. 한기도 점점 심해지는 통에 메리는 머리부터 발끝까지 꽁꽁 감싼 차림으로도 벌벌 떨기 시작했다. 슬슬 그냥 접고 내일 다시 와서 더 알아볼까 생각하던 찰나, 갑자기 데미안이 그 검은 머리 남자와 함께 요트의 탑승구에 나타났다.

두 남자는 항만의 출구까지 함께 걸어 나왔다. 서로 머리를 맞대고 있는 게 꼭 중요한 이야기 중인 것 같았다. 메리는 두 사람이 정문으로 나오는 모습, 그리고 주차장까지 가는 모습을 전부 다 찍었다. 렌즈로 더 가까이 확대해보니, 남자들은 이제 데미안의 차 앞에서 있었다. 그때 검은 머리가 이쪽을 돌아보자, 메리는 그 기회를 놓치지 않고 카메라를 눌렀다. 남자는 다시 어두운 색의 포르쉐를 향해 걸어갔다. 달빛에 비친 모습을 보면 아마도 빨간색 아닐까 싶었다. 남자는 포르쉐의 운전석에 올라탔다. 메리의 심장이 쿵쿵거리며 뛰기 시작했다. 당장 부둣가에 주차된 차들 뒤로 몸을 숨긴 채 자기 비틀까지 가서 대기하고 있다가, 잠시 후에 사설 주차장에서 나올 데미안을 미행할 수도 있었다. 아니면 지금 저 포르쉐를 쫓아가 낯선 남자가 누군지 알아낼 수도 있었다. 메리는 포르쉐를 선택했다. 자세를 낮춘 채 재빨리 차 있는 데로 복귀한 메리는 비틀에 올라타 시동을 걸었다. 그리고 도로로 차를 빼 작은 항만을 빙 돌아오는 동안, 포르쉐 역시 주차장에서 빠져나왔다. 그러고는 한번 브레이크를 밟고 근처의 부촌인 업랜드로 통하는 도로를 탔다.

도로도 한산하고 달빛도 밝았던 덕분에 메리는 한참 뒤처진 상태에서도 포르쉐를 놓치지 않을 수 있었다.

포르쉐는 좌회전과 우회전을 반복하면서 가로수가 늘어선 저택들 사이를 지났다. 그러다가 미등을 한번 빨갛게 켜고는, 갑자기 어느 차고로 들어가면서 시야에서 사라져버렸다.

메리는 차고 입구를 지나쳐 모퉁이를 한 번 돈 다음 차를 댔다. 그리고 차고 앞 돌기둥의 금빛 명판을 바라보았다. 입이 흥분으로 바싹 말랐다.

'아카샤.'

메리는 벌렁거리는 심장을 움켜쥐고 명판을 찍었다. 하지만 마악 셔터를 누르려던 찰나, 갑자기 흰색 아우디가 나타나 그 차고 입구에서 몇 미터 떨어지지도 않은 가로등 아래 섰다. 메리는 곧장 운전석에 바짝 몸을 붙이고 창문 모서리로 바깥을 바라보았다. 앞쪽 유리창으로 아우디 안에 탄 남녀 한 쌍이 보였다. 남자가 몸을 숙이더니 두 사람은 길고 열정적인 입맞춤을 나누었다. 메리는 천천히 카메라를 들어 셔터를 눌렀다. 한 번 더. 또 한 번 더. 아우디의 창문에 김이 서리기 시작했다. 그러더니 갑자기 차량 내부 등에 불이 들어오고 조수석이 열렸다. 여자가 밖으로 나왔다. 메리는 차 문을 잡은 채 안쪽에 대고 뭐라고 말하고 있는 여성을 알아보자마자 심장이 멎을 뻔했다.

남자는 잭 킬리언이었다. 새로 부임하신 시장 나리였다. 그리고 여성은 법무차관 조이스 노턴 웰즈였다.

메리는 여전히 자세를 낮춘 채 흥분해서 부들부들 떨리는 양손으로 다시 한 번 사진을 찍었다. 법무차관은 조수석의 문을 닫았다. 아우디가 자리를 뜨자, 조이스 노턴 웰즈는 서류 가방을 들고 아카샤라 쓰인 차고 쪽으로 걸어갔다.

54장

12월 16일 토요일

토요일 오전 5시 30분이었다. 매덕스는 일찌감치 출근했다. 예상했던 대로 본서는 한산했고, 따개비 수사팀원들 중 몇 명 정도만 나와 있었다. 역시 피츠와 나머지 관리 인원들은 나와 있지 않았다. 애초에 매덕스는 앞으로 하려는 일 때문에라도 피츠와 마주치는 걸 원치 않았다. 바로 제이든 노턴 웰즈로부터 '*자발적으로*' DNA 샘플을 받아내려 했으니까.

　이런 계획은 지난밤에 갑자기 떠오른 것이었고, 덕분에 매덕스는 자기 보트에서 계획도 생각하랴, 앤지도 걱정하랴 거의 밤새도록 뜬눈으로 누워 있었다. 앤지는 결국 자신에게 다시 전화를 걸지 않았고, 매덕스 역시 앤지의 집에 가보려는 생각은 하지도 않았다. 애초에 매덕스는 앤지가 어떤 선택을 하든, 그 선택이 앤지 본인에게 최선의 가치를 갖고 오랫동안 지속되길 바랐다. 그러려면 매덕스 자신도 이 일을 가장 어렵게 극기해내야 한다고, 즉 앤지가 스스로 돌아와주기를 기다려야 한다고 결정 내린 지 오래였다.

매덕스는 화이트보드 앞에 서서 양손을 주머니 깊숙이 찔러 넣었다. 그리고 안쪽 뺨을 잘근잘근 씹으면서 드루먼드와 호킹, 두 피해자들을 새롭게 이어주는 흑발 남성 *1번과 2번* 그리고 금발 남성에 대해 생각했다.

그때 등 뒤에서 가벼운 기침소리가 들렸다. 매덕스는 뒤를 홱 돌아보았다.

홀거슨이 아무 말 없이 자신을 바라보고 있었다.

"대체 언제부터 거기 서 있었던 거요?"매덕스는 살짝 당황한 목소리로 물어보았다. 누가 들어오는 소리는 듣지도 못했는데.

홀거슨이 앞으로 다가왔다. 아침부터 밝게 켜져 있는 형광등 아래 서자 눈 밑의 그늘은 더욱 깊어졌고, 양 뺨은 홀쭉 파여 보였다. "팀장님이 부르셨잖습니까." 홀거슨은 매덕스가 태스크포스에서 새롭게 차지하게 된 보직을 강조하며 말했다. "어젯밤에 뜬금없이 문자 남기셨음서. 흑발의 DNA 프로필이 어쩌네, 오늘 아침 계획이 저쩌네. 그러면서 도와달라구 했던 거 기억 안 나심까?"

"그렇다고 5시 반에 나오란 얘기는 안 했는데."

홀거슨은 건성으로 어깨를 으쓱해 보였다. "그냥 겸사겸사 이것저것 살펴보구 혼자 조용히 생각 좀 해볼랬습다." 그러면서 턱짓으로 화이트보드를 가리켰다. "근데 팀장님이 먼저 오셨네요."

매덕스는 잠시 동안 아무 말 없이 상대를 바라보았다. "잠을 자기는 하는 거요, 홀거슨?"

홀거슨은 또 한 번 어깨를 으쓱했다. "그 왜, 아시잖습까. 가끔씩은 사건이 사람을 완전히 집어삼키는 거. 그러니까…… 팀장님이 DNA 프로파일을 가져오셨다. 뭐 대충 알겠습다." 화이트보드 가까이에 선 홀거슨은 새롭게 연결된 선과 정보를 자세히 들여다보았다. 그리고 얼굴을 돌리지도 않은 채 말했다. "그래서 피츠랑 얼굴 한번 보고 오시니까 버지악은 나가리 되구, 새로 팀장님이 되신 검까."

매덕스는 아무 말도 하지 않았다.

홀거슨은 얼굴을 돌려 눈썹을 찌푸렸다. "팔로리노는 어찌 됐습까?"

"모르지."

홀거슨은 고개를 끄덕였다. "그리구 피츠는 이번 팀장님 계획을 모르는 것 같은데, 맞습까?"

다시 침묵.

"그럼 대관절 뭔 근거로 우리 금수저 제이든이 자기 체액을 알아서 짜줄 거라고 생각하시는 검까?"

매덕스는 방금 내린 커피포트를 올려둔 탁자로 다가갔다. 그리고 김이 풀풀 나는 커피를 머그컵에 한 잔 따른 뒤, 포트를 들어 보였다. "한 잔?"

"됐습다, 이따 제대로 된 거 마시겠습다."

매덕스는 다시 화이트보드로 다가와 제이든 노턴 웰즈의 사진을 바라보면서 커피를 한 모금 마셨다. 그러고는 머그잔으로 사진을 가리켰다. "저 녀석이 바로 약한 고리요. 그리고 핵심적인 고리기도 하고. 렉서스부터 성 크리스토포로 목걸이까지. 녀석은 압박을 받자마자 래디슨에게 도망쳤고, 래디슨의 사무실에서는 드루먼드의 전화번호가 적힌 성냥갑이 발견되었지. 저 녀석은 연결되어 있어. 어떤 방식인지는 모르지만, 일단 연결고리인 건 확실해요. 놈을 족치면 도미노처럼 우수수 쓰러질 거라 장담하지."

"그게 또 문젬다." 홀거슨이 가슴 앞주머니에서 니코틴 껌 곽을 꺼내면서 말했다. "노턴 웰즈가 연루되어 있다면 녀석은 절대 자발적으로 DNA 샘플을 주지 않을 겁다. 게다가 만약에, 정말 만약에 연루되어 있지 않다면 저 녀석은 하필 또 로스쿨 학생이지 말임다. 그런 종자들은 캐나다 헌법권리장전이니, 사생활 관련법이니, 인권이니 하는 것들을 입에 달고 다닌단 말임다. 아주 입만 살아서는."

매덕스는 눈살을 살짝 찌푸렸다. "레오랑 어울리면서 배운 것들이오?"

홀거슨의 피곤한 얼굴에 한 줄기 미소가 그어졌다. 그러더니 녹색 니코틴 껌을 하나 꺼내 앞니 사이에 문 채로 말했다. "저가 아는 게 좀 많슴다, 팀장님."

재평가가 필요하겠군. 매덕스는 키엘 홀거슨과 실시간으로 대화를 나누면서 생각했다. 눈앞의 경찰은 매덕스의 마음속 수수께끼 해결사를 자극하고 있었다. 대체 홀거슨이 형사가 되기로 결정한 이유는 무엇일까? 또, 이 자를 움직이는 동기는? 피츠에 대한 정보를 자신과 앤지에게 찔러준 이유는? 사실 오늘 함께할 파트너로 홀거슨을 고른 이유도 바로 그 때문이었다. 그런 말도 있잖은가, 친구는 가까이 두되 적은 더 가까이 두라고. 그리고 매덕스는 과연 홀거슨이 친구인지 적인지 한번 알아보고 싶었다.

"결국 동기지." 매덕스는 홀거슨의 얼굴을 쳐다보고 천천히 말했다. "난 무엇이든, 누구에게든 접근할 때 항상 동기부터 살펴요. 노턴 웰즈가 로스쿨에 다니기는 하지만 제 아비한테는 애물단지기도 하지. 어머니한테도 딱히 다를 바는 없을 거요. 당장 조이스 본인이 최고 기소권자이자 정치인인데. 만약 부모에게 인정받고 싶어서 법을 공부하고 있는 것이라면 꽤나 소심한 성격일 거고. 자기 결정권도 약할 테지. 자신이 법대생이라 한들 특출 나게 똑똑하거나 단호한 학생이지는 못할 게 분명해." 그러고는 커피를 한 모금 마시면서 다시 제이든 노턴 웰즈의 사진으로 눈길을 돌렸다.

"게다가 독실한 신자이기도 하고." 매덕스는 어린 청년의 얼굴을 보면서 말했다. "당연히 머릿속에 분명한 윤리관을 갖고 있겠지. 옳고 그른 것. 맞고 틀린 것. 그런데 자신이 믿는 종교에서는 그르고 틀린 짓을 하면 지옥으로 떨어지신단 말씀이야. 그리고 제이든 노턴 웰즈는 지옥에 간단 생각만 해도 식겁할 만한 깜냥의 인간이고. 당장 드루먼드에 대한 뉴스가 뜨자마자 나랑 팔로리노 형사가 방문했을 때만 해도 녀석은 완전히 맛이 가 있었어. 스트레스와 공포에 완전히 절어서. 그럼 냄새가 나도 너무 나지?"

"네네, 그래서 종교적인 부분은 끼워 맞췄다 치구, 우리 그레이시랑 *아는 사이인 데다* 렉서스의 행방에 대해서두 거짓말을 하긴 했는데……. 그래블로스키 박사가 제시한 고독허구, 성욕에 절었고, 교활하고, *가학적인* 연쇄살인마 프로파일링에는 안 어울리지 않을까? 제가 보기에 우리 제이든이 그레이시에게 성 크리스토포로 목걸이에 사랑의 말까지 새겨서 줬을 정도면 그건 진짜 진심으로 좋아했단 겁다. 성자란 분들은 애초에 사람 지켜주라고 생긴 거거든여. 그런 순둥이 금수저 제이든이 드루먼드를 강간하고 난도질하고 죽여버린 다음, 공동묘지의 성모상 발치까지 핏자국을 질질 끌면서 가서 전시해놓는 천인공노할 짓으로 지옥행 급행 열차표를 끊는다? 그건 말이 안 되죠."

"정확해. 하지만 녀석은 *분명* 뭔가를 알고 있어. 뭔가를 숨기고 있다는 거요. 제대로 겁먹고 있는 상태고. 그리고 노턴 웰즈는 겁먹었을 때 공황을 일으키지. 그 공황이 어찌나 심한지 오베르주에서 밥을 먹었네, 렉서스를 잘못 세워놨다가 도둑을 맞았네, 별 앞뒤도 안 맞는 거짓말을 늘어놓았어. 또, 시청에 있는 래디슨을 직접 찾아가는 사고까지 쳤지. 심지어 코트를 걸칠 생각도 못 하고, 누군가 자신을 지켜보고 있을 거란 생각조차 하지 못한 채 말이야. 그건 절대 변호사의 사고방식이 아니오." 매덕스는 머그잔을 내려놓았다. "공황은 야생마와 같아서 절대 논리로는 제어할 수 없지. 아예 사고 자체가 마비되어버려서 본능에 따라 움직이게 되어버려. 그러니 노턴 웰즈에게 가서 사랑하는 그레이시 드루먼드의 살인에 대해 압박을 가해서 녀석에게 공황을 일으켜봅시다. 그러면 일단 자신부터 살 겠다고 DNA 샘플을 냉큼 내놓을 거요. 내 장담하는데 저 녀석이 그 레이시 드루먼드에게 범죄를 *저지르지는* 않았어. 하지만 분명 누가 그랬는지, 최소한 용의자는 누구인지 알고 있을 거요."

"혹시라도 쟤가 엄마 아빠한테 직통으로 일러바쳐서 괜히 법적 인 반격만 들어오면 어쩌실겁까? 그럼 우린 완전 나가리인디."

"그럴 거라고는 생각 안 해요. 그리고 DNA 채취 영장을 받아내기 에 충분한 심증이 있다 쳐도, 어차피 법적인 반격은 들어올 거요. 이 런 방식으로는 일단 상대보다 한 걸음 앞서 나갈 수 있지. 그리고 시 간싸움이기도 하고. 빠르게 움직일 만한 가치가 있어요."

"피츠의 화를 돋울 가치두 있을까요?"

"우리한테는 당장 이것 말고 아무것도 없는데 뭘." 그리고 매덕 스는 잠시 뜸을 들이다 홀거슨의 두 눈을 바라보았다. "그리고 이번 수사는 내가 지휘하지, 피츠가 지휘하는 게 아니오."

홀거슨은 심호흡을 한번 하고 염소수염을 매만지더니, 진심에서 우러나온 듯한 미소를 지어 보였다. "그럼 법대생 잡으러 갑시다, 팀장님."

55장

알렉스 스트라우스 박사는 앤지에게 찻잔을 건넸다. 18세기 말, 제임스만에 건설된 이 저택의 창밖으로는 토요일 오후의 하늘로부터 내리는 비가 어두운 은막을 형성하고 있었다. "실론 차야." 박사가 말했다. "이거 마시면서 같이 오후 일과 때우던 기억나니?"

앤지는 미소를 지었다. "오래전 이야기지요." 그렇게 차를 한 모금 홀짝이자 옛날 기억이 새록새록 떠오르기 시작했다. 박사의 학과 사무실에서 몇 시간이고 같이 토론을 벌이던 그때의 기억이. 스트라우스 박사는 원래 지도교수로 만났지만 그 후로도 자신의 좋은 벗이 되어준 사람이었다. 4년 전 강단을 떠나 지금은 심리학 저널 편집 등을 소일거리 삼아 하면서 은퇴 준비를 하고 있었다.

"이런 친구한테 그간 연락도 안 하고 살고 말이야." 박사는 앤지를 마주 보는 안락의자에 앉아 자신의 찻잔을 홀짝였다. 두 사람 사이에서는 벽난로의 모닥불이 바작거리며 타오르고 있었다.

"교수님, 멋져 보이는데요." 진심이었다. 슬슬 일흔을 바라보는 나이였는데도 박사는 별반 달라진 게 없었다. 옛 교수와 함께하는 자리는 여전히 마음과 영혼의 양식처럼 느껴졌다. 대체 왜 진즉 이런 자리를 가질 생각을 못했을까? "아직도 오토바이 타세요?" 앤지가 물었다.

"너도 남 비행기 태우는 습관은 여전한 것 같구나." 박사의 미소가 옅어졌다. "아니 정말로, 왜 이제야 연락하고 그랬니?"

"먹고사는 게 다 그렇죠." 앤지는 잠시 뜸을 들였다. "모르겠어요, 교수님. 너무 바빴어요."

알렉스는 앤지를 잠시 동안 응시했다. 앤지는 괜히 불편해 의자에서 꼼지락거리고 싶었지만 그래도 참았다.

"넌 마지막까지도 법 집행 쪽으로 진로를 잡고 싶은 이유를 제대로 설명하지 않았었지." 박사가 발했다. "대체 무슨 이유로 학계를 떠나 경찰 일에 종사하게 된 거니?"

앤지는 입술을 축였다. "꼭 우리 아버지 같은 말씀을 하시네요. 저는…… 도움을 주는 사람이 되고 싶었어요. 약자들의 삶에 변화를 만들고 싶었고, 그런 사람들을 학대하는 자들을 쫓아내고 싶었죠." 앤지는 문득 매덕스가 잭 오를 구해야 했던 이유를, 굳이 버려진 들개를 입양한 이유를 설명하던 때가 떠올랐다. 그것은 분명 변화를 만들고자 하는 욕구였다. 자신들의 일인 경찰직에서도 그런 변화를 만들 수 있는 기회는 솔직히 흔치 않았으니까. 매덕스는 타고난 구원자였다. 좋은 사람이었다. 앤지는 감히 그런 사람에게 어울리지 않았다…….

"대부분의 경우에는 남자들을 집어넣겠지? 특수 피해자 전담반에 소속되어 있다면 말이야." 알렉스가 말했다.

앤지는 다시 현재를 직시했다. "성범죄 전담반이죠. 맞는 말씀이에요. 통계적으로 보면 남자가 나쁜 놈인 범죄죠. 인생이 그런 식으로 삐걱거린다니까요."

심리학 박사는 고개를 천천히 끄덕이면서 다시 앤지를 응시했다. "그래서 이렇게 갑작스레 방문 예약을 잡게 된 이유가 뭐니, 앤지? 뭐가 문제인 거야?" 언제나처럼 앤지의 교수님은 본론부터 들어갔다. 그리고 앤지 역시 이미 자신이 의도했던 것보다 스스로의 마음을 더 많이 열어버린 상태였다. 아마도 이래서 앤지가 알렉스를 *피했던 것일지도* 모른다. 앤지는 지금껏 살아오면서 마음을 점점 더 닫게 되었다. 대학을 졸업하면서, 경찰에 들어가면서, 자신의 사적인 삶을 완전히 차단한 채 온갖 끔찍하고 불쾌한 사건들을 객관적으로 대하는 법을 배우게 되면서. 그리고 익명의 성관계에 점점 더 탐닉하게 되면서. 이런 내면적 폐쇄는 너무나 천천히, 점진적으로 이루어졌기 때문에 사실상 자기 자신도 깨닫지 못하고 있었다. 하지만 이제는 알아차렸다. 이 노교수와 함께 앉아 있자니, 자신의 눈 속 깊이 자리 잡은 영혼을 꿰뚫어보고 다른 사람들이 놓치는 것까지 전부 파악하는 사람과 같이 앉아 있자니 굉장히 불편해지기 시작했다.

앤지는 조심스레 찻잔을 의자 옆 작은 탁자에 내려놓았다. 그리고 정신질환을 앓던 어머니가 결국 입원하게 되었으며, 최근에는 자신에게도 시각적, 청각적 환각 등 비슷한 증상들이 나타나고 있어서 두렵다고 털어놓기 시작했다. 분홍색 옷을 입은 소녀. 낯선 외국어로 들리는 환청들. 그리고 이런 환각이 나타날 때마다 꼭 자신의 목숨이 위험한 것처럼 본능적으로 느끼게 되는 공포, 당장 도망가고 싶은 절박한 욕망까지도. 항상 크리스마스쯤만 되면, 특히 눈까지 오면 마음이 불편해졌다는 점도 고백했다. 그리고 어머니가 찬송가를 불렀을 때 자신에게 나타났던 반응과, 성당 바깥에서 완전히 정신이 나가 동료를 공격했던 일까지 전부 털어놓았다.

또, 해시와 꼬마 티피에게 일어났던 사건 이후에는 심리 감정을 회피하고 있다는 것도 알렉스에게 직접적으로 털어놓았다. 심지어 공식적인 의료 서비스조차 이용하기가 두려웠다고 말했다. 자칫하면 정서적 불안정에 대한 흔적과 기록이 남는 바람에 자신의 경력에 방해가 될까 봐. 앤지에게 경찰직이란 자신의 전부였으니 말이다.

"앤지." 알렉스는 부드럽게 말했다. "내가 아는 사람 중에 말이다. 정말 추천할 만한 심리 상담사가 한 명 있는데……."

"전 *공식적인* 심리 상담은 원하지 않아요, 교수님. 이해를 못하시네요. 저는 공식적인 결정을 내리기에 앞서 교수님께 친구로서의 조언을 묻고 있는 거예요." 앤지는 손목시계를 잠시 만지작거렸다. "제가 요새 만나는 사람이 있는데…… 점점 마음이 쓰이기 시작한 것 같아요. 제가 성당에서 찌르려 했다는 바로 그 남자예요. 그때 굉장히 심하게 동요했었는데 절 설득까지 해줬어요. 자신한테 빚을 하나 진 거라고, 자꾸 이러다가는 동료 경찰들까지도 위험해진다고. 그러니까 가서 진단을 받고 현실을 직시해보라고. 그래서 정말 아프다는 진단이 나온다면 치료가 필요할 거라고요."

"그 점에서 갈등이 생기는 것이로구나. 도움을 원하지는 않지만, 그래도 이 남자 덕분에 동기가 부여된 거야. 그래서 나한테 와서 간이 상담을 요청하는 거고. 뭐 간단하게 해답이나 탈출구를 찾을 수 있는 방법이기는 하다만."

앤지는 알렉스의 눈을 마주 보았다. 다시 마음의 벽이 올라가기 시작했다. "네, 아무래도 제가 실수한 것 같네요. 죄송해요." 그리고 자리에서 일어나려 했다. "저 그냥……."

"나도 뉴스를 봤단다, 앤지야. 네가 강간 살인 사건 수사에 참여하고 있다는 것도 알아. 그건 분명 거친 일이야. 누구에게나 그래. 그러니 그런 증상들을 촉발시키기에는 충분……."

"사건의 문제가 아니에요. 제 정신이 업무 때문에 망가지고 있는 건……."

알렉스는 한 손을 들어 보였다. "한 가지 짚고 넘어가자꾸나. 그래, 영화에 등장하는 상상 속 경찰들은 무적이지. 관객들도 폭력에 대해 점점 둔감해지고 있고. 하지만 이건 현실이야. 진짜 사람들이 정말로 다친다고. 인간은 애초에 네가 성범죄 사건을 다루는 것처럼 진짜 폭력에 계속 노출되면서도 버틸 수 있는 동물이 아니야. 여기에 지속적인 사후 강평이나 적절한 정신적 치료, PTSD 증상의 조기 진단이 동반되지 않는다면 상황은 더욱 심각해져." 박사는 잠시 뜸을 들였다. "이번 7월에 네가 파트너 형사였던 해시를 잃은 사건, 나도 신문에서 읽었다. 네가 죽은 아이를 안고 온통 피칠갑이 되어서 비통해하는 사진을 보았어." 알렉스의 입가에 서글픈 미소가 걸렸다. "그래서 네 경력을 한번 살펴보았다."

진즉 알렉스를 찾아올 걸 그랬다는 죄책감이 더욱 깊어졌다. 앤지는 가방을 집어 들고 어깨에 둘러멨다. "진짜 가봐야겠네요. 교수님 말씀이 맞아요. 전 그냥 탈출구를 원했던 것 같아요."

"앉으렴, 앤지. 짐도 좀 내려놓고. 이건 네 생각보다도 더욱더 간단할 수 있으니." 앤지는 알렉스를 한번 내려다보고는 천천히 자리에 다시 앉았다.

알렉스는 앞으로 몸을 숙였다. "이건 어디까지나 '공식적인 심리 상담' 세션이 아니라는 점을 전제해두고 말하는 거다. 앤지 네가 지금껏 말해준 정보와 지난 6개월간의 주요 스트레스성 사건들을 비추어보면…… 아무래도 그 자극들이 한데 겹치면서 억눌려 있던 어린 시절의 기억이 되살아나고 있을 가능성이 높아."

앤지는 숨을 크게 들이켰다. "제 친구도 그렇게 말했어요. 그리고 어쩌면 정말 뭔가를 떠올리고 있는 것일지도 몰라요. 제가 이탈리아에서 교통사고 때문에 하마터면 죽을 뻔했던 거, 얼굴에 이런 흉터까지 생겼던 거 아시죠? 그 사고와 관련해서 뭔가 이질적인 점들이 발견되고 있어요. 게다가 요새 나타나는 기억들은 아마 네 살짜리 꼬마 애의 관점에서 겪었던 사건인 것 같기도 해요. 하지만 솔직히 전 정말 평범한 유년기를 보냈거든요."

알렉스는 자리에서 일어나 부지깽이를 들고 벽난로의 숯더미를 뒤적이다가 장작을 더 집어넣었다.

그러고는 다시 자리로 돌아와 말했다. "요새 '기억'에 대한 전통적인 관념이 바뀌고 있어. 기억은 고정된 게 아니라는 학설이 새로 등장했지. 마치 파일 캐비닛에 고이 저장해두었다가 필요할 때마다 꺼내서 확인하거나 대체할 수 있는 존재가 아니란 주장이야. 그보다는 우리가 뭔가를 떠올리려 할 때마다 기억의 맥락을 새롭게 만들어낸다는 거지. 자신이 겪었던 사건에 대해 물어보면 과거로부터 핵심적인 요소들만 가져온 다음, 그 요소를 바탕으로 우리의 경험을 재구성한다는 거야." 박사는 몸을 앞으로 기울여 앤지와 시선을 마주쳤다. "그리고 가끔은 말이다, 앤지야. 우리는 이런 자전적 맥락의 재구성 과정에서 뭔가를 더 추가할 때도 있어. 느낌이나 믿음, 또는 해당 사건 이후에 획득한 지식마저 더할 수 있는 거지. 그러고는 이렇게 새로 만들어진 이야기를 '기억'이라고 부른다는 거야." 박사는 찻잔을 들어 차 한 모금을 또 마시고 받침 위에 내려놓았다.

"그리고 과거의 사건과 현재의 새로운 필요를 조화시키는 과정에서 오류나 왜곡이 발생할 수 있지. 완전히 거짓된 맥락이 첨가될 수도 있다는 거야. 어디까지나 자기 스스로를 이해하고자 하는 인간의 복잡한 본능이기는 하지만……." 박사는 잠시 뜸을 들였다.

"그 과정에서 자신에게 새롭게 설득시키려는 이야기와 정말로 일어났던 사건이 서로 크게 어긋날 경우, 정신적인 갈등이 일어날 수 있어. 앤지, 네 무의식이 너한테 뭔가를 일러주려고 굉장히 힘들게 노력하고 있는 것일 수도 있어."

"그 분홍 옷을 입은 소녀처럼 말씀이시죠."

"빨갛고 긴 머리를 했다던 그 소녀?" 알렉스는 미소를 지었다. "당연히 그 소녀 얘기지. 그리고 너도 이미 알고 있을 거라 생각한단다. 내가 언급했던 그런 갈등, 그러니까 네 기억이 실제 인식과 어긋날 경우…… 정신은 이를 도피하려는 일환으로 굉장히 창의적이면서 비논리적인 모습을 보여줄 수 있지."

박사는 남은 차를 마저 마셨다. "그러니까 일종의 최면 기법을 한번 시도해보려고 해. 물론 너만 괜찮다면 말이야. 그렇게 대단한 건 아니고, 그냥 네 긴장을 푼 상태로 그 작은 소녀와 관련된 기억 속으로 좀 더 깊숙이 돌아가보는 거야. 의식의 한 꺼풀 아래로 말이야. 비유하자면 자동차의 후드를 열고 내부에서 엔진이 어떻게 돌아가고 있는지 살펴본달까."

앤지는 괜스레 새롭게 밀려오는 불안을 느끼며 안락의자의 팔걸이를 꼭 붙잡았다. "언제든지 다시 돌아올 수 있는 거죠? 혹시라도……."

"기억 속에서 길을 잃지는 않느냐, 이 말이니?" 알렉스는 미소를 지었다. "아니, 괜찮을 거란다. 네가 불편한 기색을 보이기 시작하면 언제라도 다시 의식을 차릴 수 있도록 확실한 신호를 보내줄게."

56장

"담배 피워도 됨까?"

"껌이나 씹어요." 매덕스가 말했다.

날은 늦은 오후를 넘어 어두워지기 시작하고 있었다. 매덕스와 홀거슨은 이파리 하나 없이 앙상한 벚나무 아래 차를 세워둔 채 빅토리아대학교 캠퍼스의 법대 건물을 감시하는 중이었다. 빗방울이 차창을 때렸다. 매덕스는 문득 지금 지니가 어디 있을지 궁금해졌다. 아마도 낙엽 뒤덮인 저 교정의 잔디밭 위를 걷고 있을지도 모를 일이다. 앤지의 말이 맞는 것 같았다. 매덕스는 지니를 너무 과보호하는 경향이 있었다. 그래서 앞으로 며칠 정도는 지니를 자유롭게 두면서 더 나은 아빠가 되어보려 노력할 작정이었다.

홀거슨이 은박지를 뜯고 아동 보호용 포장지에서 껌을 꺼내려 씨름하는 동안, 매덕스는 제발 노턴 웰즈가 좀 나타나주기를 간절히 빌었다. 슬슬 홀거슨과 같이 있는 것도 진절머리가 나고 있었다. 두 사람은 절대 노턴 웰즈 부부의 관심을 끌고 싶지 않았기 때문에 오늘 아침에도 소형 포르쉐가 알아서 빠져나올 때까지 아카샤 저택 근처에서 내내 기다렸었다. 그리고 그 뒤를 따라 캠퍼스까지 온 거고.

"한참 전에 다른 입구로 집에 갔을지두 모르잖습까." 홀거슨이 여전히 포장지를 쥐고 씨름하면서 말했다.

"하지만 차는 아직 저쪽에 주차되어 있는걸."

"그냥 남겨두고 갔을 수도 있죠. 우릴 속여먹으려고."

"안 그랬다는 데 걸지." 매덕스가 말했다.

비닐이 바스락거리는 소리만 돌아왔다. 매덕스는 슬슬 짜증이 나기 시작했다.

"그런데 섹스 말임다." 그러다 껌을 떨어뜨린 홀거슨이 조수석 옆 바닥을 더듬거리며 말했다. 핸들을 쥐고 있던 매덕스의 손에 절로 힘이 들어갔다. 기어이 이 주제까지 튀어나왔구나. 홀거슨은 지금 매덕스 자신과 앤지가 술집 주차장에서 키스하고 거의 방 잡기 직전까지 갔었던 모습을 다 봤다고 이실직고할 작정인 것이다. "정신을 제대로 어지럽히죠. 도무지 머리가 돌아가지 않게 만들어요. 팀장님두 신세 제대로 말아먹은 검다, 지금."

"그게 무슨 소리요?"

"섹스 얘기라니까요."

"좋아요, 홀거슨. 대체 무슨 이야기를 하려는 건지는 몰라도 그냥 까놓고 다 말해요. 그날 밤에 '나는 돼지' 술집 밖에 나와 있었나 본데. 그래서 레오가 집에 가고⋯⋯."

"네."

"……할 말은 그뿐이오?"

"다 까놓고 얘기하고 있잖슴까. 보십쇼, 당장 지금도 머리가 제대로 안 돌아가시네. 팔로리노라…… 우우, 생긴 것두 성질머리두 화끈하기 짝이 없죠. 이해할 수가 없는 앱니다. 그런데 팀장님은 걔가 땡기죠. 그래서 손을 대죠. 그러다 손을 데죠. 그런데 한번 간 봤더니 머리가 돌아버리죠. 더 땡기죠. 그런데 더 손댈 수는 없죠. 그러니 피츠라는 작자하고 거래까지 하는 지경이 되죠…… 짠! 이제 팀장님은 정말로 악마한테 영혼까지 팔아먹은 신세가 된 겁다."

대답할 수가 없었다. 매덕스의 심장이 쿵, 쿵, 쿵, 격렬하게 뛰었다. 앤지가 문제였다. 그냥 앤지라는 주제로 대화만 해도 심장이 이 지경이었다. 자기 생각보다도 훨씬 더 깊이 들어와 있는 것이었다. 심장이며 머리며, 온몸이며. 그리고 홀거슨은 그 점을 제대로 짚고 있었다.

"무슨 속셈이오, 홀거슨?"

"걱정 마십쇼, 팀장님. 저가 또 입이 무거운 남자라서."

"픽이나 그러시겠지. 금요일 아침에는 뜬금없이 날 찾아와서 피츠에 대한 정보를 줄줄 읊더니."

"사람한텐 의리가 있어야지요, 그건 맞는 말임다. 아무래도 저도 팔로리노를 좋아하게 된 것 같아서 말임다. 하나도 지지 않으려는 성깔부터 어디 하나 망가진 것 같은 구석까지. 저 정말 담배 피우면 안됨까? 그냥 창문 내리고 피우면……."

"안 됩니다."

홀거슨은 다시 껌을 붙잡고 낑낑거리기 시작했다. 매덕스의 눈길은 홀거슨의 손으로, 그리고 홀거슨이 사용하고 있는 도구로 향했다. 저 짜증스럽게 바스락거리는 껌 종이. 알고 보니 심문의 밑밥을 깔아 놓는 장치였다. 재수 없게 똑똑한 놈. '날 떠보고 있었나……. 내 머리 뚜껑을 열고 어떤 동기로 움직이는지 알아보려는 것이었나…….'

"거 건물이나 좀 살피지?" 매덕스가 툭 말을 던졌다. "노턴 웰즈를 보자마자 곧장 잡으러 가야 하니까. 친구든 교수든, 아는 사람들이 보는 앞에서 덮치고 싶단 말이오."

"하지만 난 아니지이이. 난 자유로워어어……." 이제 홀거슨은 그런 목소리가 나온다는 게 믿기지 않을 정도로 부드럽고 감미롭게 노래까지 불러대기 시작했다. "악마한테 팔아먹은 게 내 영혼도 아닌데에에……."

'빌어먹을.' 매덕스는 한 손으로 머리를 벅벅 긁었다. '이제 제발 좀 나와줘라, 제이든…….'

"그러고 보니 저가 마지막으로 욕구를 해소한 지가 2년하고도 일주일…… 5일에……." 홀거슨이 그렇게 말하는데 껌이 톡 튀어나왔다. "고러췌, 깠다!" 홀거슨은 의기양양하게 녹색 껌을 들어 올려 보였다. "이거 진짜 포장지 어떻게 까는지 어른용 설명서도 따로 적어 놔야 하지 말임다." 그리고 입에 껌을 털어 넣고는 질겅질겅 씹으면서 손목시계를 쳐다보았다. "그리고 이제 6시간 27분을 지나고 있습다."

매덕스는 키엘 홀거슨에 대한 평가를 다시 조정해야겠다고 생각하면서 고개를 돌렸다. 그렇게 잠시 조용히 앉아 있었다. 시간이 계속 흘렀다. "좋아." 매덕스는 여전히 법대 입구를 쳐다보면서 조용히 입을 열었다. "그러니까 홀거슨도 옛날에는 악마한테 영혼도 팔아먹을 수 있는 그런 사람이었다는 거죠. 그런데 지금은 무슨 12단계짜리 재활 프로그램을 밟는 것처럼 살고 있고. 무슨 중독자가 하는 얘기 같은데. 그건 '치료'된 게 아니잖아. 그냥 계속 참고 버티는 거지."

홀거슨은 아무 대답도 하지 않고 대시보드를 손가락으로 두드리며 콧노래를 불렀다. 이따금 목을 우두둑 소리가 나게 풀어주면서.

매덕스는 천천히 숨을 들이켰다.

"그건 그렇고," 홀거슨이 마침내 입을 열었다. "오늘 아침에 왜 하필이면 저를 부르셨슴까, 다른 인재들을 다 냅두고?"

"이런 유익한 팀빌딩 시간을 갖고 싶었지, 홀거슨. 당신이랑 나랑. 재밌을 것 같았거든."

홀거슨은 콧방귀를 뀌더니 갑자기 앞쪽으로 손을 뻗었다. "저기! 저기 나옴다!" 그러고는 차 문을 홱 열고 뛰쳐나가 기다랗고 앙상한 다리로 잔디 위를 질주하기 시작했다. 매덕스도 차에서 나와 그 뒤를 따랐다.

57장

"팔이 무거워집니다. 눈꺼풀이 무거워집니다. 서서히 아래로 내려옵니다. 당신은 점점 아래로 가라앉습니다. 의자가 따뜻하고 편안하게 느껴집니다. 의자 밑으로 점점 더 깊이, 깊이 가라앉습니다."

앤지는 알렉스의 낮고 침착한 목소리와 부드럽게 바작거리는 모닥불 소리에 귀를 기울였다. 실내는 이미 불을 다 끄고 차양막까지 친 상태였다. 앤지도 신발을 벗고 폰까지 꺼두고 있었다. 과연 이게 효과가 있을지는 확신이 서지 않았다. 그래도 앤지는 알렉스의 지시에 집중하면서 두 눈을 감았다.

"호흡이 점점 더 느리고 편안해집니다. 들이쉬고, 내쉬고. 들이쉬고, 내쉬고. 공기가 폐 속에서 점점 더 깊이, 깊이 들어갑니다. 따뜻한 담요가 어깨에 내려오는 것처럼 잠이 옵니다. 편안한 느낌입니다. 좋은 느낌입니다. 당신은 잠을 받아들입니다. 부드러운 잠에 빠져 점점 더 가라앉습니다. 아래에 편안한 곳이 있습니다. 침대입니다…… 당신은 어린아이가 되어 엄마 곁에서 잠자리에 들었습니다. 엄마가 책을 읽어줍니다. 하지만 더 이상 엄마의 말이 들리지 않습니다. 너무 졸립니다. 너무 피곤합니다⋯⋯." 알렉스의 목소리는 점점 웅얼거리는 소리로 변했고, 앤지는 등을 쭉 편 채 편안하게 누워 있었다. 어두운 방 안에서. 자신의 침대에서. 꼭 자기 침대에 누워 있는 듯한 느낌이 들었다. 누군가 어두운 방 안에서 자신을 안심시켜주고 있었다. 안전한 곳이었다. 주인을 알 수 없는 손이 앤지의 손을 잡고 있었다. 말소리가 들려왔다. 앤지의 의식으로 노래가 희미하게 새어 들어왔다. 부드러운 자장가였다. 앤지의 손을 잡은 사람은 여성이었다. 자장가를 불러주고 있었다. 따뜻하고 익숙한 느낌이 마음속에서 피어나면서, 앤지는 자신이 미소를 짓는 게 느껴졌다.

"뭐가 보이지?" 알렉스가 부드럽게 말했다.

"어둠이요." 앤지가 속삭였다. "온통 어두워요. 내 손을 잡고 있어요."

"그게 누구지, 앤지?"

"안전해요. 저를 보살펴줘요. 조용히 노래를 불러주고 있어요. 다른 사람은 아무도 듣지 못하게."

"다른 사람 누구?"

갑자기 불협화음이 끼어들었다. 앤지는 고개를 흔들었다. "몰라요. 안 보여요. 그냥 어두워요. 노래가 멈췄어요."

"좋아. 숨을 들이쉬고, 내쉬고, 다시 편안해집니다. 여자가 같이 있어줍니다. 안전합니다. 다른 사람은 없습니다. 다시 노래를 불러줍니다. 이제 뭐가 들리지?"

조용하면서도 감미로운 노래가 앤지의 입에서 흘러나오기 시작
했다. 마치 어린아이가 부르는 노래처럼…….

"아 아 아, 아 아 아,

빌리 소비에 콧키 드바……

아 아 아, 콧키 드바,

샤로브라, 샤로브라 오비드바…….."

"그게 무슨 뜻이지, 앤지? 무슨 뜻인지 알겠니?"

앤지는 노랫가락을 흥얼거렸다. 마음속에 한 줄기 햇살이 비쳐오
는 느낌이었다. "고양이…… 두 마리가 있었네. 아 아 아. 아 아 아.
고양이 두 마리가 있었네……. 두 마리 다 갈색이었네. 아, 자거라,
아가. 별이 갖고 싶으면 별을 따다 줄게. 아가들 전부, 나쁜 아가들
까지, 전부 잠이 들었단다. 너만 깨어 있단다…….."

"자장가로군." 알렉스가 조용히 말했다. 그 목소리가 꼭 다른 시
간, 다른 공간에서 울리는 것처럼 굉장히 멀리서 들려오는 것 같았
다. "자장가 때문에 더 졸리게 됩니다. 더 깊이 빠져듭니다. 누가 노
래를 부르고 있지?"

"여자예요."

"그 여자가 누구지?"

빛이 비쳐들면서 어둠을 거울처럼 산산조각으로 부수었다. 앤지
의 맥박이 빨라지기 시작했다. 앤지는 올라가려 몸부림쳤다. 그것
도 빨리. 여기 싫어, 여기 위험해…….

"괜찮아. 앤지, 다 괜찮아. 다 괜찮다. 넌 안전해. 여자가 노래를 부르고 있다. 아직도 노래가 들리니? 가사랑 가락이 들려? 좀 더 노래를 해봐."

앤지는 고개를 끄덕였다. 다시 돌아온 온기를 느끼면서 앤지는 속삭였다. *"자야지, 달님도 하품을 하고 곧 잠에 들겠네. 그리고 아침이 오거든 정말 부끄러워할 거야. 자기는 잠들었는데 너는 잠들지 않았으니……."*

"아 그디 라노 프시지에 스빗

크셰지조비 베드지에 우스티드

제 온 자스날, 아 니에 트……."

앤지가 노래를 멈췄다. 혼란스러운 기분이 들었다.

"여자는 뭘 하고 있지?"

"내 손을 잡고 있어요."

"어떻게 생겼어?"

앤지는 고개를 좌우로 젓기 시작했다. 어두웠다. 너무 어두웠다. 방 안의 모습이 머릿속에 떠올랐다. "남자가 방에 있어요. 여자 위에 있어요. 여자 위에 올라가 있어요. 남자가……." 눈시울이 화끈거렸다. 앤지는 팔걸이를 꽉 붙잡았다. "남자가 개처럼 헥헥거리고 있어요. 남자가 여자 위에서 헐떡거려요. 숨소리가 이상해요. 싫어요. *싫어!*" 앤지는 양손으로 두 귀를 틀어막았다. "저리 가! 떨어져! 그만해!"

"괜찮아. 그러면 지금은 방에서 나오자. 문으로 가. 문을 열자. 열수 있니?"

앤지는 고개를 저었다. "잠겼어요." 호흡이 점점 빨라졌다. "저리가."

"좋아, 알았다. 그러면 네게 마법의 열쇠를 줄게. 그 열쇠로 문을 열어봐. 그런 다음 방에서 나와봐."

앤지는 갑자기 손에서 나타난 열쇠를 쥐었다. 꼭 그림책에 나오는 것 같은 커다란 구리 열쇠였다. 열쇠 구멍에 넣고 돌리자 커다란 문이 열렸다. 문이 열리면서 빛이, 눈부실 정도로 환한 빛이 쏟아져 들어왔다.

"문밖으로 나가렴, 앤지."

하지만 앤지는 말을 듣지 않고 방의 어둠을 향해 돌아섰다. 그리고 자기 손을 내밀었다. "이리 와." 앤지가 속삭였다.

"숲으로 와서 놀자. 이리 내려와." 갑자기 반대쪽 손에 바구니가 나타났다. "*예스테스미 야고드키, 차르네 야고드키.*" 앤지가 말했다.

"무슨 뜻이니, 앤지?"

앤지는 노래를 부르기 시작했다. "*우리는 작은 산딸기, 작고 검은 딸기…… 우리는 작은 산딸기, 작고 검은 딸기.*"

"누구한테 노래하는 거니?"

"같이 와서 놀아야 돼요. 같이 숲으로 가서 나무 밑에서 놀기로 했어요. 바구니도 가지고. 딸기도."

"누가 와서 놀아야 한다는 거니? 노래해주던 그 여자?"

'아니, 아냐, 안 돼…….' 앤지의 가슴이 조여들었다. 꼭 머릿속이 폭발할 것만 같았다. 앤지는 좌우로 몸을 흔들기 시작했다. 몸짓이 점점 거칠어졌다. 두 다리를 재빠르게 움직였다. 겉으로 드러난 살갗에 잔디와 검은 딸기 덤불이 스쳤다. 그렇게 앤지는 수풀을 헤치고 숲속으로 뛰어들었다. 그리고 눈 덮인 추운 길거리로 뛰쳐나왔다. 크리스마스 조명이 반짝거리는 거리로…… '도망쳐, 뛰어, 뛰어!' 눈이 오고 있었다. 앤지는 숨을 가쁘게 헐떡이기 시작했다.

"무슨 일이지?"

"그 자가 와요. 크고 빨간 남자랑 다른 사람들이 와요. 쫓아와요."

"어디로 도망가려는 거니?"

"어두워요. 어두워요. 가. 안으로 들어가! 나는 안으로 들어가서 쥐새끼처럼 조용히 있어야 해요!"

"좋아, 들어가렴. 그리고 어디에 들어가는지도 말해줘."

앤지는 고개를 흔들었다. 뺨에서 눈물이 흘러내렸다. 숨을 쉴 수가 없었다. "큰 칼이 빛나요…… 그 자가 칼을 가졌어요……."

그리고 비명을 질렀다. 양손으로 두 귀를 틀어막았다. 얼굴에서 고통이 느껴졌다. "피! 사방이 피예요!"

어디선가 희미한 말소리가 들렸다. '셋.' 소리가 더 커졌다. '셋!'

'둘.'

'하나.'

"당신은 다시 깨어납니다, 앤지." 알렉스가 말했다. "정신이 듭니다. 천천히, 그리고 서서히. 의자에 편안하게 앉아 있습니다. 당신은 알렉스 스트라우스의 집에 있습니다. 안전합니다. 이제 다 안전해."

앤지는 두 눈을 반짝 떴다. 그리고 양손을 바라보았다. 온통 끈적끈적하고 후끈하고 축축하게 젖어 있던 피는 어느새 사라지고 없었다. 앤지는 천천히 눈을 들어 알렉스를 보았다.

알렉스는 충격을 받은 표정이었다.

앤지의 손이 자기 입술로 올라갔다. "내 입." 앤지가 말했다. "베였는데. 칼로."

"누가?" 알렉스가 조용히 말했다. "누가 네 입을 칼로 그었지?"

앤지의 호흡이 거칠어졌다. 인중에 식은땀이 송골송골 맺혔다. "모르겠어요, 교수님. 이게 대체 어떻게 돌아가는 일인지 모르겠어요. 이 상처는 교통사고로 생겼다고만 들었거든요."

알렉스가 차를 더 달여 왔다. 앤지는 잠시 자리에 앉아 벽난로에서 춤추는 불꽃을 멍하니 쳐다보았다. 그러면서 온몸에서 힘이 다 빠져나간 것 같은 기분으로 방금 무슨 일이 벌어진 것인지, 대체 자기 머릿속에서 뭘 보고 온 것인지 애써 파악해보려 했다.

"생전 처음 보는 기억이니?" 알렉스가 앤지에게 다른 찻잔을 건네면서 말했다.

"그 여자애는 봤죠. 하지만 기억보다는 환각에 더 가까웠어요."

"그리고 그 여자랑 노래는?"

앤지는 고개를 저었다. "분홍색 옷을 입은 여자애가 나타날 때마다 머릿속에서 폴란드 말이 울리기는 했어요."

"뭔가 벌어진 거야, 앤지. 네가 어렸을 때 무슨 일이 벌어진 거야. 네가 보았던 분홍 드레스 소녀의 또래였을 때."

앤지의 시선이 알렉스와 마주쳤다. "우리 부모님이 저한테 거짓말을 했다는 거예요? 그 사고에 대해서?"

"이미 말했지만, 사람은 예전에 있었던 사건을 떠올리려 할 때마다 자전적인 기억을 새롭게 만들어내지. 그 과정에 거짓된 이야기가 섞이면서 거짓된 기억으로 발전할 수도 있단다." 그리고 알렉스는 잠시 뜸을 들였다. "그러다 인지 부조화가 나타날 수도 있고."

앤지는 윗입술을 손으로 훔쳤다. 손이 벌벌 떨리고 있었다.

"원한다면 다음 세션을 예약할 수도 있단다. 최면을 더 깊이, 더 길게 시도해볼 수도 있었지. 하지만 이번에는 어쩔 수 없이 최면을 끊어야 했어. 네가 고통스러워했거든."

앤지는 아무 말 없이 차만 마시면서 자신이 겪었다던 이탈리아의 교통사고 이야기를 다시 떠올리고 있었다. 그리고 앨범의 사진 뒤에 적힌 날짜들도 생각했다. 그런 불일치 이야기를 꺼낼 때마다 아버지의 표정이 눈에 띄게 불편해지던 일도 생각났다. 그리고 엄마가 병원에서 쏟아놓던 기이한 이야기도.

"모르겠어요." 앤지는 침착하게 말했다. "항상 제 어린 시절엔 별 거 없다고 생각했는데. 그런데 왜 하필 지금 이런 기억이 갑자기 되살아나기 시작한 거죠?"

"앞서 말했다만, 해시와 티파니의 비극적 사건으로 인한 PTSD가 방아쇠로 작용하지 않았나 싶다. 아니면 지금까지의 성범죄 수사 업무와 관련된 일상적 스트레스로 인해 점점 누적되어왔을지도 모를 일이지."

앤지의 생각은 그래블로스키 박사가 늘어놓았던 사랑 지도와 성적 일탈의 발달 과정으로 옮겨갔다. 혹시 자신은 유년기 시절 겪었던 사건으로 인해 섹스와 지배에 관련된 문제가 생긴 게 아닐까? 애정에 대한 저항, 혹은 공포가? 또, 경찰이 된 이후로 차곡차곡 쌓아왔던 마음의 벽까지?

만약 그렇다면 앤지가 부모님에게서 자주 느꼈던 기이한 거리감과, 자신의 아버지보다 해시가 더 멘토이자 아버지의 인물상으로 느껴졌던 이유까지 설명이 될까?

"아버지와 다시 이야기를 해봐야겠어요." 앤지는 조용히 말했다.

알렉스는 고개를 끄덕였다. "그리고 이건 그냥 내 생각이다만, 네가 잊고 있었던 그 어린 소녀에게 무슨 일이 벌어졌든, 넌 성인이 된 이래로 그 일을 바로잡으려고 무의식적으로 계속 노력한 게 아닌가 싶어. 그 아이를 구하고 잘못을 바로잡으려고 말이야. 그래서 아마 네가 경찰이 된 것 같다." 알렉스는 잠시 뜸을 들였다. "특히 성범죄 전담반을 선택한 이유도 그렇고."

한 줄기 소름이 앤지의 등골을 타고 내렸다. 문득 메리 윈스턴과의 대화가 생각났다. 자신은 분명히 *상관한다고*. 베개 밑에 칼을 놔두고 자던 아홉 살짜리를, 주유소에서 인형을 들고 다니던 그 어린 소녀를, 그리고 자기 친부에게 학대받다가 살해당한 티피 베넷을. 그렇게 침착하지만 격정적으로 쏟아냈던 말이 전부 생각났다. 그리고 알렉스 스트라우스가 옳을지도 모른다는 사실을 깨달았다.

지금껏 자신이 경찰로서 행했던 모든 것은 결국 분홍 드레스와 기다란 빨강머리 여자애를 구하려 했던 것이었음을.

앤지는 해시를 잃으면서 참된 동료이자 아버지 같은 존재를 잃었다. 티피를 잃으면서 분홍 드레스를 입은 소녀를 또다시 구하지 못했다. 그리고 이제 그 소녀는 더 이상 앤지의 내면에 숨어 있으려 하지 않았다. 세상 밖으로 나오려 하고 있었다.

58장

"뭐야 씨발, 당신들 나 *따라다녔어?* 나 더 이상 아무 말도 할 필요 없어. 할 말도 없고. 우리 아빠 변호사들이……."

"음, 우리 생각에는 네가 할 말이 참 많을 것 같은데 말이다, 제이든." 매덕스는 홀거슨과 함께 노턴 웰즈에게 다가가며 말했다.

"이건 인권 침해야." 노턴 웰즈는 벌써부터 흔들리는 눈빛으로 양쪽에서 다가오는 매덕스와 홀거슨을 바라보면서 뒤로 계속 물러나다 구석까지 몰려버렸다.

그러고는 법대 건물에서 나오는 학생들을 절박한 눈빛으로 쳐다보았다. 마치 친구들에게서 구명줄이라도 찾는 것처럼.

"제이든!" 남학생 하나가 제이든을 부르며 다가오고 있었다.

"나…… 나 이제 가봐야……." 노턴 웰즈가 입을 열었다.

하지만 홀거슨이 노턴 웰즈 앞으로 다가서면서 이쪽으로 오는 친구와의 시야를 차단해버렸다.

"당신, 도난당한 차량에 관해 진술하러 본서로 출석하지두 않았지." 홀거슨은 노턴 웰즈를 내려다보면서 말했다. "몸이 아프다고 들었는데 지금은 쌩쌩해 보이시는디. 이거 어떻게 생각함까, 매덕스 팀장님?"

"렉서스를 도난당하지 않았으니 진술할 거리도 없었던 거겠지. 안 그래, 제이든?"

"제이든?" 아까의 남학생이 점점 다가오면서 물었다. "너 괜찮냐?"

"앞으로도 평생 업계 동기동창이 될 법대 친구들 앞에서 체포당하는 꼴을 보이고 싶습니까, 제이든?" 매덕스가 말했다.

안색이 시허옇게 변한 노턴 웰즈가 식은땀을 흘리기 시작했다. 갑자기 주어진 스트레스로 인해 몸속에 코르티솔이 샘솟고 있다는 분명한 증거였다. "무슨 혐의로?"

"그레이시 드루먼드의 성폭행, 살해 및 시신 훼손 혐의로요."

제이든의 눈이 왕방울만 해졌다. "난 괜찮아." 그러고는 친구에게 외쳤다. "괘…… 괜찮으니까. 금방 갈게, 얘들아."

친구는 망설이는 것 같았다.

"가라니까. 괜찮대도."

학생은 잠시 기웃거리더니 몸을 돌려 떠나버렸다. 노턴 웰즈는 마른침을 삼켰다. 딱 봐도 입술이 바짝바짝 마르고 있었다. 스트레스가 가중된다는 신호였다. 좋아, 매덕스는 생각했다.

"당신이 오베르주에 없었다는 건 다 알아. CCTV라고 들어보셨나, 법대생 양반?"

"오베르주에 CCTV 같은 건……."

홀거슨이 웃음을 터뜨렸다. "오베르주에 감시 카메라 같은 건 안 달아놓은 줄 알았담다, 팀장님. 들으셨습까?"

"제대로 들었지."

"요새는 카메라 없는 세상이 읎어, 이 친구야. 레스토랑도 그렇고 주차장 가로등도 그렇고. 누가 언제 어떤 차를 몰았는지 안 몰았는지 센터 한번 까면 다 나와. 철교에서도 마찬가지야. 그레이시가 납치당하기 직전, 그리고 직후에 렉서스에 누가 타고 있었는지 싹 다 나온다니까." 그러더니 홀거슨은 제이든에게 얼굴을 바싹 들이밀었다. "니 렉서스는 말여, 법대생. 절대 주차장에서 도난당한 게 아녀."

노턴 웰즈는 다시 벽이 등에 닿을 정도로 물러났다. 다리가 바들 바들 떨리기 시작했고, 안색은 새하얬으며, 호흡도 점점 짧고 가빠졌다. "그, 그러면…… 내 렉서스가 범행에 쓰였다는 거예요?"

홀거슨은 코웃음을 쳤다. "누군가 우리 그레이시의 시신을 네 렉서스로 실어 날랐그등. 빠져나갈 구멍이 없어요, 법대생님." 그러더니 노턴 웰즈가 걸고 있던 목걸이를 들어 올렸다. "이야, 멋지다야. 성 크리스토포로네. 그레이시도 이런 거 하나 있었는데. 그죠, 팀장님?"

"그렇고말고."

홀거슨은 목걸이의 금빛 메달을 뒤집었다. "그런데 그레이시 메달에는 '그레이시에게, *사랑을 담아. JR*'이라고 쓰여 있었는디." 그러고는 혀를 쯧쯧 찼다. "그레이시한테 성자의 수호까지 빌어준 모양임다, 매덕스. 그런 다음에는 뭘 했을까요? 그레이시를 납치해서 꽁꽁 묶은 다음, 머리부터 물에 처박고, 앞으로 박고 뒤로 박고, 딴남자가 못 쓰게 음부를 난도질해놓고, 음핵까지……."

"그만! 세상에, 제발…… 제발 그만해요." 노턴 웰즈는 두 눈에 눈물을 그렁그렁 매단 채 뒤통수를 벽에 기댔다.

매덕스는 모든 걸 홀거슨에게 온전히 맡긴 채 주의 깊게 관찰하고 있었고, 상황은 생각보다 빠르게 진전되고 있었다. 아무래도 노턴 웰즈는 자신이 좋아하던 여성의 살인에 자기 차가 쓰였다는 사실에 굉장한 충격을 받은 게 분명했다.

"네가 왜 그랬는지도 말해줄 수 있어." 홀거슨이 조용히 말했다. "화가 났겠지. 앞뒤 분간 못할 정도로 화가 났을 거야. 그레이시 주변에서 자꾸 남자들이 껄떡거리니까 화가 난 거 아녀. 그런 놈팡이가 한두 놈이었겠어? 우리 금발 양아치랑 비엠 몰고 다니는 금수저, 또 누가 있냐? 시장님 따까리 재크 래디슨도 있네? 그래서 뚜껑이 제대로 열리는 바람에 그냥……."

"아니라고요!" 제이든이 헐떡거렸다. "아니라고요." 이번에는 어찌나 조용히 말했는지 거의 들리지도 않았다. "그런 거 아니에요. 내가 한 게 아니에요." 이제는 숨도 제대로 못 쉬고 꺽꺽거리면서 고개를 흔들었다. "난 절대 그레이시를 해치지 않았어요. *그레이시를 사랑했다고요.*"

걸렸다!

매덕스와 홀거슨은 빠르게 눈빛을 주고받았다.

"그래, 그러셨겠지." 홀거슨이 말했다. "둘이 아는 사이일 줄은 진즉 알고 있었어. 네가 걔 좋아했다는 것도 알았고. 그래서 네가 안 했다구? 그레이시를 죽이고 토막 친 게 네가 아녀?"

제이든은 고개를 저었다.

"그럼 제안 하나 하자. 첫째는 우리가 네 인생을 정말 피곤하게 만들어주는 거야. 뭐 예를 들어, 널 살인 두 건의 공무집행 방해죄로 체포하는 거지. 네가 오베르주랑 주차장이랑 차량 도난에 대해서 거짓말을 했으니까. 싹 다 서류로 남아 있그등……. 그럼 너희 엄마고 아빠고 변호사고 다 뒤집어질 테지……. 아니면 이렇게 할 수도 있어. 네가 우리랑 지금 본서로 동행해서 자격이 검증된 경찰분들한테 네 DNA 샘플을 자의로 제출하는 거야. 식은 죽 먹기지. 어뗘?"

제이든은 고개를 끄덕였다. "알았어요…… 알았다고요…… 할게요." 그리고 숨을 한번 크게 들이쉬더니 울음을 터뜨렸다.

"뭘 하겠다고?"

"제 DNA 샘플을 자의로 제출할게요."

형사들은 다시 한 번 눈빛을 교환했다.

"그래야 착한 어린이지." 홀거슨은 노턴 웰즈에게 팔을 턱, 얹고 어깨동무를 했다. "이게 옳은 일이거든."

59장

앤지는 아버지의 서랍장을 뒤지면서 중요한 문서들이 전부 보관된 금고의 열쇠를 찾고 있었다. 창밖으로 부는 바람은 바다로부터 먹구름을 몰고 와 앤지의 본가 위로 그늘을 드리웠고, 해안을 따라 자라난 나무들은 휘청거렸으며, 하늘은 어두워졌다. 앤지의 폰이 울리다 또 음성 사서함으로 넘어갔지만, 이번에도 앤지는 상관하지 않았다.

마침 앤지의 아버지가 본가에 없었기 때문에, 앤지는 아버지의 서재로 슬쩍 들어와 자신의 어린 시절, 이탈리아, 교통사고, 아버지의 안식년 등과 관련된 서류나 정보를 찾으려 애쓰는 중이었다. 뭔가…… 날짜를 확인할 수 있는 자료를.

'난 미친 게 아냐. 난 환각을 보는 게 아냐. 기억이야. 그건 기억이었어…….'

서재 안이 슬슬 어두워지자, 앤지는 책상 위의 스탠드를 켰다. 마침내 책상 아래쪽 서랍 안의 연필꽂이 밑에서 열쇠들이 나왔다. 열쇠를 집어 든 앤지는 책꽂이 아래 벽장에 보관되어 있는 조그마한 금고를 열었다. 스탠드를 또 하나 가져온 앤지는 아예 바닥에 주저 앉아 금고 안에 있던 서류를 몽땅 카펫 위로 쏟아냈다. 그렇게 여권, 보험 증서, 부모님의 유언장 사본 및 수정본, 혼전 결혼 계약서, 집 문서, 병원 영수증 등을 훑다가…… 갑자기 앤지의 손짓이 멈췄다. 이탈리아 신문 기사가 하나 있었다. 비닐 파일에 스크랩이 된 채로.

신문 기사 상단에는 강둑으로 굴러떨어진, 완전히 찌그러진 흰색 세단의 흑백 사진이 실려 있었다. 그리고 사고 현장 위쪽의 도로에 는 구급차와 소방차가 한 대씩 세워진 채 구급대원들까지 차량 옆 으로 나와 서 있었다. 다들 강둑 아래의 엉망이 된 차를 내려다보고 있었다. 앤지는 사진 아래의 설명을 읽었다.

'La bambina di due cittadini Canadesi Miriam e Joseph Pallorino è morta Mercoledì in un incedente stradale nella Toscana. La bambina, Angela Pallorino, aveva quattro anni…….'

앤지는 'morta'라는 단어에서 눈살을 찌푸렸다. '죽음?'

기사 아래에는 아기의 사진이 한 장 첨부되어 있었다. 사진 아래 의 설명에는 'Angela Pallorino(4)'라고 쓰여 있었다. 앤지 자신의 이름이었다.

1984년 3월의 기사인데.

앤지의 입이 바싹 말랐다. 자신이 네 살이던 해는 분명 1986년이

었다. 이 기사가 뭐든 간에 날짜부터 아이의 나이까지 전부 어긋나
있었다. 그때 바람에 날려온 나뭇가지 하나가 창문을 쾅, 치는 바람
에 앤지는 화들짝 놀랐다. 금속제의 지붕 위로 빗방울이 타닥타닥
쏟아지기 시작했다. 앤지는 주머니에서 폰을 꺼내 자신이 자주 음
식을 포장해가는 단골 레스토랑 번호로 전화를 걸었다. 그리고 식
당 주인 마리오를 바꿔달라고 했다.

마리오가 전화를 받았다.

"여보쇼!" 마리오가 소리를 질렀다. 뒤쪽에서는 식기와 냄비가
한창 쩔그렁거리고 사람들이 떠드는 소리가 들려왔다.

"마리오 사장님." 앤지는 덩달아 목소리를 높이면서도 빠르게 또
박또박 말했다. "앤지 팔로리노예요. 진짜 중요한 부탁 하나 드리고
싶은데, 제가 지금 급하거든요. 혹시 지금 시간 내실 수 있으세요?"

"끊지 말아요, 앤지. 지금 사무실로 가고 있으니까."

마리오가 다시 전화를 받았을 때는 주방의 소음이 훨씬 멀리 들
렸다. 덕분에 더 이상 소리를 지를 필요도 없었다.

"그래, 무엇을 도와드릴까?"

"이탈리아어를 영어로 좀 번역해주셨으면 해요. 이게 오래된 신
문 기사거든요."

"아, 문제없죠. 팩스로 보내주실 거요?"

"그게…… 혹시 스마트폰 번호나 메일 주소 같은 거 있으면 좀 찍
어주세요, 제가 사진으로 보낼게요."

마리오는 앤지에게 메일 주소를 보내주었다.

"그리고 사장님, 이게 좀…… 사생활 문제라. 혹시라도……."

"걱정 말아요, 앤지. 걱정 말아요. 마리오한테 한 얘기는 마리오만 알고 있으니까."

미소가 절로 올라왔다. "좋아요, 그럼 잠깐만요."

앤지는 폰으로 기사를 잘 보이게 찍어서 이미지를 마리오에게 보내고는, 마리오가 기사를 다 읽을 때까지 기다리면서 서재 안을 한참 서성거렸다. 그러다 마침내 전화가 울리자 바짝 긴장하고 전화를 받았다.

"이거 정말 이상한데, 앤지. 무슨 기사예요?"

"무슨 뜻이에요, 마리오? 그냥 어떤 내용인지 얘기해주세요."

"그대로 읽을게요. '캐나다인 부부 미리엄과 조지프 팔로리노의 자녀가 토스카나의 교통사고로 사망했습니다. 희생자 앤젤라 팔로리노는 사망 당시 4세였습니다.'" 마리오는 잠시 뜸을 들이다 한 번 더 반복해주었다. "죽은 아이의 이름이 앤젤라 팔로리노라는데. 이거 무슨 실수 같은 건가요?"

온몸에 소름이 돋았다. 앤지는 잠시 아무 말도 할 수 없었다. 머릿속이 핑핑 돌면서 지금껏 자신이 사실이라고 믿었던 세상 전부가 어지러운 만화경의 회오리처럼 맴돌기 시작했다. 마치 소용돌이에 휘말린 것처럼.

"앤지?"

"그…… 기사 날짜가…… 사고 날짜가 언제래요?"

"1984년 3월 12일요."

"마리오, 진짜 이거 비밀 지켜줄 수 있어요? 진짜, 진짜…… 개인적인 문제라서요. 저도 지금 무슨 일인지…… 알아봐야 하거든요."

"물론이죠, 앤지. 말했지만 마리오한테 한 얘기는……."

"고마워요. 신세 하나 졌네요." 앤지는 전화를 끊고 빗물로 얼룩진 창문을, 거기 비친 자신의 잔뜩 왜곡된 모습을 멍하니 바라보았다.

앤지 팔로리노는 죽었다. 네 살의 나이로. 신문 기사에 따르면 그게 분명했다.

당연히 오보가 아니겠는가? 그게 아니면 창문에 비친 저 사람은 대체 누구일까?

시간이 계속 흐르고 있었지만 앤지는 도저히 이 사실을 이해하지 못한 채 여전히 멍해 있는 상태였다. 교통사고에 대한 기억이 되살아나는 것이라고 생각했는데. 입에서 느껴지던 고통과 완전히 망가져버린 차에서 탈출하려던 순간까지. 그 기억이 전부 거짓이었단 말인가? 알렉스의 최면 속에서 보았던 장소는 또 뭐란 말인가? 칼을 들고 있던 남자는 또 누구고? 이게 대체 다 어떻게 된 일인 걸까?

순간 앤지는 다시 카펫 위에 흩어져 있던 서류들에 달려들었다. 바닥에 무릎을 꿇은 채 종이들을 미친 듯이 뒤지던 앤지는 마침내 자신이 찾던 서류를 찾아냈다. 자신의 출생증명서였다. 앤지는 그 날짜를 확인했다.

1980년 2월 14일이었다.

욕지기가 치밀었다. 꼭 배 속에 얼음장 같은 돌덩이가 들어찬 것 같았다. 이건 절대 자신의 출생증명서가 아니었다……

뒤에서 문이 열렸다. 앤지는 깜짝 놀라 뒤돌아보았다.

아버지가 문간에 서 있었다. 안색이 새하얗게 변한 앤지의 손에 들려 있던 출생증명서와 바닥에 나뒹구는 서류들을 바라보고 있었다.

"앤지?"

"앤지가 누구죠?" 앤지가 물었다. "이 출생증명서는 누구 거고, 교통사고로 죽은 여자애는 대체 누구죠? 왜 내 이름이 개랑 똑같은 거죠? 대체 난 누구죠?"

60장

법대생 청년은 안색이 백지장같이 되어 입을 크게 벌렸다. 신체 증거 수집 훈련을 받은 경찰이 면봉으로 입 안쪽을 문지르는 순간, 몸을 흠칫하는 모습이 보였다. DNA 데이터뱅크 샘플 수집 키트에 들어간 면봉에 라벨까지 붙고 나서야, 새로 모신 팀장님과 함께 옆에 서 있던 키엘은 속으로 조용히 안도했다.

다음은 혈액 샘플이었다. 채혈침이 한번 빠르게 훑고 지나가자 증거 카드에 핏방울이 하나 떨어졌다. 마찬가지로 검증된 수집 키트에 보관되어 샘플 분류까지 끝났다. 지문 채취는 이미 끝난 상태였다. 모발 여덟 가닥도 하나하나 뽑혀 전용 DNA 데이터뱅크 샘플 수집 키트에 밀봉되었다.

키엘은 매덕스 팀장님을 슬쩍 훔쳐보았다. '염병할.' 당장이라도 옆에 있는 팀장님과 하이파이브를 갈기고 방 안에서 함께 승리의 춤이라도 추고 싶었다. 모든 절차를 철저하게 밟는 것도 모자라, 그 과정까지 싹 다 영상으로 확실하게 찍어두었다. 하지만 경사님은 아무런 감정도 보이지 않았다. 그저 석상처럼 바라만 볼 뿐.

DNA 샘플 키트를 실험실로 보내고 법대생도 순찰차에 태워 캠퍼스로 돌려보낸 뒤, 두 사람은 수사실에 벗어둔 코트를 찾으러 갔다. 키엘이 자기 항공 재킷을 걸치면서 물었다. "그럼 이제 어쩔까? '나는 돼지'에 한잔 걸치러 가실까, 팀장님?"

"다음에 가죠, 제안은 고맙지만." 팀장님은 영혼 없이 대답하면서 코트의 단추를 채웠다. 수심이 가득한 표정이었다.

"또 닻줄하고 데이트하러 가실까?"

짙푸른 눈동자가 키엘을 쏘아보았다. 아주 잠시 동안이었지만 정말로 사람 하나 잡을 듯이 위험해 보였다. 하지만 이내 피어난 웃음이 긴장감을 낮춰줬다. "그래, 뭐 안 될 것 있나. 어차피 피츠한테서 불호령이 떨어질 테니 기분전환이라도 해둬야지."

"아직도 뭐가 그리 문젬까?" 키엘은 매덕스와 함께 경찰서에서 나와, 빗속을 헤치고 '나는 돼지' 술집으로 가는 지름길로 향하며 물었다.

"녀석이 너무 순순히 따랐다는 점."

"아직은 정신줄 놓고 있는 거죠. 앞으로 몇 시간 정도는 그럴 거고요. 그래도 조금만 있으면 이성도 돌아오고 공황도 끝날 테니, 이미 한번 놔버린 정신줄도 다시 붙잡을 겁다."

61장

앤지의 아버지는 뻣뻣한 걸음으로 거실로 걸어가더니 의자에 몸을 푹 파묻고 커다란 양손으로 얼굴을 덮었다. 아버지의 건너편, 난롯가 맞은편에는 엄마의 의자가 주인도 없이 덩그러니 놓여 있었다. 그 앞에서 앤지는 그저 기다리며 서 있었다.

그렇게 아버지는 오랫동안 아무 말도 않고 있었다. 폭풍이 저택을 휩쓸고 나뭇가지가 채찍처럼 처마를 쓸어댔다.

"아빠, *말 좀 해봐요.*"

"불 좀 피워주겠니, 앤지? 부탁이다."

앤지는 잠시 아무 말도 없이 아버지를 바라보다가 그 부탁을 따랐다. 부지깽이로 난폭하게 불쏘시개를 헤집은 다음 장작을 집어넣고, 신문지를 구겨서 종이 뭉치를 만들었다. 꼭 자신에게 익숙하면서도 완전히 낯선 세상에 온 기분이었다. 마음속이 텅 빈 듯한 공허가 점점 커져가고 있었다. 꼭 살아 있는 불씨처럼 사방을 좀먹으면서 점점 몸집을 불리고 있었다.

불길이 타오르자, 앤지는 위스키를 두 잔 따랐다. 잔에 꽉꽉 눌러

담아서. 그런 다음 한 잔을 아버지의 손에 쥐어 드리고 자신은 난롯가 맞은편 엄마의 의자로 갔다. 그리고 앉아서 아버지를 바라보았다.

아버지는 위스키를 몇 모금 홀짝이더니 마침내 입을 열었다.

"난 네 엄마를 사랑했다." 그러면서 눈을 들어 앤지의 두 눈을 똑바로 쳐다보았다. 앤지는 그 눈 속에 깃든 감정을 보고 가슴에 구멍이 뚫리는 것 같았다. 그 눈빛은 공허와 허무로 가득 차 있었다. 고통과 잃어버린 사랑으로 얼룩져 있었다. 앤지는 마른침을 삼켰다.

"알아요, 아빠. 안다고."

"그날은 네 엄마가 운전대를 잡고 있었어. 토스카나에서. 햇볕이 쨍쨍한 날이었지. 하늘도 화창하고. 모든 것이 완벽했어. 넌 뒷자리에 앉아 있었어……." 아버지의 목소리가 주춤하더니, 잠시 자신을 추스르는 것 같았다. "앤지는 뒷자리에 앉아 있었지."

"앤지요." 앤지가 정정했다. "제가 앤지예요. 제가 앤젤라 팔로리노라고요." 마음속 공허가 더욱 깊어졌다. "아니에요?"

아버지는 불길 쪽으로 눈을 돌렸다. "네 엄마는 조수석에 두었던 선글라스를 집으려고 했다. 햇빛이 비추는 방향으로 차를 달리던 터라 눈이 부셨거든. 하지만 그러다 손을 헛디뎌서 선글라스가 바닥으로 떨어졌고, 그걸 집느라 아래까지 손을 뻗었어……. 도로에서 눈을 돌리고 잠시 한눈을 팔고 만 거다. 그러다 차가 모퉁이에 부딪혔고, 울타리 너머로 튕겨져 나갔다. 결국 가파른 산비탈 아래로 굴러떨어졌지." 아버지의 눈은 불길을 쳐다보고 있었지만 그 눈빛은 과거를 향해 있었다. 마치 그때의 이탈리아로 돌아간 것처럼. 아버지는 다시 위스키를 깊이 들이켰다.

"엄마는 사고로 중상을 입었다만, 우리 가엾은 앤지는…… 아아, 세상에, 앤지야…… 아아…… 내가 이를 어찌 되돌릴 수 있겠니?" 아버지는 다시 앤지와 시선을 맞추었다. "난 이러고 싶지 않았다, 이걸 전부 털어놓고 싶지 않았어. 네게 상처를 주고 싶지 않았단다. *네가 앤지다. 네가 앤지가 된 거야.*"

앤지는 아버지의 말을 곱씹으며, 그 말에 함축된 음울한 의미를 이해해보려 했다. 마음 한구석에서는 당장 두 귀를 틀어막고 돌아서서 지금까지 들은 걸 모두 잊어버리고 싶었다. 하지만 또 한편으로는 아버지더러 모조리 털어놓으라고, 당장 모든 것을 깔끔하고 단호하며 솔직하게 다 말하라고 다그치고 싶었다.

"내가 앤지가 '*되었다*'니, 그게 무슨 뜻이죠?" 앤지는 냉정하게 말했다.

아버지는 고개를 흔들면서 눈썹을 세게 문질렀다.

"아빠, 말해요. 저 신문 기사에는 향년 4세의 앤젤라 팔로리노가 1984년 토스카나에서 발생한 교통사고로 사망했다고 나와 있어요. 엄마랑 아빠는 우리가 1986년에 토스카나에서 교통사고를 겪으면서 내가, 바로 내가 거의 죽을 뻔했다고 했잖아. 그래서 이 흉터가 생겼다고도 했잖아. 그게 내가 네 살 때 있었던 일이라면서." 앤지는 자기 입을 손가락으로 가리켰다. 아버지는 눈을 돌려버렸다.

"날 봐요, 아빠. 이 흉터를 봐." 아버지는 천천히 앤지에게 다시 시선을 돌렸다. "누가 죽은 거죠?"

"우리 첫아기, 우리의 첫아이가 죽었다."

앤지는 입을 멍하니 벌렸지만 말이 나오지 않았다. 자리를 박차고 일어난 앤지는 창가로 걸어가 이쪽을 돌아보았다. 아버지는 벽난로 옆에, 크리스마스트리 옆에 앉아 있었다. 세 사람이 이탈리아에서 돌아온 해에 찍었던 사진 속, 바로 그 크리스마스트리였다.

"난 누구죠?" 앤지는 조용히 말했다.

"난 네 엄마를 사랑했다. 너무도 *사랑했어*. 난…… 틀린 일이 아니었다, 앤지야. 우리가 했던 일은 틀린 게 아니었어. 그냥…… 벌어진 거지."

앤지는 격렬히 동요하는 마음을 안고 벽난로로 돌아와, 다시 아버지를 마주 보고 앉았다. "그냥 다 말해요." 앤지가 말했다. "그냥 시간 순서대로 단순명료하게 말해요. 필요하다면 명확하게 강조 표시도 해요. 난 알아야겠어. 무슨 일이 있었든, 지금까지 난 정말 미쳐버릴 것 같았어. 도대체 내가…… 내가 겪었다고 생각도 못했던 어린 시절의 기억들이 되살아나고 있단 말이야."

아버지는 어깨를 웅크리면서 천천히 고개를 끄덕였다. "내 안식년은 1984년이었다. 교통사고는 그해에 발생했고. 당시 네 살이던 우리 앤지는 교통사고에서 입은 부상으로 인해 병원에서 사망했다. 그로 인해 네 엄마는 정신적으로 굉장한 고통을 겪었지. 심각한 우울증까지 진단받았다. 그러다 환각이 시작되었어. 난 노력했다. 뭐든지 다 시도해봤어. 좋은 치료를 받을 수 있다는 밴쿠버로 이사를 왔지. 나도 사이먼 프레이저 대학에서 교직을 구했고. 하지만 네 엄마를 집에 혼자 놔두기가 점점 더 힘들어졌다. 아예 정신줄을 놓고 있었어. 멍하니, 아무 생각도 하지 않았지. 꼭 네 엄마의 일부가 앤지와 함께 죽어버린 것처럼. 그래서 나는 지푸라기라도 잡으려는 심정으로 같이 성당에 나가기 시작했다. 네 엄마는 잃어버린 아이를 위해 성당에서 기도를 드렸고, 그러면서 조금이나마 다시 살아나기 시작했어. 꼭 아이와의 연결고리를 되찾기라도 한 것처럼. 성당의 신부님도 참으로 복 받으실 분이지, 네 엄마가 다시 성가대 사역까지 나설 수 있게 설득해주셨으니. 엄마는 가톨릭 성가대에 들어가 밴쿠버 시내의 큰 성당에까지 나가서 찬송을 드리고는 했지. 그 왜, 병원 옆에 있는 성당 있잖니." 아버지는 다시 술잔을 들어 남은 술을 마저 마시고는 잠시 침묵을 지키며 앉아 있었다. 꼭 다음에 꺼낼 말을 위해 남은 힘을 전부 끌어모으려는 것처럼.

"그날은 크리스마스이브였다. 이탈리아에서의 사고로부터 2년 후였지."

아버지의 진술을 듣던 앤지는 문득 엄마가 되뇌던 이상한 말을 떠올렸다. '크리스마스이브였지. 그때 다시 돌아왔어. 대성당에서 노래를 부르고 있었는데…… 정말 아름다운 성당이었어. 다 운명 지워졌던 게야…….'

"시내의 대성당 옆 세인트 조셉 병원에는 '천사의 요람'이라는 시설이 있지." 아버지가 말했다. "가톨릭 재단과 병원 직원들 그리고 경찰이 합심해서 운영하는 시설인데, 미혼모들이 겁을 먹고 신생아를 공공 화장실이나 쓰레기통에 버리는 비극을 막으려고 생긴 곳이야. 이 어린 엄마들이 중범죄를 저지르지 않고 신생아들을 안전하게 버릴 수 있는 장소를 설치하자는 아이디어였다. 경찰 측에서도 이런 안전 장소에 아기를 버리는 엄마들에게는 형사상의 책임을 묻지 않겠다고 동의했지. 이런 목적으로 이른바 '요람'이라는 게 설치된 거야……." 아버지는 다시 망설이는 것 같았다.

"괜찮아요, 계속 말씀하세요." 앤지는 조용히 말했다.

아버지는 목을 흠흠, 가다듬더니 깊이 심호흡을 했다. "이 요람은 안에 아기 침대를 설치한 작은 상자처럼 생겼지. 허리 높이쯤에 달린 덮개가 길거리 쪽으로 열려 있는 구조야. 아기 엄마들이 할 일은 그저 비상구 옆에 설치된 이 요람의 덮개를 열고 아기를 안에 둔 다음, 다시 닫기만 하면 돼. 그런 다음에는 아기를 떠나도 상관없지. 몇 분 후에는 병원 안으로 연결된 알람이 울리고, 간호사들은 병원 안쪽으로 뚫려 있는 칸막이 문으로 요람을 열 수 있지. 그렇게 아기를 찾아서 돌보는 시설이란다. 이렇게 구출된 아기는 준비된 절차를 밟아 다른 집으로 입양되는 거야."

'천사들이 다시 데려왔어. 데려와주었어. 거기 있으면 안 되었던 거야. 다시 돌려보냈어…….'

아니야, 그럴 리가 없어.

앤지 자신이 그 요람에 담긴 신생아였을 리가 없다. 가능한 일이 아니다. 타이밍이 완전히 어긋나지 않는가.

아버지는 앤지가 옆 탁자에 놔둔 위스키 병으로 손을 뻗어 자기 술잔을 채웠다. 그리고 잔을 집어 든 채 난로에서 타오르는 불꽃을 바라보았다.

"1986년 크리스마스이브 날 네 엄마가 심야 미사의 성가대에서 찬송을 드리던 중에, 시내에서 갱단 간의 분쟁이 벌어지면서 성당 앞 길거리까지 폭력 사태가 번졌었다. 성당 안까지 총성과 비명, 그리고 타이어 미끄러지는 소리가 들렸지. 그러더니 조용해졌어. 우리가 밖으로 나왔을 때는 상황이 가라앉은 뒤였다. 게다가 하늘에서는 눈까지 오고 있어서 정말 고요한 분위기였어. 하지만 뉴스를 들어보니, 그날 밤 천사의 요람에서 알람이 울렸다고 하더구나. 요람 안에서는 네 살짜리 여자아이가 입에 자상을 입고 상당한 출혈을 보이는 상태로 발견되었다고 했어." 아버지는 잠시 침묵했다. "칼에 베인 자상인 걸 보니, 아무래도 폭력 사태와 관련되었을 거라는 추측이 나왔지."

앤지는 천천히 입가를 어루만졌다.

'우체카이, 우체카이!……. 스카쿠이 도 쉬롯카, 스입코!……. 셰즈 치코!…….'

'도망쳐, 도망쳐! 안으로 들어가!'

"아이는 말을 하지 못했어." 아버지는 말했다. "다들 충격으로 인한 실어증이라고 생각했지. 그러다 나중에는 네가 영어를 이해하기나 하는지……."

"그게 나?"

아버지의 눈가에서 감정이 일렁였다. "길고 빨간 머리. 그리고 신발은 신고 있지 않았지. *겨울이었는데도* 넌 신발을 신고 있지 않았어……. 그저 작은 분홍 드레스 차림이었을 뿐. 아마 파티용 드레스가 아닐까 싶었지만, 다 낡고 해진 데다 피로 얼룩져 있었지." 아버지는 다시 술을 들이켰다. 꼭 앤지에게도 점점 받아들이기 벅찬 이야기를 술로 억눌러보려는 것처럼.

"그 소식이 신문에 실려서 자세한 내용이 알려졌지. 그런 뒤에 경찰도 네 주변인을 전혀 찾아내지 못한 까닭에 너도 입양 절차를 밟게 되었단다."

앤지는 눈을 깜빡였다. 솔직히 이 이야기를 완전히 이해할 수가 없었다. 아버지의 고백은 지금껏 비어 있던 틈에 맞아 들어가는 퍼즐 조각들처럼, 지금껏 숨겨져 있던 진실 전체를 불편할 정도로 온전히 드러내는 것 같았다. 하지만 그러면서도 도무지 알아먹을 수가 없었다.

"그때의 일은 아직도 미스터리야, 앤지. 그대로 미제 사건으로 묻혀버렸지. 하지만 신문에 난 네 사진은, 나와 네 엄마의 눈에 잃어버린 네 살의 앤지를 꼭 닮아 있었단다. 빨간색 머리며, 살아 있었다면 딱 동갑이었을 나이며. 섬뜩할 정도로 들어맞는 우연이었지. 네 엄마가 성가를 부르고 있던 성당 바로 바깥에서 개가, 아니 네가 발견되다니. 그것도 하필이면 너와의 연결고리를 되찾았다고 여기던 그 성당에서……."

"앤지와의 연결고리겠죠." 앤지가 말했다. "내가 아니라."

"엄마는 네가 *바로* 앤지라고 생각했단다. 크리스마스 전야에 다시 이승으로 돌아오다니, 그것도 마치 말구유의 아기처럼. 네 엄마는 이걸 계시로 여겼어. 그것도 아주 강력한 계시. 천사들이 너를 다시 돌려보낸 것이라고 믿었단다. 그래서 우리는 온 힘을 다해서 너를 데려와 입양했단다. 네가 마땅히 있어야 할 곳, 바로 우리 집으로 데려왔지."

"미쳤어…… 그건 미친 짓이에요."

아버지는 다시 술잔을 내려다보았다. "그래, 네 엄마가 정신적으로 문제가 있기는 하지. 나도 인정하마. 그렇지만…… 나 역시 그때 네가 지금 주변에서 무슨 일이 벌어지는지 온전히 이해할 수 있으리라고는 생각지 않았다. 그보다는 네가 우리의 아이라고, 그리고 정말로 집에 돌아온 것이라고 믿을 거라 생각했지. 네 엄마 역시 위탁 부모 인정 절차를 밟으면서 자신이 아이를 입양할 만한 어머니라고 스스로를 *증명해야 했지*. 너를 입양하고 싶다는 절박한 의지하나로 엄마는 자기 상태를 극도로 억눌렀어. 다시 정상인처럼 보이려고 노력했고, 우울증 증상은 전부 과거 사건에 대한 PTSD이자 순수한 슬픔인 것처럼 위장했지. 그렇게 우리는 너를 잠시간 맡아 길렀고, 마침내 정식 입양 부모로 선정이……."

"왜냐면 아무도 나를 데려가고 싶어 하지 않아서였겠지." 앤지가 끼어들었다. "네 살짜리는 딱히 입양이 쉬운 나이가 아니니까. 게다가 아무리 잘 쳐줘도 과거도 미심쩍은 데다 실어증에다 기억상실증까지 보이는데 무슨 매력이 있었겠어. 두 분이 아주 복 받으셨네."

아버지는 앤지의 비아냥거림을 그냥 무시했다. "마침내 널 집으로 데려오니 네 엄마는 다시 밝은 사람으로 변하기 시작했단다. 삶의 목적이 생긴 거지. 사랑과 웃음과 원기를 되찾았어. 나의 미리엄이 다시 *살아났단다*, 앤지. 네가 네 엄마를 *아빠*에게 다시 돌려주었어. 그리고 난…… 난 네가 과연 미리엄을 향한 이런 사랑을 이해할 수나 있을지 모르겠지만, 네 엄마는…… 엄마는 내 모든 것이란다. 내 세상 그 자체야. 그런 엄마가 정상으로 돌아온 모습을 보는건……." 아버지는 갈라지는 목소리를 다시 가다듬었다. "난 그냥 내버려두었다. 그냥 그렇게 믿도록 두었어."

"날 앤지라고 불렀어?" 앤지는 역겨움에 찬 목소리로 말했다. "죽은 애랑 똑같은 이름을 줬다고? 사람이 어떻게 그럴 수 있어요?"

"나쁠 게 없어 보였거든." 아버지가 갑자기 작아진 목소리로 말했다. "엄마는 더 나아졌지. 너도 마찬가지였다. 말하는 법을 배우고, 노래하는 법을 배우고. 다시 웃기 시작하고. 난……."

"버려진 애를 데려다가 죽은 애의 인생을 살게 만들었는데? 그게 어떻게 *괜찮을* 수가 있어? 그게 어떻게 나쁠 게 없을 수가 있어?"

"*정말로 나쁠 게 아무것도 없었단다.* 넌 정말로 잘 자라주기 시작했으니까. 우리는 가족이 되었다. 1987년 크리스마스 직전에는 시내를 떠나서 섬으로, 이 빅토리아로 이사를 왔지. 넌 그저 우리의 앤지일 뿐이었어."

"그런 식으로 나한테 설명했어요? 내가 사진 앨범 속의 그 꼬마라고? 그런데 이탈리아에서 자라던 아이 사진들이…… 다 내가 아니었던 거야? 진짜 앤지가 죽은 다음 장부터는 내 사진을 끼워 넣기 시작했고?"

대답은 없었다.

"그러면 친부모가 아니란 사실을 말해줄 생각은 전혀 없었어요?"

아버지는 자기 무릎을 문질렀다. "언젠가 더 크면 말해줄 날이 올 거라 생각했단다. 아니면 뭔가 의료적인 문제 때문에 밝혀지겠다 싶었지. 하지만…… 결국 그런 일은 없었구나. 넌 정말로 우리 앤지가 되어주었는데, 그런 끔찍한 소식으로 네게 상처를 줄 필요가 있겠니? 네 진짜 과거를 말해줄 필요가 있겠니? 어차피 그건 아무도 모르지 않느냐. 그 사건에 대한 모든 단서는 이미 사라진 지 오래야. 심지어 부모 DNA 검사를 해볼 대상자도 없어. 굳이 내버려두지 않을 이유가 있었겠니?"

"왜냐면 그건 사실이 아니니까." 앤지는 자리를 다시 박차고 일어나 머리를 신경질적으로 헝클어뜨렸다. 자신이 알던 세상이 그 뿌리부터 흔들리고 있었다. 자신이 사실이라고 믿었던 모든 것이 갑자기 거짓으로 드러났다. 지금까지 살아온 모든 인생을 이제 다른 시선으로 다시 검증해봐야 할 때였다. 거울 속에 비치던 자신은 사실 완전히 다른 사람이었던 것이다. 자아 정체성까지 완전히 갈아 엎어야 할 판이었다. 도망치고 싶었다. 여기서 빠져나가고 싶었다. 자신의 몸으로부터 뛰쳐나와 코가 비뚤어지게 퍼마시고 클럽에서 생각 없이 떡이나 치고 싶었다.

"그러니까 내 진짜 부모님, 생물학적 부모님이 어딘가에 있다는 거네." 그건 질문이 아니었다. 그냥 생각을 정리하려 입 밖으로 내놓은 혼잣말일 뿐. "돌아가셨을 수도 있고 살아 계실 수도 있잖아." 앤지는 잠시 말을 끊고 아버지를 쳐다보았다. 마음속에서 분노가 스멀스멀 올라왔지만, 이내 연민과 동정으로 인해 막히고 말았다. 아버지도 이제는 혼자였으니까. 오늘 밤, 두 사람은 서로 가족이었던 과거를 완전히 박살 내고 말았으니까. 이제는 다 끝이었다. 돌이킬 수 없었다.

"내 출신이 어디일지 *짚이는* 곳은 없어요? 감은 잡힐 거 아녜요. 우리 엄마가 폴란드인이었다던가? 내가 다시 말문이 트이면서 폴란드어를 했던 적은 없어요?"

아버지는 고개를 흔들었다. "아니, 그냥 영어뿐이었다. 넌 요람에서 발견되었던 크리스마스이브 날 이전의 모든 기억을 잃어버린 것 같았어. 아무도 모른단다, 앤지야. 지역 경찰도, 인터폴도, 관련된 기관도 전혀 알지 못해. 모두가 다양한 방면으로 조사를 진행해보았지만, 널 데려가겠다거나 DNA 검사를 받겠다고 나타나거나 발견된 주변인은 아무도 없었어. 넌 그냥 거기 있었다, 앤지. 천사의 요람에서. 우리를 기다리고 있었지."

갑자기 앤지의 뇌리를 스치는 것이 있었다. "한 가지만 더 말해줘요. 성당은 왜 그만 나가게 된 거예요?"

"크리스마스 직전 어느 일요일 미사 날, 네 엄마는 네가 성당의 종소리를 듣고 얼굴에 떠올린 표정을 보았단다. 그러고는…… 아무래도 그 성당이 네 기억을 떠올리게 만들지도 모른다고 우려했던 것 같아. 이후로는 성당에 나가지 않게 되었지."

62장

메리는 자신이 사는 작은 아파트의 문을 열고는 멈칫했다. 공기가 달라져 있었다. 누군가 침입했던 게 분명했다. 메리는 현관과 거실의 불을 켰다. 어디선가 불어오는 바람에 커튼 자락이 나풀거리고 있었다.

재빨리 창가로 다가가 커튼을 걷어보니 창문이 슬쩍 열린 채 차가운 밤공기가 들어오고 있었다. 메리의 가슴이 덜컹 내려앉았다. 창문을 열어두고 나간 적이 없었는데. 메리는 창문을 쾅 닫았다. 머리가 어지러웠다. 주변을 샅샅이 뒤지며 귀를 기울여보았다.

딱히 수상한 소리는 들리지 않았다. 쿵쿵거리는 고막의 맥박 소리와 자신의 헐떡거리는 숨소리만 제외한다면. 메리는 거실 건너 현관문으로 눈을 돌렸다. 갑자기 모든 게 확 커진 느낌이었다. 어쩌면 당장이라도 도망쳐야 할지도 모를 일이었다. 누군가 화장실이나 침실에 숨어 있을지도 모르니⋯⋯.

메리는 잔뜩 신경이 곤두선 상태로 움직였다. 발밑의 마룻바닥이 끼익, 하는 소리를 냈다. 순간 메리는 얼어붙었다. 하지만 아무것도 아니었다. 그때 메리의 눈에 뭔가 들어왔다.

부엌 싱크대에 붙은 작은 식탁 위에 작은 비닐봉지가 놓여 있었다. 새하얀 마약과 유리 파이프 그리고 라이터가 든 채.

메리는 침을 꿀꺽 삼키고는 침실로 통하는 문을 쏘아보았다. 그대로 제자리에 멈춰 서서 귀를 기울였다. 아무 소리도 나지 않는다는 확신이 들자, 메리는 조심스레 거실을 가로질러 침실 문을 살짝 열어보았다. 아무것도 없었다. 침실의 화장실, 샤워 커튼 뒤, 옷장, 침대 밑까지 샅샅이 뒤져보았다. 그런 후 다시 식탁으로 돌아온 메리는 비닐봉지를 꼼꼼히 살펴보았다. 봉지 밑에 하얀 봉투가 깔려 있었다. 봉투를 확인하려면 봉지를 건드릴 수밖에 없는 구조였다. 메리는 봉투를 집어 열었다.

안에는 두 장의 저화질 사진이 들어 있었다. 둘 다 밤에 찍힌 듯했다. 하나는 업랜드 선착장의 항구를 따라 달리는 자신의 폭스바겐 비틀 사진이었다. 다른 한 장은 털모자와 다운재킷 차림으로 쏘렌토와 트럭 사이에 쪼그려 앉아 있는 메리 자신의 사진이었다. 메리가 들고 있던 커다란 망원 렌즈는 이 사진을 찍은 사람이 누구든 이쪽을 똑바로 가리키고 있었다. 메리는 사진을 뒤집어보았다.

'넌 죽었어'

온몸이 벌벌 떨리기 시작했다. 메리는 자기 앞에 놓인 봉지를 바라보았다. 오랫동안 억눌러왔던 날카로운 갈망이 고개를 들었다. 마치 오랜 겨울잠에서 깨어난 용처럼. 공황이 올가미처럼 목구멍을 조여왔다. 메리는 서둘러 자기 백팩을 놔두었던 문으로 돌아가 옆 주머니를 더듬더듬 열고 앤지 팔로리노의 명함을 꺼냈다. 그리고 거기 적힌 번호로 전화를 걸었다.

잠시 신호음이 가던 전화는 이내 음성 사서함으로 넘어가버렸다. 메리는 전화를 끊고 서성거리다 멈춰 서서 식탁 위의 마약을 바라보았다. *안 돼, 안 돼, 안 된다고.* 메리는 떨리는 손가락으로 다시 형사가 준 전화번호를 눌렀다. 하지만 이번에도 보이스 메일로 넘어가버렸다.

63장

자정이 가까운 야심한 시각, 매덕스는 서쪽 항 선착장의 주차장에
차를 대고 거센 비바람을 헤치며 선착장의 정문으로 향했다. '나는
돼지' 술집에서 홀거슨을 비롯한 팀원들과 함께 진탕 들이켠 맥주
는 아직도 혈관 속을 흐르고 있는 코르티솔의 효과를 찍어눌러주었
다. 정신없는 이틀이었다. 게다가 앤지에 대한 걱정은 아직도 남아
있었다. 거기다 앤지에 대한 갈망, 앤지에 대한 불안까지. 앤지는 말
그대로 매덕스의 머릿속을 잠식하고 있었다. 방금 전에도 집에 오
면서 홀거슨이 알려준 앤지의 원룸 주소 근처에 들러 한번 확인해
보고 오는 길이었다. 앤지의 집에는 불도 켜져 있지 않았지만.

하지만 선착장의 정문 앞으로 간 매덕스가 비밀번호를 누르기도
전에, 갑자기 왼편의 어둠 속에서 누군가 걸어 나왔다. 매덕스는 잽
싸게 몸을 틀면서 권총 근처로 손을 가져갔다. 하지만 그늘에서 모
습을 드러낸 사람의 정체를 아는 순간 얼이 빠져버렸다.

"앤지?"

앤지는 아무 말도 하지 않았다. 빗물로 흠뻑 젖은 코트에서 윤기

가 흘렀다. 검정색 야구 모자 아래의 얼굴은 어둠 속에서 유령처럼 창백하게 빛났다. 눈빛도 이상해 보였다. 더 크고, 더 검고, 더 깊어 보였다. 꼭 마스카라가 온통 번진 것처럼. 매덕스의 마음속에서 걱정이 피어올랐다. 그 걱정의 이면에는 앤지가 또 그 클럽에 갔나 보다, 싶은 참담한 심정도 있었지만.

"이 시간에 여기서 뭐 해? 괜찮아?"

앤지는 대답도 없이 매덕스에게 바짝 다가서서 얼음장 같은 손을 매덕스의 목덜미로 뻗더니, 그 머리카락을 거칠게 훑었다. 그러면서 매덕스의 눈을 깊숙이 들여다보았다.

매덕스는 마른침을 삼키고는 속삭였다. "여기서 얼마나 오래 기다린 거야, 앤지?"

앤지는 여전히 아무 말 없이 매덕스의 머리를 끌어당겨 빗물로 촉촉하고 차가워진 입술을 겹쳤다. 그렇게 몸을 기대오면서 부드럽고 꼼꼼하게 숨 막힐 듯 입술을 비벼오니 매덕스도 완전히 정신이 멍해져버렸다. 앤지의 손이 자기 코트 안으로 들어와 복근을 어루만지자 매덕스의 호흡은 점점 거칠어지기 시작했다. 그 손이 그대로 내려가 불룩한 사타구니를 쓰다듬었다. 매덕스는 가슴에서 올라오는 신음을 내뱉으며 앤지에게 키스를 그대로 돌려주었다. 그러면서 입을 더 넓게 벌리고 구석구석을 음미했다. 두 사람의 혀가 서로 엉겼다. 앤지는 바지 속에서 점점 팽창하는 매덕스의 물건을 어루만졌다. 하지만 앤지가 이처럼 자신의 눈앞부터 머릿속까지 온통 멍하게 만드는 와중에도, 매덕스의 의식 한구석에서는 이게 잘못되었다는 경고를 보내고 있었다. 이건 뭔가 다른 욕구에서 우러나오는 것이었다. 지금껏 앤지가 보여주었던 후끈한 날것의 성욕이 아니었다. 매덕스는 일단 입술부터 떼고 숨을 헐떡거렸다.

"앤지?" 매덕스가 속삭였다. "내가 전화했을 때 받지도 않았잖아. 무슨 일 있었어?"

"날 안으로 들여보내줄 테야, 제임스 매덕스?" 앤지의 목소리는 낮고 허스키했다. 매덕스는 잠시 망설이다가 앤지의 손을 잡고 선착장의 문을 연 다음, 물결이 넘실거리고 있는 선창으로 함께 내려갔다. 심장은 이미 기대와 욕망, 공포 그리고 갈등으로 쿵쿵거리고 있었다…….

'또, 다음 몇 주간 팔로리노 형사의 업무 수행 능력에 대한 공식 평가를 요청하고 싶네, 어차피 자네 아래서 계속 일하게 되었으니 말이야. 바로 여기, 내 사무실에서 격주로 브리핑을 갖도록 하지. 팔로리노 형사는 분명 업무 수행에서 문제를 보여주고 있고, 개중에는 최근 자신의 선임 파트너의 죽음을 야기한 사건도 포함되어 있어. 해시 해쇼스키 경사는 최장기 근속 연수와 높은 신임을 갖추고 주위에서 두루 호감을 사던 형사였어. 나 개인적으로도 친구나 마찬가지였고.'

"뭐라도 마실래?" 매덕스는 승강구를 지나 자신의 요트로 들어가면서 말했다.

앤지는 고개를 젓고는 매덕스의 어깨에서 코트를 벗겨내 바닥으로 떨어뜨렸다. 그러고는 양손을 잡은 채 뒤쪽에 있는 침실로 이끌었다. 매덕스의 입이 바짝바짝 말랐다. 혹시라도 앤지가 그때 그날 밤의 클럽에서처럼 자신을 침대로 밀어 눕히고는, 옷의 단추와 지퍼를 죄다 뜯으며 거칠게 옷을 벗기고 자기 위에 올라타 냅다 덮치지는 않을까 싶어서.

그 대신 앤지는 매덕스를 정갈한 복장 그대로 침대 위에 앉혀 놓은 뒤 조명 아래서 천천히, 그리고 조용히 옷을 벗기 시작했다. 마치 아무것도 숨기기 싫다는 것처럼, 더 이상 장난질도 치기 싫다는 것처럼. 그렇게 앤지는 발가벗은 채 매덕스의 앞에 섰다. 창백한 가슴의 첨단에는 유두가 도톰하게 솟아 있었고, 허벅지 사이의 음모는 양 어깨로 치렁치렁 흘러내린 검붉은 머리카락과 똑같은 색깔이었다. 그런 앤지에게서는 뭔가 예리하면서도 연약한 분위기가 풍겼다. 마치 완벽한 유리조각 같다고, 함부로 손을 댔다가는 이내 부서져버릴 것 같은 완벽성이라고 매덕스는 생각했다. 심장이 쿵쿵 뛰는 소리가 귓속까지 울릴 정도였다. 사타구니가 절로 단단해지는 느낌이 올라왔다. 매덕스는 머뭇머뭇 망설이면서 양손을 뻗어 앤지의 둔부에 얹으려 했지만, 상대는 그 손길을 피해버렸다. 대신 앤지는 이제 매덕스의 옷을 벗기기 시작했다. 고통스러울 정도로, 우아할 정도로 느릿하게.

두 사람 모두 나신이 되자, 앤지는 매덕스의 옆에 누워 자신의 위로 상대를 끌어당겼다. 앤지의 눈 속 창백한 흰자위는 한껏 확장된 검정 눈동자에 거의 잠식되면서 커다랗고 새까만 눈이 되어버렸다. 뭔가에 씐 듯, 아니면 뭔가 충격이라도 받은 듯.

"앤지." 매덕스가 다시 말했다. 어떻게든 집중하려고, 앤지가 골반을 비틀어 자기 아래서 각도를 맞춘 채 한껏 발기한 물건을 양손으로 쥐고 안쪽으로 이끄는 것을 느끼면서. 그러면서도 어떻게든 마음속 난폭한 욕망을 억누르려 애쓰면서. "대체…… 무슨 일이 있었던 거야?"

앤지의 눈가가 빛을 머금기 시작했다. 앤지는 고개를 조용히 저었다. 꼭 '*지금은 아냐*'라고 말하는 것처럼. 그러면서 천천히 허벅지를 벌리고 등골을 휘었다. 지금 자신은 매덕스를 갈망하고 있다고, 어서 빨리 들어와달라고 요청하는 것처럼. 호흡은 가빠졌고, 피부는 따뜻했다.

매덕스는 허리를 밀어 따스하고 촉촉한 앤지의 안으로 들어갔다. 앤지의 입에서 만족한 듯이 가벼운 한숨이 흘러나왔다. 매덕스가 천천히, 처음에는 망설이듯이 움직이기 시작하자 앤지 역시 그 진퇴에 맞추어 부드럽게, 그러면서도 확실하게 엉덩이로 보조를 맞춰주었다. 그렇게 두 사람의 움직임은 점점 물결에 따라 흔들리는 요트의 움직임과 일치하기 시작했다. 매덕스의 내면에서는 점점 본능적인 욕망이 커지기 시작했다. 앤지의 몸이 점점 뜨거워지면서 갈망도 커져가는 것을 느끼며 점점 빠르게 움직이기 시작했다. 그렇게 매덕스의 몸짓은 더 강렬하고 빨라졌다. 앤지는 양다리로 매덕스의 허리를 휘감고 발목으로 단단히 걸어 잠근 채, 양팔로도 매덕스를 꽉 끌어안았다. 더 이상 깊숙이 들어갈 수 없을 때까지. 매덕스를 완전히 제 몸으로 받아들이고 말겠다는 듯이.

그러다 갑작스레 헉, 숨을 들이켜고는 온몸이 뻣뻣해졌다. 앤지의 손톱이 매덕스의 등을 파고들었다. 숨도 쉬지 못하고, 움직이지도 못한 채 매덕스의 품에 안겨들었다. 그러다 탄성이 터져 나왔다. 매덕스는 상대의 온몸이 뻣뻣이 경직되는 것을 느꼈다. 앤지는 세상이 부서질 것만 같은 쾌감이 계속 밀려오는 것을 느끼며 고개를 뒤로 젖혔다. 입이 절로 벌어지고 눈도 번쩍 뜨였다. 매덕스 역시 더 이상은 한계였다. 마지막으로 뿌리까지 강하게 찔러 넣은 매덕스 역시 앤지의 안에 물결치듯 강렬하게 사정하면서 상대에게 무너져 내렸다.

그렇게 두 사람은 가만히 누워 있었다. 서로를 끌어안은 채 가쁜 숨을 몰아쉬며 서로 살갗을 비비면서. 그러다 매덕스는 자신의 목에서 뭔가 축축한 것, 앤지의 눈물이 와닿는 느낌을 받고는 눈길을 돌려 앤지의 얼굴을 바라보았다. 앤지는 울고 있었다. 콧등과 양 뺨이 발갛게 달아오른 채.

"앤지?"

앤지는 그저 고개를 젓고는 매덕스의 턱을 감싸 쥐었다. "정말 좋았어." 그렇게 속삭이고는 매덕스의 입을 끌어당겨 다시 한 번 입을 맞췄다. 눈물 섞인 입맞춤에서 짭짤한 맛이 났다. "너무 좋았어. 고마워." 앤지는 매덕스의 입에 대고 다시 한 번 속삭였다. "고마워."

64장

앤지는 클럽에서 처음 만났을 때부터 그렇게 매력적일 수가 없었던 새카만 암청색 눈동자를 올려다보았다. 마음속 어딘가의 목소리가 앤지에게 속삭였다.

'이 남자라면 사랑하는 법을 가르쳐줄지도 몰라……'

매덕스는 앤지에게서 빠져나와 팔꿈치를 받치고 옆으로 눕더니, 앤지를 꼼꼼히 쳐다보기 시작했다. 코를 덮고 있던 붕대는 없어졌지만 아직 부기는 선명하게 남아 있었다. 앤지가 남긴 멍 자국도 마찬가지였다. 앤지의 가슴이 미어졌다.

'이 남자라면……'

하지만 동시에 앤지는 자신이 준비되어 있지 않다는 사실도 알고 있었다. 아직은 아니었다. 우선은 자기 자신부터 찾아내야 했다. 진정 자신이 누군지 알아내야 했다. 경찰들은 앤지와 관련된 사건을 지금껏 미결 사건으로 묻어놓았을지 몰라도, 앤지만큼은 다시 열어볼 의지가 충만했다.

'매덕스의 품속에서는 한껏 순종적이고 나약한 모습을 보일 수

있었어. 덕분에 좋았잖아. 두렵지도 않았어. 이런 선물이 또 어디 있
겠어……. 넌 새로운 사람이 될 수 있어.'

"이제 말해봐, 앤지." 매덕스가 앤지의 입술을, 입가를 가로지르
는 흉터를 만지작거리며 속삭였다. "대체 어디서 뭘 하고 있었나,
그리고 대체 무슨 일이 있었는지 전부."

"수사는 좀 어때?" 앤지는 질문으로 맞받았다. 무슨 일이 있었는
지 전부 털어놓을 때가 되자 갑자기 불안해졌다. 꼭 정말로 현실이
될 것만 같아서. "이렇게 떨어져 있으려니까 뭐라도 좀 알고 싶어서
죽을 것 같았어. 언론에서는 한마디도 안 하더라."

"간 보는 중이야." 매덕스의 손은 이제 앤지의 가슴으로 움직여
유두를 쓰다듬었다. 젖꼭지는 당장 빳빳이 긴장하면서 찌릿한 자극
을 흘려보냈다. 앤지는 살짝 몸을 떨었다. 매덕스는 담요를 끌어 올
려 두 사람을 전부 덮었다. "그리고 당신도 지금 나랑 간 보는 중이
고. 무슨 일이 있었어? 바뀐 거라도 있어?"

앤지는 심호흡을 하고는 마침내 털어놓았다. "누굴 좀 만나러 갔
었어. 비공식적인 만남이었는데. 알렉스 스트라우스 박사님이라고
계셔. 내가 원래 법 집행으로 전과하기 전에는 심리학 전공이었거
든. 알렉스 박사님은 내 지도교수님이셨고. 그 이후로도 친구처럼
지내고 있어."

앤지는 알렉스와 있었던 일을, 그리고 아버지와 있었던 일을 매
덕스에게 전부 설명했다.

매덕스는 앤지의 머리카락을 부드럽게 매만지면서 이야기를 듣고만 있었다. 그러면서도 눈빛은 점점 강렬해졌다.

"그러니까 만약 미리엄 팔로리노 씨가 내 생물학적 어머니가 아니라면, 난 조현병을 가족력으로 물려받았을 가능성도 없는 거야. 그건 분명 중요한 사실인 거고. 알렉스 교수님 말로는 최면 요법을 추가로 시행해보면서 기억을 더 되살릴 수 있을지 알아보자고 하시더라고."

"그래서 지금 기분은 어때?"

순간 강렬한 감정의 물결이 온몸을 휩쓸어, 앤지는 잠시 동안 뜸을 들이며 스스로를 추슬러야 했다. 그런 다음 고개를 돌려 잭 오를 내려다보았다. 녀석은 바닥에 깔아둔 양가죽 잠자리 위에 몸을 동그랗게 만 채 누워 있었다. 그런 개의 모습을 보니 마음속이 절로 따스해졌다. "결심이 섰달까." 앤지는 부드럽게 말했다. "내 친부모를 찾겠어. 내가 어디서 왔는지, 난 정말로 누구인지, 내게 무슨 일이 생긴 것인지, 어쩌다가 '천사의 요람'에 들어간 아기가 되었는지 알아내고야 말 거야. 그리고 어쩌다 폴란드어까지 알게 되었는지도." 앤지는 다시 고개를 돌려 매덕스를 바라보았다. "아무래도 내 친모는, 아니면 우리 둘 다 뭔가 끔찍한 일을 당하고 있지 않았나 싶어. 그래서 내가 어린 시절의 모든 기억을 억누르고 지워버렸을지도 몰라."

매덕스의 표정에 걱정이 스쳤다. 순간 앤지는 불길한 예감이 들었다. 자신은 익사한 소녀들의 수사로 복귀하고 싶은데, 당장 매덕스가 그 문고리를 잡고 있지 않은가. 이제 자신은 괜찮을 거라는 점을 상대에게 설득시켜야 했다.

"이제 수사 얘기 좀 해봐." 앤지는 애써 화제를 돌려보려 애쓰면서 말했다. "나 병가 내니까 레오랑 홀거슨이 뭐라고 하든? 당신 코를 보고서는 뭐래?"

"그 얘기는 아침에 하자."

불길한 예감이 한층 더 깊어졌다. 매덕스의 눈빛에서는 분명히 뭔가를 자신에게 숨기고 있다는 게 느껴졌다. "왜?"

"지금 *시간* 좀 봐, 앤지. 좀 자고 얘기해."

"당장 내일부터 복귀하고 싶단 말이야, 매덕스. 그래야만 하고. 벌써 이틀이나 쉬었어. 더 이상 쉬었다가는 더 심각한 이야기들이 나올 거야."

"정신 감정은 어쩌려고?" 매덕스가 조용히 말했다.

앤지는 배 속이 조여오는 것 같았다. "받으면 되잖아. 당장 예약 잡을게. 난 이제 괜찮을 거야."

"그러다 또 과거의 회상이 덮쳐오면?"

"안 그래. 그건…… 그건 내가 지금껏 살면서 억눌러왔던 기억 같은 거야. 꼭 잔잔한 의식의 지표 아래서 뜨겁게 끓고 있던 용암 같은 거랄까. 그걸 계속 숨기려고 억누르고 있었는데 이번에 한꺼번에 폭발하면서 겉으로 드러나게 된 거지. 끓고 있던 용암이 겉으로 나온 만큼, 이제 압력도 없어진 셈이고."

매덕스는 그저 무거운 침묵만 지키며 앤지를 바라보고 있을 뿐이었다.

"매덕스." 앤지는 조용히 말했다. "괜찮을 거라니까. 날 믿어줘."

"일단 내일 더 자세히 얘기하자." 매덕스는 앤지에게 부드럽게 입맞춰주고는 조명을 껐다.

결국 앤지는 발가벗은 몸으로 매덕스의 따스한 품 안에 웅크렸다. 하지만 마악 잠에 들려던 찰나, 천천히 흔들리는 보트 어딘가에서, 잭 오의 코고는 소리와 오래된 히터의 온도 감지 장치에서 나오는 투박한 기계음을 뚫고 희미한 동요가 들려왔다. 그 소리는 점점 커지면서 뚜렷해져만 갔다······.

'작은 고양이가 두 마리······ 작은 고양이가 두 마리······ 아가들은 모두, 나쁜 아가들도 전부, 이미 잠에 들었단다, 너만 깨어 있단다······.'

그 노랫소리를 들은 앤지의 마음에서 깊고 모호한 공포가 피어오르기 시작하면서, 차디찬 허무가 머릿속으로 찾아들었다. 앤지는 과연 자신이 정말로 괜찮을 것인지 스스로도 확신할 수 없게 되었다.

65장

12월 17일 일요일

앤지는 어제 입었던 옷차림으로 요트의 주방에 들어갔다. 머리는 이미 꽁지머리로 묶어서 깔끔히 정리한 상태였다. 따뜻한 샤워 생각도 간절했지만, 지금 당장은 매덕스와의 대화가 더 신경 쓰였다.

매덕스는 이미 작은 주방의 탁자 위에 2인분의 식사를 차리는 중이었다. 지금은 앤지 쪽을 등진 채 오믈렛 하나를 뒤집고 있었다. 포트에는 이미 김이 물씬 올라오는 커피가 내려져 있었다. 잭 오도 발밑에서 자기 밥그릇에 부어준 개 비스킷을 씹어 먹고 있었다.

"안녕." 앤지가 말했다.

"좋은 아침. 잠은 잘 잤어?" 매덕스가 몸을 돌려서는 프라이팬을 든 채 식탁으로 가서 오믈렛을 접시 두 개에 살살 덜었다. 눈길은 아래로 향한 채 온통 음식과 식기에 쏠려 있었다. 앤지는 곧장 불안감을 느꼈다. 매덕스는 분명 자신의 시선을 피하고 있었다.

"응, 잘 잤어." 거짓말이었다. 어젯밤에는 알렉스가 보여주었던 과거 속에서 뜬눈으로 헤매는 악몽을 꿨으니까.

"아침 다 차렸어." 매덕스가 탁자 한쪽으로 의자를 하나 더 가져오면서 말했다. 그러면서 마침내 앤지를 똑바로 바라보고 씩 웃었다. "아빠가 항상 하시던 말씀이 있지. 와서 좀 앉아라. 식기 전에 먹어."

앤지는 제자리에 서서 상대방의 얼굴을 바라보고 있었다. 매덕스의 눈에는 웃음기가 전혀 없었다. 청바지와 멋진 셔츠 차림에 넥타이는 매고 있지 않았다. 출근 복장은 맞는 것 같지만 보다 캐주얼한 스타일이었다. 그제야 앤지는 오늘이 일요일이라는 사실을 깨달았다.

"매덕스."

"와서 좀 앉아." 매덕스가 커피를 두 잔 따르면서 말했다. 그러고는 잠시 멈칫하는 것 같더니 다시 이쪽을 쳐다보며 말했다. "오늘 아침 컨디션 괜찮은 거야?"

"그럭저럭. 당신은?"

매덕스의 손이 멎었다. 미소를 띤 표정도 진지해졌다.

"우리 얘기 좀 해." 앤지가 조용히 말했다.

"그래. 밥 먹으면서 하자고." 매덕스는 슬쩍 손목시계를 쳐다본 다음 나이프와 포크로 손을 뻗었다.

앤지는 천천히 매덕스를 마주 보고 앉았다. "지금 출근하는 거지." 앤지가 말했다. "자꾸 시간을 보고 있잖아. 수사에 무슨 일이 있는 거지? 그런데 지금 뭔가 마음의 준비를 하고 있네." 앤지는 뒤처진 기분이었다. 두 사람 사이에 커다란 틈이 입을 쩍 벌리고 있었다.

거북한 거리감이 느껴졌다.

"응." 매덕스는 자기 잔을 들어 커피를 한 모금 마신 다음, 오믈렛을 한입 크기로 썰어 입으로 옮겼다. "제이든 노턴 웰즈가 어제 자발적으로 DNA 샘플을 제출했어. 수니 박사님 말로는 오늘 아침에 DNA 프로필을 확인할 수 있을 거라고 하더군."

앤지는 상대를 멍하니 쳐다보았다. "*뭐?*"

"일단 먹으래도." 매덕스가 앤지의 몫을 턱짓으로 가리켰다.

"내가 왜? 나도 지금 서둘러야 돼? 나도 당신이랑 같이 가는 거야, *매덕스?*"

매덕스는 천천히, 그리고 조심스럽게 나이프와 포크를 내려놓았다. 그리고 앤지의 두 눈을 마주 보았다. 눈썹과 입가에는 주름이 뚜렷이 나타나 있었다. 그렇게 굳은 표정에서는 매덕스가 겪고 있는 내적 갈등이 분명하게 드러났다.

"당신, 자꾸 날 피하고 있잖아. 우리한테 중요한 문제를 자꾸 없는 것처럼 치부하려고 하잖아. 그게 무섭단 말이야. 나 당신이 이러는 거 본 적 없어. 당신이라면 일단 맨땅에 헤딩부터 하면서 할 말은 하는 사람이라고 생각했는데. 우린 분명 할 말이 있는데."

"앤지, 미안해. 내가……." 매덕스는 깊게 심호흡을 했다. 바깥에서 부는 바람이 보트를 한번 흔들었다. "나도 이걸 어떻게 해야 할지 모르겠는 건 마찬가지야." 매덕스는 마침내 입을 열었다. "한 번도 이런 적이 없었거든. 나도…… 나도 당신이랑 같이 가고 싶어, 그리고 난…….”

“나랑 뭘 어째야 할지 고민된단 소리야? 당신은 내 무기를 싹 다 압수했어. 당신은 내 정신 상태에 대해 알아. 그 정보는 분명 상부에 *보고해야* 할 만한 건이야. 우리는 같이 잤어. 파트너인데. 그리고 난 예전에도 파트너를 하나 해먹은 전과가 있는 년이야, 안 그래? 본서에서 다들 그러디? 코 다친 거 *핑계*는 어떻게 댔어? 내 얘기 팔았니? 레오랑 홀거슨이랑 다른 놈팡이들은 내가 안 나타나니까 뭐라고 하든? 드디어 건수 하나 생겨서 좋다고 물어뜯었어?” 목소리가 메어왔다. 눈시울이 화끈했다. 의식에 균열이 생기면서 밖으로 드러났다는 이 ‘용암’은 앤지에게 *감정*을 돌려주었다. 덕분에 앤지는 *취약해지고 있었다.* 매덕스의 동의를, 그리고 신뢰를 바라게 되어버렸다. 그래, 어젯밤에는 분명 나약한 순종의 맛을 보았다. 그 맛이 그렇게 달콤하고 감칠나고 섬세할 수가 없었다. 하지만 그런 마음가짐을 앞으로도 계속 이어나갈 수 있을지는 미지수였다. 앤지는 매덕스를 바라보면서 마음이 다시 닫히기 시작하는 것을 느꼈다.

“좆나 싫어.” 앤지가 말했다. “다른 사람에게 뭐라도 필요로 하게 되는 건 좆나 싫다고. 난 당신이 필요하지 않아. 당신을 이런 꼬락서니로 밀어넣은 건 미안해. 그건 불공평하지, 나도 알아.” 앤지는 자리에서 일어나려 했다. “그냥 나 혼자서…….”

매덕스의 크고 따뜻한 손이 앤지의 손을 덮었다. “앤지.”

당장에 앤지의 심장이 쿵쿵 뛰기 시작했다. 심장이 뛰는 소리가 자신에게 들릴 정도였다. 바람에 흔들리던 닻줄이 돛대에 부딪히는 소리도 들을 수 있었다. 선체에 철썩이는 파도의 소리도 들을 수 있었다. 시간 감각이 확연히 느려졌다. 과거. 현재. 미래…… 전부 불확실했다.

"그냥 말해, 매덕스." 앤지가 조용히 말했다. "필요하다면 명확하게 강조 표시도 해서. 난 우리 아빠한테서 내 과거까지도 싹 다 뽑아냈어. 난 감당할 수 있다고. 그냥 있는 그대로 받아들이고 말래. 어림짐작이든 비관적인 상상이든, 자꾸 모르고 넘어가는 건 이제 도저히 못 참겠어."

매덕스의 시선이 앤지의 눈을 꿰뚫어보는 것 같았다. 표정이 한층 더 굳어졌다. 심상치 않은 분위기가 몸에서 흘러나오고 있었다. 매덕스는 고개를 끄덕이고 접시를 옆으로 치우더니, 깊게 한숨을 한번 내쉬고는 한 손으로 머리를 훑었다.

"버지악이 내사를 받게 되면서 자리를 비웠어."

앤지는 눈을 껌뻑이고는 천천히 다시 자리에 앉았다. "계속 말해봐."

"대체 무슨 건수로 쳐낸 건지는 몰라. 하지만 일단 그게 금요일에 내려온 소식이야. 그래서 내가 직접 나서서 노턴 웰즈가 자발적으로 샘플을 제출하도록 하겠다고 결심한 거고."

"그래서 버지악 후임은 누군데?"

대답은 없었다.

"당신이야?" 앤지의 목소리가 하늘을 찌를 듯이 올라갔다. 당장에 배신감이 밀려왔다. "당신이 내 *상관*이라고?"

"지금 당신이 어떤 심정인지는 알아, 그런데……."

"아니, 절대 모를걸."

"아니, 분명하게 알아. 나 당신이랑 잤지. 당신 비밀도 알지. 어젯밤에 이 이야기를 하지 않은 건 당신한테 대체 무슨 일이 있었는지 걱정되었기 때문이었어. 안 그래도 지금 겪고 있는 일이 산더미인데, 굳이 이런 일까지……."

"이젠 내 보호자 노릇까지 하시겠다? 뭘 들으면 유익할지까지 결정해주겠다는 거야?"

섹스에서 주도권을 잃고 수동적인 위치에 서는 것도 어려웠는데. 하지만 이건…… 이건 차원이 달랐다. 앤지는 마른침을 삼켰다. 귓속이 먹먹할 만큼 압박감이 느껴졌다. 폐쇄공포증이라도 찾아드는 것처럼. '*집중해. 주도권을 잡아.*' 앤지는 자리에서 일어나려 했다. 도저히 이 작은 공간에, 이 자그마한 요트 안에 앉아 있을 수가 없었다. 공황이 고개를 들고 있었다.

"피츠가 나더러 당신을 감시하라고 하더라."

숫제 커다란 망치로 후려 맞는 것 같았다. "*뭐?*"

대답은 없었다.

"당신 진짜 *피츠* 새끼랑 붙어 처먹고 있는 거야?"

"내가 피츠랑 진짜 붙어먹고 있었으면 이걸 잘도 불었겠다."

앤지는 매덕스를 노려보았다. 오랜 친구인 분노와 짜릿한 울화가 스멀스멀 올라오면서 공포를 냅다 치워버렸다. 쌍수 들어 환영할 만한 일이었다. "날 감시해? 이거 해시 때문에 그러는 거지?"

매덕스는 고개를 끄덕였다. "피츠가 나폴레옹 콤플렉스랑 여성 혐오에 찌든 밴댕이 소갈딱지라 그런 거기도 하고."

"그런 판국에 나랑 이렇게 엮이면서 갈등이 더 심해진 거구나. 내가 업무에 적합한 심리 상태인지 판단할 사람이 바로 당신이 되어버렸으니까. 그런데 내가 이미 정신적으로 불안하다는 점은 알고 있잖아. 하마터면 당신을 죽일 뻔했는데. 그것도 얘기했어?"

"어쨌을 것 같아?"

"대체 어쨌을 것 같은지 짐작할 문제가 몇 개나 있는지 모르겠어, 매덕스. 당신을 이 지경으로 몰아넣어놓고 이제는 여기 앉아서 죄다 간만 보고 있잖아. 몸이고, 마음이고, 영혼이고⋯⋯." 앤지는 자신이 뱉은 말에 놀라 말문이 막혔다.

'마음이고.'

'영혼이고.'

눈시울이 뜨거워졌다. 앤지는 마른침을 삼켰다. 매덕스도 돌처럼 굳어버렸다. 그 눈가도 반짝이기 시작했다.

무심결에 튀어나와버렸다. 서로 서서히 쌓아가던 감정이 두 사람 사이로 대놓고 튀어나와 분명한 존재감을 발휘하고 있었다. 그로 인해 찾아올 만만찮은 여파와 어슴푸레한 가능성, 그리고 온갖 난

관들까지 함께.

앤지의 마음속에서 조용한 공포의 물결이 밀려와 방금까지 느껴지던 분노를 일말도 남겨두지 않고 쓸어버렸다. 그 뒤로는 훨씬 더 복잡한 문제들을 끌고서.

"내가 지켜줄게, 앤지." 매덕스가 속삭였다. "그것만 알아둬."

"대가가 만만치 않을 거야, 매덕스." 앤지는 눈길을 돌리고는 아직 건드리지도 않은 음식 옆의 나이프를 만지작거리면서 은식기를 계속 빙빙 돌렸다. 그냥 여기서 걸어 나갔어야 했다. 매덕스를 위해서라도. 그냥 다 때려치우거나 했어야지. 이건 매덕스에게 공평하지 않다. 하지만 앤지는 싸움에서 물러나고 싶지도 않았다. 앤지는 지는 걸 좋아하지 않았다. 단 한 번도. 갈등이 휘몰아쳤다. 마음속이 너덜너덜해질 정도로. 어제는 희미한 진전의 가능성이 보였다. 앤지도 그 진전을 분명 *원하고 있었지만*, 세상은 호락호락하게 허락하지 않으려 했다. 앤지는 다시 매덕스를 바라보았다. 두 사람의 시선이 얽혔다.

앤지는 매덕스를 원했다.

더 이상 매덕스에게서 떨어질 수 없었다. 그토록 매덕스에게서 떨어져야 하건만.

"그리고 난 혼자도 아냐." 매덕스는 조용히 말했다.

"무슨 뜻이야?"

"홀거슨도 있어."

"홀거슨도 안다고?"

"성당 밖에서 있었던 사고는 몰라. 하지만 '나는 돼지' 밖에서 우리를 봤대."

앤지는 침을 꿀꺽 삼켰다. 그날의 키스에 대한 기억이 떠올랐다. 그리고 그다음에 이어진 클럽행도. 자신이 느꼈던 절박함도. 차가운 눈을 한 금발의 미청년을 침대로 끌어들일 수 없었던 무력함도. 그리고 몰래 자신을 미행했던 매덕스도……

"피츠가 당신한테 칼을 갈고 있다고 경고해준 사람이 바로 홀거슨이야. 그래서 당신하고 통화하려고 했던 거고. 몇 번이나 전화를 걸었다던데." 매덕스는 잠시 뜸을 들였다. "앤지, 당신에게는 친구들이 있어. 그 사실을 받아들여야 해. 당신 성질이 화끈한 건 알겠지만, 그래서 마음을 닫고 새로 온 파트너들을 죄다 밀어내려 했잖아. 홀거슨은 당신을 좋아해. 오헤이건도 당신을 좋아해. 나, 난……."

"당신은 홀거슨을 믿어?" 앤지가 재빨리 말했다.

매덕스는 망설였다. "그런 것 같아. 속내를 알 수가 없어. 아마 예전에 험한 데서 좀 구른 것 같은데……. 그래도 믿음직한 것 같아. 아니, 어쩌면 그 이상이야." 매덕스는 앞으로 몸을 숙여왔다. "그리고 피츠가 노리는 건 당신뿐만이 아니야. 나도 노리고 있어. 날 조종하고 이용해먹겠다는 거지. 당장 이번 사건이 크리스마스까지 마무리가 안 되면 내 모가지를 칠 게 분명해. 마무리한다고 쳐도 공은 혼자서 다 가져가겠지. 아주 피해망상에 시달리면서 사방으로 마녀 사냥을 부추기고 다니는 권력 중독자야. 일단 빈틈이 보였다 하면 어떻게든 파고들어 시경에서 승진하려고 이용해먹는 놈이지."

"당신은 날 믿어?" 앤지가 조용히 말했다.

'*나랑 다시 일할 수 있을 거라고 믿어? 내가 다른 사람들이랑 협력할 수 있을 거라고 믿어?*'

매덕스는 갑작스레 던져진 묵직한 질문 앞에 아무 말도 하지 못했다. 하지만 마악 입을 열려던 찰나, 앤지의 폰이 울렸다. 앤지는 마치 구명줄이라도 잡듯이 재빨리 주머니를 뒤져 폰을 꺼내고 발신자를 확인했다. 알 수 없는 번호였다. 하지만 이미 몇 번이나 자신에게 전화를 건 기록이 있었다.

"이건 받아야겠어." 앤지는 통화 버튼을 누르고는 폰을 귀에 가져다 댔다. "팔로리노입니다."

"형사 아줌마…… 나…… 메리 윈스턴이야." 전화 너머의 목소리는 어딘가 나약하고 기묘하면서 발음도 살짝 뭉개져 있었다. 앤지는 단박에 허리를 곧추세우고는 매덕스를 바라보았다. 매덕스 역시 자신을 똑바로 바라보고 있었다.

"무슨 일이야?" 앤지는 슬쩍 몸을 돌리면서 말했다.

"어제부터 계속 전화했어. 지금 만날 수 있어? 전해줄 게 있어서 그래. 급한 일이야."

"뭐가 그렇게 급한데?"

"만나면 그때 보여줄게."

"어디로 가면 돼, 메리?"

"오그든 포인트로 와. 워프 비스트로라고, 부두 맨 위에 위치한 카페가 하나 있어. 문도 일찍 열어. 창문도 많아서 누가 길거리로 접근하더라도 바로 알 수 있을 거야. 꼭 혼자서 와. 혼자서 오겠다고 약속해, 안 그러면 난 그냥 튀어버릴 거니까. 그럼 아줌마도 개털 되는 거야." 통화가 끊어졌다.

"윈스턴 전화였어." 앤지가 말했다. "애가 좀…… 이상하네. 겁을 먹고 있어. 날 혼자서 만나고 싶다는데? 오그든 포인트의 카페로 오래."

"왜?"

"뭔가 급한 정보가 있다고 하는데." 그렇게 말하면서 앤지는 자리에서 일어났다. "가봐야겠어."

"따개비 수사 관련 정보인 것 같아?"

"모르겠어."

매덕스의 눈빛에서는 아직도 앤지가 던졌던 질문이 맴돌고 있었다. '당신은 날 믿어?'

"개한테 가봐야 해, 매덕스." 앤지가 조용히 말했다. "지난날에 말했잖아, 걜 분명히 설득했다고. 거기 가야 할 사람은 바로 나뿐이야."

매덕스는 깊이 숨을 들이마시더니 자리에서 일어나 선실 벽의 수납 칸을 열고, 안에 들어 있던 총기함에서 앤지의 권총과 총알 그리고 나이프를 꺼냈다.

그러고는 무기들을 식탁 위에 올려놓고 앤지를 똑바로 바라보았다.

　　"몸 조심해." 매덕스는 조용히 말했다.

　　앤지의 시선이 매덕스의 눈과 마주쳤다. 그 눈빛에서는 확신이 흘러나오고 있었다. 앤지는 깨달았다. 지금 매덕스가 돌이킬 수 없는 선을 넘었다는 것을. 그는 신뢰를 건 것이다. 자신에게. 이 팀에게. 그리고 앤지는 절대 매덕스를 실망시키지 않을 작정이었다.

　　앤지는 총을 집어 들어 장전하고 허리춤에 찬 다음 나이프까지 챙겼다. 그리고 속삭였다. "고마워."

66장

앤지는 오그든 포인트의 카페에서 유리창 안쪽의 나무 테이블에 앉아 있는 윈스턴을 발견했다. 윈스턴은 웬 갈색 봉투를 양손으로 덮은 채 방파제부터 카페까지 이어지는 도로를 불안하게 살피고 있었다. 카페 안쪽의 식당 구역에서는 벽난로가 타닥타닥 불타고, 신선하게 간 원두와 달콤한 빵 냄새가 풍겼다.

아직 이른 시간인지라 다른 테이블은 다 비어 있었다. 화장실 근처에 있는 테이블 하나만 빼고. 그 자리에는 어르신 한 분이 앉아 커피를 마시면서 검버섯 핀 쪼글쪼글한 손으로 조간신문을 넘기며 보고 있었다. 아까 검은 개 한 마리가 바깥의 울타리에 매인 채 바닷바람에 털을 흩날리고 있었는데 그 견주인가 보다, 하고 앤지는 생각했다.

"왜 굳이 여기서 만나자고 한 거야?" 앤지는 코트와 모자를 벗고 검은 머리의 비쩍 마른 기자의 맞은편에 앉았다. 윈스턴의 눈은 온통 충혈 되어 있는 데다 도무지 어디 한곳에 초점을 맞추지 못하고 자꾸 왔다 갔다 하고 있었다. 피부도 희한하게 번들거리는 데다 안색은 마치 시체처럼 창백했다. 얘, 약 했구나, 앤지는 생각했다.

"말했잖아. 활짝…… 트여 있어서 시야 확보하기가 좋다고. 누가 오든 바로 알아볼 수 있어." 윈스턴은 그렇게 말하면서 봉투에서 저화질 흑백 사진을 두 장 꺼내 탁자 위로 밀었다. "이거 받아."

앤지는 사진으로 시선을 돌렸다. 하나는 가죽 재킷 차림의 검은 머리 남성이 부두를 따라 걷고 있는 사진이었다. 다른 하나는 동일한 남성이 호화 요트에 타고 있는 사진이었다.

"이게 뭔데?"

윈스턴은 떨리는 호흡을 한번 들이마시고는 입을 문질렀다. 시선은 계속해서 사진과 창가를 왕복했다. "페이스한테는 포주가 있었어. 꽤 오래전 일이긴 한데, 데미안 요릭이라는 놈이랑 같이 일했지. 그런데 며칠 전에 내 길거리 정보원 말로는 페이스가 다시 개랑 같이 다니는 걸 봤대. 그것도 꽤나 최근에. 검은색 BMW를 모는 금발이랑 같이 다녔다나. 그 사진 속의 남자가 바로 데미안이야." 그러면서 고갯짓으로 사진을 가리켰다.

앤지의 심장이 빠르게 뛰기 시작했다. "같이 있었다는 금발 남자, 어떻게 생겼는지 설명해줄 수 있어?"

"딱 보기에 젊어 보였대."

"얼마나 젊었는데?"

"대강 20대 초반 정도?"

"그 금발이 검정 BMW를 몰았다는 건 확실해? 네 정보원이 번호판도 봤대?"

"번호판은 모르겠대. 내 정보원은 애초에 히로뽕 빨면서 길거리에서 사는 애야. 그래도 비엠인 건 확실히 알겠더래. 검정색 스포츠카형 모델이라나."

"정보원 이름은 뭔데?"

"그게……." 윈스턴은 두 눈을 질끈 감았다. 꼭 마음속에서 심하게 갈등이라도 하는 것처럼. 그리고 마침내 결심한 듯했다. "니나야. 가끔씩 '항구의 피신처'에서 묵는데…… 나도 거기서 니나랑 페이스를 만났어." 그리고 목을 한번 흠흠 가다듬더니 주변을 다시 불안하게 돌아보기 시작했다. "나도 길바닥 출신이야. 위탁 가정에서 뛰쳐나와서 가출 청소년 신세가 됐지. 마커스 목사님이 날 거두었다고나 할까. 니나랑 페이스도 같이. 우리는 같이 자라면서 길바닥에서 서로를 돌봐주었어. 그러다 난 손 씻고 정착했지. 니나는 못했고. 페이스는…… 매춘업에 종사하기 시작했어. 처음에는 데미안 요릭이랑 붙어먹었는데, 그다음은 누군지 모르겠어. 누군가 굉장히 고급 스폰을 소개시켜준 모양이야. 그래서 화요일 밤마다 목돈을 쥐어주는 일을 하러 나가는 것 같더라고." 윈스턴을 코를 킁, 들이마신 다음 소매로 쓱쓱 문질렀다. "자기 일에 대해서는 별로 많이 얘기하지 않았지만, 결국 좋은 아파트도 하나 얻었어. 이빨도 새로 해넣었고. 멋진 옷도 걸치고 다니고. 알잖아, 페이스는 약 끊고 나서도 얼굴 꽤 반반했던 거. 거기다 동안이라서 꼰대들이 굉장히 좋아했어."

앤지는 아드레날린이 치솟는 것을 느낄 수 있었다. 그래, 자신이 윈스턴을 제대로 꿰뚫어봤던 게 확실했다. 이 애송이는 분명 산전수전 다 겪었고, 아직도 과거를 극복하는 걸 힘들어하고 있었다. 그 때문에 저렇게 까칠하고 세상 다 좆 까, 라는 태도로 일관하는 것이리라. 메리 윈스턴은 분명 세상에 엿을 먹이고 싶을 만한 이유가 있었고, 키보드로 그 욕망을 표출한 것이다. 솔직히 개인적인 앙금은 있었지만, 앤지는 눈앞의 이빨 다 썩은 애송이 기자에 대한 평가를 분명하게 상향했다. 윈스턴이 약은 끊었을지 몰라도 저 메스꺼운 입은 평생 동안 지고 살아야 할 터였다. "계속 말해봐." 앤지가 말했다.

"그래서 데미안이랑 담판을 지으러 갔었어. 이 금발이랑 페이스에 대해 물어보려고. 그런데 이 새끼가 거짓말을 하는 거야. 1년 넘게 페이스를 만난 적이 없다네." 윈스턴은 다시 한 번 입가를 문질렀다. "그래서 난 걔네 집을 감시하면서 기다리다가 데미안이 집 밖으로 나왔을 때 그놈 차를 미행해서 여기까지 갔어." 그러면서 턱짓으로 사진을 가리켰다. "업랜드 선착장이야."

앤지의 심장 박동이 다시 한 번 치솟았다.

"이게 언제였는데?"

"토요일로 넘어가는 밤."

앤지는 데미안 요릭이 요트에 타는 사진을 더 자세히 살펴보았다. '*아만다 로즈*'라는 선명이 사진에 선명하게 나와 있었다. 그때 떠오르는 기억이 하나 있었다. '*아만다 로즈*…… 아만다 R' 그레이시 드루먼드의 달력에 쓰여 있던 이름이었다. 라라 페닝턴의 이름과 BC라는 이니셜과 함께. 그날 밤에 약속을 잡았다는 표시였을 텐데, 그게 또 하필 화요일이었다.

"데미안 요릭은 이 요트에 뭐 하러 간 거야?"

"나야 모르지. 그런데 그놈 포주잖아? 애초에 일상이 미심쩍은 놈이라고. 여자랑 섹스를 사고팔면서 중간에서 수수료를 뜯지. 그래서 난 기다렸어. 요트에 사람들이 많이 타고 있더라고. 꼭 파티라도 하는 것처럼. 안에서는 조명이 흘러나오고, 남자 두 명이 갑판에 나와서 보초라도 서고 있는 것 같았어. 그래서 더 이상 가까이 갈 수도 없었지. 그래서 멀리서 감시하고 있는데, 이번에는 이 사람이 나오는 거야." 윈스턴은 봉투에서 세 번째 사진을 꺼냈다. 또 한 장의 저화질 야간 사진이었는데, 이번에도 *아만다* 로즈에 탑승하는 남자였다. 검은 머리에 탄탄한 몸. 그리고 강렬한 인상까지.

"이게 누군데?" 앤지가 말했다.

윈스턴은 입술을 앙다물더니, 사진을 또 한 장 꺼내 앤지에게 내밀었다. 그 사진 속에는 젊은 남자 두 명이 함께 부두를 따라 걸으면서 머리를 맞대고 있었다. 꼭 뭔가 심각하고 은밀한 대화를 나누는 것처럼. 앤지는 심장이 터질 것 같았다. 두 번째 남성은 분명 제이든 노턴 웰즈 같았다.

"두 사람은 따로 차를 타고 떠났어. 이번에는 두 번째 사람을 미행했지. 누군지 알아낼 수 있을까 싶었거든. 이런 차를 몰더라고."

윈스턴은 봉투에서 빨간 포르쉐 사진을 꺼냈다. 앤지의 날카로운 시선이 기자의 눈과 마주쳤다.

"그래서 어디로 가든?"

윈스턴은 포르쉐가 돌기둥 두 개가 나란히 서 있는 차고에 주차된 사진을 내밀었다. 한쪽 기둥에는 명판이 붙어 있었다. 그 금속 명판에 '아카샤'라고 쓰인 이름이 선명하게 보였다.

앤지의 전신에 짜릿한 전율이 흘렀다. 놈은 노턴 웰즈가 맞았다. 앤지는 마른침을 삼키면서 사진을 바라보았다.

"커피라도 시키시겠어요?" 갑자기 웨이터가 두 사람의 테이블에 나타났다. 앤지는 황급히 사진들을 뒤집었다. "잠시만 기다려주시겠어요?" 웨이터는 떠났다.

앤지가 몸을 앞으로 바짝 숙이고 낮은 목소리로 말했다. "이 사람, 어디 사는지 알아?"

기자는 고개를 끄덕였다. 그리고 조용히 다른 사진을 내밀었다. 가로등 아래 주차된 하얀 아우디 안에서 남자와 여자가 열정적으로 입을 맞추고 있었다.

"차고가 있는 길거리 맞은편에서 이 커플이 아우디를 세우더라고. 둘이 키스 한번 하더니 여자가 내렸어." 윈스턴은 탁자 위로 사진을 밀었다. 앤지는 그 사진을 보고 순간 머리가 멍해졌다. '조이스 노턴 웰즈잖아.' 사진 속의 법무차관은 차 문 위에 손을 올린 채 몸을 숙여, 운전석에 앉은 남자와 이야기를 나누고 있었다.

차 안에 켜진 라이트는 광대뼈가 뚜렷한 남성의 얼굴을 확연히 드러내고 있었다.

잭 킬리언 시장이었다.

"총체적 난국이지, 안 그래?" 윈스턴이 여전히 시선을 창밖의 도로에 둔 채 말했다. 이제는 의자에서 쉴 새 없이 꼼지락거리면서 다리까지 덜덜 떨기 시작했다. "다 아줌마 가져."

앤지는 천천히 사진들을 수습했다.

윈스턴은 재킷 주머니에서 USB를 하나 꺼내 앤지에게 내밀었다. "그리고 이것도. 내가 그 익명의 정보원이랑 통화한 걸 전부 녹음한 디지털 카피야. 아무래도 빅토리아 시경 내부인인 것 같아."

앤지의 눈빛에 날이 섰다. "누구인 것 같아?"

"감도 안 잡혀. 심지어 남잔지, 여잔지도 모르겠어. 맨날 목소리를 변조해서 전화했거든. 그리고 데미안이랑 대화한 녹음 기록도 거기 있어."

윈스턴의 허심탄회한 목소리는 어딘가 모르게 마지막 유언처럼 들렸다. 앤지는 뭔가 미심쩍다는 생각이 들었다.

"왜 이래, 메리?" 앤지는 상대를 이름으로 불렀다. "왜 이제 와서 나한테 이런 걸 다 주는 거야? 너한테는 이런 대박 정보를 갖고 특종 기사를 쓰는 게 더 어울리지 않아?"

윈스턴의 시선이 다시 창밖으로 쏠렸다. "왜냐면 이런 것도 받았거든." 그러더니 봉투에 남아 있던 마지막 두 장의 사진을 꺼냈다.

"이게 나야." 윈스턴은 사진 속 트럭과 세단 사이에 웅크리고 있는 자그마한 사람을 가리켰다. 커다란 망원 카메라를 들고 머리에 털모자를 푹 눌러쓴 모습이었다.

"요트에서 누군가 나를 봤어. 내가 사진 찍는 모습을 그대로 찍었더라고. 경비 서는 녀석들이 내가 거기서 자기네를 염탐하고 있다는 걸 알았나 봐."

"이건 어디서 받았는데?"

"누가 내 아파트 탁자 위에 올려두고 갔더라. 이것도 같이."

앤지는 마지막 사진을 보았다. 흰색 마약이 든 비닐봉지와 파이프, 그리고 라이터였다.

"우리 집으로 몰래 침입한 거야, 형사 아줌마. 크랙이랑 마약 투여 기구, 그리고 내 사진을 탁자 위에 올려두고 갔더라고. 뒤에 뭐라고 쓰여 있는지 읽어봐."

앤지는 사진을 뒤집었다.

'넌 죽었어'

윈스턴의 두 눈이 반짝이기 시작했다. "지난번에 아줌마가 다 상관한다고 했으니까 이렇게 온 거야. 난 아줌마 말을 믿어. 대체 어떤 지랄맞은 일이 벌어지고 있는지는 모르겠지만, 그래도 페이스를 해친 그 씹새끼들을 처단해줬으면 해." 윈스턴은 의자를 밀고 자리에서 일어났다.

"하나만 더 얘기해두자면 기사는 이미 *써뒀어*. 내가 아는 모든 걸

바탕으로. 시경 내부의 유출자. 페이스. 페이스의 포주. 금발 양아치랑 비엠. 페이스의 멋진 치아 교정. 몇 년 전에 일어났던 추가 강간 사건. 빨간 십자가. 강간범이 읊던 사탄이 어쩌고 흑암의 왕이 어쩌고 하던 대사. 그리고 저것들도.” 윈스턴은 가슴팍에 바짝 팔짱을 끼고는 턱짓으로 탁자 위의 사진과 USB를 가리켰다. “*아만다 로즈. 법무차관이랑 시장님. 아카샤 저택으로 들어가던 빨간 포르쉐까지…… 전부 다. 사진까지 친절하게 실어서. 그리고 크리스마스이브에 기사가 퍼지게 예약을 걸어놨어.” 윈스턴은 뒤로 돌아 떠나려 했다.

“잠깐만!” 앤지는 윈스턴의 손목을 붙잡고 멈춰 세웠다. “왜 지금 당장 공개하지 않고?”

윈스턴이 앤지와 시선을 맞췄다. “당신들한테 놈을 잡을 기회를 주고 싶어서. 그리고 혹시나 나한테 무슨 일이 생길까 봐.”

“메리, 너 이 약 어떻게 처리했니?” 앤지가 조용히 말했다.

“약을 한 건 아니야, 혹시 그걸 묻는 거라면. 난…… 난 깔끔해.”

“어떻게 처리했냐고?”

“그냥 집에 있는데.”

“그럼 당장 집에서 갖고 나와, 메리. 나한테 가져와. 그건 증거품이야. 누가 이런 짓을 했는지 추적할 수 있는…….”

그때 카페 문이 열리자 윈스턴은 움찔 놀랐다. 커플이 들어왔다. 작은 새 한 마리도 그 뒤를 따라 들어왔다가 문이 천천히 닫히면서 카페에 갇혀버렸다. 새는 카페 밖으로 나가려고 연신 유리창에 부딪혀댔다. 단단히 겁에 질린 윈스턴은 앤지의 손을 뿌리쳤다. "나 갈 거야."

"그러지 말고 우리 보호를 받아……."

"안 돼." 윈스턴이 속삭였다. "말도 안 되는 소리 마. 내부 유출자를 생각해봐. 난 그자가 누군지도 몰라. 하지만 분명 시경 내부에 있어. 내 아파트에 이딴 걸 남겨둔 사람이 그 작자일지도 몰라. 혹시 요트에 같이 타고 있었을지도 몰라. 데미안이랑 그 요트가 페이스에게 벌어진 사건과 연관되어 있다면, 데미안이 법무차관네 아들내미랑 가까운 사이라면, 그리고 법무차관이 정말 시장이랑 붙어먹고 있는 사이라면…… 씨발 거…… 대체 어디서 시작해서 어디서 끝나는지도 모르겠어. 아무도 믿을 수가 없어, 특히 경찰들이라면. 내 앞가림은 내가 하겠어. 믿을 사람은 나뿐이야."

"그래도 나한테 사진이랑 녹음 파일까지 다 가져왔잖아."

윈스턴은 카페 밖으로 나가려 애쓰는 새를 바라보며 침을 꿀꺽 삼켰다. "그때 아줌마가 그랬잖아. 상관한다고."

"더 이전에 있었다는 성폭행 건은 뭐야, 메리? 그 얘기도 자세하게 *해줘야 돼.*"

윈스턴은 다시 한 번 창밖의 거리를 향해 불안한 눈길을 던졌다. 그런 다음 앤지 쪽으로 가까이 다가와 거의 들리지도 않을 정도로 목소리를 낮췄다. "*내가* 그 사건에 대해 알고 있는 이유는 나도 그 피해자였기 때문이야, 알겠어? *내가* 당했다고. 5년 전에. 빨간 십자가도 그려지고. 목에 칼도 들어오고. 머리카락도 한 줌 잘리고. 그래서 앨리슨 퍼니허가 나한테 얘기해 준 거야. 그래서 샐리 리터 얘기도 해준 거고."

"그럼 다른 피해자들은⋯⋯." 보도를 따라 걸어오던 중년 남성 하나가 카페의 계단 참에 발을 올렸다. 남자가 들어오려는 것을 본 윈스턴의 얼굴에 공황이 서렸다.

"나 갈래." 윈스턴은 몸을 홱 틀었다. 문밖으로 나가 계단 참을 내려가버렸다. 앤지는 유리창 너머로 윈스턴이 방파제를 따라 종종걸음으로 걸어가는 모습을 바라보았다. 아무도 못 알아보도록 머리에 검은 후드를 푹 눌러쓰고서 초록색 폭스바겐 비틀까지 가서는 차에 올라탔다. 앤지는 자기 폰을 꺼냈다.

신호음이 두 번쯤 갔을까, 매덕스가 곧장 전화를 받았다.

"다 받아냈어." 앤지는 메리 윈스턴이 비틀에 시동을 거는 모습을 보면서 조용히 말했다. "*아만다 로즈* 말이야. 호화 요트였어. 그리고 노턴 웰즈가 금요일 밤에 페이스 호킹의 포주와 함께 요트에 타고 있던 사진 증거까지 확보했어. 검정 비엠 몰고 다니는 20대 금발 남성이랑 같이 목격되었다던 바로 그놈이야."

67장

앤지는 어깨를 쭉 펴고 잠시 마음의 준비를 했다. 그런 다음 심호흡을 크게 한번 하고 따개비 작전의 수사실로 들어갔다. 손에는 워프 비스트로에서 메리 윈스턴한테서 받은 봉투를 들고서.

수사실 안은 분주했다. 형사들은 온갖 파일들을 훑어보고 기술 지원팀과 의견을 나누는 중이었다. 그 기술팀 역시 수사실 한쪽에 늘어선 탁자와 테이블 위의 컴퓨터를 미친 듯이 두들기고 있었다. 수사실 내부의 후끈한 공기는 커피 탄내와 도넛 냄새로 가득했다. 그래도 일요일이라고 누군가 간식거리를 가져다놓은 모양이었다. 수사실로 들어온 앤지를 거들떠보는 사람은 아무도 없었다. 한창 물오른 수사를 후딱 처리해야 하는 상황에서 앤지가 낸 병가 따위는 이미 잊힌 지 오래인 것 같았다. 게다가 앤지가 매덕스와 통화하면서 메리 윈스턴의 기사 및 증거 사진이 크리스마스이브에 공개될 예정이라고 알려주었으니, 형사들의 입장에서는 갑작스레 카운트다운이 시작된 판국이기도 했고. 앤지의 마음에 절로 안도감이 찾아들었다.

수사실 앞쪽 테이블에서 한창 홀거슨과 같이 서류를 살펴보고 있던 매덕스가 눈을 들고는 이리 오라고 손짓했다. 앤지가 다가오는 걸 본 매덕스는 미소를 지어 보였다. 그 눈빛은 앤지의 활약에 만족하는 것 같았다. 앤지는 카페에서 매덕스와 통화하면서 이 사달을 낸 다음, 잽싸게 집으로 돌아가 후딱 샤워하고 옷도 갈아입었다. 어차피 오늘은 기나긴 하루가 될 것이었고, 잘하면 내일까지도 일과가 연장될 판국이었다. 게다가 당장 본서로 복귀하는 것도 살짝 긴장되었다. 레오 같은 동료들이 미심쩍은 눈길을 보낼지도 몰랐으니까. 그리고 좀 깔끔하게 기분전환도 하면서 최적의 모습을 갖추고 싶기도 했다.

매덕스는 앤지에게서 봉투를 받아 들고는 윈스턴의 사진 증거를 테이블 위에 파라락 펼쳤다.

"레오는 어딨어요?" 앤지는 북적거리는 수사실 동료들의 눈치를 보며 매덕스에게 물었다.

"스미스랑 같이 *아만다* 로즈를 감시하라고 보냈어요." 매덕스가 윈스턴의 사진을 꼼꼼히 살펴보면서 말했다. "기술 지원팀한테 요트의 소유주 내역을 조사하라고 시켰고. 소유 등록이 케이먼 제도(조세 피난처로 애용되는 미국 근처의 섬나라―옮긴이)로 되어 있는 게 좀 문제일 수는 있어요. 하지만 언제 항구를 뜰지 모르니까 24시간 감시할 겁니다. 이 문제를 해결하기 전에 우리나라의 해역을 벗어나서는 안 되니까. 그리고 혹시라도 요트가 튀어버릴 상황에 대비해서 근처의 만에 해안 경비대를 대기시켜두었습니다."

앤지는 혼자 씩 웃고는 홀거슨을 마주 보았다. 레오에게 감시 근무를 맡기다니. 수사의 최전선에서 배제된 레오가 과연 얼마나 투덜거리고 있을지 안 봐도 뻔했다. 매덕스가 한 방 먹인 셈이다. 매덕스가 사진에서 눈을 들었다.

"아주 잘해줬어요. 고마워요."

두 사람의 눈빛이 찰나간 마주치면서, 앤지는 매덕스가 자신을 믿고 다시 총을 쥐어준 게 상당한 모험이었다는 걸 다시금 체감했다. 매덕스가 자신에게 고마운 것보다 자신이 매덕스에게 훨씬 더 고마워해야 마땅했다.

매덕스는 살짝 고개를 끄덕여 보이고는 윈스턴의 사진들을 화이트보드에 붙인 뒤, 보드마커를 들고 수사실 쪽으로 돌아섰다. "좋아요, 일단 정리합시다. 다들 주목."

수사팀이 화이트보드로 눈길을 모았다.

"팀장님, 윈스턴 기사가 공개되는 걸 막을 겁니까?" 형사 중 누군가가 물었다.

"그럴 명분이 없어요." 다른 형사가 말했다. "언론 쪽에서 표현의 자유를 들어 제대로 걸고넘어질 겁니다."

"명분이 없기는. 지금 당장 수사에 훼방 놓겠다는 말 아닙까."

"당장 윈스턴이 정확히 무슨 기사를 썼는지 아무 증거도 없는 상황인데." 누군가 덧붙였다.

매덕스가 테이블을 쾅, 쳤다. "이렇게 할 겁니다. 크리스마스이브, 그러니까 윈스턴이 기사를 까발리겠다고 예약한 날짜가 오늘부터 8일 남았습니다. 그전까지 사건을 마무리하는 데 집중합니다. 알겠습니까?"

대충 알겠다는 웅얼거림.

"좋습니다." 매덕스는 손에 쥔 보드마커 뒤쪽으로 제이든 노턴 웰즈와 데미안 요릭이 *아만다 로즈*에 타는 사진을 탁탁 두들겼다.

"노턴 웰즈. 법무차관 아들입니다. 검은 머리죠. 그런데 지난 12월 15일 금요일, 페이스 호킹의 포주인 요릭과 함께 케이먼 제도 소속의 최고급 요트에 같이 타는 모습이 포착됐습니다. 요릭은 이미 경찰 전과가 있는 인물입니다. 길거리 마약 유통과 폭력으로 이미 형기를 살고 나왔죠. 마찬가지로 검은 머리입니다. 최근 검정색 BMW를 모는 금발머리의 20대 남성과 같이 있는 모습이 포착되었다는 주장도 있습니다." 매덕스는 요릭의 사진과 존 재크스 주니어의 사진 사이에 연결선을 긋고 그 아래 물음표를 쳤다. "지금 그 금발 남성이 치과의사 존 재크스 시니어의 아들 아니냐는 가정을 확인하고 있습니다. 부자가 다 금발이죠." 두 사람 사이에도 연결선이 그어졌다.

이번에는 보드마커가 페이스 호킹의 사진을 탁탁 쳤다. "살인 피해자 호킹은 최근 요릭과 BMW를 몬다는 금발이랑 같이 있는 게 목격되었다는 제보가 있습니다. 호킹은 아주 비싼 치과 시술을 통해 메스암페타민 후유증인 치아 부식을 치료했습니다. 아파트에서는 존 재크스 시니어의 명함이 발견되었고." 매덕스는 치과의사 부자와 호킹 그리고 포주를 서로 잇는 선을 그렸다.

"BMW 금발은 학교 남자친구와 헤어진 그레이시 드루먼드를 오크 베이 컨트리클럽에서 만난 것으로 보입니다." 매덕스는 드루먼드와 존 재크스 주니어를 둘러싼 집단을 서로 연결한 다음, 다시 수사실의 형사들 쪽으로 돌아섰다.

"존 재크스 주니어와 만난 이후, 드루먼드는 갑자기 금전적 상황이 좋아지면서 굉장히 비싸고 수상한 지출을 자주 보이게 되었습니다. 또, 자신이 많은 남자들과 같이 잤다는 죄책감을 성당 신부님에게 털어놓기도 했고. 이를 통해 드루먼드가 매춘업에 모집되었다는 가정을 조사하고 있습니다."

"재크스 주니어가 그 모집원일 수 있습니다." 이번에는 홀거슨이 입을 열었다. "드루먼드 같은 여자애들을 요릭 같은 포주에게 데려가는 겁니다. 그렇게 끼워 넣는 거 아닌가 싶습니다. 그리고 호킹처럼 깔끔하게 처리해야 하는 애들은 치과의사 아빠한테 맡기는 겁니다."

"치과의사가 여기는 왜 낀답니까?" 형사들 중에 누군가가 말했다.

"동업 관계일 수도 있지." 다른 누군가가 추측했다. "저 양반, 조직범죄랑 돈세탁 쪽에 연루되었는지 조사받은 걸로는 아주 단골이야. 그런데 한 번도 안 걸리더라고."

매덕스가 입을 열었다. "이미 기술 지원팀을 동원해 해당 수사에 대한 전수조사에 들어갔습니다. 현재까지의 결과를 볼 때 존 재크스 시니어는 케이먼 제도에 개설된 수많은 계좌들과 연결되어 있었으며, 그중 하나는 *아만다* 로즈의 소유권에 연결된 계좌와 동업관계에 있는 것으로 나타났습니다."

"이런 씨부랄 거." 누군가 속삭였다. 당장 형사들의 사기가 들불처럼 타오르기 시작했다. 슬슬 사건의 실체가 드러나고 있었다. 그것도 아주 거물과 연관된 실체였다.

"그러니까 *아만다* 로즈에서 최고급 섹스 클럽 같은 게 주최되고 있었다, 이 말입니까?" 누군가가 말했다. "그럼 지금 화이트보드에 올라온 라라 페닝턴은 또 어떻습니까?"

앤지는 목을 흠흠 가다듬었다. 자신도 밥 먹듯 클럽을 드나들면서 섹스를 즐겼다는 생각이 괜히 떠올랐다. "드루먼드의 달력을 보면 라라 P라는 인물과 정기적으로 만났던 기록이 있습니다." 그러고는 탁자에 놓인 보드마커를 집어 페닝턴의 사진 아래에 '*라라 P, 아만다 R, BC*'라고 썼다.

다시 수사관들 쪽으로 돌아선 앤지가 입을 열었다. "지금 페닝턴 역시 *아만다* 로즈에서 벌어지고 있다고 추측되는 매춘 사업에 연루되었다는 추측이 나왔습니다. BC는 아직 무슨 의미인지 파악하지 못했습니다만, 수사를 진행하던 도중 BC라는 로고가 적힌 성냥갑이 하나 발견되었습니다. 안쪽에는 드루먼드의 전화번호가 적혀 있었고요." 앤지는 잠시 뜸을 들였다. 자신에게 집중되고 있는 관심을 체감하면서. "그 성냥갑은 바로 재크 래디슨, 잭 킬리언 시장의 개인 보좌관 사무실에서 발견되었습니다."

수사실 뒤쪽에서 누군가가 휘파람을 불었다. 하나둘씩 드러나는 엄청난 정보들에 형사들이 흥분하면서 방 안의 아드레날린도 덩달아 치솟고 있었다.

"그리고 우리 킬리언 시장님." 홀거슨은 윈스턴이 아카샤 저택 바깥에서 찍은 사진을 고갯짓으로 까딱 가리키며 말했다. "요분은 조이스 노턴 웰즈 법무차관님이랑 밀회를 즐기다 딱 걸리셨습다. 유명한 포주랑 *아만다* 로즈에 같이 타고 있다 걸린 우리 제이든 노턴 웰즈의 어머니 되시는 분이랑요."

"아주 개나 소나 다 튀어나오는구나." 누군가가 말했다.

"그게 이번 사건의 완벽한 요약 같네." 다른 누군가도 말했다. "어쨌든 시장이랑 법무차관은 제대로 나락에 떨어지게 생겼어. 어쩌면 법무차관이 지 애인한테 압력을 넣어서 자기 남편이 진행 중인 대규모 해안 개발 사업에 영향력을 행사했을지도 몰라."

"우리 법대생 제이든 노턴 웰즈 군은 자신이 또 드루먼드 양을 그렇게 아꼈다고 실토했습니다. 그리고 친분 좀 있다는 사람들은 얘를 JR이라는 애칭으로 *부르거든요.*" 홀거슨이 말했다. "그래서 드루먼드에게 성 크리스토포로 목걸이를 부적으로 선물한 당사자도 제이든일 확률이 높습니다. 그게 정말 무슨 의미였는지는 본인만이 알겠지만. 게다가 수상쩍게 실종된 렉서스에 대해서도 거짓말을 했습니다. 그 왜, 드루먼드 실종 직전에 철교에 나타났고, 납치된 다음에는 블루뱃저 베이커리 근처에서 목격됐었고, 드루먼드가 발견된 로스만 공동묘지 근처 세븐일레븐의 CCTV에 찍혔던 차 있잖습니까."

앤지는 눈썹을 치켜올린 채 홀거슨을 멍하니 쳐다보았다. *저렇게 정상적인 발음으로 청산유수처럼 말하는 홀거슨의 모습은 가히 충격적이었다. 뭘 잘못 먹었나? 이게 키엘 홀거슨의 진짜 모습인가? 아니면 지금 베테랑 수사관들 앞에서 발표하게 되었다고 대본을 줄줄 외우기라도 했나?*

홀거슨은 잠시 콘셉트 잡는 걸 잊어버렸다는 듯이 원래의 말투로 계속 브리핑을 이어나갔다. "그래서 우리 법대생 군은 경찰들이 들이닥쳐서 렉서스 어댔냐구 추궁하니까, 제대로 쫄아서 빨강 포르쉐 타고 시청으로 달려갔거든여, 그런 다음 요 시장 따까리 재크 래디슨 있죠." 그러면서 래디슨의 사진을 가리켰다. "까만 머리에다 BC 성냥갑에 드루먼드 전화번호 적어 갖고 다니던 놈을 끌고 나와서 드잡이질을 했슴다."

"이게 시장의 불륜과는 어떻게 연결되는 겁니까?" 던던이 물었다. 던던은 앤지처럼 성범죄 전담반에서 차출된 형사로, 원래 파트너인 스미스는 지금 레오와 함께 업랜드 선착장에 나가 있었다.

"그냥 재수가 없었던 거죠." 앤지가 말했다. "원래 범죄에 연루된 사람과 가까운 친인척들도 비밀이 까발려지는 경우가 많잖습니까. 수사관이라는 직업이 원체 눈에 뵈는 대로 양파 껍질처럼 까고 까고 또 까는 거다 보니까."

갑자기 노크 소리가 나더니 수사실의 문이 열렸다. 다들 문 쪽을 돌아보았다.

"파다차야 박사님 아니십니까?" 매덕스가 말하자마자 기대에 찬 웅성거림이 높아졌다. 다들 제이든 노턴 웰즈의 DNA 프로파일링 결과를 기다리고 있었으니까.

앤지는 만면에 웃음을 띠고 눈빛을 빛내며 다가오는 수니 파다차야 박사를 보고 곧장 눈치챘다. 노턴 웰즈가 제대로 걸려들었구나.

박사는 매덕스에게 파일철을 건넸다. "노턴 웰즈의 체모, 혈액 그리고 타액 샘플을 바탕으로 한 모든 검사 결과의 사본입니다."

매덕스는 이 자그마한 박사가 자신만의 클라이맥스를 공개할 수 있도록 점잖게 기다렸다.

"일치합니다." 박사가 말했다. "제이든 노턴 웰즈가 바로 검은 머리 남성 1번입니다. 이자의 체모는 익사자 호킹의 음모와 비닐, 테티스비섬 현장의 밧줄, 그리고 드루먼드의 의류 등에서 발견된 체모와 일치합니다."

"와, 법대생. 너 제대로 걸렸다." 홀거슨이 의기양양하게 주먹을 내지르며 말했다. "요 꼬불꼬불한 털 한 가닥으로 녀석을 끌어들였단 말씀임다. 당장 가서 잡아옵시다!"

"그건 좀 성급한데." 카랑카랑하고 높은 목소리가 말했다.

모두가 그쪽을 돌아보았다. 프랭크 피츠시몬스 경위가 수사실 뒤쪽에 서 있었다. 앤지는 경위를 노려보았다.

'저 재수 없는 인간은 대체 언제부터 저기 서 있었지?'

피츠시몬스 경위는 잔뜩 부아가 치민 표정으로 두 손을 양쪽 허벅지에 착 붙인 채 앞으로 걸어 나왔다. 그 눈빛은 거의 매덕스를 꿰뚫어버릴 듯한 기세였다. 가까이 다가온 경위를 본 앤지는 상대가 정말로 분노해 부들부들 떨고 있다는 사실을 알아차렸다. 온몸에서 표출되는 감정으로 인해 숫제 수전증까지 보이는 피츠의 손에는 서류가 잔뜩 들려 있었다.

"매덕스 경사." 매덕스 바로 앞에 와서 선 피츠가 말했다. "레이 노턴 웰즈와 휘하 변호인단이 로플랜드 판사로부터 자기 아들의 DNA 증거 파기 명령을 받아냈어. 경찰의 강압으로 인한, 강제로 채취된 증거물이라고 주장하더군. 그래서 그 DNA 샘플에서 나온 증거는 어떤 형태로든, 어떤 형식으로든 활용할 수가 없네."

"그건 개소리임다." 홀거슨이 끼어들었다. "앞뒤 상황이 싹 다 녹음되어 있슴다. 분명 자기 손으로 서명까지……."

"이의는 충분히 제기할 수 있네." 피츠가 딱 잘라 끊었다. "하지만 지금 당장은 이 증거를 채택할 수 없어."

"염병할." 홀거슨이 중얼거리면서 앤지를 바라보았다.

"경사, 밖에서 잠깐 얘기 좀 하지." 피츠는 뒤로 돌아 출구로 걸어갔다. 문이 쾅 닫히자 매덕스는 앤지를 바라보았다.

"차 대기시켜놔요. 지금 당장 제이든을 데리러 갑시다. 분명 성당에 있을 거요."

앤지는 문 쪽을 바라보았다. "그럼 피츠는?"

"지금 당장!" 매덕스는 홀거슨 쪽으로 돌아섰다. "홀거슨도 던던 이랑 같이 래디슨한테 가요. 절대 건드리지는 말고. 그냥 미행만 해요. 뭐든지 수상하다 싶으면 싹 다 보고해요. 그리고 거기, 헤이즐 턴." 이번에는 다른 형사 차례였다. "베더 경사한테 연락해요. 성범죄 전담반은 싹 다 대기하고 있으라고. 지금 비상대응팀이 필요하다고 해요. 오늘 밤에 SWAT 팀이 *아만다 로즈*를 급습할 거니까." 매덕스는 의자에 걸어둔 코트를 집어 들고 폭풍 같은 기세로 피츠의 뒤를 따라갔다.

+

매덕스는 수사실 문밖에서 당장이라도 폭발할 기세의 피츠와 대면했다.

"다 잡았습니다." 그리고 피츠가 입을 열기도 전에 선수를 쳤다.

"경사, 내 분명 선 보고 후에 움직이라고 명령했을 텐데……."

매덕스는 문 쪽으로 삿대질을 했다. "지금 국제 매춘 조직을 잡아 처넣기 일보 직전입니다. 케이먼 제도로 소유 등록된 호화 요트에서 미성년자 여성들의 매춘을 알선하는 조직과, 지난 수년 동안 온갖 조직범죄 관련 혐의로 왕립 캐나다 기마경찰 강력반과 조직범죄 전담반의 조사를 받았던 치과의사 간의 유착 관계가 드러났단 말입니다. 그리고 그 조직 내에서 호킹과 드루먼드라는 피해자들이 성욕에 따라 움직이는 정신 나간 연쇄살인마에게 살해당했을 수 있습니다. 지금 노턴 웰즈가 호락호락 빠져나가게 놔둔다면, 그래서 저쪽에 괜한 경고만 보내고 만다면 *아만다 로즈*는 당장이라도 국제 해역으로 도피할지도 모를 일입니다. 그랬다간 얘기가 완전히 달라집니다. 그 요트에 연쇄살인마가 타고 있을지도 모르는데, 그렇게 폐쇄된 공간에 다른 여성들이 함께 있다면 모두의 목숨이 위험해집니다. 국제 해역이라 관할권도 애매해진 상황에서 추가적인 범죄가 일어날 수 있다는 말입니다."

"당장 노턴 웰즈를 잡아들일 근거가 없……."

"근거는 차고 넘칩니다. 노턴 웰즈가 페이스 호킹의 포주와 함께 *아만다 로즈*에 탑승한 사진과 목격 증언이 있습니다. 그 포주 역시 존 재크스 주니어와 연관되어 있는 것으로 드러났고, 존 재크스 주니어는 다시 드루먼드와 연관되어 있습니다. 게다가 노턴 웰즈 본인이 드루먼드에게 애착을 보이던 지인이었다는 걸 실토했습니다. 그리고 렉서스도 있습니다. 저 정도 사진 증거라면 DNA 채취 영장을 받아내기에 충분한 근거가 됩니다. 다 윈스턴 덕분이죠. 그럼 그냥 새 샘플을 채취해서 다시 시작하면 됩니다."

"경사." 피츠는 그 카랑카랑하고 고압적인 목소리를 높였다. "내 경고하는데……."

"제가 먼저 경고 드리겠습니다, 경위님." 매덕스가 낮은 목소리로 말했다. "지금 킬리언 시장과 조이스 노턴 웰즈 법무차관 간의 부적절한 불륜을 담은 사진 증거가 확보된 상태입니다." 매덕스는 상대의 검고 부리부리한 눈을 쳐다보면서 잠시 뜸을 들였다. "정치에서는 가끔씩 편견에 따라 모든 게 결정되기도 합니다. 지금 킬리언 시장이 거너 서장을 해임하고 자기 사람으로 채워넣으려 한다는 소문이 돌고 있습니다. 그다음에는 빅토리아 시경 내에서도 대규모 물갈이가 뒤따르겠죠. 그런 상황에서 경위님이 이번 사건의 수사에 훼방을 놓은 것처럼 보인다면 참으로 안타까울 겁니다. 그것도 하필이면 킬리언 시장 본인과 법무차관의 아들이 연루되어 있는 사건인데 말이죠. 어쩌면 승진은 물 건너보내야 할 수도 있지 않겠습니까." 이 부분에서 다시 한 번 침묵이 흘렀다. 상대는 매덕스를 노려보며 부들부들 떨고 있었다. 매덕스는 아무래도 빅토리아 시경에서의 자기 모가지가 간당간당해진 것 같다고 생각했지만, 그렇다고 그 요트를 그냥 떠나보낼 수는 없었다. 모가지가 아니라 진짜 목숨을 걸고서라도.

"어차피 관련된 기사가 공개될 예정입니다." 매덕스는 조용히 논쟁에 마침표를 찍었다. "사진까지 전부 실린 크리스마스이브 특집이 될 겁니다. 저는 그전에 이 사건을 마무리 짓고 싶습니다. 경위님의 관할하에서요."

세례자

일요일 아침에는 해안가 도로를 따라 드라이브를 했다. 오늘은 차가 필요했다. 오늘이 바로 라라를 데리러 가기로 한 날이었고, 기대감은 한껏 팽팽해져 있었다. 해 뜨기 직전에 웨이트 트레이닝을 하고 10킬로미터를 달렸다. 다 준비의 과정이었다. 어젯밤에는 음모도 정성껏 면도해두었다. 라라는 지금 성당에 있을 것이었다. 지금 당장 너무 좀이 쑤셔서 날이 어두워질 때까지 뭐라도 할 일이 필요했다. 그래서 업랜드 선착장 쪽으로 드라이브나 가기로 했다. 혹시나 *아만다 로즈*가 아직도 정박되어 있는지 보려고. 페이스 사건 이후로는 부쩍 배를 보러 가는 일이 잦아졌다. 밤에도 물에 둥둥 뜬 이 불야성을 보는 게 좋았다. 그 안에서 누가 누구하고 같이 얽히고 있을지 궁금증에 빠지는 게 좋았다. 그럴 때면 다시 그녀들을 보고 있다고 상상하곤 했다. 그레이시, 라라, 페이스…… 에바…… 그리고 목덜미에 바코드가 찍힌 애들……. 하지만 갑작스레 눈앞에 경비정이 보이면서 속도를 줄여야 했다.

경비정은 도로 바로 옆에 정박되어 있었다. 경찰 두 명이 타고 있었다. 마른침을 삼키고 두 눈을 전방의 도로에 고정했다. 양손은 핸들의 2시와 11시 지점을 반듯이 쥐고서 아주 자연스럽게 좌회전해 물가로부터 멀어졌다.

갓길에 차를 대고 나무 아래에 주차했다. 심장이 거세게 뛰고 있었다. 손바닥에는 온통 땀이 찼다. 아니야. 걱정할 필요 없어. 다 좋아, 다 괜찮아. 하지만 궁금증도 들었기 때문에, 육감이 마치 야생의 사냥꾼처럼 경고를 보내고 있었기 때문에 차에서 내려 골목길을 통해 다시 한 번 해안 도로 쪽으로 걸어 내려가보았다. 그렇게 개리 오크 나무 아래로 갈색 잔디가 기다랗게 자란 둔덕 위로 올라갔다. 여기서는 선착장이 보였다. 아만다 로즈가 거기 있었다. 한껏 고고한 자태를 뽐내면서. 겨울바람에 깃발이 부드럽게 휘날리고 있었다. 그렇게 멍하니 서서 배의 모습을 보며 공기의 내음을 맡았다. 참으로 마음이 편안해지는 광경이었다. 배 안을 장식한 우아한 목공예들을 생각했다. 그리고 남자가 와서 박아주기만 기다리는 여자들을 생각했다…… *바로 그때 놈들이 보였다.* 하나는 늙고 각진 두상에 머리카락이 새하얬다. 다른 하나는 비쩍 마르고 키가 살짝 훤칠했다. 두 사람은 선착장이 내려다보이는 길가의 벤치에 앉아 있었다. 두 사람을 잠시 동안 지켜보았다. 그중 한 명이 작은 쌍안경을 꺼내 눈가에 갖다 댔다. 분명히 항구에 정박해 있는 *아만다* 로즈를 감시하고 있었다.

배 속이 조여오는 것 같았다. 침을 꿀꺽 삼키고는 무성한 나뭇가지 뒤로, 그리고 그늘 속으로 물러났다. 그리고 두 사람을 오랫동안, 아주 오랫동안 관찰했다. 감이 구렸다. 경찰들. 짭새들. 짭새가 분명했다.

뒤로 돌아 서둘러 자신의 차를 향해 걸어갔다. 양손을 계속 쥐었다 폈다 하면서.

'조니 보이, 이 멍청한 녀석아. 당연히 짭새겠지. 토미, 모자란 조니…… 아직도 토미를 잡으려 하다니…… 조심하는 게 좋아, 조니, 점점 토미에게 다가오고 있으니…….'

차에 도착했을 때는 이미 해야 할 일을 떠올리고 있었다. 계획을 변경해야 했다. 빠르게 움직여야 했다. 오늘 밤에 라라를 잡으면 안 되었다. 대신 다른 애를 잡자…… 오늘이 바로 마무리 날이다.

'괜찮아, 조니. 그냥 앞서 나가는 것뿐이야, 토미…… 멍청한 놈이나 잡히는 거야, 애송이…….'

68장

앤지는 그냥 서 있기로 했다. 가슴 위쪽에 팔짱을 낀 앤지는 작은 취조실 벽에 어깨를 기대고 서서, 자기 앞의 고정 탁자에 앉은 제이든 노턴 웰즈와 변호사의 등짝을 바라보고 있었다. 자신의 역할은 두 사람에게 괜히 신경 쓰이게 하는 것이었으니까.

방 안의 분위기는 삭막했다. 사방의 벽과 앤지 왼쪽에 있는 문, 그리고 반거울은 온통 하얀색 방음 타일로 덮여 있었다. 반거울 뒤쪽에서는 피츠, 베더, 검사 그리고 홀거슨이 방 안을 지켜보고 있었다.

노턴 웰즈와 변호사 맞은편에 앉은 사람은 바로 매덕스였다. 앤지와 매덕스는 오늘 일요일 성당 미사를 드리러 나온 노턴 웰즈를 마악 낚아채온 참이었다. 노턴 웰즈는 전혀 저항하지 않고 체포에 고분고분 따르면서 그냥 변호사만 불러달라고 했다.

그렇게 도착한 변호사는 노턴 웰즈의 아버지로부터 거액을 받은 최고급 형사 담당 변호사였고, 이제 막 심문이 시작되려는 참이었다.

"애초에 DNA 샘플을 제출한 이유가 뭐지, 제이든?" 매덕스가 말했다.

노턴 웰즈는 자기 변호사를 바라보았다. 50대쯤 되어 보이는 여성 변호사는 몽블랑 펜과 노트 한 권을 앞에 놔둔 채 애매모호한 표정을 지어 보였다. "제출한 거 아닌데요." 노턴 웰즈는 단조롭게 말했다. "강요당한 겁니다."

강렬한 형광등 아래 비친 노턴 웰즈의 안색은 온통 창백했다. 완전히 지치고 무너져 내린 표정이었다. 앤지의 핏줄에서 아드레날린이 들끓었다.

매덕스는 자신의 파일철을 열고 노턴 웰즈가 데미안 요릭과 함께 *아만다* 로즈에 탑승하는 사진을 제시했다.

노턴 웰즈는 자기 변호사를 바라보았다.

"사진을 봐, 제이든." 매덕스가 말했다. "네가 찍힌 사진이야." 그러면서 첫 번째 사진을 톡톡 두들겼다. "네가 페이스 호킹의 포주인 데미안 요릭과 같이 있는 사진이라고. 여기 포주랑 같이 있는 사진이 또 있네. 여기도 있고. 이번에는 네가 빨간 포르쉐에 타는 사진이야, 번호판도 선명하게 나와 있지. 그리고 이건 *아만다* 로즈를 떠난 네 포르쉐가 아카샤 저택의 차고로 들어가는 사진이로군." 매덕스는 상체를 앞으로 숙였다.

"우린 너랑 그레이시가 밀접한 관계였다는 걸 알아, 제이든." 매덕스가 말했다. "성 크리스토포로에 대해서도 알고, 도난당한 렉서스에 대해 이야기를 지어낸 것도 알아. 넌 오베르주에 간 적도 없었어. 노외주차장에 렉서스를 댄 적도 없었어……."

"상황적 심증만으로 제 고객을 압박하는 것은……."

"그 사진은 심증이 아니야." 앤지가 뒤쪽에서 말했다. "그건 네가 페이스의 포주랑 *아만다 로즈*에 같이 있었다는 분명한 물증이라고. 그놈이 그레이시한테도 포주질을 했냐? 페이스가 그 요트에서 죽었어, 제이든? 너랑 거하게 한판 뜬 다음에?"

"형사님!" 변호사가 말했다. "제 고객은 분명한……."

"지금 DNA 채취 영장을 신청했어, 제이든." 앤지는 말을 이었다. "지금까지 우리가 확보한 물증을 근거로 삼아서 말이야. 어차피 새로 채취한 샘플로도 무슨 결과가 나올지는 뻔히 알고 있잖아? 페이스 호킹이 죽기 직전에 너랑 섹스를 했다는 게 다 나올 거야. 또 몰라, 어쩌면 섹스를 한 다음에 죽었을지도. 얼마나 세게 박은 거냐, 제이든?"

노턴 웰즈의 두 눈에 물기가 어리기 시작했다. 입도 서서히 벌어졌다.

변호사가 재빨리 고객의 팔에 손을 올렸다. "아무 말 할 필요 없어요, 제이든. 우린……."

"괜찮아, 제이든." 앤지가 매덕스의 옆으로 천천히 걸어 나오며 말했다. 그렇게 앤지는 여전히 팔짱을 낀 채 매덕스와 나란히 섰다. "굳이 말할 필요 없어. 말했잖아, 우린 DNA 영장만 기다리고 있다고. 어차피 네 DNA가 다 말해줄 테니까."

노턴 웰즈가 부들부들 떨기 시작했다. 변호사가 고객의 팔을 꽉 쥐었다. "됐습니다, 형사님들. 우린 가겠습니다. 제이든, 갑시다." 변호사가 자리에서 일어날 채비를 하면서 노턴 웰즈도 함께 일으켜 세웠다.

"그래도 궁금한 게 뭐냐면 말이야." 앤지가 출구 쪽으로 향하는 두 사람을 보면서 빠르게 말을 이었다. "애초에 네가 한 짓이 있는데 왜 DNA를 고분고분 넘겼느냐는 점이야."

노턴 웰즈가 문 앞에서 우뚝 멈춰 섰다.

"내 생각에는 아마 네가 페이스나 그레이시를 살해해서 그런 것 같지는 않은데." 매덕스가 말했다. "페이스랑 적당히 즐겨 보겠다고 돈을 냈을 수야 있겠지, 그리고 법정도 매춘에는 당연히 가벼운 형량만 때리고 끝낼 거야. 하지만 시체 훼손이라면? 여자애들 머리를 물에 처박고 고문을 했다면? 우리 착한 그레이시의 음핵을 잘라내고, 피 흘리는 채로 끌고 가서 다리를 쩍 벌려놓은 채 공동묘지에 방치했다면? 얼굴에 십자가까지 새겼다면? 대체 몇 년 형이나 때릴까?"

노턴 웰즈의 무릎이 벌벌 떨렸다. 목에서도 작은 신음이 새어나오기 시작했다.

"제이든, 어서. 여기서 나갑시다." 변호사가 말했다. 하지만 제이든은 발에 뿌리라도 내린 듯 변호사의 말을 거부했다.

"뭐, 안 불어도 돼." 매덕스가 말을 이었다. "어차피 쟤 DNA가 싹다 불어줄 테니까. 그럼 두 살인 건으로 기소될 거고 말이야. 연쇄강간 살인마 노턴 웰즈라, 이거 대박인데. 제이든 인마, 너 그거 지옥행이야."

"내가 안 했어요. *내가 안 했어. 내가 안 했어. 내가 안 했다고!*"

제이든은 변호사에게서 떨어져 나왔다.

"제이든!" 변호사가 제이든의 팔로 손을 뻗었다.

"아냐, 내버려둬요! 다 말할 거예요! *다 말해야 돼요.* 더 이상은 이 짓 못 해먹겠어. 내가 안 했어요. 내가 아니에요."

"그럼 누가 그랬지, 제이든?" 매덕스가 말했다. "대체 무슨 일이 벌어졌던 거야?"

"재크예요. 재크가 페이스를 죽였어요."

69장

"난 그냥 클럽 가서 섹스한 것뿐이에요. 돈 주고 섹스하러 간 것뿐이라고요. 그게 전부예요. 거기서 그레이시를 만났고요."

"무슨 클럽?" 매덕스가 물었다.

"바카날리언 클럽이요. *아만다 로즈*에 있는 곳이에요."

"혹시 거기 클럽 로고가 B랑 C를 멋들어지게 써서 서로 겹쳐놓은 겁니까?" 앤지가 물었다.

제이든이 고개를 끄덕였다. 양 뺨에서 눈물이 줄줄 흘러내렸다. "자기네 로고를 판촉용 성냥갑에다가 박아놓고 나눠 줘요. 자기네들 말로는 회원제 유흥업소라고 했어요. 최고급 고객들만 모신다면서. 그레이시가 자기 전화번호를 성냥갑에 적어서 저한테 준 거예요. 원래는 개인 정보 같은 거 유출 안 한다고 했지만…… 세상에, 이런 일이 터지다니."

"계속해봐요, 제이든." 매덕스가 앤지와 빠르게 눈길을 교환하며 말했다. "'자기네'가 대체 누굽니까?"

"여자애들요."

"성노동자들이요?"

제이든이 고개를 끄덕였다. "자기네들은 연애 친구라고 했어요. 그레이시랑 저는…… 친해지고 있었고요." 그러면서 코를 훌쩍이고는 눈물을 닦아냈다.

"당신도 BC 회원이었고?"

"전 아직도 그냥 준회원이에요. 승급제로 운영되거든요. 회원들은 자기 친구들을 준회원으로 초대하고, 일정 수 이상을 초대했으면서 돈도 잘 내고 사고도 안 쳤으면 여자애들이 받아주는 식이에요."

"그래서 그레이시를 만날 때는 준회원이었다고? 그때가 화요일 밤이었을 텐데. 그레이시는 자기 달력에 BC랑 아만다 R이라고 적어뒀었어요." 앤지가 말했다.

"맞아요, 처음 갔던 날 밤에 그레이시를 만났었어요. 통보이에서 일하고 있었죠."

"통보이는 또 뭡니까?" 앤지가 물었다.

제이든은 두 눈을 감고 고개를 뒤로 젖혔다. 호흡은 가빠지고 식은땀이 줄줄 흘러내리고 있었다. 당장 기절이라도 할 것처럼. 자신의 고객 옆에 다시 앉아 있던 변호사가 자리에서 곧장 일어섰다. "일단 여기까지 하시죠, 형사님들. 제 고객은 지금 의료적 문제에 시달리고 있습니다. 지금 도움이 필요할 것 같은데요."

앤지와 매덕스는 다시 한 번 눈빛을 교환했다. 지금 당장 심문을 빠르게 끝내야 했다. 앤지는 반거울 너머에서 이 모습을 지켜보고 있을 피츠, 베더, 검사 그리고 다른 수사관들에게 고개를 끄덕여 보였다.

"누가 응급치료팀 좀 불러요." 앤지는 제이든의 팔에 조심스럽게 손을 올린 채 부드럽게 말했다. "제이든. 이게 그냥 사고였다면 자세히 말해줄수록 사태가 더 나아질 거예요."

제이든은 침을 꿀꺽 삼키고 고개를 끄덕인 다음 얼굴을 다시 문질렀다.

"통보이가 무슨 뜻이죠?" 앤지가 말했다.

"통통보지 이벤트요." 제이든은 목이 메어 말했다. "보통 화요일에 열려요. 남자들은 가면을 쓰고, 원한다면 로브나 다른 의상도 입을 수 있어요. 섹스 토이나 다른 장비들도."

"장비라면 밧줄 같은 거요?" 매덕스가 말했다.

제이든은 고개를 끄덕였다. "그건 진짜 맹세코 *사고였어요*. 난 그냥 구경만 하고 있었다고요. 밧줄이 페이스의 목에 너무 단단히 걸린 거예요. 걔도 그러려고 한 게 아니었어요. 그러다가 갑자기 페이스가 숨을 쉬지 않는다는 걸 눈치챘죠. 난…… 우린 전부 당황해서 어떻게든 밧줄을 풀려고 했어요. 그런데 도저히 풀리지가 않았어요. 정말이에요." 제이든이 형사들로부터 고개를 돌렸다.

"대체 누가 뭘 하는 걸 구경한 겁니까, 제이든?" 매덕스가 말했다.

"재크요." 제이든이 조그맣게 말했다.

"재크 래디슨이요?"

"절 거기로 데려간 것도 재크예요."

"재크가 굳이 당신까지 왜 데려가요?" 매덕스가 말했다.

"우린…… 우린 고등학교 때부터 친구였어요." 제이든이 깊게 심호흡을 했다. "항상 여자들을 깔아뭉갠다는 소문이 따라다녔죠. 섹스를 거칠게 하는 걸 좋아했어요."

"거칠게 한다는 게 무슨 뜻입니까? 예시를 한번 들어주겠어요?" 매덕스가 말했다.

제이든은 마른침을 삼키고는 무릎을 문질렀다. "가장 좋아하는 것 중의 하나는 여자를 벗겨놓고 네 발로 기어 다니게 만드는 거였어요. 징 박힌 개목걸이를 목에다 바짝 조여놓고. 그런 다음에 개줄을 연결해서 끌고 다니는 거예요. 입으로도 계속 모욕을 주면서요."

"모욕이라 함은? 어떤 것이죠?" 앤지가 말했다.

다시 목을 가다듬은 제이든이 말했다. "발정 난 개년이네, 걸레짝 같은 보지네, 뭐 그런 거요. 그런 식으로 상처를 주면서 울리는 걸 좋아했어요. 상대가 울기 시작하면 더 크게 울어보라고, 동물처럼 울어보라고 도발했죠. 그런 다음에는 네 발로 엎드린 그 자세로 동물들이 교미하듯이 섹스를 했어요. 가끔씩 새로운 여자를 만날 때는 멋진 저녁도 사주고 완전 신사적으로 잘 대해주다가, 집으로 데려와서 방문을 닫고 나면 곧바로 벽으로 밀어붙인 다음 손으로 목을 조르기도 했어요. 상대의 놀란 눈빛을 보는 게 좋다면서."

"그 짓거리를 고등학교 때부터 했다고?"

"네." 제이든은 코를 훌쩍이고는 소매로 슥 문질렀다.

"분명히 고소한다는 얘기가 나왔을 텐데요?"

제이든은 고개를 저었다. "예전에 그런 여자애들 아빠 중의 하나가 고소를 하려다가 래디슨 인더스트리의 간부 자리를 제안 받았다는 소문이 있었어요. 고소는 당장 취하되었고요. 그리고 재크가 예전에 일하던 직장에서도 성희롱 얘기가 몇 건 나오기는 했었는데, 무슨 이유인지는 몰라도 고소가 전부 취하되었어요. 하지만 킬리언 선거 운동 본부에 들어가고 나서는, 이제 언론 앞에 나서는 입장이 되었으니까 이미지 관리를 좀 잘해야겠다고 생각한 모양이에요. 최소한 남들 눈앞에서는 말이죠. 그러다가 바카날리언 클럽, 섹스 클럽에 대해 알게 된 거고요. 거기서는…… 돈만 내면 사적인 공간에서 다양한 것들을 즐길 수 있었으니까요. 고급지고 깔끔한 여자들도 있고. 좋은 음식과 유흥거리도 있고. SM 플레이도 제공하고." 제이든은 손으로 입가를 훔쳤다.

"재크는 거기 준회원으로 몇 번 들락거리다가 정회원이 되어서 저를 초대한 거예요. 새로운 단골을 만들면 정말 특별한 여자도 추가로 붙여주거든요."

"그런데 왜 하필 당신을?"

"제 생일 선물이라나요. 재크가 보기에는 제가 좀 남자답지 못했나 봐요. 같잖았달까요." 제이든은 잠시 침묵을 지켰다. 그러다 다시 입을 연 제이든의 목소리는 확연히 바뀌어 있었다. 완전히 패배

했다는 듯한 어조였다. "아마…… 그냥 관중이 필요했던 모양이에요. 진짜 일상에서 아는 사람을 데려다가 자신이 클럽에서 얼마나 잘 놀고 있는지 과시하고 싶었겠죠. 재크에게는 그런 노출증 같은 면이 있었어요. 스릴이 넘친다나요. 성적으로나, 자존심적으로나." 제이든은 목청을 가다듬고 반거울 쪽을 바라보면서 잠시 망설였다. 그러다 시선이 출구 쪽을 향했다.

"계속해요, 제이든." 앤지가 조용히 독촉했다. 핏속에서 아드레날린이 샘솟고 있었다. 앤지도 반거울 쪽을 다시 바라보았다. 슬슬 피츠나 베더가 홀거슨더러 당장 래디슨을 데려오라고 명령하고 있을 타이밍이었다.

제이든은 양손으로 얼굴을 문질렀다. 변호사가 기묘한 표정을 짓고 있었다. "제이든." 그러면서 다시 한 번 제이든의 팔에 손을 올렸다.

제이든은 고개를 저었다. "아니, 아빠가 뭐라고 하시든 상관없어요. 엄마도 마찬가지예요. 난…… 난 *말해야겠어요*. 전부 다. 그레이시를 위해서라도." 그러더니 땅이 꺼져라 한숨을 쉬었다. "재크가 저를 통보이에 데려갔어요. BC 클럽 회원들은 통보이가 열리기 며칠 전에 특별한 문자 알림을 받아요. 익명의 서버가 뿌리는 문자인데 출처는 아무도 모르죠. 꼭 비밀 섹스 모임의 회원이라도 된 것 같은 느낌이라나요. 최소한 재크 말로는 그랬어요. 통보이에 나오는 여자애들은 어리니까."

"얼마나 어린데?"

"그레이시는 출근을 시작했을 때 막 열여섯 살이 되었어요. 다른 애들도 최소한 세 명은 더 있다고 했는데, 다 자신보다 어렸대요. 하지만 우리나라 사람도 아니래요. *아만다 로즈*에서 사는 애들이지. 다른 애들도 굉장히 어려 보였어요. 화장이랑 양 갈래 머리를 하고 교복 차림으로 나오는데, 치마가 굉장히 짧고 속옷도 입지 않았어요. 그리고 목에는 공갈 젖꼭지처럼 생긴 딜도를 하나씩 걸고 있었고." 제이든은 목을 가다듬더니 탁자 위를 멍하니 바라보았다. "그렇게 다들 선실 안에 빙 둘러 앉아서 공갈 젖꼭지 딜도를 쓰는 동안 다른 남자들은 술이나 한잔하면서 구경하는 거예요." 잠시 침묵. "뭐 그런 이벤트였어요."

"우리나라 사람이 아니라던 그 어린 애들은 어디에서 온 것 같았어요?"

"몰라요. 그냥 요트에서 사는 것 같았어요. *아만다 로즈*는 항구 하나에 끽해야 3개월 정도만 정박해요. BC 클럽의 빅토리아 시즌이 올 때마다 정기적으로 돌아오는 거죠. 지난번에는 밴쿠버였고, 그 전에는 포틀랜드에 정박했었대요. 그레이시 말로는 미국 영해에 들어오기 전엔 남미에 있었다고 하던데요. 다른 어린 애들도 아마 그런 항구에서 데려왔겠죠. 솔직히 그 세 명은 본 적도 없고 대화를 해본 적도 없어요."

"요트에서 일하던 우리나라 사람은 누가 있었습니까?"

"일단 그레이시가 있었어요." 제이든은 다시 한 번 한숨을 크게 들이마셨다가 내쉬었다. "그리고 라라, 에바…… 그게 사실 본명인지도 몰라요, 하지만 일단 그레이시 말로는 그랬어요. 라라랑 에바가 입사할 수 있게 도와줬대요. 덕분에 목돈을 만졌다던데요."

"그레이시가 이런 말을 전부 털어놓은 이유가 뭔가요, 제이든?"

제이든은 입술을 앙다물더니 목에서 끅끅거리는 소리를 냈다. 금방이라도 토할 듯이.

"말씀…… 드렸잖아요. 재크랑 처음 갔던 날 밤에 그레이시를 만났었다고. 둘이서 사랑을 나누었어요. 저는……."

"그건 사랑이 아니에요, 제이든." 앤지가 딱 잘라 말했다. "그냥 돈 주고 산 거지."

매덕스는 타박하는 눈빛으로 앤지를 보았다. 앤지는 내 말이 틀렸냐는 듯이 어깨를 살짝 으쓱해 보였다.

"그래도 느낌은 특별했어요. 그래서…… 그래서 그다음 주에도 재크랑 같이 갔어요. 그레이시를 보러. 그리고 통보이가 열리는 주마다 그레이시만 찾았죠. 그레이시도 날 좋아했어요. 서로 대화도 나누고. 제 성 크리스토포로 목걸이를 보고 종교가 뭐냐고 물었죠. 그러면서 자신도 신앙을 다시 찾았다고 얘기해줬어요. 자신이 성가대도 한다고 그러고. 가끔씩은 돈을 내고 그냥 얘기만 했었어요. 그레이시도 좋아했어요." 제이든은 눈길을 아래로 깔고 탁자 위에 그려진 작은 원들을 검지로 따라 그리는 것 같았다. "그러다 나중 일에 대해서도 이야기하기 시작했어요."

"나중 일이라면?"

"미래요. 그레이시가 돈을 충분히 모아 클럽을 관둔 뒤에요. 같이 여행 얘기도 하고 해외에서 사는 이야기도 했어요. 자신이 가고 싶어 하는 도시가 어디인지. 제가 로스쿨을 졸업하고 같이 가볼 수 있는 곳이 어디인지." 제이든은 잠시 망설이더니 눈을 들었다. "저는 그냥 그레이시가 일을 관뒀으면 했어요. 저랑 같이 있었으면 했어요. 일을 관두면 제가 금전적으로 지원해주겠다고 했어요."

"그레이시가 다른 남자와 같이 있는 게 질투가 났던 거 아닙니까?"

"그런 일에는 어울리지 않는 애였어요. 실제로 그렇게 말하기도 했고. 더 나은 삶을 살아도 될 만했어요. 제가 그런 삶을 줄 수 있었어요."

"하지만 그레이시가 당신을 믿지는 않았죠, 제이든?" 앤지가 말했다. "그냥 단골 중의 한 명이었을 뿐이니까."

"우린 특별했어요."

'퍽이나 그러셨겠습니다. 현자타임만큼 사랑의 착각에 빠지기 쉬울 때가 없다니까.'

"그레이시는 정말로 일을 관두고 싶어 했어요. 하지만 쉽지 않았죠." 제이든의 양손과 목소리가 덜덜 떨리기 시작했다. "겁을 먹고 있었거든요. 클럽이 점점 더 강압적으로 변하고 있었으니까. 그리고 자신이 이 클럽에 대해 입이라도 뻥긋하거나 어떤 방식으로든 비밀 유지 계약을 위반했다가는 바로 죽은 목숨이라고 했어요."

"'죽은 목숨'이라니, 그게 무슨 뜻입니까?" 매덕스가 물었다.

"자신을…… 자신을 해칠 거라고 생각한 것 같아요."

"살해하기라도 한단 말입니까?"

제이든은 고개를 끄덕였다. "그레이시를 해외로 데려간다는 얘기가 나오고 있었대요. 더 짭짤하게 값을 부르는 데다 팔 수 있다고……." 목멘 소리가 흘러나왔다. 제이든은 기침을 한번 했다. "그래서 그레이시한테 성 크리스토포로 목걸이를 준 거였어요. 그런…… 출장에서도 안전하게 지켜달라고."

"그레이시는 바카날리언 클럽에 어떻게 들어가게 되었습니까? 그 얘기도 해줬나요?" 매덕스가 말했다.

"걔 남자친구가 소개해줬대요. 일단 자신은 남자친구라고 생각했었대요. 그레이시는 JJ라고 불렀어요."

앤지는 녹음기에 빨간불이 들어와 있는지 힐끗 쳐다보았다. 확실한 채증이 필요했다.

"존 재크스의 애칭입니까?" 매덕스가 물었다.

"아마 그런 이름이었던 것 같아요. 그레이시랑 같은 학교에 다니던 전 남친의 테니스 연습장에서 만났다고 하던데요. 전 남친이랑 깨진 뒤에 새로운 남자친구랑 사귀면서 선물도 받고 돈도 받았대요. 그것도 엄청 많이. 그리고 멋진 곳에도 데려가주고, 정말 특별한 기분이 들게 해주었대요. 그러다 어느 날 밤 데이트에 자기 친구를 한 명 데려왔는데, 그레이시랑 이 친구를 호텔로 같이 보냈대요. 알고 보니까 그 친구라는 사람이 데미안이더라고요. 그런데……."

"데미안이요? 성은 뭡니까?" 매덕스가 물었다. "확실히 채증해야 해서요."

"데미안 요릭이요. 그런데 그레이시의 남자친구는 그레이시더러 자신이 보는 앞에서 데미안이랑 같이 섹스를 해달라고 했대요. 그레이시는 하기 싫었지만, JJ가 자신을 얼마나 사랑하고 신뢰하는지 이걸로 증명하라고 강압적으로 나왔대요. 그래서 그레이시는 섹스를 했고. 그런 다음에는 두 사람 모두와 섹스를 하게 되었대요. 그 다음번에는 그레이시도 저항했지만 JJ라는 놈은 그레이시가 울면서 포기할 때까지 두들겨 팼대요. 그런 다음에는 또 굉장한 선물을 안겨주면서 위해주는 척하고. 그렇게 몇 번 정도 반복되었죠. 그러다가 데미안이 두 사람을 *아만다* 로즈로 데려갔대요. 거기서 JJ는 그레이시에게 술을 엄청 먹인 다음에 라운지의 모두가 보는 앞에서 클럽 회원 하나랑 같이 섹스하라고 시켰대요. 여기는 특별한 나이트클럽이라고 하면서. 그 회원도 그레이시에게 돈을 엄청 줬고, 구경하는 사람들도 마찬가지로 돈을 줬대요. 그런 다음에도 JJ랑 데미안은 그레이시를 공주처럼 대우했고요. 그다음 주 화요일에도 그레이시를 데려가서 다른 회원 두 명이랑 어울리게 했대요."

"재크는 어떻습니까? 재크는 페이스를 좋아했나요?"

"네. 돈만 잘 쳐주면 거친 플레이도 받아줬거든요."

"다른 여자들처럼 고통을 줬다는 말입니까?"

"따귀를 때리고 입에 침을 뱉고는 했어요. 개목줄을 달아 끌고 다니기도 하고. 클럽의 별실에서 제공해주는 장비들도 사용했어요. 채찍, 밧줄, 수갑, 가죽 띠, 가시……. 페이스에게 사용하겠다고 말한 섹스 토이라면 전부요. 자신이 무슨 플레이를 했는지 자세히 말해주면서 저를 놀래려고 했죠. 실제로 제가 그런 짓거리들에 대해 듣고서 놀라는 표정을 또 즐기기도 했고요."

"클럽 운영 측은 재크의 행동을 용납했답니까?"

제이든은 엄지손가락을 꼬물거렸다. "그랬겠죠. 아마도요. 어쨌든 페이스를 내준 것도 클럽 측이었으니까요."

"이 클럽은 누가 맡고 있습니까?"

"마담이요. 비서랑."

"마담이요?"

"마담 비라고 있어요. 제가 아는 건 그뿐이에요. 그리고 비서는 지나라는 사람인데, 키가 큰 트랜스젠더예요. 피부색이 좀 이상한데 무슨 잿빛처럼 새하얘요. 눈동자도 무색이고. 머리카락도 은색으로 염색했고."

"이 마담 비라는 사람은…… 연령대나 국적, 말투가 어떻게 됩니까?"

"솔직히 페이스가 죽은 밤까지는 마담이나 비서를 만난 적이 없었어요. 그 사고가 벌어지니까 지나가 와서 사태를 수습한 다음, 우리를 마담의 사무실로 보냈어요. 거기서 마담은 우리더러 다 괜찮을 거라고 안심시켜줬어요."

"참 상냥하기도 하지." 앤지가 말했다.

제이든이 앤지를 올려다보았다. "괜찮을 거니까 경찰에 알리지 말라는 뜻이었어요."

"당부의 말씀하고 비슷한 거 아녜요?" 앤지가 말했다. "말하면 너희가 살인죄로 감옥에 간다, 뭐 그런 의미가 함축되어 있었겠지."

제이든은 탁자를 향해 시선을 떨구었다.

"페이스가 죽던 날에 대해 더 설명해봐요." 매덕스가 말했다. "그게 언제였죠?"

"11월 28일 화요일이요."

"정확히 무슨 일이 있었죠?"

"재크가 저더러 자신이랑 페이스가 노는 걸 구경하라고 했어요. 코카인에 취해 있는 상태였죠. 자신이 하는 걸 잘 보고 배우라고 했어요. 그러고는 페이스를 묶어놓고 섹스를 했는데, 밧줄이 점점 조여드는 거예요. 페이스는 멈추라고 하면서 흐느끼기 시작했어요. 그런데…… 재크가 이성을 잃고 난폭해졌어요. 저도 당장 멈추라고 재크한테 소리쳤어요. 정말이에요, 맹세해요. 하지만 재크는 스테이크 써는 칼을 집어 들더니 자신을 말리려고 들면, 한 발짝만 가까이 오면 페이스를 해치겠다고 했어요. 그것도 재크에게는 나름대로 플레이거나 성적 환상이었나 보다 싶어요. 그러다가…… 다음 순간 페이스가 숨을 쉬지 않게 되었어요. 처음에는 재크도 페이스가 엄살을 부린다고 생각했던 것 같아요. 그러다가 정말이라는 걸 알고는 공황 상태에 빠져서 페이스의 목을 조르고 있던 줄을 스테이크 칼로 자르려고 했어요. 하지만 밧줄은 너덜너덜해지기만 했어요. 그래서 저도 재크를 도우려고 했죠. 제이든은 무거운 한숨을 내쉬었다. "그러다 도움을 청했어요."

"스테이크 칼이요?"

"그날 밤에 두 사람이 검은 송로버섯이랑 비싼 스테이크를 먹었거든요. 그래서⋯⋯." 제이든은 갑자기 떠올린 기억에 말문이 막히는지, 두 눈을 감고 잠시 침묵을 지키며 어질어질한 정신을 다잡으려는 것 같았다.

"그래서 밧줄은 처리했습니까?" 매덕스가 자칫 흐름이 끊기기 전에 제이든을 달래려는 듯이 말했다.

제이든은 고개를 끄덕였다. "그때 지나가 들어왔어요. 현장을 정리한 다음, 우리더러 중간층에 있는 마담의 사무실로 가라고 하더라고요. 입도 뻥긋 말라는 경고와 함께."

"마담 비의 사무실에서는 무슨 일이 있었습니까?"

"자기 진열장에서 브랜디를 꺼내 따라주고는 한 시간 정도 우리를 붙들어놓고 있었어요. 걱정할 일 하나도 없다면서. 어차피 다 처리해본 상황이라면서. 우리가 집에 갈 즈음에는 싹 다 깔끔하게 정리될 거라고, 마치 처음부터 없었던 일인 것처럼 완전히 묻어버릴 거라고 그랬어요. 그리고 당분간은 그냥 잠수 타고 있으랬어요. 클럽도 오지 말고."

"그런 다음에는?"

"클럽에서 나왔어요."

"집으로 바로 갔습니까?"

"아뇨. 재크랑 저는 선착장의 주차장으로 갔어요. 저는 이성을 잃고서 이거 신고해야 하는 거 아니냐고 말했어요. 그때 완전히…… 맛이 가 있었어요. 겁을 먹고 있었으니까. 재크는 저더러 병신이냐면서, 그랬다가는 둘 다 감옥행이라고 했어요. 제가 재크의 아큐라 옆에 세워놓은 제 렉서스에 타려는데 재크가 저를 붙잡았어요. 제가 곧장 경찰서로 직행하지 않을지 걱정스럽다는 거예요. 그렇게 둘이서 몸싸움을 하다가 재크가 제 턱에 죽빵을 날렸어요. 저는 그대로 쓰러져서 울었고요. 그래서 결국 재크의 차에 탔어요. 얼마나 오랫동안 그러고 있었는지는 몰라요. 시동도 켜놓고 같이 위스키를 마셨죠. 재크가 힙플라스크에 담아온 술이 있었거든요. 바깥은 추웠고 눈이 오기 시작했어요. 북극 기단이 내려온다고 했었던 것 같은데, 차창에 눈이 쌓이기 시작했고 유리창에 김이 서렸어요. 그러다 재크가 갑자기…… 비명을 질렀어요. 누군가 운전석 바깥에서 안쪽을 들여다보고 있었거든요." 제이든이 목을 가다듬자 매덕스가 물을 한 잔 건네주었다. 제이든은 물을 받아 마셨다.

"아만다 로즈의 선원 중 한 명이더라고요. 배에서 본 적이 있었어요."

"선원의 이름은 압니까?"

"이름은 몰라요. 그냥 갑판에서 일하고 있는 모습을 지나가면서 본 것뿐이라. 눈에 확 띌 정도로 몸이 좋았거든요. 얼굴도 잘생겼어요. 광대뼈가 좀 두드러졌지만." 제이든은 다시 한 번 심호흡을 했다. 앤지가 보기에도 제이든은 지쳐가고 있었다. 앤지는 슬쩍 손목시계를 쳐다보았다. 경험에 비추어볼 때 제이든이 입을 완전히 다물게 될 때까지 시간이 얼마 남지 않은 시점이었다. 절로 긴장감이 올라왔다.

"재크가 차창을 내리고는 무슨 지랄이냐면서 욕을 했어요. 왜 병신처럼 차 안을 들여다보고 있냐고. 그랬더니 선원이 자신은 안다는 거예요. 무슨 일이 있었는지, 재크랑 제가 페이스에게 무슨 짓을 저질렀는지 안댔어요. 그러면서 자신이 직접 본 것처럼 상황을 자세하게 설명했어요. 굉장히 자세하게. 재크가 제게 했던 말. 스테이크 칼. 흐느끼던 페이스. 그런 페이스를 거칠게 범하던 재크. 다리를 더 벌리다 보니까 목을 점점 조르게 된 밧줄까지. 선원은 시신을 자신이 처리해주겠다고 했어요. 그런 다음에는 우릴 빤히 보면서 기다리고 있는 거예요. 재크가 꺼지라고 했죠. 하지만 재크도 분명히 겁을 먹고 있었어요. 선원 때문에 겁을 먹은 거였죠. 그랬더니 상대가 말했죠. 꺼지라면 꺼지겠다, 하지만 감사 표시를 그 따위로 한다면 우리가 저지른 짓을 누군가에게 말할지도 모른다고 했죠. 꼭 우리를 떠보는 것 같았어요. 우리가 어떻게 나오는지 보려고." 제이든은 마른침을 삼키고는 매덕스가 준 물을 다시 한 모금 마셨다.

"저도 정말 겁이 났어요. 어딘가 이상해 보이는 사람이었거든요. 그래서 뭘 원하느냐고 물었어요. 그냥 닥치고 꺼졌으면 하는 마음이었거든요. 그랬더니 재크의 차 옆에 주차된 제 렉서스를 쳐다보는 거예요. 항상 저런 차 하나 갖고 싶었다면서." 제이든은 잠시 말을 멈추고 씨근거렸다.

"그래서 가지라고 했어요. 갖고 꺼지라고 했죠. 제 키까지 던져줬어요. 선원은 자동차 키를 받더니 렉서스로 갔죠. 그 후로는 본 적도, 들은 적도 없어요. 차량 도난신고는 당연히 할 생각도 없었고요. 그 사람이 잡혔다간 당연히 경찰한테 무슨 일이 있었는지 싹 다 불어버릴 테니까."

앤지와 매덕스는 입을 꾹 다문 채 제이든을 바라보면서 이 좁다란 심문실의 후끈하게 달아오른 긴장감이 좀 가라앉을 때까지 기다렸다.

매덕스가 물었다. 조용한 목소리로. "그럼 그레이시는?"

제이든의 표정이 일그러졌다. 이번에는 정말로 토할 것처럼 보였다.

"그레이시에게 무슨 일이 생겼는지는 뉴스에서 봤어요. 그리고 페이스의 시신이 발견되었다는 소식을 들었을 때는 당장 그놈이 저지른 짓이라는 걸 깨달았어요. 제 렉서스를 가져간 그 미친놈이요. 당장 그 요트에서 일하고 있었는걸요. 그날 재크랑 페이스가 빌렸던 방에서 무슨 일이 벌어졌는지 다 알고 있었다고요. 그놈이 페이스의 시신을 가져간 거예요. 또, 그레이시에 대해서도 잘 알고 있었겠죠. 그때 형사님들이 와서 렉서스가 범죄에 연관되었다고 한 거예요."

"그 남자는 *아만다 로즈*에서 사는 겁니까?"

"내가 아는 건 지난 금요일에 마담 비한테서 그자는 원래 목공으로 고용되었고, 선원 보직까지 같이 소화하다가 페이스가 죽은 날에 사라졌다는 얘기뿐이에요. 다시는 출근하지 않았다고 하던데요."

"목공이라고요?"

"네. 요트에서 나무로 된 부분은 전부 유지보수를 했대요. 나무 갑판, 난간, 널빤지처럼 나무로 된 부분이 좀 많잖아요. 그리고 캐비닛 같은 비품도 전부 직접 만들고 수리했대요."

"그럼 금요일에 *아만다 로즈*를 *방문한* 이유는 뭡니까, 제이든?" 앤지는 자세를 바꾸어 반대쪽 어깨를 벽에 기대고 섰다.

제이든은 다시 양손으로 얼굴을 문질렀다. 어찌나 세게 문질렀는지 피부가 시뻘겋게 달아오를 정도였다. "무서웠으니까요. 형사님들이 *내* 렉서스를 찾고 있었으니까요. 범인은 제 차를 가져간 그 목공이 분명해요. 그리고 심리학자가 라디오에 나와서 그레이시를 죽인 살인자가 또 사람을 해칠 거라고 했어요. 잡히기 전까지는 절대 살인을 멈추지 않을 거라고. 그리고 신문에서는 온통 이 연쇄살인마랑 예전에 벌어졌던 강간 사건이 서로 연결되어 있었다고, 그런데 아무도 막지 못했다고 하고요. 재크는 이제 제 전화를 받지도 않아요. 꼭 차단이라도 한 것처럼. 그래서…… 그래서 바카날리언 클럽에 그 목공이 범인이라고 경고해야 했어요. 제 차를 가져갔고, 이런 끔찍한 짓을 벌였으니까 반드시 저지해야 한다고 알렸다고요. 하지만 마담은 그냥 잊어버리라고, 목공은 사라져버렸으니까 자기네가 알 바도 아니라고 했어요. 그렇다고 이런 정보를 경찰에 들고 갔다간 결국 페이스 호킹의 살인부터 시작해서 휘말릴 일이 한둘이 아니잖아요." 제이든은 잠시 변호사 쪽을 훔쳐보았다.

"마담 말로는 자기 고객들은 다 거물들이라고, 현직 판사, 변호사, 대기업 중역, 사법 집행자까지 온갖 힘센 사람들로 구성되어 있다고 했어요. 그게 또 빈말이 아닌 게, 당장 저도 요트에서 현직 의원이랑 언론계 인사들을 몇 명 알아봤거든요. 그런 사람들까지 이번 사건에 전부 연루된다면 우리 부모님의 경력도 끝장이라고 했어요. 그런 다음에는 저를 무섭게 응시하면서 지금 이 사태를 과연 버텨낼 수 있겠느냐고 물어보더라고요."

제이든은 양손으로 관자놀이를 꽉 짓눌렀다. 꼭 자기 머릿속에 있는 정보가 바깥으로 터져 나오려는 것을 막는 것처럼. "마담은 아무래도 제가 버틸 수 있을 거라고 믿지 않는 것 같았어요. 그래서 지나가 데미안을 불러들인 것이기도 해요. 데미안을 '해결사'라 부르면서 자신들이 닻을 올린 다음에도 저를 도와줄 거라고 하더라고요. 저더러 데미안을 만나보라고 했어요."

"닻을 올린다니?"

"*아만다 로즈*는 내일 출항한대요."

앤지는 깜짝 놀라 매덕스를, 그다음에는 반거울을 번갈아 보았다.

"어디로 간답니까?" 매덕스가 물었다. 마찬가지로 갑작스레 굳어 버린 목소리로.

"모르겠어요. 아마 태평양을 건너갈 것 같던데요. '바코드 찍은 상품'을 실으러 간다는 얘기가 있었어요. 원래 12월 26일에나 출항할 계획이었다고 하는데, 지금 요트랑 연관된 살인 사건들 때문에 분위기가 너무 안 좋아져서 서두르는 것 같아요. 일단 항구를 뜬다면 데미안이 아마 제 입을…… 막으려 들 것 같기도 하고요. 그래서 저도 더 이상 이번 일에 대해 입 다물고 있을 수만은 없었던 거고요."

"무서웠군요."

끄덕임.

"좀 더 일찍 왔어야죠, 제이든." 앤지가 말했다.

제이든은 눈을 들어 앤지와 시선을 마주했다. 그리고 고통, 회한, 후회가 휘몰아치는 얼굴로, 온통 눈물이 그렁그렁해진 눈으로 말했다. "이제 왔잖아요."

+

"팔로리노." 홀거슨은 심문실에서 나오는 앤지를 어디론가 끌고 갔다. 매덕스는 서둘러 복도를 따라 수사실로 향했다.

"뭐야?" 앤지가 쏘아붙였다. 아드레날린으로 온몸이 잔뜩 달아올라 있기도 했고, 당장 매덕스를 따라가야 한다는 조급한 마음 때문이기도 했다. 하지만 홀거슨의 눈빛이 심상치 않았다. 가슴이 철렁 내려앉았다.

"홀거슨?" 앤지는 탁한 목소리로 물었다.

"윈스턴이야. 협곡 근처에서 발견됐어. 30분 전에. 펜타닐 과용으로 보인대."

앤지의 얼굴에서 핏기가 싹 빠져나갔다. 앤지는 한 손으로 입을 틀어막았다. "상태는 어떻…… 대?"

"죽었어."

머릿속이 멍해졌다.

'우리 집에 몰래 침입한 거야, 형사 아줌마. 크랙이랑 마약 투여 기구, 그리고 내 사진을 탁자 위에 올려두고 갔더라고. 뒤에 뭐라고 쓰여 있는지 읽어봐…….'

'넌 죽었어'

'지난번에 아줌마가 다 상관한다고 했으니까 이렇게 온 거야. 난 아줌마 말을 믿어…… 크리스마스이브에 기사가 퍼지게 예약을 걸어놨어…… 혹시나 나한테 무슨 일이 생길까 봐…….'

"사인은 펜타닐이 확실하대?"

"안타깝지만 사실이야. 발견 신고에 대응한 경관이 시신에서 잘 접힌 종이를 한 장 찾았다나 봐. 그걸 함부로 펼쳤다가 바람 때문에 하얀 가루를 직빵으로 뒤집어썼어. 당장 응급치료팀을 불러서 날록

손을 처방받아야 했지."

날록손은 아편 계열 약물에 처방되는 강력한 해독제다.

애꿎은 경관이 과다 노출되기는 했지만, 펜타닐은 최근 길거리에 엄청나게 풀리면서 온갖 약물들에 다 끼어들고 있었다. 그런 주제에 함부로 건드리기엔 너무 위험한 물건인지라 경찰차에 날록손 처방 키트가 하나씩 보급된 게 그나마 다행이었다.

앤지는 입가를 문질렀다. "요릭…… 지금 체포하러 갔지?"

"그래. 얘기가 나오는 대로 움직였어. 재크스도 마찬가지야. 래디슨은 이미 대령해놨고."

"요릭의 집도 한번 수색해봐. 그놈은 포주일하고 마약상을 겸업하거든. 혹시라도 그 하얀 가루의 배합이랑 성분이 일치하는 약이 있는지 확인해보라고 해. 제기랄." 앤지가 돌아섰다. "직접 데려왔어야 하는 건데."

홀거슨이 손을 뻗어 어깨를 토닥여주려 했지만, 앤지는 그 손길을 뿌리치고 계단을 향해 쿵쿵 걸어갔다. 눈물을 글썽이는 꼴을 들키기 전에.

'널 데려왔어야 하는데…… 네 믿음을 저버렸어, 메리. 널 구하지 못했어. 빌어먹을…… 널 실망시켰어…….'

70장

12월 18일 월요일

앤지는 꽉 끼는 방탄조끼를 살짝 고쳐 입었다. 시간은 이제 막 자정을 지나고 있었다. 강우 상황은 양호했다. 바람도 잦아든 하늘에 점점이 퍼진 구름 사이로는 어슴푸레한 달빛이 언뜻언뜻 비치면서 수면에 창백한 달그림자를 남기고 있었다. 선착장의 불빛이 빛났다. 주차장은 분주하면서도 조용했다. 앤지는 작전지가 내려다보이는 강둑 위의 움푹 솟은 둔덕 뒤에서 매덕스와 어깨를 바짝 붙인 채, 비상대응팀으로부터 '이상무' 신호가 떨어질 경우 곧장 *아만다* 로즈에 승선할 준비를 하고 있었다.

이번 급습 계획은 앤지와 매덕스가 제이든을 성당에서 낚아올 때부터 이미 시작되어 있었다. 피츠와 베더는 지휘부에서 작전을 감독하는 중이었다.

앤지는 야시경을 통해 검은색 타운 카가 주차장으로 천천히 들어오는 광경을 지켜보았다. 남자 세 명이 타고 있는 게 똑똑히 보였다.

차가 멈춰 섰다. 남자들은 껄껄거리고 웃으면서 살짝 비틀거리는 걸음걸이로 부두에서 하얗게 빛나는 요트로 향했다. 다른 손님들은 이미 택시로, 리무진으로, 승용차로 전부 도착한 상황이었다. 지금 선착장을 떠나려는 사람들도 이미 출구에 설치된 바리케이드에 발이 묶여 있었다.

앤지는 *아만다* 로즈로 야시경을 돌렸다. 요트 뒤쪽으로는 바다 한가운데에서 검은색 윤곽으로만 간신히 보이는 빅토리아 시경 소속 경비정이 시선에 들어왔다. 쾌속정 두 척이 작전지 주변을 돌고 있었다. 혹시라도 작전 중에 *아만다* 로즈의 선원들이 소형 보트를 타고 도망치려 하면 곧바로 투입될 준비가 되어 있었다. 헬기 한 대도 이미 출격 준비를 마친 상태였다. 시커먼 위장복 차림의 비상대응팀이 돌격소총으로 무장한 채 요트로 접근하는 모습이 보이자, 앤지의 심장이 기대감으로 들끓기 시작했다.

의료팀과 지원팀도 이미 준비 만전의 상태였다.

갑자기 총성이 밤하늘에 울려 퍼졌다. 곧이어 찢어지는 비명이 이어졌다. 남자들이 질러대는 비명이 물 건너까지 들려왔다.

"갑판을 확보하고 있어." 앤지가 매덕스에게 말했다. 매덕스 역시 자기 쌍안경을 눈에 대고 상황을 파악하고 있었다. 그림자들이 빠르게 움직였고, 남자들이 도망치고 있었다. 어둠 속에서 섬광이 번쩍하더니 쿵, 하는 작은 폭음이 들렸다. 또 다른 비명이 하늘을 갈랐다. 이번에는 여성의 비명이었다. 다시 총성이 뒤를 이었다. 이제 상황이 슬슬 정리되고 있었다. 날카롭게 명령하는 소리가 똑똑히 들렸다. 몇몇이 저항했다. 남자들도 소리를 질렀다. 밤바람을 타고 온갖 소리들이 들려왔다.

그제야 이상무 신호가 떨어졌다. 앤지와 매덕스는 곧장 일어나서 강둑을 달려 내려가 부둣가를 따라서 요트를 향해 뛰었다. 탑승계단 위쪽에서 완전무장 상태로 기다리고 있던 대원 하나가 두 사람을 입구로 안내했다. 요트 안의 모습은 그야말로 숨 막힐 정도였다. 광택이 흐르는 나무 선실 안에 눈부시게 빛나는 금속 공예 장식품들이 배치된 가운데, 벽에는 온갖 고급스러운 예술 작품들이 걸려 있었다. 아직도 어디에선가 음악이 흘러나오고 있었다. 앤지의 코끝에 후추 스프레이의 냄새가 희미하게 감돌았다.

한 층 아래에서는 대원들이 선원들을 포박해놓은 상태였다. 담요로 몸을 감싼 여성들이 계단을 따라 올라와 상부 갑판에 따로 마련된 집결지로 이송되고 있었다. 울고 있는 사람도 많았다. 남자들도 하부 갑판의 내실로부터 싹 다 끌려나오는 중이었다. 다들 벗고 있는 부위가 제각각이었다. 그중에는 여전히 그로테스크한 바로크풍의 축제 가면을 쓰고 어떻게든 얼굴을 가리려는 사람들도 있었다. 기다란 매부리코와 악마의 뿔, 그리고 황소의 얼굴을 한 채.

앤지와 매덕스는 하부 갑판으로 내려가서 대원들의 안내를 받아 '마담 비'와 비서가 구금되어 있는 선실로 향했다. 자동소총으로 무장한 대원 하나가 문밖에서 경계를 서고 있었다. 이 대원이 선실의 문을 열어주자 광택이 자르르 흐르는 책상이 갖춰진 내부가 드러났다. 책상 뒤쪽에서는 또 다른 대원이 족히 60대는 되어 보이는 여성한 명을 감시하고 있었다. 그 옆에 양손이 포박당한 채 앉아 있는 트랜스젠더 비서는 아마도 제이든 노턴 웰즈가 말했던 바로 그 사람인것 같았다. 은백색 머리에 무색의 눈동자, 그리고 잿빛처럼 하얀 피부를 보니 과연 제이든의 설명대로 딴 세상에서 온 것처럼 보였다.

그 무색의 눈빛이 앤지의 시선과 마주쳤지만 아무런 감정이나 긴장도 읽어낼 수 없었다. 하지만 여성의 눈은 반항심으로 번뜩였고, 핏빛으로 시뻘겋게 칠한 입술 역시 분노로 앙다문 상태였다. 앤지는 그 옆에서 한창 서류를 갈다가 멈춰버린 세절기를 보았다.

"잠깐 얘기 좀 하겠습니다." 매덕스가 부탁하자 비상대응팀원은고개를 한번 끄덕여 보이고는 선실에서 나가 문을 닫았다. *아만다로즈*를 제압 및 확보하는 것이 비상대응팀의 임무였다면, 이제 앤지와 매덕스가 목표를 수행할 차례였다. 바로 목공에 대한 단서를알아내는 것이었다. 놈은 아직도 저 밖에서 활개치고 있었고, 그래블로스키 박사의 말이 맞는다면 다음번 희생자가 발생하는 것도 시간문제에 불과했다.

"얘기는 내 변호사랑 하시지." 여성이 턱을 치켜 올리면서 딱 잘라 말했다. "당신들은 이럴 권리가 없어. 지금 합법적인 영업을 방해하고 있는 거야. 난 유료 회원들 사이의 모임을 주선하는 회원제유흥업소를 운영하는 것뿐이라고. 다들 음식과 유흥을 찾아서 오는 것뿐이지. 객실에서 벌어지는 사적인 행위는 전부 상호 합의하에 이루어지는 거야."

"직원 목록 내놔." 매덕스가 말했다.

여성은 입을 굳게 다물더니 얼굴을 홱 돌려버렸다. 경호원 겸 비서는 여전히 아무 표정도 지어 보이지 않았다. 마치 냉혹하고 위험한 야수 같다고 앤지는 생각했다.

"최근 당신 밑에서 일했던 목공의 이름이 뭐지?" 매덕스가 서랍을 샅샅이 뒤지면서 말했다. 꼭 상대를 불안하게 만들려는 작정인 것 같았다. "당신 법적 본명은 뭐야?"

"말했잖아, 내 법적 자문이랑 얘기하라고."

매덕스는 여자가 앉아 있던 회전의자를 거칠게 돌려 상대방을 놀랬다. 그런 다음 얼굴을 가까이 들이댔다. "그냥 목공 이름만 말해. 그 직원의 정보를 숨기는 건 법정에서도 불리하게 작용할 거야. 형량을 넉넉하게 받게 될걸. 날 믿어. 여기서 무슨 사업을 벌이고 있었든 상관없어."

대답은 없었다.

좌절감이 앤지를 덮쳤다. 당장이라도 저 여자 포주의 사지를 찢어버리고 싶다는 분노가 치밀어 오르는 걸 간신히 억눌러야 했다. 매덕스는 앤지를 돌아보면서 문 쪽으로 고개를 까딱였다. 여기서는 더 볼일 없다는 의미였다. 지금 이 순간에도 시간은 흐르고 있었다. 그것도 굉장히 빠르게. 매덕스는 밖으로 나왔다. 앤지도 그 뒤를 따랐다.

"여기서 이러는 건 시간 낭비야." 그러더니 문 앞에서 경계 근무를 서고 있던 남성을 돌아보았다. "나머지 직원들은 어디 갔어요?"

"싹 다 연행해서 하부 갑판의 한구석에 몰아놓았습니다."

두 사람은 맨 아래층 갑판으로 통하는 계단을 달려 내려갔다. 바깥에서 대원들이 선원들을 끌고 선미 쪽으로 향하고 있었다. 여성 경찰 하나가 앤지와 매덕스를 불렀다.

"자발적으로 정보를 제공하겠다는 사람이 있습니다. 청소 직원이라고 합니다." 그러면서 경찰은 이제 막 20대 초반으로 보이는 여성을 가리켰다. 두 사람은 재빨리 여직원을 데려왔다.

"여기서 무슨 일이 벌어지는지는 전혀 몰랐어요." 직원이 헐떡거리면서 말했다. 두 눈도 공포에 질려 크게 뜨고 있는 상태였다. "진짜 맹세해요, 저 신참이라. 진짜로……."

"일단 이름부터 말해봐요." 앤지가 주머니에서 티슈를 한 장 꺼내 직원에게 쥐어주면서 말했다. 요트 이쪽에서 맞는 바닷바람은 꽤 찼다. 아무래도 수평선 너머에서 또 다른 기상전선이 올라오고 있는 모양이었다.

여성은 사시나무처럼 벌벌 떨면서 코를 풀었다. "케이티 콜린즈예요. 이 요트에 취직한 지는 얼마 안 됐어요."

"얼마나 됐는데요?"

"한 달 정도요."

"그럼 완전 신참은 아닌데. 여기서 무슨 일이 어떻게 돌아가는지 모를 정도는 아니잖아요. 방 청소를 했나요?"

콜린즈가 고개를 끄덕였다.

"그럼 밤새 놀고 난 결과물도 봤을 거 아녜요. 어땠어요? 사용한 콘돔, 섹스 토이, 가끔씩 피를 봤을지도? 여자는 본 적 있어요? 여자들이 맞는 모습은?"

콜린즈는 마른침을 삼켰다. "여자들은 한 번도 본 적이 없어요. 단 한 명도요. 클럽의 영업 중에는 음식 서빙하는 직원들 빼고 아무도 아래쪽 선실에 들어갈 수 없었거든요. 우리가 청소하러 들어갈 때쯤이면 다들 밖으로 나간 뒤였어요. 여자들이 지내는 구역도 마찬가지였어요. 항상 다른 구역으로 몰아낸 다음에야 우리가 들어가서 청소를 했죠."

앤지는 매덕스에게 강렬한 눈빛을 던졌다. "그럼 정말로 여기 젊은 여성들이 *타고 있었다는* 얘기네요?"

콜린즈가 고개를 끄덕였다. "걔들은…… 바코드 걸이라고 불리는 것 같았어요. 다 외국인이라고 하던데. 항상 요트에서 지내야 한대요. 직접 본 적은 한 번도 없었어요. 그리고 다른 곳에는 훨씬 어린 여자애들도 세 명 더 있었어요. 클럽에서 제공하는 운전사들이랑 함께 오는 여자들도 있는데, 그 여자들은 대개 같은 운전사들이랑 같이 여길 떠나요." 그러면서 콜린즈는 발밑을 내려다보았다. "그게…… 여기 페이가 너무 좋아서. 전…… 그냥 확신이 서질 않았어요. 그냥 못 본 척하고만 있었어요."

"그냥 우리만 좀 도와줘요, 케이티. 그럼 본인한테도 도움이 될 거예요. *아만다 로즈*에서 대략 2주 전까지 일했던 선원이 하나 있어요. 선원 겸 목공으로 일하던 사람인데. 금발머리 남성, 나이는 대략 30대예요. 잘생겼지만 어딘가 나사가 빠진 것처럼 보이는 사람이에요. 혹시 일 관둔 사람 중에 그런 사람 없었어요?"

"아…… 맞아요. 그 사람 관뒀어요. 관뒀다고 했어요. 스펜서였나."

아드레날린이 당장에 앤지를 치고 올라왔다. "스펜서라, *나머지 이름은 몰라요?*"

"몰라요."

"어디 사는지는 압니까?" 매덕스가 말했다. "아니면 외국인이에요? 다른 항구 출신의 선원입니까?"

"잘 모르겠어요……." 그러다 콜린즈는 갑자기 셰프 복장을 한 채 결박되어 집결지로 끌려가던 선원을 한 명 가리켰다. "저 사람요. 저 사람은 더 자세히 알아요."

앤지와 매덕스는 지목된 남성을 끌고 왔다. 몸집이 크고 곰보에 인상도 험악했다. 주방 복장 앞자락에는 핏방울까지 튀어 있었다.

"변호사 불러주쇼." 남자가 즉시 말했다.

"저기 친구, 본인한테 애착을 좀 가져주었으면 좋겠어." 매덕스가 퉁명스레 말했다. "스펜서에 대해 알고 싶어. 스펜서에 대해 이야기하면 앞으로 겪을 일이 훨씬 편안해질 거야. 그런데 입을 계속 다물었다간 내가 책임지고 당신 여생을 지옥으로 만들어주겠어."

스펜서 이야기가 나오자 사내도 눈을 번뜩였다. "저 안에 들어가서 얘기하죠?" 사내는 한쪽에 난 문을 가리켰다. 앤지가 먼저 문을 열어보자 앉을 자리가 마련된 작은 공간이 있었다. 직원 휴게실인가 보다 싶었다.

사내는 두 사람과 함께 방으로 들어가 어깨 너머로 곁눈질을 했다. 그러다 문이 닫히는 걸 확인하자마자 입을 열었다 "스펜서는 관뒀어요."

"관둔 건 알아. 그 이유가 뭐지?"

"몇 주 전에 클럽 객실에서 무슨 사고라도 터진 모양이요. 무슨 일인지는 모르지만 되게 나쁜 일인가 보던데. 스펜서가 일손으로 불려갔어요. 그 이후로는 한 번도 못 봤수."

"스펜서의 성이 뭐지? 어디 사는지, 어디 출신인지, *아만다 로즈*에서 얼마나 오래 일했는지는 아나?"

"애덤스요. 스펜서 애덤스. 여기 빅토리아 토박이요. 요트에서 몇 년 일한 걸로 아는데…… 카리브해랑 지중해 시즌 출장에도 따라갔다 온 걸로 알아요. 자기 말로는 몇 년 전에 요트 목공 구인 광고를 보고 여기 들어왔다고 합디다. 제임스만에서 자기 엄마랑 같이 산다고 하던데. 말도 별로 없고 보통 혼자 놀던 친구예요. 그런데 목공 솜씨는 귀신같았지. 자기 일도 굉장히 사랑했고…… 꼭 성직처럼 임하더라고요. 확실히 좀…… 이상한 친구긴 했어요. 성경 구절도 자주 인용하고."

앤지의 심장이 쿵쿵 뛰었다. "제임스만 어디에 산대요?"

"그야 모르죠."

갑자기 문이 열리면서 비상대응팀 남성 대원이 들어왔다. "여어, 형사님들. 이걸 좀 보셔야겠는데."

대원은 요트 하부 갑판의 비품 창고처럼 보이는 곳으로 두 사람을 안내했다. 문을 열자 가로세로 2.5미터 정도 되어 보이는 정사각형의 공간이 나타났다. "여기 들어오려고 자물쇠까지 부숴야 했어요."

앤지와 매덕스는 이 좁다란 공간으로 발을 들였다. 벽에는 나무 판자를 덧댔고, 중앙에는 푹신한 회전의자가 배치되어 있었다. 벽의 허리 높이로는 폭이 30센티미터가 채 되지 않는 선반이 빙 둘러 있었다. 벽에 덧댄 판자에서는 웬 전선들이 튀어나와 있었다. 전선 끄트머리의 USB 포트는 비좁은 선반 위에 놓인 노트북에 연결된 상태였다.

매덕스가 장갑 낀 손가락을 딱, 튕겼다. 그러더니 전선 하나를 손으로 훑어 벽에 난 구멍까지 따라갔다. "여기 보면 전선 주변에 탈착형 나무 커버가 씌워져 있어." 매덕스는 그렇게 말하면서 나무판자에 세심하게 매립된 작은 커버를 열었다. 그러더니 작게 욕을 하면서 또 다른 나무 커버를 벗겨냈다.

"카메라야." 이번에는 작은 선반 위에 놓인 노트북을 바라보았다. "카메라 정보를 전선으로 받아서 전부 저 컴퓨터에 보내는 거야."

앤지는 주머니에서 라텍스 장갑 한 켤레를 꺼내 끼고는 노트북을 열었다. 전원 버튼을 누르자 노트북이 부팅되었다.

"이런 망할." 앤지는 수많은 파일들을 일일이 열어보면서 중얼거렸다. 전부 객실을 찍은 다양한 영상들이었다. 영상 속에서는 각계각층의 남성들이 여성들과 섹스를 하고 있었다. "여기서 다 엿보고 있었던 거야. 그 새끼가 여기서 염탐하면서 싹 다 찍어서 보관해놨어." 앤지는 시선을 들었다. 사방의 벽에 구멍이 하나씩, 거기서 이어지는 전선이 전부 이 노트북으로 통했다. "여기서 객실들을 다 감시할 수 있었어. *아만다* 로즈의 정보가 모이는 중심부나 다름없는 곳이야." 앤지는 그렇게 말하면서 또 하나의 파일을 열었다. 영상이 재생되었다. 벌거벗은 검은 머리의 청년이 네 발로 엎드린 나신의 여성을 목줄로 묶어 끌고 다니고 있었다. 앤지의 심장이 내려앉았다. 곧장 빨리감기를 눌렀다.

"잡았다." 앤지는 그렇게 속삭였지만, 영상 속 남자가 여자를 꽁꽁 묶어놓고 뒤에서 허리를 놀리는 꼬락서니를 보자니 욕지기가 치밀었다. 여성의 머리카락은 온통 산발이 되어 하필 카메라로 향하고 있던 얼굴을 뒤덮어버렸다. 양 뺨은 눈물로 얼룩졌고, 밧줄이 점점 목을 조여들면서 표정도 고통으로 일그러져 있었다. 저 뒤쪽 오른편의 구석에는 제이든 노턴 웰즈가 있었다. "둘 다 호킹이랑 같이 있는 장면을 잡았어." 앤지가 조용히 말했다.

카메라의 날짜는 11월 28일을 가리키고 있었다. 두 사람이 영상을 보는 사이 호킹은 숨을 헐떡이기 시작했고, 카메라를 향한 두 눈이 툭 튀어나오려는 것 같았다. 호킹의 몸이 축 늘어졌다. 래디슨은 여전히 허리를 놀리는 중이었다. 호킹의 스너프필름이 되어버린 영상을 보던 앤지의 목구멍으로 신물이 올라오는 것 같았다.

"이걸 여기 놔두고 떠나다니 굉장히 급하게 도망친 모양이야." 앤지 옆에서 영상을 보던 매덕스가 말했다.

"아니면 이 영상을 싹 다 클라우드에 올려놓고 당길 때마다 다운로드해서 볼 수 있었나 보지." 앤지는 소매로 입을 슥 문지르면서 말했다. 갑자기 이 타락의 온상이 확 체감되었다. "노턴 웰즈가 우리에게 말해준 게 사실이라면, 이 스펜서 애덤스라는 놈은 이 일이 벌어진 직후에 자기 상관한테 호출되어서 호킹의 시신을 처리하라는 명령을 받았어. 테티스비섬에다 시신을 유기한 다음에는 다시 *아만다 로즈*로 돌아왔겠지. 아마 소형 보트를 사용했을 거야. 그런 다음 선착장을 떠나 주차장에 있던 래디슨과 노턴 웰즈를 만나 자신에게 주어진 기회를 십분 활용했을 거고. 그렇게 확보한 렉서스를 나중에 드루먼드의 납치에 사용했어. 호킹의 시신이 수면 위로 올라오고 시신 훼손의 증거가 언론에 뿌려진 뒤에는 드루먼드의 납치와 이 사건이 연관되었으니 더 이상 돌아올 수도 없었겠지." 앤지는 이 작은 공간에 함께 있던 매덕스의 두 눈을 똑바로 바라보았다. "슬슬 자기 상관들도 애덤스가 호킹의 시신을 훼손했다는 걸 알았을 테니까 말이야. 기껏 믿고 시신 처리를 맡겨놨더니 이렇게 망쳐놨다는 거지."

매덕스는 문 바깥에서 기다리던 특공대원 쪽으로 돌아섰다. "이 방 아무도 못 들어가게 해요. 당장 과학수사대원들 불러올 테니까." 그러면서 폰을 꺼내 피츠에게 전화를 걸었다.

"거주지 주소가 필요합니다." 매덕스는 통화를 하면서도 시선은 여전히 앤지의 두 눈에 붙박여 있었다. "이름은 스펜서 애덤스. 놈이 범인입니다. 제임스만에서 모친과 함께 살고 있는 것으로 보입니다. 지금 당장 해당 구획으로 갈 테니까 상세 주소 및 지원 병력 부탁합니다."

71장

추가로 요청한 지원 병력은 사이렌도 없이 조용히 도착했다. 제임스만의 집은 암흑 속에 휩싸여 있었다. 비상대응팀에서 문을 부수고 안으로 돌입했지만 스펜서 애덤스와 그 모친은 이미 사라진 뒤였다. 법의학 감식반도 오고 있었다.

'이상무' 신호를 받은 앤지와 매덕스는 애덤스의 차고로 천천히 들어갔다. 예스러운 주택가의 조용하고 고풍스러운 길거리를 마주보고 있는 이 집에는 하얀 울타리와 아담한 화단까지 갖춰져 있었다. 어둡고 바람이 심하게 부는 밤하늘의 상현달이 모두가 잠든 동네를 하얗게 비추었다. 저 멀리서 시커먼 먹구름이 몰려드는 것이 보였다. 이 근처 동네는 바다나 앤지가 메리 윈스턴을 만났던 부두, 의사당, 내항까지도 전부 걸어서 도달할 수 있는 거리에 자리 잡고 있어서 도시의 중심부나 다름없었다. 하지만 여기서 강간 살인마가 자라났다는 점을 생각하면, 바로 이곳에서 범인이 무럭무럭 성장해 학교를 다니면서 온갖 엽기적이고 가학적인 성벽을 키워나갔다고 생각하면 이런 동네 역시 왠지 모르게 삭막하고 섬뜩해 보였다.

앤지는 차고 콘크리트 바닥에 남은 희미한 기름 자국을 고갯짓으로 가리켰다. 아마 저기 차가 주차되어 있었으리라. 차고 안은 따뜻했고, 퀴퀴한 공기에서는 과열된 엔진 냄새가 희미하게 풍겼다. 꼭 방금 전에라도 차를 몰고 집에서 빠져나간 것처럼. 차고 벽을 따라 설치된 금속 선반에는 원예도구, 청소도구, 그 외에 다양한 비품을 담은 플라스틱 상자들이 가지런히 늘어서 있었다. 벽에 똑바로 걸린 코르크보드에도 각종 도구들이 좌우 대칭으로 고정되어 있었다.

"깔끔한 미친놈이었네." 매덕스가 차고 뒤쪽의 문으로 향하며 말했다. 뒷문을 열자 집 쪽으로 깔린 자갈길이 나타났다.

앤지가 멈춰 섰다. "잠깐만, 저기. 총기함이야."

총기함은 열려 있었다. 소총류를 보관하는 구조 같았지만 안에는 아무것도 없었다. 탁자 위에는 마찬가지로 텅 빈 탄통이 엎어져 있었다. "22구경인데." 앤지가 탄통을 살펴보며 말했다. "지금 그놈이 소총으로 무장하고 있다는 거야."

뒷문으로 빠져나온 두 사람은 샛길을 따라 박공지붕과 스테인드글라스가 돋보이는 하얀 집으로 향했다. 외부 조명이 켜진 아래로는 잘 관리된 잔디와 정갈하게 가지를 친 관목들이 보였다.

둘이 지원 병력을 기다리는 동안, 베더는 기술 지원팀에게 '스펜서 애덤스'라는 이름에 대해 조사해보도록 지시했다. 용의자의 중간 이름은 존이었다. 전과 기록은 없었고, DNA 및 지문 기록 역시 DB에 전혀 저장되어 있지 않았다. 모친의 이름은 뷸러 리 애덤스,

결혼 전 성은 카트라이트였다. 이 집도 모친의 명의로 되어 있었다. 스펜서는 이곳에서 자랐다. 부친인 존 애덤스는 스펜서가 다섯 살 되던 해에 실종되었다고 했다. 이 실종 사건은 결국 미제로 남았으며, 아버지는 두 번 다시 나타나지 않았다. 이후 스펜서는 편모가정에서 자라면서 동네 학교에 다니며 목공의 도제로 일했다. 뷸러는 가톨릭 자선 활동에 오랫동안 적극적으로 참여했으며, 사이먼 신부의 교구 신도이기도 했다. 본서의 경찰들이 최대한 파헤친 정보는 여기까지였다.

법의학 감식반이 도착하자, 매덕스와 앤지는 범죄 현장용 덧신과 장갑을 끼고 집으로 들어갔다. 안쪽은 따뜻했지만 척 보기에도 누군가 급히 떠난 것처럼 보였다. TV가 아직도 켜진 채 '코로네이션 스트리트'의 재방송이 틀어져 있는 것을 보면. 오래된 벽난로에서는 주황빛 불씨가 깜빡였고, 담뱃재가 수북이 쌓여 있는 재떨이 위에는 온통 붉게 립스틱 범벅이 된 멘솔 담배 한 개비가 원래 모양 그대로 완전히 타들어가 있었다. 재떨이 옆에는 파란색 라텍스 장갑과 *드루지 마트*라는 로고가 적힌 비닐봉지가 있었다. 아까 이 집으로 오면서 모퉁이에서 봤던 가게였다.

문의 옷걸이에는 코트가 걸려 있었고, 남성용 살로몬 러닝화와 여성용 록포트 워킹화 옆에 세워놓은 우산꽂이에는 여성용 꽃무늬 우산이 꽂혀 있었다. 매캐하고 박하향이 풍기는 담배 연기가 자욱했다.

이 모든 것을 지켜보던 앤지의 심장이 점점 빠르게 뛰기 시작했다.

현장 감식반이 집 안을 꼼꼼하게 훑는 동안, 앤지와 매덕스는 좀 더 급한 목표에 매진하기로 했다. 집 안을 빠르게 둘러보면서 범인의 행방을 알아낼 만한 단서를 찾기로 한 것이다. 시간은 아직도 촉박했다. 범인은 무장한 채 도망치고 있었다. 지금 궁지에 몰린 심정일 테니 위험할 게 분명했다. 범인의 모친이 자발적으로 함께 도망쳤을지도 반드시 알아내야 할 변수였다.

매덕스와 앤지는 복도 왼편의 작은 화장실로 들어섰다. 순간 앤지는 헉, 하고 숨을 들이켰다.

하얀 세면대 위의 거울 양옆은 발가벗은 그레이시 드루먼드가 숱한 사내들과 섹스하고 있는 사진으로 도배되어 있었다. 거울 맨 위에는 '소녀들에게 구원을'이란 문장이 새빨간 립스틱으로 휘갈겨져 쓰여 있었다. 그 아래 그려진 화살표는 수염이 덥수룩한 50대 남성과 한창 성관계 중인 나신의 여성 사진을 가리키고 있었다.

"라라 페닝턴이야." 앤지가 말했다.

페닝턴과 남성의 사진 아래에는 조그맣게 끼적거린 문장이 보였다. '다음 목표. 주님의 이름으로 세례한다. 전부 구하라. 사탄에게서 구하라.'

심장 박동이 절로 빨라졌다. "전부 스크린 샷이야." 앤지는 상체를 숙여 사진을 자세히 살펴보았다. "요트에서 녹화한 영상에서 찍은 거야. 애덤스는 드루먼드, 호킹, 페닝턴이랑 클럽에서 일하던 다른 여자들까지 모두 지켜보고 있었어. 그래서 애들한테 집착하는 거고. 어쩌면 호킹의 시신으로 스릴을 한번 충족한 다음에 드루먼드를 쫓게 된 것일지도 몰라."

"살아 있는 사냥감을 원하게 된 거로군." 매덕스가 침착하게 말했다.

"그리고 다음은 페닝턴이야." 앤지가 말했다. 아래의 세면대에는 때수건 장갑 한 켤레가 나뒹굴고 있었다. 매덕스는 라텍스 장갑을 낀 손으로 때수건 하나를 집어 올렸다. 때수건의 손가락은 잔뜩 구겨진 채 서로 진득하게 들러붙어 있었다. 뭔가가 말라붙은 것 같았다.

"정액인가?" 매덕스가 말했다.

세면대 가장자리는 옷핀과 면도날이 지저분하게 널려 있는 상태였다. 안티푸라민 크림도 있었다. 그리고 피처럼 보이는 액체도.

매덕스는 때수건에서 옷핀으로, 그리고 다시 면도날을 차례로 살펴보았다. 머릿속에 뭔가 알 것 같다는 생각이 떠올랐다. "아무래도 그건 것 같지?"

앤지는 심호흡을 했다. 앞으로 더 나쁜 걸 보게 될 것 같다는 음울한 예감이 입속을 가득 메웠다. "범인이 여기서 자위를 한 것 같은데. 드루먼드랑 페닝턴이 다른 남자들이랑 같이 있는 사진을 보면서. 자기 물건에 저 크림을 바르고 때수건까지 끼었다면 진짜 불나게 화끈했을 거야."

"그리고 옷핀이랑 면도날도 있어." 매덕스가 말했다. "범인은 자학하면서 쾌감을 느끼나 본데. 화장실 거울을 이따위로 꾸며놓은 걸 보면 지 엄마가 무슨 말을 했을지 궁금하구면. 둘이서 같이 산다면 당연히 이 꼴도 다 봤을 거 아니야."

"모친도 같이 동참했을지도 몰라." 앤지가 빨갛게 휘갈겨놓은 낙서를 고갯짓으로 가리키면서 말했다. "저건 엄마 립스틱처럼 보이는데. 멘솔 담배에 묻은 입술 자국이랑 똑같은 색이야. 그리고 아들이랑 같이 사라졌잖아."

두 사람은 복도를 따라 첫 번째 침실로 들어갔다. 방 안은 소박했다. 벽에 걸린 나무 십자가를 빼면 아무 장식도 없었고, 그 아래 2인용 침대는 네이비블루의 이부자리로 덮여 있었다. 바닥도 맨 나무바닥 그대로였다. 커튼도 없었다.

하지만 매덕스의 뒤를 따라 두 번째 침실로 들어가던 앤지는 방금 전 그 불길한 예감이 더더욱 깊어지는 것을 느꼈다.

이번 방은 더 크고 프릴과 꽃무늬 장식투성이였다. 퀸사이즈 침대는 분홍색 꽃무늬 아마포와 베개로 덮였고, 침대 발치에는 뜨개질로 만든 덮개가 정갈하게 접힌 채 놓여 있었다. 벽에는 에밀리 카(캐나다의 여류 화가-옮긴이)가 그린 오래된 성당의 풍경화 액자를 걸어두었다. 하늘하늘한 커튼이 쳐진 창문 아래에는 어두운 목재로 만든 콩팥 모양의 화장대가 있었다. 그 위로는 돌돌 말린 묵주, 사진 액자, 여러 가지 립스틱, 파운데이션, 파란색 아이 메이크업, 페이스 파우더, 그리고 올데 스윗 숍에서 산 듯한 해티스 캔디 반 봉지가 있었다. 영수증을 보아하니 5일 전에 산 것이었다. 앤지는 액자를 하나 집어 사진을 살펴보았다. 열 살쯤 되어 보이는 귀여운 꼬마의 사진이었다. 온통 헝클어진 금발머리. 짓궂은 미소. 밝은 파란색의 눈. 헐렁한 반바지 아래로 깡말라 보이는 다리와 툭 튀어나온 무릎. 소년과 같이 있는 여성은 어딘가 모르게 핼쑥한 얼굴에 캣츠아이 안경을 끼고 있었다.

"아마 스펜서가 어린 시절에 모친과 같이 찍은 사진인 것 같아."
앤지가 액자를 내려놓으며 말했다.

침실은 물론, 방에 딸린 화장실에도 남자의 흔적은 전혀 없었다.

집으로 들어오는 현장 감식반들을 지나친 앤지와 매덕스는 재빨리 지하실로 내려갔다. 나무 계단 위에서 흔들리는 전구가 앞길을 비추어주었다.

그렇게 계단을 다 내려간 두 사람은 잠시 제자리에 멈춰 섰다. 지하실은 땅 위의 집 전체와 맞먹는 넓이였다. 저쪽 끝에는 벤치프레스, 바벨, 자전거와 트레드밀을 모두 갖춘 홈 트레이닝 짐이 준비되어 있었다.

두 사람은 천천히 지하실로 걸어 들어갔다. 앤지는 마음속 깊은 곳에서 왠지 모를 싸늘한 감각을 느꼈다. 마치 범인이 여기에 있는 것처럼 느껴졌다. 놈에게서 떨어져 나왔을 피부의 각질이 아직도 공중에 떠다니다 자신의 입이나 코, 혹은 기관지로 들어오는 것 같았다.

짐에는 빨래실과 화장실도 딸려 있었다. 빨래실 안에는 꽤 커다란 스테인리스 대야가 있었다. 그레이시 드루먼드의 머리를 물 밑으로 처넣기에 충분할 크기였다. 지하실 반대쪽 끝에는 냉장고와 대형 냉동고가 하나씩, 방 중앙에는 단출한 금속 의자가 푹신해 보이는 안락의자와 마주 보게 배치되어 있었다. 천장의 지지대에 묶인 밧줄 한 가닥이 안락의자 위에서 대롱거렸다. 테티스비섬의 지하실에서 보았던 풍경과 꼭 닮아 있었다. 안락의자 옆에는 TV와 비디오 장비가 있었다. 매덕스가 TV를 켰다.

화면에서 부드럽게 틱틱거리는 소리가 나더니 이내 살아 움직이는 화면이 나타났다. 앤지는 화면을 응시했다. 화면 속에는 그레이시 드루먼드가 있었다. 꽁꽁 묶여 덕트 테이프로 재갈까지 물린 채. 탄탄한 체구의 금발 남성이 그레이시를 강제로 범하고 있었다. 앤지는 TV를 외면해버렸다. 온몸에서 식은땀이 송골송골 배어나왔다. 문득 알렉스 스트라우스 교수가 했던 말이 떠올랐다.

'그건 분명 거친 일이야, 누구에게나 그래……. 영화에 등장하는 상상 속 경찰들은 무적이지. 관객들도 폭력에 대해 점점 둔감해지고 있고. 하지만 이건 현실이야. 진짜 사람들이 정말로 다친다고. 인간은 애초에 네가 성범죄 사건을 다루는 것처럼 진짜 폭력에 계속 노출되면서도 버틸 수 있는 동물이 아니야…….'

앤지는 TV 앞을 떠나 냉장고와 냉동고 사이의 벽을 따라 설치된 선반으로 다가갔다. 선반 위에는 커다랗고 납작한 반짇고리가 있었다. 뚜껑을 들자 형형색색의 수실들이 나타났다. 하지만 반짇고리를 완전히 열자 뚜껑의 바닥 부분이 훌렁 열리면서 안쪽의 내용물이 드러났다. 앤지는 그대로 얼어붙었다.

"매덕스."

매덕스가 옆으로 다가왔다. "전리품이야." 앤지는 머리카락 뭉치들을 보면서 말했다. 전부 끄트머리가 약물로 단단하게 처리되어 다양한 수실이 묶여 있었다. "적어도 스무 개는 되는 것 같아. 전부 다 이름, 날짜, 장소까지 적혀 있어." 그러면서 고개를 숙여 가까이서 들여다보았다. 함부로 증거물에 손댔다가 망치고 싶지도 않았고, 굳이 만지고 싶지도 않았으니까. 앤지는 손수 쓴 듯한 작은 이름표를 읽어보았다. "'말라가'라고 쓰여 있어. '툴롱'하고 '니스'도 있군." 다시 고개를 든 앤지는 매덕스를 쳐다보았다. "프랑스 남부 꼬뜨 다 쥬흐 해안을 따라 자리 잡은 도시들이야. 이 짓을 몇 년 동안이나 해온 거야."

계단으로 사람들이 내려오는 소리가 들렸다. 앤지는 재빨리 냉장고를 열어보았다. 온통 탄산수, 비타민 워터, 스포츠 음료 등으로 꽉 차 있었다. 냉장고를 닫고 이번에는 냉동고를 막 열어보려던 찰나, 매덕스의 폰이 울렸다. 매덕스는 지하실로 들어오는 감식반과 촬영사들 옆으로 비켜서서 전화를 받았다. 앤지는 냉동고의 뚜껑을 열었다.

"이런 씨발!" 앤지는 숨이 턱 막혀 뒤로 물러나다가 하마터면 냉동고 뚜껑을 놓칠 뻔했다. 당장 욕지기가 치밀어 올랐다.

시퍼렇게 냉동된 여성의 머리가 꽁꽁 얼어붙은 멍한 눈으로 자신을 올려다보고 있었다. 아까 담배에 묻은 얼룩이나 위층의 거울에 낙서해놓은 것과 똑같은 색의 립스틱이 입술에 발린 채. 머리는 노년의 여성으로 보이는 몸뚱이에 붙어 있었으나, 팔과 다리는 그 옆에 따로 보관되어 있었다.

"범인의 모친인가?" 앤지는 혼잣말로 중얼거렸다. 공포가 목구멍까지 치솟는 것 같았다. "뷸러 애덤스야? 이런 빌어먹을. 대체 여기에 얼마나 오랫동안 보관되어 있었던 거야?" 감식반이 냉동고를 향해 다가오는 가운데, 앤지는 매덕스 쪽을 쳐다보았다.

매덕스의 얼굴에는 핏기가 하나도 없었다. 냉동고를 보지도 않았는데도. 그저 자기 폰을 힘껏 움켜쥐고 있을 뿐이었다.

"지니야." 탁한 목소리가 흘러나왔다. "지금 구하러 가야 돼."

"뭐?"

"친구…… 친구랑 같이 놀러 나갔다가 술을 너무 많이 마셨다는데…… 술에 약을 탄 것 같대."

앤지는 잽싸게 감식반에게 냉동고를 맡긴 다음 매덕스에게 다가갔다. 안색이 최악이었다.

"지금 겁에 질려 있어…… 상태가 안 좋아 보여, 앤지. 걔한테는 내가 필요해. 지금 당장. 나더러 와달라고 했어." 매덕스의 눈가에 물기가 어렸다. "내가 그냥 방치한 거야……. 그냥 시간을 좀 주면 알아서 다시 돌아올 줄은 알았는데. 이딴 식으로 돌아오길 바란

건…… 아니었어."

두 사람 사이에 충동과 갈등이 일고 있었다.

"이건 지금 당신이 최대 규모로 맡은 수사야, 매덕스." 앤지가 조용히 말했다.

"그리고 지니는 내 딸이야. 애초에 내가 여기 온 이유도 바로 얘 때문이야. 애랑 같이 있으려 온 거라고. 얘가 내 전부야, 앤지. 더 나은 아빠가 되려고, 지금까지 날려먹은 시간을 만회하려고 여기 온 거라고." 매덕스의 시선이 냉동고로, 그리고 냉동고 안의 시신을 찍고 있는 감식반의 촬영사로 향했다. "나 대신 여기를 좀 맡아주겠어? 경찰대를 이끌고 가서 범인보다 먼저 라라 페닝턴의 신변을 확보해주겠어? 물론 아직 놈이 라라에게 가지 않았다면 말이야. 그리고 남은 잠재적 피해자들도 전부 확보해줄 수 있겠어?"

앤지는 입을 앙다물었다. 그리고 자신의 파트너, 상관, 연인을 바라보았다. 이렇게 아름다운 남자가 또 있을까. 매덕스는 천성이 구원자였다. 앤지는 자신이 매덕스를 사랑한다고 확신했다. 그리고 사랑하는 사람의 표정에 나타난 고통을 보니 가슴이 미어졌다. 두 눈에서 뜨겁게 달아오르는 감정을 느끼며, 앤지는 고개를 끄덕였다. "그래, 내가 맡을게. 가. 가서 지니를 구해."

말이 채 끝나기도 전에 매덕스는 이미 사라지고 없었다. 계단 참 위로 휘날리는 검정색 코트 자락이 앤지가 본 마지막 모습이었다.

72장

매덕스는 현장에서 빅토리아 시경 소속의 일반 차량을 잡아타고 액셀을 냅다 밟는 중이었다. 귓가에서는 작게 웅얼거리는 지니의 목소리가 계속 맴돌았다.

"아빠…… 와줄 수 있어? 내가…… 내가 다 망쳤어…… 죄송해요……."

지니의 아파트가 있는 블록으로 커브를 트는 와중에도 목구멍에서는 뜨거운 감정이 솟구쳤다. 목적지에 도착한 매덕스는 차 문을 닫지도 않은 채 계단을 한 번에 세 개씩 뛰어올라가다가 속도를 주체하지 못하고 딸의 아파트 현관문에 몸을 세게 부딪쳤다. 문고리를 돌려보니 문이 맥없이 열렸다. 아파트 안은 어둡고 기분 나쁘게 눅눅했다. 땀 냄새가 났다. 남자의 땀 냄새였다. 즉시 머릿속에 경종이 울리기 시작했다.

"지니?" 매덕스는 불을 켰다가 거실의 풍경을 보고는 완전히 얼어붙었다. 뒤집힌 의자. 바닥에 구르는 머그잔. 바닥에 뭔가 쏟아져서 만들어진 웅덩이. 지니의 백과 그 옆에서 나뒹굴고 있는 폰. 매덕스는 미친 듯이 작은 아파트 안을 들쑤셨다. *"지니!"*

심장이 덜컥 내려앉았다.

지니가 없었다.

매덕스는 다시 탁자로 돌아가 지니의 백을 열고 내용물을 샅샅이 뒤졌다. 아파트 열쇠, 지갑, 신분증, 전부 다 그대로 있었다. 배 속에 얼음장이 들어찬 것만 같았다. 뒤로 돌아선 매덕스의 눈에 뭔가 들어왔다.

쪽지였다. 검정 마커로 쓴 쪽지가 부엌 선반에 놓여 있었다. 그 옆에 암갈색 머리카락 한 줌도 함께. 공포가 심장을 꿰뚫었다.

매덕스는 냅다 쪽지를 잡아챘다.

혼자 와

제때 온다면……

작별인사는 할 수 있겠지……

마지막 모습은 볼 수 있겠지……

스쿠컴 계곡의 오래된 나무 교각이야.

시간이 없어…… 매덕스 형사.

꼭 오도록 해.

세례자 조니

'이런 빌어먹을, 안 돼. 제발.' 놈이 벌써 지니를 덮쳤을까? 시신을 난도질했을까? 놈의 행동 패턴에서 전리품 수집은 성폭행과 '세례'를 끝낸 다음이 아니던가. 매덕스는 딸아이의 머리카락 뭉치를 멍하니 내려다보았다.

'숨 쉬어. 집중해. 생각해.'

매덕스는 다시 한 번 쪽지를 자세히 훑었다.

제때 온다면…… 작별인사는 할 수 있겠지……

제때 온다면. 스펜서 애덤스는 소총과 탄약으로 무장하고 있었다. 놈은 매덕스를 유인하고 있었다. 매덕스의 딸을 미끼로 써서. 대체 왜? 직접 대면을 하고 싶었던 건가? 자신을 쫓는 경찰 중 하나를 죽이고 싶었던 건가? 경찰들 때문에 궁지로 몰리면서 또 다른 패턴으로 악화된 건가? 아니면 그냥 이 상황을 타개할 협상 수단인가? 일단 매덕스는 이 쪽지를 믿어야 했다. 지니는 아직 괜찮다고, 그리고 괜찮을 거라고. 그냥 제때 가기만 하면 될 거라고.

매덕스는 문 쪽으로 뛰쳐나가면서 앤지에게 전화를 걸었다.

전화는 곧장 걸렸다.

"놈이 데려갔어. 스펜서 애덤스가 지니를 데리고 스쿠컴 계곡의 오래된 나무 교각으로 갔어. 아파트에 쪽지를 남겨놨다고." 매덕스는 계단을 뛰어 내려가 차에 몸을 싣고 시동을 걸면서 말했다.

"함정이야, 매덕스." 앤지가 말했다. "당신을 함정으로 유인하는 거라고……."

"나도 알아. SWAT 불러줘. 가용 인원 전부 다. 지금 요트랑 제임스만 주택 급습이 진행 중이니 우리한테는 인원이 별로 없어. 그러니 근처 관할권이라도, 필요하다면 군 병력이라도 요청해봐. 의료 지원도. 이건 그냥 내 딸이라서 이러는 게 아니야, 앤지." 매덕스는 액셀을 밟아 도로로 치달으면서 말했다. "지금 여러 국가의 여성들을 살해 및 공격했던 연쇄살인마가 무장 상태로 돌아다니고 있다고." 신호등에 빨간불이 켜졌지만 매덕스는 깔끔히 무시하고 주 도로로 접어들었다. 타이어에서 끼익, 하는 소리가 났다. 하마터면 반대편에서 다가오던 차량과 부딪칠 뻔하면서 경적 소리와 함께 날카로운 브레이크 소리가 울려 퍼졌다. 지금처럼 최고 속력으로 텅 빈 고속도로를 내달린다 해도 스쿠컴 계곡까지 가려면 차로 30분이 더 걸릴 판이었다.

"나도 갈……."

"안 돼! 이건 명령이야, 팔로리노. 애덤스 저택에 법의학 담당 팀과 남아 있어. 날 도우려면 거기서 대응 지휘나 맡아. 어차피 비상대응팀이 헬기를 타고 스쿠컴에 지원을 올 거야. 당신보다 먼저 도착할 거고, 훨씬 더 많은 일을 해줄 수 있어. 당신 역할은 거기서 이 새끼 증거를 확보하는 거야." 매덕스는 전화를 끊고 사이렌을 울리며 냅다 액셀을 밟았다. 양손은 핸들을 와락 움켜쥐고 있었다. 앤지까지 위험에 빠뜨릴 생각은 추호도 없었다.

'제발, 제발…… 아직 지니를 해치기 않았기를. 털끝 하나 건드리

지 않았기를. 시체 안치소에 올라왔던 시신들처럼 난도질해놓지 않
았기를…….'

마침내 고속도로에서 빠져나오자 좁고, 꾸불꾸불하고, 어두운 도
로가 나타났다. 이끼투성이의 흠뻑 젖은 고목들로 뒤덮인 길이었
다. 해안을 따라서 스쿠컴 계곡으로 들어가려면 이 길밖에 없었다.
스쿠컴 계곡은 매일 좁은 물길을 통해 대량의 바닷물이 유입되면서
형성되는 급류와 소용돌이를 구경하기 좋은 명소였다. 단 몇 분이
면 수위가 3미터는 치솟고 16노트가 넘는 해류가 몰아치는 곳이었
다. 그래서 스쿠컴의 파도는 꽤나 유명했다.

특히 익사 사고가 잦기로.

+

앤지는 이곳저곳에 전화를 걸었다. 다양한 부처와의 협조를 통해
신속 대응 조치가 준비 중이었다. 딱 8분 만에 모든 준비를 마친 뒤
에는 피츠와 전화를 연결해 애덤스가의 범죄 현장과 냉동고 안에
서 발견된 여성, 아마도 뷸러 애덤스로 파악되는 여성의 토막 난 시
신에 대해 보고했다. 법의학자 오헤이건과 검시관 찰리 알폰스가
급파되었다. "그리고 지하실에서 사진을 추가로 찾았습니다." 앤지
는 그렇게 말하면서도 마음만큼은 이 살인마의 집에 발붙이지 못
하고 자꾸만 딸을 뒤쫓아 함정으로 걸어 들어가고 있을 매덕스에
게로 향하고 있었다. 앤지는 손목시계를 쳐다보았다. 매덕스가 전

화한 지 9분이 지나고 있었다.

"새로 찾은 사진들을 보면 냉동된 여성의 시신은 지하실의 안락의자에 앉혀 놓는 소품으로 쓰인 모양입니다." 앤지는 피츠에게 보고했다. "천장 지지대의 밧줄로 시신을 의자에 고정시켜, 마치 자기 모친이 자력으로 앉아 있는 것처럼 연출한 것 같습니다. 시신의 다리도 의자 다리에 기대어 세워놓고요." 앤지는 기술팀원 한 명에게 고개를 끄덕여 보이면서 지하실 문 쪽을 가리켰다. 이제 계단을 따라 올라와 애덤스가의 거실로 들어온 참이었다.

"범인은 냉동고에서 시신을 꺼내 안락의자에 앉혀 놓고, 자신도 맞은편 금속 의자에 앉아 바카날리언 클럽의 객실에서 몰래카메라로 찍은 영상들을 시청한 것으로 보입니다."

거실의 창문 너머로 검시관의 밴이 가로등 아래 주차되는 모습이 보였다. 지금 이 블록 전체가 저지선으로 격리되고 있었다. 언론사의 헬기가 머리 위를 날면서 동트기 직전의 가장 야심한 밤하늘을 맴도는 중이었다.

매덕스가 전화한 지 9분 30초가 지나고 있었다…….

"팔로리노." 피츠가 조용히 말했다. 그 카랑카랑한 목소리가 어딘가 변한 듯했다. 그 어조가 앤지의 긴장감을 곤두세웠다. "자네는 스쿠컴 계곡에서 떨어져 있도록. 알겠나? 현장에서 위치를 고수해."

앤지는 폰을 움켜쥐었다. 피츠는 분명 자신과 매덕스 사이의 기류를 읽어낸 게 분명했다. 아마 다른 사람들도 전부 읽었겠지. 지금 앤지가 무슨 행동을 벌일지 전부 예측하는 것 같았다. 또 다른 파트너, 이제는 정말로 마음을 주기 시작한 사람을 잃지 않기 위해서라면 당장이라도 뛰쳐나가 총질도 불사할 것이라는 것을 꿰뚫어보고 있었다.

"비상대응팀 도착 예상 시간이 어떻게 됩니까?" 앤지가 말했다. "헬기는 언제쯤 띄운답니까?"

"팔로리노……."

"아직 출발도 안 했죠? 그렇죠?"

"빠져 있어. 자네 할 일이나 해."

"알겠습니다." 앤지는 전화를 끊고 가슴팍에 바짝 팔짱을 끼었다. 그리고 폰을 손에 쥔 채로 오헤이건과 알폰스가 검정색 재킷 차림으로 애덤스가로 들어오는 광경을 지켜보았다. 두 사람의 등 뒤에는 '검시관'이라는 노란색 글자가 크게 박혀 있었다.

집에 들여놓은 조명 아래서는 모두의 움직임이 꼭 슬로모션으로 움직이는 것처럼 보였다. 주변의 모든 게 느리게만 느껴졌다. 귓가에 와닿는 소리가 낮고, 길고, 왜곡된 톤으로 들려왔다.

언젠가 앤지는 가끔씩 그런 생각을 했다. 천국과 지옥의 차이는 바로 사람이라고. 가끔씩은 얼마나 피나는 노력을 하든 아무런 변화도 만들지 못한다고. 앤지의 머릿속에 그레이시 드루먼드와 얼굴을 일그러뜨리던 그 어머니의 비통한 표정이 떠올랐다.

'그래도 시간에 여유가 좀 생긴다 싶으면…… 자기 자신도 한 번

씩 돌아보고 싶어지잖아요…….'

그리고 나 자신이 뭐라도 했더라면, 하고 후회하겠지.

바깥에서 바람이 휘몰아치면서 나뭇가지가 흔들리기 시작했고, 안개가 몰려오면서 가로등 주변에 뿌연 광원이 만들어졌다. 바다에서 또 악천후가 몰려오는 것이다. 이런 날씨에는 헬기를 띄우기도 힘들 것이었다.

스쿠컴 주립공원은 앤지도 잘 아는 곳이었다. 대학시절 거기로 산행을 나가 캠핑했던 적도 여러 번이었다. 목적지라던 나무다리 근처에는 헬기가 착륙할 만한 공간이 없었다. 거기에 내리려면 고목과 돌덩이 위로 활주부의 균형을 맞추면서 로터가 고목이나 절벽에 걸리지 않도록 아슬아슬하게 유지할 수 있어야 했다. 어지간히 괜찮은 날씨에도 엄청난 기술이 필요한데 지금처럼 궂은 날씨에는 어림도 없었다. 게다가 안개까지 긴 상태에서 착륙을 시도한다는 것은 곧 탑승자 전부의 목숨을 거는 거나 마찬가지였다. 결국 현장에서 팀장이 내려야 할 결정이겠지만. 아니면 기다란 레펠 밧줄을 타고 강하하는 방법도 있었다. 하지만 이렇게 짙은 안개 속에서는 마찬가지로 굉장히 섬세하면서 모든 팀원들의 특출 난 기량이 필요한 수단이었다.

그리고 시간도 많이 걸렸다.

매덕스와 딸에게는 시간이 없는데.

바깥에서 차들이 추가로 도착했다. 그중에 홀거슨과 레오도 보였다. 두 사람 모두 애덤스가를 쳐다보고 있었다. 또 다른 차량에서는 따개비 수사본부의 강력반 베테랑 형사 두 명과 피츠가 함께 내렸다. 제복 경관이 애덤스가의 집을 가리켰다. 앤지는 심호흡을 들이마셨다.

매덕스는 앤지의 파트너였다. 그리고 저 바깥에 혼자 있었다. 아무도 오지 않을 것이었다. 특히나 이런 날씨에는.

앤지는 손목시계를 확인했다. 매덕스가 전화한 지 11분이 지나고 있었다.

오헤이건과 알폰스가 현관으로 들어왔다.

찰나간에 결정을 내린 앤지는 뒷문을 향해 뛰어갔다.

뒷마당으로 통하는 계단을 달려 내려가, 잔디밭을 가로질러 뒷골목으로 빠져나왔다.

'자네는 스쿠컴 계곡에서 떨어져 있도록. 알겠나? 현장에서 위치를 고수해.'

"좆이나 까세요." 앤지는 나직이 중얼거렸다. 매덕스는 자신에게 모든 것을 걸었다. 하지만 이제 와서 죽어버린다면 그게 다 무슨 소용인가? 아니면 혹시라도 딸을 잃는다면? 앤지는 보도 위로 전력질주하기 시작했다. 저 멀리 갓길에 세워놓은 자신의 차량을 향해.

매덕스가 전화한 지 13분이 지나고 있었다. 앤지는 이미 도로를 따라 내달리고 있었다. 마음속에는 오직 한 가지 생각뿐이었다.

자신의 파트너를, 연인을 돕겠다는.

73장

타이어가 젖은 포장도로 위에서 찢어지는 마찰음을 냈다. 매덕스는 계곡으로 통하는 산행로까지 최대한 가까이 차를 몰고 갈 생각이었다. 와이퍼는 갑자기 차창으로 쏟아지기 시작한 진득한 진눈깨비를 힘겹게 쓸어냈다. 고목들 사이로 안개가 짙게 끼기 시작했다.

스쿠컴 주립공원은 원래 관광버스가 따로 다닐 정도로 상당한 규모를 자랑했다. 관광객들은 바위 절벽 높은 곳에 설치된 전망대에서 연어 떼를 구경하기 위해 오곤 했었다. 지금은 시설도 다 버려진 채 황량하게 변해버렸지만.

그 산행로에 차 한 대가 세워져 있었다. 매덕스의 차가 모퉁이를 돌면서 헤드라이트로 그 차를 비추었다. *렉서스였다.* 번호판도 BX3 99E였다. 애덤스가 여기 왔던 것이다.

불안감이 목구멍까지 차오르는 것 같았다. 매덕스는 렉서스 옆에 차를 댔다. 그리고 자신의 총을 확인한 다음, 트렁크를 열고 차에서 내렸다. 머리 위로 진눈깨비가 쏟아지고 있었다. 저 멀리서 파도치는 소리가 들렸다. 맹렬하게 몰아치는 파도가 바위에 부딪혀 부서지는 소리였다. 오늘처럼 상현달이 뜬 날은 평소보다 파도가 높이 친다. 매덕스는 트렁크에서 손전등과 소총 그리고 탄약을 꺼내 장전한 다음, 손전등과 여분의 탄약은 주머니에 넣었다. 그러고는 총을 등 쪽으로 둘러멨다.

아만다 로즈 급습 당시 입었던 방탄조끼는 아직도 벗지 않은 상태였다. 매덕스는 산행로를 따라 내려가기 전에 우선 렉서스부터 확인했다. 문은 잠겨 있었다. 손전등으로 안쪽을 비춰보았다. 차 안은 텅 비어 있었다. 밧줄 더미와 다른 도구들을 빼면.

매덕스는 강렬한 손전등 불빛에 의지하면서 숲속의 좁은 산행로를 빠르게 내려갔다. 부츠 아래로 끈적끈적한 진흙과 축축한 이끼로 뒤덮인 바위가 밟혔다. 흙냄새와 소나무 내음, 오래 묵은 퇴적물과 짭짤한 바다 내음이 한데 뒤섞여 코끝에 감돌았다. 분명 진흙에 발자국이 남아 있을 테지만 이렇게 어둡고 축축한 상황에서는 도저히 알아볼 수가 없었다.

매덕스의 걸음걸이가 빨라졌다.

이제는 숫제 달리기 시작했다. 손전등 불빛이 나무들 사이를 넘나들었다. 덕분에 숲속에서 그림자가 들쭉날쭉 까불거렸다. 나무줄기 틈으로 흘러드는 안개는 마치 매덕스를 잡으려들다가 다시 물러나는 유령 같았다. 이곳의 거대한 존재감, 그 엄청난 규모와 풍경 자체가 매덕스를 짓눌러오고 있었다. 반경 수 킬로미터 내로 인간의 흔적은 하나도 보이지 않았다. 산행로는 슬슬 오르막길로 변했고,

바위 절벽에 도달할 즈음에는 상당히 벅찬 경사가 앞쪽으로 펼쳐졌다. 파도 소리가 점점 커졌다.

매덕스는 서둘러 바위 절벽의 꼭대기로 올라가 나무 전망대 위로 올라섰다. 절벽을 따라 철제 난간이 설치되어 있었다. 난간 너머로는 곧장 깎아지른 듯한 절벽 아래로 파도치는 물살이 보였다. 저 아래서 하얀 포말을 뒤집어쓴 파도가 밀려오기 시작했다. 파도가 층층이 쌓인 것처럼 보이는 무시무시한 밀물이 계곡 어귀에 관문처럼 버티고 선 좁은 절벽 사이를 지나 뒤쪽으로 넓게 퍼져 나가고 있었다. 바람이 난간 끝 쪽으로 향하던 매덕스를 덮쳤다. 오른편의 안개 너머로는 절벽과 절벽이 서로 가장 가까이 만나는 지점을 잇는 옛 철도 다리가 보였다.

그때 매덕스의 눈에 뭔가 들어왔다. 바다 맞은편의 절벽 위 숲속에서 작은 불빛이 나무줄기 사이로 춤추고 있었다. 매덕스는 재빨리 자기 손전등을 껐다. 애덤스는 최소한 22구경 소총으로 무장하고 있는 상태였으니까. 매덕스 역시 등에 둘러메고 있던 소총을 손에 쥐고 총알을 장전했다. 그런 다음 난간을 손으로 더듬어가며 전망대를 따라 이동하면서 어둠 속 시야에 최대한 빨리 익숙해지려 했다. 혹시나 애덤스가 무턱대고 총을 쏴댈지도 모르니, 자신이 마지막으로 포착되었을 위치에서 벗어나야 했다.

그렇게 어둠과 안개 속에서 움직이던 매덕스는 다시 한 번 상대의 손전등 빛을 찾으려 했다. 하지만 불빛은 사라지고 없었다. 그때 또 다른 움직임이 포착되었다. 매덕스는 저 아래 하얗게 포말이 반짝이는 다리 밑 물가로 시선을 돌렸다. 안개가 걷히면서 마침내 물 위에 뭔가 매달려 있는 광경이 드러났다.

매덕스는 머리를 재빨리 굴리면서 지금 보이는 상황을 이해해보려 했다. 순간 온몸의 피가 싸늘하게 식는 것 같았다. 애덤스는 밧줄을 사용했다. 테티스비섬에서처럼, 자기 집의 지하실에서처럼, 이번에는 지니를 비닐로 꽁꽁 감싼 다음 다 삭은 나무다리 아래 바다 위에 대롱대롱 매달아놓았다. 그리고 지니의 발밑에서는 밀물이 빠르게 올라오고 있었다.

매덕스에게 딸이 익사당하는 꼴을 보여주려 여기까지 끌고 나온 것이었다.

74장

매덕스는 몸을 수그린 채 전망대의 북쪽 끝까지 이동했다. 여기서 절벽 아래까지는 거의 수직으로 *이어져 있었다.* 여기서 이어지는 산행로는 꼭 숲속까지 갈 수 있는 지름길처럼 보였다. 어쩌면 빙 둘러서 교각으로 연결될지도 모를 일이었다.

하지만 매덕스가 막 그 길로 움직이려던 찰나, 총성이 울려 퍼졌다. 매덕스는 납작 엎드렸다. 총알은 매덕스를 빗겨가 뒤쪽의 나무에 맞았다. 나무껍질이 비산했다. 매덕스의 심장이 쿵쿵 뛰었다. 그래, 이건 함정이었지.

매덕스가 교각까지 가서 매달린 딸을 구하려고 했다가는 곧장 계곡 반대편에 포착될 것이었다. 그럼 매덕스는 총에 맞아 죽고 지니는 물에 빠질 판이었다.

하지만 매덕스가 여기서 미적거려봤자 지니가 물에 빠지기는 매한가지였다.

그러니 매덕스는 *지니가 아직 살아 있다고 믿어야만* 했다.

두뇌가 맹렬히 회전했다. 매덕스는 시계를 확인했다. 앤지가 비

상대응팀의 출동을 요청했을까? 슬슬 시간이 없었다. 밀물이 올라오고 있었다. 시간과 파도가 무자비하게 흘렀다. 이렇게 일분일초가 절박하고 암울하게 느껴진 적이 없었다. 안개가 다시 밀려오면서 반대쪽 절벽에 닿는 시야를 완전히 가려버렸다. 갑자기 저 높은 하늘의 구름 너머 어딘가에서 헬기 소리가 들려왔다. 매덕스는 조용히 감사의 기도를 올렸지만, 곧 냉혹한 현실을 깨달았다.

이렇게 고목이 빽빽하게 자리 잡은 절벽 위에서는, 이렇게 짙게 긴 안개 속에서는 도저히 헬기가 착륙할 엄두를 내지 못할 것이었다.

그래도 로터 소리가 점점 커지면서 바위 계곡 사이에 울려 퍼지기 시작하기는 했다. 바로 그때 총성이 연이어 울렸다.

매덕스는 욕설을 내뱉었다. 애덤스가 헬기에 총질을 하고 있는 것이다. 헬기는 다시 상승하기 시작했고, 방금 전까지만 해도 맹렬하게 울려 퍼지던 로터 소리는 이제 구름 너머 위쪽으로, 그리고 서쪽으로 향하기 시작했다. 가슴 미어지는 박탈감이 느껴졌다.

도움의 손길이 바로 저기까지 왔는데 한 끗 차이로 닿지 못한 것이다. 그리고 시간은 자신들의 편이 아니었다.

그렇게 무의미한 몇 분이 다시 흘러갔다. 헬기 소리는 이제 들리지도 않았다. 매덕스는 다시 시계를 확인했다. 더 이상은 기다릴 수 없었다. 혼자서 어떻게든 해봐야 했다.

하지만 어떻게?

그때 뒤쪽 숲에서 나뭇가지 부러지는 소리가 들렸다. 매덕스는 즉시 소리가 들린 쪽으로 총구를 돌렸다.

"매덕스?" 속삭이는 소리. "거기 있어?" 나무 사이로 헤드랜턴과 손전등의 불빛이 비쳐왔다. '앤지.'

즉각 총성이 울렸다. 나무껍질이 튀면서 철제 난간에 팅, 하고 부딪히는 소리가 났다.

"불 꺼!" 매덕스가 낮게 윽박질렀다. "엎드려!"

앤지가 미처 그 말에 따르기도 전에 건너편 절벽에서 총을 한 방 더 쏘았다. 그러고는 조용해졌다. 근처에서 바짝 엎드린 앤지의 헐떡거리는 숨소리가 들렸다.

"괜찮아?" 매덕스가 말했다.

"그놈 어딨어?" 앤지는 전망대의 나무 바닥을 기어 매덕스가 수그리고 있는 구석으로 왔다.

"계곡 반대쪽에 있어."

"지니는? 같이 있어?"

지금처럼 암담한 상황을 입 밖으로 내는 것은 참으로 힘든 일이었다. 안 그래도 최악의 상황이 올지도 모른다는 상상을 더욱 악화시켰으니까.

"그놈이 나무 교각 아래에 매달아놨어. 수면 바로 위쪽에."

매덕스의 바로 옆으로 온 앤지가 앉은 자세로 몸을 일으켰다. 입김이 폴폴 새어나왔다. 서로 어깨가 맞닿을 정도로 앤지가 바짝 다가오자, 매덕스는 지니가 매달려 있는 쪽을 가리켰다. 앤지는 여기까지 뛰어온 모양인지 몸에서 흘러나오는 온기가 그대로 느껴졌다. 살결에서 희미한 꽃향기와 비누 냄새가 풍겼다. 앤지 팔로리노와의 접촉과 체취가 지금만큼 인간적이고 반가운 때가 없었다. 갑작스레 아군이 하나 생기고 나니 너무나 든든했다.

"그나저나 여기는 뭐 하러 왔어?" 매덕스가 말했다.

"난 당신 파트너야." 앤지는 어깨에 둘둘 말린 밧줄을 풀어내면서 말했다. "당신 떠나고 얼마 안 있어서 출발했어. 내가 뒤를 봐줄게. 그리고 어차피 비상대응팀은 여기 못 와." 그러고는 등에 멘 배낭을 어깻짓으로 내려놓았다. "결국 우리가 처리해야 돼."

"앤지, 이건 명령을⋯⋯."

"아, 좀 닥치면 안 돼? 위쪽에서는 형사 하나랑 딸 하나 구하려다 헬기에 탄 특공대를 통째로 날려먹을 수도 있는 도박을 할 생각이 없어. 당신도 알잖아. 저쪽도 애덤스가 여기 어디에 있다는 사실은 분명히 알아. 그러니 며칠 동안 개들을 풀고 군용 장비를 동원해서 수색 작전을 펼칠 수 있다는 점도 알고. 결국에는 포위망을 좁히다 애덤스를 잡을 수 있을 거야. 아니면 최소한 숲속에서 죽어버릴 때까지 포위하고 버티던가. 지금은 기다리는 게 최선이라고 결정했겠지. 하지만 우린 그럴 수가 없잖아."

매덕스는 앤지의 두 눈을 들여다보았다. 해가 가장 짧은 계절답게 이제야 막 동터오는 여명의 희미한 빛이 새카만 눈동자 속에서 빛나고 있었다. 그제야 매덕스는 자신이 앤지를 사랑한다고 확신했다. 그것도 완전히. 바로 그렇기 때문에 앤지의 목숨을 위험에 빠뜨릴 수 없었다. 애초에 지니가 아직 살아 있는지도 확신이 서지 않는 판에.

하지만 그런 매덕스의 마음을 읽듯, 앤지가 말했다. "지니는 살아 있어, 매덕스. 살아 있다고. 당신이라면 *믿어야지.* 그러니까 같이 구하자고. 이렇게 하면……." 말을 채 끝내기도 전에 또 한 번 총성이 울렸다. 두 사람은 본능적으로 바닥에 바짝 엎드렸다.

나란히 엎드린 두 사람은 얼굴을 맞대고 입김을 뿜으면서, 귀를 기울인 채 마냥 기다렸다. 다시 한 번 짙은 안개가 끼면서 시간을 좀 벌어주었다. 이제는 밀물만 신경 쓸 때가 아니었다. 곧이어 해가 떠오른다면 두 사람은 안개가 걷힐 때마다 대놓고 여기 쏴줍쇼, 하고 앉아 있는 과녁이 될 판이었다.

"난 여기를 잘 알아." 앤지는 가방을 뒤지더니 등산용 밧줄과 카라비너 등산 고리를 꺼냈다. "대학교 시절에 캠핑도 자주 왔었거든. 그리고 어렸을 때 우리 아빠가……." 앤지는 잠시 말문이 막혔지만 손가락만큼은 분주하게 밧줄을 풀어내고 있었다. "그러니까 조셉 팔로리노 씨가 데려오고는 했었어. 썰물이 되면 새우랑 조개 잡으러 갯벌에 나갔었거든. 그래서 밀물이 얼마나 빨리 밀려오는지도 잘 알아." 앤지는 몸을 일으켜 매덕스와 시선을 맞추었다. 강렬한 의지가 넘쳐흐르는 눈이었다.

"당신 수영 잘해?" 앤지가 물었다.

"힘은 좋지."

"그거면 충분해." 그러면서 자신이 가져온 등산 밧줄과 고리를 건넸다.

"당신이 내려가. 전망대 끄트머리에 *레펠용* 케이블이 있어. 케이블에 이걸 매고 절벽에서 뛰어내리면 수면 바로 위까지 갈 수 있을 거야. 밀물 수위의 바로 위쪽까지 도달하면 다리를 둘러싼 바위들에 발이 닿을 거고. 지금까지 파도의 침식을 버텨왔으니 튼튼한 녀석들이야. 그러니까 저 아래까지 도달하면 바위들을 밟고 교각에서 몇 미터 안 떨어진 곳까지 접근할 수 있어. 거기 바위에 박아놓은 정박용 철제 고리가 하나 있었어. 지금도 남아 있길 바라야겠지만. 이게 원래 수위가 낮고 잔잔할 때 래프팅용 보트를 매어놓던 고리거든. 여기에 밧줄을 걸고 반대쪽으로 안전하게 접근해. 그러면 물속에 들어가더라도 해류를 충분히 버텨낼 수 있어. 아마 이 정도 밧줄이라면 지니한테 도달하기에 충분할 거야." 앤지는 재빨리 자리에서 일어나 짐을 등에 메고 나머지 밧줄을 집어 들었다.

"나는 교각 위로 갈게. 다리 위에서 지니를 매단 밧줄을 끊어줄게. 이 절벽 뒤쪽으로 다리까지 이어지는 길이 있어."

"그러다 안개가 걷혀서 놈한테 들키면 어쩌려고."

"어차피 당신도 절벽 따라 내려가다 보면 들키는 건 매한가지야. 그러니까 안개가 계속 버텨주기만 기도하라고. 당신이 아래서 지니를 구하는 동안 나는 위에서 놈의 시선을 끌어볼 테니까. 그리고 이

거 받아." 앤지가 배낭에서 꺼낸 것은 호루라기였다. "지니 아래에 도착하면 두 번 짧게 불어. 신호를 듣자마자 당장 위쪽에서 밧줄을 처리할 테니까. 총도 이리 줘."

"앤지, 여기에 당신 목숨까지 걸 수는……."

"그만해." 앤지는 장갑을 낀 검지를 매덕스의 입술에 갖다 대며 속삭였다. "제발 그만하고 집중 좀 해." 그리고 말을 이었다. "매덕스, 나 이거 말고는 아무것도 없어. 어떻게든 해내야 돼." 잠시 침묵. "최소한 시도라도 해봐야 돼."

매덕스는 숨겨진 말뜻을 알아들었다. 앤지는 파트너를 하나 잃었다. 여자애도 하나 잃었다. 자신이 지켜줘야 한다고 생각했던 메리 윈스턴마저 잃었다. 게다가 자신의 정체성마저 잃었다. 더 이상의 상실을 견딜 수가 없는 것이다.

"당신이 하든 말든 난 할 겁니다, 매덕스 경사님. 알아들어? 하지만 그 총은 내가 좀 써야겠어. 어차피 당신은 물속에 목까지 잠겨 있어야 하는데 차라리 다리 위에 있는 나한테 더 유용하겠지."

매덕스는 앤지에게 소총과 여분의 탄창까지 전부 건넸다. 앤지는 총알을 주머니에 넣고 총과 밧줄을 둘러멨다. "몸 조심해." 그러고는 숲과 안개 속으로 사라져버렸다. 앤지가 사라지는 모습을 보던 매덕스의 심장은 갈비뼈를 박살 낼 기세로 쿵쾅거렸다. 파도가 빠르게 밀려오는 소리가 들렸다. 매덕스는 앤지가 주고 간 밧줄 다발을 몸에 두르고 돌아서서 전망대 끄트머리의 철제 케이블로 손을 뻗었다. 손짓이든 발짓이든 한 번이라도 실수했다가는 그대로 죽은 목숨이었다.

앤지도 다 삭은 다리 위에서 발 한번 헛디뎠다가는 그대로 끝장일 터였다.

그것도 오래된 다리가 버텨줄 때의 이야기였다.

75장

손목시계를 확인해보니 오전 7시를 막 지나고 있었다. 하지만 주변은 아직 캄캄했다. 앤지는 위쪽의 나무 둔덕에 몸을 최대한 숨긴 채 헤드랜턴과 손전등에 앞을 비추며 도랑 길을 따라 걸었다.

도랑 길의 끝자락에 도달한 앤지는 조명을 전부 끄고 자세를 바짝 낮췄다. 오래된 나무 교각이 저 앞쪽의 어두운 안개 속으로 뻗어 있었다. 지니는 아까 매덕스가 가리켰던 지점의 다리 아래에 매달려 있을 것이었다. 앤지는 어깨에서 밧줄을 풀어 내렸다. 잠깐이나마 상대의 주의를 끌려면 어느 정도 위험을 감수해야 했다. 그래야 매덕스가 절벽 아래로 내려가는 동안 애덤스의 시선을 다리에 고정해둘 수 있을 터였다.

헤드랜턴을 떼어낸 앤지는 장비를 밧줄의 한쪽 끝에 단단히 묶었다. 그런 다음 반대쪽은 자신의 어깨에 단단히 묶고 어둠 속의 다리를 향해 걸어갔다.

철교 침목 사이의 틈은 꽤 넓었다. 발이라도 헛디뎠다가는 그대로 황천행이었다. 아래쪽으로 눈만 돌려도 곧장 머리가 핑핑 돌 정도로 까마득한 높이였다. 심장이 목구멍으로 튀어나올 듯이 뛰었다. 앤지는 잠시 멈춰 서서 눈으로 대충 가늠해본 다음, 숨을 깊이 들이마셨다. 아주 깊이. 그리고 천천히, 조심스럽게 호흡을 내뱉으면서 양손과 무릎으로 다리 위를 기어가기 시작했다. 높은 곳은 딱 질색이었다. 최근 받았던 법무 연수 중에도 고소공포증을 극복하는 과정이 따로 있었다. 그래서 지금까지도 크라운 빅토리아 뒤쪽에 밧줄을 싣고 다녔던 것이다. 하지만 수영은 더 젬병이었다. 앤지는 천천히, 그리고 차근차근 나아가면서 어지간하면 다리의 목조가 튼튼하게 맞물린 쪽을 짚으려 애썼다. 하지만 나무의 표면은 온갖 끈적끈적한 퇴적물이 쌓이면서 굉장히 미끌미끌했고, 하필 그런 부분을 짚은 앤지의 손이 쭉 미끄러졌다. 숨을 헉 들이켠 앤지는 간신히 균형을 되찾고 잠시 동안 두 눈을 꾹 감은 채 자신을 다잡았다. 그러고는 다시 절벽 사이의 틈을 향해 기어가기 시작했다. 앤지가 어두운 안개의 공허 속으로 기어 들어가는 동안, 바람은 점점 더 거세지기 시작했다. 저 아래서 거센 파도 소리가 들려왔다.

대강 사분의 일쯤 왔다고 판단한 앤지는 그 자리에 멈췄다. 그리고 조심스럽게 밧줄을 풀어냈다. 그런 다음 천천히 심호흡하며 입을 쩍 벌리고 있는 아래의 심연을 애써 외면하면서, 아무것도 묶여있지 않은 밧줄 끄트머리를 찾아 철도의 침목에 둘둘 감았다. 그러고는 헤드랜턴이 묶인 반대쪽 부분을 들고 다리의 중앙을 향해 다시 나아갔다. 그러다 꼭 굵은 폴리에스테르 밧줄 같은 것에 손이 닿왔다. 순간 심장이 빠르게 뛰었다.

앤지는 천천히 폴리에스테르 밧줄을 만져보았다. 교각에 단단히 묶인 채 다리 아래로 늘어져 있는 것 같았다.

'지니구나.'

앤지는 마른침을 삼키고는 주머니에서 나이프를 꺼냈다. 그리고 칼날까지 꺼낸 상태로 매덕스의 호루라기 신호가 들려올 때까지 기다렸다. 시간이 흘러가면서 시간 감각도 덩달아 늘어지는 것 같았다. 온몸의 근육이 덜덜 경련하기 시작했다. 매덕스가 안전하게 수면까지 내려갔기를, 정박용 고리를 찾았기를, 그래서 저 아래 급류에 안전하게 몸을 담갔기를 바랄 뿐이었다. 게다가 슬슬 동이 트면서 숲도 점점 밝아지고 있었으니, 제발 계속 안개가 짙게 끼어 자신들을 가려달라고 빌어야 할 판이었다.

바로 그때 신호가 들렸다. 호루라기가 짧게 한 번. 그리고 다시 한 번. 앤지의 눈빛이 결연해졌다.

앤지는 재빨리 헤드랜턴을 점멸 모드로 켜고 아래쪽 심연으로 던졌다. 밧줄에 매달린 헤드랜턴은 맥없이 추락하더니 아까 앤지가 철교에 묶어두었던 지점을 중심으로 왔다 갔다 흔들리기 시작했다.

당장 총성이 울렸다. 그리고 또 한 번. 애덤스가 흔들리는 불빛을 향해 총을 쏘고 있는 것이다. 앤지는 인중에 땀방울이 송골송골 맺히는 것을 느끼며 폴리에스테르 밧줄을 나이프로 미친 듯이 썰었다. 생각해보니 이 나이프는 매덕스와 모텔에서 처음 만났던 날 밤에 손목의 케이블 타이를 끊었던 바로 그 칼이었다. 물론 하마터면 매덕스를 죽일 뻔했던 무기이기도 했고. 이제는 이 나이프로 매덕스의 딸을 구하려는 중이었다. 헤드랜턴이 다리 아래에서 계속 흔들리면서 총성도 계속해서 울렸다. 앤지는 손을 더 빠르게 놀렸다. 애덤스도 늦든 빠르든 앤지의 속임수를 눈치챌 터였다.

역시나 빠르게 눈치챘다. 총성이 계곡을 한 번 더 울렸지만, 이번에는 다리를 조준하지 않고 지니를 매달아둔 수면 위를 노리고 있었다. 하지만 타이밍 좋게 마지막 폴리에스테르 가닥까지 잘려나가면서 밧줄 끝이 어둠 속으로 사라졌다. 동시에 등골이 서늘해지는 여성의 비명이 허공을 메웠다. 앤지는 철도 위에 엎드려 귀를 기울였다. 또 총성이 울렸다. 그러고는 파도소리만 들렸다.

앤지의 이글거리는 눈이 숲속에서 나타난 불빛으로 향했다. 깜빡이는 불빛이 절벽을 따라 천천히 내려오고 있었다. 애덤스였다. 맞은편 절벽에서 바다를 향해 내려오고 있었다. 앤지는 터질 듯한 심장을 부여잡고 조심조심 균형을 잡으면서 등에 멘 소총으로 손을 뻗었다. 그리고 교각 위에서 안정적인 자세를 취한 다음 방아쇠에 손가락을 걸고, 움직이는 불빛을 조심스럽게 조준했다. 그리고 총을 쏘았다. 개머리판이 뺨과 어깨를 때렸다. 앤지는 마른침을 삼켰다. 불빛은 여전히 빛났지만 이제 더 빨라진 속도로 오르막을 향하고 있었다. 여기서부터 멀어지는 중이었다. 빗나가긴 했지만 그래도 애덤스를 수세로 몰아넣은 셈이었다. 앤지는 다시 한 번 조준하고 총을 쏘았다. 불빛의 움직임이 더 빨라졌다. 앤지가 아는 대로라면 지금 애덤스의 진로는 서쪽의 외딴 삼림지로 이어지는 것이었다. 놈은 도망치고 있는 것이다. 앤지는 다시 소총을 등에 둘러멘 채 최대한 빨리 기어서 서쪽 삼림지의 절벽으로 향하는 다리를 마저 건너기 시작했다.

76장

총에 맞았다. 숫제 가슴팍을 망치로 후려치는 것 같았다. 안 그래도 기진맥진해 있던 매덕스는 눈앞이 아찔해지는 것을 느끼며 물속에 그대로 처박혔다. 귓가에 비명이 들렸다. 헤엄을 치기는커녕 숨통마저 틀어막는 물결이 밀려오는 가운데, 매덕스는 지니를 감싼 비닐 번데기가 자신을 향해 떨어지는 모습을 보았다. 철버덕하는 요란한 물소리가 났다. 지니가 익사하기 전에 당장 붙잡아야 한다고, 저렇게 비닐로 팔이 결박된 상황에서는 혼자서 헤엄을 칠 수 없다는 본능적인 깨달음이 찾아왔다. 매덕스는 가슴이 박살 날 것 같은 고통을 감수하면서도 어떻게든 숨을 쉬어보려 했다. 그렇게 양팔을 허우적거리며 급류에 휘말린 상황에서도 딸을 매달아놓았던 밧줄의 *끄트머리*를 어떻게든 잡아보려 했다. 기어이 밧줄을 낚아챈 매덕스가 지니를 끌어당기자, 두 사람은 점점 가까워지기 시작했다. 마침내 지니를 감싼 비닐이 손에 닿았다. 하지만 그렇게 지니를 붙들자마자 물결이 밀어닥치면서 두 사람을 더 깊고 세찬 물살 속으로 처넣어버렸다. 매덕스는 젖 먹던 힘까지 짜내어 물장구를 치면서 어떻게든 몸을 띄우고 지니의 머리를 수면 위로 올려두려 했다. 한껏 물을 먹은 옷과 부츠가 점점 수면 아래로 자신을 끌어당기고 있었다. 매덕스는 지니의 얼굴을 보았다. 백지장처럼 하얬다. 미간에서는 피가 흘러내렸다. 하지만 두 눈은 번쩍 뜨인 채 한없는 공포를 내비치고 있었다. 입도 마찬가지였다. 지니는 비명을 지르고 있는 것 같았다. 하지만 주변의 소리는 전부 시끄러운 파도소리에 완전히 묻혀버렸다. 그래도 지니는 살아서 피를 흘리며 비명을 지르고 있었다. 갑작스레 덮쳐온 급류는 두 사람을 휘감은 채 죽음의 놀이기구처럼 계곡 어귀로 몰고 갔다.

+

앤지는 마침내 다리 반대편에 도달했다. 건너오는 내내 균형을 잡느라 한껏 긴장하고 있던 사지가 온통 후들거리고 다리도 완전히 풀려버렸다. 혹시나 애덤스가 매덕스나 지니를, 혹은 두 사람 모두를 죽였을지도 모른다고 생각하니 정신이 아득해졌다. 자기 발밑에서 둘 다 익사했을지도 모를 일이었다.

앤지는 손전등을 켰다. 나무 사이로 진흙과 바위, 이끼로 뒤덮인 비탈길이 있었다. 진흙에는 방금 찍힌 듯한 발자국이 있었다. 길을 따라 불빛을 비춰보았다. 발자국이 더 보였다. 저 위의 숲까지 쭈욱.

지금 당장 절벽을 내려가봤자 매덕스와 지니를 구할 수 있을 턱이 없었다. 지니를 매단 밧줄을 끊어서 떨어뜨린 건 바로 앤지 자신이었다. 그리고 채 몇 초도 되지 않아 매덕스와 함께 계곡의 어귀로 떠내려갔을 것이다. 매덕스가 밧줄을 제때 붙잡기만 했다면 안전한 바위 위로 같이 올라갈 수 있었을 거고. 앤지는 그냥 그렇게 믿기로 하고 배낭을 내려놓은 다음, 감각이 다 없어진 손가락으로 허리춤의 무전기를 어렵사리 집어 들었다. 사실 이 무전기는 전파 영역 내에 사람이 없다면 아무짝에도 쓸모가 없는 것이었고, 비상대응팀이 가까이 왔을 가능성도 적었다. 혹시 도보로라도 공원에 진입하려 했다면 또 모를 일이지만. 그래도 누군가는 들을 수도 있지 않은가.

앤지는 무전을 쳤다. "메이데이, 메이데이. 여기는 스쿠컴 계곡의 옛 교각. 메이데이, 메이데이. 여기는 스쿠컴 계곡."

그러고는 기다렸다. 다시 한 번 무전을 쳐보았다. 아무 응답도 없었다. 앤지는 또다시 무전을 쳐보았지만 이번에도 응답은 없었다. 그냥 무전기를 집어넣고 배낭과 총을 다시 등에 둘러멨다. 그리고 전등으로 앞길을 비추면서 최대한 빨리 비탈길을 오르기 시작했다. 꽤나 급경사인 데다 진흙도 미끄러웠던지라 계속해서 넘어졌지만, 그래도 발걸음을 멈추지 않았다. 금세 숨이 턱까지 차오르고 재킷과 옷 아래는 땀으로 흠뻑 젖었지만, 앤지가 할 수 있는 것이라고는 오로지 애덤스의 뒤를 쫓는 것뿐이었다. 놈이 완전히 야생으로 사라지기 전에 반드시 붙잡아야 했다.

그나마 애덤스가 자신이 쫓기고 있다는 걸 모른다는 점 하나는 앤지에게 유리했다.

지금까지 몇 시간 동안이나 혹사당한 근육이 비명을 지르기 시작했다. 발가락에도 감각이 없어졌다. 가슴에서 심장도 미친 듯이 뛰고 있었다. 햇빛이 숲속으로 새어 들어오기 시작했지만, 빽빽한 고목들과 짙은 먹구름이 하늘을 가리고 있으니 시야는 여전히 비좁기 짝이 없었다. 앤지는 계속해서 발을 헛디디며 비틀거렸다. 하지만 발을 멈추지 않고 계속해서 애덤스의 흔적을 쫓았다. 시간 감각도 완전히 잃어버린 지 오래였다. 주변이 다시 깜깜해지기 시작했다.

그러다 갑자기 흔적이 사라졌다.

앤지는 발을 우뚝 멈추고 잔뜩 긴장한 채 손전등을 껐다. 하지만 이미 늦었다. 오른쪽에서 정신이 번쩍 드는 총성이 울려 퍼졌다. 팔을 후려치는 듯한 통증도 함께 느껴졌다. 그 충격으로 몸이 빙글 돌면서 발이 뿌리에 걸리고 말았다. 앤지는 바위와 진흙 위로 풀썩 넘어졌다. 왼쪽 상완에서 엄청난 고통이 느껴졌다. 나뭇가지와 낙엽을 버석거리며 밟는 소리도 들렸다. 놈이 도망치고 있는 것이다. 핏줄 속으로 분노가 뿜어지는 것 같았다. 앤지는 멀쩡한 팔로 나뭇가지를 붙잡고 다시 일어나, 땅에 떨어져 있던 총을 집어 들고 비틀거리며 그 뒤를 쫓아갔다.

고통스러운 눈물이 그렁그렁 맺히기 시작했다. 출혈로 뜨뜻하게 젖은 소매가 팔에 착 달라붙는 것이 느껴졌다. 숨 쉬는 것도 힘들어지고 있었다. 안 그래도 어두워지고 있는 숲속 풍경이 현기증으로 인해 핑핑 돌기 시작했다. 앤지는 제자리에 멈춰 섰다. 그리고 헐떡이면서 귀를 기울였다. 분명 애덤스의 소리가 다시 났다. 말라비틀어진 관목을 헤치며 움직이는 소리였다. 갑자기 앞쪽에서 놈이 들고 있던 불빛이 나타났다. 애덤스가 저 앞쪽, 이끼 덮인 가파른 비탈길 위로 도망치는 모습이 그대로 보였다.

앤지는 멀쩡한 팔은 물론, 다친 팔까지도 어찌어찌 움직이면서 소총의 개머리판을 어깨와 턱 사이에 가져다댔다. 그리고 깊이 숨을 들이마신 뒤 총신 너머로 시커멓게 보이는 놈의 몸통을 조준했다. 방아쇠에 손가락을 걸고 천천히 호흡을 내뱉다가, 마지막 숨결과 함께 손가락을 당겼다. 격한 반동이 느껴졌다. 총성이 숲속을 울렸다. 땀 섞인 진눈깨비가 눈으로 흘러들어가면서 눈앞이 흐려졌다. 하지만 애덤스가 비틀거리다 쓰러지는 것만은 똑똑히 보였다. 그래도 놈은 호락호락 누워 있지 않았다. 아득바득 계속 비탈길을 기어 올라가더니 기어이 두 발을 딛고 일어섰다. 그러고는 비척거리면서 다시 걷기 시작했다.

앤지의 마음속에서 거칠고 포악한 야수가 깨어났다. 시체 안치소에 누워 있던 드루먼드의 시신이, 활짝 개복된 채 몸속을 전부 보여주었던 호킹의 모습이 뇌리를 스쳤다. 애덤스가 두 사람에게 저지른 짓이 머릿속에 똑똑히 떠올랐다. 그저 두 사람이 여자라는 이유만으로. 그저 두 사람이 자신의 성적 환상에 어울린다는 이유만으로.

'아줌마가 다 상관한다고 했으니까 이렇게 온 거야. 난 아줌마 말을 믿어······.'

앤지는 메리 윈스턴의 믿음을 저버렸다.

그리고 메리 이전의 수많은 소녀들도…… 지니와 매덕스까지
도…….

바로 그때, 갑자기 소녀가 또 나타났다. 밝은 분홍색 드레스를 입
은 소녀가. 안개 속 나무들 사이에 붕 떠 있었다. 숲속은 완전히 어
두워진 상태였다. 다시 밤이 찾아온 것일까?

말소리가, 강의 급류, 바람, 부서지는 파도소리 같은 말소리가 앤
지의 머릿속으로 밀려들어왔다. 마치 앤지의 머릿속으로부터, 주변
의 숲으로부터, 머리 위의 구름으로부터 울려오는 소음 같았다…….

'숲으로 와서 놀자……. 이리 내려와…….'

소녀는 까르륵 웃더니 뒤로 돌아 나무들 사이로, 애덤스의 뒤로
달려가버렸다.

앤지의 두 눈에는 그저 분홍색 광채만이 보였다. 저도 모르게 발
을 앞으로 내딛기 시작했다. 꼭 두 사람의 심장을 서로 연결하는 실
이라도 있는 것처럼. 앤지는 헐떡이면서, 비틀거리면서, 비척거리
면서, 그러다 넘어진 뒤에도 아득바득 기면서 어떻게든 소녀를 지
켜주려 했다. 애덤스와 같은 악인으로부터 어떻게든 떼어놓으려는
절박한 심정으로.

앤지는 마침내 비탈길의 꼭대기에 도달했다. 그리고 놈을 보았다.

'애덤스.'

애덤스는 바위 위에 앉아 허벅지를 움켜쥔 채 고개를 떨구고 있

었다. 발밑에는 무기가 나뒹굴고 있었다. 자신이 놈에게 상처를 입힌 것이다.

"스펜서 애덤스!" 앤지가 소리쳤다.

애덤스는 퍼뜩 고개를 들었다.

앤지는 놈의 얼굴을, 자신의 헤드랜턴 불빛에 하얗게 비치는 애덤스의 얼굴을 보았다. 두 사람의 눈길이 마주쳤다. 애덤스는 잠시 미동도 않고 있었다. 앤지는 이제 고통 때문에 오히려 아무 감각도 느껴지지 않는 어깨에 다시 개머리판을 가져다댔다.

"무기에서 떨어져! 그리고 땅에 엎드려! 당장!" 앤지는 앞으로 다가가며 노호했다. "엎드리라고!"

애덤스는 여전히 앤지와 눈길을 맞춘 채 천천히, 아주 천천히 땅으로 몸을 숙였다.

그 뒤로, 방금까지 애덤스가 앉아 있던 돌 뒤에는 작은 소녀가 엎드려 있었다. 앤지는 눈을 깜빡이며 어떻게든 시야를 확보하려 했다. 하지만 빗물과 땀이 눈으로 계속 스며들었다. 놈은 앤지를 똑바로 바라보고 있었다. 그저 바라보고만 있었다. 시간 감각이 확 늘어났다가 툭툭 끊기기 시작했다. "움직여! 당장!" 앤지는 갈라지는 목청으로 소리를 질렀다. 손가락은 여전히 총의 방아쇠를 단단히 감싸고 있었다. 머릿속에서는 귀에 거슬리는 동요 소리가 울리기 시작했다. 처음에는 조용하게 멀리서 들리는 듯했지만, 서서히 불협화음이 커지기 시작했다. 꼭 고장 난 놀이기구에서 울려 퍼지는 것

처럼……. '고양이 두 마리가 있었네. 아, 아, 아. 아, 아, 아. 고양이
두 마리가 있었네……'

앤지는 침을 꿀꺽 삼켰다. 방아쇠에 건 손가락을 한껏 긴장시킨
채. 그렇게 악마의 두 눈만 똑바로 응시했다. 그 외의 세상은 온통
흐릿하게 보일 정도로. 그러다 갑자기 애덤스가 자신의 총을 낚아
채 자리에서 일어나려 했다. 앤지는 손가락을 당겼다.

애덤스의 고개가 뒤로 확 꺾였다. 손에서 총이 떨어졌다. 그렇게
잠시 동안 꿈쩍도 않고 앤지를 응시했다. 헤드랜턴 불빛에 검게 비
치던 피가 입 주변으로 하얗게 번져나갔다. 씨익 미소 짓는 미친 광
대의 표정처럼. 그렇게 애덤스의 몸이 천천히 뒤로 넘어갔다.

앤지는 헐떡이면서 재빨리 상대에게 다가갔다.

애덤스는 바위 앞에 누워 진흙 속에서 꿈지럭거리고 있었다. 앤
지는 놈의 턱을, 왼쪽 입가를 후려쳤다. 애덤스는 손을 뻗었다. 뭔가
움켜쥐려는 것처럼, 앤지에게 자비를 구걸하는 것처럼. 뭔가 말하
려 하고 있었다……. 피가 줄줄 흐르는 입으로 뭔가를 외치고 있었
다……. 그렇게 진흙 속에서 꿈틀거리며 발악하고 있었다.

앤지의 심장이 얼음장같이 차가워졌다. 곧이어 지쳐버린 정신으
로부터 터져 나온 분노가 모든 이성을 앗아갔다. '고양이 두 마리가
있었네. 고양이 두 마리가 있었네……'

앤지는 총을 들었다. 그리고 쏘았다. 또 쏘았다. 얼굴에 쏘았다.
계속 쏘았다. 그렇게 열 발들이 탄창을 모조리 비운 뒤에야 온몸을

떨면서 무릎을 꿇었다.

얼굴에서 눈물이 줄줄 흘러내렸다.

77장

천천히 정신이 든 앤지는 자신이 침대에 누워 있다는 걸 알아차렸
다. 온몸이 아팠다. 눈을 떠보려 했다. 눈앞이 시릴 정도로 밝았다.
잽싸게 눈을 감았지만 이미 속이 울렁거렸다. 입술은 바싹 마르고
입맛마저 씁쓸했다. 머릿속이 온통 혼란스러웠다. 그러다 갑자기
기억이 엄습했다. 심장이 거세게 뛰었다. '스펜서 애덤스.'

숲속에서 놈을 쫓고 있었는데.

앤지의 두 눈이 번쩍 뜨였다. 심장이 거세게 두방망이질했다. 병
원이었다. 자신은 병동에 있었다. 앤지는 끙끙거리며 일어나 앉으
려 했다. 하지만 현기증이 찾아오면서 끄응, 하고 베개 위에 쓰러지
고 말았다.

"어유. 침착해, 침착해."

앤지는 천천히 고개를 돌리고 눈을 깜빡이면서 방금 입을 연 쪽
으로 초점을 맞추려 애썼다. 방구석의 의자에 누군가 앉아 있었다.

"홀거슨?"

홀거슨이 덮고 있던 이불을 옆으로 치우고 자리에서 일어났다.

"여기 어디야?" 앤지는 베개를 등에 대고 반쯤 앉은 자세로 몸을 일으키려 했다. 그러다 왼쪽 상완에 붕대가 감겨져 있는 걸 발견했다. 게다가 미친 듯이 아팠다. 머리도 깨질 것 같았다.

홀거슨이 침대 옆으로 다가왔다. "총알이 근육이랑 살갗만 뚫었지 뼈는 안 건드렸다. 의사 선생님 말씀으로는 팔 쓰는 데는 문제없을 거지마는 시간은 좀 걸린다 하셨어. 재활도 엄청 필요할 거구."

앤지는 머리를 조심스레 더듬어보았다. 골프공처럼 부풀어 오른 혹이 아렸다.

"머리 한번 쎄게 부딪혔나 보네, 잉? 그래서 기절했나베."

"무슨…… 무슨 일이 있었던 거야?"

"나야 모르지, 나는 니가 기절해갖고 피 철철 흘리면서 누워 있는 모습만 봤어야. 체온은 얼음장 같지, 탈수 증상도 오지지. 수색 구조 팀이 니랑 애덤스 시체랑 같이 찾아냈을 때 말여."

머리가 핑핑 돌았다. 앤지는 두 눈을 꾹 감고 어떻게든 생각을 집중하며 기억을 떠올려보려 애썼다. 애덤스를 쫓던 것까지는 기억났다. 추격이 얼마나 오랫동안 이어졌는지는 감이 잡히지 않았다. 어떻게든 따라잡아서 땅에 엎드리라고 했던 것 같은데. 그다음은…… 아무것도 기억나지 않았다. 시커먼 망각뿐이었다. 앤지는 눈을 떴다.

홀거슨은 염소수염을 매만지면서 앤지를 살펴보고 있었다.

"애덤스는?"

"제대로 잡았던디. 아주 사람을 잡아버렸어. 죽었거든."

"매덕스는? 지니는?"

"여기 병원에 같이 있지." 홀거슨은 빙그레 웃었다. "둘 다 괜찮아질 거여, 팔로리노. 계곡물 속에서 세탁기 빨래처럼 탈탈 털리기는 했지만. 매덕스가 가슴에 총 한 방 맞기는 했지마는 방탄판 덕분에 살았어. 폐가 내려앉고 갈비가 박살 났지마는 지금 치료 중이고. 지니는 머리에 찰과상을 입었지. 어깨도 빠지구. 하지만 몸보다는 마음을 더 다쳤어야. 둘 다 피해자 상담 들어갔구."

"혹시 그놈이…… 지니…… 건드렸어?"

"성폭행은 없었어. 십자가도 못 새겼구. 다른 데다가 이용해먹었으니까는."

오만 감정이 눈시울로 차올랐다. 앤지는 잠시 두 눈을 감은 채 병원까지 오던 과정을 어떻게든 떠올려보려고 했다.

"애덤스는 지니를 어떻게 잡은 거야?"

"지니가 집에 올 때 아파트에서 기다리고 있었댜."

"날짜랑 시간은?"

"수요일 아침. 너를 산에서 찾아갖구 데려올 때는 거의 월요일 심야였어. 수색 구조팀에서 네가 기절해 누워 있는 걸 찾았구. 거기서 일단 응급처치부터 한 담에 데리고 내려왔나 봐. 날씨는 여전히 나빠서 헬기도 가까이 못 띄우구. 안개가 어찌나 빽적지근하게 꼈는지 스쿠컴 주차장에다 착륙을 못했다니까는. 의사 선생님이 팔에서 총알 빼주신 거는 화요일 날이었구. 그렇게 수분도 다시 공급하고 몸도 덥혔어. 그 뒤로 어제는 하루 죙일 기절해 있었던 거야. 솔직히 니 목숨 붙은 게 기적이랴."

앤지는 지난 며칠간을 다시 떠올려보려고 무진 애를 썼다.

"언론에서두 난리가 났어야." 홀거슨이 말했다. "질문도 엄청 들어오구…… 개소리도 많구."

"무슨 뜻이야?"

"애덤스가 죽은 꼬락서니 때문에. 빅토리아 시경에서는 드루먼드와 호킹의 죽음과 관련된 용의자가 사망한 채 발견되었다고만 발표했어. 그게 다여, 네 이름이랑 네가 쐈다는 얘기는 전혀 안 했지. 근데 네가 걔를 좀 화려하게 잡았어야, 팔로리노. 얼굴에두 쏘구. 목에두 쏘구. 가슴에도 쏘구. 그것도 코앞에서 말야. 탄창 하나를 싹 다 비웠던디."

마음속 심상의 파편들이 어둠에 휩싸였다. "얼굴에다 쐈다고?"

"잉…… 그 꼬락서니로 누워서 죽었지. 사진이랑 똑같어."

명확한 현실을 마주한 앤지의 가슴으로 시큰한 한기가 찾아들었다. 이건 딱 과잉대응 감이었다. "……외부 수사 들어왔겠네?"

"잉, 바로 들어왔지. 현장 확보했던 수색 구조대원 두 명이서 그대로 보존해놨어. 그다음 날에는 곧장 독립 수사국에서 나와서 현장을 봤어야. 그래서 이번 사태에 대한 수사를 진행한다고 뻗대고 있구." 홀거슨은 잠시 뜸을 들였다. "질문도 엄청 준비해놨나베."

앤지는 조용히 앉아 있었다. 독립 수사국에서 이 건을 물다니. 이제 앤지는 꼼짝없이 형사상 범죄를 저질렀는지 판정받는 입장에 선 것이다. 까딱하면 그대로 기소까지 당할 판이었다. "그럼 나 아직 현역이긴 해?"

"그건 피츠랑 높으신 분들한테 달렸지."

불안감이 찾아오면서 속이 다시 울렁거렸다. "그놈 쏜 게 기억이 안 나." 앤지는 조용히 말했다.

홀거슨은 고개를 끄덕였지만 아무 말도 하지 않았다.

앤지는 갑자기 이불을 젖히더니 침대 옆으로 다리를 뻗었다. "매덕스 보러 갈래." 하지만 곧장 관자놀이에 엄습하는 현기증을 이기지 못하고 비틀거렸다.

"잉, 지금은 안 돼. 더 쉬어야 돼."

"꼭 *봐야겠단* 말이야. 휠체어 갖다줘, 홀거슨. 내 옷도 좀 갖다 주고."

홀거슨이 코웃음을 쳤다. "네 옷은 읎어, 팔로리노. 독립 수사국에서 싹 다 쓸어갔어야." 그러더니 벽에 붙은 작은 옷장에서 슈퍼마켓 비닐봉지를 하나 꺼냈다. 그러고는 봉지에서 회색 추리닝 상하의를 꺼내 침대 위로 옮겼다. "우리 집에서 너 입힐라구 가져온 옷이야. 빌려주는 거다." 홀거슨은 잠시 머뭇거렸다. "난 휠체어 갖구 올텡게." 그러고는 침대의 커튼을 쳐서 옷 갈아입을 만한 공간을 만들어주었다.

앤지는 환자복을 벗고 홀거슨의 헐렁한 연회색 추리닝에 팔다리를 꿰느라 악전고투했다. 소매와 다리 길이가 꽤 남는 바람에 둘둘 걷어 입어야 했다. 홀거슨이 휠체어를 밀면서 돌아왔을 때는 이미 녹초가 되어 있었다.

홀거슨은 아무 말 없이 앤지를 옮겨 앉힌 다음, 휠체어를 밀면서 방 밖의 복도를 따라 내려갔다.

+

"지니?"

두 눈이 천천히 뜨였다. 그리고 목소리가 들려온 쪽으로 얼굴을 돌렸다.

"아빠?"

매덕스는 감정이 북받쳐 올랐다. 딸의 손을 가만히 잡아보았다. 나긋나긋하고 차가운 손이었다. 우리 딸. 우리 강아지가 이렇게 아름다운 여성으로 자라났다니. 매덕스가 지금껏 살아온 인생의 증거이자, 자신의 결혼생활이 유일하고 참되게 남긴 훌륭한 결과물이었다. 그것만으로도 가치가 있다는 것을, 그동안의 세월이 헛되이 낭비된 게 아니었다는 것을 이제야 깨달았다. 지니는 살았고 자신도 살았으니 아직도 밝은 미래를 꿈꿔볼 수 있는 것이었다. 게다가 애덤스는 지니를 성적으로 건드리지도 않았다. 물론 지니가 이번 일을 완전히 극복하는 게 힘들 거란 점은 매덕스도 알고 있었다. 하지만 서로가 있어주는 한, 둘이 함께 헤쳐 나갈 수 있지 않겠는가.

"진짜 미안해, 아빠."

매덕스는 허리를 곧게 펴고 겉으로 드러나려는 감정을 억누르느라 무진 애를 썼다. "넌 잘못한 거 없어, 지니. 다 괜찮을 거야."

"구하러 와줘서 고마워요." 지니가 속삭였다. "날 구하러 와줘서. 그놈이…… 그놈이 나더러 전화하랬어. 분명 아빠 유인하는 거였는데. 그놈이 아빠 죽이려는 것도 알았는데. 어떻게 해야 할지를 몰라서, 그래서……."

"쉿." 매덕스가 딸의 얼굴로 흘러내린 머리카락을 정리하자 의사들이 눈썹을 따라 봉합한 상처가 드러났다. 처음 봤을 때는 십자가인 줄만 알았다. 그래서 최악의 상황까지 각오했었는데. "잘한 거야, 지니. 이제 그놈은 없어."

"앤지 아줌마는?"

"아직도 정신이 없어. 자고 있을걸." 이미 수십 번은 더 확인했던 터였다. "괜찮아질 거야."

"아줌마가 우릴 구했어…… 그놈도 잡고."

"그랬지. 그러니 이제 아무도 해치지 못할 거야. 다시는." 매덕스는 잠시 망설이다 마른침을 한번 삼키고 말했다. "네 엄마가 왔다. 간호사 말로는 너 보려고 바깥에서 기다리고 있대. 아빠가 데려가 주련?"

"피터는? 같이 왔대?"

"아빠야 모르지."

딸은 아버지의 눈빛을 바라보았다. "지금까지 아빠한테 나쁜 말 해서 미안해요."

"다 이해한다."

"앞으로 잘할게, 아빠. 약속해. 나……."

"안다, 지니. 서로 잘하자."

"사랑해요."

도저히 억누를 수 없는 감정이 북받쳐 올라왔다. 매덕스는 기어 이 목멘 소리를 내고 말았다. "나도 사랑한다, 딸. 아빠가 지켜줄게. 언제라도."

지니의 두 눈이 그렁그렁해졌다. 매덕스 자신과 똑같은 색의 눈 이. 지니는 입술을 앙다문 채 고개를 끄덕이고는 아빠의 손을 꾹 쥐 었다.

+

매덕스는 병실에 없었다. 침대에는 헝클어진 이불만 남아 있었다.

텅 빈 침대를 보는 앤지의 마음속에 불안감이 찾아들었다. 그냥 두 눈으로 직접 보고 손으로 직접 만져보면서 괜찮은지만 확인하면 됐는데. '씨발.' 사실 엄밀히 따지자면 싫은 소리를 좀 각오해야 했 다. 당장 자신에게 내린 명령을 무시하고 독단적으로 매덕스를 쫓아가지 않았는가. 하지만 또다시 그런 상황에 놓인다 한들, 앤지는 주저 없이 똑같이 행동할 것이었다. 안 그랬으면 매덕스와 지니 모두 지금쯤 죽었을 테니까.

"지금 지니랑 같이 있는 것 같아." 홀거슨이 말했다.

"지니 병실이 어디지? 같은 층인가?"

"잉."

"데려다줘."

"그건 별로 좋은 생각 같지가 않은디…….."

"아오, 홀거슨. 그냥 휠체어나 밀어줄래? 지금 내 팔이 이 꼴만 아니었어도 직접 끌고 갔거든."

"우리 팔로리노가 멀쩡히 복귀한 걸 보니 눈물이 다 나네." 홀거슨은 휠체어 손잡이를 잡고 앤지를 빙글 돌렸다. "선임 알기를 개 콧구멍으로 알아먹고."

가슴에서 피어오르는 미안함을 애써 눌러놓은 앤지는 문득 엄마에게 생각이 미쳤다. 동시에 깊은 배신감도 함께 찾아들었다. 앞으로 해결해야 할 일이 산더미인데 어떻게 손대야 할지 감도 잡히지 않았다.

두 사람은 지니의 병실에 도착했다. 병동 창문 너머로 매덕스가 침대 옆에 서 있는 모습이 보였다. 매덕스도 환자복이 아니라 스웨터 차림이었다. 그런데 그 옆에 웬 여자가 하나 서 있었다. 늘씬한 몸매의 금발 여성이었다. "잠깐만." 앤지가 말했다. "멈춰봐."

앤지는 매덕스 옆의 여성을 멍하니 쳐다보았다. 맞춤 제작한 것 같은 바지부터 부드러운 산홋빛 재킷까지, 굉장히 세련된 옷차림을 하고 있었다. 게다가 머리도 어깨선에서 깔끔하게 정리된 스타일이었다. 고개를 돌리자 정말 매력적이고 고혹적인 외모까지 드러났다. 대강 40대 중반쯤 되어 보였다.

"저건 누구야?" 앤지가 물었다.

"매덕스 여사님 되시는 분이랴."

천천히 마른침을 삼켰다. "이름은?"

"사브리나, 라던디."

앤지는 잠시 유리창 너머로 가족의 조촐한 재회를 지켜보았다. 암청색 머리카락을 베개 위로 흩뿌린 채 누워 있는 지니 옆에서 엄마와 아빠가 딸을 걱정해주고 있었다. 비극 끝에 다시 만난 가족들이었다. 사브리나 매덕스는 한 손을 남편의 어깨에 올려놓았다. 매덕스가 고개를 돌려 아내를 내려다보았다. 매덕스 여사님 되시는 분, 그러니까 아직 전처는 안 되신 분은 남편의 눈가로 손을 뻗어 뭔가를 부드럽게 닦아주었다. 그러더니 몸을 기울여 뺨에 입을 맞췄다.

앤지는 배알이 꼴리는 것 같았다. 양손으로 휠체어 팔걸이를 꽉 붙잡았다.

"가자." 앤지가 홀거슨에게 말했다. "그냥 가자."

"정말 그냥 가두……."

"아 씨, 그냥 가자고. 빨리. 후딱."

"팔로리노, 니 진짜." 그러면서도 홀거슨은 복도를 따라 앤지를 후딱 밀어주었다.

"잠깐만. 저기. 저기까지 밀어줘. 저기 창문 옆에, 의자 옆에."

홀거슨은 앤지의 말대로 움푹 들어간 벽의 공간으로 휠체어를 밀어 넣었다.

앤지의 심장이 쿵쾅거렸다. 몸이 이따위로 반응한다는 사실이 정말 싫었다.

"애 엄마도 왔다고 얘기했어야지."

"그러니까 좋은 생각은 아닌 것 같다고 얘기했……."

앤지는 휠체어에서 일어나려 하다가 현기증을 이기지 못하고 다시 주저앉았다. 숨이 가빠왔다.

"팔로리노, 그냥 앉아 있어. 진정 좀 하구."

앤지는 두 눈을 꽉 감고 다시 한 번 스펜서 애덤스를 쏘았던 순간의 기억들을 떠올리려 애썼다. 교각에 서 있던 자신의 모습이 기억났다. 짙은 안개 속. 들려오던 총성. 다리 건너편으로 건너가던 자신. 고목과 안개로 뒤덮인 산속에서 놈의 뒤를 쫓아 몇 시간 동안이고 계속했던 추격전……. 순간 앤지의 심장이 멎는 것 같았다. 그 소녀. 그 소녀의 유령이 또 보였었다.

피가 싸늘하게 식는 기분이었다.

소녀의 뒤를 따라갔는데…… 그 뒤에는…… 그 뒤에는 암흑뿐이었다.

홀거슨의 폰이 울렸다. 홀거슨이 전화를 받는 동안 앤지는 창문 밖을 내다보았다. 바깥에서는 작은 눈송이들이 회색 하늘을 배경으로 반짝반짝 빛나고 있었다. 예년 같지 않은 겨울이라고 앤지는 생각했다.

"네, 앤지는 정신 차렸슴다." 홀거슨의 말이었다. "네, 알겠슴다." 그러고는 폰을 앤지에게 넘겼다.

"베더여. 직접 대화하고 싶으시댜."

"독립 수사국 건으로?"

홀거슨은 고개를 끄덕였다.

앤지는 폰을 건네받으면서 말했다. "혹시 베더가, 아니면 빅토리아 시경에서 나 감시하라고 보낸 거야? 나 정신 차리거든 보고하라고?"

"옘병 떠네, 팔로리노."

"거짓말하지 마, 홀거슨."

홀거슨은 기다란 손가락으로 어두운 갈색의 머리카락을 훑었다. "그려, 위에서 누구 하나 보내고 싶어 하긴 했어. 근데 제복 경관으로 보낼라고 하길래 내가 직접 자원했다. 빨리 전화나 받어야."

앤지는 전화를 받았다가 귓가에 전해지는 냉기에 살짝 떨었다.

베더는 예상했던 것처럼 지금 몸은 좀 어떠냐 등등의 진부한 이야기들을 의례적으로 늘어놓은 다음, 앤지의 수사 건에서 자신이 독립 수사국과 빅토리아 시경 사이의 연락 담당자를 맡게 되었다고

전했다. 그리고 가능한 한 빨리 외부 수사관들과 대면해야 할 거라고도 덧붙였다.

"알겠습니다." 앤지는 침착하게 말했다. "그럼 내일 진행하도록 하겠습니다. 내일이면 몸이 나아질 겁니다."

그러고는 전화를 끊고 홀거슨에게 건네주었다.

여섯 달 만에 또 심각한 사고를 쳤다. 게다가 실제 총격에 대한 정확한 기억도 떠올리지 못하는 상태였다. 굉장한 위기였다.

"우리 중 누군가는 했어야 할 일이야." 홀거슨이 폰을 건네받으며 말했다. "그 새끼 벌집 만드는 거."

"내가 그랬다고?"

홀거슨은 앤지의 눈을 가만히 쳐다보았다.

"씨발." 앤지는 눈가로 흘러내린 머리카락을 치우면서 중얼거렸다.

"그래도 둘 다 살았잖아. 매덕스랑 지니."

"그렇지." 앤지는 창문에 비치는 자신의 모습을 쳐다보면서 말했다. "살리긴 했지."

거울아, 거울아 넌 대체 누구니? 난 네가 누군지 전혀 모르겠는데?

78장

12월 21일 목요일

앤지는 베더와 마주 보고 앉았다. 시간은 오후 7시를 지나고 있었고, 앤지는 오늘 하루 종일 스펜서 애덤스의 사살과 그 과정에 대한 독립 수사국의 질문에 시달리느라 심신 양면으로 완전히 지쳐 있었다……. '프랭크 피츠시몬스 경위가 직접 내린 명령을 무시하고 매덕스 경사를 쫓아간 이유가 뭡니까? 다리에서는 무슨 일이 있었습니까? 애덤스는 얼마나 오랫동안 쫓았습니까? 용의자를 찾았을 때 무슨 일이 있었습니까? 경고는 했습니까? 무기를 버리라고 했습니까? 용의자가 귀하의 안전에 분명한 위협이 된다고 판단했습니까? 다른 체포 수단을 전부 사용했습니까? 용의자가 저항했습니까? 그럼 어떻게 저항했습니까? 총을 쏜 이유는 뭡니까? 그런 다음에는 어떻게 했습니까?'

앤지가 실제로 총을 쏜 상황을 기억하지 못한다는 점은 전혀 도움이 되지 않았다.

게다가 매덕스와 피츠를 비롯해 앤지의 '사고'에 연관된 직속상 관들까지도 목격자 자격으로 모조리 심문에 휘말렸다는 점 역시 전혀 도움이 되지 않았다. 그리고 스펜서 애덤스의 부검에 바브 오헤이건이 아니라 다른 법의학자가 투입되었다는 점도.

경찰 노조는 당장 앤지에게 각종 법적 자문을 지원해주면서 대변인까지 자처했다. 이번 사고 수사의 대상이 된 앤지는 수사 도중 분명한 위협에 직면했던 것이며, 캐나다 헌법권리장전에 따라 응당 묵비권도 행사할 수 있다는 점을 분명하게 명시했다. 하지만 앤지는 목격자로서 심문을 받는 경관들에게 묵비권이 주어지지는 않는단 사실을 잘 알고 있었다. 그리고 솔직히 애덤스에게 과잉대응을 했다손 쳐도 자신이 범죄를 저질렀다고는 생각하지 않았다. 오히려 이번 사건을 확실하게 끝맺음 하려던 과정에서 마땅히 각오했던 위험부담이었다.

수사관들은 앤지에게 현장 도식과 사진, 탄피 등을 보여주었다. 일단 앤지가 땅바닥에 누운 애덤스의 안면, 목, 가슴에 총을 난사하면서 탄창을 통째로 비웠다는 점은 확실했다. 이런 과잉대응 입증 자료에서 엿보이는 분노는 앤지 자신조차도 두렵게 만들었다. 자신의 마음속에는 분명 포악한 야수가 있었으며 현장에서 이성을 완전히 잠식당했던 것이다. 그리고 앤지는 과연 다시 비슷한 상황에 처했을 때 자기 자신을 믿을 수 있을지 확신할 수가 없었다.

베더는 앤지의 무기를 잠시 압수하고 현업에서 배제한 채 빅토리아 시경에서의 내부 조사를 따로 진행하고 있었다. 그리고 앤지는 그 결과가 좋게 나오지는 않을 것 같다는 예감이 들었다. 베더는 평소처럼 잔업 중이던 앤지를 불러들여 요새는 좀 어떠냐는 말로 운을 떼었다.

"그래서 몸 간수는 잘하고 있나?" 베더가 말했다. 그 눈에는 애정이 깃들어 있었다. 베더는 앤지에게 항상 잘 대해주었다. 앤지가 자기 아래의 성범죄 전담반에 처음 들어왔을 때도 위험한 상황에서는 언제나 앤지의 편에 서주던 상관이었다. 이제 와서 대립각을 세울 이유가 없었다.

"그런 것 같습니다. 법의학 감식하고 애덤스가의 수사는 좀 어떻습니까? 전리품인 머리카락에서 뭐라도 나왔습니까?"

베더는 턱을 매만졌다. 꼭 지금 앤지에게 얼마나 말해줘야 할지, 얼마나 말해줄 수나 있는지 가늠하는 모습이었다. "지금까지 주인을 찾은 DNA로는 메리 윈스턴, 앨리슨 퍼니허 그리고 샐리 리터의 샘플이 있어. 지금 인터폴과 협력해 애덤스가 갔던 지중해 항구들 주변에서 발생했을 수 있는 성폭행 건에 대해 조사 중이야."

"그럼 드루먼드가 놈의 첫 번째 살인 희생자라고 생각하시나 보군요?"

"일단은 추론일 뿐이야. 그전까지의 희생자들은 전부 성폭행만 당했지만, 애덤스가 호킹의 시신을 훼손하면서 상태가 더 악화되지 않았겠느냐는 거지."

"모친은요?"

"오헤이건의 부검이 아직 진행 중이기는 하지만, 예비 검시 결과를 보면 사인은 자연사였던 걸로 나와 있어. 그리고 애덤스는 자기 모친에게 집착한 나머지 시신을 계속 보관한 거지. 뷸러 애덤스에 관한 수사는 당연히 시간이 좀 걸리겠지만, 아무래도 애덤스를 아동 시절부터 학대했던 것으로 보여."

"성적인 흥분을 보일 때마다 처벌을 내렸나 보군요."

"그래블로스키 박사는 그렇게 추론하더군."

"그 때수건으로요?"

베더는 고개를 끄덕였다. "그걸 아들에게 사용했을 확률이 높아. 그런 행위는 고통과 함께 흥분도 일으키면서……."

"성도착적인 지도를 그려냈겠죠."

"마찬가지로 그래블로스키 박사의 추론이야. 모친의 죽음이 방아쇠가 되었고, 호킹의 시신을 처리하면서 상태가 더 악화되었다는 거지."

"그럼 진짜 괴물은 모친이라는 거네요."

"분명 괴물을 키워내기는 했어. 유전 면으로나, 양육 환경 조성 면으로나. 현장 감식반의 조사에 따르면 지하실의 콘크리트 바닥에서 남성의 유골을 발견했는데, 아마 스펜서 애덤스의 부친이 아닌가 싶어. 법의학 및 부검 결과가 나오려면 아직 시간이 필요하겠지만."

"모친이 부친을 살해했을 수도 있다는 겁니까?"

베더는 어깨를 살짝 으쓱여 보였다. "다시 말하지만 이건 어디까지나 추론일 뿐이야."

"그럼 실종자 애널리즈 잔센은 이번 건과 아무 상관이 없었던 거고요?"

"아직까지는. 혹시 모르니 가능성은 열어두었지. 하지만 잔센은 금발이야. 이번 사건의 희생자 프로파일링과 맞지 않아. 아무런 연관 관계도 없고."

"*아만다* 로즈, 바카날리언 클럽, 마담 비, 성 구매자들, 그리고 다른 여성들은……."

"다양한 기관들이 서로 협력한 태스크포스가 출범되어 이번 사건의 자세한 수사를 처리하고 있어. 긴 싸움이 될 거야. 기소까지 몇 년이 걸릴지도 몰라."

"윈스턴 건은 어떻게 되었습니까?"

"데미안 요릭의 아파트에서 펜타닐을 함유한 메스암페타민이 발견되었어. 기술팀원들은 윈스턴의 집을 조사해 창문과 탁자, 부엌 선반에서 데미안의 지문을 검출해냈고, 요릭은 기소될 거야. 물론 혼자만은 아니지. 분명 *아만다* 로즈의 경비원들에게서 윈스턴의 사진을 넘겨받았을 테니까. 입막음 처리였을 거라는 추론이 지배적이야."

"그럼 윈스턴의 내부 정보원 대화 녹음은 어떻게 되었습니까? 그리고 버지악은…… 아직도 복귀했다는 소식이 없던데요. 대체 피츠와 내사과는 버지악에게서 어떤 꼬투리를 잡은 겁니까?"

베더는 잠시 망설이면서 시선을 외면했다. 하지만 다시 눈을 맞추고 말했다. "전부 수사 중인 건들이야, 앤지. 지금 당장은 내게도 자세히 말해줄 수 있는 권한이 없어."

앤지는 상대를 빤히 바라보았다. 슬슬 고립되고 있다는 차가운 현실이 체감되기 시작했다. 자신은 배제되고 있었다. 이제는 태스크포스의 기피인물이 되어버린 것이다. 그래도 고개를 한번 끄덕이고는 자리에서 일어났다.

"일단 정보 공유해주신 점은 감사합니다, 베더." 앤지는 문 쪽으로 걸어갔다.

"앤지…… 자네 상태가 심각해 보여."

앤지는 문고리를 잡은 채 그대로 멈춰 섰다. "네. 압니다. 감사합니다."

"이제 어쩔 텐가?"

"모가지 당할지 말지 기다리는 동안에요?"

베더는 아무 말도 하지 않았다.

"모르겠습니다……. 지금 개인적으로 살펴보고 싶은 미제 사건이 하나 있기는 합니다만. 내일 뵙겠습니다, 베더."

베더의 사무실에서 나온 앤지는 한번 깊게 심호흡하곤 칸막이 사무실을 지났다. 이런 시간까지 남아 있는 사람은 거의 없었다. 하지만 시경 입구에 가까이 가자, 문 근처 의자에 앉아 있던 여성 하나가 일어나 다가왔다.

"팔로리노 형사님?"

로나 드루먼드였다. 손에는 상자를 하나 든 채.

앤지는 그 자리에 뻣뻣이 굳은 채 잔뜩 긴장했다. 마음속으로는 정신적이든, 육체적이든 다시 한 번 다가올 공격을 각오했다.

드루먼드 씨가 가까이 다가왔다. "그레이시가 크리스마스 선물을 남기고 갔어요. 애 침대 밑에서 발견했죠." 그러더니 잠시 북받치는 감정을 추스르는 것 같아 보였다. 다시 목을 흠흠, 가다듬은 피해자의 어머니는 앤지에게 상자를 내밀었다.

"형사님에게 드리고 싶어서요. 그레이시라도 형사님이 가지셨으면 했을 거예요. 그레이시를 위해, 그리고 페이스와 다른 여자애들을 위해 해준 일을 생각해서라도요."

앤지는 멍하니 드루먼드 씨를 바라보았다.

"어서요. 받으세요."

앤지는 조심스레 로나 드루먼드로부터 상자를 받아 열어보았다. 안에는 아름답게 장식된 크림빛의 보석 상자가 들어 있었다. 앤지는 다시 눈을 들었다.

"열어보세요." 로나 드루먼드가 말했다. 그 눈가에는 이미 물기가 그렁그렁해져 있었다.

앤지는 보석 상자의 뚜껑을 열어보았다. 핑크색 발레복을 입은 조그마한 발레리나가 한쪽 발만 딛고 선 채, 자장가 태엽 오르골에 맞춰 빙글빙글 돌고 있었다.

"앤티크예요." 드루먼드가 말했다. "제가 어렸을 적에 비슷한 걸 하나 갖고 있었죠. 우리 아버지가 주신 건데. 하필 그해에 돌아가신 다음, 곧 집에도 불이 나면서 완전히 소실되고 말았어요. 그레이시에게 종종 그 상자 이야기를 해주면서 그게 아버지한테서 마지막으로 받은 선물이라고 했죠. 그러다가 몇 달 전에 거번먼트로의 앤티크 가게에서 이걸 봤거든요. 저도 모르게 발길이 끌렸는데…… 그런 모습을 애가 봤나 봐요. 그래서 다시 가게로 가서 이걸 사두었나 봐요……." 더 이상 말이 이어지지 않았다. 로나 드루먼드는 주머니를 뒤져 티슈를 꺼내 코를 한번 풀었다. "자기 침대 밑에…… 이걸 숨겨두고 있었어요. 크리스마스를 기다리고 있었던 거죠."

자신이 결코 맞이하지 못할 크리스마스를.

우리는 모두 거짓말을 한다.

우리는 모두 비밀을, 가끔은 참 끔찍한 비밀을 품고 있다. 옆으로 치워둔 그 비밀들은 어쩌나 어둡고 수치스러운지, 거울에 그림자라도 비치노라면 황급히 눈을 돌려버린다.

이렇게 우리의 어두운 면모는 영혼의 깊숙한 밑바닥에 가라앉혀 놓는다. 그리고 삶의 표면으로 드러난 부분만큼은 모두에게 보여줄 수 있을 만한 모습으로 자랑스럽게 꾸미고자 최선을 다한다…….

앤지는 움직임이 점점 잦아드는 발레리나를 가만히 지켜보았다. 음악도 들쭉날쭉 이어지다가 끝내 죽어버렸다. 목 뒤로 마른침이 넘어갔다. 지금 당장은 감히 로나 드루먼드와 시선을 마주칠 수 없었다. 자신의 두 눈으로 과연 어떤 감정을 내비치게 될지 너무나 두려웠다.

"이건 받을 수 없습니다, 드루먼드 씨." 앤지의 목소리는 거친 속삭임으로만 흘러나왔다. "그냥…… 받을 수가 없어요."

로나 드루먼드는 앤지의 손을 잡아주었다. "제발요. 저도 이걸 갖고 있을 수가 없는걸요. 그냥…… 그냥 형사님이 받으셨으면 해요. 그리고 그레이시를, 다른 여자애들을 모두 기억해주세요." 그러고는 아무 말이 없었다. 앤지는 시선을 들었다.

드루먼드의 얼굴에서 눈물이 흘러내리고 있었다. "계속 힘내주세요, 형사님." 그리고 속삭였다. "형사님 같은 분들이야말로…… 악하고 그릇된 것으로부터 선한 사람들을 지켜주시는 분들이에요." 그러더니 잠시 망설이며 다음 말을 잇지 못했다. "그놈을 찾아내주셔서 고마워요. 다시는 다른 사람을 해치지 못하게 막아주신 것도."

드루먼드는 돌아서서 떠나버렸다. 문 바깥의 비 내리는 어둠 속으로.

앤지는 그 등을 우두커니 보고 있었다. 감히 움직일 생각도 못 하고. 손에는 작은 발레리나를 든 채.

+

12월 22일 금요일

"앤지? 너니?"

엄마의 흔들의자 앞에 앉는 앤지의 마음속에는 온갖 복잡한 심경의 갈등이 밀려오고 있었다. 머릿속으로는 아버지의 말이 떠올랐다…….

'나의 미리엄이 다시 살아났단다, 앤지. 네가 네 엄마를 아빠에게 다시 돌려주었어. 그리고 난…… 난 네가 과연 미리엄을 향한 이런 사랑을 이해할 수나 있을지 모르겠지만, 네 엄마는…… 엄마는 내 모든 것이란다. 내 세상 그 자체야. 그런 엄마가 정상으로 돌아온 모습을 보는 건…… 난 그냥 내버려두었다. 그냥 그렇게 믿도록 두었어…….'

엄마가 손을 뻗어 앤지의 손을 잡았다. 살결이 차가웠다. "이렇게 보니까 너무 좋구나, 앤지."

"엄마 주려고 선물 가져왔어."

"크리스마스 선물이니? 뭔데?" 엄마는 어린애처럼 양손을 맞잡으며 좋아했다.

앤지는 씩 웃었지만, 지금껏 엄마를 향해 품고 있던 애정은 이제 새롭게 알게 된 정보, 드러나버린 비밀, 그리고 그 모든 사실에 대한 복잡한 심경과 상충되고 있었다. 앤지는 아직도 눈앞의 이 사람이 엄마이기를 강렬히 *바라고 있었으나*, 또 마음 한구석은 자신의 생모가 어딘가에 있을 거라는 허망한 심정으로 뻥 뚫려 있었다. 그분이 살았든, 돌아가셨든 아직은 알 수 없는 일이었다. 풀리지 않은 수수께끼였다.

"선물 맞아." 앤지가 말했다. "나한테 되게 특별한 물건이거든. 되게 특별한 여자애한테 받은 건데…… 엄마도 이거 보면서 내 생각하고 즐거워하실 것 같아서."

도저히 자신의 원룸에는 이 보석 상자를, 분홍 발레복을 입은 조그마한 발레리나를 둘 수 없었다. 머릿속 깊은 곳에서 살고 있는 분홍 드레스의 어린 소녀와 너무 많이 닮아 있었기 때문에. 이 상자를 엄마에게 주는 게 차라리 낫겠다고 생각했다. 더 이상은 어려운 말을 이해하지 못하는 엄마와 어떻게든 자신의 일부를, 자신의 일과 삶을 공유하고 싶다는 희망과 일치했으니까. 앤지는 이 상징이, 이 제스처가 그 역할을 어느 정도 해주기를 바랐다. 엄마와 딸. 그리고 두 사람이 서로 나눠온 기만적인 사랑까지.

엄마가 헷갈리는 듯이 미간을 찌푸렸다. "하지만 앤지가 주는 건데?"

"난 그레이시라는 애한테 받았어."

엄마가 상자를 열어보았다. 오르골 음악이 재생되면서 작은 발레리나가 천천히 돌기 시작했다. 엄마의 두 눈에 눈물이 맺혔다. 다시 한 번 양손을 맞잡은 채. 결국 두 사람 모두 자신의 기억 속에서 길

잃은 어미와 아이였다.

앤지는 그런 엄마를 두고 자리를 떴다. 가슴에 공허함을 품고서.

"메리 크리스마스." 근무 중이던 직원이 자리를 뜨던 앤지에게 인사했다.

앤지도 고개를 끄덕였다. 그래. "메리 크리스마스."

최소한 크리스마스쯤만 되면 심란해지는 이유는 알았지 않은가. 앤지는 그리 생각하며 추운 밤 속으로 발걸음을 내딛었다.

+

12월 24일 일요일

메리 윈스턴의 장례식은 항구 둘 사이로 툭 튀어나온 곳에서 열렸다. 윈스턴이 종종 산책을 나가 앉아서 바다를 바라보던 장소라고 했다.

앤지는 윈스턴의 장례식에 가던 길에 본가에 들렀다. 도착한 후에도 잠시 차 안에 앉아 집 바깥의 풍경을, 정말 수많은 추억들이 깃든 장소를 바라보았다. 진짜 추억. 가짜 추억. 거짓말. 비뚤어지고 어긋난 사랑이 깃든 곳. 앤지는 숨을 한번 깊이 들이마신 다음 뒷좌석에 놔두었던 커다란 고리버들 바구니를 집어 들고 차에서 내렸다.

현관문 앞에 바구니를 내려놓는 앤지의 머리카락과 코트가 바람에 휘날렸다.

그리고 마악 뒤돌아 떠나려던 순간, 현관문이 열렸다.

"앤지?"

"아빠. 안녕." 앤지는 코트 주머니에 양손을 찔러 넣고 있었다. 아버지는 늙어 보였다. 헐렁한 청바지와 품이 크고 팔꿈치에 가죽을 덧댄 스웨터 차림이었다. 아버지의 모습이 아직도 익숙하고 든든해 보여서 앤지는 마음속에 또 한 번 감정적 파문이 일어나는 걸 느꼈다.

"내가…. 어……." 앤지는 하늘을 올려다보았다. 마치 자신에게 필요한 정답이 뚝 떨어지지는 않을까 기대하는 듯. 까딱하면 또 감정이 울컥하고 솟을 것만 같았다. "칠면조 작은 거랑 반찬이랑 좀 챙겨 왔어." 앤지는 턱짓으로 바구니를 까딱 가리키며 말했다. "그게…… 오늘 밤에 엄마 면회 가실 거잖아요. 직원들한테 다 들었어. 오늘 센터에서 가족들끼리 모여 연회 비슷한 걸 연다면서." 마른침이 목 너머로 넘어갔다. 문득 엄마 아버지와 함께 크리스마스트리 앞에 앉아 있었던 기억이 떠올랐다. 생생한 배신감도 함께.

"너도 같이 가지 그러니, 앤지." 아버지가 말했다.

앤지는 입술을 앙다물고 고개를 저었다. "안 돼. 지금은…… 아직은 안 되겠어."

아버지는 슬픈 눈길로 앤지를 오랫동안 바라보았다. "나쁜 뜻으로 그랬던 게 아니었다."

앤지는 고개를 끄덕이며 코트 주머니 속으로 양손을 더 깊이 찔러 넣었다. "알아요."

"우린 널 사랑한단다……. 예나 지금이나."

앤지는 다시 고개를 끄덕였다. 차가운 바람이 불어와 머리카락을 얼굴에 흩날렸다. "이제 가봐야 돼요."

"또 일이냐."

"장례식이요. 친구 장례식."

"메리 크리스마스다, 앤지."

"네, 아빠. 건강하세요."

+

바다를 향해 뻗어나간 곳은 예전부터 역사가 깊은 곳이었다. 높이 자라난 금잔디 위로 토템이 우뚝 선 채 묵묵히 주변을 내려다보고 있었다. 토템의 꼭대기에는 독수리 한 마리가 앉아 짭짤한 바닷바람에 깃털을 휘날리며 아래쪽에 모여드는 사람들을 내려다보았다. 그중에는 앤지도 있었지만 여기서도 한쪽 구석에 외따로 떨어져 있었다.

"이른 봄에 시들어 떨어지는 낙엽이 있어서는 안 될 일입니다." 연합 교회에서 나온 목사가 메리 윈스턴의 잿가루를 바람에 흩날리며 말했다. 잿빛 바람은 창백한 겨울 풍경의 지평선 너머로 흘러가버렸다. "제때가 되기 전에 겨울이 찾아와서는 안 될 일입니다……."

'항구의 피신처'의 마커스 목사도 참석해 있었다. 윈스턴의 길바닥 친구였던 니나와 추레해 보이는 여성들 몇 명도 참석해 코를 문지르면서 추위에 떨고 있었다. 하지만 홀거슨은 없었다. 레오도 없었다. 빅토리아 시경 소속의 사람은 아무도 없었다. 앤지는 이렇게 애통한 순간을 함께하는 이 잡탕 무리에게서 어쩐지 동질감이 느껴졌다. 자신도 지금 당장은 주변인으로 밀려난 신세인 것이다. 이렇게 추운 가운데 홀로 외따로 떨어져서는.

"……죽음은 원래 해답을 주지 않으나, 때 이르게 찾아온 죽음은 더욱 과묵합니다. 그러니 아름답고 활기찬 삶을 영위하는 것은……."

앤지는 몸을 돌려 주차장으로 향하는 잔디 길을 따라 올라갔다.

누군가 기다리고 있었다. 훤칠한 키. 검은 코트. 바닷바람에 흩날리는 독수리 깃털처럼 헝클어진 암청색 머리카락.

매덕스였다.

앤지는 잠시 멈칫했지만, 다시 마음을 가다듬고 상대에게 다가갔다.

매덕스의 안색은 핼쑥했다. 두 눈과 양 뺨도 움푹 들어가 있었다.

"자꾸 나를 피해 다니던데." 매덕스는 가까이 다가온 앤지에게 말했다. 딱딱하고 거의 화난 듯한 목소리였다. 아니, 어쩌면 좌절일까. "내 전화는 받지도 않고, 다시 걸어주지도 않고 있잖아. 왜 그러는 거야?"

"당신에게 시간을 주려고 했던 거야. 그래서……."

"웃기지 마, 앤지. 나한테 시간 같은 건 필요 없어. 알면서 왜 그래."

"지니는 어때?"

"지니는 괜찮아. 그리고 말 돌리지 마."

"사브리나는?"

"앤지⋯⋯."

"당신이랑 같이 있는 걸 봤어, 매덕스. 병원에서."

"사브리나는 지니 엄마야. 앞으로도 그럴 거고."

"알아. 하지만 당신도 함께해야 하잖아. 난⋯⋯ 그 사이에 끼고 싶지 않아. 당신이 그 꿈을 얼마나 간절하게 이루고 싶어 하는지도 알아. 난 예전에도 가정 하나를 박살 낸 적 있어, 매덕스. 유부남이랑 놀아났다가 결혼생활을 파탄 냈지. 지금까지도 후회하지 않는 순간이 없다고. 그래서⋯⋯."

"그 클럽에 드나들기 시작하셨다?"

'그리고 섹스에 규칙까지 세웠고⋯⋯.'

앤지는 코를 쿵, 하고 한번 들이마신 다음 바다 쪽으로 시선을 돌렸다. 사람들이 금잔디를 헤치며 곶에서 올라오고 있었다. "그래."

"항상 그렇게 극단적으로 살아야 하나?"

앤지는 곁눈질로 매덕스를 바라보았다.

"서류에 사인했어, 앤지." 매덕스가 말했다. 잠시 침묵. "내 이혼 절차 다 끝났다고."

앤지의 시선이 매덕스의 비어 있는 약지로, 그리고 얼굴로 향했다. 그러다 매덕스의 뜨거운 눈길과 정면으로 마주쳤다. 앤지는 마른침을 삼켰다.

"당신이 내 인생에 들어와줬으면 해."

"이러지 마, 매덕스. 지금은 아니야. 난……."

"지금 이 일이 다 끝나거든, 당신이 다시 업무에 복귀하거든, 인사과에 우리 둘의 관계를 정식으로 보고하자고. 그러면 그쪽에서도 관련 절차를 밟을 수 있을 테니까. 그게 규정이야. 그렇게 하면 돼."

앤지의 심장이 콩알만 하게 조여드는 것 같았다. 피부 아래로 불안감이 내달렸다. 미래를 향한 가능성이 또다시 어두운 목소리로 속삭이는 것 같았다.

"나 아직 처리해야 할 일이 많아. 내사도 진행 중이고. 어쩌면 진상 규명도 해야 할지 몰라. 분명 시간이 오래 걸릴……."

"앤지." 매덕스는 양손을 앤지의 양 어깨에 다부지게 올렸다. "날 봐. 내가 여기 있어. 난 당신한테 내 목숨을 빚졌어. 거기다 당신은 지니 목숨까지 구해줬어. 난 당신이 필요해. 잭 오도 마찬가지야. 그 녀석이 당신 되게 보고 싶어 한다고."

앤지는 마음속에서 오만 감정이 피어오르는 것을 느끼면서도 미소를 지어 보였다.

"잭 오는 어디 있는데?"

"돌보미한테 맡겼지. 오늘 밤에는 우리 약속이 있으니까."

앤지는 뒤로 물러나려 했다. 이 남자에게 느끼는 감정이, 그 감정에 내재된 힘이 너무나 두려웠다. "난 그럴 생각……."

"그냥 와." 매덕스는 앤지와 어깨동무를 하고 몸을 돌려, 주차장에 세워놓은 자기 차로 함께 걸어갔다. "당신 차는 여기 두고 나중에 찾으러 오면 되지."

매덕스는 조수석 문을 열었다. 앤지는 망설였다.

"어서 타, 앤지."

"우리 어디 가는데?"

"크리스마스이브잖아. 그럼 축하를 해야지. 당신은 내 목숨이랑 지니의 목숨을 구해주었지. 어떻게든 감사하고 싶어. 나를 위해, 그리고 내 딸을 위해 당신 목숨이랑 경력까지 걸었잖아. 명령 따위도 전부 무시하고. 나 당신에게 빚 엄청 졌어."

매덕스는 조수석 문을 닫고 운전석으로 걸어왔다.

앤지는 운전석으로 들어오는 매덕스에게 말했다. "나 예약 잡았어. 경찰 심리 감정 신청했어." 매덕스는 잠시 멈칫한 채 앤지의 두 눈을 똑바로 바라보았다. 감정이 일렁이는 눈빛으로. 그러고는 속삭였다.

"우리 같이 해보자, 앤지."

'같이.'

주차장을 빠져나와 도시로 돌아가는 차 안에서, 앤지는 그 한 단어를 마음속 깊이 품었다.

79장

차가 내항으로 통하는 도로로 들어서자 앤지는 매덕스에게 물었다.

"당신이 나더러 따라오지 말라고 명령했던 거, 독립 수사국 사람들한테 얘기했어?"

"물어보지도 않는데 얘기할 필요가 있나."

앤지는 조용히 매덕스의 얼굴을 바라보았다. 매덕스가 다시 한번 위험을 무릅쓰고 자신을 덮어주려고, 지켜주려고 했다는 사실이 새삼 체감되었다. 가슴이 아플 정도로 뛰어왔다. 괜스레 빗물로 얼룩진 창밖으로 시선을 돌려버렸다.

"그럼 지금도 수사 진행하느라 바쁘겠네? 그 유출 사건이랑?"

매덕스는 좀처럼 입을 열지 않고 망설였다. 앤지는 괜히 물어봤다 싶어서 속이 불편해졌다.

"응. 수사팀도 꾸리고, 기소 검사들도 물색 중이야. 지금 내가 당장 집중하고 있는 건 바코드가 찍혔다는 그 여자애들이랑……."

"계속 말해봐."

매덕스는 앤지를 흘끗 쳐다보았다. "나랑 당신과의 관계."

"아 좀, 매덕스. 내가 말을 말아야지."

"그런 여자애들이 *아만다* 로즈에만 여섯 명이 있었어. 넷은 동유럽 출신, 둘은 시리아 출신이더라고. 아마도 난민들이 아닌가 싶어. 난민 캠프 바깥으로 끌어낸 다음 *아만다* 로즈의 소유주에게 팔았겠지. 나이는 열세 살에서 열일곱 살쯤 되어 보이는데. 입을 여는 애들이 아무도 없더라고. 학대와 세뇌를 심하게 당했어. 겁을 잔뜩 집어먹었지. 전부 바코드가 문신으로 박혀 있고."

좌절감이 밀려왔다. "그 사건은 내가 맡았어야 하는데. 성범죄잖아." 앤지는 조용히 말했다.

"당신 복귀해도 계속 진행 중일 사건이야. 생각보다 일찍 복귀할 수도 있을걸."

"괜히 비행기 태우지 마, 매덕스. 난 지금 내 상황을 현실적으로 볼 수 있다고. 그렇게 딸랑거려 봤자 나한테 빚진 거 갚는 데는 택도 없거든."

매덕스는 코웃음을 치면서 거번먼트로에 들어섰다. "미안하구먼. 그래도 내 생각에는 일이 잘 풀릴 거 같아. 당신을 응원하는 사람들이 많다고."

"그렇다고 사실이 바뀌지는… 잠깐만. 여긴 왜 왔어?" 매덕스는 '나는 돼지' 술집 앞에 차를 댔다.

"나 안 들어갈 거야." 앤지가 말했다.

"안 들어가기는 개뿔."

매덕스는 앤지에게 문을 열어주었다. 안쪽에서 왁자지껄한 음악이 들려왔다. 앤지는 망설였다. "어떻게 날 이 지경까지 몰아넣니."

매덕스가 씩, 웃자 그렇게 매력적이기 짝이 없는 암청색 눈가에 자글자글 주름이 졌다.

"몰아넣다니? 감히 앤지 팔로리노를 어디든 몰아넣을 수 있는 사람이 있기나 한가."

앤지는 조마조마한 마음으로 술집 안으로 들어갔다. 술집 안은 꽉 차 있었고, 맞은편의 작은 무대에서는 라이브 밴드 공연이 한창이었다.

매덕스는 앤지의 코트를 받아주었다. 앤지는 레오가 자신들을 발견하는 걸 보고 잔뜩 긴장했다. 레오는 즉시 한 손을 허공으로 번쩍 들었다. 밴드의 연주가 멈췄다. 모두가 이쪽을 돌아보았다. 레오가 들고 있던 손을 다시 아래로 내리자 밴드는 아까와 다른 노래를 연주하기 시작했고 천장에서는 풍선이 쏟아져 내려왔다. 모두가 노래하기 시작했다…….

"복귀 축하합니다, 복귀 축하합니다…… 사랑하는 팔로리노! 복귀 축하합니다!"

술집이 떠나갈 듯한 환성이 터져 나왔다. 레오가 다가와 앤지의 어깨를 손바닥으로 후려쳤다. "복귀 축하한다, 팔로리노!"

앤지는 재빨리 눈가에 고인 눈물을 닦아냈다. 이런 식으로 자신의 감정을 들킨 게 창피했다. "진짜, 레오. 나 복귀한 거 아니에요. 아직 정직 중이란 말예요."

"아, 성깔은 옛날 그대로구먼. 이번 잔은 내가 사지. 뭐 마실 테냐?"

앤지는 멍한 눈으로 레오를 쳐다보았다. 그러다 매덕스 쪽을 쏘아보았다. 매덕스는 멍청한 체셔 고양이처럼 빙글빙글 웃고 있었다. "다 당신 짓이야?" 표독한 목소리가 절로 튀어나갔다.

"이런 게 친구 좋다는 거지, 팔로리노." 매덕스가 말했다. 그러더니 레오를 돌아보았다. "레드 와인이나 한 병 사시죠?"

"바로 대령하겠습니다."

"야아, 이게 누구여." 홀거슨이 끼어들어 말했다. "*형제자매 얼굴은 다 죽상이지만 그래도 니 덕분에 웃는다오오오!*" 그렇게 감미로운 베이스로 한 곡 뽑더니 갑자기 정색했다. "다시 뵙게 되어 영광임다, 파트너 양반."

"너 취했구나."

"고럼!" 홀거슨은 양손을 들어 머리 옆통수에 대고 해까닥 꺾어 보였다. "혐의 인정하겠슴다. 하지만 섹스는 안 해. 아직도 완전히 통제하고 있다는 말씀."

"미친 놈." 레오가 인파를 뚫고 바 뒤쪽에 서 있는 콜름 맥그리거에게 다가가며 툴툴거렸다.

비교적 조용한 술집 뒤쪽 부스에서는 바브 오헤이건이 손을 반갑게 흔들어 보였다. 부스의 테이블 위로는 크리스마스 반짝이 장식이 매달려 있었다. 온통 맥주와 한창 요리 중인 칠면조, 그리고 술을 섞은 크리스마스 푸딩 냄새가 진동했다.

매덕스는 앤지를 경호하듯 수많은 사람들을 헤치고 부스로 데려다주었다. 오헤이건 옆에는 연구실의 수니 파다차야와 검시관 알폰스, 그리고 성범죄 전담반의 동료인 던던과 스미스가 앉아 있었다.

"어서 와." 오헤이건이 시원하게 벌어진 치열이 씩 드러나는 미소를 띠면서 말했다. "여기들 앉아."

레오가 와인과 잔을 가져왔고, 홀거슨은 맥주를 가득 담은 잔을 든 채 옆으로 끼어들었다.

"그래, 다들 피츠 얘기는 들었나?" 레오가 말했다.

"무슨 얘기요?" 매덕스가 물었다.

레오가 상체를 가까이 숙였다. "내가 기술팀에 친구가 하나 있거든. 그 왜, 윈스턴이 내부 유출자 음성을 녹음해놓은 거 기억들 하시나?"

"그냥 말씀하십셔, 슨배임." 홀거슨이 맥주잔을 들고 거품을 마시면서 말했다.

"그게 피츠시몬스 목소리랑 일치한다는군."

일동이 조용해졌다.

"*피츠라고요?*" 홀거슨이 말했다.

"음. 피츠 목소리가 좀 독특하고 개성적으로 카랑카랑하지 않나? 그게 파일의 음성 패턴과 일치한다는 거야."

"아직 검증된 건 아무것도 없잖습니까." 매덕스가 조용히 말했다. "아직은 신뢰의 여지를 둡시다. 그래도 무죄 추정의 원칙은 지켜줘야지요."

레오는 코웃음을 치고는 다시 등을 기대고 앉아 위스키를 들이켰다. "거 경사님이 피츠 편을 들지는 몰랐수다. 그 전날 수사실 문 앞에서 죽일 듯이 기싸움을 하실 때는 언제고."

"피츠가 왜 정보를 유출시켰을까요?" 파다차야가 말했다.

"머리가 돌았으니까 그렇지, 그 또라이 같은 양반." 레오가 대꾸했다.

오헤이건이 가볍게 코웃음을 쳤다. "그 양반 짬밥만 따지면 거너 서장님이랑 맞먹잖수. 아마 서장님 승진이 잠시 막힌 사이에 출세 한번 해보자는 거였겠지. 좀생이 소인배 같으니."

"뒤끝 하나는 상당해 보이더만." 매덕스는 그리 말하며 앤지를 바라보았다. "이 건에 대해서는 입 다물고 있습시다. 일단 어떻게 나올지 한번 두고 보죠."

레오가 웅얼거렸다. "이건 우리끼리 얘기지만, 그 빌어먹을 놈은 자신이 어찌 될지 잘 알고 있었을 거야. 그러면 시장이랑 법무차관 건을 덮고 킬리언이 새로 갈아치울 경찰 간부진이랑 쿵짝을 맞춰보려 한 이유도 설명되지." 그러고는 거칠게 웃었다. "그래서 거너 서장님을 모가지 시킨 다음 본인이 서장 자리를 꿰차려 했겠지, 안 그렇소?"

매덕스는 앤지의 잔에 와인을 따라주었다. 앤지는 와인을 홀짝이며 부스 안의 나머지 사람들을 눈으로 가만히 훑었다. 그러다 반대쪽 구석의 부스에서 매를 닮은 인상의 검은 머리 남자를 발견했다.

"그래블로스키도 왔네." 앤지가 말했다.

"잉." 홀거슨이 말했다. "다들 초대는 받았어." 그리고 한마디 덧붙였다. "네가 애덤스 죽였다고 툴툴거린 사람은 저 양반뿐이여."

오헤이건이 끌끌 웃었다. "그렇단다, 앤지야. 이 동네에서 성장한 괴물을 직접 연구할 수 있는 기회가 날아갔으니 말이야. 이번 건수로 책도 몇 권 펴내려 계약한 것 같던데, 다 나가리 된 거지 뭐."

"그렇다면야." 앤지는 와인을 또 한 모금 홀짝이며 말했다. "다음에도 기꺼이 툴툴거릴 기회를 드리고 싶네요."

음악 소리가 높아지면서 분위기도 더 달아올랐다. 작은 밴드 무대 앞에서는 춤판이 벌어지기 시작했다. 덕분에 앤지는 한껏 목청을 높여서 말해야 했다. "그래서 버지악은 어떻게 됐어? 복귀는 한대?"

"소식 못 들었어?" 매덕스가 앤지의 귀에 입을 가까이 대고 말했다.

앤지는 매덕스의 두 눈을 흘끗 바라보았다. 입이 너무 가까이 있었다. 상대의 온기가 그대로 느껴졌다. 아랫배로 열기가 몰려들기 시작했다. "못 들었는걸." 앤지가 속삭였다. "베더가 나한테 아무것도 안 말해주더라."

"피츠가 쳐놓은 그물에 재수 없게 걸렸어. 내사과에서 정보 유출에 관련된 단서를 찾겠답시고 외부 통신망과 연결된 사무실 기기들을 전수조사 했거든. 그런데 알고 보니 버지악이 불법 도박 사이트에 드나들고 있었더라고. 자기 사무실에서도 뻔질나게 접속한 모양이야."

"말도 안 돼." 앤지가 말했다. "조졌네. 정말 유능한 경찰이었는데."

"빌어먹게 유능했지." 레오도 거들었다. "항상 이 마음에 존경심을 품었는데 말이야."

콜름 맥그리거가 하얀 요리사복 차림의 주방 직원 두 명을 거느린 채 사람들을 헤치고 이쪽 테이블로 왔다. 손에 들고 있는 쟁반에는 칠면조와 사이드 요리, 그리고 김이 물씬 올라오는 그레이비소스가 잔뜩 담겨 있었다.

전부 이 테이블에서 시킨 메뉴였다. 다른 테이블에서 시킨 메뉴도 잔뜩 밀려 있었다. 음악이 살짝 잦아들면서 배곯은 경찰들과 지원팀 인원들은 다들 한 잔씩 기울였다.

곳곳에서 잔을 높이 들고 축하와 덕담 그리고 웃음을 나누었다. 매덕스도 앤지와 두 눈을 똑바로 맞춘 채 잔을 들어 보였다. "메리 크리스마스, 앤지."

그 눈빛을 보자 앤지의 가슴이 두근거렸다. "형사님도 메리 크리스마스." 두 사람이 클럽에서 처음 만났던 그날 밤이 이미 수백 년 전처럼 여겨졌다.

"여기 나왔습니다!" 맥그리거가 신문을 허공에 흔들며 이쪽 테이블로 다시 왔다. "크리스마스 특별편이 나왔습죠. 신문사에서 방금

따끈따끈하게 찍어냈습니다." 그러더니 모두의 앞에 〈시티 선〉 한 부를 털썩 내려놓았다. 헤드라인이 곧장 눈에 들어왔다.

'폭로! 시장과 법무차관의 살인적 불륜 관계'

헤드라인 아래에는 잭 킬리언과 조이스 노턴 웰즈가 법무차관 저택 바깥의 차 안에서 서로 끌어안고 있는 광경을 찍은 윈스턴의 사진이 실려 있었다. 차고 옆 기둥의 '아카샤'라는 글자가 선명하게 보였다.

"염병할." 홀거슨이 속삭였다. "윈스턴이 예약 게시해놓은 블로그 포스트가 방금 올라왔다. 싹 다 퍼졌는디?" 그러더니 신문의 사진을 보았다. "누구 하나라도 버틸 수 있을 거라 생각해? 둘 다 가정까지 있으신 분들이 참."

"노턴 웰즈는 이미 법무차관직에서 내려왔어요." 파다차야가 말했다. "뭐 언젠가는 다시 복직할지도 모르지만, 누가 알겠어요? 안 그래도 아들의 체포 건 때문에 불안불안해했다고 들었는데. 참 아이러니하죠? 최고 기소권자가 자기 임기 중에 아들을 기소해야 하는 상황에 빠지다뇨."

"언론에서는 법무차관이 불륜을 저질렀다는 점을 더 세게 때리던데." 오헤이건이 말했다. "킬리언이야 언젠가 다시 복귀할 수 있을 거야, 아니면 이번 사태도 은근슬쩍 넘어가던가. 다음 몇 달 동안 상황이 어떻게 흘러갈지, 그리고 과연 시장의 가족이 남아 있어줄지 두고 봐야 할 것 같아."

"어이 홀거슨, 기사 좀 크게 읽어봐." 레오가 술잔 든 손을 신문 쪽으로 삿대질하며 취한 목소리로 말했다.

"쟤한테 시키면 안 되지." 오헤이건이 신문을 집어 들었다. "그랬다간 한마디도 못 알아들을걸." 그러고는 기사를 눈으로 한번 훑었다. "딱 우리가 폭로될 거라고 예상했던 내용인데……." 그러더니 잠시 뜸을 들였다. "개인적인 의견도 적혀 있구먼." 오헤이건은 신문을 소리 내어 읽기 시작했다.

"킬리언과 조이스 노턴의 열애 행각은 사람이 성욕을 만족시키고자 어떤 위험까지 불사할 수 있는지의 예를 보여준다. 사실 두 사람의 불륜은 그저 욕망을 표출하는 스펙트럼 중 한 지점에 불과하다. 이 스펙트럼의 한쪽 끝에는 순수하고 유익한 인간 사이의 교감이 위치한다. 하지만 반대쪽으로 가면 갈수록 그 모습은 점점 어두워진다. 결국 성욕은 일탈, 역기능, 중독, 나아가 범죄에까지 엮이게 된다. 그리고 가장 극단에는 실로 치명적인 폭력과 성적 동기로 인한 살인마저 존재한다."

모두에게 침묵이 내려앉았다. 앤지는 섹스 클럽에 드나들던 자신의 중독에 대해 생각했다. 홀거슨은 텅 비어버린 자신의 맥주잔을 들여다보며 말했다. "거, 애가 심오한 소리를 써놨네."

"그래도 맞는 말을 한 거야." 오헤이건이 말했다. "그 성욕 스펙트럼 맨 끝의 결과물을 내 시체 안치소에서 자주 볼 수 있거든."

"인간이기에 그러는 것 아닌가요." 파다차야가 말했다.

"인간이기에 그래서는 안 되는 거죠." 앤지가 덧붙였다.

다시 한 번 무거운 침묵이 내려앉았다.

"뭐." 레오가 입을 열었다. "덕분에 나도 밥 벌어먹고 사니까." 그러고는 술잔을 높이 들었다. "그러니 건배나 하자고, 어때?"

"메리 윈스턴을 위해." 앤지가 잔을 들며 말했다. "깡다구 있는 애였어요. 마침내 안식을 찾았기를."

매덕스도 모두와 함께 건배하면서 앤지의 손을 가만히 잡았다. 다들 두 사람이 맞잡은 손을 보았다. 매덕스는 두려워하지 않았다. 자신의 애정을 숨기려들지도 않았다. 이런 게 상관한다는 것일까.

'당신에게는 친구들이 있어…….'

'불구덩이에 항상 혼자 뛰어들 필요는 없는 법이야…….'

바로 그 순간 앤지는 스스로에게 약속했다. 어떻게든 다시 복귀하고야 말겠다고. 제복을 입은 형제자매들과 다시 함께하고야 말겠다고. 더 나은 팀워크를 이루어보겠다고.

그리고 앤지는 자신의 친부모를 찾아낼 것이었다. 자신이 어쩌다 천사의 요람에 들어간 아이가 되었는지 알아내고야 말 것이었다. 이미 자신의 가족에게 드리웠던 음울한 기만을 파헤치며 너무나 많은 것을 잃었다. 하지만 매덕스를 만나며 또 너무나 많은 것을 얻었다.

앤지는 아직도 자신이 그 폴란드 말을 어떻게 알아듣는지, 자신의 머릿속에서 울려 퍼지는 아이의 말뜻을 어떻게 이해할 수 있는지도 알지 못했다. 하지만 그 환청들도 이제는 새로운 해를 향해 앤지를 이끌어줄 터였다.

'어서 와……. 숲으로 와서 놀자……. 이리 내려와…….'

'……어서.'

표류물

이름 잃은 자들에게 이름을 돌려주고자……

도 네트워크

1월 1일 월요일

"타이, 이 녀석! 당장 이리 돌아오지 못해!" 8개월 차 임산부인 벳시 샘플레인은 도로 끄트머리에 서서 물가에 있는 아들에게 고래고래 소리를 지르고 있었다. 하늘에서는 비가 오고 있었고, 구름은 낮게 끼었으며, 바다에서 밀려오는 안개와 함께 황혼이 빠르게 찾아들고 있었다. 아들 녀석은 집에서 키우는 새끼 몰티즈의 뒤를 쫓아 어두운 자갈밭 해변 쪽의 잘 보이지도 않는 곳까지 뛰어가버렸다. 마음속에서 슬슬 불안감이 샘솟기 시작했다.

벳시는 뒤를 돌아보았다. 저 뒤쪽으로는 물가로 툭 튀어나온 둑길이 인공적으로 형성되어 있었고, 페리선을 타겠다고 꼬리에 꼬리를 문 채 대기 중인 자동차들이 그 해안선을 따라 몇 킬로미터는 족히 이어지는 중이었다. 이미 운항 네 번 정도를 눈앞에서 떠나보낸 지 오래였다. 앞서 본토와 섬 간의 운항이 하루 종일 취소되어 있었던 탓이었다. 태풍 시오리와 함께 북극 제트 기류를 타고 온 강풍이

퍼시픽 노스웨스트 지역을 강타하면서 거의 악천후의 롤러코스터가 형성되었으니 어쩔 수 없는 노릇이긴 했다. 게다가 오늘은 1월 1일, 세계적인 휴일이자 내일부터는 새해의 일을 다시 시작하는 첫 평일이었다. 그러니 모두가 집에 갈 준비를 하는 날이었다. 상황이 이렇다 보니 최소한 오늘 밤까지는 밴쿠버 본토로부터 섬으로 돌아가지 못할 게 뻔해서 잔뜩 골이 나 있던 참이었다. 애초에 애 둘과 개 한 마리까지 끌고 혼자 친정을 방문하는 게 아니었다. 연말 연휴의 페리선 대기열은 항상 정신 나간 수준이라는 것도 알고 있었으면서.

방금 전까지만 해도 벳시 가족은 차를 타고 몇 시간째 이동 중이었는데, 하필 가족들이 기르는 강아지 클로이가 오줌을 누고 싶다고 낑낑거렸다. 그래서 벳시는 스바루 자동차의 창문을 내린 채 갓길에 댔고, 세 살짜리 딸 에밀리는 차 안에서 잠들어 있게 내버려두었다. 그리고 도로 맞은편으로 건너가 여덟 살짜리 아들이 자갈밭 강둑 아래로 강아지를 데려가는 모습을 지켜보는 중이었다.

하지만 타이는 하루 종일 차 안에 갇혀 있느라 억눌려 있던 에너지를 기어이 발산해버리고야 말았다. 강둑을 신나게 뛰어 내려가다가 제대로 미끄러져 넘어지는 바람에 클로이의 목줄을 놓쳐버린 것이다. 클로이는 당장 꼬리를 발딱 세우고는 물속으로 들어가버렸다.

"타이! 당장 돌아와! 어서!" 벳시는 잠시 갈등하면서 자동차를 한 번 돌아본 다음, 다시 안개 속에서 유령처럼 일렁거리는 타이의 모습을 바라보았다. 그러고는 다시 뒤돌아 자동차를 향해 허겁지겁 달려갔다.

"에밀리." 벳시는 어린 딸을 흔들어 깨웠다. "일어나렴. 엄마랑 가자."

그러고는 비몽사몽인 딸의 손을 잡고 질질 끌다시피 하면서 다시 길의 반대쪽으로 건너갔다. 그렇게 두 사람은 축축하고 미끌미끌한 자갈 해변으로 내려갔다. 에밀리가 넘어져서 울기 시작했다. 벳시는 에밀리를 일으켜 해변에 앉힌 뒤, 타이가 사라진 쪽의 돌투성이 물가를 찬찬히 살펴보았다. 숨이 가빴다. 소변을 보고 싶었다. 방광이 당장이라도 터질 것 같았다.

"타이!" 다시 한 번 불렀다. 하지만 아들은 보이지 않았다. "타이슨 샴플레인, 너 당장 이리 돌아오지 않으면……."

"엄마 그래도오……." 아들이 툭 튀어나온 바위 뒤쪽에서 고개를 불쑥 내밀었다. 손에는 물가에서 주운 것 같은 나뭇가지가 들려 있었다. 절로 안도감이 찾아왔다.

"클로이가 뭘 찾았단 말이야. 그거 보고 있었다고." 아들은 다시 바위 뒤로 사라져버렸다.

울분의 한숨을 끄응, 하고 내쉰 벳시는 에밀리를 업고 따개비로 뒤덮인 작은 돌밭을 따라 걸었다. 그리고 아까 그 바위를 돌아 바다 쪽에 도달했다. 멀리서 파도가 치면서 온갖 구정물과 더러운 갈색 거품으로 뒤덮인 모래밭이 넓게 드러났다. 거품 자국을 따라서는 거의 벳시 자신의 팔만큼이나 굵직하고 기다란 해초들과 함께 폭풍에 날려온 듯한 나뭇조각들이 널려 있었다. 뭔가 썩어가는 냄새와 짭짤한 바다 내음, 그리고 죽은 물고기들의 비린내가 풍겨왔다.

타이는 바닥에 쪼그리고 앉아 막대기로 뭔가를 쿡쿡 찌르고 있었다. 클로이는 으르렁거리면서 주인을 어떻게든 거기서 떨어뜨려놓으려는 것 같았다. 평소에는 보이지 않는 행동이었다.

벳시는 눈살을 찌푸렸다. 뭔가 서늘한 예감이 뼛속까지 느껴졌다.

"타이, 그거 뭐니?"

"신발."

벳시는 에밀리를 내려놓고 딸의 손을 잡은 채, 좀 더 가까이 다가가 신발을 살펴보았다. 이 아래는 안개가 더 짙었다. 에밀리도 울음을 그치고 이제 호기심 어린 눈빛을 보이고 있었다.

"안에 뭐가 들었어." 타이는 클로이의 만류도 뿌리치면서 안쪽에 든 내용물을 막대기로 찔렀다.

갑자기 벳시의 머릿속에서 불길한 기억이 떠올랐다. 최근 브리티시컬럼비아의 해안과 워싱턴 전역에서 잘린 발목이 들어 있는 신발들이 발견되고 있다는 뉴스였다. 2007년부터 총 열여섯 개가 발견되었다고 하는데, 나머지 신체는 결국 찾지 못했다는 소식이었다. 이해할 수 없는 미제 사건이었다.

"그거 내버려둬!" 벳시는 아들의 재킷을 움켜쥐고 뒤로 당겼다. "당장 클로이 목줄 집어! 그 신발에서 떨어뜨려놔."

타이는 엄마의 강경한 어조에 깜짝 놀란 것 같았다. 신발을 뒤덮은 구정물과 해초 아래로 창백한 라일락 빛깔의 물체가 언뜻 엿보였다. 작고 뭉툭한 신발이었다. 밑창에 에어가 빵빵하게 들어간 발목 높이의 스니커즈였다.

벳시는 뒤로 돌아 빗속 너머로 흐릿하게 늘어선 차들을 바라보았다. 어떻게 해야 할까? 차들로 달려가 차창을 두들기면서 도와달라고 해야 할까? 그럼 뭘 또 어떻게 도와달라고 해야 하는 것일까? 경찰. 그래, 경찰을 불러야 했다.

"동생 꼭 붙잡아라, 타이." 벳시는 그렇게 단단히 엄포를 놓으면서 재킷을 뒤져 폰을 꺼냈다. "그리고 다른 손으로는 엄마 재킷 꼭 붙잡고 있어. 절대 손 놓으면 안 돼, 너희 둘 다."

타이는 엄마 말대로 동생의 손을 꼭 붙잡았다.

벳시는 지금껏 911에 전화해본 적이 없었다. 애초에 전화할 일이 없었다는 게 감사할 따름이지만. 그래도…… 지금 이 상황이 과연 긴급 신고를 할 만한 일일까? 아니면 그냥 망신만 당하고 끝날 일은 아닐까? 시선이 다시 모래밭에서 나뒹굴고 있는 조그만 신발로 향했다. 분명 안에 뭔가 들어 있었다. 뉴스에서 봤던 신발 사진들처럼.

물론 이런 걸로 장난질을 친 사례도 있었다. 신발에 동물의 발 뼈를 넣어놓는다든지, 그냥 고깃덩어리를 넣고 버려둔다든지. 하지만 경찰은 그런 장난질이라도 일단 신고는 받고 싶어 할 것이었다. 당연한 일 아닌가?

"엄마?"

"조용."

벳시는 떨리는 손가락으로 911을 눌렀다.

"911입니다. 무엇을 도와드릴까요?"

"제가…… 어, 제가…….” 벳시는 긴장한 나머지 잠시 말문이 막혀버렸다. 다시 목을 가다듬고 말을 이었다. "제가 신발을 하나 찾았는데요. 아무래도 안에 발이 들어 있는 것 같아요. 폭풍에 쓸려온 모양이에요."

"지금 현재 위치가 어떻게 되시죠? 어디세요?"

"트소와센 페리 선착장 근처의 해안 둑길이에요. 아마…… 그쯤 되는 것 같아요."

"지금 어떤 번호로 전화 주셨죠?"

"휴대전화로요." 벳시는 자기 번호를 불러주었다.

"신고자 성함이 어떻게 되시죠?"

"벳시요. 벳시 샴플레인이에요." 갑자기 방광에 가해지는 압박이 강렬해졌다. 지금 당장 화장실에 가야 했다. 왜인지는 몰라도 울고 싶어지기도 했다. 벳시는 손등으로 코를 문지르면서 훌쩍거렸다.

"신고자분 지금 안전하세요? 다른 문제는 없나요?"

"네, 네. 지금 애들이랑 개를 데리고 나와 있어요. 비가 내리는데. 우리 개가 신발을 찾았는데 안에 오래된 양말이랑 뭔가 들어 있는 것 같아요. 장난으로 버려진 것들도 있다는 건 알지만, 그래도⋯⋯."

둑길 위쪽에서 시동이 걸리는 소리가 들렸다. 헤드라이트들이 일제히 켜졌다. 줄줄이 서 있던 차들이 움직이기 시작했다. 하지만 벳시의 스바루는 꿈쩍도 하지 않았다. 그 뒤에서는 경적이 울려댔다.

"세상에, 지금 차를 옮겨야 돼요. 페리 대기열이 움직이고 있어요."

"신고자분, 지금 신발 옆을 계속 지켜주실 수 있을까요? 지금 기마경찰대를 급파했습니다. 근처를 돌던 순찰차가 한 대 있어요. 곧 도착할 겁니다."

"제 차가 지금 도로 한가운데 있어서. 다들 빵빵거려요⋯⋯."

"브리티시컬럼비아 페리 측에 연락하겠습니다. 직접 교통정리를 해줄 사람이 나올 겁니다. 샴플레인 씨? 벳시?"

"알았어요. 기다릴게요." 벳시는 잠시 뜸을 들이다 말했다. "그게⋯⋯ 저도 요새 잘린 발목이 들어 있는 신발들이 발견되고 있다는 건 알거든요." 그러고는 시선을 다시 조그마한 라일락 하이탑으로 돌렸다. "그런데 이건 성인 신발이 아니에요." 저절로 양팔로 애들을 가까이 끌어당겼다. "애들 사이즈 신발이에요. 아홉 살, 열 살쯤 되었을까."

"사이즈가 쓰여 있나요?"

"아뇨, 그런데 우리 딸 거랑 똑같은 사이즈처럼 보여요."

벳시는 덜덜 떨면서 전화를 끊었다. 빗물이 양 뺨을 타고 부드럽게 흘러내렸다. 그렇게 벳시는 바위에 걸터앉아 아이들을 바짝 끌어안았다. 아주 바짝. 갑갑할 정도로. 갑자기 양팔 안에 들어온 두 아이가 그토록 소중하게 여겨질 수 없었으니까. 눈길은 여전히 모래밭에 나뒹굴고 있는 아이 신발로 향하고 있었다. "엄마가 많이 사랑해, 애들아."

"잘못했어요, 엄마." 타이의 커다란 갈색 눈에 눈물이 그렁그렁했다. "엄마 말 안 들어서 죄송해요."

벳시는 훌쩍이며 코를 문질렀다. "네 잘못 아니야, 타이. 네 잘못 아니야. 다 괜찮아질 거야."

"저 신발 누구 거야?"

"엄마도 몰라."

"나머지는 어디 있어?"

벳시는 눈을 들어 어둠에 휩싸인 땅을, 짙은 안개에 휩싸여 제대로 보이지도 않는 부두 너머를 바라보았다. 그쪽은 미국 영토에 속한 포인트 로버츠였다. 뒤쪽으로는 둑길 해안을 따라 꽉 막힌 교통 체증이 수 킬로미터는 이어져 있었다. 전부 바닷가의 페리 터미널을 향하는 차들이었다. 터미널에서 미국 해역까지는 겨우 500미터도 채 떨어져 있지 않았다. 페리 역시 본토에서 밴쿠버섬으로 운항할 때마다 미국 해역을 들락거렸다.

그러니 저 조그만 발은 어디에서든 밀려왔을 수 있는 것이다. *배에서 떨어졌을까?*

'아니면 육지에서 잘린 뒤 폭풍에 떠밀려온 것일까?'

"엄마도 몰라." 벳시가 말했다. "알아서 찾아내겠지."

"누가 찾아내는데?"

"엄마도 모른단다, 타이."

감사의 말

말린 베스웨더릭에게, 쌀쌀한 겨울 주말에도 나와 같이 입김을 하얗게 뿜으며 매서운 바닷바람을 맞으면서도 빅토리아의 길거리를 걸어 다녀준 점에 다시 한 번 감사의 말을 전한다. 성당 안쪽과 식당을 함께 엿보러 다녀준 점, 클럽과 사람들 그리고 대학교에 대한 이야기를 풀어준 점도 마찬가지로 정말 감사하다. 말린은 앤지 팔로리노 시리즈에 생생한 삶을 불어넣어주었다. 빅토리아는 실재하는 도시지만 앤지가 사는 빅토리아는 분명 가공의 현실이고, 앤지가 근무하는 경찰대도 빅토리아의 건전하고 충실한 사법 기관의 모습과는 전혀 다르다.

폴란드어를 자문해준 에바 드로즈델과 이탈리아어를 자문해준 다리오 치렐로에게도 감사의 말을 전한다.

편집 면에서는 앨리슨 대쇼와 샬롯 허셔, 그 외에도 출판이라는 사업에 수반되는 과업을 부지런히 수행해준 나머지 몬틀레이크 팀에게 깊은 감사를 전한다. 그리고 우리 작가들 모두의 사기를 말도 안 될 정도로 꿋꿋하고 행복하게 유지시켜준 제시카 푸어에게도 감사를 전한다.

앤지라면 '불구덩이에 항상 혼자 뛰어들 필요는 없는 법'이라 말할 테지만, 책 한 권의 출판 역시 혼자 뛰어들 수는 없는 법이다.

물에 빠진 소녀들

초판1쇄 인쇄   2021년 12월 15일
초판1쇄 발행   2021년 12월 30일

지은이   로레스 앤 화이트
옮긴이   김민성

발행인   조인원
편집장   신수경
편집   김민경 유나리
디자인   디자인 봄에
마케팅   안영배 신지애
제작   오길섭 정수호

발행처   (주)서울문화사
등록일   1988년 12월 16일 | 등록번호 제2-484호
주소   서울시 용산구 한강대로43길 5 (우)04376
편집문의   02-799-9346
구입문의   02-791-0762
이메일   book@seoulmedia.co.kr

ISBN 979-11-6438-979-7 (03840)

• 책값은 뒤표지에 있습니다.
• 잘못된 책은 구입처에서 교환해드립니다.